READER'S DIGEST AUSWAHLBÜCHER

Die Kurzfassungen in diesem Buch erscheinen
mit Genehmigung der Autoren und Verleger

400 (231)
Printed in France
ISBN 3 87070 868 9

READER'S DIGEST AUSWAHLBÜCHER

Reader's Digest

DEUTSCHLAND · SCHWEIZ · ÖSTERREICH

INHALT

John Grisham
Das Testament

Als der Milliardär Troy Phelan stirbt, fühlen sich seine gierigen Nachkommen bereits als reiche Erben. Um so schockierter sind sie, daß Phelan sein Vermögen größtenteils einer unehelichen Tochter vermacht hat, die niemand kennt und die irgendwo im brasilianischen Regenwald als Missionarin lebt. Bevor der Nachlaß geregelt werden kann, muß diese Frau gefunden werden – auch gegen ihren Willen.

Paul Garrison
Kaltes Feuer

Michael und Sarah Stone befahren mit ihrem Sanitätsschiff den Pazifik, um abgelegene Gebiete medizinisch zu versorgen. Da erhalten sie einen Hilferuf vom Gastanker *Dallas Belle*. Sarah und ihre zehnjährige Tochter gehen an Bord – und werden entführt! Michael, der auf einer unbewohnten Insel zurückbleibt, sieht nur eine Chance, um seine Familie zu retten: die Fahrt in einem Kanu 250 Meilen über das unberechenbare Meer…

MENT

Zwei gescheiterte Ehen, vier Entziehungskuren, finanzielle Schwierigkeiten – das Leben des 48jährigen Anwalts Nate O'Riley liegt in Scherben. Eine Geschäftsreise nach Brasilien bietet da eine willkommene Abwechslung. Kurz vor Weihnachten begibt er sich auf eine abenteuerliche Fahrt in den Urwald, die sein Leben völlig verändern wird.

1

Das dürfte der letzte Tag sein und wohl auch die letzte Stunde. Niemand liebt mich, ich bin alt, einsam und krank, habe Schmerzen und bin des Lebens müde. Ich bin für das Jenseits bereit. Dort kann es nur besser sein als hier.

Mir gehören neben dem gläsernen Verwaltungshochhaus, in dem ich sitze, auch 97 Prozent des Unternehmens, das hier untergebracht ist und in dem zweitausend Menschen arbeiten, sowie aller Grund und Boden fast einen Kilometer weit in drei Himmelsrichtungen um das Gebäude herum mitsamt der darunter verlaufenden Rohrleitung, durch die das Erdgas aus meinen Feldern in Texas hierhergepumpt wird, nicht zu vergessen die Freileitungen, die den Strom liefern. Ich besitze nicht nur Silberbergwerke in Nevada und Kupferbergwerke in Montana, sondern auch Kohlezechen in Angola, Kaffeepflanzungen in Kenia, Kautschukplantagen in Malaysia, Ölfelder in Indonesien und Stahlwerke in China.

Früher einmal besaß ich alles an Spielzeug, was das Leben schöner macht: Jachten, Privatjets, Blondinen, Wohnsitze in Europa. Aber ich bin inzwischen zu alt für Spielzeug.

Die Wurzel meines Elends ist das Geld.

Dreimal habe ich eine Familie gegründet. Meine drei Exfrauen haben mir sieben Kinder geboren, von denen sechs noch leben und tun, was sie nur können, um mich zu quälen.

Ich habe mich mit meinen drei Exfrauen und sämtlichen Kindern auseinandergelebt. Sie alle sind heute hier zusammengekommen, weil ich bald sterben werde und es an der Zeit ist, das Geld zu verteilen.

Ich habe diesen Tag lange im voraus geplant. Meine Firmenzentrale hat 13 Stockwerke. Ich wohne und arbeite im obersten auf gut tausend Quadratmetern, deren üppige Ausstattung manch einer als obszön ansieht, was mich aber nicht im mindesten stört. Ich habe mein gesamtes Vermögen selbst erarbeitet, und das gibt mir das Recht, das Geld so auszugeben, wie ich es für richtig halte.

Während ich hier allein in meinem Rollstuhl sitze und warte, kann ich mir nichts vorstellen, was ich noch kaufen oder sehen möchte. Mir fällt kein weiteres Abenteuer ein, das ich bestehen möchte. Ich bin sehr müde, und es ist mir gleichgültig, wer das Geld bekommt. Aber ich lege großen Wert darauf zu bestimmen, wer es nicht bekommt. Sie sind alle da und warten.

Da sind als erstes Lillian und ihre Brut – vier meiner Nachkommen hat eine Frau zur Welt gebracht, die sich kaum von mir hat anfassen lassen. Wir haben jung geheiratet – ich war 24 und sie 18. Ich habe sie seit Jahren nicht gesehen und werde sie auch heute nicht sehen. Ich bin überzeugt, daß sie nach wie vor die Rolle der bedauernswerten pflichtgetreuen ersten Gattin spielt, die gegen ein jüngeres Modell ausgetauscht worden ist und nie wieder geheiratet hat.

Der Älteste, Troy junior, auch TJ genannt, ist inzwischen 47, ein nichtsnutziger Trottel, der meinen Namen wie einen Fluch trägt. Wie alle seine Geschwister hat er zum 21. Geburtstag fünf Millionen Dollar bekommen. Wie ihnen allen ist auch ihm das Geld durch die Finger geronnen, als wäre es Wasser.

Von Lillians Frigidität habe ich mich in die heiße Leidenschaftlichkeit Janies geflüchtet. Sie war 22 Jahre jünger als ich. Nach unserer Heirat hat sie, so rasch es ihr möglich war, zwei Kinder geboren, um mich an sie zu ketten.

Tira habe ich mit 64 geheiratet. Sie war 23 und von mir schwanger. Dem von ihr in die Welt gesetzten kleinen Ungeheuer hat sie aus mir unverständlichen Gründen den Namen Ramble gegeben, was von Strolch bis Schwafler alles mögliche bedeuten kann. Obwohl der Junge erst 14 ist, hat er bereits zweimal vor dem Jugendrichter gestanden – wegen Ladendiebstahls und wegen Besitzes von Marihuana. Ich habe gehört, daß er zur Schule geht, wenn er Lust dazu hat. Wie alle anderen erwartet Ramble, daß ich mein Testament unterschreibe und ihm damit ein angenehmes Leben verschaffe.

Wer kurz vor dem Sterben steht, sollte nicht hassen, aber ich kann es nicht ändern. Sie sind ein elender Haufen, alle miteinander. Die Mütter hassen mich und haben daher ihren Kindern beigebracht, mich ebenfalls zu hassen. Sie sind Geier, die mit scharfen Krallen, spitzen Schnäbeln und gierigen Augen über mir kreisen, benommen von der Vorfreude auf unendlich viel Geld.

LILLIAN und ihre Kinder befinden sich im Konferenzzimmer der Geschäftsleitung im zwölften Stock, unmittelbar unter mir. Sie sind alle sehr nervös. Es überrascht niemanden, daß mehr Anwälte als Familienangehörige da sind. An einem Ende des Tisches befindet sich ein großer

Bildschirm, auf dem man verfolgen kann, was hier oben vor sich geht.

TJs Bruder, mein zweiter Sohn Rex, ist 44 und zur Zeit mit einer Stripperin namens Amber verheiratet. Sie ist auch hier, ebenso wie die anderen gegenwärtigen Ehegatten und/oder Lebensgefährten.

Libbigail ist Lillians erste Tochter, meine älteste. Ich habe das Kind abgöttisch geliebt, bis sie einen Afrikaner geheiratet hat und ich sie aus meinem Testament gestrichen habe.

Das letzte Kind, das Lillian zur Welt gebracht hat, ist Mary Ross. Sie ist mit einem Arzt verheiratet, der gern superreich sein möchte, aber sie stecken bis zum Hals in Schulden.

In einem Raum im neunten Stock wartet Janie mit ihrer Familie. Seit unserer Scheidung hat sie zweimal geheiratet, aber im Augenblick lebt sie allein. Ihr Sohn Rocky wurde bei einem Autounfall getötet. Ihre Tochter Geena ist mit ihrem zweiten Mann, Cody, hier, einem Schwachkopf mit einem Diplom in Betriebswirtschaft.

Dann ist da noch Ramble, der sich im vierten Stock auf einem Sessel fläzt und an dem goldenen Ring leckt, den er im Mundwinkel trägt. Er fährt sich mit den Fingern durch das klebrige grüne Haar und knurrt seine Mutter an, die doch tatsächlich die Frechheit besessen hat, mit einem Gigolo hier aufzutauchen. Sie warten wie alle anderen.

Ich drücke auf einen Knopf, worauf Snead hinten aus meiner Wohnung auftaucht. Er ist seit etwa dreißig Jahren mein Faktotum, ein rundlicher, umgänglicher Mann in weißer Weste. Er bleibt vor mir stehen, die Hände wie immer auf dem Bauch gefaltet, den Kopf zur Seite geneigt, mit schiefem Lächeln. Auch er rechnet damit, reich zu werden, wenn ich sterbe, und vermutlich zählt er die Tage wie alle anderen. Ich hätte ihn schon vor Jahren entlassen sollen, als ich ihn dabei ertappte, wie er in meinem Schreibtisch herumstöberte.

Snead verbeugt sich und schiebt meinen Rollstuhl aus der Wohnungstür in die mit Marmor ausgekleidete Empfangshalle und von dort durch eine andere Tür. Es kommt näher, es sind nur noch Minuten, aber ich spüre keine Beklemmung.

In meinem Besprechungszimmer wartet die Meute – ganze Rudel von Anwälten und mehrere Psychiater. Als ich hereinkomme, hören die Gespräche schlagartig auf. Alle starren mich an. Snead schiebt mich an eine der Längsseiten des Tisches, neben meinen Anwalt Josh Stafford.

Mir unmittelbar gegenüber sitzen drei Psychofritzen – jede der Familien hat einen benannt. Auf geknickten Karteikarten, die sie vor sich gestellt haben, hat jeder in Großbuchstaben seinen Namen geschrieben – Dr. Zadel, Dr. Flowe und Dr. Theishen. Kameras zeigen in alle Richtungen, jede noch so geringe Bewegung wird aufgezeichnet.

Stafford wird die Veranstaltung leiten. Als alle Platz genommen haben und die Kameras bereit sind, sagt er: „Ich heiße Josh Stafford und bin der von Mr. Troy Phelan, der rechts neben mir sitzt, bevollmächtigte Anwalt. Zweck dieser Zusammenkunft ist es, Mr. Phelan von einer psychiatrischen Kommission untersuchen zu lassen, die seine Testierfähigkeit feststellen soll. Vorausgesetzt, sie erkennt ihm den Vollbesitz seiner geistigen Kräfte zu, beabsichtigt er, ein Testament zu unterzeichnen, mit dem er für den Fall seines Todes die Verteilung seines Vermögens regelt."

Stafford klopft mit dem Bleistift auf den gut zweieinhalb Zentimeter dicken Papierstapel, der vor uns liegt: das Testament. Bestimmt läuft meinen Kindern und ihren Müttern, die im ganzen Gebäude verteilt sind, bei seinem bloßen Anblick ein Schauer über den Rücken. Sie haben Hinweise bekommen, daß der größte Teil meines Nachlasses gerecht zwischen ihnen aufgeteilt wird. Stafford hat mit meiner Erlaubnis den angeblichen Inhalt des Testaments im Verlauf von Gesprächen mit ihren Anwälten in groben Zügen dargelegt. Jedes der Kinder darf mit einem Betrag in der Größenordnung von drei- bis fünfhundert Millionen rechnen und jede meiner Exfrauen mit jeweils fünfzig Millionen.

Man kann also verstehen, warum sich alle herausgeputzt haben, nüchtern (jedenfalls die meisten) hergekommen sind und, den Blick begierig auf die Bildschirme gerichtet, warten und hoffen, daß mir, dem alten Mann, mein Vorhaben gelingt. Bestimmt haben sie ihre Psychoheinis gebeten: „Haben Sie etwas Nachsicht mit dem Alten. Wir möchten, daß er bei klarem Verstand ist."

Wenn alle so rundum zufrieden sind, warum dann überhaupt diese psychiatrische Untersuchung? Weil ich sie alle ein letztes Mal reinlegen möchte, und zwar nach Strich und Faden.

Zadel spricht als erster. „Mr. Phelan, können Sie uns sagen, welchen Tag wir heute haben und wo wir uns befinden?"

Ich komme mir vor wie ein Erstkläßler und denke so lange über die Frage nach, bis die Anwesenden nervös auf die Kante ihres Sessels rutschen und flüstern: „Los, du verrückter alter Mistkerl. Du weißt doch bestimmt, welcher Tag heute ist."

„Montag", antworte ich leise. „Es ist Montag, der 9. Dezember 1996. Wir befinden uns in meinem Büro in McLean, Virginia."

Flowe beugt sich über sein Mikrofon. „Können Sie uns die Namen und Geburtstage Ihrer Kinder sagen?"

„Nein. Die Namen vielleicht, aber die Geburtsdaten nicht."

„Na schön, dann die Namen."

Ich lasse mir Zeit. Sie sollen ruhig schwitzen. „Troy junior, Rex, Libbigail, Mary Ross, Geena und Ramble."

„Es gab ein siebtes Kind. Wissen Sie seinen Namen?"

„Rocky. Er ist bei einem Autounfall ums Leben gekommen." Ich sitze aufrecht in meinem Rollstuhl, den Kopf hoch erhoben, und demonstriere für die Kameras geistige Klarheit. Bestimmt sind meine Kinder und meine Exfrauen stolz auf mich.

„Wie ist derzeit Ihr körperlicher Zustand?" fragt mich Dr. Theishen.

„Ich hab mich schon besser gefühlt."

„Es heißt, daß Sie einen bösartigen Tumor haben."

Na, du redest aber nicht lange um den heißen Brei herum, was? „Das stimmt. Ich habe einen inoperablen Gehirntumor von der Größe eines Golfballs, und mein Arzt gibt mir höchstens noch drei Monate."

Ich kann förmlich die Champagnerkorken unter mir knallen hören.

Wieder Zadel: „Mr. Phelan, vor drei Monaten hat die Zeitschrift *Forbes* Ihr Nettovermögen mit acht Milliarden Dollar beziffert. Kommt diese Zahl der Wirklichkeit nahe?"

„Der Wert meines Vermögens liegt zwischen elf und elfeinhalb, je nach Marktlage." Ich sage das betont langsam, aber meine Stimme hat Gewicht.

Flowe beschließt, die Frage nach dem Geld noch ein wenig zu vertiefen. „Mr. Phelan, können Sie ganz allgemein den Aufbau Ihres Unternehmens skizzieren?"

„Die Phelan-Gruppe ist eine privatrechtliche Gesellschaft, in deren Besitz sich siebzig verschiedene Firmen befinden. Mir gehört davon ein Anteil von etwa siebenundneunzig Prozent."

Auch Theishen nimmt jetzt die Fährte auf. „In wie vielen Aktiengesellschaften besitzen Sie die Anteilsmehrheit?"

„In fünf." Ich frage mich, wie lange das noch dauern soll.

„Haben Sie die Absicht, heute ein neues Testament zu unterzeichnen?" meldet sich Zadel wieder zu Wort.

„Ja."

„Haben Sie in diesem Testament einen beträchtlichen Anteil Ihres Vermögens für Ihre Kinder vorgesehen?"

„So ist es."

Zadel legt seinen Stift auf den Tisch und sieht Stafford an. „Meiner Meinung nach ist Mr. Phelan zur Zeit hinreichend testierfähig, um in gültiger Weise über sein Vermögen zu verfügen." Er sagt das mit großem Nachdruck.

„Ich habe keinen Zweifel, daß er im Vollbesitz seiner geistigen Kräfte ist", versichert auch Flowe.

„Dr. Theishen?" wendet sich Stafford an den dritten Psychiater.

„Mr. Phelan weiß genau, was er tut."

„Ihr Votum ist also einstimmig?" erkundigt sich Stafford.

„Ja. Absolut." Sie können gar nicht schnell genug nicken.

Stafford schiebt mir das Testament herüber und gibt mir einen Stift.

„Das ist das Testament von Troy L. Phelan, mit dem alle früheren Testamente hinfällig werden", sage ich. Dann schlage ich die letzte Seite auf und kritzle einen Namenszug, den niemand lesen kann.

„Die Sitzung ist geschlossen", verkündet Stafford, und alle packen rasch zusammen. Gemäß meinen Anweisungen werden die drei Familien jetzt aus ihren jeweiligen Räumen geleitet und angehalten, das Gebäude zu verlassen.

Eine Kamera bleibt auf mich gerichtet. Die Anwälte und die Psychiater verlassen den Raum unverzüglich. Ich fordere Snead auf, sich an den Tisch zu setzen. Josh Stafford und einer seiner Sozii, Tip Durban, bleiben da, sie sitzen ebenfalls. Als wir allein sind, greife ich in meine Tasche und hole einen Umschlag hervor. Ich nehme drei Bogen gelbes Papier heraus.

Nur noch wenige Sekunden, ein leichter Schauer der Furcht durchläuft mich. Das wird mehr Kraft kosten, als ich seit Wochen aufgebracht habe.

Stafford, Durban und Snead starren verblüfft auf die gelben Blätter.

„Das ist mein Testament", erkläre ich. „Ein eigenhändiges Testament, das ich Wort für Wort erst vor wenigen Stunden verfaßt habe. Es trägt das heutige Datum und wird unter diesem Datum von mir unterzeichnet." Ich kritzle meinen Namen. Stafford ist so baff vor Staunen, daß er kein Wort herausbringt. „Hiermit widerrufe ich alle früheren Testamente, einschließlich dessen, das ich vor weniger als fünf Minuten unterzeichnet habe." Ich falte die Blätter und stecke sie wieder in den Umschlag.

Ich beiße die Zähne zusammen und denke daran, wie sehr ich mich danach sehne zu sterben.

Ich schiebe den Umschlag über den Tisch zu Stafford und erhebe mich im selben Augenblick aus dem Rollstuhl. Meine Beine zittern. Mein Herz hämmert. Nur noch Sekunden. Bestimmt werde ich tot sein, bevor ich auf dem Boden lande.

„He!" ruft jemand. Aber ich entferne mich schnell.

Der Lahme geht, rennt beinahe zu den Schiebetüren, die nicht abgeschlossen sind. Ich weiß das, weil ich das Ganze vor ein paar Stunden geprobt habe.

„Halt!“ schreit jemand, und jetzt sind sie hinter mir her. Ich greife nach der Klinke und öffne die Tür. Die Luft ist bitterkalt. Ich trete barfuß auf die schmale Terrasse. Ohne nach unten zu sehen, werfe ich mich über das Geländer.

2

Snead war zwei Schritte hinter Mr. Phelan und dachte eine Sekunde lang, er werde ihn einholen. Er war so entsetzt gewesen, als er den alten Mann nicht nur aufstehen und gehen, sondern praktisch zur Tür sprinten sah, daß er förmlich erstarrt war. Schon seit Jahren hatte sich Mr. Phelan nicht so schnell bewegt.

Snead erreichte das Geländer gerade noch rechtzeitig, um einen Entsetzensschrei auszustoßen, mußte dann aber hilflos mit ansehen, wie Mr. Phelan in die Tiefe fiel.

Josh Stafford und Tip Durban erreichten die Terrasse einen Schritt hinter Snead und bekamen den Sturz zum größten Teil mit. Es geschah alles so schnell.

Troy Phelans Sturz verlief nicht so dramatisch, wie er es sich gewünscht hatte. Er hatte sich vorgestellt, daß er genau in dem Augenblick vor den Augen seiner entsetzten Angehörigen am Boden aufprallen würde, in dem sie das Gebäude verließen. Statt dessen wurde lediglich ein Angestellter aus der Lohnbuchhaltung, der nach einer sehr langen Mittagspause in einer Bar über den Parkplatz eilte, Zeuge des Sturzes.

Dreißig Sekunden später hätte sich Troys Wunsch erfüllt. Da sich Tira und Ramble im vierten Stock befunden hatten, verließen sie zusammen mit Dr. Theishen und ihrem Aufgebot von Anwälten als erste das Gebäude und erreichten daher auch als erste den Ort des Schreckens. Tira kreischte, nicht aus Schmerz, Liebe oder unter dem Eindruck eines Verlustes, sondern einfach wegen des Schocks.

Ramble fand den Anblick ziemlich stark. Da er mit dem Fernsehen aufgewachsen und süchtig nach Videospielen war, zog ihn jede Schreckensszene geradezu magnetisch an. Er löste sich von seiner kreischenden Mutter und kniete sich neben seinen toten Vater.

Weitere Menschen kamen aus dem Gebäude gerannt.

Die nächsten waren Janie, Geena und Cody mit Dr. Flowe und ihren Anwälten. Aus ihrem Mund hörte man keine Schreie, niemand brach zusammen. Sie drängten sich dicht aneinander und glotzten zu dem armen Troy hinüber.

Ein Aufzug voller Menschen hielt in der Eingangshalle an, und Lillian trat mit ihren Kindern und deren Begleitern heraus. Jemand rief: „Mr. Phelan ist gesprungen!" Die ganze Gruppe eilte durch die Eingangstür zum gepflasterten Vorplatz, wo sie ihn fanden.

Jetzt brauchten sie nicht mehr auf den Gehirntumor zu warten.

Es dauerte rund eine Minute, bis sich Joshua Stafford von seinem Entsetzen erholt hatte und wieder wie ein Anwalt denken konnte. Dann bat er Snead und Durban in den Raum zurück. Snead stellte sich vor die immer noch eingeschaltete Kamera und berichtete, was er soeben mit angesehen hatte. Dabei mußte er gegen seine Tränen ankämpfen. Stafford öffnete den Umschlag und hielt die gelben Blätter vor die Kamera.

„Ich habe gesehen, wie er diese Blätter vor wenigen Sekunden unterschrieben hat", bestätigte Snead.

„Hat er erklärt, daß es sich dabei um sein Testament handelte?"

„Er hat sie als sein Testament bezeichnet."

Stafford nahm die Blätter wieder an sich, bevor Snead lesen konnte, was darauf stand. Die Kamera wurde abgeschaltet, und die drei fuhren nach unten, um Mr. Phelan die letzte Ehre zu erweisen.

TROY PHELAN hatte den aufstrebenden Washingtoner Anwalt Joshua Stafford bei einem üblen Prozeß kennengelernt, bei dem Stafford die Gegenseite vertrat und dabei gewann. Von Staffords Vorgehensweise und Beharrlichkeit beeindruckt, hatte Troy den jungen Anwalt fortan mit der Wahrnehmung seiner Interessen beauftragt. Im zurückliegenden Jahrzehnt hatte Stafford mit den Honoraren aus den juristischen Scharmützeln, die er für Troy führte, ein Vermögen verdient.

Stafford und Durban kehrten in das Konferenzzimmer im 13. Stock zurück und verschlossen die Tür.

Vor laufender Kamera öffnete Stafford den Umschlag und entnahm ihm die drei gelben Bogen. Der erste enthielt eine für ihn bestimmte Mitteilung Troys. Er blickte in die Kamera und erklärte: „Dieser an mich gerichtete handschriftliche Brief von Troy Phelan trägt das Datum des heutigen Tages, Montag, 9. Dezember 1996.

‚Lieber Josh: Ich bin jetzt tot. Nachstehend meine Anweisungen, die ich Sie genau zu befolgen bitte. Erstens soll eine baldige Autopsie durchgeführt werden. Zweitens will ich keinerlei Beerdigung. Man soll mich verbrennen und meine Asche aus der Luft über meiner Ranch in Wyoming verstreuen. Drittens möchte ich, daß der Inhalt meines Testaments bis zum 15. Januar 1997 vertraulich bleibt. Dem Gesetz nach sind Sie nicht verpflichtet, es sofort offenzulegen. Bis dann. Troy.'"

Stafford legte das erste Blatt auf den Tisch und nahm das zweite zur Hand. Er überflog es und sagte dann in Richtung Kamera: „Dies ist ein aus einer Seite bestehendes Dokument, das als Testament von Troy L. Phelan gekennzeichnet ist.

‚Ich, Troy L. Phelan, widerrufe hiermit im Vollbesitz meiner geistigen Kräfte nachdrücklich jedes früher von mir abgefaßte Testament sowie alle Nachträge dazu und verfüge über mein Vermögen wie folgt:

Meinen Kindern Troy Phelan junior, Rex Phelan, Libbigail Phelan Jeter, Mary Ross Phelan Jackman, Geena Phelan Strong sowie Ramble Phelan hinterlasse ich einen Geldbetrag, der ausreicht, ihre jeweiligen Schulden in der Höhe zu begleichen, die sie am heutigen Tag aufweisen. Nach dem heutigen Datum anfallende Schulden werden davon nicht gedeckt. Sollte einer der genannten Nachkommen den Versuch unternehmen, dieses Testament anzufechten, entfällt das für ihn vorgesehene Geldgeschenk vollständig.

Meine ehemaligen Ehefrauen Lillian, Janie und Tira bekommen nichts. Sie sind bei der Scheidung jeweils angemessen versorgt worden.

Mein verbleibendes Vermögen hinterlasse ich meiner am 2. November 1954 in New Orleans im Staat Louisiana geborenen Tochter Rachel Lane. Ihre Mutter, eine Frau namens Evelyn Cunningham, ist zwischenzeitlich verstorben.'"

Keinen dieser beiden Namen hatte Stafford je gehört. Er mußte tief Luft holen, bevor er mit dem Vorlesen fortfahren konnte. „‚Zum Verwalter meines Nachlasses setze ich den Anwalt meines Vertrauens Josh Stafford ein und lasse ihm weitgehende Entscheidungsfreiheit in der Frage, wie er dabei vorgeht. Unterschrieben am 9. Dezember 1996 um 15 Uhr von Troy L. Phelan.'"

Er nahm das dritte Blatt zur Hand und fuhr fort: „Hierbei handelt es sich um eine Mitteilung, die wieder an mich gerichtet ist. Ich lese sie vor: ‚Josh: Rachel Lane ist an der Grenze zwischen Brasilien und Bolivien als Missionarin einer Organisation namens World Tribes Missions tätig. Sie arbeitet in einer als Pantanal bezeichneten abgelegenen Gegend unter Indianern. Die nächstgelegene Stadt ist Corumbá. Ich habe seit zwanzig Jahren keine Verbindung zu ihr gehabt und sie auch jetzt nicht auftreiben können. Gezeichnet Troy Phelan.'"

Durban schaltete die Kamera ab. „Wußten Sie, daß er eine uneheliche Tochter hatte?"

Stafford sah abwesend auf eine Wand. „Nein. Ich habe für Troy elf Testamente aufgesetzt, und er hat sie in keinem von ihnen auch nur einmal erwähnt."

„Vermutlich dürfen wir uns darüber nicht wundern."

Aber Stafford war wie vor den Kopf geschlagen. Er war soeben Zeuge eines recht dramatischen Selbstmords geworden. Jetzt hatte er ein gültiges Testament vor sich, das in einigen knappen Absätzen eins der bedeutendsten Vermögen auf der Welt einer unbekannten Erbin hinterließ.

„Ich brauche was zu trinken, Tip", sagte er. „Aber vorher sehen wir uns um."

Sie gingen nach nebenan in Phelans Büro, wo sie alles unverschlossen vorfanden. Die beiden Männer durchsuchten die Schreibtischschubladen und Aktenschränke. Offensichtlich hatte Troy damit gerechnet, daß Josh sofort handeln würde. In der mittleren Schublade seines Schreibtischs fanden sie einen fünf Wochen zuvor unterschriebenen Vertrag mit einem Krematorium in Alexandria. Darunter lag eine Akte über World Tribes Missions.

Sie suchten zusammen, was sie tragen konnten, holten dann Snead und veranlaßten ihn, das Büro abzuschließen. „Was steht in dem Testament, dem letzten?" fragte Snead, blaß und mit geschwollenen Augen.

„Das kann ich nicht sagen", antwortete Stafford. „Lassen Sie keinen Menschen hier rein."

Stafford und Durban brachten eine halbe Stunde mit einem Polizeibeamten zu, der routinemäßig gekommen war. Sie zeigten ihm die Stelle, an der Troy über das Geländer geklettert war, nannten ihm die Namen von Zeugen, beschrieben den letzten Brief und das letzte Testament. Es war schlicht und einfach ein Selbstmord gewesen. Sie versprachen dem Polizisten eine Kopie des Autopsieberichts, und der Beamte betrachtete den Fall schon als abgeschlossen, bevor er das Gebäude verließ.

Sie fuhren zum Büro des Gerichtsmediziners, wo der Leichnam bereits eingetroffen war, und veranlaßten die Autopsie.

„Wozu soll die dienen?" fragte Durban flüsternd.

„Sie soll den Beweis liefern, daß weder Drogen noch Alkohol im Spiel waren, nichts, was seine geistigen Fähigkeiten hätte beeinträchtigen können. Er hat an alles gedacht."

Erst kurz vor sechs suchten sie eine Bar im Willard Hotel auf, das in der Nähe des Weißen Hauses und nur zwei Straßen von ihrem Büro entfernt lag. Nach einem kräftigen Schluck brachte Stafford zum ersten Mal ein Lächeln zustande. „Er hat wirklich an alles gedacht, nicht wahr?"

„Er ist sehr grausam“, meinte Durban, tief in Gedanken versunken.
„Sie meinen wohl, er war grausam.“
„Nein, Troy Phelan ist noch immer da. Er bestimmt nach wie vor die Spielregeln.“

ANGESICHTS der Tatsache, daß es sich um Anwälte handelte, deren Mandanten nur selten miteinander sprachen, war die Sitzung ein seltener Fall von Kooperationsbereitschaft. Das ausgeprägteste Ego im Raum gehörte Hark Gettys, einem auf Prozesse geradezu erpichten Anwalt, der seit mehreren Jahren Rex Phelan vertrat. Gettys hatte auf dieser Sitzung bestanden, kaum daß er in seine Kanzlei an der Massachusetts Avenue zurückgekehrt war. Der Einfall war so gut, daß die Anwälte der übrigen Phelan-Kinder nichts dagegen vorbringen konnten.

Gemeinsam mit Flowe, Zadel und Theishen trafen sie nach 17 Uhr in Gettys Kanzlei ein. Ein Urkundsbeamter des Gerichts und zwei Videokameras warteten bereits. Die drei Psychiater wurden einzeln beiseite genommen und ausführlich über alles befragt, was ihnen an Mr. Phelan unmittelbar vor seinem Ende aufgefallen war. Keiner der drei hatte den geringsten Zweifel daran, daß Mr. Phelan genau gewußt hatte, was er tat, und daß er bei klarem Verstand gewesen war. Sie wiesen mit Nachdruck darauf hin, daß man nicht verrückt zu sein brauche, um sich das Leben zu nehmen.

DIE FINANZZEITSCHRIFT *Forbes* hatte Troy Phelan als zehntreichsten Amerikaner bezeichnet. Die Art und Weise, wie er gestorben war, machte seinen Tod zu einer Sensation.

Auf der Straße vor Lillians Villa in Falls Church, Virginia, wartete eine Schar Berichterstatter darauf, daß sich ein Sprecher der Familie zu der Angelegenheit äußere. Im Inneren des Hauses hatten sich Phelans vier älteste Nachkommen mit ihren Ehepartnern und Kindern versammelt, um Beileidsbekundungen entgegenzunehmen. Die Stimmung war gedämpft, solange sich Außenstehende in der Nähe befanden. Als sie fort waren, änderte sich das schlagartig. Erlesene Weine und Champagner flossen in Strömen.

Hark Gettys kam gegen 22 Uhr und erklärte den Versammelten, daß er mit Josh Stafford gesprochen habe. Es werde weder eine Beerdigung noch eine Trauerfeier geben; nach einer Autopsie werde man den Verstorbenen einäschern und die Überreste verstreuen. So habe dieser es schriftlich verfügt, und Stafford sei bereit, notfalls vor Gericht zu ziehen, um den Wünschen seines Mandanten Geltung zu verschaffen.

Es war Lillian und ihren Kindern völlig gleichgültig, was mit Troy geschah. „Wir werden uns seinen Wünschen fügen", sagte sie würdevoll.

Die Frage nach dem Inhalt des Testaments und wann sie es sehen könnten, wurde nicht angesprochen, brodelte aber dicht unter der Oberfläche.

UM ACHT UHR stand Josh Stafford am Tag nach Mr. Phelans Tod vor den besorgten Direktoren der Phelan-Gruppe. Derzeitiger Generaldirektor war Pat Solomon, ein Mann, den Troy vor fast zwanzig Jahren eingestellt hatte. Als Stafford hereinkam, war Solomon ebenso unruhig wie die sieben anderen Mitglieder der Firmenleitung.

Grund zur Unruhe gab es reichlich. Im Unternehmen waren viele phantasievolle Gerüchte um Troys Abkömmlinge und Gattinnen im Umlauf. Der geringste Hinweis auf die Möglichkeit, die Firmengruppe könnte diesen Menschen in die Hände fallen, hätte jede Direktorenversammlung in Angst und Schrecken versetzt.

Einleitend legte Josh Mr. Phelans Wünsche mit Bezug auf das dar, was nach seinem Tod mit ihm geschehen sollte. „Es wird keine Beerdigung geben", sagte er düster. „Niemand wird eine Möglichkeit haben, ihm die letzte Ehre zu erweisen."

Sie nahmen das wortlos zur Kenntnis. „Wer bekommt die Verfügungsgewalt über die Firmengruppe?" fragte Solomon nach einer Pause.

„Das kann ich jetzt noch nicht sagen", erwiderte Stafford. Ihm war klar, daß die Antwort wie eine Ausflucht wirkte. „Mr. Phelan hat, wenige Augenblicke bevor er sprang, ein Testament unterschrieben und mich angewiesen, dessen Inhalt eine gewisse Zeit für mich zu behalten. Vorläufig bleibt das Direktorium, wie es ist, jeder behält seine Position. Im Unternehmen wird morgen alles genauso sein wie vorige Woche."

Sie stritten sich eine Stunde lang über den Wortlaut der Presseerklärung, dann vertagten sie sich um einen Monat.

Stafford traf Tip Durban im Foyer, und sie fuhren gemeinsam zur Gerichtsmedizin in McLean. Die Autopsie war beendet. Es gab keinerlei Hinweise auf Alkohol oder Drogen. Aber auch keinen auf einen Gehirntumor. Troy Phelan war zum Zeitpunkt seines Todes in guter körperlicher Verfassung gewesen, lediglich ein wenig unterernährt.

„Hat er Ihnen gesagt, daß er einen Gehirntumor habe?" fragte Tip später, als sie auf der Roosevelt-Brücke den Potomac überquerten.

„Ja, mehrfach", gab Stafford zurück.

„Warum hat er gelogen?"

„Wer weiß? Der Gehirntumor hat alles schrecklich dringend gemacht.

Jeder, auch ich, war überzeugt, daß sein Tod unmittelbar bevorstand. Sein geschwächter Zustand ließ es als großartigen Einfall erscheinen, die Psychiater hinzuzuziehen. Er hat die Falle gestellt, seine Verwandten sind geradezu hineingerannt, und jetzt schwören die von ihnen selbst beauftragten Psychiater Stein und Bein, daß Troy bei völlig klarem Verstand war."

„Aber er war doch verrückt, oder etwa nicht? Schließlich ist er gesprungen."

„Troy war deprimiert. Er war alt und sehr einsam."

Als Josh Stafford in seine Kanzlei zurückkehrte, herrschte dort hektische Betriebsamkeit. Nach Washingtoner Maßstäben war die Kanzlei mit ihren sechzig Anwälten nicht besonders groß. Josh war der Gründer und Hauptgesellschafter, Tip Durban und vier weitere Anwälte waren Teilhaber. Das bedeutete, daß Josh gelegentlich auf sie hörte und ihnen einen Teil des Gewinns zukommen ließ.

Drei Arbeitsgruppen von Anwälten warteten im Vorzimmer seines großen Büros. Zwei Sekretärinnen schoben ihm Memoranden und Telefonnotizen zu. „Was ist am dringendsten?" fragte er.

„Ich glaube, das hier", sagte eine Sekretärin.

Es war eine Notiz über einen Anruf von Hark Gettys, mit dem Josh im vergangenen Monat mindestens dreimal wöchentlich gesprochen hatte. Er wählte Harks Nummer und hatte ihn sofort am Apparat.

Hark kam gleich zur Sache. „Hören Sie, Josh, Sie können sich bestimmt vorstellen, wie mir die Familie die Hölle heiß macht. Sie will wissen, was in dem verdammten Testament steht."

Die nächsten Sätze würden entscheidend sein, und Josh hatte sie sich sorgfältig zurechtgelegt. „Nicht so hastig, Hark."

„Warum? Stimmt was nicht?"

„Der Selbstmord macht mir Sorgen. Wie kann jemand bei klarem Verstand sein, der Sekunden später von einem Hochhaus springt?"

Harks nervöse Stimme stieg um eine Oktave. „Aber Sie haben selbst gehört, was unsere Psychiater sagen. Zum Kuckuck, das ist doch alles auf Band festgehalten."

„Und bleiben die drei trotz des Selbstmords bei ihrer Überzeugung?"

„Ja, absolut. Jeder von ihnen hat eine eidesstattliche Erklärung darüber unterschrieben."

„Kann ich die Schriftsätze sehen?"

„Ich schick sie gleich mit Kurier rüber."

„Bitte tun Sie das." Josh legte auf und lächelte vor sich hin.

Jetzt rief er die jungen Mitarbeiter herein, drei Arbeitsgruppen aufgeweckter und furchtloser Anwälte. Josh begann damit, daß er den Inhalt von Troys eigenhändigem Testament und die juristischen Schwierigkeiten, die vermutlich zu erwarten waren, kurz zusammenfaßte. Der ersten Arbeitsgruppe gab er den Auftrag, die Frage nach Troys Testierfähigkeit zu klären. Die Leute sollten Analysen aller Fälle beschaffen, die mit der Erstellung eines Testaments durch einen Menschen zu tun hatten, der als verrückt galt.

Die zweite Gruppe sollte sich um alles kümmern, was mit eigenhändigen Testamenten zu tun hatte, insbesondere um die besten Möglichkeiten, eine solche Verfügung anzufechten und eingeklagte Ansprüche abzuweisen.

Zur dritten Gruppe sagte er: „Sie werden eine Person suchen, von der ich annehme, daß sie nicht gefunden werden möchte." Er teilte seinen Mitarbeitern mit, was er über Rachel Lane wußte. Viel war es nicht. „Erstens, versuchen Sie festzustellen, um was für eine Organisation es sich bei World Tribes Missions handelt. Wie arbeiten die Leute, und wo? Zweitens, treiben Sie die beiden besten Privatdetektive in Washington auf, die darauf spezialisiert sind, Menschen aufzuspüren. Gewöhnlich sind das frühere Mitarbeiter des FBI, die sich während ihres Berufslebens mit dieser Aufgabe beschäftigt haben. Drittens, Rachels verstorbene Mutter Evelyn hieß mit Mädchennamen Cunningham. Wir brauchen möglichst viele biographische Angaben über diese Frau."

Dann entließ Josh die Leute. Eine Sekretärin teilte ihm mit, daß das Krematorium angerufen habe. Mr. Phelans sterbliche Überreste könnten abgeholt werden.

TJ PFLEGTE seinen Kater vom Vorabend bis gegen Mittag, trank dann ein Bier und beschloß, daß es an der Zeit sei, seine Muskeln spielen zu lassen. Er rief seinen Hauptanwalt an, um sich nach dem neuesten Stand der Dinge zu erkundigen. Dieser riet ihm zur Geduld. „Es wird ein Weilchen dauern, TJ", sagte er.

„Ich bin aber nicht in der Stimmung zu warten", knurrte TJ. Er knallte den Hörer auf die Gabel und ging in den rückwärtigen Teil seiner schmuddeligen Eigentumswohnung. Glücklicherweise war seine Frau Biff nicht zu sehen. Heute hatten sie sich schon dreimal gestritten, und dabei war es kaum Mittag. Vielleicht war sie einkaufen gegangen, einen Teil seines neuen Reichtums verjubeln.

Er war allein zu Hause. Seine beiden Kinder aus der ersten Ehe waren im College. Für ihre Ausbildung kam Lillian auf, die noch immer einen Teil des Geldes besaß, das sie Troy bei der Scheidung vor Jahrzehnten abgeknöpft hatte. Er lebte mit der dreißigjährigen geschiedenen Biff, die als Immobilienmaklerin arbeitete und reizende Einsteigerhäuser an Jungverheiratete verkaufte.

TJ machte sich noch ein Bier auf und betrachtete sich im Spiegel in der Diele. „Troy Phelan junior“, sagte er mit Betonung. „Sohn Troy Phelans, des verstorbenen zehntreichsten Mannes in den USA, betrauert von seinen liebenden Ehefrauen und Kindern, die ihn nach der gerichtlichen Testamentseröffnung alle noch mehr lieben werden. Jawohl!“

Er zog seinen besten Anzug an, den grauen, den er auch am Vortag getragen hatte, als sich der liebe alte Papa den Psychiatern gestellt und sich so großartig gehalten hatte. Schon möglich, daß er auf einer Müllkippe wohnte, doch davon bekam die Welt nichts zu sehen. Wohl aber sah sie seinen BMW, und so gab er sich jeden Monat die größte Mühe, die 680 Dollar für die Leasingrate zusammenzukratzen.

Er verfluchte die Wohnung, als er den Parkplatz überquerte. In seiner Jugend war es ihm bessergegangen. Während der ersten zwanzig Jahre hatte er ein angenehmes Leben im Luxus geführt und dann seinen Anteil ausgezahlt bekommen. Aber die fünf Millionen waren dahingewesen, bevor er dreißig war, und sein Vater hatte ihn deswegen verachtet.

Was für eine Villa er sich bauen lassen würde! Wahrscheinlich würde er im Lauf des nächsten Jahres nach Malibu, Aspen oder Palm Beach ziehen, wo er das Geld zur Schau stellen konnte und man ihn ernst nehmen würde. Er lachte.

Ein Bekannter leitete die BMW-und-Porsche-Niederlassung, bei der TJ seinen Wagen geleast hatte. Mit selbstgefälligem Lächeln stolzierte Troy junior wie ein Weltbeherrscher in den Ausstellungsraum. Er könnte den ganzen Laden aufkaufen, wenn ihm danach wäre. Auf dem Schreibtisch eines der Verkäufer sah er die Morgenzeitung mit einer hübschen, fetten Schlagzeile über den Tod seines Vaters.

Der Geschäftsführer, Dickie, stürzte aus seinem Büro und auf ihn zu. „TJ, mein herzliches Beileid.“

„Danke“, antwortete Troy junior. „Es ist so besser für ihn.“

„Trotzdem, es tut mir sehr leid.“ Sie traten in Dickies Büro und schlossen die Tür. „In der Zeitung steht, daß er unmittelbar vor seinem Tod ein Testament unterschrieben hat. Stimmt das?“

Troy junior blätterte bereits in den bunten Hochglanzbroschüren mit den neuesten Modellen. „Ja. Er hat seinen Nachlaß durch sechs geteilt, ein Anteil für jeden von uns.“ Er sagte das ganz beiläufig, ohne den Blick zu heben, als könne er bereits über das Geld verfügen. „Biff hätte gern 'nen Porsche“, fuhr er fort, „'nen roten 911 Carrera Turbo Cabrio.“

Dickie riß den Mund auf. War dieser nichtsnutzige TJ Phelan etwa mit einemmal Milliardär? „Kein Problem, TJ. Und was ist mit der Bezahlung?"

„Ich zahle den zusammen mit meinem schwarzen, auch 'n Neunelfer. Wann können wir die kriegen?"

„Ich muß sie erst besorgen. Das kann ein oder zwei Tage dauern. Wann kriegen Sie denn das Geld?"

„In etwa einem Monat. Aber die Autos will ich gleich."

Dickie hielt die Luft an und zuckte zusammen. „Ich kann keine zwei fabrikneuen Autos ohne irgendeine Art von Bezahlung rausrücken."

„Schön. Dann seh ich mich eben bei Jaguar um."

„Nicht doch, aber ich muß sie erst auftreiben."

„Kluger Junge", sagte TJ.

RAMBLES Trauer äußerte sich darin, daß er sich den ganzen Tag über in seiner Bude im Keller einschloß, Marihuana rauchte und Rapmusik hörte. Seine Mutter Tira hatte ihm wegen der Familientragödie erlaubt, der Schule fernzubleiben. Wenn sie auch nur die geringste Ahnung davon gehabt hätte, was ihr Sohn trieb, hätte sie gewußt, daß man ihn dort schon seit einem ganzen Monat nicht mehr gesehen hatte.

Am Vortag hatte ihm sein Anwalt auf der Rückfahrt vom Phelan-Hochhaus erklärt, das Geld werde treuhänderisch verwaltet, bis er entweder 18 oder 21 Jahre alt sei, je nach den Bedingungen des Testaments. Er werde aber sicherlich bis dahin ein großzügiges Taschengeld bekommen. Ramble wollte eine Musikgruppe gründen und Platten aufnehmen. Er würde der Leadsänger sein, und die Mädchen würden sich um ihn reißen.

Zwei Stockwerke höher in ihrem geräumigen Haus schlug seine Mutter den Tag damit tot, daß sie mit Freundinnen redete, die angerufen hatten, um halbherzig ihr Beileid auszusprechen. Die meisten fragten sie nach längerem Austausch von Klatsch und Tratsch, wieviel sie wohl aus dem Nachlaß bekommen würde, aber sie scheute sich, eine Vermutung auszusprechen. Sie hatte Troy 1982 geheiratet und zuvor einen umfangreichen Ehevertrag unterschrieben, der ihr für den Fall einer Scheidung lediglich zehn Millionen und ein Haus zubilligte. Vor sechs Jahren waren sie auseinandergegangen. Jetzt besaß sie noch zwei Millionen.

Bestimmt hatte ihr Troy um die fünfzig Millionen hinterlassen. Allein schon ein Prozent seines Nachlasses dürfte sich auf etwa hundert Millionen belaufen. Ein lächerliches Prozent.

GEENA PHELAN STRONG war dreißig und bemühte sich, die Ehe mit ihrem zweiten Mann Cody zu überleben, die sich ausgesprochen stürmisch entwickelt hatte. Er entstammte einer angeblich steinreichen alteingesessenen Familie aus dem Osten der Vereinigten Staaten, deren Geld sich bisher aber als Gerücht erwiesen hatte. Geena jedenfalls hatte noch nichts davon gesehen. Cody hatte eine eindrucksvolle Ausbildung genossen und ein Diplom in Betriebswirtschaft an der New Yorker Columbia-Universität erworben. Seiner eigenen Einschätzung nach war er ein Visionär der Finanzwelt, doch nach sechs gemeinsam verbrachten Jahren hatte Cody seine Nische noch nicht gefunden. Die Verluste, die er erlitten hatte, waren atemberaubend: ein mißlungenes Termingeschäft mit Kupfer und die Geschäftsidee, „Hühnchen im Eismantel" unters Volk zu bringen, hatten ihn um beachtliche Beträge ärmer gemacht.

Geena hatte sich vier Monate lang von ihm getrennt, war aber zurückgekehrt, nachdem sie eine Eheberatung aufgesucht hatte. Sie verbrauchten viel Geld. Zwar wurden viele ihrer Schwierigkeiten dadurch gemildert, daß sie jung und wohlhabend waren, aber das Geld schwand nur so dahin, und ihre Schulden nahmen immer mehr zu. Und dann war Troy von der Dachterrasse gesprungen.

Jetzt beschäftigten sie sich den ganzen Vormittag damit, nach einem Haus in Swinks Mill zu suchen, dem Ziel ihrer hochfliegenden Träume. Von Stunde zu Stunde wurden ihre Ansprüche größer; und um die Mittagszeit erkundigten sie sich schon nach Häusern in der Preisklasse über zwei Millionen. Am Abend besichtigten sie ein leerstehendes Haus, das viereinhalb Millionen kosten sollte, und überlegten sich ernsthaft, ein Kaufangebot abzugeben.

GEGEN den 44jährigen Rex, TJs Bruder, lief zur Zeit von Troys Tod ein gerichtliches Untersuchungsverfahren. Seine Schwierigkeiten leiteten sich aus dem Bankrott einer Bank her. Schon seit drei Jahren gingen Bankrevisoren und das FBI den Machenschaften in diesem Zusammenhang auf das gründlichste nach.

Um seine Verteidigung und seinen aufwendigen Lebensstil zu finanzieren, hatte Rex im Gebiet von Fort Lauderdale eine ganze Reihe Oben-ohne-Lokale und Stripklubs erworben. Das Geschäft mit der nackten Haut war einträglich, und die Entnahme größerer Barbeträge bereitete keine Schwierigkeiten. Ohne den Bogen zu überspannen, konnte er Monat für Monat rund 24 000 Dollar steuerfrei in die eigene Tasche stecken.

Die Lokale waren auf den Namen seiner Frau Amber Rockwell, einer einstigen Stripperin, eingetragen. Es verursachte ihm keine geringe Besorgnis, daß sein ganzer Besitz auf ihren Namen lief.

Als sein Vater starb, stand Rex bei allen möglichen Geschäftspartnern sowie Leuten, die Einlagen in seiner Bank besessen hatten, mit über sieben Millionen Dollar in der Kreide. Der Betrag wurde ständig höher, und Rex machte sich große Sorgen wegen Amber und des auf ihren Namen eingetragenen Vermögens. Eine ernsthafte Auseinandersetzung genügte, und sie konnte verschwinden.

Diese Sorgen hörten mit Troys Tod auf. Die Gewichte auf der Wippe hatten sich verschoben. Mit einemmal saß Rex oben, und sein Nachname war plötzlich ein Vermögen wert.

Rex verbrachte den Tag mit seinem Anwalt Hark Gettys. Er brauchte das Geld dringend, und Hark sollte ihn bei jedem Schritt auf seinem Weg begleiten. Rex' Ziel war die Herrschaft über die Phelan-Gruppe.

Bestimmt würde sein Anteil am Aktienkapital, ganz gleich, wie der aussehen mochte, zusammen mit dem von TJ und den beiden Schwestern für ein Mehrheitsstimmrecht ausreichen. Aber würde man ihnen die Aktien aushändigen, war das Vermögen unter treuhänderische Verwaltung gestellt, oder war auf heimtückische Weise dafür gesorgt, daß sie nicht nach Gutdünken damit schalten und walten konnten? Darüber würde sich Troy in seinem Grab bestimmt ins Fäustchen lachen.

„Wir müssen das verdammte Testament sehen!“ schrie er Hark an. Hark beruhigte ihn mit einem ausgiebigen Mittagessen und gutem Wein, dann gingen sie am frühen Nachmittag zu schottischem Whisky über.

Der Flug in den Westen mit Mr. Phelans Gulfstream IV sollte Josh Stafford und Tip Durban eine willkommene Atempause in dem Chaos verschaffen, das der Milliardär durch seinen Sprung ausgelöst hatte. Phelans Viehfarm befand sich in der Nähe von Jackson Hole in den Tetons, wo der Schnee bereits dreißig Zentimeter hoch lag.

Die Anwälte der Phelan-Erben saßen Josh Stafford im Nacken. Seine Hark Gettys gegenüber gemachten zurückhaltenden Äußerungen zur Testierfähigkeit des Alten hatten Schockwellen durch die Familien gesandt, und jetzt reagierten die Erben mit voraussagbarer Hysterie und Drohungen. Der Ausflug würde nur einen kurzen Aufschub bedeuten. Er und Durban konnten die ersten Ergebnisse ihrer Nachforschungen sichten und ihre Pläne dementsprechend abstimmen.

Über Rachel Lane hatte man nicht viel in Erfahrung zu bringen vermocht. Die Zentrale von World Tribes Missions befand sich in Houston, Texas. Die Organisation beschäftigte auf der ganzen Welt viertausend

Missionare, die ausschließlich bei Eingeborenenstämmen tätig waren. Gegenwärtig kümmerten sich Missionare von World Tribes Missions um nicht weniger als 28 Indianerstämme in Brasilien. Rachel lebte wahrscheinlich in einer Hütte oder unter einem Schutzdach, brachte den Eingeborenen das Evangelium nahe und wußte nichts von den Ereignissen, Sorgen und Nöten der Welt.

Sie aufzustören schien Stafford fast grausam zu sein.

„Womöglich finden wir sie nie", überlegte Durban. „Es gibt da kein Telefon und keinen Strom; man muß über das Gebirge marschieren, um diese Leute zu erreichen."

„Uns bleibt keine Wahl", beharrte Josh.

Eins der im Flugzeug installierten Faxgeräte begann zu summen und Papier auszuspucken. Die erste Nachricht kam von Joshs Sekretärin und enthielt eine Liste der am Vormittag eingegangenen Anrufe – fast alle waren von Anwälten der Phelan-Erben. Zwei Reporter hatten ebenfalls angerufen. Die jungen Kollegen schickten, was sie über die unterschiedlichen Aspekte des in Virginia geltenden Rechts gefunden hatten.

Als sie in Jackson Hole landeten, war der Himmel klar. Stafford und Durban verließen das Flugzeug und stiegen in einen von Troys Hubschraubern. Zehn Minuten später schwebten sie über seiner geliebten Viehfarm. Böen ließen den Hubschrauber so auf und ab tanzen, daß Durban bleich im Gesicht wurde. Als Josh eine Tür aufschob, fuhr ihm ein eiskalter Windstoß ins Gesicht.

Der Pilot hielt die Maschine auf sechshundert Meter Höhe, während Josh die kleine schwarze Urne entleerte. Sogleich trug der Wind Troys Überreste in alle Richtungen, und die Asche war längst nicht mehr zu erkennen, als sie den Schnee am Boden erreichte.

MONTGOMERY, ein Mann, den Stafford persönlich ausgesucht hatte und der seit vier Jahren in der Kanzlei arbeitete, verlief sich dreimal im Häusergewirr von Houston, bis er die Zentrale von World Tribes Missions fand. Er parkte seinen Mietwagen und zog sich die Krawatte zurecht. Zweimal hatte er mit Mr. Trill telefoniert, und obwohl er zu ihrer Verabredung eine ganze Stunde zu spät kam, schien das nichts auszumachen.

„Was kann ich für Sie tun?" fragte Trill.

„Ich brauche einige Angaben über eine Ihrer Missionarinnen", begann Montgomery. „Sie heißt Rachel Lane."

Trills Blicke schweiften umher. „Der Name kommt mir nicht bekannt vor."

„Sie arbeitet in der Nähe der Grenze zwischen Brasilien und Bolivien. Wir müssen sie finden. Eine juristische Angelegenheit."

Etwas klickte. „Entschuldigen Sie mich einen Augenblick", bat Trill und verschwand aus dem Raum.

Trill war wie ausgewechselt, als er zurückkehrte. Förmlich, ohne zu lächeln und ohne die geringste Bereitschaft, Montgomery behilflich zu sein, sagte er: „Tut mir leid, Mr. Montgomery. Wir können nichts für Sie tun."

„Befindet sie sich in Brasilien?"

„Bedaure."

„Bolivien?"

„Bedaure. Ich kann Ihre Fragen nicht beantworten."

AUF TROY PHELANS Viehfarm hatten Josh Stafford und Tip Durban zum Abendessen ein gewaltiges Steak mit Pilzsoße gegessen. Nun zogen sie sich in einen wohnlichen Aufenthaltsraum zurück, in dessen Kamin ein Feuer brannte. Ein Butler in weißem Jackett servierte ihnen uralten schottischen Single-Malt-Whisky aus Mr. Phelans Beständen und bot ihnen Havannazigarren an.

„Mir ist da ein Einfall gekommen", eröffnete Josh, während er ins Feuer sah. „Wir können nicht den erstbesten Mann losschicken, damit er diese Rachel Lane auftreibt, nicht wahr? Es muß ein Anwalt sein, weil die juristischen Hintergründe zu erklären sind. Außerdem muß es jemand aus unserer Kanzlei sein, da die Angelegenheit vertraulich ist."

Tip zog an seiner Zigarre. „Gibt es da nicht sogar Kannibalen?"

„Beruhigen Sie sich, Tip. Sie sollen ja gar nicht hin. Aber Sie sehen die Schwierigkeiten, nicht wahr? In der Kanzlei haben wir fünf Dutzend Anwälte, von denen jeder mehr zu tun hat, als er erledigen kann. Keiner von uns kann es sich leisten, für eine Woche alles liegen- und stehenzulassen, um die Frau zu suchen."

„Dann schicken Sie doch einen Anwaltsgehilfen."

Dieser Gedanke gefiel Josh nicht. „Es muß ein gestandener Anwalt sein", meinte er und nippte an seinem Whisky. „Was ist mit Nate?"

„Ist das Ihr Ernst?" fragte Tip.

Nate O'Riley, einer der Teilhaber, hielt sich zur Zeit in einem Rehabilitationszentrum in den Blue Ridge Mountains westlich von Washington auf. In den vergangenen zehn Jahren hatte er sich des öfteren in einer solchen Einrichtung aufgehalten. Jedesmal war er braun gebrannt und mit dem festen Entschluß zurückgekehrt, dem Alkohol ein für allemal abzuschwören. Aber seine einzigen anhaltenden Fortschritte betrafen sein Tennisspiel. Jetzt, mit 48 Jahren, war er finanziell am Ende, zweimal geschieden und stand unter Anklage wegen Steuerhinterziehung.

„Er hatte es doch immer mit dem Leben im Freien, oder?" fragte Tip.

„Aber ja. Sporttauchen, Felsklettern, lauter so verrückte Sachen. Dann ist es mit ihm abwärtsgegangen, und er hat nur noch gearbeitet."

Dieser Niedergang hatte mit etwa Mitte Dreißig begonnen, etwa um die Zeit, als er eine eindrucksvolle Reihe von Erfolgen in Kunstfehlerprozessen gegen Ärzte erzielt hatte. Nate O'Riley war auf diesem Gebiet geradezu ein Staranwalt geworden, zugleich aber hatte er sich dem Alkohol und dem Kokain verschrieben. Er vernachlässigte seine Familie und wurde von seiner Sucht förmlich aufgesogen. Irgendwie war es ihm immer wieder gelungen, zwischen seinen gewaltigen Prozeßerfolgen und seiner Abhängigkeit von Alkohol und Drogen das Gleichgewicht zu halten. Als er dann jedoch einen Prozeß verlor, stürzte er zum ersten Mal von der Klippe in die Tiefe. Die Kanzlei hatte ihn in einen schicken Kurort abgeschoben, bis er hinreichend trocken war, so daß er zurückkehren und in eindrucksvoller Weise an seine früheren Erfolge anknüpfen konnte. Es war die erste Rückkehr von vielen gewesen. Vor knapp vier Monaten hatte er sich mit Tabletten und einer Flasche Rum in einem Motelzimmer eingeschlossen, ein Verhalten, in dem viele seiner Kollegen einen Selbstmordversuch sahen. Josh hatte Nate zum vierten Mal in zehn Jahren zur Therapie geschickt.

„Wann kommt er denn raus?" erkundigte sich Tip.

„Bald."

„Vielleicht tut es ihm ja gut, 'ne Weile von alldem wegzukommen", überlegte Tip.

AM DRITTEN Tag nach Mr. Phelans Selbstmord suchte Hark Gettys sein Büro schon vor Morgengrauen auf, müde, aber darauf bedacht, das Tagewerk in Angriff zu nehmen. Am Vortag hatte er mit Rex Phelan ein ausgedehntes Abendessen eingenommen und im Anschluß daran mehrere Stunden lang in einer Bar mit ihm Pläne für ihr weiteres Vorgehen geschmiedet.

Hark war Prozeßspezialist in einer zweitklassigen Sozietät mit vierzig Anwälten, deren beständige Machtkämpfe und Zänkereien die Ausdehnung der Kanzlei behinderten. Deshalb hatte er keinen sehnlicheren Wunsch, als sich selbständig zu machen.

Irgendwann in der vergangenen Nacht hatte er beschlossen, seinen Stundensatz auf fünfhundert Dollar zu erhöhen, und zwar rückwirkend um eine Woche. Er hatte seit sechs Tagen an nichts anderem gearbeitet als am Fall Phelan.

Harks Ziel war eine Anfechtungsklage gegen das Testament – das versprach einen langwierigen Kampf, eine Schlacht um eines der größten Vermögen in den Vereinigten Staaten. Er würde dabei sehr viel Geld verdienen und berühmt werden.

Einen Stundensatz von fünfhundert Dollar vorausgesetzt, eine Arbeitswoche von sechzig Stunden und fünfzig Arbeitswochen im Jahr, läge das jährliche Bruttohonorar bei eineinhalb Millionen. Die laufenden Kosten für Miete, Sekretärinnen und Anwaltsgehilfen dürften sich äußerstenfalls auf eine halbe Million belaufen. Damit bliebe Hark eine Bruttoeinnahme von einer Million, sofern er diese miese Kanzlei verließ und selbst eine eröffnete. So würde er es machen. Er trank einen Schluck Kaffee, nahm insgeheim Abschied von seinem unaufgeräumten Büro und dachte darüber nach, welche Möglichkeiten es gab, gegen Josh Stafford ins Feld zu ziehen.

Um neun Uhr traf er sich mit Libbigail Phelan Jeter und Mary Ross Phelan Jackman, den beiden Töchtern aus Troys erster Ehe. Rex hatte das auf Harks Betreiben hin arrangiert. Zwar wurden beide Frauen bereits durch einen Anwalt vertreten, doch wollte Hark sie auf seine Seite ziehen. Je mehr Mandanten er in diesem Fall hatte, desto größer wurde sein Einfluß am Verhandlungstisch – ganz abgesehen davon, daß er allen dreien für ein und dieselbe Arbeit jeweils fünfhundert Dollar pro Stunde berechnen konnte.

Die Besprechung verlief allerdings nicht nach Wunsch. Keine der beiden Frauen traute Hark, weil sie ihrem Bruder Rex nicht trauten. Hark war enttäuscht, doch er betrieb seinen Plan, die Kanzlei zu verlassen, mit Nachdruck. Er konnte das Geld schon riechen.

Libbigail Phelan Jeter, ein aufsässiges kleines Mädchen, hatte ihre Mutter Lillian nicht ausstehen können und um die Aufmerksamkeit des Vaters gebuhlt, der selten zu Hause war. Sie war neun Jahre alt gewesen, als sich ihre Eltern scheiden ließen.

Lillian steckte die Tochter mit 14 Jahren ins Internat. Entgegen seiner sonstigen Gewohnheit bemühte sich Troy, mit Libbigail in Kontakt zu bleiben. Oft sagte er ihr, sie sei ihm die liebste von allen. Auf jeden Fall war sie die klügste. Doch er kam nicht zu ihrer Abschlußfeier und vergaß sogar, ihr ein Geschenk zu schicken. In den Sommerferien, bevor sie aufs College ging, malte sie sich aus, womit sie ihm weh tun konnte.

Sie flüchtete sich nach Berkeley. Angeblich wollte sie dort mittelalterliche irische Lyrik studieren. Schon bald aber fühlte sie sich in der Welt der Drogen und der beiläufigen geschlechtlichen Kontakte heimisch. Sie probierte die verschiedenen Drogen aus, bis sie dem Heroin verfiel.

Libbigail brachte es fertig, zu ihrem 21. Geburtstag einigermaßen sauber nach Osten zu reisen, denn bei dieser Gelegenheit bekam jedes der Phelan-Kinder vom Alten das sehnlich erwartete Geschenk.

Ihr Geld reichte fast fünf Jahre. In diesem Zeitraum gab es zwei Ehemänner, zahlreiche Lebensgefährten, zwei Festnahmen und drei längere Aufenthalte in geschlossenen Entziehungsanstalten.

Ihr gegenwärtiger Mann Spike, den sie bei einer ihrer Suchttherapien kennengelernt hatte, war früher mit dem Motorrad durch die Lande gefahren. Er wog fast hundertfünfzig Kilo und hatte einen wirren grauen Bart, der ihm bis auf die Brust fiel. Er hatte sich inzwischen zu einem recht anständigen Kerl gemausert und baute in einer Werkstatt hinter ihrem bescheidenen Heim in einem Vorort von Baltimore Schränke zusammen.

Nach der Besprechung mit Hark suchte Libbigail stehenden Fußes die kleine Kanzlei ihres Anwalts Wally Bright auf und berichtete ihm brühwarm alles, was Hark gesagt hatte. Wallys Spezialität waren schnelle Scheidungen, für die er in Anzeigen warb. Er hatte seine Ausbildung in Abendkursen absolviert, einen von Libbigails Scheidungsfällen abgewickelt und geduldig ein Jahr lang auf das Honorar dafür gewartet. Immerhin war sie eine Phelan. Mit ihrem Namen gedachte er sich den Weg in den Kreis der Großverdiener zu bahnen und endlich Honorare in einer Höhe fordern zu können, die bisher außerhalb seiner Reichweite gewesen war.

In ihrer Anwesenheit rief er Hark Gettys an und brach einen Streit vom Zaun, der eine volle Viertelstunde tobte. Einmal schrie er sogar: „Wenn es sein muß, gehe ich für meine Mandantin über Leichen!“, was Libbigail tief beeindruckte.

3

Auf dem kleinen Hügel lagen 15 Zentimeter Neuschnee, als Nate O'Riley von den Chopin-Klängen, die in sein Zimmer geleitet wurden, geweckt wurde. In der Vorwoche war es Mozart gewesen. An die Woche davor konnte er sich nicht mehr erinnern. Vivaldi? Vieles aus seiner jüngeren Vergangenheit hier in Walnut Hill lag hinter einem Schleier.

Wie jeden Morgen seit vier Monaten trat er ans Fenster und warf einen Blick auf das Shenandoah-Tal hinab. Auch dort war alles weiß.

Er würde rechtzeitig zu Weihnachten herauskommen. Beim Gedanken an Weihnachten wurde er melancholisch. In nicht allzu ferner Vergangenheit hatte es einige recht angenehme Weihnachtsfeiern gegeben, als die Kinder noch klein waren und sein Leben in geordneten Bahnen verlief. Jetzt waren die Kinder fort, teils erwachsen, teils mit ihren Müttern fortgegangen, und das letzte, was Nate wollte, war ein weiteres Weihnachten in einer Kneipe mit anderen Betrunkenen.

Das Frühstück, das er zusammen mit Sergio einnahm, der zugleich als sein Berater und Therapeut fungierte, bestand aus schwarzem Kaffee und einem kleinen, süßen Rührkuchen. Während der vergangenen vier Monate war Sergio sein bester Freund gewesen.

„Du bekommst Besuch“, eröffnete ihm Sergio. „Mr. Stafford.“

„Wunderbar.“ Jeder Kontakt zur Außenwelt war willkommen, in erster Linie, weil es so selten vorkam. „Wann?“ erkundigte er sich.

„Am späten Vormittag. Nach deinem Konditionstraining.“

Nichts störte das Training, eine zweistündige Orgie aus Schweiß, Knurren und Brüllen unter der Aufsicht einer in körperlicher Hochform befindlichen sadistischen Trainerin, die Nate persönlich zugeordnet war. Er ruhte sich gerade in seiner Suite aus, als Josh eintraf.

„Du siehst großartig aus“, begrüßte ihn Josh. „Richtig schlank. Vielleicht sollte ich mich auch eine Weile hier einmieten.“

„Kann ich nur empfehlen. Die Mahlzeiten werden ohne eine Spur von Fett und Geschmack zubereitet. Die Portionen sind halb so groß wie eine Untertasse.“

„Für tausend Dollar am Tag kann man ja auch erstklassige Verpflegung erwarten.“

Nate aß eine Apfelsine. Sie saßen beieinander und genossen die Aussicht. Mehrere Minuten vergingen. „Ich muß hier raus, Josh, bevor ich zum Roboter mutiere.“

„Dein Arzt sagt, noch eine Woche oder so.“

„Ist ja toll. Und dann? Kann ich in die Kanzlei zurück, Josh? Sag es mir.“

„Nicht so hastig, Nate. Du hast das eine oder andere Problem. Die Sache mit deinem finanziellen Ruin kriegen wir hin. Das mit der Anklage ist nicht so einfach.“

Nein, das war es nicht. Von 1992 bis 1995 hatte er es unterlassen, den Finanzbehörden Einnahmen anzugeben, für die sechzigtausend Dollar Steuern fällig waren.

Nate warf die Apfelsinenschale in einen Abfallbehälter. „Meinst du, ich muß ins Gefängnis?“

Josh mußte mit Umsicht vorgehen. Sein Freund kam gerade aus einem tiefen schwarzen Loch hervor. Es galt, Überraschungen und alles andere zu vermeiden, was ihn aus dem Gleichgewicht bringen konnte. „Troy Phelan ist tot.“

Nate brauchte einen Augenblick, ehe er auf die Wendung im Gespräch reagierte. „Oh.“ Zwar wußte er, wer Troy Phelan war, aber er hatte mit dessen Fällen nie zu tun gehabt. „Das tut mir leid“, sagte er. „Wann ist er gestorben?“

„Vor vier Tagen. Er ist von seinem Hochhaus gesprungen. Er hatte gerade zwei Testamente unterschrieben – das erste von mir aufgesetzt; das zweite und letzte hatte er eigenhändig verfaßt. Dann ist er losgelaufen und gesprungen. Ich habe es gesehen.“

„Mann! Das muß ja ein ziemlich verrückter Hund gewesen sein.“

Eine Spur Belustigung lag in Nates Stimme. Vor fast vier Monaten hatte ihn ein Zimmermädchen in einem Motel mit dem Bauch voller Tabletten und Rum aufgefunden.

„Er hat alles einer unehelichen Tochter hinterlassen, von der ich noch nie gehört hatte. Wir wissen nicht, wo sie sich aufhält. Du sollst sie suchen.“

„Ich?“

„Ja.“

„Wieviel hat er –“

„So um die elf Milliarden, brutto. Die Tochter lebt als Missionarin bei einem Indianerstamm am Ende der Welt. Vermutlich im Westen von Brasilien, in der Nähe der bolivianischen Grenze.“

„Wenn ich dich richtig verstanden habe, soll ich zuerst den richtigen Urwald finden, dann da reinmarschieren, um den richtigen Indianerstamm aufzustöbern und die Leute davon zu überzeugen, daß ich ein wohlmeinender Anwalt aus den Vereinigten Staaten bin und sie mir helfen müssen, eine Frau zu finden, die höchstwahrscheinlich gar nicht gefunden werden möchte.“

„So in der Art. Vielleicht tut dir das ganz gut. Sag dir einfach, daß es ein Abenteuer ist.“

„Außerdem hältst du mich damit von der Kanzlei fern, Josh. Stimmt doch? Ein Manöver, mit dem du dir Luft schaffst, während du überlegst, wie es weitergehen soll.“

„Irgend jemand muß da runter, Nate. Ein Anwalt unserer Kanzlei muß dieser Frau von Angesicht zu Angesicht gegenübertreten, ihr eine Kopie des Testaments zeigen, ihr erklären, was es damit auf sich hat, und feststellen, was sie dazu meint."

„Willst du dafür sorgen, daß ich nicht auf der Straße lande? Das ist Zeitverschwendung. Ich bin sauber. Sauber und nüchtern. Für mich gibt es keine Kneipen mehr, keine Dealer. Ich bin sauber, Josh, und bleibe es. Auf alle Zeiten."

Josh nickte zustimmend. „Ich glaube dir", versicherte er und wünschte aus vollem Herzen, es wäre so.

Nate sah nachdenklich in die Ferne. „Wann müßte ich aufbrechen?"

„In einer Woche. Für Brasilien brauchst du ein Visum. Dafür müssen wir ein paar Beziehungen spielen lassen. Außerdem ist hier noch dies und jenes zu klären."

In Walnut Hill wurde von den Insassen erwartet, daß sie mindestens eine Woche lang eine Vorbereitung auf die Entlassung durchliefen, bevor man sie wieder den Wölfen zum Fraß vorwarf.

„Großartig, ich wäre über die Feiertage da unten."

„Du möchtest wohl Weihnachten gern ausfallen lassen? Und was ist mit deinen Kindern?"

Er hatte vier Kinder, zwei von jeder Frau. Eins stand kurz vor dem Studienabschluß, eins war im College, und zwei besuchten die unteren Klassen der Mittelschule. „Ich hab nichts von ihnen gehört, Josh. Seit fast vier Monaten bin ich hier und von keinem auch nur ein Wort." Seine Schultern sanken herab. Er sah einen Augenblick lang ziemlich zerbrechlich aus.

„Das tut mir leid."

Nate richtete sich wieder auf. „Liegt das Gebiet, in das ich fahren soll, am Amazonas?"

„Nein, im Pantanal, dem größten Überschwemmungsgebiet der Welt."

„Mit Piranhas, Anakondas und Kaimanen?"

„Na klar doch."

„Gibt es da auch Kannibalen?"

„Nicht mehr als in Washington. Hör mal, Nate. Die Sache ist nicht übermäßig schwer. Mach mal Urlaub. Lern 'nen anderen Teil der Welt kennen."

„Und was ist danach? Bleibe ich Teilhaber?"

„Möchtest du das denn?"

„Natürlich", gab er zurück. „Was sollte ich wohl sonst wollen?"

„Was weiß ich. Immerhin ist das jetzt schon deine vierte Suchttherapie in zehn Jahren. Wenn du jetzt rauskämst, würdest du auf dem kürzesten Weg in die Kanzlei gehen und sechs Monate lang der beste Prozeßanwalt für Kunstfehlerverfahren gegen Ärzte sein. Nichts als Arbeit, Arbeit und noch mal Arbeit. Und ein Jahr später würde sich irgendwo ein Riß zeigen. Vielleicht läuft ein Prozeß nicht so gut, und der Rückfall ist da."

„Es gibt keinen Rückfall mehr, Josh. Das schwöre ich."

„Wenn du das ernsthaft willst, schlag dir die Sache mit der Kanzlei aus dem Kopf. Da kriegst du viel zuviel Druck. Du hast über zwanzig Jahre lang Prozesse geführt, Nate. Es ist Zeit, was anderes zu machen."

„Heißt das, ich soll als Interessenvertreter mit den PR-Leuten von tausend kleinen Kongreßabgeordneten essen gehen?"

„Wir finden was für dich. Aber nicht im Gerichtssaal. Du kannst eine Menge Geld verdienen, deine Gesundheit pflegen, anfangen, Golf zu spielen, und ein schönes Leben führen, immer vorausgesetzt, daß dich die Finanzbehörden nicht beim Kanthaken nehmen."

Einige angenehme Augenblicke lang hatte Nate die Sache ganz vergessen. Jetzt ergriff sie wieder von seinem Bewußtsein Besitz. „Ein paar Wochen im brasilianischen Schwemmland klingen eigentlich ganz gut", fand er.

Josh ließ ihm eine dicke Akte über den Phelan-Nachlaß und dessen geheimnisvolle neue Erbin da, außerdem zwei Bücher über fern von der Zivilisation lebende Indianerstämme in Südamerika. Nate las acht Stunden lang ohne Pause. Als ihn Sergio um 22 Uhr noch einmal aufsuchte, saß er wie ein Mönch mitten auf dem Bett, von Papieren umgeben, gedankenverloren in einer anderen Welt.

DAS GERANGEL wurde schlimmer. Die Phelan-Erben redeten immer weniger miteinander und verbrachten immer mehr Zeit in den Kanzleien ihrer Anwälte. Eine ganze Woche verging, in der weder der Inhalt des Testaments bekanntgegeben noch genaue Pläne für einen Antrag auf Feststellung seiner Gültigkeit gemacht wurden. Je dichter die Erben das Vermögen vor Augen sahen, das für sie unerreichbar war, desto mehr nahm ihre Nervosität zu. Mehrere Anwälte wurden von ihrem Mandat entbunden und ebenso rasch durch andere ersetzt.

Während sie auf das Erbe warteten, häuften sie immense Schulden an. Kaufverträge für hochherrschaftliche Villen wurden unterschrieben und neue Autos geliefert. Wenn sich die Erben nicht gerade in den Haaren lagen, kauften sie in großem Stil ein.

Eine Prozeßlawine wird häufig dadurch ausgelöst, daß die Leute dem Gericht die Tür einrennen. Da sich Josh Stafford weigerte, das Testament offenzulegen, und gleichzeitig geheimnisvolle Hinweise über Troys mangelnde Testierfähigkeit von sich gab, gerieten die Anwälte der Phelan-Erben schließlich in Panik.

Zehn Tage nach Troys Selbstmord reichte Hark Gettys beim Gericht des Bezirks Fairfax, Virginia, eine Klage ein, um zu erzwingen, daß Troy L. Phelans Testament öffentlich bekanntgemacht wurde.

Am nächsten Morgen kurz nach neun herrschte im Geschäftszimmer des für den Bezirk Fairfax zuständigen Gerichts ein noch größeres Gedränge von Anwälten als sonst. Alle wollten mit ihren Anträgen ein und dasselbe erreichen – im Fall Phelan als zuständig anerkannt werden und einen Blick in das Testament werfen.

Der Fall Phelan landete auf dem Schreibtisch von Richter F. Parr Wycliff. Der erst 36jährige Richter war überwältigt, einen so wichtigen Fall übertragen zu bekommen. Nachdem er die Anträge gelesen hatte, rief er Josh Stafford an, um sich ihm vorzustellen. Sie unterhielten sich höflich ein paar Minuten lang.

„Gibt es ein Testament?“ fragte Wycliff schließlich.

„Ja, Euer Ehren. Ein Testament liegt vor.“

„Wann gedenken Sie es vorzulegen?“

„Mein Mandant hat mich gebeten, bis zum fünfzehnten Januar damit zu warten.“

„Hm. Gibt es dafür bestimmte Gründe?“

Der Grund lag auf der Hand. Troy wollte, daß seine habgierigen Kinder noch ein letztes Mal richtig mit Geld um sich warfen, bevor er ihnen den Boden unter den Füßen wegzog. Es war gemein, grausam und sah Troy nur allzu ähnlich.

„Das entzieht sich meiner Kenntnis“, behauptete Josh. „Es handelt sich um ein eigenhändiges Testament. Mr. Phelan unterschrieb es, wenige Sekunden bevor er in die Tiefe sprang.“

„Waren Sie nicht bei ihm?“

„Doch. Aber das ist eine lange Geschichte.“

„Vielleicht sollte ich sie erfahren.“

„Schon möglich.“

Schließlich einigten sie sich darauf, zur Mittagszeit in Wycliffs Amtszimmer zusammenzukommen.

SERGIO konnte sich mit Nates Vorhaben, nach Südamerika zu reisen, nicht anfreunden. Nach vier Monaten in einer Einrichtung wie Walnut Hill, wo der Tagesablauf genauestens geregelt war, geriet selbst die Rückkehr in eine vertraute Umgebung häufig zu einer traumatischen Erfahrung. Die Vorstellung aber, daß jemand diese Rückkehr auf dem

Umweg über Brasilien vollziehen wollte, war mehr als beunruhigend.

Nate ließ diese Befürchtung kalt. Ihn hatte kein Gerichtsbeschluß in Walnut Hill eingewiesen, sondern Josh hatte ihn hingeschickt, und wenn Josh ihn aufforderte, im Urwald Verstecken zu spielen, war ihm das recht. Sergio mochte daran herummäkeln, soviel er wollte.

In der Woche vor Nates Entlassung gab es zu den Mahlzeiten statt fettfreier jetzt fettarme Gerichte mit so unvermeidlichen Zutaten wie Salz, Pfeffer, Käse und ein wenig Butter, damit sich sein Körper auf die draußen zu erwartenden Widrigkeiten einstellen konnte. Jetzt, wo das Ende abzusehen war, begann Nate die Stunden zu zählen.

RICHTER WYCLIFF wollte wissen, was in dem Testament stand, aber Josh entzog sich höflich dieser Bitte. An einem kleinen Tisch im Amtszimmer des Richters aßen sie belegte Brote. Dem Gesetz nach war Josh nicht verpflichtet, den Inhalt des Testaments bekanntzugeben, zumindest nicht zum gegenwärtigen Zeitpunkt.

„Ich kann die Antragsteller in gewisser Weise verstehen“, meinte Wycliff. „Sie haben ein Recht zu erfahren, was in dem Testament steht.“ Er schob seinen Terminkalender an den Plastikteller heran. „Heute ist der zwanzigste Dezember. Wir können unmöglich vor Weihnachten alle zusammentrommeln. Was halten Sie vom Siebenundzwanzigsten?“

„Woran denken Sie?“

„An eine Verlesung des Testaments.“

Als sich Josh vorstellte, was das bedeuten würde, hätte er sich fast an einem Dillstengel verschluckt. Die Phelans und all ihre temperamentvollen Anwälte würden in Wycliffs Gerichtssaal zusammenkommen. Außerdem mußte man die Presse informieren. Er konnte schon das Keuchen und Stöhnen, die unterdrückten Flüche hören, das Entsetzen und die bittere Enttäuschung spüren, während die Phelans versuchten, mit dem fertig zu werden, was ihnen ihr geliebter Vater angetan hatte.

Es wäre ein einzigartiger und wunderbarer Augenblick, und mit einemmal konnte Josh es nicht abwarten. „Der Siebenundzwanzigste paßt mir gut“, willigte er ein.

WIE SCHON bei früheren Gelegenheiten hatte Josh Nates Entlassung gewissenhaft vorbereitet. Er kam nach Walnut Hill und brachte eine Reisetasche mit, die Kleidung für Nates Reise nach Süden enthielt. Er hatte Nates Paß und Visum bei sich, reichlich Bargeld, Reisedokumente und neben etlichen Anweisungen auch einen genauen Plan, wie er vorgehen konnte. Nicht einmal ein Erste-Hilfe-Päckchen fehlte.

Nate hatte keine Gelegenheit, nervös zu werden. Stolz durchschritt er nach hundertvierzig Tagen herrlicher Nüchternheit die Eingangstür; sauber, gebräunt und in guter körperlicher Verfassung.

Josh fuhr. Schnee bedeckte die Weiden, wurde aber rasch weniger, als sie die Berge hinter sich ließen. Ganz leise klangen aus dem Autoradio Weihnachtslieder.

„Könntest du das abschalten?" bat Nate schließlich.

Josh drückte einen Knopf, und die Musik hörte auf. „Wie fühlst du dich?" fragte er.

„Hältst du am nächsten Laden bitte an? Ich möchte mir 'nen Sechserpack kaufen."

„Sehr lustig."

Josh fuhr zum Dulles-Flughafen. Die Fahrt würde etwa zwei Stunden dauern. „Dein Flug geht nach São Paulo. Von da kannst du eine Maschine nach Campo Grande nehmen."

„Wie groß ist dieses Campo Grande?"

„Eine halbe Million Einwohner. Aber das ist nicht dein Ziel. Von dort nimmst du einen Zubringerflug nach Corumbá, wo du dich mit einem Anwalt namens Valdir Ruiz triffst. Er spricht Englisch. Ein sehr netter Mann. Er sucht dir einen Führer, der dich ins Pantanal bringt."

„Wie komme ich da hin? Mit dem Flugzeug, mit dem Hubschrauber?"

„Wahrscheinlich mit dem Boot. Das ganze Gebiet da unten besteht aus Sümpfen und Wasserläufen."

„Außerdem gibt es da Schlangen, Kaimane und Piranhas."

„Was für ein Feigling du doch bist. Ich dachte, du wolltest da hin."

„Will ich auch. Fahr schneller."

„Immer mit der Ruhe." Josh wies auf eine Aktentasche hinter dem Beifahrersitz. „Mach die auf. Die sollst du mitnehmen."

Nate zog sie heran. „Die wiegt ja eine Tonne. Was ist da drin?"

„Lauter gute Sachen."

Die braune Ledertasche sah aus, als sei sie schon lange in Gebrauch gewesen. Nate öffnete die Verschlüsse. „Spielzeug", sagte er.

„Das winzige graue Gerät da ist ein Mobiltelefon. Der neueste Stand der Technik", erläuterte Josh, der sichtlich stolz auf die von ihm zusammengetragenen Gegenstände war. „Valdir wählt dich in das örtliche Netz ein, sobald du in Corumbá bist. Und das handgroße Gerät hier ist ein Netzcomputer."

„Ich kann nicht mal die Zeichen auf der Tastatur lesen."

„Du kannst ihn über ein Telefon mit dem Internet verbinden und auf diese Weise deine E-Mails empfangen."

„Und was ist das da?"

„Ein Satellitentelefon. Du kannst es auf der ganzen Welt benutzen. Solange du darauf achtest, daß die Batterien geladen sind, kannst du mich immer erreichen. Das Satellitentelefon ist sozusagen die Nabelschnur, die dich mit der Außenwelt verbindet, sobald du Corumbá verläßt."

„So viel zum Thema Abgeschiedenheit."

Sie verabschiedeten sich am Flugsteig, umarmten einander freundschaftlich und verabredeten, möglichst immer genau zur vollen Stunde Verbindung miteinander aufzunehmen.

Wenig später ließ sich Nate in seinen Sessel in der ersten Klasse fallen. Eine Stewardeß brachte ihm Orangensaft und Kaffee. Er wickelte sich in eine dünne Decke und sah zu, wie das ins Umland wuchernde Washington unter ihm verschwand, während die Maschine der brasilianischen Fluggesellschaft Varig durch die Wolken aufstieg.

Es erleichterte ihn, allem zu entkommen: Walnut Hill und Sergio, der Stadt und ihrer Tretmühle, dem Ärger mit seiner vorigen Frau, seiner Zahlungsunfähigkeit und der Auseinandersetzung mit dem Finanzamt. In zehntausend Meter Höhe hatte Nate fast beschlossen, daß er nie dorthin zurückkehren würde. Aber jede Entlassung aus der Rehabilitation kostete unmäßig viel Kraft, und immer war die Angst vor einem erneuten Rückfall gegenwärtig.

Beim Abendessen merkte er, daß Josh hinter den Kulissen die Fäden gezogen hatte. Man bot ihm keinen Wein an. Er stocherte mit der Vorsicht eines Menschen im Essen herum, der gerade vier Monate damit zugebracht hatte, sämtliche Kopfsalatsorten der Welt durchzuprobieren; bis vor wenigen Tagen hatte es für ihn weder Fett noch Zucker gegeben. Das letzte, was er brauchen konnte, war, daß ihm sein Magen einen Streich spielte.

IM FLUGHAFENGEBÄUDE von São Paulo war es heiß, und es wimmelte von Menschen. Nate holte seine nagelneue Reisetasche vom Gepäckband, ging durch den Zoll und gab sie am Varig-Schalter für den Flug nach Campo Grande erneut auf. Dann suchte er ein Café, in dem eine Speisekarte an der Wand hing. Die fremde Sprache irritierte ihn kurz, doch dann wies er auf die Karte, sagte Espresso, und die Kassiererin tippte den Betrag ein. Er wünschte, er hätte sich einen Sprachführer gekauft.

Allmählich spürte er, wie er sich von der Außenwelt abkoppelte. Inmitten der Menge war er einsam. Er kannte keine Menschenseele.

Auf dem Flug nach Campo Grande bemerkte Nate angenehm überrascht, daß das Flugzeug sauber und im Inneren frisch überholt war. Die Gesichter sämtlicher Fluggäste waren hinter Tageszeitungen verborgen – und zwar hinter einer Vielzahl von verschiedenen Zeitungen. Vielleicht war Brasilien doch kein so rückständiges Land, wie er gedacht hatte.

Von seinem Fensterplatz in der zwanzigsten Reihe aus ließ er den Blick über die sich weithin erstreckende hügelige Landschaft gleiten. Der orangefarbene Boden war mit üppigem Grün bedeckt und in wildem Durcheinander von unbefestigten roten Straßen durchzogen, die von einer kleinen Ansiedlung zur nächsten führten. Hier und da sah man Viehfarmen.

Dann erkannte Nate eine befestigte Straße mit Fahrzeugen. Die Maschine ging nach unten, und der Flugkapitän teilte den Passagieren mit, daß sie gleich in Campo Grande landen würden. In der Innenstadt drängten sich die Häuser dicht aneinander, man sah Hochhäuser, das unvermeidliche Fußballstadion und viele Straßen voller Autos. Alle Wohngebäude schienen mit roten Dachziegeln gedeckt zu sein.

Der Flughafen kam Nate für eine Stadt von sechshunderttausend Einwohnern bemerkenswert klein vor. Dann begriff er, daß er alles mit den Vereinigten Staaten verglich. Damit mußte Schluß sein. Als er aus dem Flugzeug stieg, nahm ihm die Hitze den Atem. Zwei Tage vor Weihnachten betrug die Temperatur gut dreißig Grad. Er blinzelte zur strahlenden Sonne hinauf und hielt sich mit einer Hand am Geländer fest, während er die Treppe zum Vorfeld hinabstieg.

Er schaffte es, im Flughafenrestaurant ein Mittagessen zu bestellen, und als es kam, sah er voll Freude, daß es etwas war, was er bedenkenlos essen konnte. Zu einem warmen Hühnchensandwich gab es krosse, ohne Fett gebackene Pommes frites. Er aß bedächtig, dann durchstreifte er eine Stunde lang das kleine Abfertigungsgebäude. An einem Zeitschriftenkiosk erstand er einen portugiesischen Sprachführer und begann sich Wörter einzuprägen. Nahe dem Haupteingang stand ein schlanker künstlicher Weihnachtsbaum mit einer einzelnen Lichterkette. Nate sah zu, wie die Birnchen zu den Klängen eines brasilianischen Weihnachtsliedes aufblinkten. Unwillkürlich mußte er an seine Kinder denken. Nicht alle Erinnerungen waren quälend.

Er bestieg eine zweimotorige Turboprop-Maschine der Air Pantanal und schlief fast die ganze Stunde, die der Flug bis Corumbá dauerte. Vor dem kleinen Flughafengebäude trieb Nate einen Taxifahrer auf, der kein Wort Englisch sprach. Doch nachdem er ihm das Wort „Palace-Hotel“ auf seinem Reiseplan gezeigt hatte, ging die Fahrt in dem alten Mazda los.

In einem der von Joshs Mitarbeitern erstellten Merkblätter hatte er gelesen, daß Corumbá neunzigtausend Einwohner hatte. Die Stadt lag nahe der bolivianischen Grenze am Fluß Paraguay und schmückte sich schon seit langem mit dem Beinamen „Hauptstadt des Pantanal". Sie verdankte ihre Entstehung dem Verkehr auf dem Fluß und dem Handel.

Von dem heißen und stickigen Taxi aus machte Corumbá auf Nate einen angenehmen Eindruck und wirkte in keiner Weise hektisch. Die baumbestandenen breiten Straßen waren gepflastert. Händler saßen im Schatten vor ihrem Ladeneingang und unterhielten sich miteinander, während sie auf Kunden warteten. Nichts hatte Eile. Man war in Brasilien. In Südamerika gingen die Uhren langsamer.

Das Palace-Hotel lag mitten in der Stadt an einer Straße, die mit leichtem Gefälle zum Paraguay hinabführte. Nates Zimmer befand sich im siebten Stock. Für 18 Dollar am Tag bekam er einen Raum, der keine 15 Quadratmeter groß war und in dem ein schmales Bett mit einer dünnen Matratze stand. Außerdem gab es einen Tisch, einen Stuhl, eine am Fenster angebrachte Klimaanlage, einen kleinen Kühlschrank mit Flaschen voll Wasser, Cola und Bier sowie ein sauberes Badezimmer mit Seife und vielen Handtüchern. Gar nicht so schlecht, sagte sich Nate. Müde streckte er sich auf dem klapprigen Bett aus und schlief ein.

VALDIR RUIZ war 52 Jahre alt, klein, hatte eine schmale Taille, olivbraune Haut und trug die wenigen Haare, die ihm geblieben waren, nach hinten gekämmt. Als Siebzehnjähriger hatte er ein Jahr lang als Austauschstudent bei einer Familie in Iowa gelebt und war stolz auf sein Englisch, für das er normalerweise in Corumbá nicht viel Verwendung hatte. Um in Übung zu bleiben, sah er sich abends meist CNN und amerikanische Unterhaltungsprogramme an.

Nach dem Jahr in Iowa war Valdir Ruiz noch ein Jahr in Campo Grande zur Schule gegangen und hatte dann Jura in Rio studiert. Nur zögernd war er nach Corumbá zurückgekehrt, um in der kleinen Kanzlei seines Onkels zu arbeiten und sich um seine alten Eltern zu kümmern.

Nate saß in Valdir Ruiz' Büro und bewunderte seine Umgebung: den quietschenden Ventilator an der Decke, die offenen Fenster, durch welche die Geräusche der Straße gedämpft hereindrangen, die ordentlichen Reihen verstaubter Akten in Regalen, die hinter Valdir standen. Nate kam sich vor wie in einem vor fünfzig Jahren gedrehten Film. Die Sekretärin brachte ihnen *cafèzinho*, starken schwarzen Kaffee mit reichlich Zucker, der aus winzigen Täßchen getrunken wird, und Nate wurde sogleich geradezu süchtig danach.

Valdir rief Josh in Washington an. Sie unterhielten sich kurz, dann reichte er den Hörer über den Tisch. Josh war erkennbar erleichtert, Nates Stimme zu hören. Nate berichtete ihm über den Flug nach Corumbá und betonte, daß es ihm gutgehe und er sich auf den Rest des Abenteuers freue.

Nach dem Telefongespräch holte Valdir eine große Verkehrskarte des Staates Mato Grosso do Sul heraus, der etwa so groß war wie Texas, und zeigte auf das Pantanal. Es nahm den gesamten Nordwesten des Staates ein und erstreckte sich nach Norden ins Mato Grosso und westlich bis nach Bolivien. Hunderte von Flußläufen und kleineren Gewässern durchzogen das Gebiet. Man sah auf der Karte weder kleine noch große Städte, weder Straßen noch Autobahnen. Zweihundertfünfzigtausend Quadratkilometer Sumpf.

Valdir zündete sich eine Zigarette an, während sie gemeinsam die Karte betrachteten. Am westlichen Rand der Karte hatte er vier große rote Kreuze eingezeichnet. „Dort leben Eingeborenenstämme", erklärte er und wies auf die Kreuze. „Guató und Ipica."

„Und weiß man, wo sich die Missionare aufhalten?"

„Schwer zu sagen."

Nate deutete erst auf Corumbá und dann auf das dem Ort am nächsten liegende rote Kreuz. „Wie lange braucht man von hier bis dorthin?"

„Mit dem Flugzeug etwa eine Stunde. Mit dem Boot zwischen drei und fünf Tagen."

„Und wo ist dann mein Flugzeug?"

„So einfach ist das nicht", meinte Valdir und holte eine weitere Karte hervor. Er entrollte sie und legte sie auf die erste. „Das ist eine topographische Karte des Pantanal, und das hier sind *fazendas,* große landwirtschaftliche Betriebe."

„Ich dachte, das sei alles Sumpf."

„Nein. Viele Gebiete liegen gerade hoch genug, daß man auf ihnen Viehzucht treiben kann. Nur wenige der *fazendas* lassen sich mit Booten erreichen, weshalb die Leute Kleinflugzeuge benutzen. Die Start-und-Lande-Pisten sind blau gekennzeichnet."

Nate sah, daß es in der Nähe der Indianergebiete nur sehr wenige solche Pisten gab.

„Selbst wenn Sie dahin fliegen würden, müßten Sie anschließend mit einem Boot weiterfahren, um zu den Indianern zu gelangen", fuhr Valdir fort.

„Wie sehen diese Pisten aus?"

„Es sind Grasbahnen. Manchmal werden sie abgemäht, manchmal

nicht. Kühe auf der Landebahn bereiten die größten Schwierigkeiten." Valdir sagte das ohne die geringste Absicht, witzig zu sein.

„Ich könnte also nicht einfach ins Pantanal fliegen und mir dann ein Boot mieten, um die Indianer zu suchen?"

„Nein. Alle Flußboote sind hier in Corumbá und auch die Führer."

Nate studierte die Karte, vor allem den Verlauf des Paraguay, der sich nordwärts in Richtung auf die Indianersiedlungen schlängelte. Irgendwo inmitten dieses ungeheuer großen Schwemmlandes hütete eine einfache Dienerin Gottes still ihre Herde. Sie mußte er finden.

„Ich würde das Gebiet gern zumindest mal überfliegen", meinte Nate.

Valdir rollte die Karte wieder zusammen, die sie zuletzt betrachtet hatten. „Das kann ich arrangieren. Ich muß Sie aber darauf hinweisen, daß das Fliegen nicht ungefährlich ist. Wenn es Ärger mit den Motoren gibt, nun ja... Es gibt nirgends eine Möglichkeit zur Notlandung. Vorigen Monat mußte eine Maschine runter. Man hat sie in der Nähe eines Flußufers gefunden, inmitten von Kaimanen."

„Was war mit den Fluggästen?" fragte Nate.

„Fragen Sie die Kaimane. Noch etwas Kaffee?"

„Ja, gern."

Valdir gab seiner Sekretärin Anweisung, weiteren Kaffee zu bringen. „Ich glaube, ich habe einen Führer für Sie gefunden", eröffnete er Nate. „Er ist jung, hat kürzlich den Militärdienst hinter sich gebracht. Ein prächtiger Junge, sein Name ist Jevy Cardozo."

Valdir nahm den Telefonhörer ab. Die Sekretärin brachte Nate ein weiteres Täßchen *cafèzinho,* mit dem er sich ans Fenster stellte. Auf der gegenüberliegenden Straßenseite lag ein kleines Lokal, vor dem unter einer Markise drei Tische auf dem Gehweg standen. Eine rote Reklame pries Antarctica-Bier an. Zwei Männer, die zwar ihre Sakkos abgelegt hatten, nicht aber ihre Krawatten, saßen vor einer großen Flasche Antarctica an einem Tisch. Es war eine vollkommene Szene – ein heißer Tag, ein kaltes Getränk, das zwei gute Freunde im Schatten sitzend gemeinsam tranken.

Mit einemmal überkam Nate ein Schwindelgefühl. Die Bierreklame verschwamm ihm vor den Augen. Sein Herz hämmerte. Er hielt sich an der Fensterbank fest, um das Gleichgewicht nicht zu verlieren. Seine Hände zitterten. Valdir sagte etwas in schnellem Portugiesisch, ohne das geringste zu merken.

Der Schweiß lief Nate in Strömen von der Stirn in die Augen. Er konnte das Bier förmlich schmecken. Der Rückfall setzte ein. Ein Haarriß in der Rüstung. Nate holte tief Luft und konzentrierte sich. Der

Augenblick würde vorübergehen, das wußte er. Er hatte das schon oft erlebt.

Er nahm die Tasse und trank entschlossen den Kaffee, während Valdir auflegte und ihm mitteilte, daß der Pilot keine rechte Lust habe, an Heiligabend zu fliegen. „Bieten Sie ihm mehr Geld“, wies ihn Nate an.

Das Geld tat seine Wirkung. Zögernd erklärte sich der Pilot bereit zu fliegen, wollte aber auf jeden Fall gegen Mittag wieder in Corumbá sein. Immerhin sei es Heiligabend, er habe kleine Kinder, und seine Frau grolle ihm ohnehin wegen seines Vorhabens. Valdir beschwichtigte ihn und versprach, ihm einen beträchtlichen Vorschuß in bar auszuzahlen.

Auch Jevy, der Führer, bekam einen Vorschuß. Er war 24 Jahre alt, ledig, ein Gewichthebertyp mit kräftigen Armen. Als er am nächsten Morgen federnden Schritts in die Halle des Palace-Hotels trat, trug er einen verwegenen Hut, Jeansshorts, schwarze Soldatenstiefel und ein ärmelloses T-Shirt. In seinem Gürtel steckte unübersehbar ein blitzendes Bowiemesser. Er drückte Nates Hand, daß es diesem vorkam, als splitterten seine Fingerknöchel. „*Bom dia*“, wünschte Jevy mit breitem Lächeln.

„*Bom dia*“, erwiderte Nate mit vor Schmerz zusammengebissenen Zähnen.

„Sprechen Sie Portugiesisch?“ fragte Jevy.

„Nein, nur Englisch.“

„Kein Problem“, gab Jevy zurück und lockerte endlich seinen Griff. „Ich spreche Englisch.“ Zwar tat er das mit starkem Akzent, aber bisher hatte Nate jedes Wort verstanden. „Hab ich beim Militär gelernt“, sagte Jevy stolz.

Der Mann war Nate auf Anhieb sympathisch. Er nahm Nates Aktentasche und rief der jungen Frau am Empfang irgendeine flotte Bemerkung zu. Sie errötete.

Sein in dunklen Tarnfarben lackierter Ford Pick-up, Baujahr 1978, wirkte mit seinen breiten Reifen, der Seilwinde auf der vorderen Stoßstange und den kräftigen Schutzgittern vor den Scheinwerfergläsern urwaldtauglich.

Mit lautem Röhren fuhren sie durch die Straßen der Stadt. Ohne auf Stoppschilder zu achten, scheuchte Jevy Autos und Motorräder aus dem Weg und verlangsamte die Fahrt lediglich an roten Ampeln. Die Auspuffanlage schien den Lärm des Motors so gut wie nicht zu dämpfen.

Am Flugplatz stellte Jevy den Wagen in der Nähe des kleinen Abfertigungsgebäudes ab. Von dort gingen sie zu Fuß zur geteerten Start-und-Lande-Bahn, an deren Rand vier Kleinflugzeuge standen. Eines von ihnen wurde gerade startklar gemacht. Da Jevy den Mann nicht kannte, stellte er sich und Nate auf portugiesisch vor. Der Name des Piloten klang so ähnlich wie Milton. Er wirkte einigermaßen freundlich.

Während sich die beiden Brasilianer miteinander unterhielten, nahm Nate das Flugzeug, eine alte einmotorige Cessna 206, näher in Augenschein. Als erstes fiel ihm auf, daß sie einen Anstrich benötigte. Das machte ihm Sorgen. Wenn außen der Lack abblätterte, konnte es dann im Inneren viel besser aussehen?

Das Auftanken nahm eine Viertelstunde in Anspruch, womit sich der Start verzögerte. Allmählich näherte sich der Uhrzeiger der Zehn.

Der Pilot erklärte, er sei bereit. „Fühlen Sie sich sicher?“ fragte Nate Jevy, während sie die Aktentasche und einen Rucksack ins Flugzeug hievten.

„Aber ja doch“, erwiderte Jevy lachend. „Der Mann hier hat vier kleine Kinder und, wie er sagt, eine hübsche Frau. Warum sollte er also sein Leben aufs Spiel setzen?“

Jevy nahm auf dem Sitz rechts neben Milton Platz. Nate hockte hinter den beiden auf einem engen Sitz. Zögernd sprang der Motor an, die Maschine rollte ans Ende der Startbahn und hob wenig später ab.

Corumbá sah von oben besser aus als vom Boden, denn aus der Luft wirkten die an den Straßen aufgereihten Häuser sauber und ordentlich. Die Stadt lag auf einem Felsvorsprung über dem Paraguay, dem sie nordwärts folgten. Hier und da sah man Wolken. Sie spürten eine leichte Turbulenz.

Als sie eine Flughöhe von zwölfhundert Metern erreicht hatten, lag mit einemmal das Pantanal in all seiner Majestät unter ihnen. Im Osten und Norden wand sich ein Dutzend kleinere Wasserläufe in Spiralen um- und durcheinander; sie verbanden eine Sumpffläche mit hundert anderen. Da die Flüsse Hochwasser führten, gingen sie an manchen Stellen ineinander über. Am Horizont zeigte sich das Wasser, so weit das Auge reichte, blau, und das Land war dort grün.

Während Nate seinen Blick ost- und nordwärts schweifen ließ, sahen die beiden Brasilianer nach Westen, zu den fernen Bergen Boliviens hinüber. Eine Handbewegung Jevys erregte Nates Aufmerksamkeit. Hinter den Bergen war der Himmel deutlich dunkler.

Eine Viertelstunde nach dem Start sah Nate die erste Siedlung, ein Gehöft mit einem kleinen Wohnhaus ganz in der Nähe des Paraguay. Kühe grasten auf einer Weide und nutzten den Fluß als Tränke.

Die Wolken wurden dichter, und Milton ging auf knapp tausend Meter hinunter, um sich unter ihnen zu halten. Jevy hatte ihm gesagt, daß Nate sich das Gebiet ansehen wolle und er daher so tief wie möglich bleiben müsse.

Die dunklen Wolken im Westen bereiteten Milton immer größere Sorgen. Er erklärte, es sei das beste umzukehren. Nate wollte zumindest die Indianersiedlungen sehen. Noch hatte er die schwache Hoffnung nicht aufgegeben, er könne einfach dorthin fliegen, Rachel aufsuchen und vielleicht mit nach Corumbá nehmen, wo man sich bei einem Mittagessen in einem netten Restaurant über den Nachlaß ihres Vaters unterhalten konnte.

Wieder überflogen sie eine kleine *fazenda.* Es gab hier mehr Kühe, einige kleine Nebengebäude und ein etwas größeres Wohnhaus. Außerdem sah man einen langen, geraden Landstreifen, in dem Nate erst nach einer Weile eine Start-und-Lande-Piste erkannte.

Regentropfen prallten gegen die Scheiben der Kabine, und Milton ging auf sechshundert Meter hinunter. Über die Gipfel des Gebirges raste die Gewitterfront heran. Mit einemmal war der Himmel viel dunkler als zuvor, und Böen beutelten die Cessna so heftig, daß sie durchsackte, wobei Nate mit dem Kopf ans Kabinendach schlug. Sofort erfaßte ihn Angst.

„Wir kehren um!“ rief ihm Jevy zu.

Auf Miltons Gesicht war keine Regung zu erkennen. Schweiß bedeckte seine Stirn. Die Maschine machte einen scharfen Schwenk nach rechts, ostwärts, dann südostwärts. Als die Kehre nach Süden vollzogen war, erwartete sie ein Anblick, der Nates Herz stocken ließ. Auch in Richtung Corumbá war der Himmel schwarz. Rasch drehte Milton nach Osten ab und sagte etwas zu Jevy.

„Wir können nicht nach Corumbá zurück!“ brüllte Jevy nach hinten. „Er will Ausschau nach einer *fazenda* halten. Da landen wir und warten, bis die Gewitterfront durchgezogen ist.“ Seine Stimme war schrill und besorgt, der Akzent, mit dem er sprach, deutlich ausgeprägter als vorher.

Nate nickte. Er spürte, wie sich sein Magen hob.

Die Gewitterfront holte sie ein, und die Maschine wurde von einer Seite zur anderen geschleudert, tanzte auf und ab. Es war eher ein Ritt auf einem Mustang als ein Flug durch die Wolken.

Bei einem Blick aus dem Fenster merkte Nate, daß nichts zu sehen war: weder Wasser noch Sumpf und erst recht keine freundliche kleine *fazenda* mit einer Start-und-Lande-Bahn. Er ließ sich tiefer in seinen Sitz sinken. Mit zusammengebissenen Zähnen nahm er sich vor, sich auf keinen Fall zu übergeben.

Als die Maschine in einem Luftloch in weniger als zwei Sekunden dreißig Meter durchsackte, stießen alle drei Männer Verwünschungen aus, Nate auf englisch, die beiden Brasilianer auf portugiesisch. Die Angst in der Kabine war geradezu mit Händen zu greifen.

Dann war für eine sehr kurze Pause alles ruhig. Milton drückte den Steuerknüppel nach vorn und zog die Maschine steil nach unten. Nate hielt sich mit beiden Händen an der Rückenlehne vor ihm fest. Sein Herz raste, sein Magen schien ihm in der Kehle zu sitzen.

Ein Donnerschlag unmittelbar über der Cessna betäubte und erschütterte sie bis ins Mark. Es war, als habe jemand in einem dunklen Zimmer ein Gewehr abgefeuert, und es kam Nate vor, als seien seine Trommelfelle geplatzt.

Doch in hundertfünfzig Meter Höhe fing Milton die Maschine ab. „Suchen Sie nach einer *fazenda*!“ schrie Jevy vom Vordersitz, und Nate sah zögernd hinaus. Regen und Sturm peitschten über den Boden unter ihnen. Die Bäume schwankten, und auf den Wasserflächen tanzten Schaumkronen. Wie ein Kinderdrachen hüpfte das Flugzeug durch die Luft. Milton bemühte sich nach Leibeskräften, die Herrschaft über die Maschine zu behalten, während Jevy verzweifelt in alle Richtungen spähte. Sie waren nicht bereit, kampflos unterzugehen.

Unmittelbar unter ihnen sah Nate ein Stück Fluß, und mit einemmal fielen ihm die Kaimane und Anakondas ein. Die Vorstellung, im Sumpf notzulanden, entsetzte ihn. Er sah sich schon schwer verletzt ums Überleben kämpfen, stellte sich vor, wie er versuchte, das Satellitentelefon in Gang zu setzen, während er gleichzeitig hungrige Reptilien abwehrte.

Ein erneuter Donnerschlag erschütterte die Kabine. Nate starrte im vergeblichen Bemühen, eine *fazenda* zu entdecken, hinaus. Milton ging auf hundertzwanzig Meter hinunter.

Die Dunkelheit verschlang sie. Milton und Jevy brüllten. Milton ging auf sechzig Meter hinunter, so daß man hin und wieder einen Blick auf den Boden erhaschen konnte. Eine Bö schleuderte die Cessna buchstäblich beiseite, und Nate begriff, wie hilflos sie waren. Er sah etwas Weißes unter sich und schrie: „Eine Kuh, eine Kuh!“ Jevy brüllte Milton das portugiesische Wort ins Ohr.

In dichtem Regen, der ihnen jegliche Sicht nahm, gingen sie durch die Wolken auf 25 Meter hinunter und flogen unmittelbar über das rote Dach eines Hauses. Erneut schrie Jevy etwas und wies nach rechts. Die Landebahn kam Nate nicht länger vor als eine Garagenauffahrt in einer Vorstadtsiedlung. Vermutlich war eine Landung hier sogar bei gutem Wetter ein gefährliches Unterfangen. Aber ihnen blieb keine

Wahl. Falls die Maschine zu Bruch ging, waren zumindest Menschen in der Nähe.

Milton wendete mit größter Anstrengung, um gegen den Wind zu landen. Wegen des dichten Regens betrug die Sicht inzwischen fast Null. In 15 Meter Höhe wurde die Cessna zur Seite geschleudert. Milton fing sie ab und brachte sie wieder in die richtige Lage. Jevy brüllte: *„Vaca! Vaca!“* Nate begriff sofort, daß er damit Kühe meinte. Er sah sie ebenfalls. Es gelang Milton, der ersten auszuweichen.

In dem sich wirr abspulenden Film, den Nate wahrnahm, bevor die Maschine aufschlug, sah er einen Jungen mit einem Stock, der angstvoll und klatschnaß durch das hohe Gras wankte, und eine Kuh, die davonlief. Er sah, wie sich Jevy in seinen Sitz stemmte, während er mit wildem Blick nach vorn starrte. Sein Mund war weit geöffnet.

Sie setzten auf dem Gras auf, rollten aber weiter. Es war eine sehr harte Landung, wenn auch kein Absturz.

„Vaca! Vaca!“

Der Propeller erfaßte eine riesige Kuh, die neugierig stehengeblieben war. Die Maschine wurde herumgerissen, alle Scheiben fielen heraus, alle drei Männer schrien ihre letzten Worte.

4

Als Nate zu sich kam, merkte er, daß er blutüberströmt war. Er lag auf der Seite und hatte entsetzliche Angst, aber er lebte. Milton und Jevy lagen mit wirr ineinander verschlungenen Gliedmaßen aufeinander, bewegten sich aber ebenfalls und versuchten, sich aus den Gurten zu befreien. Das Flugzeug lag auf einer abgeknickten Tragfläche. Alles war mit Blut bedeckt, das aber von der Kuh und nicht von den Menschen in der Kabine stammte. Der Regen, der immer noch in dichten Strömen herunterkam, wusch es rasch ab.

Der Junge mit dem Stock führte sie zu einem kleinen Stallgebäude nahe der Landebahn. Niemand war ernsthaft verletzt. Milton hatte eine leichte Schnittwunde auf der Stirn. Jevys rechtes Handgelenk war geschwollen. In Sicherheit vor dem Gewitter, ließ sich Milton auf die Knie nieder und murmelte ein Gebet.

Der Besitzer der Kuh tauchte eine Stunde später auf, als das Unwetter allmählich nachließ. Er war barfuß, trug ausgebleichte Jeansshorts und ein fadenscheiniges T-Shirt mit der Aufschrift CHICAGO BULLS. Er hieß Marco und war alles andere als in weihnachtlicher Stimmung. Mit

Jevy und Milton begann er heftig über den Wert der getöteten Kuh zu streiten.

Nach ihren Artgenossinnen zu urteilen, die in der Nähe weideten, konnte die Kuh nicht viel wert gewesen sein. „Ich zahle für das verdammte Vieh“, sagte Nate zu Jevy.

Auf Jevys Frage, wieviel er haben wolle, antwortete der Mann: „Hundert Reais.“

Also hundert Dollar nach derzeitigem Wechselkurs. Diesen Betrag war es Nate allein schon wert, daß Marco mit Lamentieren aufhörte.

Die Abmachung wurde besiegelt, und sofort verwandelte sich der Mann in ihren Gastgeber. Er führte sie in sein Haus, wo eine kleine barfüßige Frau sie lächelnd willkommen hieß und ihnen ein Mittagessen anbot. Sie nahm die blutverschmierten Hemden und weichte sie in einem Waschbecken ein, während die Männer mit bloßem Oberkörper an einem runden Tisch saßen und schwarze Bohnen mit Reis aßen.

Einen halben Kilometer weiter gab es ein Flüßchen, und Marco hatte ein Boot mit Außenbordmotor. Bis zum Paraguay waren es fünf Stunden. Vielleicht hatte er genug Benzin, vielleicht auch nicht. Aber alle drei Männer konnte er in seinem Boot auf keinen Fall unterbringen.

Als sich der Himmel aufhellte, ging Nate zu dem beschädigten Flugzeug hinüber und holte seine Aktentasche. Auf einem Baumstumpf im Garten vor dem Haus nahm er vorsichtig das Satellitentelefon heraus und machte es betriebsbereit. Dann gab er seine persönliche Geheimzahl ein und drehte langsam die Antenne, bis sie das Signal eines Satelliten auffing, der irgendwo in der Nähe des Äquators über dem Atlantik stand. Marco, seine Frau und seine drei Söhne drängten sich um Nate. Er überlegte, ob sie je ein Telefon gesehen hatten.

Jevy nannte ihm die Telefonnummer von Miltons Wohnung in Corumbá. Nate gab eine Ziffer nach der anderen ein und wartete dann mit angehaltenem Atem. Falls der Ruf nicht durchging, würden sie über Weihnachten bei Marco und seiner Familie festsitzen. Das Haus war klein; Nate nahm sich vor, dann im Stall zu schlafen. Einwandfrei.

„Oi“, ertönte eine Frauenstimme im Lautsprecher, und alle lächelten. Nate gab Milton das Telefon, der seine Frau begrüßte und ihr dann das betrübliche Mißgeschick schilderte.

Dann brach das Gespräch plötzlich ab. „Sie sucht eine Telefonnummer von einem Piloten, den Milton kennt“, erklärte Jevy. Nach einer Weile wurde die Nummer durchgegeben. Milton versprach seiner Frau, zum Abendessen zu Hause zu sein, und legte auf.

Sie riefen den Piloten an, der jedoch mitteilte, daß seine Maschine gerade repariert werde. Dann riß die Verbindung ab. Erneut waren Wolken aufgezogen. Nate sah ungläubig zum sich verdunkelnden Himmel hinauf. Milton war den Tränen nahe.

Es war nur ein rasch vorüberziehender kühler Schauer. Die Kinder spielten draußen, obwohl es regnete, während die Erwachsenen auf der Veranda saßen und ihnen schweigend zusahen.

Jevy hatte noch einen Plan. Am westlichen Stadtrand von Corumbá gab es eine Kaserne. Er kannte einige der dort stationierten Offiziere vom Gewichtheben. Als der Himmel wieder aufklarte, kehrten sie zum Baumstumpf zurück und drängten sich um das Telefon. Jevy rief einen Bekannten an, der ihm verschiedene Telefonnummern heraussuchte.

Die Armee besaß Hubschrauber, und immerhin ging es hier um die Bruchlandung eines Flugzeugs. Als sich ein Offizier meldete, an den der Anruf weitergeleitet worden war, berichtete Jevy ihm rasch, worum es sich handelte, und bat um Hilfe.

Für Nate war es eine Qual, Jevy zu beobachten. Er verstand kein Wort, begriff aber aufgrund von Jevys Körpersprache, was ablief. Lächeln und Stirnrunzeln, dringliches Bitten und heftiger Einspruch. Jevy beendete das Gespräch. „Er kann den Kommandanten nicht finden“, berichtete er. „Sie wissen ja, es ist Weihnachten.“

Weihnachten im Pantanal. Sengende Hitze und kein Sonnenschutzmittel. Kein Weihnachtsbaum. Kein Festessen, kein Wein, kein Champagner. Das hier ist ein Abenteuer, erinnerte sich Nate immer wieder. Seufzend legte er das Telefon in seinen Kasten zurück, setzte sich in den Schatten und überlegte, wie hübsch es wäre, bei einem Glas Champagner nur eine einzige Strophe von „White Christmas“ zu hören.

Der Kommandant selbst war am Telefon. Jevy unterhielt sich fünf Minuten lang mit ihm über Dinge, die das Militär betrafen – Orte, an denen sie stationiert gewesen waren, Leute, die sie kannten –, während es immer bedenklicher um den Ladezustand der Batterie für das Satellitentelefon stand. Nate wies auf die rasch gegen Null sinkende Anzeige; daraufhin erklärte Jevy dem Kommandanten, daß das ihre letzte Gelegenheit sei.

Zum Glück war alles kein Problem. Ein Hubschrauber, erklärte der Kommandant, stehe bereit, eine Besatzung werde zusammengetrommelt. Den Angaben des Piloten nach lag die *fazenda* vierzig Hubschrauberminuten von Corumbá entfernt. „Wir sind in einer Stunde da“, versprach der Kommandant. Zum ersten Mal an diesem Tag trat ein Lächeln auf Miltons Züge.

Tomás, der jüngste von Marcos Söhnen, hörte das Brummen als erster. Er stand auf und wies mit der Hand in die Richtung. Das Geräusch wurde lauter, dann hörte man das unverkennbare Knattern eines Hubschrauberrotors. Während der Hubschrauber landete, verabschiedeten sich Nate, Jevy und Milton von ihren Gastgebern und stiegen dann schnell ein.

Es war bereits dunkel, als sie eine halbe Stunde später auf dem Militärstützpunkt in Corumbá landeten. Der Kommandant begrüßte sie und nahm ihren überschwenglichen Dank entgegen. Er stellte ihnen für die Heimfahrt einen offenen Jeep zur Verfügung, den ein junger Gefreiter fuhr.

Als sie die Stadt erreichten, machte der Jeep einen unerwarteten Schwenk und bremste vor einem kleinen Geschäft. Jevy ging hinein und kehrte mit drei Flaschen Bier zurück. Eine gab er Milton, die andere Nate.

Nach kurzem Zögern drehte Nate den Verschlußdeckel auf und setzte die Flasche an. Das Bier war erfrischend, kalt und einfach köstlich.

Als erstes hielt der Jeep vor dem Hotel. Nate wünschte allen fröhliche Weihnachten und ging auf sein Zimmer. Im Kühlschrank waren vier Flaschen Bier. Er leerte sie alle in einer Stunde und versicherte sich bei jeder Flasche erneut, daß das kein Rückfall sei. Er hatte alles im Griff, es würde für ihn keinen erneuten Absturz geben. Er hatte dem Tod eine lange Nase gedreht – warum sollte er nicht ein wenig feiern? Was konnte das schon schaden?

DAS TELEFON weckte ihn, aber es dauerte eine Weile, bis er den Hörer gefunden hatte. Außer einem schlechten Gewissen hatte das Bier offenbar keinerlei Nachwirkungen hinterlassen, wohl aber forderte das kleine Abenteuer mit der Cessna seinen Tribut. Die Stellen an Hals, Schultern und Bauch, an denen ihn die Gurte beim Aufprall der Maschine auf dem Boden gehalten hatten, waren blau unterlaufen. Seine Knie schmerzten, weil sie gegen die Lehnen des Pilotensitzes gepreßt worden waren.

„Fröhliche Weihnachten", begrüßte ihn eine Stimme. Es war Valdir, und es war fast neun. „Wie geht es Ihnen?"

„Gut, danke."

„Nun ja, Jevy hat mich gestern abend angerufen und mir die Sache mit dem Flugzeug berichtet. Milton muß ja verrückt sein, daß er in ein Gewitter fliegt. Ich habe übrigens eine gute Nachricht für Sie. Es ist mir gestern gelungen, ein Boot für Sie zu mieten."

„Gut. Wann kann ich aufbrechen?"

„Vielleicht morgen. Es ist noch dies und jenes vorzubereiten."

Dann berichtete ihm Valdir langatmig, wie hart er mit dem Besitzer des Bootes hatte verhandeln müssen. Schließlich hätten sie sich auf sechshundert Reais pro Woche geeinigt. Nate war das nicht weiter wichtig. Der Phelan-Nachlaß konnte sich das leisten. Valdir verabschiedete sich mit einem weiteren „Fröhliche Weihnachten".

Nates Turnschuhe waren immer noch naß, aber er zog sie trotzdem an, dazu eine Laufhose und ein T-Shirt. Er wollte versuchen, ein wenig zu joggen. Er brauchte frische Luft und Bewegung.

Auf dem Gehweg vor dem Hotel machte er einige Dehnübungen, aber seine Muskeln begehrten heftig dagegen auf, und seine Gelenke waren steif.

Die Avenida Rondon war die letzte gepflasterte Straße auf dem Felsvorsprung über dem Fluß. Er folgte ihr ein ganzes Stück, während sich die Muskeln zögernd ein wenig lockerten und die Gelenke aufhörten zu knirschen. Nach einer Weile fand er sich in einem kleinen Park wieder. Er setzte sich an einen Picknicktisch, rieb sich leicht die Knie und sah auf das Pantanal hinaus, das sich bis zum Horizont erstreckte.

Irgendwo in dem ungeheuren Schwemmland vor ihm lebte eine gewisse Rachel Lane, zur Zeit noch eine bescheidene Dienerin Gottes, die im Begriff stand, eine der reichsten Frauen der Welt zu werden. Falls er sie fand, wie würde sie reagieren, wenn sie von ihrem ungeheuren Vermögen erführe? Die möglichen Antworten auf diese Fragen bereiteten ihm Unbehagen.

Man hatte über Rachel kaum etwas in Erfahrung zu bringen vermocht. Ihre Mutter, Evelyn Cunningham, war mit 19 Jahren aus ihrer Heimat, einem kleinen Städtchen in Louisiana, nach Baton Rouge gegangen. Dort hatte sie bei einer Firma, die sich mit der Erkundung von Erdgasvorkommen beschäftigte, eine Anstellung als Sekretärin gefunden. Troy Phelan, dem die Firma gehörte, hatte Evelyn bei einem seiner Routinebesuche kennengelernt. Offenkundig war diese naive Kleinstädterin eine Schönheit gewesen, und Troy, der es nicht lassen konnte, hatte sich gleich an sie herangemacht. Bald darauf war Evelyn schwanger geworden.

Das war im Frühjahr 1954 gewesen. Troys Beauftragte in der Unternehmenszentrale hatten Evelyn unauffällig am 2. November ins katholische Krankenhaus von New Orleans bringen lassen, wo Rachel geboren wurde. Evelyn hatte ihre Tochter nie zu sehen bekommen. Troy hatte dafür gesorgt, daß ein in Kalispell im Staat Montana lebender Geistlicher und dessen Frau Rachel rasch adoptierten. Da Troy zu jener Zeit in Montana Kupfer- und Zinkminen aufkaufte, hatte er dort über die Firma Kontakte.

Evelyn war mit den zehntausend Dollar, die Troy Phelan ihr gegeben hatte, in ihre Heimatstadt zurückgekehrt, wo die Gerüchte über ihren Sündenfall, wie nicht anders zu erwarten, bereits im Umlauf waren. Sie zog erneut zu ihren Eltern, und alle drei warteten geduldig darauf, daß sich der Aufruhr legte. Dazu kam es aber nicht. Mit der für Kleinstädter so kennzeichnenden Grausamkeit wurde Evelyn von den Menschen, die sie am meisten brauchte, als Außenseiterin behandelt. Nur selten verließ sie das Haus und zog sich im Lauf der Zeit immer mehr in die Trübsal ihrer eigenen kleinen Welt zurück. An Rachels fünftem Geburtstag verließ Evelyn mit dem Wagen ihrer Eltern die Stadt und sprang von einer Brücke. Irgendwie gelangten der Nachruf und die Geschichte über ihren Tod in der Lokalzeitung in Troys Büro und wurden dort in einem Ordner abgeheftet.

Über Rachels Kindheit wußte man nur wenig. Der Pfarrer Lane, der Rachel adoptiert hatte, war an Krebs gestorben, als Rachel 17 Jahre alt war. Eigene Kinder hatte das Ehepaar nicht.

Aus Gründen, die nur Troy hätte erklären können, beschloß er, in Rachels Leben einzugreifen, als sie die High-School hinter sich hatte. Vielleicht empfand er ein gewisses Schuldbewußtsein, vielleicht fürchtete er, sie werde ihr Studium nicht finanzieren können. Die näheren Umstände waren nicht bekannt, aber im Sommer 1972 waren Troy und Rachel einander begegnet. Vier Jahre später hatte sie ihr Studium an der Universität Montana abgeschlossen. Danach wies ihr Lebenslauf große Lücken auf, die niemand zu füllen vermocht hatte.

Nate vermutete, daß lediglich zwei Menschen Genaueres über diese Beziehung wußten. Einer von ihnen war tot, und der andere lebte irgendwo da draußen am Ufer eines von tausend Flüssen.

Er versuchte ein Stück zu rennen, gab es aber unter Schmerzen auf. Rascher, als er reagieren konnte, näherte sich das Dröhnen eines Autos von hinten. Unmittelbar neben dem Gehweg trat Jevy auf die Bremse. *„Bom dia“*, übertönte er den Lärm seines Motors. „Wie geht es Ihnen?“

„Mir tut jeder Knochen im Leib weh. Und Ihnen?“

„Alles bestens. Die Frau am Empfang hat gesagt, daß Sie ein bißchen laufen. Lassen Sie uns ein Stück fahren. Ich möchte, daß Sie sich das Boot ansehen.“ Falls Jevy unter den Wirkungen der Bruchlandung litt, war das nicht zu erkennen.

Am Ostrand der Stadt lag eine kleine Werft am Fuß des Felsvorsprungs. Jevy stellte das Auto am Straßenrand ab, und sie gingen zum Ufer hinunter. Dort lagen mehrere kleine Fischerboote im Wasser. Jevy rief ihren Besitzern etwas zu und erntete dafür irgendeine witzige Bemerkung.

„Mein Vater war hier Bootsführer", erklärte Jevy.

„Und wo ist er jetzt?" fragte Nate.

„Er ist bei einem Unwetter ertrunken."

Ist ja großartig, dachte Nate. Die Unwetter erwischen einen hier sowohl in der Luft als auch auf dem Wasser.

„Da ist es", sagte Jevy. Sie blieben am Ufer stehen, um das Boot, die *Santa Loura,* zu bewundern.

Mit knapp zwanzig Meter Länge war das Boot größer, als Nate erwartet hatte. Es hatte zwei Decks und am oberen Ende der als Niedergang bezeichneten Treppe eine Art Kommandobrücke.

„Sind wir die einzigen Passagiere?" erkundigte er sich.

„Außer uns ist da noch Welly, ein Matrose, der auch kochen kann."

Die Sperrholzplanke, die auf das Boot führte, knarrte, als sie an Bord gingen, hielt aber. Fässer mit Dieseltreibstoff und Wasser standen am Bug. Sie öffneten eine Tür und standen, nachdem sie zwei Stufen hinabgegangen waren, in der Kajüte. Der niedrige Raum enthielt vier Kojen mit weißen Laken und dünnen Schaumgummimatratzen. Nates schmerzende Muskeln zuckten bei der bloßen Vorstellung, eine Woche lang jede Nacht auf einer davon schlafen zu müssen. Auf dem Weg zum Heck mußten sie sich seitwärts durch einen schmalen Gang zwängen. Dabei kamen sie an der mit einem Propangaskocher und einem Spülbecken ausgestatteten kleinen Kombüse, dem Maschinenraum und schließlich einer Art Badezimmer vorbei. Im Maschinenraum machte sich gerade ein ölverschmierter, schwitzender Mann mit nacktem Oberkörper mit einem Schraubenschlüssel zu schaffen.

Jevy mußte wohl etwas Falsches zu ihm gesagt haben, denn mit einemmal erfüllten hitzige Worte die Luft. Nate folgte dem Gang bis zum Heck und sah, daß die *Santa Loura* ein kleines Aluminiumboot im Schlepp hatte. Es war mit Paddeln und einem Außenbordmotor ausgerüstet. Nate stellte sich vor, wie er mit Jevy durch seichte Gewässer streifte, zwischen Baumstämmen und Wasserpflanzen hindurch, und Kaimanen auswich. Das Abenteuer wurde immer greifbarer.

Jevy lachte, und die Spannung löste sich. Er trat zu Nate ans Heck und sagte: „Er braucht 'ne Ölpumpe, aber der Laden hat heute zu."

„Und was ist mit morgen?" fragte Nate.

„Kein Problem."

Sie stiegen über Stufen zur Brücke hinauf. Hinter der Brücke lag ein kleiner offener Raum mit zwei Kojen; dort würden Jevy und Welly abwechselnd schlafen. Noch weiter hinten befand sich ein großes offenes Deck, über das sich eine hellgrüne Persenning spannte. Unter ihr sah Nate eine Hängematte, die recht bequem aussah.

„Die ist für Sie", sagte Jevy lächelnd. „Sie werden viel Zeit zum Lesen und Schlafen haben."

Am Spätnachmittag blieb Nate vor einem kleinen Feinkostladen einige Querstraßen vom Hotel entfernt stehen. Er hoffte, dort Bier zu bekommen. Nur eine Dose, vielleicht zwei. Es war Weihnachten, und er befand sich mutterseelenallein am anderen Ende der Welt. Eine Welle der Einsamkeit und Niedergeschlagenheit durchflutete ihn.

Er sah Flaschen mit harten Getränken, die aufgereiht wie hübsche kleine Soldaten in bunten Uniformen in den Regalen standen. Sein Mund war von einem Augenblick auf den anderen wie ausgedörrt. Nate schloß die Augen und hielt sich an der Theke fest, weil ihn Schwindel erfaßte. Sein Gesicht verzog sich qualvoll beim Gedanken an Sergio, an Josh, seine Exfrauen und die anderen Menschen, die unter seinen häufigen Rückfällen gelitten hatten. Wild tobten die Gedanken durch seinen Kopf, und er war einem Ohnmachtsanfall nahe, als der Mann hinter der Theke etwas sagte. Nate sah ihn zornig an, biß sich auf die Lippe und wies auf den Wodka. Zwei Flaschen, acht Reais.

Er packte die Papiertüte und strebte seinem Hotel entgegen. Dort suchte er sein Zimmer auf, verschloß die Tür und füllte einen großen Kunststoffbecher mit Eis. Er stellte die beiden Flaschen nebeneinander, öffnete eine, goß langsam Wodka über das Eis und gelobte sich, erst aufzuhören, wenn beide Flaschen leer waren.

JEVY wartete schon vor der Tür des Ersatzteilhändlers, als dieser um acht Uhr eintraf. Bereitwillig bezahlte er zwanzig Reais für eine gebrauchte Ölpumpe und fuhr dann zum Fluß. Er parkte den Wagen nahe der *Santa Loura* und sah voll Freude, daß Welly schon da war. Jevy arbeitete zum ersten Mal mit dem nicht einmal 18jährigen Jungen, der von sich behauptete, er besitze die Fähigkeiten eines Kochs, eines Lotsen, eines Bootsführers und eines Navigators. Außerdem könne er das Boot sauberhalten und alle anderen gewünschten Dienste leisten.

„Hast du Mr. O'Riley gesehen?" fragte Jevy.

„Den Amerikaner?" erkundigte sich Welly. „Nein, nicht die Spur."

Jevy sprang über die Sperrholzplanke auf das Boot, wo derselbe verschmierte Mann wie am Vortag mit dem Motor kämpfte. Jevy gab ihm die Ölpumpe, er prüfte sie und trug sie in den Maschinenraum. Fluchend hantierte der Mechaniker eine halbe Stunde lang mit seinem Schraubenschlüssel, dann ließ er den Motor anlaufen. Nachdem er einige Minuten lang den Öldruckanzeiger beobachtet hatte, sammelte er lächelnd sein Werkzeug ein.

Jevy fuhr in die Stadt, um Nates Hotel aufzusuchen.

Die schüchterne junge Frau am Empfang hatte Mr. O'Riley nicht gesehen. Sie rief in seinem Zimmer an, doch niemand meldete sich. Zögernd gab sie Jevy einen Schlüssel zu Nates Zimmer.

Die Tür war verschlossen, doch hatte Nate die Kette nicht vorgelegt. Während Jevy langsam eintrat, fiel ihm auf, daß das zerwühlte Bett leer war. Dann sah er die Flaschen. Eine war leer und lag umgestürzt auf dem Fußboden. Die andere war noch halb voll. Jevy sah einen nackten Fuß und entdeckte, als er näher trat, daß Nate nackt zwischen der Wand und dem Bett lag. Er hatte ein Laken heruntergezogen und sich um die Knie gewickelt. Als Jevy Nate vorsichtig am Fuß anstieß, zuckte das Bein. Zumindest war der Amerikaner nicht tot.

Jevy faßte ihn an der Schulter und hörte ein leises, gequältes Knurren. Er hockte sich auf das Bett, verschränkte die Hände vorsichtig unter Nates Achseln und zog ihn vom Boden hoch. Es gelang ihm, ihn auf das Bett zu rollen. Ein weiteres gequältes Stöhnen ertönte.

„Sagen Sie etwas, Nate!" forderte Jevy ihn laut auf, doch er bekam keine Antwort. Falls der Mann nicht bald zu sich kam, würde Jevy einen Arzt rufen. Eineinhalb Flaschen Wodka konnten einen Menschen umbringen.

Im Badezimmer tränkte Jevy ein Handtuch mit kaltem Wasser und legte es Nate auf den Nacken. Daraufhin begann Nate zu zucken und öffnete den Mund, als ob er etwas sagen wolle.

„Wo bin ich?" knurrte er mit schwerer Zunge.

„In Brasilien. In Ihrem Hotelzimmer." Jevy wischte mit einer Ecke des Handtuchs über Nates Gesicht. „Wie fühlen Sie sich?" fragte er.

„Ich möchte sterben", sagte Nate und griff nach dem Handtuch. Er steckte sich einen Zipfel in den Mund und begann, daran zu saugen.

Jevy ging wieder ins Badezimmer, drehte die Dusche an und stellte die Wassertemperatur ein.

In dem Vertrag, den er mit Senhor Ruiz abgeschlossen hatte, stand, er bekomme tausend Reais dafür, daß er Nate O'Riley ins Pantanal brachte, die Person aufspürte, die dieser suchte, und ihn wieder in Corumbá ablieferte. Das war gutes Geld, aber er war weder Krankenpfleger noch Kindermädchen.

Jevy schleppte Nate ins Badezimmer und schob ihn unter die Dusche, wo er auf dem Boden zusammensank.

„Tut mir leid", murmelte Nate immer wieder.

Jevy ließ Nate liegen, wo er war. Von ihm aus mochte der Amerikaner ertrinken. Er ging nach unten, um eine Kanne starken Kaffee zu holen.

Es war fast 14 Uhr, als Welly sie kommen hörte. Jevy stellte seinen lärmenden Pick-up am Ufer ab, öffnete die Beifahrertür und half Nate aus dem Wagen. Es schien dem Mann ziemlich schlechtzugehen. Schweiß bedeckte seine bleiche Haut, und er war zu schwach, um allein zu gehen. Welly nahm Nates Gepäckstücke vom Rücksitz und folgte den beiden ans Ufer. Jevy trug Nate praktisch auf das kleine offene Deck, wo er ihn in die Hängematte legte.

Wieder auf dem Unterdeck, ließ Jevy den Motor anlaufen, und Welly holte die Leinen ein. „Was fehlt ihm?" fragte der Leichtmatrose.

„Er ist betrunken", erwiderte Jevy, während sich die *Santa Loura* vom Ufer fortschob. „Und zwar schon eine ganze Zeit lang."

Nate sah, wie Corumbá vorüberglitt. Die Hängematte schaukelte ein wenig, und Übelkeit machte sich bemerkbar. In seinem schmerzenden Kopf wirbelte alles durcheinander. Er versuchte, ganz still zu liegen. Nichts sollte sich regen.

Gemächlich glitt das Boot den ruhigen Fluß entlang. Es herrschte Windstille. Von oben konnte Nate das Kielwasser des Bootes und das schlammig-braune Wasser sehen, das hinter ihnen Blasen warf. Der Paraguay war keine hundert Meter breit und wurde an den Krümmungen rasch schmaler. Sie kamen an einem klapprigen Boot vorüber, das mit grünen Bananen beladen war. Zwei kleine Jungen winkten ihnen zu.

Denk nicht an Weihnachten, denk nicht an zu Hause, die Kinder und zerstörte Erinnerungen, und denk nicht an deine Sucht. Der Absturz ist vorbei, redete er sich ein. Das Boot war seine Suchtklinik, Jevy sein Berater und Welly sein Pfleger. An Bord gab es keinen Alkohol. Er würde im Pantanal trocken werden und dann nie wieder auch nur einen Tropfen trinken.

Wie oft konnte er sich noch belügen?

Die Wirkung des Aspirins, das ihm Jevy gegeben hatte, ließ nach, und in seinem Kopf begann es erneut zu hämmern. Er fiel in einen tiefen Schlaf. Welly sah in Stundenabständen nach ihm. „Er schnarcht", berichtete er Jevy, der am Steuer stand.

Nates traumloser Schlaf dauerte vier Stunden. Während dieser Zeit schob sich die *Santa Loura* ungefähr in Nordrichtung voran. Als Nate wieder erwachte, hörte er das ständige Dröhnen der Maschine. Er setzte sich ein wenig in der Hängematte auf und spähte über den Bootsrand auf das dichtbewachsene Ufer. Die Gegend schien völlig unbewohnt zu sein. Er sah das Kielwasser hinter dem Boot und merkte, als er einen Baum fest im Auge behielt, daß sie vorankamen, wenn auch äußerst langsam.

Zwar waren Übelkeit und Kopfschmerzen verschwunden, doch fühlte er sich noch immer ziemlich wacklig. Steif von der Bruchlandung und zittrig vom Wodka, versuchte Nate, auf die Beine zu kommen. Er blieb einen Augenblick stehen, ohne sich festzuhalten. Das war immerhin schon etwas. Der Weg aus der Sucht bestand aus einer Anzahl kleiner Schritte. Wer sie ohne Niederlage aneinanderreiht, hat es geschafft. Geheilt ist man allerdings nie. Er hatte das Puzzle schon früher gespielt; man mußte jedes Stück feiern, das man an die richtige Stelle legte.

Langsam schob er sich an der Reling entlang zu der kleinen, engen Brücke vor, wo Jevy auf einem Hocker saß, eine Hand lässig über das Steuerrad gelegt.

Sein breites Lächeln blitzte auf, dann fragte er: „Wie fühlen Sie sich?"

„Viel besser", sagte Nate, fast beschämt. Allerdings war Scham eine Empfindung, die er schon vor Jahren abgelegt hatte. Ein Süchtiger kennt kein Schamgefühl.

Mit Kaffeetassen in beiden Händen kam Welly die Stufen heraufgeeilt. Eine Tasse gab er Nate, die andere Jevy. Dann setzte er sich auf eine schmale hölzerne Bank neben Jevy und deutete auf eine Stelle, wo der Galeriewald bis an den Fluß reichte. *„Jacarés"*, sagte er. Jevy sah hin, schien aber gelangweilt. Er hatte schon eine Million Kaimane gesehen.

Nate blickte auf den Fluß hinaus. In der Abenddämmerung flogen Vögel in geringer Höhe über dem Wasser und stießen laute Rufe aus. Das Wasser spritzte an den Ufern auf, wenn sich ein Kaiman in den Fluß gleiten ließ. Vielleicht gab es dort auch Schlangen, aber Nate wollte lieber nicht an sie denken. Auf der *Santa Loura* fühlte er sich sicher.

Als der Fluß vollkommen im Dunkeln lag, schaltete Jevy zwei links und rechts des Bugs angebrachte Scheinwerfer ein. Welly klimperte eine Melodie auf einer alten Gitarre, und Jevy brummte einen Liedtext dazu. Es klang fast einlullend, das Lied einfacher Männer, in deren Leben Tage und nicht Minuten zählten, Männer, die nur wenige Gedanken an das Morgen verschwendeten. Nate beneidete sie, zumindest solange sie sangen.

Für jemanden, der noch am Vortag versucht hatte, sich zu Tode zu trinken, war das eine beachtliche Wende. Er genoß den Augenblick, war glücklich, am Leben zu sein, und freute sich auf den weiteren Verlauf seines Abenteuers.

Später aß Nate in einer Ecke der Kajüte, nicht weit von den vier Kojen entfernt, allein an einem Tisch, der am Fußboden festgeschraubt war. Welly stellte einen Teller mit Bohnen und Reis mit Hühnerfleisch vor ihn hin und legte eine Orange dazu.

Jevy kam mit einer Flußkarte des Pantanal. Er wollte die bisher auf dem Paraguay zurückgelegte Strecke einzeichnen. „Das erste Indianerdorf liegt in diesem Gebiet", erläuterte er und wies auf eine Stelle, die angesichts der bisher zurückgelegten Strecke noch Wochen entfernt schien.

„Guató?"

„*Sim.* Ja. Ich denke, daß wir es da zuerst versuchen sollten. Wenn die Frau da nicht ist, weiß vielleicht jemand, wo sie sich aufhält."

„Wie lange kann es dauern, bis wir dort sind?"

„Zwei Tage, vielleicht drei."

Nate zuckte die Achseln. Die Zeit stand still. Seine Armbanduhr hatte er in der Hosentasche. Seine Sammlung von Stunden-, Tages-, Wochen- und Monatsplanern war längst vergessen. Er war dem Tod um Haaresbreite entronnen; jetzt war jeder neue Tag ein Geschenk.

5

Es ging lediglich um die Verlesung eines Testaments, aber hier waren die Einzelheiten von entscheidender Bedeutung. Der Richter F. Parr Wycliff hatte während der Weihnachtstage kaum an etwas anderes gedacht. Jeder Platz im Gericht würde besetzt sein, und diejenigen, die keinen Sitzplatz bekommen hatten, würden in mehreren Reihen an den Wänden stehen.

Die Anwälte hatten sich lächerlich benommen. Während die einen das Testament bis zur Verlesung versiegelt sehen wollten, forderten andere, man solle ihnen vorab Kopien des Testaments durchfaxen. Sie stellten Anträge auf alles mögliche und meldeten Wünsche an, wer in den Gerichtssaal dürfe und wer nicht.

Die Testamentseröffnung war für zehn Uhr angesetzt, doch hatte sich im Vorraum bereits um neun eine beachtliche Menschenmenge angesammelt. Die Besucher standen Schlange, denn die Leute vom Sicherheitsdienst ließen sich Zeit mit der Durchsuchung und der Sichtung der Papiere. Einige der Anwälte stürmten herein und zeigten sich sichtlich verärgert, daß man sie nicht sofort in den Saal ließ. Harte Worte fielen von beiden Seiten.

Allmählich füllte sich der Saal, Tische wurden in Hufeisenform vor der Richterbank aufgestellt. Die Mitglieder der Familie Phelan kamen an einen langen Tisch links vom Richter. Troy junior und Biff waren die ersten. Sie wurden in die unmittelbare Nähe des Richters gesetzt, wo sie mit drei Anwälten Platz nahmen.

Als nächster kam Ramble. In seinem Haar waren immer noch Spuren von Lindgrün zu sehen. Überall hatte er Ringe, an Ohren, Nase und Augenbrauen. Er trug zerfetzte Jeans und alte Stiefel. Auf seinem Weg durch den Mittelgang zusammen mit seinem Anwalt Yancy, einem alternden Hippie, erregte er die Aufmerksamkeit der Journalisten. Ein Polizeibeamter brachte die beiden am Ende eines Tisches gegenüber dem Richtertisch unter.

Nun erschien Geena Phelan Strong mit ihrem Mann Cody und zwei Anwälten. Sie nahmen Platz, und Cody machte sich sogleich daran, mit einem seiner Anwälte einige wichtige Papiere durchzugehen. Geena glotzte unverhohlen zu Ramble hinüber; sie konnte einfach nicht glauben, daß das ihr Halbbruder sein sollte.

Die Stripperin Amber hatte einen großen Auftritt in einem kurzen Rock und einer tief ausgeschnittenen Bluse. Rex folgte in einem dunklen Anzug, eine prall gefüllte Aktentasche in der Hand, so, als hätte er ernsthaft zu tun. Ihm folgte Hark Gettys. Er brachte zwei Kollegen aus seiner eigenen Kanzlei mit. Da Amber und Biff nicht miteinander sprachen, wies Rex rasch auf einen Platz zwischen Ramble und Geena.

Rambles Mutter Tira folgten zwei etwa gleichaltrige junge Männer. Der eine trug eine eng anliegende Jeans und gönnte allen einen Blick auf seine behaarte Brust – ein Gigolo. Der andere war gepflegt und kam im Nadelstreifenanzug – ihr Anwalt.

Die Enkel mußten beim gemeinen Volk im Saal Platz nehmen. Mit ihrem Gefolge und ihren Anhängern bildeten sie kleine Grüppchen und kicherten nervös, während sie darauf warteten, daß sich die Waagschale der Göttin Fortuna ihnen zuneigte.

Libbigail Phelan Jeter kam mit ihrem schwergewichtigen Mann Spike. Die beiden watschelten hinter ihrem Anwalt Wally Bright durch den Mittelgang. Wally trug einen fleckigen Regenmantel, der auf dem Boden schleifte, und ein Hemd mit abgestoßenen Kragenecken. Die drei nahmen Platz.

Die drei Stuhlreihen, die Wycliff für die Presse reserviert hatte, waren um halb zehn gefüllt. Die Journalisten genossen es offensichtlich zu beobachten, wie sich die Mitglieder der Familie Phelan vor ihren Augen versammelten. Fieberhaft arbeiteten drei Gerichtszeichner; was sie sahen, bot ihnen reichlich Material.

Um zehn vor zehn erschien Josh Stafford mit Tip Durban, zwei weiteren Anwälten aus seiner Kanzlei und einigen Anwaltsgehilfen. Mit würdevoller Miene nahmen sie ihre reservierten Plätze ein. Josh legte eine einzige dicke Akte vor sich hin, und sogleich richteten sich die Augen aller darauf. Sie schien einen Schriftsatz von fast fünf Zentimeter Stärke zu enthalten, sehr ähnlich dem, den Troy vor den Videokameras unterzeichnet hatte.

Punkt zehn Uhr wurden die Türen verschlossen, und wie auf ein Stichwort hin betrat Wycliff den Saal und nahm am Richtertisch Platz.

„Guten Morgen“, sagte er in das Mikrofon, das vor ihm stand. „Sind alle Parteien anwesend? Ich muß jeden einzelnen identifizieren.“ Er nahm sich Tisch um Tisch vor und notierte die Namen der sechs Erben, der drei ehemaligen Gattinnen und der Anwälte. „Zweiundzwanzig Anwälte“, murmelte Wycliff vor sich hin. Die Reporter schrieben die Namen so rasch auf wie der Richter.

„Haben Sie das Testament, Mr. Stafford?“ fragte Wycliff.

Josh erhob sich mit einem anderen Dokument in der Hand als dem, das auf dem Tisch gelegen hatte. „Ja.“ Er ging zum Zeugenstand, wo er die rechte Hand hob und schwor, die Wahrheit zu sagen.

„Sie haben Troy Phelan vertreten?“ fragte Wycliff.

„Ja. Über mehrere Jahre.“

„Haben Sie für ihn ein Testament erstellt?“

„Mehrere.“

„Haben Sie auch sein letztes Testament erstellt?“

Eine Pause trat ein, und die Hälse der Phelans reckten sich dem Zeugenstand entgegen.

„Nein, das letzte nicht“, antwortete Josh langsam und sah die wie Geier lauernden Erben an. Seine leisen Worte verbreiteten sich im Saal wie Donnerhall. Die Anwälte reagierten deutlich schneller als die Erben, von denen mehrere nicht so recht wußten, was diese Aussage zu bedeuten hatte.

„Wer hat das letzte Testament erstellt?“ hakte Wycliff nach.

„Mr. Phelan selbst.“

Das konnte nicht stimmen. Die Erben hatten mit eigenen Augen gesehen, wie der Alte, von seinen Anwälten flankiert, den drei Psychiatern gegenüber am Tisch gesessen hatte. Sekunden nach der Bestätigung seiner Zurechnungsfähigkeit hatte er ein von Stafford und einem seiner Mitarbeiter ausgearbeitetes dickes Testament ergriffen und es unterschrieben.

„Wann hat er es unterzeichnet?“ fragte Wycliff.

„Wenige Augenblicke bevor er über das Geländer gesprungen ist."

„Handelt es sich um ein eigenhändiges Testament?"

„Ja."

„Hat er es in Ihrer Gegenwart unterzeichnet?"

„Ja. Es gibt auch weitere Zeugen. Außerdem ist der Akt auf Video festgehalten worden."

Betont langsam entnahm Josh dem Aktendeckel einen Umschlag und gab ihn dem Richter. Das Kuvert wirkte schrecklich dünn.

„Was zum Teufel soll das sein?" zischte Troy junior dem neben ihm sitzenden Anwalt zu, doch der wußte darauf keine Antwort.

Der Umschlag enthielt ein einziges gelbes Blatt. Wycliff entfaltete es sorgfältig und räusperte sich. „Ich halte hier ein aus einem Blatt bestehendes Dokument in der Hand, bei dem es sich dem Vernehmen nach um ein eigenhändiges Testament Troy Phelans handelt. Ich werde es jetzt verlesen: ‚Ich, Troy L. Phelan, widerrufe hiermit im Vollbesitz meiner geistigen Kräfte nachdrücklich jedes früher von mir abgefaßte Testament sowie alle Nachträge dazu und verfüge über mein Vermögen wie folgt: Meinen Kindern Troy Phelan junior, Rex Phelan, Libbigail Phelan Jeter, Mary Ross Phelan Jackman, Geena Phelan Strong sowie Ramble Phelan hinterlasse ich einen Geldbetrag, der ausreicht, ihre jeweiligen Schulden in der Höhe zu begleichen, die sie am heutigen Tag aufweisen. Nach dem heutigen Datum anfallende Schulden werden davon nicht gedeckt. Sollte einer der genannten Nachkommen den Versuch unternehmen, dieses Testament anzufechten, entfällt das für ihn vorgesehene Geldgeschenk vollständig.'"

Selbst Ramble hörte das und verstand den Sinn der Worte. Geena und Cody stiegen Tränen in die Augen. Rex beugte sich vor, die Ellbogen auf den Tisch gestützt und das Gesicht in den Händen vergraben. Libbigail sah an Bright vorbei zu Spike hinüber und murmelte: „Der Mistkerl." Mary Ross schlug die Hände vor die Augen, während ihr Mann beruhigend ihr Knie tätschelte. Lediglich Troy junior brachte es fertig, ein teilnahmsloses Gesicht zu machen, wenn auch nur für kurze Zeit.

Doch noch war das Schlimmste nicht vorüber. Wycliff war noch nicht fertig. „‚Meine ehemaligen Ehefrauen Lillian, Janie und Tira bekommen nichts. Sie sind bei der Scheidung jeweils angemessen versorgt worden.'"

Bei diesen Worten fragten sich Lillian, Janie und Tira, was sie eigentlich im Gerichtssaal wollten. Hatten sie wirklich erwartet, daß ein Mann, den sie haßten, ihnen noch mehr Geld geben würde?

Die Journalisten waren richtig aufgeregt.

„,Mein verbleibendes Vermögen hinterlasse ich meiner am 2. November 1954 in New Orleans im Staat Louisiana geborenen Tochter Rachel Lane. Ihre Mutter, Evelyn Cunningham, ist zwischenzeitlich verstorben.'"

Der Richter machte eine Pause. Die elf Milliarden waren an eine uneheliche Erbin gegangen, von deren Existenz der Richter nichts gewußt hatte.

„,Zum Verwalter meines Nachlasses setze ich den Anwalt meines Vertrauens Josh Stafford ein und lasse ihm weitgehende Entscheidungsfreiheit in der Frage, wie er dabei vorgeht.'"

Bisher hatte keiner von ihnen an Josh gedacht, der wie ein unbeteiligter Zuschauer im Zeugenstand saß. Jetzt blickten sie ihn haßerfüllt an. Wieviel hatte er gewußt? War er an der Verschwörung beteiligt?

Wycliff ließ das Blatt sinken. „Dieses Testament hat Troy L. Phelan am 9. Dezember 1996 um 15 Uhr unterschrieben."

Er sah sich im Saal, dem Epizentrum des Erdbebens, um. Gleich würden die Nachbeben einsetzen. Die Phelans saßen zusammengesunken da, manche starrten verzweifelt die Wände an.

Noch brachte keiner der 22 Anwälte ein Wort heraus. Aber ganz rasch schüttelten sie die Überraschung ab. Dieser Fall würde sie reich machen. Ihren hochverschuldeten Mandanten blieb keine Wahl, als das Testament anzufechten. Die Prozesse würden sich über Jahre hinziehen.

„Wann gedenken Sie das Testament gerichtlich bestätigen zu lassen?" wandte sich der Richter an Josh.

„Im Lauf einer Woche."

„Gut. Sie können jetzt den Zeugenstand verlassen. Die Sitzung ist geschlossen."

VOR DEM Gerichtssaal warteten die Reporter. Troy junior, der als erster hinausging, sah sich sogleich von einem ganzen Rudel umgeben, von denen ihm einige angriffslustig das Mikrofon entgegenstreckten.

„Sind Sie überrascht?" fragte ihn ein Trottel.

„Wer ist Rachel Lane?" wollte ein anderer wissen.

„Ich nehme an, meine Schwester", blaffte er ihn an.

Ein kleiner dürrer Jüngling mit ungesunder Gesichtsfarbe blieb unmittelbar vor ihm stehen, hielt ihm ein Aufnahmegerät unter die Nase und fragte dann: „Wie viele uneheliche Kinder hatte Ihr Vater?"

Reflexartig stieß Troy junior den Kassettenrecorder in Richtung auf seinen Besitzer zurück und traf ihn dann mit einem harten linken Haken am Ohr. Daraufhin ging der junge Mann zu Boden. In dem

Durcheinander, das nun folgte, schob ein Polizeibeamter Troy junior von der Menge fort, und beide verschwanden rasch.

Als Ramble einen anderen Reporter anspie, mußte ein Kollege diesen festhalten und ihn daran erinnern, daß der Junge noch nicht volljährig war.

Polizeibeamte eskortierten die bedrängten Erben und ihre Anwälte möglichst rasch die Treppe hinab zur Eingangshalle und zum Ausgang.

Josh Stafford hatte nicht die geringste Eile, den Gerichtssaal zu verlassen. In aller Seelenruhe unterhielt er sich mit Hark Gettys und einigen Anwälten und versprach, ihnen Kopien des abscheulichen Testaments zu schicken. Ein Reporter von der *Washington Post,* den er kannte, wartete auf dem Gang, und Josh ließ sich zehn Minuten von ihm interviewen, ohne wirklich etwas zu sagen. Das besondere Interesse des Reporters galt Rachel Lane, wie ihr Hintergrund aussehe und wo sie sich aufhalte. Auf keine seiner zahllosen Fragen hatte Josh eine Antwort.

Doch er war sicher, daß Nate sie früher finden würde als jeder andere.

DAS UNWETTER brach in der Abenddämmerung über sie herein, während Welly in der Kombüse Reis kochte. Der urplötzlich heranbrausende Wind rüttelte so heftig an der Hängematte, daß Nate auf den Füßen landete. Donner und Blitz folgten sogleich. Nate ging zu Jevy hinüber. „Ein kräftiger Gewittersturm“, sagte Jevy. Sein Gleichmut wirkte beruhigend auf Nate.

Als es anfing zu regnen, ging Nate nach unten. In seiner Reisetasche fand er einen knielangen Regenumhang mit einer Kapuze, den er anzog. An das Geländer geklammert, arbeitete er sich langsam Stufe für Stufe wieder hinauf zur Brücke. Dort kämpfte Jevy in einer fettverschmierten gelben Öljacke gegen den Regen, der ihm ins Gesicht peitschte. Das winzige Ruderhaus war nicht verglast. Die beiden Scheinwerfer mühten sich nach Kräften, den Weg durch die Dunkelheit zu zeigen, doch sah Jevy vor sich lediglich etwa 15 Meter aufgewühltes Wasser. Aber er kannte den Fluß gut und hatte schon schlimmere Unwetter erlebt.

Der Fluß wand sich nach Osten, dem Pantanal entgegen. Jetzt erfaßte der Sturm das Boot von der Seite, so daß Nate hart gegen die Reling geschleudert wurde. Jevy hielt sich am Steuerrad fest.

In Abständen von wenigen Sekunden kamen die Windstöße, einer nach dem anderen, erbarmungslos. Die *Santa Loura* wurde vom Sturm unaufhaltsam auf das Ufer zu geschoben. Der Regen strömte auf sie herab. Mit einemmal sahen sie im Licht eines Blitzes das dichtbewachsene Ufer unmittelbar vor sich. Welly schrie etwas, und Jevy schrie etwas zurück. Im selben Augenblick packte eine weitere Bö das Boot und warf es heftig auf die Steuerbordseite. Während Nate, die Reling mit beiden Händen umklammernd, durchnäßt und zitternd am Bootsrand hockte, begriff er, daß nur zweierlei geschehen konnte. Entweder kenterte das Boot, oder sie würden ans Ufer geschoben, in den Sumpf, wo die Reptilien hausten. Er hatte kaum Angst. Dann aber fielen ihm die Papiere ein. Sie durften unter keinen Umständen verlorengehen. „Ich muß runter!" schrie er Jevy zu, der das Steuerrad umklammert hielt. Auch der Bootsführer hatte Angst.

Mit dem Rücken zum Wind schob sich Nate Stufe für Stufe nach unten. Gebückt trat er in die Kajüte, schleuderte seinen Regenumhang in eine Ecke und holte die Aktentasche hervor, die er unter der Matratze verborgen hatte. Der Sturm schüttelte das Boot erneut, als Nate gerade die Aktentasche an seine Brust drückte. Er stieß hart gegen die Wand. Das Licht ging aus. Nichts war mehr zu sehen. Ein lautes Krachen ertönte, und Nate wurde zu Boden geschleudert. Sie saßen im Ufergehölz fest.

Die kiellose flachbödige *Santa Loura* war wie alle Boote im Pantanal nicht nur dafür gebaut, über Sandbänke zu gleiten, sie war auch stark genug, Stöße von im Fluß schwimmendem Treibgut auszuhalten. Nachdem das Unwetter vorüber war, ließ Jevy die Maschine wieder anlaufen und das Boot eine halbe Stunde lang vor- und rückwärts rucken, womit er es allmählich aus dem Sand und Schlamm am Ufer hinausmanövrierte. Als es wieder frei war, beseitigten Welly und Nate Buschwerk und Äste, die sich auf dem Deck angesammelt hatten, und durchsuchten das Innere des Bootes gründlich. Zum Glück fanden sie keine neuen Passagiere, weder Schlangen noch Kaimane. In einer kurzen Kaffeepause erzählte Jevy von einer Anakonda, die vor Jahren ihren Weg an Bord gefunden und einen schlafenden Matrosen angegriffen hatte.

Nate sagte, Schlangengeschichten höre er nicht besonders gern.

Nachdem sich die Wolken verzogen hatten, leuchtete ein schöner Halbmond über dem Fluß. Welly kochte Kaffee. Nach dem Toben des Gewitters war das Wasser im Pantanal glatt wie ein Spiegel. Der Mond zeigte ihnen den Weg, er verschwand, wenn der Paraguay eine Biegung machte, tauchte aber gleich wieder auf, sobald es nordwärts ging.

IN IHREM kleinen, aufgeräumten Büro in Houston las Neva Collier den erstaunlichen Bericht über die Eröffnung von Mr. Phelans Testament. Seit dem Artikel über seinen Selbstmord hatte sie die Angelegenheit in der Presse verfolgt.

Neva Collier koordinierte bei World Tribes Missions die Arbeit der nach Südamerika entsandten Mitarbeiter. Außer ihr wußte niemand, daß Rachel Porter Troy Phelans uneheliche Tochter war und ursprünglich Lane geheißen hatte. Nach ihrem Medizinstudium hatte Rachel einen anderen Namen angenommen, um sich so weit wie möglich von ihrer Vergangenheit zu lösen. Seit dem Tod ihrer Adoptiveltern hatte sie keinerlei Angehörige mehr. Es gab lediglich Troy, und sie bemühte sich nach Kräften, ihn aus ihrem Leben herauszuhalten. Neva Collier hatte ihr versprochen, niemandem etwas über sie zu sagen, nicht einmal, in welchem Teil Südamerikas sie sich aufhielt.

Mit Rachel Kontakt aufzunehmen kostete Zeit. Zweimal jährlich schrieben Neva und Rachel einander, und gewöhnlich rief Rachel einmal im Jahr aus einer Telefonzelle in Corumbá an, wenn sie dort Medikamente und dergleichen einkaufte. Neva hatte im Vorjahr mit ihr gesprochen. Zum letzten Mal war Rachel 1992 kurz in der Heimat gewesen. Sie könne dem Aufenthalt in den Vereinigten Staaten nichts abgewinnen, hatte sie Neva anvertraut. Sie gehöre zu den Menschen, bei denen sie auch sonst lebe.

Den Kommentaren der Anwälte in den Zeitungsartikeln nach zu urteilen, war die Nachlaßangelegenheit im Fall Phelan alles andere als endgültig geklärt. Neva legte die Zeitung beiseite und beschloß abzuwarten. Sie würde dem Vorstand zu gegebener Zeit mitteilen, wer Rachel in Wirklichkeit war.

Die Versammlung der Anwälte fand im Bankettsaal eines Hotels statt, dessen Tische man in aller Eile zu einem Quadrat zusammengerückt hatte. Als sich die Tür endlich schloß, befanden sich an die fünfzig Menschen im Saal, denn jede Kanzlei hatte sich verpflichtet gefühlt, weitere Anwälte und Anwaltsgehilfen mitzubringen, um den anderen zu imponieren. Kein Mitglied der Familie Phelan war anwesend.

Hark Gettys bat um Ruhe und schlug vor, daß für jeden der Phelan-Erben nur einer der Anwälte das Anliegen vortragen solle. Er selbst werde als letzter das Wort ergreifen.

Grit, der dynamische Prozeßanwalt, der Mary Ross Phelan Jackman und ihren Mann vertrat, stand auf und sprach sich für eine offene Kriegserklärung aus. „Uns bleibt keine Wahl, als das Testament anzufechten“, fand er. „Wir müssen beweisen, daß der alte Knacker verrückt war. Er ist nicht nur vom Hochhaus gesprungen, sondern hat obendrein eins der bedeutendsten Vermögen auf der Welt einer unbekannten Frau vermacht. In meinen Augen ist das verrückt.“

Das Juristenteam für Geena und Cody Strong führte eine hochgewachsene und üppige Anwältin in einem Armani-Kostüm. Mrs. Langhorne war früher einmal Juraprofessorin in Georgetown gewesen, und als sie jetzt das Wort an die Versammelten richtete, umgab sie eine Aura der Allwissenheit. Punkt eins: In Virginia würden lediglich zwei Gründe für eine Testamentsanfechtung anerkannt: unzulässige Beeinflussung und Unzurechnungsfähigkeit des Erblassers. Da niemand Rachel Lane kenne, werde man nur schwer, wenn überhaupt, beweisen können, daß sie ihren Vater bei der Abfassung seines Testaments in unzulässiger Weise beeinflußt habe. Punkt zwei: Mithin bleibe nichts anderes übrig, als alles auf die Karte „Unzurechnungsfähigkeit“ zu setzen. Daher lautete ihre Schlußfolgerung, man solle das Testament mit Nachdruck anfechten und auf eine einträgliche außergerichtliche Einigung hoffen.

Als nächster war Wally Bright, der in Abendkursen studiert hatte, an der Reihe. Er sagte, was ihm gerade in den Sinn kam, und sprach sich aufs schärfste gegen Ungerechtigkeit ganz allgemein aus.

Zwei von Lillians Anwälten erhoben sich gleichzeitig wie siamesische Zwillinge. Wenn der eine einen Satz begann, beendete ihn der andere. Der eine erwähnte ein Dokument, und der andere holte es aus dem Aktenkoffer. Sie gingen zügig vor, blieben beim Thema und wiederholten in knappen Worten, was bereits gesagt worden war.

Rasch einigte man sich darauf zu kämpfen, denn erstens hatte man nur wenig zu verlieren, zweitens war nichts anderes zu tun, und drittens konnte man dabei einen beachtlichen Stundensatz für die beim Kampf aufgewendete Arbeitszeit in Rechnung stellen.

Erst nach einer geschlagenen Stunde sprach jemand die Anfechtungsklausel im Testament an. Mit Ausnahme von Ramble liefen die Erben Gefahr, das wenige zu verlieren, das ihnen Troy hinterlassen hatte, sofern sie das Testament anfochten. Diesen Einwand taten die Anwälte mit leichter Hand ab. Für sie war die Anfechtung beschlossene Sache, und sie wußten, daß ihre habgierigen Mandanten tun würden, was sie ihnen rieten.

DER FLUSS stieg den ganzen Tag über an, trat an einigen Stellen langsam über die Ufer, verschluckte Sandbänke und erreichte das dichte Unterholz. Mit zunehmender Breite des Paraguay wurde die Strömung stärker und verlangsamte die Fahrt des Bootes noch mehr. Nate verbrachte den Vormittag in der Hängematte, las und beobachtete die Tierwelt.

Jevy setzte sich mit einer Tasse Kaffee zu ihm. „Wie finden Sie das Pantanal?“ fragte er. Sie saßen nebeneinander auf der Bank und ließen, die Arme durch die Stäbe der Reling gesteckt, die bloßen Füße über dem Wasser baumeln.

„Es ist herrlich."

„In der Regenzeit treten die Flüsse im Pantanal so sehr über die Ufer, daß sie ein Gebiet von der Größe Colorados unter Wasser setzen."

„Waren Sie denn schon mal in Colorado?"

„Ja, ich hab da 'nen Vetter. Vor drei Jahren bin ich mit ihm in einem Greyhound-Bus durch die USA gefahren. Bis auf sechs Staaten haben wir alle gesehen."

Nate war doppelt so alt wie Jevy mit seinen 24 Jahren und hatte meist viel Geld verdient. Trotzdem hatte Jevy mehr von den Vereinigten Staaten gesehen als er.

„Wenn die Überflutungen aufhören", fuhr Jevy fort, „beginnt die Trokkenzeit. Dann gibt es Grasland, Sumpfgebiete und zahllose Lagunen und überschwemmte Flächen. Dieser ständige Wechsel von Regen- und Trockenzeit sorgt dafür, daß es hier eine reichere Tierwelt gibt als irgendwo sonst auf der Erde. Hier leben sechshundertfünfzig Vogelarten, mehr als in den Vereinigten Staaten und Kanada zusammen, außerdem mindestens zweihundertsechzig Fischarten. Dann haben wir noch Schlangen, Kaimane und sogar Riesenotter."

„Sind Sie hier geboren?"

„Ja, in Corumbá, aber diese Flüsse sind meine Heimat."

„Sie haben erzählt, daß Ihr Vater Flußlotse war."

„Ja. Schon als kleiner Junge bin ich mit ihm gefahren. Als ich zehn Jahre war, kannte ich bereits die wichtigsten Flüsse."

Sie kamen an einem schmalen Flußarm vorüber, der dem Paraguay noch mehr Wasser zuführte. Ein kleines Rudel Sumpfhirsche watete durch das stehende Wasser am Ufer und benagte grüne Ranken, ohne auf das vom Fluß herüberdringende Motorengeräusch zu achten.

„Ein paar Stunden von hier liegt eine kleine Handelsstation", erzählte Jevy und stand auf. „Wir sollten zusehen, daß wir sie vor Einbruch der Dunkelheit erreichen."

„Was wollen wir denn einkaufen?"

„Eigentlich nichts. Aber Fernando, der Inhaber, erfährt alles, was am Fluß passiert. Vielleicht weiß er etwas über die Missionarin." Er leerte seine Tasse in den Fluß und reckte die Arme. „Manchmal hat er auch Bier da. *Cerveja.*"

Nate hielt den Blick auf die Wasserfläche gerichtet.

„Wir sollten aber keins kaufen", sagte Jevy und ging fort.

Mir recht, dachte Nate und trank seinen Kaffee aus.

Eine kalte braune Flasche, vielleicht Antarctica oder Brahma, die beiden Marken, die er in Brasilien bereits probiert hatte. Ausgezeichnetes Bier.

Er begann zu schwitzen, obwohl die Sonne hinter den Wolken stand und ein kühles Lüftchen wehte. Er verkroch sich in der Hängematte und hoffte inständig, er werde tief schlafen, wenn sie anlegten und dann in die Nacht weiterfuhren. Der Schweißausbruch verstärkte sich, bis sein Hemd durchnäßt war. Er versuchte einzuschlafen, aber er war hellwach, als die Maschine auf langsame Fahrt gestellt wurde und das Boot sich ans Ufer schob. Man hörte Stimmen, dann gab es einen leichten Ruck, als sie ans Ufer stießen. Langsam kletterte Nate aus der Hängematte, ging zur Bank an der Reling und setzte sich.

Es war eine Art Gemischtwarenladen auf Pfählen – ein winziges Gebäude aus unbehandelten Brettern mit einem Blechdach und einer schmalen Veranda, auf der einige Einheimische saßen, die Zigaretten rauchten und Tee tranken. Jevy und Welly unterhielten sich mit den *pantaneiros* und traten dann durch die offene Tür ins Innere des Gebäudes.

Nate hatte sich vorgenommen, auf dem Boot zu bleiben. Er ging zur gegenüberliegenden Seite hinüber und sah in den Fluß. Er würde hier oben bleiben, an Armen und Beinen von der Reling gehalten. Das kälteste Bier auf der Welt würde ihn nicht von dort weglocken können.

Nach einer Weile kehrte Jevy mit hundert Litern Diesel in Kanistern zurück. Dann wurde die Maschine angelassen, und das Boot fuhr wieder.

„Fernando sagt, daß es hier in der Gegend eine Missionarin bei den Indianern gibt.“ Er reichte Nate eine Flasche kaltes Wasser.

„Wo?“

„Er weiß es nicht genau. Einige Ansiedlungen liegen im Norden in der Nähe der bolivianischen Grenze. Aber die Indianer fahren nicht auf dem Fluß, und so weiß er nicht viel über sie.“

„Wie weit ist die nächste Ansiedlung entfernt?“

„Wir können morgen früh in der Nähe sein. Aber nicht mit diesem Boot hier. Wir müssen das kleine nehmen.“

„Macht sicher Spaß.“ Nate hielt den Blick auf die Handelsstation gerichtet, bis von ihr nichts mehr zu sehen war. Vielleicht würde es ihm auf dem Rückweg so gutgehen, daß er sich ein oder zwei kühle Bier genehmigen konnte, um den Erfolg seiner Expedition zu feiern. Er kroch zurück in die Sicherheit seiner Hängematte und verfluchte sich wegen seiner Schwäche.

Es war noch dunkel, als der Lärm des Dieselmotors am nächsten

Morgen verstummte und Nate erwachte. Er stieg die Stufen von seinem Deck hinunter. Welly und Jevy waren am Heck und sprachen leise miteinander, während sie das Beiboot beluden. Das Abenteuer trat in eine neue Phase ein.

Als die Sonne schließlich aufging, war es sechs Uhr. Sie hatten ihr Boot in der Nähe eines kleinen Bauernhofs an einem Balken vertäut, der einst einen Anleger getragen hatte. Links, im Westen, mündete ein sehr viel kleinerer Fluß in den Paraguay.

Die Aufgabe bestand darin, das Beiboot nicht zu überladen. Die kleineren Nebenflüsse, zu denen sie wollten, waren über die Ufer getreten, und die Ufer ließen sich nicht immer erkennen. Falls das Boot zu tief im Wasser lag, konnten sie auf Grund laufen oder, schlimmer noch, die Propellerwelle des Außenbordmotors beschädigen. Einen Ersatzmotor gab es nicht, lediglich ein Paar Paddel, die Nate von Deck aus betrachtete, während er seinen Kaffee trank. Sie würden sicherlich ihren Dienst tun, überlegte er, vor allem, wenn wilde Indianer oder hungrige Tiere sie verfolgten.

Drei Kanister mit je zwanzig Liter Kraftstoff standen in der Mitte des Bootes. „Das müßte für fünfzehn Betriebsstunden reichen", meinte Jevy.

„Wie weit ist es bis zu der Ansiedlung?"

Jevy wies zu dem Haus hinüber. „Der Bauer dort hat gesagt, vier Stunden."

Jevy lud ein kleines Zelt, zwei Wolldecken, zwei Moskitonetze, zwei Schöpfeimer und Regenbekleidung ins Boot. Welly stellte eine Kiste mit Lebensmitteln und einen Kasten mit Wasserflaschen dazu.

In der Kajüte entnahm Nate seiner Aktentasche die Kopie des Testaments samt dem Formblatt für die Empfangsbestätigung und die Verzichterklärung, die Rachel Lane unterschreiben mußte, falls sie das Erbe ausschlagen wollte, und steckte alles in einen Briefumschlag mit dem Aufdruck der Kanzlei Stafford. Da es an Bord weder wasserdichte Dokumentenhüllen noch Plastiktüten gab, wickelte er den Umschlag in ein Stück seines Regenumhangs, das er vom unteren Saum abgeschnitten hatte. Dann verschloß er das Päckchen mit Klebeband, bis er es für wasserdicht hielt, klebte es sich mit Pflaster auf Brusthöhe auf das T-Shirt und zog ein Jeanshemd darüber.

Die Tasche mit den übrigen Dokumenten gedachte er auf der *Santa Loura* zu lassen. Da sie ihm weit sicherer erschien als das kleine Beiboot, beschloß er, auch das Satellitentelefon und den Netzcomputer dort zu deponieren. Dann verschloß er die Aktentasche und legte sie auf seine Koje. Heute könnte es klappen, dachte er bei sich. Die Vorstellung, endlich Rachel Lane kennenzulernen, erfüllte ihn mit einem Gefühl erregender Vorfreude.

Als letztes legte Jevy eine blitzende Machete mit langem Griff ins Beiboot. „Für die Anakondas", sagte er lachend. Nate ignorierte die Äußerung und winkte statt dessen Welly, der auf der *Santa Loura* bleiben würde, zum Abschied zu, während Jevy den Außenbordmotor anwarf.

Es war kühl, und Dunst hing dicht über dem Wasser. Nate sah sich um, entdeckte im Boot aber keine Rettungswesten. Das Wasser klatschte gegen den Aluminiumrumpf. Aufmerksam hielt Nate im Dunst Ausschau nach Treibgut: ein zersplitterter Baumstamm konnte das Ende des kleinen Bootes bedeuten.

Sie mußten kräftig gegen die Strömung ankämpfen, bis sie die Einmündung des Nebenflusses erreichten, der sie zu den Indianern bringen würde. Dort war das Wasser weit ruhiger. Der Motor jaulte auf, und die Schraube des Bootes ließ das Kielwasser aufschäumen.

Auf Jevys Karte war das Gewässer als Cabixa eingezeichnet. Jevy hatte diesen Fluß noch nie befahren. Er wand sich zwischen Brasilien und Bolivien hin und her. War er an seiner Mündung in den Paraguay höchstens 24 Meter breit gewesen war, so verengte er sich im Lauf der Zeit auf etwa 15 Meter.

Nach einer Viertelstunde nahm Nate seine Armbanduhr aus der Tasche und legte sie an. Er hatte sich vorgenommen, genau auf die Zeit zu achten. Jevy nahm Fahrt weg, als sie sich der ersten Gabelung näherten. Ein Fluß von gleicher Breite ging nach links ab. Sie hielten sich rechts und gelangten bald auf eine große Wasserfläche, die wie ein See aussah. Jevy stellte den Motor ab. „Augenblick", sagte er, stieg auf die Treibstoffkanister und sah sich um. Das Boot lag vollkommen still. Dann fiel ihm eine Reihe gezackter, niedriger Bäume auf. Er deutete auf sie und sagte etwas. Nate wußte nicht, wie sicher sich Jevy seiner Sache war, als er wieder beschleunigte.

Nach einer Stunde erreichten sie die erste menschliche Ansiedlung – eine kleine Hütte mit einem roten Ziegeldach. Das Wasser stand an den schlammbedeckten Mauern fast einen Meter hoch, und nichts deutete auf die Anwesenheit von Mensch oder Tier hin. Jevy nahm erneut Fahrt weg, damit sie miteinander reden konnten.

„In der Regenzeit suchen viele Familien im Pantanal mit ihren Kühen höher gelegenes Gelände auf", begann er.

„Und was ist mit den Indianern?"

„Die ziehen auch umher."

„Ist ja großartig. Wir wissen nicht, wo sie sich aufhalten, und dann ziehen die auch noch durch die Lande."

Neunzig Minuten. Nate hatte seine Furcht, gefressen zu werden, schon ganz vergessen, doch dann sahen sie nach einer Flußkrümmung eine Gruppe Kaimane, die dicht beieinander im nur etwa eine Handbreit tiefen Wasser ruhten. Sie schlugen mit den Schwänzen, dachten aber gar nicht daran anzugreifen.

Zwanzig Minuten lang entdeckten sie keine weiteren Tiere. Wieder wurde das Gewässer schmaler. Die Ufer rückten so dicht aneinander, daß sich Bäume von beiden Seiten über dem Wasser berührten. Mit einemmal war es dunkel. Sie trieben durch einen Tunnel. Nate sah auf die Uhr. Sie waren zwei Stunden von der *Santa Loura* entfernt.

Während sie sich im Zickzack durch das Sumpfgebiet voranarbeiteten, erhaschten sie Blicke auf den Horizont. Die aufragenden Bergketten Boliviens schienen näher zu kommen. Der Fluß wurde wieder breiter, die Bäume wichen auseinander, und sie befanden sich auf einer großen Wasserfläche, in die über ein Dutzend gewundene Flußläufe mündeten. Ihnen gegenüber erspähten sie einen Angler im Röhricht. Mehr Glück sollten sie an diesem Tag nicht haben.

Der Mann saß geduldig in einem kleinen Boot, das vor langer Zeit mühevoll aus einem Baumstamm hergestellt worden war. Als sie so nah herangekommen waren, daß sie Einzelheiten erkennen konnten, merkte Nate, daß der Mann ohne Angelrute fischte und sich die Schnur einfach um die Hand gewickelt hatte.

Jevy sprach den Mann auf portugiesisch an und gab ihm eine Flasche Wasser. Sofern sich der Fischer freute, in dieser Einsamkeit einem anderen Menschen zu begegnen, zeigte er das nicht.

Dann begannen die beiden, in Richtung auf die Berge zu gestikulieren. Eine Wolke kleiner schwarzer Stechmücken schwebte über ihnen, und Nate suchte nach dem Insektenschutzmittel und rieb sich damit ein. Der Angler beobachtete ihn neugierig. Kurz darauf verabschiedeten sie sich und paddelten mit leichtem Rückenwind davon.

„Ein paar Stunden von hier liegt eine Ansiedlung", berichtete Jevy.

„Haben Sie ihn gefragt, ob er je eine Missionarin gesehen hat?"

„Ja. Hat er nicht. Sie sind der erste Bürger der Vereinigten Staaten, dem er je begegnet ist."

Der Cabixa weitete sich erneut, und sie brausten mit Vollgas davon.

Nate setzte sich tiefer ins Boot. Er hatte sich gerade auf ein Nickerchen eingestellt, als der Motor zu stottern begann. Das Boot schwankte hin und her und wurde langsamer.

Nate fehlte der Mut, sich umzudrehen, um Jevy anzusehen. Motorenprobleme. Für seinen Geschmack hatte es bei der Reise schon genug gefährliche Augenblicke gegeben. Wenn sie mühselig zu Welly zurückpaddeln mußten, würde das Tage kosten. Sie würden im Boot schlafen müssen, von ihren Vorräten leben, bis sie zur Neige gingen, Regenwasser auffangen und hoffen, daß auch auf dem Heimweg der Angler wieder da war, um ihnen den Weg zurück in die Sicherheit zu zeigen.

Mit einemmal hatte Nate entsetzliche Angst.

Doch dann ging es weiter. Der Motor jaulte auf, als sei nichts geschehen. Das wurde zur Gewohnheit: kaum, daß Nate einnickte, unterbrach der Motor sein gleichförmiges Lied. Der Bug tauchte ins Wasser, Jevy fluchte auf portugiesisch, spielte ein wenig mit Gas und Choke, dann war während der nächsten zwanzig Minuten wieder alles in Ordnung.

Den ersten Hinweis auf die Ansiedlung entdeckten sie nach insgesamt sieben Stunden. Nate sah eine dünne blaue Rauchfahne am Fuß eines Hügels. Das Gelände stieg höher an als zuvor, sie waren ganz in der Nähe der Berge. Die überschwemmten Gebiete lagen nun hinter ihnen.

Sie kamen an eine Lücke in den Bäumen und sahen zwei Kanus vor einer Lichtung. Jevy lenkte das Boot dorthin. Rasch sprang Nate ans Ufer, er wollte sich unbedingt die Beine vertreten und festen Boden unter den Füßen spüren.

„Bleiben Sie in der Nähe“, forderte ihn Jevy auf und nickte zu den Bäumen hinüber.

Ein Indianer beobachtete sie. Die Haut seines nackten Oberkörpers glänzte bronzefarben, um die Hüften trug er eine Art Strohrock. Er schien unbewaffnet zu sein. Nate war darüber ungeheuer erleichtert. Der Mann hatte langes schwarzes Haar und rote Streifen auf der Stirn. Hätte er einen Speer in der Hand gehabt, Nate hätte sich ihm ohne ein Wort ergeben.

„Ist er uns freundlich gesinnt?“ fragte Nate nervös.

„Ich glaube schon. Immer mit der Ruhe.“ Jetzt stieg auch Jevy aus dem Boot. „*Fala português?*“ fragte er.

Der Indianer dachte lange nach. Offensichtlich war er der Sprache nicht mächtig. Er wirkte noch jung, vermutlich war er keine zwanzig Jahre alt.

Während sie einander musterten, überlegte Jevy, wie es weitergehen sollte. Im Gebüsch hinter dem Indianer nahm er eine Bewegung wahr. Dann tauchten am Waldrand drei seiner Stammesbrüder auf, glücklicherweise alle ohne Waffen. Die Männer waren zwar nicht besonders kräftig gebaut, hatten aber unübersehbar den Heimvorteil. Außerdem sahen sie nicht besonders freundlich aus. Weder lächelten noch grüßten sie.

Mit einemmal tauchte eine junge Frau auf. Auch ihr Oberkörper war unbekleidet. Nate gab sich große Mühe, sie nicht anzustarren. „*Falo*", sagte sie.

Betont langsam erklärte Jevy ihr, was sie wollten, und bat, mit dem Stammesoberhaupt sprechen zu dürfen. Die Frau dolmetschte seine Worte für die Männer, die dicht beieinanderstanden und mit finsteren Gesichtern aufeinander einredeten.

„Ein paar wollen uns gleich fressen", sagte Jevy leise, „und die anderen wollen lieber bis morgen warten."

„Sehr witzig."

Nach einer Weile teilten die Männer der Frau das Ergebnis ihrer Beratung mit. Sie erklärte den Eindringlingen, daß sie am Fluß warten sollten, bis die Nachricht von ihrer Ankunft weitergemeldet sei. Dann verschwanden die Indianer unter den Bäumen.

„Was meinen Sie?" fragte Nate, als sie fort waren. Jevy und er standen im knöchelhohen Gras und sahen zu dem dichten Wald hinüber. Nate war überzeugt, daß man sie von dort aus beobachtete.

„Sie stecken sich leicht mit Krankheiten an, wenn sie mit Fremden in Berührung kommen", erklärte Jevy. „Deswegen sind sie so vorsichtig."

Sie zogen sich aufs Boot zurück, wo sich Jevy damit beschäftigte, die Zündkerzen zu reinigen. Nate legte sich hin, um ein Schläfchen zu halten.

Sein Plan war einfach. Er wollte Rachel Lane guten Tag sagen, ihr kurz den Hintergrund schildern, die erforderlichen juristischen Erläuterungen abgeben, ihr die Papiere zeigen, ihre wichtigsten Fragen beantworten, sie unterschreiben lassen, ihr danken und die Zusammenkunft so rasch wie möglich beenden. Die fortgeschrittene Tageszeit, das Stottern des Außenbordmotors und die Rückfahrt zur *Santa Loura* bereiteten ihm Kopfzerbrechen.

Jevy sah die Indianer zuerst. Sie folgten ihrem Anführer im Gänsemarsch zum Fluß. Der Mann war klein, wohlbeleibt und hielt einen langen Zeremonienspeer in der Hand, von dessen Spitze hübsche Federn herabhingen.

Der Anführer faßte die beiden Eindringlinge kurz ins Auge und richtete seine Worte dann an Jevy. „Was wollt ihr hier?" fragte er auf portugiesisch. Sein Gesichtsausdruck war nicht freundlich, aber er wirkte auch nicht feindselig. Nate musterte aufmerksam den Speer.

„Wir sind auf der Suche nach einer amerikanischen Missionarin", erklärte Jevy.

„Woher kommt ihr?"

„Corumbá."

„Und er?" Alle sahen zu Nate hinüber.

„Er ist Amerikaner. Er sucht die Frau."

„Und warum?"

Das war der erste Hinweis darauf, daß die Indianer möglicherweise wußten, wo sich Rachel Lane befand. Hörte sie gar, im Wald versteckt, das Gespräch mit an?

Jevy erklärte umständlich, daß Nate eine lange, gefahrvolle Reise hinter sich gebracht habe. Die Sache sei für die Amerikaner von großer Bedeutung, etwas, was weder er, Jevy, noch die Indianer verstehen könnten.

„Sie ist nicht hier."

„Wo ist sie?" fragte Jevy.

„Bei einem anderen Stamm." Er wies nach Nordwesten und beschrieb mit seinem Speer einen Bogen über das halbe Pantanal.

„Wie weit fort?"

„Einen Tag."

Jevy versuchte, ihn auf eine genaue Zeitangabe festzulegen, aber Stunden bedeuteten den Indianern nichts. „Ein Tag" war einfach ein Tag. Er versuchte es mit dem Begriff „halber Tag" und kam ein wenig weiter. „Zwölf bis fünfzehn Stunden", sagte er zu Nate.

„Wenn man in einem von den kleinen Kanus da fährt, oder?" flüsterte Nate. „Und wie schnell schaffen wir es dann?"

„In drei bis vier Stunden. Immer vorausgesetzt, wir finden die richtige Stelle."

Jevy holte zwei Karten heraus und breitete sie im Gras aus. Neugierig drängten sich die Indianer herbei und hockten sich dicht um ihren Anführer auf den Boden. Aber bunte Flußkarten sagten den Indianern wenig. Also begann Jevy, seine eigene Karte zu zeichnen. Er fing mit dem Fluß an, an dessen Ufer sie sich befanden, und arbeitete sich, unaufhörlich mit dem Häuptling redend, allmählich nach Norden vor. Der Häuptling ließ sich von zwei jungen Männern informieren, die gelegentlich zum Paraguay fuhren.

Die Strecke führte von einem Fluß zum nächsten, wandte sich nach Norden, bis sich der Häuptling und die Fischer nicht mehr darauf einigen konnten, wie es weitergehen sollte.

Jevy verglich seine Zeichnung mit den Angaben auf seinen Karten.

„Wir haben sie gefunden", verkündete er Nate und wies auf die Karte. „Hier ist eine Ipica-Siedlung. Am Gebirgsrand. Ich denke, wir kehren am besten zur *Santa Loura* zurück und fahren einen halben Tag lang auf dem Paraguay nordwärts. Dann nehmen wir wieder das kleine Boot."

„Worauf warten wir dann noch?" fragte Nate und erhob sich.

Jevy dankte den Indianern ausgiebig, während er seine Karten zusammenfaltete. Jetzt, als die Eindringlinge im Begriff standen aufzubrechen, wurden die Indianer zutraulich und wollten ihnen Gastfreundschaft erweisen. Sie boten ihnen zu essen an, was Jevy ablehnte. Er erklärte, sie hätten es plötzlich eilig, da sie den großen Fluß vor Einbruch der Dunkelheit erreichen wollten.

Nate lächelte ihnen zu, während er sich auf das Boot zurückzog.

Es war fast 16 Uhr. Mit etwas Glück konnten sie die großen Seen vor Einbruch der Dunkelheit durchqueren und den Paraguay erreichen. Welly würde mit Bohnen und Reis auf sie warten. Während Nate diese Gedanken durch den Kopf gingen, spürte er die ersten Regentropfen.

Fünfzig Minuten nach Beginn der Rückfahrt ging der Motor aus. Das Boot trieb mit der Strömung, während Jevy die Motorabdeckung abnahm und dem Vergaser mit einem Schraubenzieher zu Leibe rückte. Nate fragte, ob er helfen könne, und erhielt den Auftrag, seinen Regenumhang über den Motor zu halten, damit der Vergaser nicht naß werde.

Die folgenden zwanzig Minuten verstrichen quälend langsam, während sie steuerlos den schmalen Fluß hinabtrieben. Nachdem Jevy alles wieder zusammengeschraubt hatte, machte er sich an der Drosselklappe zu schaffen, dann riß er am Anlasserzug. Beim vierten Versuch geschah das Wunder. Der Motor lief, wenn auch nicht so rund wie zuvor. Es gab immer wieder Zündaussetzer.

„Wir müssen Fahrt zurücknehmen", sagte Jevy.

„Von mir aus. Solange wir nur wissen, wo wir sind."

„Kein Problem."

Das Gewitter schob sich über die Berge Boliviens heran und zog dann über dem Pantanal auf. Nate saß tief ins Boot gedrückt im Schutz seines Regenumhangs und suchte den Fluß im Osten ab, bemüht, irgend etwas zu entdecken, das er schon einmal gesehen hatte. Plötzlich erfaßte der erste Windstoß das Boot, und der Regen setzte ein. Wolken krochen fast in Bodenhöhe heran. Der Regen begann alles zu durchnässen. Sie befanden sich inmitten einer gewaltigen Wasserfläche.

Eine Bö stieß das Boot voran, während ihnen der Regen auf den

Rücken prasselte. Zu Nates Füßen stieg das Wasser bereits. Ihre Vorräte wurden naß. Nate machte sich daran, Regenwasser aus dem Boot zu schöpfen.

Unmittelbar vor Einbruch der Dunkelheit durchquerten sie eine große überschwemmte Ebene, die aussah wie der See, an dessen Rand sie den Angler im Röhricht gesehen hatten. Aber er war nicht da.

Jevy fuhr in einen der Zuflüsse hinein, als sei ihm dieser Teil des Pantanals von täglichen Fahrten vertraut. Dann zuckten Blitze auf, und eine Zeitlang konnten sie fast sehen, wo sie fuhren. Endlich ließ der Regen nach. Allmählich zog das Gewitter ab.

Jevy stellte den Motor ab und musterte die Ufer. „Wir sollten ein Lager aufschlagen. Wenn wir im Dunkeln weiterfahren, könnten wir uns verirren."

Jevy steuerte auf ein mit Büschen bestandenes Ufer zu. Sie machten das Boot mit einem Seil an einem kräftigen Ast wenige Meter vom Ufer entfernt fest.

Zum Abendessen gab es eingelegte kleine Fische aus der Dose, Bananen und Käse.

Als der Wind aufhörte, kamen die Stechmücken. Nate rieb sich Hals und Gesicht, ja sogar Augenlider und Haare mit Insektenschutzmittel ein. Obwohl es nicht mehr regnete, hatte keiner der beiden Männer seine Regenbekleidung ausgezogen. Soviel Mühe sich die Stechmücken auch gaben, den Kunststoff konnten sie nicht durchdringen.

Etwa eine Stunde vor Mitternacht streckte Nate die Beine aus und versuchte, eine Stellung zu finden, in der er ein wenig dösen konnte. Dabei entstand in Hüfthöhe eine kleine Lücke in seinem Regenumhang, und sogleich stürzten sich ein Dutzend Stechmücken darauf. Irgend etwas platschte im Wasser, vielleicht ein Reptil. Von Schlaf konnte keine Rede sein.

6

Die drei Psychiater, die Troy Phelan untersucht hatten, wurden entlassen. Nicht nur das, die Anwälte der Phelan-Angehörigen stellten sie als Spinner hin.

Die einzige Möglichkeit, die Glaubwürdigkeit der Psychiater zu erschüttern, bestand darin, Fachleute zu finden, die eine andere Meinung vertraten. Den ersten Experten, Dr. Sabo, heuerte Hark für einen Stundensatz von dreihundert Dollar an. Schon ein kurzer Blick auf

Mr. Phelans Verhalten veranlaßte Dr. Sabo zu der Ansicht, daß ein Mann, der aus dem Fenster springe, offenkundig nicht bei klarem Verstand sei.

Da die Erben keinesfalls imstande sein würden, jeden Monat die anfallenden hohen Honorarrechnungen zu begleichen, erklärten sich ihre Anwälte bereit, die Dinge zu vereinfachen, indem sie statt der exorbitanten Stundensätze eine prozentuale Beteiligung am Erfolg vereinbarten. Die Quoten waren atemberaubend. Hark wollte ursprünglich vierzig Prozent, doch als ihm Rex Habgier vorwarf, einigten sie sich schließlich auf 25. So viel quetschte auch Grit aus Mary Ross Phelan Jackman heraus. Eindeutiger Sieger blieb Wally Bright, der von Libbigail und Spike mit Erfolg die Hälfte dessen verlangte, was sie bekämen.

Da Hark von allen Phelan-Anwälten am meisten in Erscheinung getreten war, erweckte er die Aufmerksamkeit von Troys langjährigem Faktotum Snead. In der Zeit nach dem Selbstmord hatte niemand einen Gedanken an Snead verschwendet; er war beim allgemeinen Wettrennen zum Gericht einfach vergessen worden. Sein Beschäftigungsverhältnis war durch das Ableben seines Arbeitgebers beendet. Er hatte während der Verlesung des Testaments im Gerichtssaal gesessen, von niemandem erkannt. Tränenüberströmt war er gegangen.

Er haßte die Phelan-Kinder, weil Troy sie gehaßt hatte. Im Lauf der Jahre hatte Snead allerlei unangenehme Aufträge erledigen müssen, um unnötigen Ärger mit den Angehörigen von Troy fernzuhalten. Er hatte für Abtreibungen gesorgt und Polizeibeamte bestochen, wenn die Jungen mit Drogen erwischt wurden. Er hatte die Ehefrauen belogen, damit die Beziehung zur jeweiligen Geliebten nicht offenbar wurde. Und nun hatte ihm Mr. Phelan trotz aller treuen Dienste nichts hinterlassen. Nicht einen Cent.

In der Vergangenheit hatte der Alte so manches Mal versprochen, sich um Sneads Zukunft zu kümmern. Gelegentlich hatte Snead sich nach dem Stand der Dinge erkundigt, seiner festen Überzeugung nach unauffällig, zurückhaltend und im richtigen Augenblick. Aber jedesmal hatte Mr. Phelan den armen Snead beschimpft. „Sie sind genauso schlimm wie meine Kinder“, hatte er ihm vorgeworfen.

Nichts war ihm hinterlassen worden, und das verbitterte ihn. Ihm würde keine Wahl bleiben, als sich auf die Seite seiner Feinde zu schlagen.

Er fand die neue Kanzlei mit dem Schild Hark Gettys & Partner in der Nähe des Dupont Circle. „Geben Sie Mr. Gettys das hier“, sagte er zu der Empfangsdame und händigte ihr einen Umschlag aus. „Ich warte zehn Minuten. Wenn bis dahin nichts passiert ist, gehe ich zur nächsten Kanzlei."

Der Umschlag enthielt einen Bogen Papier mit der handschriftlichen Mitteilung: *Ich habe dreißig Jahre lang für Troy Phelan gearbeitet und weiß alles. Malcolm Snead.*

Nur Augenblicke später kam Hark im Laufschritt und lächelte töricht. Er bat Snead, ihm in sein Büro zu folgen. Snead lehnte den angebotenen Kaffee ebenso ab wie Tee, Wasser oder Cola. Hark warf die Tür ins Schloß und drehte den Schlüssel herum.

„Soso, dreißig Jahre", sagte Hark, den Bogen Papier nach wie vor in der Hand. „Waren Sie bei ihm, als er sprang?"

„Ja, ich hätte ihn fast noch erwischt."

„Das muß entsetzlich gewesen sein. Haben Sie gesehen, wie er das Testament unterschrieben hat, ich meine, das letzte?"

Snead war zu jeder Lüge bereit. Die Wahrheit bedeutete ihm nichts mehr, da ihn der Alte hereingelegt hatte. Was hatte er schon zu verlieren? „Ich habe eine ganze Menge gesehen", sagte er, „und ich weiß noch viel mehr. Kein Mensch stand Troy Phelan näher als ich."

„Sie wollen also als Zeuge auftreten?"

„Ich bin ein erfahrener Zeuge. Außerdem bin ich sehr teuer."

Einen Augenblick lang sahen sie einander in die Augen. Die Botschaft war angekommen.

„Dem Gesetz nach ist es zwar unzulässig, daß Laien ihre Meinung darüber äußern, in welchem Geisteszustand sich ein Erblasser bei der Abfassung seines Testaments befunden hat. Aber sicherlich können Sie etwas zu bestimmten Handlungsweisen und Vorgängen sagen, die auf eine Geistesgestörtheit hindeuten."

„Darüber weiß ich Bescheid", schnitt ihm Snead das Wort ab.

„War er verrückt?"

„Das kommt darauf an. Ich kann so oder so aussagen."

Darüber mußte Hark eine Weile nachdenken.

Snead beschloß, ihm zu helfen. „Ich seh das so: Der Junge, den Sie vertreten, ist ebenso getäuscht worden wie seine Geschwister. Sie und die anderen Rechtsverdreher werden gegen das Testament vorgehen; weil Sie aber nichts Rechtes in der Hand haben, hoffen Sie auf eine Einigung, bevor es zum Prozeß kommt. Auf jeden Fall hängt es von mir ab, wieviel bei einer solchen Einigung rausspringt. Wenn ich mich genau an Einzelheiten erinnere, war mein früherer Arbeitgeber bei der Abfassung seines Testaments vielleicht nicht testierfähig."

„Das heißt, Ihre Erinnerungsfähigkeit kommt und geht."

„Sie ist so, wie ich sie haben möchte."

„Wieviel wollen Sie?"

„Fünf Millionen."

„Und wie soll ich Ihnen die fünf Millionen zukommen lassen?"

„Keine Ahnung. Ich bin kein Anwalt. Bestimmt können Sie und Ihre Spießgesellen das irgendwie einfädeln."

Eine lange Pause entstand, während Hark in Gedanken mit dem Einfädeln begann. „Ich muß darüber nachdenken."

„Ich gebe Ihnen eine Woche. Wenn Sie nein sagen, geh ich zur Gegenseite."

„Es gibt keine Gegenseite."

„Da wär' ich mir nicht so sicher."

„Wissen Sie was über Rachel Lane?"

„Ich weiß alles", sagte Snead und verließ das Büro.

DAS ERSTE Dämmerlicht des neuen Tages brachte keine Überraschungen mit sich. Sie hatten ihr Boot nahe dem Ufer eines Flüßchens angebunden, das sich nicht im geringsten von den anderen unterschied, die sie bisher gesehen hatten. Wieder hingen die Wolken tief.

Zum Frühstück gab es eine kleine Schachtel Kekse, der Rest der Vorräte. Nate aß bedächtig und fragte sich bei jedem Bissen, wann er wieder etwas bekommen würde.

Sie ließen sich mit der Strömung treiben und zögerten den Augenblick hinaus, da Jevy gezwungen wäre, den Motor wieder anzuwerfen.

„Vermutlich wissen wir nicht, wo wir sind", sagte Nate.

„Ich weiß genau, wo wir sind. Im Pantanal. Von da aus fließen alle Flüsse zum Paraguay."

„Irgendwann."

„Ja, irgendwann." Jevy stellte den Choke ein und versuchte dann, den Motor anzuwerfen. Beim fünften Zug am Knebel sprang er an, stotterte und ging aus.

Hier werde ich sterben, dachte Nate. Entweder ertrinke ich in diesem riesigen Sumpfgebiet, oder ich verhungere oder werde gefressen.

Zu ihrer Überraschung hörten sie einen Ruf. Offenbar hatte das Knattern des Motors Aufmerksamkeit erregt. Die Stimme kam aus dem Röhricht. Jevy antwortete etwas, und einige Sekunden später ertönte die Stimme erneut.

Ein höchstens 15 Jahre alter Junge kam in einem lächerlich kleinen Kanu, nichts anderem als einem Einbaum, durch die Wasserpflanzen herbei. „*Bom dia*", begrüßte er sie mit breitem Lächeln und warf ein

Tauende herüber, um eine Verbindung zwischen den beiden Booten herzustellen.

Eine lange, entspannte Unterhaltung folgte.

„Was sagt er?“ fragte Nate.

„Er sagt, daß wir noch weit vom Cabixa entfernt sind und daß der Paraguay im Osten liegt, etwa vier Stunden entfernt.“

Das auf portugiesisch geführte Gespräch wurde ohne erkennbare Eile fortgesetzt. Das Kanu enthielt lediglich eine Angelschnur, die um eine Konservendose gewickelt war, und ein Glas voll Schlamm, in dem Nate Würmer oder eine andere Art Köder vermutete.

Das Gespräch wurde lebhafter, und der Junge gestikulierte. Jevy sah zu Nate hin, während er sprach. „Die Indianer leben nicht weit von hier.“

„Kann er uns hinführen?“

„Vielleicht möchte er dafür etwas Geld.“

„Jeden Betrag.“ Solange der Junge nur Bescheid wußte. Wie wäre es mit einer ganzen Flottille aus Kanus mit Angelruten, Rollen und Tiefenanzeigen? Sag, was du willst, mein Junge, und es gehört dir.

„Zehn Reais“, übersetzte Jevy nach kurzer Verhandlung.

Etwa zehn Dollar. „Gut.“

Sie besprachen, wie sie vorgehen wollten. Jevy kippte den Außenborder hoch, so daß die Schraube in die Luft ragte, und sie begannen zu paddeln. Nachdem sie dem Jungen im Kanu zwanzig Minuten lang gefolgt waren, gelangten sie in ein schmales, flaches Gewässer. Nate atmete durch. Seine Muskeln schmerzten bereits. Inzwischen war die Wolkendecke aufgerissen, und die Sonne brannte herab.

Es war fast 13 Uhr, als sie ansteigendes Gelände erreichten. Allmählich blieben die überschwemmten Gebiete zurück, und die Wasserläufe hatten wieder erkennbare Ufer mit dichtem Unterholz.

„Dahinten“, bedeutete der Junge Jevy. „Gleich hinter der Kurve.“ Er schien nicht weiterfahren zu wollen. „Ich muß nach Hause zurück.“

Nate gab ihm das Geld, und der Junge wendete sein Kanu und verschwand rasch mit der Strömung. Sie quälten sich mit dem immer wieder stotternden Motor ab, kamen aber trotz ihrer geringen Geschwindigkeit voran.

Bald rückte ein Wald an die Ufer des Flusses. Die Bäume hingen tief über das Wasser, so daß über ihnen eine Art Tunnel entstand, der kein Tageslicht durchließ. Nate konnte sich des unheimlichen Eindrucks nicht erwehren, daß sie beobachtet wurden. Er spürte förmlich, wie Wilde in Kriegsbemalung mit Blasrohren auf ihn zielten.

Doch als erstes sah er kleine braune Kinder, die glücklich im Wasser planschten. Auch die Mütter badeten, ebenso nackt wie ihre Kinder und offenbar ohne deswegen im geringsten gehemmt zu sein. Jevy stellte den Motor ab und begann zu reden und zu lächeln, während sie näher trieben. Ein etwas größeres Mädchen lief in Richtung auf die Hütten davon.

„Fala português?“ rief Jevy den vier Frauen und sieben Kindern zu. Die kleineren versteckten sich hinter ihren Müttern.

„Sind die freundlich?“ erkundigte sich Nate.

„Das werden wir sehen, wenn die Männer kommen.“

Schon nach wenigen Minuten erschienen drei Männer, kleinwüchsig, stattlich und muskulös. Immerhin hatten sie ihre Geschlechtsteile mit einer Art Lederfutteral verhüllt. Der älteste behauptete, Portugiesisch zu sprechen, doch waren seine Kenntnisse äußerst dürftig. Nate blieb im Boot, während sich Jevy, an einen Baum in der Nähe des Wassers gelehnt, verständlich zu machen versuchte.

Nachdem sie mehrere Minuten lang immer wieder dasselbe gesagt und herumgestikuliert hatten, fragte Nate: „Was ist mit der Frau?“

„Soweit sind wir noch nicht. Ich bin noch dabei, die Leute zu überzeugen, daß sie Sie nicht bei lebendigem Leibe verbrennen.“

„Geben Sie sich Mühe.“

Weitere Indianer tauchten auf. Man konnte ihre Hütten sehen, die rund hundert Meter entfernt am Rand eines Waldes standen. Weiter stromaufwärts lag ein halbes Dutzend Kanus am Ufer vertäut. Die Kinder begannen sich zu langweilen. Langsam lösten sie sich von ihren Müttern und wateten näher an das Boot heran, um es in Augenschein zu nehmen. Auch der Mann mit dem weißen Gesicht erweckte ihre Neugier. Nate lächelte, zwinkerte und entlockte ihnen schon bald ein schüchternes Lächeln.

„Was ist mit der Frau?“ wiederholte Nate.

„Ich bin nicht sicher. Ich vermute, daß sie hier ist, aber sie rücken nicht mit der Sprache heraus.“

Sie redeten noch ein wenig miteinander, dann bedeutete Jevy Nate mitzukommen. Eine kleine Gruppe junger Männer führte sie vom Fluß über den Pfad zum Dorf, zwischen den Hütten hindurch, vor denen alle Bewohner reglos standen und sie beobachteten, dann weiter in den Wald.

Wenn das mal kein Todesmarsch ist, dachte Nate. Die bringen uns bestimmt zu irgendeinem Opferplatz im Urwald.

Der Wald öffnete sich zu einer Lichtung, und sie sahen, daß sie wieder in der Nähe des Flusses waren. Die Stechmücken schienen es ausschließlich auf Nate abgesehen zu haben. Die Indianer waren offensichtlich immun gegen die Quälgeister, und auch Jevy schlug nicht ein einziges Mal nach ihnen. Immer wieder ließ Nate seine Hand auf seine Haut klatschen und kratzte, bis es blutete. Das Insektenschutzmittel lag im Boot, zusammen mit allem anderen, was im Augenblick seine Habe ausmachte.

Nach einer halben Stunde überquerten sie einen Pfad, dann einen breiteren Weg. In dieser Gegend schienen die Leute ziemlich viel herumzulaufen. Schon bald sahen sie die erste Hütte.

Zweihundert Meter von der Ansiedlung entfernt wies der Anführer auf eine schattige Stelle nahe dem Fluß. Nate und Jevy wurden zu einer Bank geführt, die man aus miteinander verbundenen hohlen Bambusstäben hergestellt hatte. Dort warteten sie, von zwei Indianern bewacht.

Nate vermutete, daß die Männer sie keinesfalls so weit geführt hätten, wenn nicht Rachel in der Nähe wäre. Ihm gingen viele Fragen über diese Frau durch den Kopf. Wie sie wohl aussehen mochte? Von ihrer Mutter hatte es geheißen, daß sie eine Schönheit gewesen sei. War er der erste Amerikaner, der je zu ihr in dieses Dorf kam? Wie würde sie auf seine Anwesenheit reagieren? Und wie auf das viele Geld?

Plötzlich entstand in der Ansiedlung Bewegung. Ein Trupp näherte sich auf dem Pfad. Rachel gehörte dazu, denn inmitten der nackten braunen Oberkörper leuchtete ein gelbes Hemd. Schon aus hundert Meter Entfernung erkannte Nate, daß das Gesicht der Frau unter dem Strohhut heller war als das der Indianer.

Sie war ein wenig größer als die Indianer und ging mit natürlicher Anmut. Sie war sehr schlank und hatte breite, knochige Schultern. Nate und Jevy erhoben sich, um sie zu begrüßen.

Die Indianer blieben am Waldsaum stehen, während Rachel weiterging. Sie nahm den Hut ab. Graue Fäden durchzogen ihr sehr kurz geschnittenes braunes Haar. Wenige Schritte von Jevy und Nate entfernt blieb sie stehen. „*Boa tarde, senhor*“, sagte sie zu Jevy und sah dann Nate an. Ihre Augen waren dunkelblau, fast indigofarben. Keine Falten, kein Make-up. Er wußte, daß sie 42 Jahre alt war, aber sie wirkte alterslos. Sie strahlte die Gelassenheit eines Menschen aus, der unter keinerlei Druck steht. Sie reichte ihnen nicht die Hand.

„*Boa tarde.* Ich heiße Nate O'Riley. Ich komme aus Washington.“

„Und Sie?“ fragte sie Jevy.

„Jevy Cardozo, aus Corumbá. Ich bin Mr. O'Rileys Führer.“

Mit feinem Lächeln sah sie die beiden aufmerksam an. „Was führt Sie her?“ Sie sprach amerikanisches Englisch ohne jeden Dialekt, ohne den geringsten Hinweis auf eine Herkunft aus Louisiana oder Montana.

„Ich suche Rachel Lane", erklärte Nate. „Ich bin Anwalt, und meine Kanzlei hat eine wichtige rechtliche Angelegenheit mit ihr zu klären."

„Bedaure, ich bin nicht Ihre Rachel Lane."

Nates Schultern sanken herab. Ihr entging nicht die kleinste Regung. „Haben Sie Hunger?" wollte sie wissen.

Beide Männer nickten. Sie rief den Indianern etwas zu. „Jevy", sagte sie, „gehen Sie mit diesen Männern ins Dorf. Dort bekommen Sie etwas zu essen, und man wird Ihnen auch etwas für Mr. O'Riley mitgeben."

Sie setzte sich mit Nate im Schatten auf die Bank, von wo aus sie schweigend zusahen, wie die Indianer Jevy ins Dorf führten.

Er drehte sich einmal um, wie um sich zu vergewissern, daß es Nate gutging.

Sie saßen so dicht beieinander, daß sich ihre Knie fast berührten. Die Frau hatte lange, schlanke Beine. Ihre einfache Kleidung wirkte ziemlich abgetragen. Sie trug Ledersandalen, was in einer Kultur, in der jeder barfuß ging, sonderbar wirkte. Woher mochte sie die haben? Und woher das kurzärmelige gelbe Hemd und die Khakishorts? Er hatte so viele Fragen.

„Rachel Lane hat vor vielen Jahren aufgehört zu existieren", sagte sie mit einem Blick auf das Dorf in der Ferne. „Ich habe den Vornamen beibehalten, den Nachnamen aber aufgegeben. Es muß sich um eine bedeutende Angelegenheit handeln, sonst wären Sie nicht gekommen."

„Troy Phelan ist tot. Er hat vor drei Wochen Selbstmord begangen."

Sie senkte den Kopf ein wenig und schloß die Augen. Es sah aus, als ob sie bete. „Wie haben Sie mich gefunden?" fragte sie schließlich.

„Mit Mr. Phelans Hilfe. Er wußte, daß Sie sich als Missionarin in diesem Teil der Welt aufhalten. Alles andere mußte ich selbst herausbekommen."

„Woher mag er das gewußt haben?"

„Er hatte schrecklich viel Geld."

„Und deswegen sind Sie hier. Er hat mir etwas hinterlassen."

„Das kann man sagen. Wir müssen über Geldangelegenheiten reden."

„Ich möchte nicht über Geldangelegenheiten sprechen, sondern mich mit Ihnen unterhalten. Wissen Sie, wie oft ich jemanden in meiner Muttersprache reden höre? Ich fahre einmal im Jahr nach Corumbá. Bei dieser Gelegenheit rufe ich in der Zentrale an und spreche etwa zehn Minuten lang Englisch. Ich fürchte aber immer, nicht die richtigen Ausdrücke zu benutzen. Zehn Minuten pro Jahr."

„Man merkt gar nicht, daß Sie mit dem Sprechen Schwierigkeiten haben."

„Ich bin schrecklich aufgeregt. Ich war vor einer Stunde bei einem Patienten, als die Männer kamen, um mir zu sagen, daß ein Amerikaner hier sei. Ich bin zu meiner Hütte gerannt und habe gebetet. Gott hat mir Kraft gegeben."

„Sie sagten etwas über einen Patienten. Ich dachte, Sie seien Missionarin."

„Stimmt. Aber ich bin auch Ärztin."

Eine leichte Brise wehte vom Fluß herüber. Es war fast 17 Uhr. Dunkle Wolken hingen tief über dem Wald. Sie sah, daß er einen Blick auf die Uhr warf. „Die Männer bringen Ihnen Ihr Zelt. Das hier ist ein guter Schlafplatz."

„Vielen Dank. Ich nehme ja wohl an, daß wir hier sicher sind?"

„Ja. Gott wird Sie schützen. Beten Sie einfach. Sie beten doch gewiß regelmäßig, Mr. O'Riley?"

„Nennen Sie mich bitte Nate. Ja, ich bete."

Seit seiner zweiten Eheschließung hatte er keine Kirche mehr von innen gesehen. Religion war ein Thema, über das er am liebsten nicht sprach. Er wechselte das Thema. „Sind diese Indianer friedlich?"

„Meistens. Aber die Ipicas trauen den Weißen nicht."

„Und was ist mit Ihnen?"

„Ich hatte Glück, weil vor mir schon Missionare hier waren; ein Ehepaar. Und als Ärztin habe ich rasch das Vertrauen der Frauen gewonnen, denn ich habe ihnen geholfen, ihre Kinder zu bekommen."

Männer näherten sich von der Ansiedlung her. Jevy kam mit einer Gruppe Indianer, von denen einer Rachel ein kleines viereckiges Körbchen gab. Sie reichte es an Nate weiter, und dieser entnahm ihm einen kleinen, harten Brotlaib.

„Das ist aus Maniokmehl gebacken", erklärte sie. „Unser Hauptnahrungsmittel."

Nate hatte gerade den zweiten Laib herausgenommen, als Indianer aus dem ersten Dorf zu ihnen stießen. Sie brachten das Zelt, das Moskitonetz, Decken und Wasserflaschen vom Boot.

„Wir bleiben heute nacht hier", informierte Nate Jevy.

„Ich würde Sie gern im Dorf unterbringen", warf Rachel ein, „aber der Anführer muß einen Besuch von Weißen erst genehmigen."

„Stehen Sie und der Häuptling auf gutem Fuß?" erkundigte sich Nate.

„Wir kommen miteinander aus."

Sie schickte die Männer ins Dorf zurück. Die Sonne war hinter den Bergen verschwunden, und die Schatten des Waldes umschlossen sie.

Einige Minuten lang sah Rachel zu, wie sich Jevy und Nate mit dem Zelt abmühten, dann meinte sie: „Ich gehe jetzt. Ich werde Ihnen bei Tagesanbruch etwas zu essen schicken. Dann können wir miteinander reden."

„Das wäre schön."

„Vergessen Sie nicht zu beten, Mr. O'Riley."

„Ich denk dran."

Sie wandte sich um und ging davon. Eine Weile konnte Nate sie noch auf dem Pfad erkennen, dann war sie in der Dunkelheit verschwunden. Das Dorf lag unsichtbar in der Schwärze der Nacht.

JEVY wusch sich schon im Fluß, als Nate sich am nächsten Morgen aus dem Zelt herausschälte. Daß er die vergangene Nacht auf dem Boden verbracht hatte, hatte die Schmerzen, die er seit dem Flugzeugabsturz spürte, nicht gerade gelindert. Alles tat ihm weh.

„Ich befinde mich in der Wildnis", flüsterte Nate vor sich hin. „Ich habe Hunger, und es gibt kein Toilettenpapier." Vorsichtig betastete er seine Zehen, während er diese betrübliche Bilanz aufstellte. Mit etwas Glück würde er heute nacht in seiner Hängematte auf der *Santa Loura* schlafen, in der leichten Brise schaukeln und Kaffee trinken.

Jevy kehrte zurück, als ein Indianertrupp aus dem Dorf herbeikam. Der Häuptling wollte mit ihnen sprechen. Am Rand des Dorfes stand eine Gruppe Kinder, um einen Blick auf die Fremden zu erhaschen. Einige Mütter glotzten aus der ersten Hütte herüber. Nate hatte sich noch nie zuvor so sehr als Weißer gefühlt.

Wer auch immer die Anlage des Dorfes, das ein großes Oval bildete, geplant haben mochte, hatte gute Arbeit geleistet. Alle Hütten waren strohgedeckt, vollkommen quadratisch, ihre Eingänge zeigten auf eine große freie Fläche, den Dorfplatz. Ihr steiles Strohdach reichte fast bis zum Boden. In der Mitte des Platzes standen vier große Hütten mit den gleichen dicken Strohdächern wie die Wohnhütten.

Der Häuptling bewohnte die größte Hütte des Dorfes. Und er war der größte Indianer, den sie bisher gesehen hatten. Er war jung und hatte weder die tiefen Stirnfalten noch den dicken Bauch, den die älteren Männer mit Stolz trugen. Ein älterer Krieger dolmetschte, und Nate und Jevy wurden aufgefordert, am Feuer Platz zu nehmen, über dem die unbekleidete Frau des Häuptlings das Frühstück zubereitete.

Die Frau gab Nate einen Holzteller, auf dem etwas lag, das aussah wie gekochte Kartoffeln. Die Frau bediente den Häuptling zuletzt, und als dieser mit den Fingern zu essen begann, folgte Nate seinem Beispiel. Die

Speise schien so etwas wie ein Mittelding zwischen weißen Rüben und Kartoffeln zu sein und schmeckte nach fast nichts.

Jevy sprach mit dem Häuptling, während er aß, und dieser schien die Unterhaltung zu genießen. Jevy übersetzte für Nate, daß das Dorf nie überschwemmt werde und der Boden gut sei. Der Häuptling erzählte, daß er lieber jage als fische. Seine Portugiesischkenntnisse habe er von den weißen Missionaren.

Nate aß, hörte zu und suchte mit den Blicken das Dorf nach einem Hinweis auf Rachels Anwesenheit ab.

Sie sei nicht da, erklärte der Häuptling. Sie müsse im Nachbardorf ein Kind behandeln, das von einer Schlange gebissen worden sei.

Ist ja großartig, dachte Nate.

„Wir sollen heute nacht hier im Dorf bleiben", übersetzte Jevy.

„Sagen Sie ihm, daß ich darüber nachdenken werde."

„Sagen Sie es ihm selbst."

Nate verfluchte sich, weil er das Satellitentelefon nicht mitgebracht hatte. Bestimmt machte sich Josh die größten Sorgen und schritt in seinem Büro unruhig auf und ab.

Sie schlugen eine Einladung zur Jagd aus, denn Jevy wollte noch einmal die Zündkerzen säubern und versuchen, den Vergaser besser einzustellen. Schließlich führte sie ein Trupp junger Männer zurück zu ihrem Boot.

DER ANWALT Valdir Ruiz nahm Mr. Staffords frühen Anruf entgegen.

„Ich habe seit mehreren Tagen nichts von Nate O'Riley gehört", sagte Stafford nach ein paar einleitenden Förmlichkeiten.

„Aber er hat doch so ein Satellitentelefon", wunderte sich Valdir.

„Stimmt. Deswegen mache ich mir ja auch Sorgen. Er kann mich jederzeit von jedem beliebigen Ort aus anrufen."

„Wir hatten hier viele Gewitter. Der Himmel war ständig bedeckt. Vielleicht kann er sein Telefon dann nicht benutzen."

„Möglich. Von Ihrem jungen Mann haben Sie auch nichts gehört?"

„Nein. Sie sind zusammen unterwegs. Er ist ein sehr guter Führer. Auch das Boot ist sehr gut. Bestimmt fehlt ihnen nichts."

Sie vereinbarten, daß sich Valdir melden sollte, sobald er etwas erfuhr. Valdir trat ans offene Fenster und sah auf Corumbás geschäftige Straßen hinaus. Es gab ungezählte Berichte von Menschen, die ins Pantanal gegangen und nie zurückgekehrt waren. Das gehörte zur Überlieferung und trug zur Anziehungskraft der Gegend bei.

EINE Stunde später traf Welly in der Kanzlei ein. Er kannte Valdir Ruiz nicht, wußte aber von Jevy, daß der Anwalt die Expedition finanzierte.

„Es ist sehr wichtig", versicherte er der Sekretärin. „Und dringend."

Valdir bekam die Unruhe im Vorzimmer mit und trat aus seinem Büro. „Wer bist du?" wollte er wissen.

„Ich heiße Welly. Jevy hat mich als Leichtmatrose auf der *Santa Loura* eingestellt."

„Wo ist er?"

„Im Pantanal."

„Und das Boot?"

„Das ist untergegangen."

Der Anwalt merkte, wie müde und verängstigt der Junge war. „Setz dich", forderte er ihn auf und schickte die Sekretärin nach einem Glas Wasser. „Erzähl alles der Reihe nach."

Welly umklammerte die Armlehnen des Sessels, in dem er saß, und sprach schnell. „Jevy und Mr. O'Riley sind mit dem Beiboot aufgebrochen, um die Indianer zu suchen. Ich sollte auf der *Santa Loura* bleiben. Ein Unwetter, das schlimmste, das ich je erlebt habe, hat das Boot mitten in der Nacht vom Ufer losgerissen und zum Kentern gebracht. Ich bin ins Wasser gefallen. Ein Viehtransporter hat mich später rausgefischt."

Die Sekretärin brachte das Wasser. Der arme Junge war dreckig und roch nach Kuhmist.

„Und wo war Jevy bei dem Gewittersturm?"

„Irgendwo auf dem Cabixa. Ich mach mir Sorgen um ihn."

Valdir verabschiedete sich von Welly und ging in sein Büro. Mr. Stafford war fünftausend Kilometer entfernt. Jevy konnte in einem kleinen Boot überleben. Es gab keinen Anlaß, übereilte Schlüsse zu ziehen. Er beschloß, erst einmal einige Tage nichts zu unternehmen.

JEVY stand im Boot und hielt sich an Nates Schulter fest. Der Motor lief nicht erkennbar besser als vorher. Er stotterte und hatte Aussetzer.

Später brachen sie das Zelt ab und begaben sich mit ihrer Habe ins Dorf, wie der Häuptling es wollte. Rachel war noch nicht zurück.

Weil Rachel nicht zu den Indianern gehörte, lebte sie nicht in einer der Hütten um den Dorfplatz, sondern etwa dreißig Meter entfernt, näher am Waldrand. Ihre Hütte wirkte kleiner als die übrigen. Der Indianer, den man ihnen zugeteilt hatte, erklärte, sie lebe schließlich allein. Während sie zu dritt – Nate, Jevy und der Indianer – unter einem Baum am Rand des Dorfes auf Rachel warteten, sahen sie dem täglichen Treiben zu.

Nur wenige der Indianer, die bei Nate saßen, kannten das kranke Mädchen, zu dem Rachel gerufen worden war. Das Mädchen hieß Ayesh und lebte in einem anderen Dorf. Doch alle wußten, daß eine Schlange ein Mädchen gebissen hatte.

Beim Abendessen brachte ein Bote dem Häuptling die Mitteilung, daß das Mädchen tot sei. Binnen Minuten verbreitete sich die Nachricht in allen Hütten.

Man setzte das Abendessen fort, bis sich jemand auf dem Hauptweg näherte. Rachel kehrte mit den beiden Männern zurück, die sie den ganzen Tag lang begleitet hatten. Als sie das Dorf betrat, hörten alle auf zu essen und zu reden und senkten die Köpfe. Rachel lächelte einigen zu, sprach leise mit anderen, blieb stehen, um dem Häuptling etwas zu sagen, und ging dann zu ihrer Hütte. Sie schien Nate und Jevy nicht wahrzunehmen. Jedenfalls sah sie nicht her. Sie schien darauf bedacht, in ihre Hütte zurückzukehren.

„Und was tun wir jetzt?“ fragte Nate. Jevy gab die Frage auf portugiesisch weiter.

„Wir warten“, kam die Antwort.

„Das ist aber mal ’ne Überraschung.“

EIN HINKENDER Indianerjunge namens Lako kam zu Nate, als die Sonne hinter den Bergen unterging. Nate folgte dem Jungen zu Rachels Hütte. Sie stand im Eingang und trocknete sich das Gesicht mit einem Handtuch ab.

„Guten Abend, Nate“, grüßte sie.

„Hallo, Rachel.“

„Setzen Sie sich da drüben hin, Nate“, bat sie und wies auf einen niedrigen Baumstumpf, der vor der Hütte in der Nähe eines Steinrings stand, in dem sie vermutlich ihr Kochfeuer entzündete.

Er setzte sich. „Das mit dem kleinen Mädchen tut mir leid“, sagte er.

„Es ist bei seinem Herrn.“

„Aber nicht die armen Eltern.“

„Nein. Sie sind tief bekümmert. Es ist schrecklich traurig.“

Die Arme um die Knie geschlungen, den Blick verloren in die Ferne gerichtet, saß sie im Eingang ihrer Hütte. Der Junge stand unter einem Baum in der Nähe Wache.

„Ich würde Sie gern hereinbitten“, meinte sie, „aber das gehört sich nicht. Nur Verheiratete dürfen sich um diese Zeit im Inneren einer Hütte aufhalten. Das ist hier so Brauch. Haben Sie Hunger? Ich kann Ihnen etwas Maniok anbieten.“

„Nein, danke. Wir müssen miteinander sprechen. Können wir über Mr. Phelan reden?“ Die Schatten wurden rasch dunkler. Sie saßen drei Meter voneinander entfernt und konnten einander noch sehen, doch bald würde die Schwärze der Nacht sie trennen.

„Wie Sie wollen“, willigte sie müde und resigniert ein.

„Mr. Phelan war dreimal verheiratet und hatte zur Zeit seines Todes, soweit wir wissen, sieben Kinder. Sie waren für uns natürlich eine Überraschung. Die anderen sechs konnte er nicht leiden und hat ihnen daher so gut wie nichts hinterlassen, gerade genug, daß sie ihre Schulden bezahlen können. Sie hingegen scheint er in sein Herz geschlossen zu haben, denn alles andere geht an Sie.“

In der Stille, die sie umgab, schienen diese Worte besonderes Gewicht zu haben. Rachel nahm das Gesagte auf und dachte wie immer lange nach, bevor sie etwas sagte. „Nein, er hatte mich nicht ins Herz geschlossen. Wir haben einander zwanzig Jahre lang nicht gesehen.“

„Das ist unerheblich. Er hat Ihnen sein Vermögen hinterlassen. Ich habe eine Kopie seines Testaments mitgebracht.“

„Ich möchte sie nicht sehen.“

„Außerdem habe ich einige weitere Papiere, die ich Sie zu unterschreiben bitte, vielleicht gleich morgen früh, wenn wir wieder etwas sehen.“

„Was für Papiere sind das?“

„Alle möglichen gesetzlich vorgeschriebenen Dokumente, alles zu Ihrem Besten.“

„Ihnen liegt nichts an meinem Besten.“ Diesmal kam ihre Antwort sehr viel schneller und schärfer. „Sie wissen weder, was ich wünsche oder brauche, noch, was ich mag oder nicht leiden kann. Woher wollen Sie also wissen, was zu meinem Besten ist und was nicht?“

„Na schön, Sie haben recht. Ich kenne Sie nicht, und Sie kennen mich nicht. Ich bin hier, weil der Nachlaß Ihres Vaters geregelt werden muß. Mir fällt es immer noch sehr schwer zu glauben, daß ich tatsächlich in der Dunkelheit vor einer Hütte in einem primitiven Indianerdorf sitze und mit einer ganz reizenden Missionarin rede, die zufällig die reichste Frau der Welt ist. Ja, Sie haben recht, ich weiß nicht, was zu Ihrem Besten ist. Aber es ist sehr wichtig, daß Sie diese Dokumente unterschreiben.“

„Ich bin nicht an Ihren Dokumenten interessiert.“

„Es sind reine Formalitäten. Meine Kanzlei muß dafür sorgen, daß das Nachlaßgericht den Erbschein ausstellen kann. Jeder im Testament Ihres Vaters namentlich genannte Erbe muß dem Gericht persönlich oder schriftlich bestätigen, daß er Kenntnis von dem damit verbundenen Verfahren hat und auf die Möglichkeit hingewiesen wurde, sich daran zu beteiligen. So will es das Gesetz."

„Das würde heißen, ich unterwerfe mich dem Gericht in..."

„Virginia. Das dortige Nachlaßgericht ist für Sie zuständig, auch wenn Sie sich woanders aufhalten. Es ist eine solche Selbstverständlichkeit, daß alle es einfach machen."

„Ich bin nicht sicher, ob mir das gefällt." Rachel erhob sich. „Ich hole uns etwas Saft." Sie ging in die Hütte. Nate stand auf, streckte sich und schlug nach Stechmücken. Sein Insektenschutzmittel war im Zelt.

Rachel trat aus der Tür. Sie hielt eine Art tönerne Schale, in deren Mitte eine Flamme brannte. „Das sind Blätter von dem Baum da drüben", erklärte sie, während sie die Schale neben der Tür auf den Boden stellte. „Wir verbrennen sie, um die Stechmücken zu vertreiben. Setzen Sie sich ganz nahe daneben." Rachel ging noch einmal in die Hütte.

Nate folgte der Aufforderung. Rachel kehrte mit zwei Bechern zurück. Sie enthielten eine Flüssigkeit, die er nicht sehen konnte. „Es ist *macajuno,* etwas Ähnliches wie Orangensaft." Sie nahm dicht neben Nate auf dem Boden Platz.

„Haben Sie Familie?" fragte sie.

„Ich hab es zweimal probiert. Zwei Ehen, zwei Scheidungen, vier Kinder. Jetzt leb ich allein."

„Es ist sehr leicht, sich scheiden zu lassen, nicht wahr?"

„Ehrlich gesagt war es ziemlich qualvoll. Haben Sie nie geheiratet?"

„Nein." Sie nahm einen Schluck. Als sie den Becher hob, stieß sie mit ihrem Ellbogen an seinen. „Ich hatte auf dem College einmal geglaubt, verliebt zu sein. Ich wollte den Jungen heiraten, aber der Wille des Herrn war es, daß ich hierherkam. Ich habe mich mit vierzehn Jahren entschieden, bewußt als Christin zu leben. Damals ist mir aufgegangen, daß mich Gott zur Missionarin bestimmt hat."

„Wie lange werden Sie hierbleiben?"

„Ich habe nicht die Absicht fortzugehen."

„Das heißt, die Indianer werden Sie hier begraben."

„Vermutlich. Darüber mache ich mir keine Gedanken."

„Sie hätten jede Menge Angehörige und Freunde, wenn Sie jetzt zurückkehren würden. Sie wären hochberühmt."

„Das ist erst recht ein guter Grund hierzubleiben. Hier bin ich zu Hause. Geld bedeutet mir nichts. Das müßte Ihnen klar sein."

„Sie wissen nicht einmal, wieviel es ist. Es sind grob geschätzt elf Milliarden Dollar."

„Soll mich das beeindrucken?“

„Ich finde den Betrag bemerkenswert.“

„Aber Sie verehren das Geld. Sie gehören einer Kultur an, in der Geld geradezu eine Religion ist. Die Menschen machen sich verrückt. Sie arbeiten ununterbrochen, um Geld zu verdienen, damit sie sich Dinge kaufen können, mit denen sie andere Menschen beeindrucken wollen.“

„Zählen Sie mich zu diesen Menschen?“

„Und Sie selbst?“

„Ich denke schon.“

„Dann führen Sie ein Leben ohne Gott. Sie sind ein sehr armer, einsamer Mensch, Nate, das spüre ich. Sie kennen Gott nicht.“

Er zuckte zusammen und überlegte, was er zu seiner Verteidigung sagen könnte, aber die Wahrheit entwaffnete ihn. „Ich glaube an Gott“, behauptete er ohne große Überzeugungskraft.

„Es ist eine Sache, etwas zu sagen, und eine andere, danach zu leben. Der verkrüppelte Junge da drüben unter dem Baum heißt Lako. Er ist siebzehn Jahre alt, klein für sein Alter und stets krank. Ich zweifle, ob er die Dreißig erreicht. Er macht sich darüber keine Gedanken. Er hat sich vor einigen Jahren für das Christentum entschieden und ist der angenehmste Mensch, den man sich denken kann. Er spricht den ganzen Tag mit Gott. Dieser Indianerjunge hat nichts auf dieser Erde, aber er sammelt Schätze im Himmel. Lako ist reich.“

Minuten verstrichen. Die Nacht war völlig schwarz und still, man sah weder Mond noch Sterne. Das einzige Licht kam von der schmalen gelben Flamme zu ihren Füßen.

Sehr sanft berührte sie seinen Arm. „Es tut mir leid. Ich hätte nicht sagen sollen, daß Sie einsam sind. Woher sollte ich das wissen?“ Sie ließ ihre Finger auf seinem Arm liegen, als wolle sie unbedingt etwas berühren. „Sie sind ein guter Mensch, nicht wahr, Nate?“

„Ach, eigentlich nicht. Ich tue vieles, was ich nicht tun sollte. Ich bin ein schwacher Mensch. Ich bin nicht hergekommen, um Gott zu finden. Sie aufzustöbern war schwer genug. Das Gesetz verlangt von mir, daß ich Ihnen diese Papiere aushändige.“

Sie nahm ihre Finger fort, schob sich aber ein wenig näher an ihn, so daß ihre Knie einander berührten. „In dem Fall tut es mir leid, daß Sie gekommen sind. Sie haben den Weg vergeblich gemacht.“

DER RICHTER F. Parr Wycliff war damit beschäftigt, im Gerichtssaal sein Tagespensum an öden mündlichen Verhandlungen abzuarbeiten. Im Richterzimmer hatte Josh Stafford die Videokassette bereits in den Recorder eingelegt und wartete. Er schritt in dem vollgestellten Raum auf und ab und griff nach seinem Mobiltelefon. Nach wie vor hatte er nichts von Nate gehört. Josh hatte schon erwogen, eine Rettungsaktion zu organisieren. Aber vermutlich war es aussichtslos, ins Pantanal vorzudringen, um einen verlorengegangenen Anwalt zu finden.

Wycliff kam ins Richterzimmer, entschuldigte sich für die Verspätung und zog sich gleichzeitig die Robe aus. Schweigend betrachteten sie die Aufzeichnung, auf der zu sehen war, wie der alte Troy Phelan im Rollstuhl von den drei Psychiatern befragt wurde. Die Befragung endete mit der einhellig geäußerten Meinung, daß Mr. Phelan durchaus wisse, was er tue. Wycliff konnte ein breites Lächeln nicht unterdrücken.

Nachdem sich das Konferenzzimmer geleert hatte, holte Mr. Phelan das eigenhändige Testament hervor und unterschrieb es. Dann stieß er sich unvermittelt vom Tisch ab, stand aus dem Rollstuhl auf und bewegte sich aus dem Bildfeld. „Und jetzt springt er", ergänzte Josh.

„Wie wollen sie dagegen angehen?" fragte Wycliff, als sie die gesamte Aufzeichnung angesehen hatten. Auf diese Frage blieb ihm Josh die Ant wort schuldig. Zwei von Phelans Nachkommen – Rex und Libbigail – hatten bereits einen Antrag auf Anfechtung des Testaments gestellt. Die anderen Nachkommen würden bald ihrem Beispiel folgen.

„Was ist mit dem Testament, das er zuerst unterschrieben hat?"

„Er hat es nicht unterschrieben. Er hat den Namen Micky Maus darunter gesetzt. Sofern die Nachkommen beweisen können, daß er bei der Abfassung des eigenhändigen Testaments nicht bei klarem Verstand war, gibt es gar keines. Alle früheren sind vernichtet worden."

„In dem Fall müßte man ihn wie einen Erblasser behandeln, der kein Testament hinterlassen hat", fügte Wycliff hinzu.

„Ja, und dann würde sein Nachlaß gemäß den Gesetzen des Staates Virginia vollständig unter seinen sämtlichen Nachkommen aufgeteilt. Würden Sie als Erbe nicht auch versuchen, das Testament anzufechten?"

Wycliff konnte sich nichts Schöneres vorstellen als eine langwierige, häßliche Auseinandersetzung um das Erbe. Aber zu einem Streit braucht man zwei Parteien, und vorerst war nur eine aufgetreten. Irgend jemand mußte die Anfechtung von Mr. Phelans Testament abwehren.

„Haben Sie schon etwas von Rachel Lane gehört?" fragte er.

„Nein. Sie befindet sich irgendwo in Südamerika, nur gefunden haben wir sie noch nicht. Aber wir haben Leute da unten."

„Schaffen Sie die Frau her, Josh."

„Wir geben uns Mühe."

DAS GESPRÄCH zwischen dem Häuptling und Rachel am nächsten Morgen fand unter vier Augen statt. Von der Veranda des Männerhauses – eines der großen Gebäude auf dem Dorfplatz – aus, auf der Nate saß, konnte er ihre Gesichter sehen und ihre Stimmen hören. Irgend etwas am Himmel schien den Häuptling zu beunruhigen. Er sagte etwas, hörte dann auf Rachels Worte und hob langsam den Blick, als ob er erwarte, daß aus den Wolken der Tod herabregne.

„Er glaubt, daß es ein Gewitter gibt", erklärte Rachel, als die Besprechung vorüber war. „Er sagt, daß Sie fahren können, aber er gibt Ihnen keinen Führer mit. Es ist zu gefährlich."

„Können wir es ohne Führer schaffen?" fragte Nate.

„Es wäre nicht klug", meinte sie. „Man verirrt sich leicht."

Nate holte tief Luft und ließ die Schultern sinken. Sein ganzer Körper schmerzte. Er hatte Hunger, war müde, über und über mit Mückenstichen bedeckt und hatte das kleine Abenteuer satt.

„Ich muß wirklich zurück. In der Kanzlei erwartet man meinen Bericht."

Sie hörte ihm zwar zu, nahm aber seine Sorgen nicht ernst. Daß sich einige Leute in einer Kanzlei in Washington Sorgen machten, ließ sie ziemlich kalt. „Ich muß zum Begräbnis des kleinen Mädchens ins Nachbardorf. Warum kommen Sie nicht mit? Unterwegs haben wir viel Zeit, miteinander zu reden."

Lako ging voran. Sein rechter Fuß war nach innen verdreht. Rachel folgte ihm, hinter ihr schritt Nate aus, der ihre Stofftasche trug. Jevy hielt sich diskret hinter ihnen außer Hörweite.

„Erzählen Sie mir etwas von sich, Nate", bat sie ihn über die Schulter hinweg, als sie den Wald betraten. „Wo sind Sie zur Welt gekommen?"

Die Luft war feucht, und Nate schwitzte schon. „In Baltimore, als ältester von zwei Söhnen. Meine Eltern haben sich scheiden lassen, als ich fünfzehn war. Ich hab die Schule in St. Paul besucht, das Hopkins-College, in Georgetown Jura studiert und bin danach nicht aus Washington hinausgekommen."

„Hatten Sie eine glückliche Kindheit?"

„Vermutlich schon. Sport hat darin eine große Rolle gespielt. Ich träumte damals davon, ein Baseball- oder Footballstar zu werden."

„Sind Sie zur Kirche gegangen?"

„Klar. Immer zu Weihnachten und zu Ostern." Der Pfad war fast verschwunden, und sie wateten jetzt durch hartes Gras. „Was für eine Schlange war das eigentlich, die das kleine Mädchen gebissen hat?"

„Eine *bima,* aber Sie brauchen sich keine Sorgen zu machen, weil Sie hohe Schuhe tragen. Es ist eine kleine Schlange, die unterhalb des Fußknöchels zubeißt."

„Soweit ich verstanden habe, ist der Biß der *bima* tödlich."

„Das kann er sein, aber es gibt ein Gegengift. Falls ich es gestern gehabt hätte, wäre die Kleine nicht gestorben."

„Das heißt, wenn Sie viel Geld hätten, könnten Sie 'ne Menge von dem Zeug kaufen. Sie könnten sich einen Vorrat von allen Medikamenten anlegen, die Sie brauchen. Sie könnten eine Klinik, eine Kirche und eine Schule bauen und das Evangelium im ganzen Pantanal verbreiten."

Sie blieb stehen und wandte sich unvermittelt um, so daß sie einander von Angesicht zu Angesicht gegenüberstanden. „Ich habe nichts getan, um das Geld zu verdienen. Ich habe den Mann, dem es gehörte, nicht einmal wirklich gekannt. Bitte sprechen Sie das Thema nicht mehr an."

„Das Vermögen würde sonst nur verschleudert. Die Anwälte werden Millionen bekommen, und das übrige wird unter Ihren Halbgeschwistern verteilt. Das können Sie doch nicht wollen. Glauben Sie mir. Sie haben keine Vorstellung davon, wieviel Elend und Kummer diese Menschen verursachen werden, wenn sie das Geld bekommen."

Sie faßte ihn am Handgelenk und drückte es. „Ich werde für diese Leute beten."

Dann wandte sie sich um und schritt erneut aus. Schweigend überquerten sie eine Lichtung, bevor sie wieder in den dichten Wald eintauchten. Unter den mächtigen hohen Bäumen wand sich ein Wasserlauf durch ein Bett aus bläulichen und orangefarbenen Steinen. Rachel kniete sich am Wasser nieder. „Das können Sie trinken. Es kommt aus den Bergen."

Nate hockte sich neben sie. Das Wasser war kalt und klar.

„Das ist meine Lieblingsstelle", verriet sie. „Ich komme fast täglich hierher, um zu baden, zu beten und zu meditieren."

Sie zogen Schuhe und Socken aus und ließen die Füße ins Wasser hängen. Sie waren allein, weder Lako noch Jevy war zu sehen.

„Als kleines Mädchen habe ich in Montana in einer Kleinstadt gelebt, in der mein Adoptivvater Geistlicher war", erzählte sie. „Nicht weit vom Stadtrand floß ein Bach wie dieser hier. Dort gab es eine Stelle, wo ich stundenlang meine Füße ins Wasser hängen ließ."

„Haben Sie sich da versteckt?"

„Manchmal."

„Verstecken Sie sich jetzt?"

„Nein. Ich habe mich vor vielen Jahren Christus anvertraut und folge ihm, wohin er mich führt. Er befreit mich von meinen Ängsten und Sorgen. Ich lebe in dieser Welt in vollkommenem Frieden."

„So was habe ich noch nie zuvor gehört."

„Sie haben gestern abend gesagt, daß Sie ein schwacher Mensch seien. Was meinten Sie damit?"

„Ich bin Alkoholiker", gestand er. „Ich war in den vergangenen zehn Jahren viermal ganz unten und hatte gerade wieder eine Entziehungskur hinter mir, als ich diese Reise antrat. Ich kann nicht mit Sicherheit sagen, ob mit dem Trinken für alle Zeiten Schluß ist. Ich hab dreimal mit dem Kokain aufgehört. Vor vier Monaten habe ich meine Zahlungsunfähigkeit erklärt. Zur Zeit läuft gegen mich ein Verfahren wegen Steuerhinterziehung, und die Aussichten, daß ich ins Gefängnis muß, stehen fünfzig zu fünfzig. Ich habe mein Leben gründlich verpfuscht."

Sie hörte sich all das an, ohne mit der Wimper zu zucken. „Sonst noch etwas?" fragte sie.

„O ja. Ich habe mindestens zweimal versucht, mir das Leben zu nehmen, das zweite Mal vor ein paar Tagen in Corumbá. Ich hab mich fast zu Tode gesoffen."

„Sie armer Mann."

„Schön, ich bin krank. Ich hab das schon oft zugegeben."

„Haben Sie es je Gott gebeichtet?"

„Ich bin sicher, daß er das weiß."

„Natürlich weiß er es. Aber er hilft Ihnen erst, wenn Sie ihn darum bitten. Er ist allmächtig, aber Sie müssen sich ihm bußfertig im Gebet nähern. Dann wird er alle Ihre Schuld auslöschen. Ihre Sucht wird von Ihnen genommen."

„Und was ist mit meinen Schulden beim Finanzamt?"

„Die bleiben. Aber Sie werden die Kraft haben, das durchzustehen. Das Gebet vermag alle Widrigkeiten zu überwinden."

„Ich weiß nicht, wie man betet", bekannte er.

Sie nahm seine Hand und drückte sie kräftig. „Schließen Sie die Augen, Nate, und sprechen Sie mir nach: Lieber Gott, vergib mir meine Schuld, und hilf mir, denen zu vergeben, die an mir schuldig geworden sind." Leise sprach Nate ihr nach. „Gib mir die Kraft, Versuchungen und Süchten zu widerstehen und die bevorstehenden Heimsuchungen zu überwinden." Er wiederholte ihre Worte, doch verwirrte ihn das kleine Ritual. Für Rachel war es einfach zu beten. Für ihn war es eine sonderbare Übung.

„Amen", schloß sie. Sie öffneten die Augen, hielten einander aber weiter bei der Hand. Sie lauschten auf das Wasser, das mit leisem Murmeln über die Steine rieselte. Er hatte das sonderbare Gefühl, als werde seine Last von ihm genommen; seine Schultern waren weniger niedergedrückt, seine Seele nicht mehr so verwirrt wie zuvor.

„Ihre Sünden sind Ihnen vergeben, Nate", sagte Rachel.

„Das ist zu einfach. Mein Leben ist ein unüberschaubares Chaos."

„Vertrauen Sie mir. Und vertrauen Sie auf Gott. Er hat Schlimmeres gesehen."

„Ihnen vertraue ich. Mit Gott hab ich so meine Probleme."

Sie drückte seine Hand fester. „Wir müssen gehen." Aber sie rührten sich nicht.

„Ich habe über diese Beerdigung nachgedacht, über das kleine Mädchen", ergriff Nate das Wort. „Ich möchte lieber nicht hingehen. Ich will kein totes Kind sehen. Jevy und ich kehren ins Dorf zurück und warten dort."

„Ist gut. Ich verstehe das." Sie griff nach ihren Schnürstiefeln.

Wie aus dem Nichts tauchte Lako auf, und schon bald waren die beiden in der Finsternis des Urwaldes verschwunden.

Nate fand Jevy unter einem Baum schlafend. Auf dem Rückweg achteten sie bei jedem Schritt auf Schlangen.

ES REGNETE zweimal kurz, während Nate und Jevy in den geliehenen Hängematten im Männerhaus dösten, um den langweiligen Tag herumzubringen. Aber der Sturm blieb aus, nach jedem der beiden Schauer schien gleich wieder die Sonne, und vom nassen Lehmboden stiegen Dampfschwaden auf.

Rachel kehrte mit Lako am Nachmittag zurück. Ihr erster Weg führte sie zum Häuptling, dem sie berichtete, was im Nachbardorf vorgefallen war. Dann wanderte sie mit Nate zum Fluß hinüber, wo sie sich an die Stelle unter den Bäumen setzten.

„Es war klug von Ihnen, nicht zu der Beerdigung zu gehen", sagte sie. Ihre Stimme klang müde.

„Warum?"

„Jedes Dorf hat einen Heilkundigen, in der Sprache der Menschen hier *shalyun.*"

„Ach so, der gute alte Medizinmann."

„Eher ein Zauberheiler. Die *shalyun* sehen in mir eine Bedrohung ihrer Stellung. Sie verfolgen gläubige Christen und drängen die Häuptlinge, mich fortzuschicken. Es ist Tag für Tag ein neuer Kampf."

Nate hörte ihr schweigend zu. Seine Bewunderung für ihren Mut war grenzenlos.

„Die Eltern Ayeshas, des Mädchens, das am Schlangenbiß gestorben ist, sind Christen. Als ich gestern weggegangen war, hat der *shalyun* überall erzählt, es wäre ihm ohne weiteres möglich gewesen, die Kleine zu retten. Er hat mir die Schuld an ihrem Tod gegeben. Mir und Gott. Während der Beisetzungsfeier heute haben er und einige Unruhestifter angefangen, ganz in der Nähe ihre Gesänge anzustimmen und ihre Tänze aufzuführen. Es war mir unmöglich, die Feier zu beenden." Ihre Stimme war ein wenig unsicher, sie biß sich auf die Lippe.

Nate legte ihr beruhigend die Hand auf den Arm. „Es ist jetzt vorbei."

Vor den Indianern konnte sie nicht weinen. In ihrer Anwesenheit mußte Rachel stark und unerschütterlich sein, unter allen Umständen ihren Glauben und ihren Mut beweisen. Aber Nate würde es verstehen.

Sie wischte sich die Augen. „Es tut mir leid."

„Ach was", wehrte Nate ab. Er wollte ihr gern helfen.

„Es dürfte das beste sein, wenn Sie so schnell wie möglich abreisen", meinte sie plötzlich. Ihre Stimme klang wieder wie immer.

„Warum auf einmal diese Eile? In drei Stunden ist es dunkel."

„Es gibt Grund zur Besorgnis. Ich habe heute im anderen Dorf einen Fall von Malaria gesehen. Die Stechmücken verbreiten die Krankheit sehr schnell."

„Mir kann nichts passieren", warf er ein. „Ich nehme Reso-Dingsbums."

„Resochin? Und wo sind die Tabletten?"

„Auf dem großen Boot."

Mißbilligend schüttelte Rachel den Kopf. „Sie müssen sie ohne Unterbrechung einnehmen, vor, während und nach der Reise." Jetzt sprach sie im Ton einer strengen Ärztin. „Es ist nicht meine Absicht, mit Ihnen zu diskutieren, Nate. Ich habe bereits mit dem Häuptling gesprochen. Er wird Ihnen drei Führer in zwei Kanus zur Verfügung stellen, und ich gebe Ihnen Lako mit, damit Sie keine Schwierigkeiten wegen der Sprache haben. Sobald Sie den Xeco erreicht haben, geht es immer geradeaus zum Paraguay."

„Sie scheinen ja schon alles geplant zu haben."

„Vertrauen Sie mir, Nate. Ich hatte schon zweimal Malaria. Das ist alles andere als angenehm. Beim zweiten Mal wäre ich fast gestorben."

Nate hatte noch nie daran gedacht, daß Rachel sterben könnte. Er bewunderte sie sehr. Sie war alles, was er nicht war – stark und tapfer, unerschütterlich im Glauben, zufrieden mit einem einfachen Leben, sicher in ihrer Gewißheit, wohin sie auf der Erde wie im Jenseits gehörte. „Sie dürfen nicht sterben, Rachel", sagte er.

„Der Tod macht mir keine Angst. Für uns Christen ist er eine Belohnung. Aber beten Sie für mich, Nate. Sie sind ein guter Mensch. Sie haben das Herz auf dem rechten Fleck. Sie brauchen nur ein wenig Hilfe."

Er hatte die Papiere in einem zusammengefalteten Umschlag in der Tasche. Jetzt nahm er sie heraus. „Können wir wenigstens noch darüber sprechen?"

„Ja, aber nur, weil ich Ihnen einen Gefallen tun möchte. Wenn Sie schon den ganzen Weg hierher gemacht haben, kann ich mit Ihnen zumindest über die juristischen Fragen reden."

„Danke." Er gab ihr das erste Blatt, eine Kopie der einen Seite, aus der Troys Testament bestand. Sie las es bedächtig. Nate sah, daß die Schatten am Waldrand länger wurden.

„Ich erinnere mich noch an den Tag, an dem mir meine Adoptivmutter von Troy erzählt hat. Da war ich siebzehn. Ihr Mann war gerade an Krebs gestorben, und das Leben sah ziemlich trüb aus. Troy hatte mich irgendwie aufgestöbert und setzte meiner Mutter mit dem Wunsch zu, uns zu besuchen. Sie hat mir gesagt, wer meine eigentlichen Eltern waren, und es hat mir nichts bedeutet. Mir waren diese Menschen gleichgültig. Später habe ich erfahren, daß meine Mutter Selbstmord begangen hatte. Wie finden Sie das, Nate? Meine beiden Eltern haben sich das Leben genommen. Ob ich diese Veranlagung geerbt habe?"

„Nein. Sie sind viel stärker als beide."

„Ein Jahr verging. Troy und meine Mutter haben ziemlich oft miteinander telefoniert. Er hat sie von der Lauterkeit seiner Beweggründe überzeugt und uns eines Tages besucht. Wir haben Tee getrunken. Später hat er Geld für meinen Collegebesuch geschickt. Dann hat er angefangen, mich zu bedrängen, ich solle in eine seiner Firmen eintreten. Das hat mich gestört. Als dann meine Adoptivmutter starb, ist die Welt um mich herum zusammengebrochen. Ich habe einen anderen Nachnamen angenommen und Medizin studiert. Ich hatte geglaubt, Troy hätte mich vergessen."

„Sieht nicht so aus", meinte Nate. Eine schwarze Stechmücke setzte sich auf seinen Oberschenkel, und er schlug mit aller Kraft zu. Falls das Tier den Malariaerreger in sich trug, würde es ihn nicht weiterverbreiten.

Er gab Rachel die Annahmebestätigung und die Verzichterklärung.

Sie las beide Formulare sorgfältig durch. „Ich unterschreibe nichts. Ich möchte mit dem Geld nichts zu tun haben. Aber eine Bitte habe ich an Sie. Sagen Sie niemandem, wo ich mich aufhalte, Nate. Bitte achten Sie meine Privatsphäre."

„Das verspreche ich. Aber Sie müssen realistisch sein. Die Geschichte ist unwiderstehlich. Sofern Sie das Geld nehmen, sind Sie wahrscheinlich die reichste Frau auf der Welt. Falls Sie es ablehnen, ist die Geschichte noch verlockender."

„Nate, das hier ist mein Zuhause. Ich möchte nicht wieder davonlaufen müssen."

ANSPRUCHSLOS IM URWALD LEBENDE MISSIONARIN SCHLÄGT ELF-MILLIARDEN-ERBSCHAFT AUS. Was für eine Schlagzeile! Wie die Geier würde man das Pantanal mit Hubschraubern und Amphibienfahrzeugen absuchen, um Rachels Geschichte zu bekommen.

Sie tat Nate jetzt schon leid. „Ich tue, was ich kann", versicherte er.

Der Häuptling selbst, gefolgt von einem Dutzend Männern, bildete die Spitze des Verabschiedungstrupps. Im Gänsemarsch kamen sie zum Fluß.

„Es ist Zeit aufzubrechen", sagte Rachel.

„Und Sie meinen, daß wir in der Dunkelheit sicher sind?"

„Aber gewiß. Der Häuptling gibt Ihnen seine besten Fischer mit. Gott wird Sie schützen. Sie müssen nur beten."

„Das tue ich."

„Ich werde jeden Tag für Sie beten, Nate. Sie sind ein guter Mensch."

„Danke. Wollen Sie mich heiraten?"

„Das kann ich nicht."

„Natürlich können Sie. Ich kümmere mich um das Geld, und Sie kümmern sich um die Indianer. Wir besorgen uns eine größere Hütte und werfen unsere Kleidung fort."

Beide lachten. Sie lächelten noch, als der Häuptling zu ihnen trat. Nate stand auf, um auf Wiedersehen zu sagen, wobei ihm schwindelte. Er kniff die Augen zusammen und blickte zu Rachel hinüber. Ob sie etwas gemerkt hatte? Es sah nicht so aus. Seine Augenlider begannen zu schmerzen. In den Ellbogengelenken pochte es.

Ipica-Grunzlaute ertönten, und alle setzten sich Richtung Fluß in Bewegung. Lebensmittel wurden in Jevys Boot und in den beiden schmalen Kanus verstaut, in denen die Führer und Lako die Besucher begleiten sollten. Nate dankte Rachel und drückte sie sacht an sich.

„Ich mag Sie, Nate", gestand sie lächelnd. „Aber kommen Sie bitte nicht wieder."

„Wir könnten unsere Flitterwochen in Corumbá verbringen."

Alle warteten. Jevy hielt sein Paddel in der Hand, bereit abzustoßen. „Bis dann." Nate wandte sich um, stieg ins Boot und setzte sich hart auf die Bank. Wieder drehte sich ihm alles im Kopf. Während das Boot davontrieb, winkte er Rachel und den Indianern zu, doch das Bild, das er sah, war unscharf.

Von der Strömung und den im Gleichklang paddelnden Indianern getrieben, glitten die Kanus flußabwärts. Da der Motor von Nates und Jevys Boot beim dritten Versuch ansprang, holten sie die Kanus bald ein. Der Motor fing an zu stottern, ging aber nicht aus. Nate sah über die Schulter zurück. Rachel und die Indianer hatten sich nicht von der Stelle gerührt.

Der Schweiß brach ihm aus. Er rieb sich Nacken und Stirn und betrachtete die nassen Finger. Statt zu beten, wie er versprochen hatte, murmelte er: „Scheiße, mich hat's erwischt."

Das Fieber war noch nicht hoch, setzte aber rasch ein. Der Luftzug war unangenehm kühl. Nate kauerte sich auf seinem Sitz zusammen und sah sich nach etwas um, das er überziehen konnte.

Jevy merkte das. „Fehlt Ihnen was, Nate?" erkundigte er sich.

Als Nate nickte, schoß ihm der Schmerz ins Rückgrat. „Ich glaub, ich hab Malaria", antwortete er heiser.

„Haben Sie Fieber?"

„Ja. Außerdem sehe ich manchmal schlecht." Vorsichtig schob sich Nate, den Kopf möglichst ruhig haltend, hinter die Bank und legte sich in die Mitte des Bootes. Zusammengerolltes Bettzeug diente ihm als Kissen. Jevy breitete das entfaltete Zelt über ihn.

Die Kanus waren jetzt neben ihnen. Lako fragte sie auf portugiesisch, was es gebe. Nate hörte das Wort Malaria, worauf die Indianer in ihrer Sprache miteinander redeten. Dann waren sie fort.

Es kam Nate vor, als fahre das Boot jetzt schneller. Gelegentlich zuckte er zusammen, wenn ein Ast, den Jevy nicht gesehen hatte, an den Rumpf stieß, aber er achtete nicht weiter darauf. Sein Kopf dröhnte, wie er es noch bei keinem Kater erlebt hatte. Muskeln und Gelenke schmerzten so sehr, daß er sich nicht rühren mochte. Außerdem war ihm kalt. Der Schüttelfrost hatte eingesetzt.

DER REGEN blieb aus. Jevy hatte das Boot immer rund dreißig Meter hinter den Kanus gehalten, schloß aber auf, als es dunkel wurde. Die Führer leiteten sie durch eine verwirrende Folge schmaler Wasserläufe und stiller Lagunen, und als sie einen breiteren Fluß erreichten, verlangsamten die Kanus ihre Fahrt. Die Indianer mußten sich ausruhen. Lako erklärte Jevy durch Zurufe, daß der schwierige Teil hinter ihnen liege. Jetzt müsse man mit keinen Hindernissen mehr rechnen. Bis zum Xeco seien es noch rund zwei Stunden.

„Wie geht es dem Amerikaner?“ wollte Lako wissen.

„Nicht gut“, erwiderte Jevy.

Sie machten eine Pause, um einen Laib Brot zu essen, etwas Saft zu trinken und sich zu erleichtern. Dann ging es weiter.

Allmählich sah man mehr Bäume und dichteres Unterholz. Der Fluß wurde breiter. Zu beiden Seiten war fester Boden. Die Indianer redeten wieder öfter miteinander. Als sie den Xeco erreichten, hörten sie auf zu paddeln. Sie waren erschöpft. Als sie eine erhöhte Stelle fanden, gingen sie an Land.

Lako erklärte, daß er der Missionarin schon seit Jahren helfe. Er habe viele Malariafälle gesehen und die Krankheit selbst dreimal gehabt. Behutsam berührte er Nates Stirn. „Sehr hohes Fieber“, sagte er zu Jevy, der die Taschenlampe hielt. „Machen kann man da nichts. Das Fieber geht zurück, und in achtundvierzig Stunden kommt der nächste Anfall.“

Der älteste der Führer sagte etwas zu Lako und wies auf den dunklen Fluß. Der Junge erklärte Jevy, er solle sich in der Mitte halten, die schmalen Abzweigungen, vor allem auf der linken Seite, ignorieren, dann werde er nach zwei Stunden den Paraguay erreichen. Jevy dankte ihnen überschwenglich und legte ab, gerade als der Mond durch die Wolken brach.

DAS BOOT war eine *chalana*. Es hatte einen flachen Boden, sah aus wie ein Schuhkarton, war zehn Meter lang, zweieinhalb Meter breit und diente dazu, Fracht durch das Pantanal zu transportieren. Jevy sah das Licht um eine Biegung herum, und als er das Geräusch des Diesels hörte, wußte er gleich, was für eine Art Boot es war. Und außerdem kannte er den Bootsführer.

Es war fast drei Uhr morgens. Jevy band sein Boot am Bug fest und sprang an Bord. Ein Matrose brachte gesüßten Kaffee. Sie waren auf dem Weg nach Norden, nach Porto Indio. Und sie konnten Jevy zwanzig Liter Treibstoff abtreten.

Es gab noch mehr Kaffee und einige mit Zucker bestreute Waffeln. Dann erkundigte sich Jevy nach der *Santa Loura* und Welly. „Sie liegt an der Einmündung des Cabixa“, beschrieb er. „Da, wo früher der alte Anleger war.“

Die Männer schüttelten den Kopf. „Da war sie nicht“, sagte der Bootsführer. Der Matrose stimmte ihm zu. Sie kannten die *Santa Loura*, hatten sie aber nicht gesehen. Sie zu übersehen wäre unmöglich gewesen.

Vielleicht war Welly einige Kilometer weit den Cabixa hinaufgefahren, um nach ihnen Ausschau zu halten. Bestimmt hatte er sich entsetzliche Sorgen gemacht.

Jevy hatte sich vorgenommen, bei der *Santa Loura* anzulegen und zu rasten. Er wollte Nate zu Bett bringen und mit Hilfe des Satellitentelefons Senhor Ruiz in Corumbá anrufen. Der sollte dann einen guten Arzt auftreiben, bis sie eintrafen.

Der Bootsführer gab ihm noch eine Schachtel mit Waffeln und einen Pappbecher Kaffee. Jevy dankte ihnen und band sein Boot los. Nate lebte, regte sich aber nicht. Das Fieber war nicht zurückgegangen.

Sie erreichten die Einmündung des Cabixa eine Stunde nach der Morgendämmerung. Die *Santa Loura* war nicht zu sehen. Jevy band das Boot am alten Anleger an und suchte den Besitzer des einzigen Hauses in der Nähe auf. Er fand ihn im Stall, wo er eine Kuh molk. Er erinnerte sich an Jevy und berichtete von dem Gewitter, bei dem sich das Boot losgerissen hatte. Das schlimmste Unwetter, das sie je erlebt hatten.

„Was ist mit dem Jungen? Hat ihn jemand gesehen?"

Niemand. Der Mann hatte mit keinem Menschen auf dem Fluß gesprochen, seit Welly im Unwetter verschwunden war. Er vermutete, daß Welly tot sei.

7

Hark plante das Treffen, das in einem Saal des Hay-Adams-Hotels stattfinden sollte, in allen Einzelheiten. Es gab Austern, Kaviar, Lachs und Champagner. Um elf waren alle da, leger gekleidet, und tranken einen Champagner nach dem anderen.

Er hatte den Gästen versichert, diese Zusammenkunft sei von größter Bedeutung. Er habe den einzigen Zeugen gefunden, der ihnen dazu verhelfen könne, den Prozeß zu gewinnen.

Eingeladen waren ausschließlich die Anwälte von Phelans Kindern. Zugelassen waren zwei Anwälte pro Nachkommen, doch sollten sich die Kanzleien möglichst auf einen beschränken. Hark war als einziger Vertreter von Rex gekommen und Wally Bright als einziger von Libbigail. Ramble kannte ohnehin keinen anderen Anwalt als Yancy, Grit vertrat Mary Ross, und Mrs. Langhorne war in Vertretung für Geena und Cody gekommen. Troy juniors neueste Rechtsvertreter hießen Hemba und Hamilton und arbeiteten in einer Kanzlei mit vierhundert Anwälten.

Hark lieferte einen kurzen Abriß des Lebens von Malcolm Snead. „Er hat dreißig Jahre lang in Mr. Phelans Dienst gestanden", betonte er.

„Vielleicht hat er ihm sogar geholfen, das letzte Testament abzufassen. Unter gewissen Umständen ist Mr. Snead bereit auszusagen, daß der Alte dabei von allen guten Geistern verlassen war."

Diese Mitteilung überraschte die Anwälte. Hark betrachtete eine Weile die erfreuten Gesichter in der Runde und sagte dann: „Es ist aber auch möglich, daß er aussagt, er habe von dem eigenhändigen Testament nichts gewußt und Mr. Phelan sei am Tag seines Todes bei völlig klarem Verstand gewesen."

„Wieviel will er?" Wally Bright kam gleich zur Sache.

„Fünf Millionen. Ein Zehntel sofort, den Rest, wenn der Fall abgeschlossen ist."

„Wollen Sie damit sagen, wir sollen einen Zeugen dafür bezahlen, daß er lügt?" hakte Hamilton nach.

„Wir wissen nicht, ob er lügt", berichtigte ihn Hark. „Das weiß niemand. Er war mit Mr. Phelan allein. Weitere Zeugen gibt es nicht. Was auch immer Mr. Snead sagt, ist die Wahrheit."

„Das kommt mir ein wenig zweifelhaft vor", warf Hemba ein. Als Mitarbeiter einer großen Kanzlei waren Hemba und Hamilton mit schmutzigen Machenschaften bisher nicht in Berührung gekommen. Das bedeutete jedoch nicht, daß sie oder ihresgleichen nicht käuflich waren.

„Sollen etwa wir Anwälte die fünfhunderttausend Dollar aufbringen?" fragte Hemba im Ton tiefster Verachtung.

„Genau das", bestätigte Hark. „Um die Peinlichkeit zu vermeiden, daß jeder von uns einen entsprechenden Betrag vorlegen muß, habe ich eine Bank ausfindig gemacht, die bereit ist, fünfhunderttausend Dollar auf ein Jahr zur Verfügung zu stellen. Wir brauchen lediglich sechs Unterschriften dafür. Ich selbst habe bereits unterschrieben."

„Ich unterzeichne das verdammte Ding", meldete sich Bright. Er hatte nichts zu verlieren.

Mrs. Langhorne überraschte die anderen. „Ich werde meiner Kanzlei vorschlagen, daß wir uns dem Abkommen anschließen. Aber jeder muß darüber schweigen wie ein Grab."

„Wie ein Grab", wiederholte Yancy. „So etwas könnte uns die Zulassung kosten. Anstiftung zur Falschaussage ist eine Straftat."

„Sie haben das mißverstanden", schaltete sich Grit ein. „Was die Wahrheit ist, bestimmt allein Snead. Wer auf der Welt kann was dagegen sagen? Es ist einfach eine glänzende Gelegenheit. Ich unterschreibe."

„Das sind dann schon vier", sagte Hark.

„Ich unterschreibe auch", verkündete Yancy.

Hemba und Hamilton waren unschlüssig. „Wir müssen das abklären."

„Handeln Sie rasch“, empfahl ihnen Hark. „Mr. Snead sagt, daß er mittellos sei und nichts dabei fände, mit der Gegenseite abzuschließen.“

„Wo wir gerade davon sprechen“, meinte Mrs. Langhorne. „Wissen wir inzwischen mehr über die Gegenseite? Wo steckt diese Rachel Lane?“

„Stafford hat mir versichert, daß seine Leute Kontakt mit ihr haben und daß sie im Begriff steht, Anwälte mit der Wahrnehmung ihrer Interessen zu beauftragen“, erwiderte Hark.

„Bei elf Milliarden will ich das schwer hoffen“, schloß Grit.

JEVY und Nate erreichten die Handelsniederlassung am frühen Nachmittag. Der Außenbordmotor setzte immer wieder aus, und Jevy hatte kaum noch Benzin. Fernando, der Ladenbesitzer, half Jevy, Nate aus dem Boot zu hieven und ihn in eine Hängematte auf der Veranda zu bugsieren. Nate glühte vor Fieber.

„Die *Santa Loura* ist gesunken“, erzählte Fernando. „Es war ein entsetzliches Unwetter. Ein Viehtransporter hat Welly aus dem Wasser gefischt. Sie haben hier angelegt, und da hat er mir die Geschichte erzählt. Bestimmt ist er mittlerweile wieder in Corumbá.“

Erleichtert hörte Jevy, daß Welly lebte. Aber der Verlust des Bootes war schlimm. Die *Santa Loura* hatte zu den besseren Booten im Pantanal gehört, und Jevy war für ihren Untergang verantwortlich.

Fernando sah Nate aufmerksam an, während sie redeten. „Das ist keine Malaria“, sagte er und legte einen Finger auf den Ausschlag an Nates Nacken. „Bei Malaria gibt es keine solchen Hautausschläge. Das ist Denguefieber. Sie müssen ihn schnellstens nach Corumbá bringen.“

„Kann ich mir Ihren Motor ausleihen?“ Jevy wußte, daß diese Krankheit tödlich verlaufen konnte.

Fernandos Boot lag unter dem baufälligen Gebäude. Der Außenbordmotor war in besserem Zustand als der von Jevys Boot, und er hatte fünf PS mehr. Sie tauschten die Motoren und füllten Kanister mit Benzin. Nach einer Stunde in der Hängematte wurde der arme Nate wieder ins Boot geschleppt und dort unter das Zelt gebettet.

Es war beinahe halb drei. Bis Corumbá brauchte man etwa neun Stunden. Mit Vollgas fuhr Jevy davon, so daß das Kielwasser hinter ihm aufschäumte.

NATE wachte einmal auf, als es dunkel war. Er wollte Jevy bitten, ihm etwas zu trinken zu geben, einen Schluck Wasser und vielleicht einen Bissen Brot. Aber es kostete ihn zu große Mühe, den Lärm des Motors zu übertönen.

Rachel lag neben ihm unter dem stinkenden Zelt. Auch sie hatte die Knie eng an den Körper gezogen. Wie damals, als sie vor ihrer Hütte gesessen hatten, berührten sich ihre Knie ganz leicht. Eine unschuldige Berührung.

Er wollte sie küssen, und sei es nur auf die Wange, denn offensichtlich hatte sie Jahre ohne ein solches Zeichen der Zuneigung auskommen müssen. „Wie lange liegt Ihr letzter Kuß zurück, Rachel?“ wollte er sie fragen. „Sie waren doch mal verliebt. Wie war das da?“

Statt dessen unterhielten sie sich über Menschen, die der andere jeweils nicht kannte. Ihre Klavierlehrerin. Sein Lacrosse-Trainer. Sein Bruder, der an Leukämie gestorben war.

Sie war gekommen, um zu verhindern, daß er starb. Zweimal hatte sie selbst gegen die Malaria gekämpft. Das Fieber kommt und geht, der Schüttelfrost packt den Kranken mit eiskalter Faust im Unterleib und hört dann wieder auf. Sie tätschelte seinen Arm und versprach ihm, daß er nicht sterben würde. Das sagt sie jedem, dachte er.

Dann spürte er auf einmal keine Berührung mehr. Er öffnete die Augen und streckte die Hand nach Rachel aus, aber sie war fort.

Jevy hörte Nate im Fieber phantasieren. „Wir sind fast da“, sagte er immer wieder. „Es dauert nicht mehr lange.“ Als er die ersten Lichter von Corumbá in der Ferne auf dem Hügel aufblitzen sah, traten ihm Tränen in die Augen. Noch nie war ihm die Stadt so willkommen gewesen.

Es war fast elf Uhr abends, als er das Boot an den brüchigen Betonanleger zog und den Hügel hinauf zu einer Telefonzelle lief.

DAS TELEFON klingelte ein dutzendmal, bevor Josh abnahm. Die Uhr am Bett zeigte kurz vor halb drei in der Nacht.

„Hier spricht Valdir“, ertönte eine Stimme. „Ihr Mann ist zurück.“

„Gott sei Dank.“

„Allerdings ist er sehr krank. Er hat Denguefieber.“

„Er wird doch nicht sterben, oder?“

„Nein. Er liegt im Krankenhaus. Der Arzt sagt, daß er wieder auf die Beine kommt.“

„Wann kann ich mit ihm reden?“

„Vielleicht morgen. Er hat hohes Fieber und ist bewußtlos.“

„Hat er die Frau gefunden?“

„Ja.“

Gut gemacht, dachte Josh. Erleichtert stieß er die Luft aus und setzte sich auf die Bettkante.

„Wie lange muß er dort bleiben?“

„Ein paar Tage. Morgen früh wissen wir mehr.“
„Rufen Sie mich so bald wie möglich an. Ich muß unbedingt mit ihm reden.“

Obwohl alles, was Rex Phelan besaß, auf den Namen seiner Frau eingetragen war und er den größten Teil seines Lebens finanziell am Gängelband gehalten worden war, konnte er mit Zahlen umgehen – eine der wenigen Begabungen, die er von seinem Vater geerbt hatte. Er war der einzige Phelan-Erbe, der die Ausdauer und die Fähigkeit besaß, alle sechs Anfechtungsklagen gegen Troys Testament von vorn bis hinten zu lesen. Als er damit fertig war, ging ihm auf, daß sechs Kanzleien im großen und ganzen völlig identische Arbeit leisteten. Sechs Kanzleien, die denselben Kampf führten, und jede von ihnen wollte ein unmäßig großes Stück von dem zu verteilenden Kuchen. Es war an der Zeit, daß die Angehörigen eine Spur Familiensinn zeigten. Deshalb beschloß Rex, mit seinem Bruder TJ zu beginnen.
Sie trafen sich zum Frühstück in einer Imbißstube und redeten eine Weile über Football, während sie Waffeln vertilgten. Dann kam Rex auf die Geschichte mit Snead zu sprechen.
„Das ist ein Hammer“, fand er. „Je nachdem, was der Mann sagt, kann er uns zugrunde richten oder reich machen.“ Er malte alles breit aus und kam schließlich auf die Zahlungsverpflichtung zu sprechen, die die Anwälte mit Ausnahme der für Troy junior tätigen unterschreiben wollten. „Deine Anwälte versauen die Sache“, sagte er finster.
„Snead will also fünf Millionen?“ fragte Troy junior ungläubig.
„Das ist so gut wie geschenkt. Er ist bereit, alles zu sagen, damit das Testament für nicht rechtskräftig erklärt wird.“ Rex wechselte das Thema. „Hast du die sechs Anfechtungsklagen angesehen? Ich habe sie alle gründlich gelesen, und in allen steht genau dasselbe. Diese sechs Kanzleien tun haargenau dasselbe. Es ist widersinnig.“
„Darüber habe ich auch schon nachgedacht“, beeilte sich Troy junior, seinem Bruder zu versichern.
„Wenn wir deine Jungs aus dem Spiel lassen und uns zusammentun, ist Hark sicher bereit, bei seinem Honorarsatz Zugeständnisse zu machen. Wir brauchen diese vielen Anwälte nicht, TJ.“
„Warum setzen wir nicht Hark auf die Straße und bleiben bei meinen Leuten?“
„Weil er Snead aufgetrieben hat und die Bank, die das Geld vorschießt, mit dem wir Snead kaufen können. Außerdem ist er bereit, die Papiere zu unterschreiben, während deine Leute Bedenken haben.“

„Ich halte ihn für einen Halunken."

„Ist er auch. Aber er steht auf unserer Seite. Wenn wir uns zusammentun, bekommt er statt fünfundzwanzig nur zwanzig Prozent. Falls wir Mary Ross auch mit auf unsere Seite ziehen können, geht er sicher auf siebzehneinhalb runter und mit Libbigail auf fünfzehn."

„Die kriegen wir nie."

„Es gibt immer einen Weg. Wir nehmen uns einen nach dem anderen vor. Erst müssen wir uns einigen, dann reden wir mit Mary Ross."

„Es hat keinen Sinn, sich zu streiten", bestätigte Troy junior betrübt. „Das würde uns ein verdammtes Vermögen kosten. Höchste Zeit für 'nen Waffenstillstand."

„Mama wird stolz sein."

DAS HOCH liegende Gelände am Xeco kannten die Indianer schon seit Jahrhunderten. Es diente ihnen als Lagerplatz für Fischer, die bisweilen über Nacht fortblieben, und als Rastplatz bei Fahrten auf den Flüssen. Rachel, Lako und ein weiterer Indianer namens Ten drängten sich unter einem strohgedeckten Schutzdach aneinander und warteten auf das Ende des Unwetters. Das Kanu lag zu ihren Füßen. Sie hatten es vom Fluß heraufgeschleppt, nachdem sie eine entsetzliche Stunde lang gegen das Unwetter angekämpft hatten. Rachel war bis auf die Haut durchnäßt.

Früher hatte sie einmal ein Holzboot mit einem alten Außenbordmotor besessen. Schließlich hatte der Motor den Geist aufgegeben, und Geld für einen neuen gab es nicht. Jedes Jahr, wenn sie bei der Missionsgesellschaft ihren bescheidenen Etat vorlegte, hatte sie um einen neuen Außenbordmotor gebeten. „Beten Sie weiter", hatte es immer geheißen, „vielleicht im nächsten Jahr." Sie hatte das widerspruchslos hingenommen. Wenn der Herr es wollte, würde sie schon einen neuen Außenbordmotor bekommen.

Jedes Jahr im August brachte sie den Häuptling dazu, ihr ein Kanu und einen Führer für die Fahrt zum Paraguay zur Verfügung zu stellen. Dort wartete sie auf ein Schiff nach Süden. Zwei Jahre zuvor hatte sie drei Tage warten müssen und im Stall einer kleinen *fazenda* am Fluß übernachtet. Bei dem Bauern und seiner Frau würde sie am nächsten Tag auf ein Boot nach Corumbá warten.

Der Wind pfiff durch das Schutzdach. Sie hielt Lakos Hand, und sie beteten gemeinsam – nicht um ihre eigene Sicherheit, sondern um die Gesundheit ihres Freundes Nate.

Josh Stafford ließ sich sein Frühstück am Schreibtisch servieren. Er war nicht bereit, das Büro zu verlassen. Als er erklärte, er werde den ganzen Tag dableiben, machten sich seine beiden Sekretärinnen eilends daran, sechs Termine zu verlegen.

Um zehn rief Valdir Ruiz aus dem Krankenhaus an. „Ich war gerade bei Mr. O'Riley", sagte er langsam. „Es geht ihm gut, aber er ist nicht vollständig bei Bewußtsein. Er bekommt Mittel gegen seine Schmerzen."

„Fragen Sie den Arzt, wann Mr. O'Riley nach Hause fliegen kann."

Man hörte, wie im Hintergrund gesprochen wurde. „Das kann er jetzt noch nicht sagen."

Josh schüttelte den Kopf. „Hören Sie, Mr. Valdir, es ist sehr wichtig, daß ich so bald wie möglich mit ihm rede. Ist das klar?"

„Das verstehe ich. Aber Sie müssen Geduld haben."

Der Infusionsbeutel leerte sich um die Mitte des Tages, doch niemand kümmerte sich darum. Mehrere Stunden später wurde Nate wach. Sein Kopf fühlte sich leicht an, er spürte weder Schmerzen noch Fieber. Seine Glieder waren steif, doch er schwitzte nicht. Er fühlte eine dicke Binde über den Augen, ertastete das Heftpflaster, das sie hielt, und beschloß, es abzuziehen und einmal nachzusehen. Da die Kanüle des Infusionsschlauchs in seinem linken Arm steckte, zupfte er mit den Fingern der rechten Hand am Pflaster. Er hörte Stimmen in einem anderen Zimmer. Irgendwo in seiner Nähe stöhnte jemand leise vor Schmerzen.

Nach einer Weile gelang es ihm, das Heftpflaster von seinen Haaren und seiner Haut zu lösen. Er klappte die Binde zur Seite. Das erste, was er sah, war abblätternde Farbe, ein stumpfes, ausgebleichtes Gelb an der Wand vor ihm. Durch ein Fenster drangen Sonnenstrahlen herein. Die Deckenfarbe wies ebenfalls Risse auf. Ein klappriger Ventilator eierte unter der Zimmerdecke.

Zwei Füße erregten seine Aufmerksamkeit. Als er den Kopf ein wenig hob, sah er, daß sie einem kleinen Mann mit faltiger Haut gehörten, dessen Bett mit dem Fußende fast an seines stieß. Er schien tot zu sein.

Das Stöhnen kam von der Wand nahe dem Fenster. Der arme Kerl in dem Bett dort saß mit verschränkten Armen und Beinen fast wie zu einer Kugel zusammengerollt.

Die Luft war schwer vom Geruch abgestandenen Urins und antiseptischer Mittel. Krankenschwestern lachten auf dem Gang.

Nates dritter Zimmernachbar lag in der Nähe der Tür. Mit Ausnahme einer durchnäßten Windel war er nackt, und sein ganzer Leib war mit offenen roten Schwären bedeckt. Auch er schien tot zu sein, und Nate hoffte im Interesse des Mannes, daß es sich so verhielt.

Nirgendwo gab es Knöpfe, auf die man hätte drücken können, keine Möglichkeit, Hilfe zu holen, außer indem man laut schrie. Nate wollte aufstehen und davonlaufen, aber seine Füße waren wie Blei. Er ließ den Kopf aufs Kissen sinken, schloß die Augen, griff vorsichtig nach der Binde und legte sie sich wieder über die Augen.

SNEAD kam zu der Sitzung mit einem eigenen Vertragsentwurf, den er ohne Hilfe eines Anwalts ausgearbeitet hatte. Hark las ihn und mußte zugeben, daß er nicht schlecht war. Er unterschrieb den Vertrag und gab Snead einen Scheck über eine halbe Million. Snead nahm ihn vorsichtig entgegen. „Und wo fangen wir an?“ fragte er mit einem Lächeln.

Es gab ungeheuer viel zu besprechen. Da die anderen Phelan-Anwälte dabeisein wollten, hatte Hark lediglich Zeit für eine erste kurze Befragung. „Wie war der Geisteszustand des Alten am Vormittag seines Todes, ganz allgemein gesagt?“ begann er.

Snead runzelte die Stirn, als müsse er gründlich nachdenken. Er wollte das Richtige sagen. „In seinen letzten Lebenstagen hat er kaum je vernünftig reagiert.“

„Und wie kommt es dann, daß er bei den drei Psychiatern einen so guten Eindruck hinterlassen hat?“

Snead dachte einen Augenblick darüber nach. Ihm fiel nichts ein. „Was würden Sie vorschlagen?“ fragte er.

„Etwa Folgendes: Mr. Phelan wußte, daß die Befragung sehr schwierig würde, weil ihm klar war, daß er nicht alle beisammen hatte. Daher hat er Sie aufgefordert, Listen mit zu erwartenden Fragen zusammenzustellen. Dann haben Sie und Mr. Phelan den ganzen Vormittag Antworten auf die Fragen geprobt. Die Namen der Kinder, wen sie geheiratet hatten und so weiter. Ich könnte mir vorstellen, daß Sie sich, nachdem Sie ihm diese grundlegenden Dinge eingetrichtert hatten, mindestens zwei Stunden lang damit beschäftigt haben, ihm die Verflechtungen der Phelan-Gruppe klarzumachen, ihm zu Bewußtsein zu bringen, welche Firmen ihm gehörten und wie die Schlußkurse bestimmter Aktien aussahen. Kommt Ihnen das bekannt vor?“

Snead gefiel der Gedanke außerordentlich. „O ja! Auf diese Weise hat Mr. Phelan den Psychiatern Sand in die Augen gestreut.“

„Dann arbeiten Sie das noch etwas gründlicher aus, Mr. Snead. Sie sind als Zeuge um so glaubwürdiger, je mehr Sie an Ihren Geschichten feilen. Die Anwälte der Gegenseite werden es Ihnen nicht leichtmachen.

Schreiben Sie alles auf, damit Sie jederzeit Unterlagen über Ihre Aussagen haben. Daten, Uhrzeiten, Orte, Vorfälle, Sonderbarkeiten. Alles, Mr. Snead.“

„Wieviel Zeit habe ich?“

„Meine Kollegen und ich würden gern in ein paar Tagen ein Video von Ihnen aufnehmen. Wir hören uns an, was Sie zu erzählen haben, bombardieren Sie mit Fragen und sehen dann, wie Sie darauf reagieren. Sobald alles einwandfrei ist, sind Sie für Ihre Aussage bereit.“

EIN PFLEGER, der Nachtdienst hatte, sah den leeren Infusionsbeutel. In Druckbuchstaben war auf die Rückseite geschrieben, daß die Infusion nicht unterbrochen werden durfte. Er nahm den Beutel mit in die Krankenhausapotheke, wo eine Krankenschwester die entsprechenden Mittel zusammenmischte und ihm den Beutel zurückgab. Während des Schlafs wurde Nate mit Medikamenten gestärkt, die er nicht brauchte.

Als Jevy ihn vor dem Frühstück aufsuchte, war Nate halb wach. Seine Augen waren noch von der Binde bedeckt.

„Welly ist auch hier“, flüsterte Jevy.

Die diensttuende Schwester half ihm, Nates Bett aus dem Zimmer und über den Gang in einen kleinen, sonnenbeschienenen Hof zu schieben. Sie drehte eine Kurbel, worauf sich das halbe Bett aufrichtete. Dann nahm sie Nate die Binde ab, ohne daß er mit der Wimper zuckte. Langsam öffnete er die Augen und versuchte, Jevy, der sich nur wenige Zentimeter von ihm entfernt befand, zu erkennen.

„Hallo, Mr. O'Riley“, sagte Welly. Er stand auf der anderen Bettseite.

„Hallo, Welly“, antwortete Nate. Seine Worte kamen langsam und klangen undeutlich. Er war benommen, fühlte sich aber wohl. Wie gut er das Hochgefühl kannte, das Drogen vermitteln.

Jevy befühlte Nates Stirn. „Das Fieber ist weg“, erklärte er. Die beiden Brasilianer lächelten einander an, erleichtert, daß sie Nate mit der Fahrt ins Pantanal nicht umgebracht hatten.

Nun stieß auch Valdir zu ihnen. Er begrüßte Nate herzlich, froh zu sehen, daß es ihm offensichtlich besserging. Dann zückte er sein Mobiltelefon. „Sie müssen mit Mr. Stafford sprechen. Er macht sich große Sorgen.“

„Ich weiß nicht so recht, ob ich …“ Nate verstummte.

„Hier, setzen Sie sich. Es ist Mr. Stafford“, sagte Valdir, gab Nate das Telefon und schob die Kissen unter ihm zurecht.

Nate nahm das Telefon. „Hallo“, meldete er sich.

„Nate! Nate, sag mir, daß du nicht stirbst. Bitte sag es mir.“

„Dessen bin ich mir aber gar nicht so sicher“, gab Nate zurück.

„Hast du Rachel Lane gefunden?“

Nate runzelte die Stirn. „Nein.“

„Was?“

„Sie heißt nicht Rachel Lane.“

„Was zum Teufel soll das bedeuten?“

Nate überlegte eine Weile, dann überwältigte ihn die Müdigkeit. Er sank ein wenig in sich zusammen, während er nach wie vor versuchte, sich an ihren Namen zu erinnern. Vielleicht hatte sie ihm ihren neuen Nachnamen gar nicht gesagt. „Ich weiß nicht“, murmelte er.

„Nate, sag schon! Was ist mit der Frau?“

„Sie ist wunderschön.“

Josh zögerte einen Augenblick, konnte aber keine Zeit vergeuden. „Das ist prima, Nate. Hat sie die Papiere unterschrieben?“

Eine lange Pause trat ein, während Nate das Kinn auf die Brust sank und es so aussah, als sei er eingeschlafen.

Valdir stieß ihn vorsichtig an.

„Ich mag sie wirklich“, sagte Nate plötzlich. „Sehr.“

„Die haben dich unter Schmerzmittel gesetzt, was?“

„Ja.“

„Hör mal, Nate, ruf mich an, wenn du wieder einen klaren Kopf hast, ja?“

Nate nickte und schloß die Augen. „Ich hab ihr einen Heiratsantrag gemacht“, murmelte er ins Telefon, dann sank ihm das Kinn zum letztenmal herab.

Der Arzt fand seinen Patienten im Bett sitzend im Schatten des Hofes. Er schnarchte mit offenem Mund, die Augenbinde war abgenommen, der Kopf zur Seite gefallen. Sein Freund vom Fluß hatte sich zu einem Schläfchen auf den Boden gelegt. Der Arzt legte Nate die Hand auf die Stirn und spürte keine erhöhte Temperatur. „Senhor O’Riley“, sagte er laut.

Jevy sprang auf. Der Arzt wollte Nate ins Zimmer zurückbringen, doch Nate bat, draußen bleiben zu dürfen. Jevy hatte die anderen Patienten gesehen, die offenen Wunden, die Sterbenden im Gang und versprach dem Arzt, er werde bei Nate im Schatten sitzen bleiben, bis es dunkel wurde. Daraufhin gab der Arzt nach.

„Jevy, schaffen Sie mich hier weg“, flehte Nate, als der Arzt wieder gegangen war. „Mir geht es gut. Ich hab kein Fieber mehr und fühl mich auch schon wieder recht kräftig. Lassen Sie uns gehen.“

„Wir können hier nicht weg, bevor der Arzt Sie entlassen hat.“

„Bitte, Jevy. Ich kann nicht wieder in das Zimmer zurück. Sie haben die armen Kranken da drin ja gesehen. Die Schwestern kümmern sich einen Dreck um sie. Die Ärzte sehen nicht nach einem. Bitte, Jevy, bringen Sie mich hier raus. Ich zahle auch gut."

„Ihr Geld ist mit der *Santa Loura* untergegangen."

Nate hatte noch nicht einmal an die *Santa Loura* und seine Habe gedacht. „Ich kann jede Menge Geld bekommen, Jevy. Ich lasse aus Amerika eine telegrafische Anweisung kommen. Bitte helfen Sie mir."

„Sie kennen das Denguefieber nicht. Mein Vater hatte es. Es ist noch nicht vorbei. Es kommt wieder, und zwar schlimmer, viel schlimmer."

Nate schloß die Augen. Er war Millionär gewesen und stellte sich jetzt vor, wie er auf jemanden wirken mußte, der ihn vom Dach über dem Krankenhaushof aus betrachtete: krank, einsam, mittellos, ein Mann, der wegen Steuerhinterziehung angeklagt war und Angst hatte, in seine Heimat zurückzukehren. Wohin konnte er dort auch gehen? Seine Wohnung war ihm schon während der vorigen Entziehungskur genommen worden.

Die Suche nach Rachel hatte ihm ein Ziel gegeben. Es war eine aufregende Jagd gewesen. Jetzt war sie vorüber, er war wieder besiegt, dachte an Sergio, die Entziehung, die Sucht und all den Ärger, der auf ihn wartete. Erneut drohte ihn die Finsternis zu verschlingen.

DAS FIEBER kehrte in der Nacht wieder, wärmte sein Gesicht im Schlaf und steigerte sich ganz allmählich zum großen Angriff. Der Druck hinter den Augen nahm so zu, daß Nate am liebsten geschrien hätte, als er sie öffnete. Sein Mund war ganz trocken. Nate stöhnte auf. Er spürte ein erbarmungsloses Hämmern zwischen den Schläfen. Sein Gesicht glühte, Knie und Ellbogen waren vor Schmerz gekrümmt.

Wenn er zu sehr zitterte oder zu laut stöhnte, erhöhte ein Arzt, ein Pfleger oder eine Schwester, je nachdem, wer sich gerade in der Nähe befand, den Durchfluß der Infusion ein wenig, und wenn er zu laut schnarchte, drehte jemand sie ein wenig zurück. Im Verlauf des Tages sah der Arzt zweimal nach ihm. Das Fieber pendelte ständig zwischen neununddreißig und vierzig Grad.

Am späten Nachmittag kam Valdir vorbei, um sich mit Nate zu unterhalten, aber der Patient schlief. Der Anwalt teilte Josh Stafford vom Gang aus über sein Mobiltelefon die Ereignisse des Tages mit. Was Josh da hörte, beruhigte ihn in keiner Weise.

„Der Arzt sagt, das sei völlig normal", versicherte Valdir. „Mr. O'Riley kommt bald wieder auf die Beine."

„Sehen Sie bloß zu, daß er nicht draufgeht, Valdir“, knurrte Josh.

Geld war telegrafisch angewiesen. Außerdem bemühte man sich um einen Paß für Nate.

WIEDER einmal leerte sich der Infusionsbeutel, ohne daß es jemandem auffiel. Stunden vergingen, und die Wirkung der Medikamente ließ allmählich nach. Es war pechschwarze Nacht, und niemand rührte sich in den drei anderen Betten, als Nate endlich zu sich kam. Durch die offene Tür fiel leichter Lichtschimmer aus dem Gang herein. Man hörte keine Stimmen und keine schlurfenden Schritte.

Sein Hemd und die Laken waren naß von Schweiß, und so fror er, als der Schüttelfrost erneut einsetzte. Er zitterte, seine Zähne schlugen aufeinander, und er rieb sich Arme und Beine. Als der Schüttelfrost abgeklungen war, versuchte er wieder zu schlafen, was ihm während der Nacht auch für jeweils kurze Zeit gelang, doch dann stieg das Fieber von neuem. Es hämmerte so sehr in Nates Schläfen, daß ihm die Tränen kamen. Er legte sich das Kissen um den Kopf und drückte es, so fest er konnte.

Eine schattenhafte Gestalt trat in das dunkle Zimmer, ging von Bett zu Bett und blieb schließlich neben Nate stehen. Sie sah eine Weile zu, wie seine Gliedmaßen unter den Laken zuckten, und hörte sein vom Kissen gedämpftes, leises Stöhnen. Dann faßte sie ihn sacht am Arm und flüsterte: „Nate.“

Unter normalen Umständen wäre Nate davon aufgeschreckt, aber inzwischen hatte er sich an solche Erscheinungen gewöhnt. Er legte sich das Kissen auf die Brust und versuchte, die Gestalt zu erkennen.

„Ich bin es, Rachel“, flüsterte sie.

„Rachel?“ murmelte er. Sein Atem ging schwer. Er versuchte sich aufzusetzen und bemühte sich dann, seine Lider mit den Fingern hochzuschieben. „Rachel?“

„Ich bin hier, Nate. Gott hat mich geschickt, Sie zu schützen.“

Er streckte die Hand nach ihrem Gesicht aus, und Rachel ergriff sie. Sie küßte seine Handfläche. „Sie werden nicht sterben“, tröstete sie ihn. „Gott hat Pläne mit Ihnen.“

Er konnte nichts sagen. Allmählich gewöhnten sich seine Augen an die Dunkelheit, so daß er sie sehen konnte. „Ja, Sie sind es“, meinte er. Oder war das ein weiterer Traum?

Er legte sich wieder hin, den Kopf auf dem Kissen, und spürte, wie sich die Anspannung in seinen Muskeln und Gelenken löste. Er schloß die Augen, ließ Rachels Hand aber nicht los. Das Fieber hatte Nates

Kräfte erschöpft, und er sank wieder in einen tiefen Schlaf. Er träumte von Engeln, junge Mädchen in weißen Gewändern schwebten zu seinem Schutz in den Wolken über ihm, summten Melodien, die er nie gehört hatte, die ihm aber trotzdem vertraut vorkamen.

IN BEGLEITUNG von Jevy und Valdir verließ Nate, mit Anweisungen des Arztes versehen, das Krankenhaus am nächsten Mittag. Er hatte kein Fieber mehr, keinen Ausschlag, lediglich Gelenke und Muskeln schmerzten ein wenig.

Als erstes machten sie in einem Restaurant halt, wo Nate eine große Schüssel Reis und einen Teller gekochte Kartoffeln verzehrte. Ganz im Unterschied zu Jevy würdigte er die Steaks keines Blicks. Der Anwalt trank Kaffee und sah ihnen beim Essen zu.

Niemand hatte Rachel beim Betreten oder Verlassen des Krankenhauses gesehen. Nate hatte Jevy das Geheimnis zugeflüstert, der seinerseits das Krankenhauspersonal befragt hatte. Nach dem Mittagessen ging Jevy zum Fluß und sprach mit den Matrosen des Viehtransporters, der zuletzt in der Stadt eingetroffen war. Mit ihnen war Rachel nicht gereist. Auch die Fischer hatten sie nicht gesehen. Niemand schien etwas über das Eintreffen einer Weißen aus dem Pantanal zu wissen.

Allein in Valdirs Büro, wählte Nate die Nummer von Joshs Kanzlei.

„Leg los, Nate", bat Josh. „Wie geht es dir?"

„Ich fühl mich großartig. Ein bißchen müde und mitgenommen, aber sonst prima."

„Es klingt auch danach. Du solltest zurückkommen. Ich schick ein Düsenflugzeug."

„Tu das nicht, Josh. Laß mir noch ein paar Tage Zeit."

„Von mir aus. Aber erzähl mir doch von der Frau, Nate."

„Wir haben sie gefunden. Sie will von dem Geld nichts wissen."

„Na hör mal, Nate. Niemand läßt so viel Geld einfach sausen. Du hast ihr doch bestimmt klarmachen können, wie unvernünftig das wäre."

„Nicht die Spur. Sie ist der glücklichste Mensch, den ich je kennengelernt habe, und ganz und gar bereit, den Rest ihres Lebens mit den Leuten da zuzubringen. Dorthin hat Gott sie geschickt."

„Aber die Papiere hat sie doch unterschrieben?"

„Nein. Tut mir leid. Ich hab mir die größte Mühe gegeben, sie dazu zu bewegen, aber sie wollte nicht."

Eine längere Pause trat ein, während Josh diese Mitteilung verdaute. „Unfaßbar", meinte er schließlich.

„Das hab ich auch gedacht, und dabei war ich selber da."

„Du hast gesagt, daß sie gut aussieht."

„Habe ich das?"

„Ja, vor zwei Tagen am Telefon. Ich glaube, da hast du unter dem Einfluß von Medikamenten gestanden."

„Stimmt. Sie sieht aber wirklich gut aus."

„Heißt das, du magst sie?"

„Wir haben uns angefreundet." Es hätte keinen Sinn, Josh zu sagen, daß Rachel in Corumbá gewesen war. Nate hoffte, sie bald zu finden und mit ihr über Troys Nachlaß zu reden, solange sie sich in der Zivilisation befand.

„Ich hab dir fünftausend Dollar runtertelegrafiert. Valdir hat das Geld."

„Danke, Josh. Ich rufe morgen wieder an."

Valdir lud Nate zum Abendessen ein, aber der lehnte ab. Er holte sich das Geld und schlenderte durch die Straßen von Corumbá. Als erstes kleidete er sich ein: Unterwäsche, Safarishorts, einfache weiße T-Shirts; außerdem kaufte er Wanderstiefel. Als er seine Neuerwerbungen vier Nebenstraßen weiter ins Palace-Hotel geschleppt hatte, war er erschöpft.

Jevy fand nicht die geringste Spur von Rachel. Er suchte mit den Blicken die Menschenmenge ab, die sich auf den Straßen drängte. Er steckte den Kopf in alle Hotelhallen der Stadt und schäkerte mit den Frauen am Empfang. Niemand hatte Rachel gesehen.

Je länger sich der Nachmittag hinzog, desto mehr zweifelte Jevy an Nates Geschichte. Das Denguefieber rief Halluzinationen hervor, man sah Dinge, hörte Stimmen, glaubte an Gespenster, vor allem in der Nacht. Trotzdem suchte er weiter.

Nate wurde davon wach, daß Jevy an die Tür klopfte. Sie hatten sich für sieben Uhr zum Abendessen verabredet, und es war nach acht. Beim Eintreten hielt Jevy mißtrauisch Ausschau nach leeren Flaschen. Es gab keine.

Sie aßen Brathühnchen in einem Straßencafé. Fußgänger belebten die Straßen, und Musik erfüllte die Luft. Paare mit kleinen Kindern und Halbwüchsige zogen umher. An einem Tisch in der Nähe trank ein Mann kaltes Brahma-Bier aus einer braunen Flasche, und Nate sah ihm bei jedem Schluck zu. Nach dem Nachtisch beschlossen sie, früh am nächsten Morgen gemeinsam weiterzusuchen, dann verabschiedeten sie sich voneinander

Zwei Nebenstraßen vom Fluß entfernt wurde es stiller. Die Läden waren geschlossen, in den Häusern brannte kein Licht, es herrschte kaum

Verkehr. Vor sich sah Nate die Lichter einer kleinen Kirche. Da wird sie sein, sagte er sich.

Da die Tür weit offenstand, konnte er vom Gehweg aus hölzerne Bankreihen sehen, die leere Kanzel, das Wandbild mit Christus am Kreuz und die Rücken einiger Menschen, die mit gesenkten Köpfen versunken beteten. Keiner von ihnen sah Rachel auch nur im entferntesten ähnlich. Langsam ging er an der hintersten Bankreihe entlang und setzte sich. Er betrachtete die Kreuzigungsszene, die Nägel in den Händen Christi, den Lanzenstich in seiner Seite, die Qual auf seinen Zügen.

Drei weitere Menschen kamen von der Straße herein. Ein junger Mann mit einer Gitarre trat durch einen Seiteneingang und ging zur Kanzel. Es war halb zehn. Er schlug einige Akkorde an und begann, ein Loblied zu singen, wobei sein Gesicht vor Begeisterung glühte.

Unter Umständen würde die Musik Rachel anlocken. Gewiß suchte sie die Kirchen auf, wenn sie in Corumbá war.

Als das Lied zu Ende war, las der junge Mann einen Bibeltext. Obwohl Nate kein Wort verstand, fesselten ihn die leisen, verschliffenen Laute und der getragene Rhythmus. Dann schweiften seine Gedanken ab.

Sein Körper hatte sich von den Fieberanfällen und von den Medikamenten erholt. Er war satt, ausgeruht und tatendurstig. Er war wieder er selbst, und das bedrückte ihn mit einemmal. Die Gegenwart stand abermals vor ihm, Hand in Hand mit der Zukunft. Die Last, die er bei Rachel abgeladen hatte, drohte sich von neuem auf ihn zu legen. Rachel mußte sich unbedingt zu ihm setzen, seine Hand halten und ihm helfen zu beten. Er haßte seine Schwächen. Er zählte sie eine nach der anderen auf, und die Länge der Liste betrübte ihn.

Jetzt betete der junge Mann, die Augen fest geschlossen, die Arme flehend zum Himmel erhoben. Auch Nate schloß die Augen und sagte den Namen Gottes. Gott wartete auf ihn. Murmelnd wiederholte er die Liste, sagte leise jede Schwäche, jede Sünde, jede Qual und jedes Übel vor sich hin, die ihn heimsuchten. Er beichtete sie alle. Er hielt nichts zurück. „Es tut mir leid", flüsterte er Gott zu. „Bitte hilf mir."

Ebenso rasch, wie das Fieber seinen Körper verlassen hatte, fühlte er seine Seele von ihrer Last befreit. Mit einer sanften Handbewegung war sein Sündenregister getilgt. Er stieß einen tiefen Seufzer der Erleichterung aus.

Wieder hörte er die Gitarre. Er öffnete die Augen und wischte sich die Tränen von den Wangen. Eine Stimme rief ihn. Sie kam aus seinem Inneren. Aber die Aufforderung verwirrte ihn.

Warum weine ich eigentlich in einer kleinen Kirche, in der es heiß ist, und höre mir Musik an, die ich nicht verstehe, in einer Stadt, die ich nie wiedersehen werde? Die Fragen bestürmten ihn, ohne daß er eine Antwort darauf fand. Nate war benommen und verließ die Kirche in aller Eile. Es war unmöglich, daß Gott ihn rief.

Jevy verbrachte die nächsten Vormittage am Fluß. Er behielt alles im Auge und hörte auf alles, was erzählt wurde. Kein Wort über die Frau. Am Freitag mittag war er überzeugt, daß sie nicht in Corumbá eingetroffen war.

Nate suchte bis zum Wochenende. Er durchstreifte die Straßen, beobachtete jede Menschenansammlung, sah sich in Hotelhallen und Straßencafés um, ohne eine Frau zu entdecken, die Rachel auch nur von ferne ähnlich gesehen hätte.

An seinem letzten Tag holte er sich in Valdirs Kanzlei seinen Paß ab. Sie verabschiedeten sich wie alte Freunde und versprachen, einander bald wiederzusehen. Beide wußten, daß es nie dazu kommen würde.

Um 13 Uhr fuhr Jevy Nate zum Flughafen. Jevy wollte gern eine Weile in den Vereinigten Staaten leben und war dazu auf Nates Hilfe angewiesen. „Ich brauch 'ne Stelle“, sagte er.

Nate hörte ihm aufmerksam zu, obwohl er nicht sicher war, ob er selbst noch eine Stelle hatte. „Ich sehe zu, was ich tun kann.“

Als es Zeit war zu gehen, umarmten sie einander freundschaftlich und sagten sich Lebewohl. Nate ging über den heißen Asphalt zum Flugzeug; ein kleiner Turnbeutel war sein ganzes Gepäck.

Die Maschine flog um Mitternacht ab und sollte am nächsten Morgen um neun Uhr in Washington eintreffen. Die Suche nach Rachel hatte Nate fast drei Wochen lang außer Landes geführt.

Er war nicht sicher, wo sich sein Auto befand. Er hatte keine Wohnung und keine Mittel, sich eine zu beschaffen. Trotzdem machte er sich keine Sorgen. Um all das würde sich Josh kümmern.

Die Maschine ging im Landeanflug auf den Dulles-Flughafen durch die Wolken herunter. Nate war wach, trank Kaffee und fürchtete sich vor den Straßen Washingtons. Tiefer Schnee bedeckte sie. Das Bild war einige Minuten lang herrlich, dann erinnerte sich Nate, daß er keinen Mantel dabeihatte. Er trug eine dünne Hose, keine Socken, billige, leichte Schuhe und ein imitiertes Marken-Polohemd.

Er würde die Nacht vermutlich in einem Hotel verbringen, zum ersten Mal ohne Aufsicht in Washington seit dem 4. August, dem Tag, an dem er in einem Motelzimmer in einem der Vororte zusammengebrochen war. Es war das Ende eines langen, jammervollen Weges nach unten gewesen. Er hatte sich große Mühe gegeben, das alles zu vergessen.

Das aber war der alte Nate gewesen. Jetzt war er ein neuer Mensch. Er war 48 Jahre alt und zu einem anderen Leben bereit. Gott hatte ihn in seiner Entschlossenheit bestärkt. Dreißig weitere Jahre lagen vor ihm. Er würde sie nicht mit leeren Flaschen in den Händen verbringen.

Josh wartete am Gepäckband auf seinen Freund und hatte selbstverständlich einen Mantel für Nate mitgebracht. „Du siehst grauenhaft aus" waren seine ersten Worte.

„Vielen Dank." Nate nahm den Mantel und zog ihn an.

Sie schoben sich mit der Menge zum Ausgang. Je näher sie den Türen kamen, desto entsetzlicher wurde das Gedränge. Willkommen daheim, dachte Nate.

In der Nacht hatte ein so schlimmer Schneesturm getobt, daß sich der Schnee vor den Gebäuden über einen halben Meter hoch aufgetürmt hatte.

„Gestern waren es in Corumbá vierunddreißig Grad im Schatten", bemerkte Nate, während sie den Flughafen in Joshs Wagen hinter sich ließen.

„Sag mir bloß nicht, daß dir das fehlt."

„Doch. Mit einemmal schon."

„Hör mal, Gayle ist in London. Ich dachte, du könntest ein paar Tage bei mir zu Hause unterkriechen."

Joshs Haus bot Platz für 15 Personen. „Na klar, gern."

„Ich habe deine Möbel bei einer Spedition eingelagert. Deine Kleidung und deine persönliche Habe sind im Wagen. Er steht in meiner Garage."

„Danke." Nate war nicht im mindesten überrascht.

„Hör mal, Nate, ich hab über das Denguefieber nachgelesen. Es dauert einen Monat, bis man sich vollständig davon erholt hat. Erzähl mir also keinen Scheiß."

Das war die Eröffnung des Schlagabtauschs über seine Zukunft in der Kanzlei. Nimm noch einen Monat Urlaub, alter Junge. Vielleicht bist du ja zu krank, um zu arbeiten.

„Ich bin noch ein bißchen schwach, nichts weiter. Ich schlafe ziemlich viel und muß viel Flussigkeit zu mir nehmen."

„Und was für Flüssigkeit ist das?"

„Ich bin trocken, Josh. Es gibt keinen Rückfall."

Das hatte Josh schon oft gehört. Da der Ton des Gesprächs etwas schärfer geworden war, als beide beabsichtigt hatten, schwiegen sie eine Weile.

Große Eisschollen trieben langsam den stellenweise zugefrorenen Potomac in Richtung auf Georgetown hinab. „Ich gehe nicht wieder in die Kanzlei, Josh", erklärte Nate kühl. „Die Zeiten sind vorbei."

Es war nicht zu erkennen, wie Josh darauf reagierte. Er hätte enttäuscht oder auch erfreut sein können. Er fragte einfach: „Warum?"

„Da gibt's 'nen Haufen Gründe, Josh. Sagen wir doch einfach, daß ich müde bin."

Nate hatte seinen Entschluß gefaßt, und Josh hatte nicht die Absicht, daran etwas zu ändern.

Gayle und Josh Stafford besaßen ein großes Haus in Wesley Heights im Nordwesten der Stadt. Nate holte sich einige warme Kleidungsstücke aus dem Kofferraum seines Wagens, dann nahm er im Gästetrakt des Hauses eine heiße Dusche und rasierte sich. In gewisser Weise war es schön, wieder daheim zu sein.

Zum Kaffee trafen sie sich in Joshs Arbeitszimmer im Keller für einen ausführlichen Bericht. Der Raum war größer als sein Büro in der Kanzlei und ebenso unaufgeräumt. Die Details der Abenteuer, die da vor ihm ausgebreitet wurden, erschreckten Josh. Er wollte Nate um Entschuldigung bitten, weil er ihn an einen so gefährlichen Ort geschickt hatte, aber offensichtlich hatte Nate diese Unternehmung äußerst spannend gefunden. Die Kaimane wurden im Verlauf der Erzählung immer größer, und die Zahl der Schlangen wuchs. Nate beschrieb die Indianer und Rachel und teilte Josh alles mit, was er aus Rachels Mund erfahren hatte. Mit der Genauigkeit des Gerichtsveteranen, der er war, ließ Nate keine Einzelheit mit Bezug auf sie aus. Er zitierte wörtlich, was sie über Geld und die zu unterschreibenden Papiere gesagt hatte.

Mittags brachte ein Dienstmädchen eine Suppe und heißen Tee.

„Die Sache sieht also so aus", faßte Josh nach einigen Löffeln Suppe zusammen. „Wenn Rachel die Erbschaft ausschlägt, bleibt das Geld in Mr. Phelans Nachlaß. Falls sich allerdings erweisen sollte, daß das Testament ungültig ist, werden ihn seine Kinder zu gleichen Teilen beerben, und zwar alle sieben. Da aber Rachel nichts haben will, wird auch ihr Anteil unter den anderen sechs aufgeteilt."

„Wie stehen denn die Aussichten, das Testament erfolgreich anzufech ten?"

„Nicht besonders gut. Ich vertrete lieber unsere Seite als die gegnerische."

Nate ging im Zimmer auf und ab und überdachte alles. „Warum sollte jemand das Testament anfechten, wenn Rachel das Geld sowieso nicht will?“

„Dafür sind drei Gründe denkbar“, sagte Josh. „Erstens, und das ist das wichtigste, hat mein Mandant ein gültiges Testament hinterlassen. Darin hat er genau auf die Weise über sein Vermögen verfügt, die seinen Vorstellungen entsprach. Mir als seinem Anwalt bleibt keine andere Möglichkeit, als für die Durchsetzung dieses Testaments zu kämpfen. Zweitens ist mir bekannt, wie Mr. Phelan zu seinen Kindern gestanden hat. Und drittens besteht immer noch die Aussicht, daß Rachel ihre Meinung ändert.“

„Darauf würde ich mich nicht verlassen.“

„Sieh mal, Nate, auch sie ist nur ein Mensch. Du hast ihr die Papiere dagelassen. Nach ein paar Tagen fängt sie an, darüber nachzudenken. Irgendwann muß ihr doch der Gedanke kommen, wieviel Gutes sie mit dem Geld tun könnte. Hast du sie auf die Möglichkeit einer mildtätigen Stiftung und dergleichen hingewiesen?“

„Darüber weiß ich doch selber kaum was, Josh. Vergiß nicht, daß ich prozeßführender Anwalt war.“

„Jedenfalls werden wir darum kämpfen, Mr. Phelans Testament zu schützen. Bedauerlicherweise ist der wichtigste Platz am Tisch leer. Rachel braucht jemanden, der sie vertritt. Der Prozeß kann nur geführt werden, wenn sie einen Anwalt hat.“

Nate war diesem Meister der Strategie nicht gewachsen. Das schwarze Loch öffnete sich unversehens, und schon war er hineingefallen. Er schloß die Augen. „Du machst Witze.“

„Nein. Wir haben keine andere Wahl, Nate. Wenn du aus der Kanzlei aussteigen willst, soll mir das recht sein, aber diesen letzten Fall mußt du noch durchziehen. Setz dich einfach an den Tisch, und wahre Rachels Interessen. Die Kanzlei arbeitet dir zu.“

„Aber da gibt es doch einen Interessenkonflikt. Schließlich bin ich Teilhaber in dieser Kanzlei.“

„Das ist halb so schlimm, denn unsere Interessen laufen in dieselbe Richtung. Für uns – die Nachlaßverwaltung und Rachel – lautet die Aufgabe, das Testament zu schutzen. Wir sitzen im selben Boot. Außerdem können wir ohne weiteres behaupten, daß du der Kanzlei seit August nicht mehr angehörst.“

„Das heißt, ich arbeite als Einmannkanzlei an meinem letzten Fall.“

„So ist es.“

„Ich will nicht mehr in der Stadt leben, Josh. Ich kann hier nicht bleiben."

„Wohin willst du?"

„Ich weiß noch nicht. So weit habe ich noch nicht gedacht."

„Ich hab eine Idee. Zieh doch in unser Sommerhäuschen an der Chesapeake-Bucht. Es steht im Winter sowieso leer. Es ist in St. Michaels, zwei Stunden von hier. Du kannst also herkommen, wenn du hier gebraucht wirst, und bei mir übernachten."

Nate mußte widerwillig einräumen, daß der Plan etwas für sich hatte. Einen besseren Mandanten als Rachel konnte er sich nicht wünschen. Der Fall würde nie vor Gericht kommen, und er hatte die Gelegenheit, zumindest einige Monate lang seinen Lebensunterhalt zu verdienen.

Josh aß seine Suppe auf und ging zum nächsten Punkt auf der Tagesordnung über. „Ich schlage vor, daß du zehntausend Dollar im Monat bekommst."

„Das ist sehr großzügig, Josh."

„Ich denke, daß wir das aus dem Nachlaß des Alten rausquetschen können. Da du keine laufenden Kosten hast, kannst du damit wieder auf die Beine kommen – bis wir die Sache mit der Finanzbehörde klären."

„Hast du schon was vom zuständigen Richter gehört?"

„Ich ruf ihn von Zeit zu Zeit an. Wir kennen uns schon lange. Du mußt auf keinen Fall ins Gefängnis, Nate. Man wird sich mit einer hohen Geldstrafe und einem fünfjährigen Entzug deiner Zulassung als Anwalt begnügen."

„Meine Zulassung können sie haben."

„Noch nicht. Wir brauchen sie noch für diesen einen Fall."

8

Um sechs Uhr am Sonntag morgen nahm Nate seine dritte warme Dusche innerhalb von 24 Stunden. Eine Nacht in der Stadt hatte ihm genügt. Das Häuschen an der Bucht lockte ihn.

Er verließ Washington mit einem Kofferraum voller Kleidungsstücke. Es hatte aufgehört zu schneien, und die Schnellstraße war von Schnee und Eis vollständig geräumt. Allein in seinem Jaguar sitzend, dachte er an Jevy und dessen lauten, gefährlichen Ford Pick-up und an Welly, der aus einer Familie stammte, die so arm war, daß sie nicht einmal ein Auto besaß. Nate nahm sich vor, in den nächsten Tagen Briefe an seine Reisegefährten aus Corumbá zu schreiben.

Dann fiel sein Blick auf das Telefon. Er nahm den Hörer ab und rief Sergio, seinen Therapeuten, zu Hause an. Er mußte sich Vorwürfe anhören, weil er sich nicht früher gemeldet hatte, doch Nate schob alles darauf, daß es im Pantanal keine Telefone gab. Er berichtete Sergio, daß die Dinge jetzt in eine andere Richtung gingen, es zwar verschiedene Unbekannte gebe, sein Abenteuer aber noch nicht zu Ende sei. Er werde seinen Beruf aufgeben und brauche nicht ins Gefängnis zu gehen. Sergio fragte nicht, ob er nüchtern geblieben war.

Dann wählte Nate die Nummer seines ältesten Sohnes, der an der Northwestern University studierte, und hinterließ eine Nachricht auf dem Anrufbeantworter. Nate wollte seine Kinder sehen, sie um Verzeihung bitten und versuchen, eine neue Beziehung aufzubauen. Allerdings wußte er selbst nicht, wie er das bewerkstelligen sollte.

Er fuhr über die Chesapeake Bay Bridge. Die Straßen am östlichen Ufer der Bucht waren nicht gut geräumt. Nate folgte den Spuren anderer Fahrzeuge und kam bald durch verschlafene kleine Ortschaften mit Häfen voller Segelboote. Das Ufer der Bucht war mit hohem Schnee bedeckt; das Wasser leuchtete tiefblau.

Den Namen St. Michaels kannte Nate, solange er sich erinnern konnte. In diesem Städtchen gab es einen geschäftigen Segelboothafen, ein Meeresmuseum, ein alljährlich stattfindendes Austernfest und Dutzende niedlicher Pensionen, die an langen Wochenenden von Leuten aus der Stadt bevölkert wurden. Er kam am Postamt und an einem Kirchlein vorüber, dessen Eingangsstufen der Pfarrer von Schnee freischaufelte.

Joshs im viktorianischen Stil errichtetes Haus lag im Norden, zwei Nebenstraßen von der Hauptstraße entfernt. Man hatte von der Veranda, die sich über die ganze Vorderseite und einen Teil der Schmalseiten des Hauses erstreckte, einen Blick auf den Hafen. Nate stellte den Wagen am Gehsteig ab und kämpfte sich durch Schneewehen zur Haustür durch. Er trat ein und machte Licht. In einem Besenschrank nahe der Hintertür fand er eine Schneeschaufel. Er verbrachte eine Stunde damit, Veranda, Auffahrt und Gehweg vom Schnee zu befreien.

Es überraschte ihn nicht, daß das aufgeräumte Haus, in dem alles an seinem Platz zu sein schien, voller Gegenstände aus der Zeit seiner Erbauung war. Es gab vier Schlafzimmer und vier Bäder. Und so etwas nannte Josh ein Häuschen! Aber nirgendwo fand sich Kaffee – ein echter Notfall. Nate schloß das Haus ab und machte sich auf den Weg in den Ort. Als er so dahinschlenderte, ertönten die Kirchenglocken.

DEM MERKBLATT zufolge, das ihm der ältere Kirchendiener in die Hand drückte, hieß der Gemeindepfarrer Phil Lancaster. Er war ein nicht besonders großer, drahtiger Mann mit einer dicken Hornbrille und rotgrau meliertem, gelocktem Haar. Die Gemeinde, die sich zum Elfuhrgottesdienst versammelt hatte, war nur klein. Nate zählte 21 Menschen. Viele Köpfe waren schon ergraut.

Es war eine hübsche kleine Kirche mit einer gewölbten Decke und Buntglasfenstern. Bänke und Fußboden bestanden aus dunklem Holz. Der Pfarrer und seine Gemeinde mühten sich durch die Lieder und Gebete. Das Thema der Predigt war Begeisterungsfähigkeit.

Nate gab sich große Mühe zuzuhören, doch ließ seine Aufmerksamkeit bald nach. Während er so in der Wärme der kleinen Kirche saß, endlich in Sicherheit vor Fieber und Unwettern, hatte Nate zum ersten Mal, seit er sich erinnern konnte, den Eindruck, im Frieden mit sich selbst zu leben. Er fürchtete nichts. Gott zog ihn irgendwohin. Er wußte nicht, in welche Richtung, aber er empfand auch keine Angst. Hab Geduld, mahnte er sich. Dann flüsterte er ein Gebet. Er dankte Gott, weil dieser sein Leben bewahrt hatte, und betete für Rachel im Bewußtsein dessen, daß auch sie für ihn betete.

Die innere Ruhe veranlaßte ihn zu lächeln. Als das Gebet vorüber war, öffnete er die Augen und sah, daß ihm der Pfarrer zulächelte.

Nach dem Segen verabschiedeten sich alle vom Pfarrer, der am Ausgang stand, sie dankten ihm für die gelungene Predigt und äußerten sich zu dieser oder jener Neuigkeit aus der Gemeinde. Nate wartete geduldig am Ende der Schlange. Es eilte ihm nicht. Er hatte nichts weiter zu tun. „Willkommen", sagte der Geistliche, als er Nate schließlich an Hand und Unterarm ergriff. „Willkommen in der Dreifaltigkeitsgemeinde."

„Ich heiße Nate O'Riley", stellte sich Nate vor, „und komme aus Washington. Ich bin für ein paar Tage im Haus der Staffords."

„Ich freue mich, daß Sie heute morgen bei uns waren", meinte der Pfarrer, wobei seine großen Augen hinter den Brillengläsern tanzten. Aus der Nähe ließ sich an den Falten seines Gesichts erkennen, daß er mindestens fünfzig sein mußte. Er hatte mehr graue Locken als rote.

„Sind Sie allein?"

„Ja."

„Nun, in dem Fall müssen Sie unbedingt mit uns zu Mittag essen."

„Nun, äh, danke, aber –"

Der Pfarrer erwiderte lächelnd: „Nein, wirklich. Wir haben im Winter kaum Gäste." Der Geistliche geleitete ihn zurück zur Kanzel. „Und was führt Sie zu uns nach St. Michaels?"

„Das ist eine lange Geschichte."

„Herrlich! Laura und ich lieben Geschichten. Wir wollen ganz gemütlich zu Mittag essen und uns gegenseitig Geschichten erzählen." Seine Begeisterung war unwiderstehlich.

Sie gingen an der Kanzel vorüber und durch eine Tür in den hinteren Teil der Kirche. Eine Frau löschte die Lichter. „Laura, das ist Mr. O'Riley aus Washington", sagte der Pfarrer mit lauter Stimme zu ihr. „Er hat sich bereit erklärt, mit uns zu Mittag zu essen."

Lächelnd schüttelte sie Nate die Hand. Sie hatte kurzes graues Haar und sah mindestens zehn Jahre älter aus als ihr Mann. Sofern ein Überraschungsgast an ihrem Tisch sie aus dem Konzept brachte, ließ sie sich das nicht anmerken.

„Nennen Sie mich bitte Nate", bat er.

„Gern. Und wir sind Phil und Laura", willigte der Pfarrer ein und zog sich den Talar aus.

Auch der letzte Zweifel, ob er an der Mahlzeit teilnehmen sollte, schwand, als Nate das Pfarrhaus betrat, das an das Kirchengelände angrenzte. Der verlockende Geruch von Lammeintopf hing in der Luft.

Sie setzten sich im schmalen Eßzimmer zwischen Küche und Wohnzimmer, wo der Pfarrer ein Tischgebet sprach.

Während die Schüssel von einem zum anderen ging, unterhielten sich Phil und Laura über die Ereignisse des Vormittags. Den Elfuhrgottesdienst besuchten durchschnittlich vierzig Personen. Der Schnee hatte einige gehindert zu kommen. Nate beglückwünschte die beiden zur schlichten Schönheit ihrer Kirche. Sie waren seit sechs Jahren in St. Michaels.

Schon bald bemerkte Laura: „Wenn man bedenkt, daß Januar ist, sind Sie erstaunlich braun. Das stammt doch bestimmt nicht aus Washington?"

„Nein. Ich komme gerade aus Brasilien zurück."

Die beiden hörten auf zu essen und beugten sich aufmerksam vor. Das Abenteuer begann erneut. Nate nahm einen Löffel Eintopf und fing an zu erzählen. Es war eine bemerkenswerte Geschichte, und seine Gastgeber kamen in den Genuß einer breit ausgemalten Darstellung, die sie mit Fragen unterbrachen, wo sie konnten.

„War sie überrascht, Sie zu sehen?" fragte Phil, als Nate beschrieb, wie er Rachel, von der er nur als „Tochter eines Mandanten" sprach, getroffen hatte.

„Eigentlich nicht", gestand Nate. „Sie schien zu wissen, daß wir kommen würden."

Als er fertig war, wollte Phil alles über die Missionarin wissen – welcher Kirche sie angehörte, Einzelheiten über ihre Arbeit bei den Indianern. Lauras Schwester hatte 15 Jahre in einem kirchlichen Krankenhaus in China gearbeitet; das bot Stoff für weitere Geschichten.

Es war fast drei Uhr, als Nate das Haus verließ. Seine Gastgeber hätten nur allzugern weiter mit ihm zusammengesessen, aber Nate brauchte unbedingt etwas Bewegung. Er dankte ihnen für ihre Gastfreundschaft, und als sie ihm zum Abschied von der Veranda zuwinkten, hatte er den Eindruck, diese Menschen schon seit Jahren zu kennen.

Hundert Jahre alte Häuser säumten die schmalen Straßen von St. Michaels. Alles war, wie es sich gehörte. Selbst den Schnee hatte man voll Sorgfalt beiseite geschaufelt, damit Straßen und Gehwege frei waren. Er beschloß, den Ort nur zu verlassen, wenn es sich nicht vermeiden ließ, und in Joshs Haus zu bleiben, bis man ihn höflich auf die Straße setzte. Er würde sein Geld sparen, und wenn der Fall Phelan vorüber war, würde er eine Möglichkeit finden, sich weiter durchs Leben zu schlagen.

Grit wurde sein Mandat per Fax und E-Mail entzogen. Absenderin war Mary Ross, die ihn am frühen Montag morgen nach einem turbulenten Wochenende mit ihren Brüdern von ihrer Entscheidung in Kenntnis setzte. Der Anwalt dachte nicht daran, so ohne weiteres von der Bildfläche zu verschwinden, sondern faxte Mary Ross umgehend eine Rechnung für seine bisherigen Bemühungen zu: 148 Stunden zu je 600 Dollar, also insgesamt 88800 Dollar. Aber eigentlich wollte er immer noch ein ordentliches Stück vom Kuchen.

Also rief er Hark Gettys an, um seinen Zorn auf ihn abzuladen, erfuhr aber, daß dieser im Augenblick unabkömmlich sei.

Mittlerweile vertrat Gettys drei der vier Kinder aus Troy Phelans erster Ehe. Zwar war sein Anteil von 25 auf 17,5 Prozent zurückgegangen, dafür aber hatte er erheblich an Schlagkraft gewonnen.

Kurz nach zehn betrat er den Besprechungsraum seiner Kanzlei, begrüßte die verbliebenen Anwälte der Phelan-Nachkommen und sagte munter: „Ich habe Ihnen mitzuteilen, daß sich Mr. Grit nicht mehr mit dem Fall beschäftigt. Mary Ross Phelan Jackson, seine einstige Mandantin, hat mich mit der Vertretung ihrer Interessen betraut."

Diese Worte trafen die um den Konferenztisch Versammelten wie kleine Bomben. Yancy strich sich den schütteren Bart und überlegte, mit welchen Druckmitteln es dem Kollegen gelungen sein mochte, die Frau aus Grits Fängen zu lösen. Auch Mrs. Langhorne war überrascht, zumal Hark gerade erst Troy junior als Mandanten gewonnen hatte. Aber nach dem ersten Schock fühlte sie sich wieder sicher. Da ihre Mandantin, Geena Phelan Strong, ihre älteren Halbgeschwister verabscheute, würde sie sich bestimmt nicht vom selben Anwalt wie diese vertreten lassen.

Wally Brights Nacken verfärbte sich bei Harks Mitteilung rot. Offensichtlich betrieb der Kollege Mandantenraub. Wally Bright war entschlossen, Hark umzubringen, sofern er versuchen sollte, ihm Libbigail abspenstig zu machen. Eines war klar: Niemand konnte dem anderen trauen. Es stand einfach zuviel Geld auf dem Spiel.

Dann wurde Snead hereingeführt, und sofort richtete sich die Aufmerksamkeit aller auf ihn. Hark stellte ihn den Versammelten vor. Der arme Snead, der am Ende des Tisches vor zwei Videokameras Platz nahm, sah aus, als stünde er einem Erschießungskommando gegenüber. „Kein Grund zur Sorge“, versuchte Hark ihn zu beruhigen und legte ihm eine Hand auf die Schulter. „Das ist nur eine Probe. Sehen Sie, Mr. Snead, wenn Sie Ihre Aussage machen, haben die Anwälte der Gegenseite das Recht, Sie als erste zu befragen. Tun Sie also während der nächsten Stunde so, als wären wir der Feind. Einverstanden?“

Hark begann mit Fragen nach einfachen Dingen wie Sneads Geburtsdatum, seinen Familienverhältnissen, seiner Schulausbildung und den ersten Jahren in Mr. Phelans Dienst, und Snead kam gut damit zurecht. Dann wollte Hark allerlei Einzelheiten zu den verschiedenen Familien Phelan wissen, von den Ehefrauen und den Kindern bis hin zu den Scheidungen und den diversen Geliebten. Sneads Ansicht nach war all das völlig überflüssige Schmutzwäsche, doch den Anwälten schien es Spaß zu machen.

„Wußten Sie von Rachel Lanes Existenz?“ fragte Mrs. Langhorne.

Snead überlegte einen Augenblick. „Das habe ich nicht bedacht. Was ist Ihre Ansicht?“ fragte er Hark Gettys.

Hark fiel sofort etwas ein. „Meiner Ansicht nach sollten Sie alles über Mr. Phelan wissen. Der Alte hat Ihnen alles anvertraut, auch, daß er eine uneheliche Tochter hatte. Er hat sich darum bemüht, in Kontakt mit ihr zu treten, aber sie wollte nichts von ihm wissen. Ich könnte mir vorstellen, daß ihn das tief getroffen hat. Da er ein Mensch war, der immer bekam, was er wollte, hat sich sein Schmerz in Wut verwandelt, als ihn Rachel links liegenließ. Aus diesem Grund liefert die bloße Tatsache, daß er sie als Universalerbin eingesetzt hat, einen unübersehbaren Hinweis darauf, daß er nicht bei Trost war.“

Die anderen Anwälte nickten zustimmend. Dann wiederholte Snead für die Kameras, was ihm Hark gerade mitgeteilt hatte, wobei er eine beachtliche Fähigkeit an den Tag legte, ein vorgegebenes Thema auszuschmücken. Als er fertig war, konnten die Anwälte ihre Zufriedenheit nicht verbergen. Dieser Mann würde sagen, was man von ihm erwartete – und es gab niemanden, der ihm widersprechen könnte.

„WIR HABEN Rachel Lane gefunden", sagte Josh Stafford, als er sich mit Richter Wycliff im Richterzimmer über Sandwiches hermachte.

„Großartig. Wo?"

„Sie will, daß wir das nicht bekanntgeben. Sie befindet sich an einem sehr abgelegenen Ort und möchte auch sehr gern dort bleiben."

„Wie haben Sie sie gefunden?"

„Ihr Anwalt hat sie aufgespürt. Ein früherer Teilhaber meiner Kanzlei, der aber schon im August ausgeschieden ist. Er heißt Nate O'Riley."

Wycliff kniff die Augen zusammen. „Was für ein sonderbarer Zufall. Sie läßt sich von einem ehemaligen Mitarbeiter der Kanzlei vertreten, mit der ihr Vater verbunden war."

„Von einem Zufall kann keine Rede sein. Als Nachlaßverwalter mußte ich unbedingt mit ihr in Kontakt treten. Also habe ich O'Riley gebeten, sie zu suchen. Er hat sie gefunden, und sie hat ihn mit ihrer Vertretung beauftragt."

„Und was ist mit der Annahme- oder Verzichterkärung?"

„Wird nachgereicht. Die Frau ist sehr sprunghaft", wich Josh aus.

„Wir haben es mit einer Anfechtungsklage zu tun, Josh. Der Kampf ist schon eröffnet. Die Sache läßt sich nicht länger hinauszögern. Rachel Lane muß dem Gericht zur Verfügung stehen."

„Sie wird von einem Anwalt vertreten, der ihre Interessen wahrnimmt. Ich schlage vor, wir teilen der Gegenseite mit, daß wir die Erbin gefunden haben. Dann werden wir ja sehen, was die dagegen aufbieten können."

„Ich möchte mit Mr. O'Riley sprechen", verlangte Wycliff.

NATE O'RILEY hatte die Absicht gehabt, den ganzen Vormittag hindurch zu lesen und zu schreiben. Dieses Vorhaben durchkreuzte aber ein Anruf des Pfarrers der Dreifaltigkeitskirche. „Störe ich?" fragte Phil.

„Eigentlich nicht", antwortete Nate. Er saß in einem bequemen Ledersessel am Kamin, eine Steppdecke auf den Knien, trank Kaffee und las Mark Twain.

„Nun, ich bin gerade im Keller unter der Kirche mit einem kleinen Umbau beschäftigt und könnte Hilfe brauchen."

Der Lammeintopf kam Nate in den Sinn, von dem ziemlich viel übriggeblieben war. „Ich bin in zehn Minuten da."

Der Keller lag unmittelbar unter dem Altarraum. Als Nate vorsichtig die wacklige Holztreppe hinabstieg, hörte er Hämmern. Schon seit längerer Zeit plante der Pfarrer, von dem großen, niedrigen Raum entlang den Außenmauern mehrere kleine Räume abzuteilen.

Ein Bandmaß in der Hand und Sägemehl auf den Ärmeln, stand Phil Lancaster in Arbeitshose, Arbeitsschuhen und Flanellhemd da. „Danke, daß Sie gekommen sind", sagte er mit einem Willkommenslächeln. „Ich bin dabei, Trennwände aus Spanplatten einzusetzen. Das geht zu zweit einfacher."

„Was soll das werden?"

„Sechs kleine Räume für Bibelarbeit. Der große Raum in der Mitte soll als Gemeindesaal dienen. Mit dem Projekt haben wir vor zwei Jahren angefangen."

„Sagen Sie mir, was ich tun soll", forderte Nate ihn auf.

Jeder nahm ein Ende der Spanplatte, die sie gemeinsam dorthin trugen, wo einer der kleinen Räume entstehen sollte. Als sie die schwere Platte einsetzten, verzog Phil das Gesicht und ächzte. Nate hielt die Platte fest, während Phil einige Nägel einschlug, um die Platte mit den Kanthölzern der Rahmenkonstruktion zu verbinden. Als er fertig war, nahm er das Bandmaß zur Hand und maß die Fläche für die nächste Platte aus.

„Wo haben Sie diese Arbeit gelernt?" fragte Nate.

„Das habe ich im Blut. Auch Josef war Zimmermann."

„Wer ist das?"

„Der Vater von Jesus."

„Ach so, der Josef."

„Lesen Sie in der Bibel, Nate?"

„Nicht oft. Aber ich würde es gerne tun."

Mit einem Bleistift schrieb Phil die Maße auf die Platte, die sie gerade eingesetzt hatten, maß dann sorgfältig nach und sicherheitshalber gleich noch einmal. Schon bald merkte Nate, warum das Projekt nicht so recht vorankam. Phil ließ sich reichlich Zeit.

Nach einer Stunde gingen sie nach oben in die Sakristei, wo auf einer Warmhalteplatte eine Kanne mit starkem Kaffee stand. Phil goß zwei Tassen ein und suchte mit den Blicken die Bücherreihen auf den Regalen ab. „Hier ist ein wunderbares Buch für die tägliche Andacht. Es gehört zu meinen Lieblingsschriften", meinte er, nahm das Buch heraus und gab es Nate. Dann zog er ein weiteres Buch heraus. „Und das ist eine Anleitung zum Bibellesen für Leute, die viel zu tun haben."

„Wie kommen Sie auf den Gedanken, daß ich viel zu tun hätte?"

„Sie sind doch Anwalt in Washington, oder nicht?"

„Theoretisch schon, aber damit ist demnächst Schluß."

Nate erzählte ihm von einigen seiner Schwierigkeiten, wobei er die bevorstehende Kraftprobe mit den Finanzbehörden und den zu erwartenden Entzug seiner Zulassung als Anwalt in den Vordergrund rückte. Trotzdem, erklärte er, sehe er der Zukunft voll Zuversicht entgegen. Eigentlich sei er sogar erleichtert, den Beruf aufzugeben.

„Was werden Sie tun?" erkundigte sich Phil.

„Ich habe keine Ahnung."

„Vertrauen Sie auf Gott. Er wird Ihnen den rechten Weg zeigen."

Zwei Tage angenehmer Beschäftigung brachten die Arbeit im kalten Keller der Dreifaltigkeitskirche nicht wirklich weiter, wohl aber wurde viel Kaffee getrunken, der Lammeintopf wurde schließlich aufgegessen, und eine Freundschaft entstand.

Gerade als sich Nate am Dienstag abend Farbe unter den Fingernägeln hervorkratzte, klingelte das Telefon. Josh war am Apparat und rief ihn in die Wirklichkeit zurück. „Richter Wycliff möchte dich sehen", informierte er Nate. „Er hat Fragen über deine neue Mandantin."

„Wann und wo?"

„Morgen. Sei um zwölf Uhr im Zimmer von Richter Wycliff."

Nate legte ein weiteres Scheit in den Kamin und sah dem Schneetreiben vor der Veranda zu. Er wußte, wie man in Anzug und Krawatte mit einem Aktenkoffer auftrat, konnte sich verhalten und reden wie ein Anwalt. Er wußte, wie man Einsprüche in den Saal rief und Zeugen in die Mangel nahm. Er würde es wieder tun, aber nur dies eine Mal.

JOSH packte die belegten Brote aus der Imbißstube aus, während er und Nate auf Richter Wycliff warteten. „Hier ist die Gerichtsakte", sagte er und gab Nate einen umfangreichen Ordner. „Und hier ist deine Antwort", fügte er hinzu und reichte ihm einen Aktendeckel. „Du mußt das so schnell wie möglich durchlesen und unterzeichnen."

„Hier stimmt was nicht, Josh. Ich reiche eine Stellungnahme zu einer Testamentsanfechtung im Namen einer Mandantin ein, die nichts davon weiß."

„Dann schick ihr eine Kopie."

„Und wohin?"

„An ihre einzige bekannte Anschrift, die World Tribes Missions in Houston, Texas. Steht alles in der Akte."

Nate schüttelte den Kopf. Er kam sich vor wie ein Bauer auf einem Schachbrett, und das belastete ihn. In ihrer vierseitigen Stellungnahme bestritt die Erbin Rachel Lane alle von den sechs Antragstellern, die das Testament anfochten, gemachten Behauptungen. Nate las die sechs Anfechtungsanträge, während sich Josh mit seinem Mobiltelefon beschäftigte.

Richter Wycliff kam um halb eins, zerrte sich die Robe herunter und entschuldigte sich für die Verspätung. „Sie sind Nate O'Riley", vermutete er und hielt Nate die Hand hin.

„Ja, ich freue mich, Ihre Bekanntschaft zu machen."

Als sich Josh endlich von seinem Mobiltelefon löste, drängten sie sich um den kleinen Tisch und begannen zu essen. „Josh hat mir gesagt, daß Sie die reichste Frau der Welt aufgestöbert haben", begann Wycliff. „Wird sie zum gegebenen Zeitpunkt hier auftreten und aussagen?"

„Das wird nicht nötig sein", erklärte Josh. „Da sie nichts über Mr. Phelans Geisteszustand weiß, kann sie als Zeugin nichts zur Klärung der Sachlage beitragen."

„Aber sie ist eine der Parteien", wandte Wycliff ein.

„Das ist richtig. Doch man kann sie von der Anwesenheitspflicht entbinden."

„Und wer soll das tun?"

„Sie, Euer Ehren", antwortete Josh.

„Ich beabsichtige, zum gegebenen Zeitpunkt einen Antrag zu stellen", eröffnete Nate, „mit dem ich das Gericht bitte zu gestatten, daß das Verfahren in Rachel Lanes Abwesenheit durchgeführt werden kann."

Josh lächelte ihm über den Tisch zu. Gut gemacht, Nate.

„Darüber sollten wir uns später den Kopf zerbrechen", meinte Wycliff. „Im Augenblick geht es mir mehr darum, die Einzelheiten offenzulegen. Ich muß nicht eigens betonen, wie sehr die Phelan-Nachkommen darauf drängen, daß die Sache vorangeht."

„Die Nachlaßverwaltung wird morgen ihre Stellungnahme vorlegen", verkündete Josh. „Wir sind für die Auseinandersetzung bereit."

„Und was ist mit der Erbin?"

„Ich arbeite noch an ihrer Stellungnahme", bekannte Nate düster, als hätte er seit Tagen nichts anderes getan. „Aber bis morgen ist sie fertig."

„Wann dürfen wir damit rechnen, daß Sie die von Ihrer Mandantin unterzeichnete Annahmebestätigung oder Verzichterklärung vorlegen? Genaugenommen bin ich erst für Ihre Mandantin zuständig, wenn ich diese Dokumente in Händen habe."

„Bestimmt werden sie bald vorliegen. Die Post arbeitet da unten sehr langsam."

Josh lächelte seinem Schützling zu.

„Sie haben sie also tatsächlich gefunden, ihr das Testament vorgelegt, ihr erklärt, was es mit der Annahme oder der Ausschlagung des Erbes auf sich hat, und sich bereit erklärt, sie zu vertreten?"

„Ja, Sir", behauptete Nate, aber nur, weil er mußte.

„Sind Sie bereit, diesen Tatbestand in Form einer eidesstattlichen Erklärung zu den Akten zu geben? Ich möchte wenigstens eine Unterlage haben, aus der hervorgeht, daß die Nachlaßverwaltung Kontakt mit der Erbin hatte und dieser bekannt ist, was wir hier tun."

„Guter Gedanke", unterstützte Josh diesen Einfall, als stamme er von ihm selbst. „Nate unterschreibt das."

„Wie hat sie reagiert, als sie das Testament sah?" fragte Wycliff.

„Sie war überrascht, um es zurückhaltend zu formulieren", antwortete Nate trocken.

„Wissen Sie, Richter, der Fall ist überhaupt nicht kompliziert." Josh versuchte, das Gespräch vorsichtig in eine andere Richtung zu lenken. „Da liegt ein ganzer Haufen Geld auf dem Tisch, und jeder will da ran. Warum können wir die Offenlegung nicht beschleunigen und einen Zeitpunkt für das Verfahren festsetzen?"

„Woran denken Sie?" wollte Wycliff wissen.

„Vielleicht könnten wir so bald wie möglich eine Besprechung mit allen Anwälten ansetzen. Jeder soll eine Liste möglicher Zeugen und Dokumente vorlegen, die er im Verfahren aufzubieten gedenkt. Man könnte dreißig Tage für alle Aussagen vorsehen und das Datum der richterlichen Entscheidung von heute an gerechnet in drei Monaten."

„Das ist aber schrecklich schnell. Was ist mit Ihnen, Mr. O'Riley? Hat Ihre Mandantin es eilig, an das Geld zu kommen?"

„Würde Ihnen das nicht so gehen?" fragte Nate den Richter.

Darauf lachten alle drei.

NATE fuhr allein über den Potomac in die Stadt. Es ging am Lincoln-Denkmal vorüber, und er schwamm ohne jede Eile im Verkehr mit. Ab und zu fielen Schneeflocken auf die Windschutzscheibe, aber der schwere Schneefall war ausgeblieben.

In Staffords Haus lud er weitere Kleidungsstücke und persönliche Gegenstände ins Auto und fuhr dann eilends davon. In der Tasche hatte er als Vorschuß für den ersten Monat einen Scheck über zehntausend Dollar. Die Finanzbehörden wollten sechzigtausend Dollar Steuerrückstände, und die Geldstrafe würde sich mindestens noch einmal auf denselben Betrag belaufen. Seiner zweiten Frau schuldete er mindestens dreißigtausend Dollar Unterhaltszahlungen, die während Nates Entziehungskur aufgelaufen waren.

Dadurch, daß er sich für zahlungsunfähig erklärt hatte, waren diese Schulden nicht getilgt. Von dem Geld, das er mit dem Fall Phelan verdiente, konnte er einige Monate leben, aber nach Abschluß der Nachlaßangelegenheit würde sich Nate vor einem Bundesrichter der Steuerhinterziehung schuldig erklären und seine Zulassung als Anwalt zurückgeben.

Phil Lancaster sagte ihm, er solle sich keine Sorgen um die Zukunft machen, darum werde sich Gott kümmern. Wieder fragte sich Nate, ob Gott sich damit nicht mehr Mühe einhandelte, als er erwartete.

ZURÜCK in dem Haus in St. Michaels, begann Nate einen Brief an Rachel zu schreiben. Er wollte ihn mit dem Vermerk „persönlich und vertraulich" an die Adresse von World Tribes Missions in Houston schicken und in einem Begleitschreiben darum bitten, daß sie den Brief an Rachel weiterleiteten. Er vermutete, daß Rachel sich mit ihrer Missionsgesellschaft in Verbindung gesetzt hatte, als sie in Corumbá gewesen war und ihn im Krankenhaus aufgesucht hatte. Es mußte irgendeine Art der postalischen Verbindung geben.

Er schrieb das Datum und begann: *Liebe Rachel.* Dann erklärte er die Auseinandersetzung vor Gericht in so einfachen Worten, wie ihm das möglich war, und schrieb, daß er als ihr Anwalt tätig sei. Danach erzählte er ihr von Pfarrer Phil und der Kirche. Auch teilte er ihr mit, daß er in der Bibel lese, ihm das Freude bereite und er für sie bete.

Schließlich war der Brief drei Seiten lang. Nate war sicher, falls er je Rachels Hütte erreichte, würde sie ihn immer wieder lesen.

Er sehnte sich danach, sie wiederzusehen.

KOPIEN von Rachel Lanes Stellungnahme wurden an alle Anwälte der Phelan-Nachkommen geschickt, die von dieser Nachricht geradezu elektrisiert waren. Die Universalerbin lebte also und war bereit, sich dem Kampf zu stellen! Allerdings rief der Name des mit der Wahrung ihrer Interessen betrauten Mannes bei den Anwälten ein gewisses Stirnrunzeln hervor, denn jeder von ihnen wußte, was es mit Nate O'Riley auf sich hatte: ein tüchtiger Anwalt, der aber dem mit seiner Arbeit verbundenen Druck nicht gewachsen war. Das ließ sie, wie schon vor ihnen Richter Wycliff, vermuten, daß in Wahrheit Josh Stafford die Fäden in der Hand hielt.

Die Phelan-Anwälte saßen am Freitag morgen in der Kanzlei von Mrs. Langhorne im Finanzdistrikt an der Pennsylvania Avenue zusammen, um über Strategiefragen und den Fortgang des Verfahrens zu reden.

Punkt eins der Tagesordnung war Snead. Sie hatten die Videoaufnahmen seiner ersten Einvernahme betrachtet und sich ausführlich notiert, wie man dafür sorgen konnte, daß er besser wurde. Jetzt war das Lügengewebe nahtlos.

Punkt zwei war die Frage ihrer eigenen Sachverständigen. Der von Grit vorgeschlagene Psychiater war den gleichen Weg gegangen wie der Anwalt selbst, so daß jetzt nur noch vier da waren, einer pro Kanzlei. Das war bei einer Verhandlung keine übermäßig große Zahl, aber vier Experten konnten vor Gericht überzeugen, vor allem, wenn sie zum selben Ergebnis kamen.

Letzter Punkt der Tagesordnung war das Auftreten Rachel Lanes und ihres Anwalts. „In der Akte ist nicht ein Blatt, das diese Frau unterschrieben hat", sagte Hark Gettys. „Sie ist eine Einsiedlerin. Mit Ausnahme ihres Anwalts weiß kein Mensch, wo sie sich aufhält, und O'Riley sagt nichts. Theoretisch ist das Gericht für sie gar nicht zuständig. Ich ziehe daraus den Schluß, daß die Frau Bedenken hat, sich offen zu stellen."

„So verhalten sich auch manche Lotteriegewinner", merkte Bright an. „Sie wollen nicht, daß die Sache an die große Glocke gehängt wird, damit sie nicht von Hinz und Kunz angeschnorrt werden."

„Und was ist, wenn sie das Geld gar nicht will?" fragte Hark.

„Das wäre verrückt." Bright sah ihn fassungslos an.

„Das ist nur so ein Einfall, aber ganz außer acht lassen sollten wir diese Möglichkeit nicht", fuhr Hark fort. „Nach dem Gesetz des Staates Virginia ist kein Erbe verpflichtet, eine Erbschaft anzutreten. In einem solchen Fall gehört der entsprechende Betrag nach wie vor zum Nachlaß, bis anderweitig darüber verfügt wird. Falls man das bewußte Testament für ungültig erklärt, bekommen Troy Phelans sieben Nachkommen alles. Falls Rachel Lane auch davon nichts möchte, teilen sich unsere Mandanten den gesamten Nachlaß."

Man konnte förmlich sehen, daß alle wie wild rechneten: elf Milliarden abzüglich Erbschaftssteuer, geteilt durch sechs. Dann der jeweilige Prozentsatz für die Anwaltstätigkeit – beträchtlicher Wohlstand schien in Reichweite.

„Das ist ja wohl ein bißchen an den Haaren herbeigezogen", warf Mrs. Langhorne nachdenklich ein.

„Finde ich nicht“, widersprach Hark. Offensichtlich wußte er mehr als die anderen. „Eine Erklärung, mit der jemand darauf verzichtet, ein Erbe anzutreten, ist kein besonders schwer zu durchschauendes Dokument. Will man uns wirklich weismachen, daß Mr. O’Riley nach Brasilien gereist ist, dort Rachel Lane gefunden, ihr die Sache mit dem Erbe auseinandergesetzt und sie ihn als Anwalt verpflichtet hat, ohne daß es ihm gelungen wäre, sich von ihr ein kurzes Dokument unterschreiben zu lassen, das dem hiesigen Gericht die Zuständigkeit für diesen Fall überträgt?“

Yancy fragte als erster. „Brasilien?“

„Ja. Er ist gerade aus Brasilien zurückgekehrt.“

„Woher wissen Sie das?“

Hark griff langsam nach einer Mappe und nahm einige Blätter heraus. „Ich habe einen sehr guten Mann an der Hand. Er hat folgendes herausgefunden: Am 22. Dezember hat Nate O’Riley den Dulles-Flughafen mit dem Flug 882 nonstop nach São Paulo verlassen. Nach fast drei Wochen ist er dann wieder hierher zurückgekehrt.“

„Vielleicht hat er Urlaub gemacht“, murmelte Bright.

„Möglich, aber ich bezweifle es. Mr. O’Riley hat sich in einer Rehabilitationsklinik aufgehalten, als Troy gesprungen ist. Er ist am 22. Dezember entlassen worden und am selben Tag nach Brasilien geflogen. Diese Reise hatte nur ein einziges Ziel: Rachel Lane zu finden.“

Längeres Schweigen herrschte, während die Anwälte diese Mitteilungen verdauten. Sie verachteten und bewunderten Hark gleichzeitig. Er schien grundsätzlich über mehr Informationen zu verfügen als sie, aber jetzt war er auf ihrer Seite.

„Es geht jetzt einfach darum, wer am längeren Hebel sitzt“, fuhr Hark fort. „Ohne zu sagen, daß das Gericht unserer Ansicht nach für Rachel Lane gar nicht zuständig ist, werden wir auf Offenlegung drängen und das Testament mit allem Nachdruck anfechten. Wenn weder die Frau noch die von ihr unterschriebene Annahmeerklärung auftaucht, kann das nur bedeuten, daß sie das Geld nicht will.“

„Das kann ich nie im Leben glauben.“ Bright schüttelte den Kopf.

„Weil Sie Anwalt sind. Ob Sie es glauben oder nicht, Wally, es gibt Menschen auf dieser Welt, die nicht hinter dem Geld her sind.“

„Vielleicht zwanzig“, schätzte Yancy. „Und das sind alles meine Mandanten.“

Ein leises Gelächter rund um den Tisch löste die Spannung.

9

Der große braune Umschlag trug außer der Anschrift der Missionsgesellschaft in Houston in großen schwarzen Druckbuchstaben den Hinweis: FÜR RACHEL LANE, MISSIONARIN IN SÜDAMERIKA, PERSÖNLICH UND VERTRAULICH.

Der Umschlag landete auf Neva Colliers Schreibtisch. Ungläubig starrte die Koordinatorin der Südamerikamission darauf. Soweit ihr bekannt war, wußte außer ihr niemand, daß Rachel Lane für World Tribes Missions tätig war.

Sie öffnete den Umschlag und fand darin einen Brief mit der Aufschrift: AN DEN ZUSTÄNDIGEN SACHBEARBEITER sowie einen kleineren versiegelten Umschlag. Sie las den Brief:

> Mit diesem Schreiben übersende ich Ihnen einen Brief für Rachel Lane, die für Sie in Brasilien als Missionarin tätig ist. Bitte leiten Sie ihn ungeöffnet an sie weiter.
>
> Ich habe Rachel vor etwa zwei Wochen im Pantanal gefunden, wo sie bei einer Gruppe Ipicas lebt. Der Zweck meiner Suche war eine wichtige juristische Angelegenheit.
>
> Zu Ihrer Information sei gesagt, daß es Rachel gutgeht. Ich habe ihr versprochen, daß ich ihren Aufenthaltsort unter keinen Umständen wem auch immer preisgeben werde. Sie braucht aber Geld für ein neues Boot mit einem Motor sowie für Medikamente. Ich bin gern bereit, Ihrer Organisation für diese Ausgaben einen Scheck zu übersenden, und bitte Sie, mir die nötigen Angaben zu machen.
>
> Könnten Sie mir bitte bestätigen, daß Sie dieses Schreiben bekommen und meinen für Rachel bestimmten Brief weitergeleitet haben? Vielen Dank.

Unterschrieben hatte ein gewisser Nate O'Riley. Am Fuß der Seite standen die Anschrift einer Anwaltskanzlei in Washington und eine Telefonnummer in St. Michaels, Maryland.

Neva notierte sich Telefonnummer und Anschrift und brachte den Brief dann in einer Schublade in Sicherheit. Sie würde ihn in etwa einem Monat zusammen mit der üblichen Märzsendung auf den Weg bringen.

NATE lag im Bett, als das Telefon klingelte, aber er schlief noch nicht. Er nahm rasch ab, in der festen Überzeugung, daß es Schwierigkeiten gebe.

Eine Frauenstimme sagte: „Nate O'Riley? Ich heiße Neva Collier. Sie haben mir einen Brief für Ihre Bekannte in Brasilien geschickt."

Nate sprang aus dem Bett. „Ja! Sie haben ihn also bekommen?"

„Ja. Ich habe ihn heute morgen gelesen und werde den für Rachel bestimmten Brief an sie weiterleiten."

„Großartig. Wie bekommt sie die Post?"

„Ich schicke sie zu bestimmten Terminen nach Corumbá."

„Vielen Dank. Ich würde ihr gern wieder schreiben."

„In Ordnung, aber setzen Sie ihren Namen bitte nicht auf den Umschlag. Hier weiß außer mir niemand, wer und wo sie ist. Aber wie ist es Ihnen gelungen, sie aufzuspüren?"

„Das war ihr Vater. Bevor er starb, hat er ihre Spur bis ins Pantanal verfolgt. Wir wußten also in etwa, wo sie sich aufhielt, ich bin hingeflogen und auf sie gestoßen. Kennen Sie sie gut?"

„Ich bin nicht sicher, ob irgend jemand Rachel gut kennt. Ich spreche einmal im Jahr mit ihr, wenn sie im August aus Corumbá anruft."

„Haben Sie in letzter Zeit von ihr gehört?"

„Nein."

Rachel war erst vor zwei Wochen in Corumbá gewesen. Das wußte er mit Sicherheit, weil sie zu ihm ins Krankenhaus gekommen war. Sie hatte ihn angesprochen, ihn berührt und war dann verschwunden, wobei sie sein Fieber mitgenommen hatte. Bei dieser Gelegenheit sollte sie nicht in der Zentrale angerufen haben? Wie sonderbar.

„Es geht ihr gut", sagte er.

„Warum haben Sie sie aufgesucht?"

„Irgend jemand mußte das tun. Sie wissen, was es mit dem Testament ihres Vaters auf sich hat?"

„Ich versuche, es zu verstehen, und lese die Zeitungsberichte. Ich bin nicht sicher, was unsere Missionsgesellschaft momentan in der Angelegenheit unternehmen sollte."

„Nichts. Sie haben mit der Sache erst dann etwas zu tun, wenn Rachel Sie dazu auffordert."

„Aha. Das heißt, ich verfolge einfach die Mitteilungen in den Zeitungen. Sie haben in Ihrem Brief Dinge angesprochen, die Rachel braucht."

Nate berichtete von dem kleinen Mädchen, das sterben mußte, weil Rachel kein Gegengift hatte. „Sie findet in Corumbá nicht die nötigen Medikamente und was sie sonst an medizinischem Material braucht. Ich würde ihr gern schicken, was nötig ist."

„Vielen Dank. Übersenden Sie das Geld zu meinen Händen an die Zentrale der Missionsgesellschaft, und ich sorge dafür, daß Rachel bekommt, was sie braucht."

Sie einigten sich darauf, miteinander in Verbindung zu bleiben. Neva teilte Nate mit, er könne so viele Briefe schicken, wie er wolle, und sie werde sie nach Corumbá weiterleiten.

DER BEFRAGUNGSMARATHON begann am Montag, dem 17. Februar, in einem langen, kahlen Raum des für den Bezirk Fairfax zuständigen Gerichts. Mindestens 15 Personen sollten bis zum Monatsende gehört werden.

Nate erschien die Aussicht, zwei Wochen lang in einem Raum voller Anwälte Zeugen durch die Mangel zu drehen, fast so schlimm wie die Hölle. Wenn seine Mandantin das Geld nicht wollte, warum sollte er sich dann darüber aufregen, wer es bekam? Diese Haltung änderte sich, als er Troy Phelans Nachkommen kennenlernte.

Als erster wurde Troy Phelan junior vernommen. Nach seiner Vereidigung büßte er mit seinen unruhig umherhuschenden Blicken und den geröteten Wangen jede Glaubwürdigkeit ein, kaum daß er am Kopf des Tisches Platz genommen hatte. Eine Videokamera an dessen anderem Ende hielt Troy juniors Gesicht in Großaufnahme fest.

Ein halbes Dutzend Anwälte aus Joshs Kanzlei hatten Hunderte von Fragen vorbereitet, mit denen Nate Troy junior in die Ecke treiben konnte. Allerdings war Nate überzeugt, daß ihm das auch aus dem Handgelenk und ohne jede Vorbereitung allein möglich gewesen wäre. Für ihn war eine solche Zeugenbefragung eine alltägliche Angelegenheit, wie er sie schon tausendmal vorgenommen hatte.

Nate stellte sich Troy Junior vor, der ihm gequält zulächelte. Schon mit seiner freundlichen Einleitungsfrage, ob Troy junior unter dem Einfluß von Alkohol, Drogen oder Medikamenten stehe, brachte Nate die Phelan-Anwälte auf der anderen Seite des Tisches auf.

Troy juniors Lächeln verschwand. „Nein", blaffte er. Zwar quälten ihn entsetzliche Kopfschmerzen von einem Kater, aber er war nüchtern.

„Ist Ihnen klar, was Meineid bedeutet?"

„Absolut."

Schon nach zwei Minuten hatte Nate es geschafft, eine Mißstimmung zu erzeugen. „Wie oft waren Sie verheiratet?"

„Und Sie?" raunzte Troy junior, woraufhin er sich beifallheischend zu seinem Anwalt umsah. Hark betrachtete ein Blatt Papier.

Nate bewahrte die Ruhe. „Ich möchte Ihnen etwas erklären, Mr. Phelan. Hören Sie bitte gut zu. Ich bin der Anwalt, Sie sind der Zeuge. Können Sie mir bis dahin folgen?"

Troy junior nickte langsam.

„Wunderbar. Dann probieren wir es noch einmal. Wie oft waren Sie verheiratet?"

„Zweimal."

Eine Stunde später waren Troy juniors Ehen, seine Kinder und seine Scheidung abgehandelt. Keine Einzelheit war zu unbedeutend. Schwitzend fragte sich Troy junior, wie lange das Affentheater noch dauern würde. Die Phelan-Anwälte fragten sich dasselbe.

Die meisten dieser Aussagen hatten mit der Sache nicht das geringste zu tun, sondern dienten ausschließlich dem Zweck, den Zeugen zu reizen und ihm klarzumachen, daß man jederzeit Leichen aus dem Keller holen konnte. Troy junior hatte die Anfechtungsklage eingereicht und mußte jetzt die Folgen tragen.

Als Nate die verschiedenen Tätigkeiten des Zeugen erfragt hatte, war es fast Zeit für die Mittagspause. Troy junior kam ziemlich ins Stottern, als Nate ihn nach den verschiedenen Positionen fragte, die er in den Unternehmen seines Vaters ausgefüllt hatte. Es gab Dutzende von Zeugen, die aufgerufen werden konnten, um seine Selbsteinschätzung in Frage zu stellen. Bei jeder Tätigkeit fragte Nate nach den Namen sämtlicher Mitarbeiter und Vorgesetzten. Die Falle konnte jederzeit zuschnappen.

Die Nachmittagssitzung war besonders hart. Nate fragte nach dem Verbleib der fünf Millionen Dollar, die Troy junior zu seinem einundzwanzigsten Geburtstag bekommen hatte.

„In welcher Form wurde Ihnen das Geld zur Verfügung gestellt?"

„Ursprünglich lag es auf einem Bankkonto."

„Und auf welche Weise haben Sie den Zugriff auf das Konto ausgeübt?"

„Indem ich Schecks ausstellte."

Dabei war er fleißig gewesen. Als erstes hatte er sich einen fabrikneuen Maserati gekauft. Allein über den Wagen redeten sie eine volle Viertelstunde.

Nachdem Troy junior das Geld bekommen hatte, war er nicht auf das College zurückgekehrt. Nate befragte ihn eindringlich nach seinen Anstellungen zwischen dem einundzwanzigsten und dem dreißigsten Lebensjahr, und es stellte sich allmählich heraus, daß Troy junior in diesen neun Jahren überhaupt nicht gearbeitet hatte.

Im Lauf des Nachmittags erkannte Nate, was für eine Katastrophe es für diesen Zeugen und alle Menschen um ihn bedeuten würde, wenn er das Phelan-Vermögen in seine klebrigen Finger bekäme.

Um 16 Uhr bat Troy junior um eine Vertagung der Befragung. Dazu war Nate nicht bereit, aber es wurde eine Pause angesetzt.

Während der Zeuge auf dem Gang rauchte, warf Nate zum ersten Mal einen Blick auf die Blätter mit Joshs Fragen. Eine Woche nach Troys Selbstmord hatte Josh eine Detektei damit beauftragt, vor allem die finanzielle Lage der Phelan-Nachkommen unter die Lupe zu nehmen. Nate überflog die wichtigsten Ergebnisse.

„Was für ein Auto fahren Sie zur Zeit?“ fragte Nate, als die Befragung wiederaufgenommen wurde. Er schlug jetzt eine andere Richtung ein.

„Einen Porsche.“

„Wann haben Sie den gekauft?“

„Schon vor einer ganzen Weile.“

Nate hob einen Bogen Papier. „Wann war der Todestag Ihres Vaters?“

„Mal sehen. Es war ein Montag, äh, der 9. Dezember, glaube ich.“

„Haben Sie den Porsche vor oder nach dem 9. Dezember gekauft?“

„Ich weiß nicht genau. Ich glaube, vorher.“

„Falsch. Ist es nicht vielmehr so, daß Sie am Dienstag, dem 10. Dezember, die Firma Irving Motors in Arlington aufgesucht und dort zum Preis von rund neunzigtausend Dollar einen schwarzen Porsche Carrera Turbo 911 erworben haben?“

Troy junior rutschte unruhig auf seinem Stuhl hin und her. „Ja.“

„Wie viele Autos haben Sie an dem Tag gekauft?“

„Insgesamt zwei.“

„Zwei Porsches?“

„Ja.“

„Wie haben Sie die bezahlt?“

„Überhaupt nicht. Ich habe sie auf Kredit gekauft.“

Nate nahm weitere Blätter zur Hand. „Tatsächlich hat Irving Motors auf Herausgabe der Fahrzeuge geklagt, falls Sie nicht bezahlen, stimmt das?“

„Ja.“

„Das ist aber nicht der einzige Prozeß, in den Sie augenblicklich verwickelt sind, nicht wahr?“

„Nein“, gab Troy junior trotzig zu.

Nate ging die Einzelheiten all dieser Fälle durch. Während der letzten Stunde bombardierte er seinen Zeugen mit beliebigen Fragen zu vielen Themen. Dieser hatte nicht die geringste Vorstellung, was Nate damit beabsichtigte.

Um Punkt 18 Uhr erhob sich Hark Gettys und erklärte, daß die Befragung vertagt werde. Zehn Minuten später saß Troy junior in einer Bar.

Am zweiten Tag der Befragung kamen dieselben Menschen wie am Vortag zusammen, allerdings hatten sich die Anwälte deutlich legerer gekleidet. Troy junior trug einen roten Baumwollpullover.

Nate erkannte das Gesicht eines Betrunkenen – die Haut um die geröteten Augen war aufgedunsen, Wangen und Nase waren rot angelaufen. So hatte sein eigenes Gesicht jahrelang ausgesehen.

„Ihnen ist klar, daß Sie nach wie vor unter Eid stehen, Mr. Phelan?" begann er.

„Ja."

„Stehen Sie unter dem Einfluß von Alkohol oder Drogen?"

„Nein."

„Gut. Beschäftigen wir uns noch einmal mit dem 9. Dezember, dem Tag, an dem Ihr Vater starb. Wo befanden Sie sich, als ihn die drei Psychiater befragten?"

„Im Verwaltungsgebäude seiner Firma in einem Besprechungsraum mit meinen Angehörigen."

„Und Sie haben die gesamte Befragung verfolgt?"

„Ja."

Den Anwälten war klar, worauf Nate hinauswollte. Es war eine unangenehme Seite ihres Falles, die sich aber nicht vermeiden ließ. Jeder der sechs Nachkommen würde diesen Weg gehen müssen.

„Einer der drei Psychiater, nämlich Dr. Zadel, war von Ihnen und Ihren Angehörigen beauftragt worden, stimmt das?"

„Das stimmt."

Zehn Minuten lang befragte Nate ihn, aufgrund welcher Kriterien die Familie Dr. Zadel für eine so entscheidende Befragung ausgewählt hatte, und bekam schließlich, was er wollte. Man hatte sich für Zadel entschieden, weil er nachdrücklich empfohlen worden war und über große Erfahrung verfügte.

Der Weg zum Rand des Abgrunds ging weiter. Troy junior gab zu, daß er mit der Befragung und mit Zadel selbst wie auch mit der Schlußfolgerung, zu der die drei Psychiater gelangt waren, zufrieden gewesen sei.

„Und zu welchem Zeitpunkt haben Sie erstmals am Geisteszustand Ihres Vaters gezweifelt?" fragte Nate.

„Als er gesprungen ist."

„Das heißt, Sie hatten sofort Zweifel?"

„Ja."

„Und was hat Dr. Zadel zu Ihnen gesagt, als Sie diese Zweifel geäußert haben?"

„Ich habe nicht mit ihm gesprochen."

„Und warum haben Sie Dr. Zadel als psychologischen Sachverständigen gefeuert?"

„Weil er sich geirrt hat. Sehen Sie, mein Vater war ein Meister darin, andere Leute hinters Licht zu führen. Auch bei der Befragung durch die Psychiater. Immerhin ist er anschließend von der Dachterrasse gesprungen. Es ist ganz klar, daß er verrückt gewesen sein muß."

„Weil er gesprungen ist?"

„Ja, weil er gesprungen ist, weil er sein Geld einem völlig unbekannten Menschen hinterlassen und nicht den geringsten Versuch gemacht hat, sein Vermögen vor der Erbschaftssteuer in Sicherheit zu bringen. Er muß schon vor einer ganzen Weile den Verstand verloren haben."

„Und was wäre, wenn Ihr Vater das andere Testament und nicht das eigenhändige rechtsgültig unterschrieben hätte und anschließend gesprungen wäre? Würden Sie ihn dann auch als verrückt bezeichnen?"

„Dann wären wir nicht hier."

Das war die einzige Situation während seines zweitägigen Martyriums, bei der Troy junior ein Unentschieden herausholte. Zwar fiel es Nate schwer, mit ihm zu fühlen, doch war ihm klar, daß Troy junior ein trauriges Leben geführt hatte. Nate entließ seinen Zeugen um 17.30 Uhr.

Der nächste war Rex Phelan. Er hatte den ganzen Tag auf dem Gang gewartet und regte sich sehr auf, weil er abermals vergeblich gekommen war. Doch er hatte genug Prozesse hinter sich, um zu wissen, daß sie vor allem die Fähigkeit zu warten voraussetzten. Als er am nächsten Morgen die Rechte hob und schwor, die Wahrheit zu sagen, hatte er bereits eine tiefe Abneigung gegen Nate gefaßt.

Wieder begann Nate mit Fragen, die sein Opfer zur Weißglut bringen sollten, und binnen zehn Minuten erfüllte eine feindselige Atmosphäre den Raum. Drei Jahre lang hatte das FBI Rex im Visier gehabt. Eine Bank, in die Rex investiert hatte und in der er als Mitdirektor tätig war, hatte 1990 Bankrott angemeldet. Dabei hatten Anleger ihre Einlagen verloren. Der Prozeß zog sich seit Jahren hin, ohne daß ein Ende in Sicht war. Der geschäftsführende Direktor der Bank saß im Gefängnis, und Fachleute waren der Ansicht, als nächster sei Rex an der Reihe. Der Vorrat an Schmutzwäsche genügte, Nate stundenlang zu beschäftigen.

Der Nachmittag war schon ziemlich weit fortgeschritten, als Nate endlich zu den sechs Stripklubs kam, die Rex besaß, auch wenn sie auf den Namen seiner Frau Amber eingetragen waren. Sie waren einfach ein unwiderstehliches Thema, und Nate ging sie nacheinander durch. Er fragte nach den dort tätigen Damen und wollte wissen, woher sie stammten, wieviel sie verdienten, ob sie Drogen nahmen. Nachdem er drei Stunden lang mit größter Sorgfalt ein Bild des schmuddeligsten Geschäfts auf der Welt gezeichnet hatte, fragte er: „Hat nicht auch Ihre gegenwärtige Gattin in einem solchen Klub gearbeitet?"

Zwar entsprach das den Tatsachen, doch konnte Rex es nicht so ohne weiteres zugeben. „Ja, als Buchhalterin", sagte er mit zusammengebissenen Zähnen.

„Hat sie je getanzt, ich meine, auf den Tischen?"

Wieder trat eine Pause ein, während Rex mit den Fingern die Tischkante umkrallte. „Ganz bestimmt nicht." Es war eine Lüge, und jeder im Raum wußte das.

Am folgenden Tag fragten sich die Anwälte gegen Mittag, ob die Befragung von Rex drei oder vier Tage dauern würde. Gegen ihn lagen vollstreckbare Forderungen in Höhe von mehr als sieben Millionen Dollar vor, doch waren den Gläubigern die Hände gebunden, weil alle Vermögenswerte auf Rex' Frau eingetragen waren. Nate nahm eins der Vollstreckungsurteile nach dem anderen zur Hand, legte sie vor sich hin und betrachtete sie aus jedem denkbaren Blickwinkel. Die Zähigkeit, mit der die Befragung voranging, machte jeden verrückt außer Nate.

Während der Nachmittagssitzung kam er auf Troy Phelans Sprung und die Ereignisse zu sprechen, die dazu geführt hatten. Dabei verfolgte er die gleiche Taktik wie bei der Befragung von Troy junior. Rex hielt sich an die einmal eingeschlagene Richtung – es sei klar, daß alle drei Psychiater unrecht haben müßten, denn wenige Minuten nach der Befragung sei Troy in den Tod gesprungen.

Um 17.30 Uhr erklärte Nate unvermittelt, er sei fertig, und verließ den Raum. Zwei Zeugen in vier Tagen. Zwei Männer, deren Innerstes nach außen gekehrt und auf Videobändern bloßgelegt worden war. Es war kein erhebender Anblick.

Libbigail Phelan Jeter wurde am Freitag vormittag hereingeführt und auf den Ehrenplatz gesetzt. Ihr Kopf war an den Seiten fast kahlgeschoren, und oben waren etwa zweieinhalb Zentimeter lange graue Haare stehengeblieben. Billiger Schmuck an Hals und Armen klirrte, als sie die Hand zum Schwur hob. Sie sah Nate voll Entsetzen an. Ihre Brüder hatten sie auf das Schlimmste vorbereitet.

Aber es war Freitag, und Nates Bedürfnis, die Stadt zu verlassen, war groß. Er lächelte ihr zu und begann mit einfachen Fragen über ihre Kinder, ihre Jobs und ihre Ehen. Dann erforschte er ihre Vergangenheit. Als er sie fragte: „Wie oft haben Sie eine Alkohol- oder Drogenentziehungskur mitgemacht?“, war sie entsetzt. Darauf sagte er: „Ich hab das selbst viermal hinter mich gebracht, Sie brauchen sich also nicht zu schämen.“

Sein Freimut entwaffnete sie. „Ich weiß es wirklich nicht mehr genau. Aber ich bin seit sechs Jahren nicht rückfällig geworden.“

„Großartig“, sagte Nate, gleichsam von einem Süchtigen zum anderen. „Schön für Sie.“

Danach sprachen die beiden über alles, als seien sie allein. Nate erkundigte sich nach dem Verbleib ihrer fünf Millionen, und sie erzählte, durchaus nicht ohne Humor, Geschichten von guten Drogen und schlechten Männern. Im Unterschied zu ihren Brüdern hatte Libbigail einen festen Halt im Leben gefunden – Spike, den früheren Motorradfahrer, der ebenfalls durch die Hölle des Entzugs gegangen war.

„Was würden Sie tun, wenn Sie ein Sechstel des Nachlasses Ihres Vaters bekämen?“ fragte Nate.

„Erst einmal richtig einkaufen“, antwortete sie. „Das würde wohl jeder tun, Sie bestimmt auch. Aber diesmal würde ich vernünftig mit dem Geld umgehen, wirklich vernünftig.“

„Was würden Sie als erstes kaufen?“

„Die größte Harley, die es gibt, für Spike. Dann ein hübscheres Haus als unser jetziges, aber keine protzige Villa.“ Ihre Augen glänzten, während sie das Geld ausgab.

Ihre Befragung dauerte keine zwei Stunden. Auf sie folgte ihre Schwester Mary Ross Phelan Jackman. Von den fünf erwachsenen Phelan-Nachkommen war Mary Ross als einzige noch mit ihrem ersten Ehepartner, einem Orthopäden, zusammen. Sie war geschmackvoll gekleidet und trug hübschen Schmuck.

Die Antworten auf die ersten Fragen ergaben, daß auch sie sich übermäßig lange auf dem College herumgedrückt hatte, doch ohne Drogensucht oder Verhaftungen. Mit dem väterlichen Geld war sie zuerst in die Toskana und später nach Nizza gezogen. Mit 28 hatte sie den Orthopäden geheiratet, dann zwei Kinder bekommen. Die Mädchen waren inzwischen sieben und fünf Jahre alt. Wieviel von den fünf Millionen noch vorhanden war, ließ sich nicht genau feststellen. Ihr Mann kümmerte sich um die Bankgeschäfte, und Nate vermutete, daß sie zwar zu den Besserverdienenden gehörten, aber enorme Schulden hatten.

Ramble schlurfte nach der Mittagspause herein, von seinem Anwalt Yancy betreut, der offensichtlich große Bedenken bezüglich seines Mandanten hatte. Inzwischen waren die Haare des Jungen leuchtend rot gefärbt. Sein ganzes Gesicht schien seiner Piercing-Sucht zum Opfer gefallen zu sein, alles saß voller Ringe und Stecker. Den Kragen seiner schwarzen Lederjacke hatte er hochgeschlagen wie James Dean, so daß er an seine Ohrringe stieß.

Nach wenigen Fragen war klar, daß der Junge so dumm war, wie er aussah. Da er bisher noch keine Gelegenheit gehabt hatte, Geld zu verschleudern, war Nate in weniger als einer Stunde mit ihm fertig.

Die letzte Zeugin der Woche war Geena Phelan Strong. Vier Tage nach dem Tod ihres Vaters hatte sie mit ihrem Mann Cody den Kaufvertrag für ein Haus unterschrieben, das knapp vier Millionen Dollar kostete. Als Nate sie unmittelbar nach ihrer Vereidigung damit konfrontierte, begann sie zu stottern und hilflose Blicke zu ihrer Anwältin Mrs. Langhorne hinüberzuwerfen.

„Wie wollten Sie das Haus bezahlen?" fragte Nate.

Die Antwort lag auf der Hand, das aber durfte Geena auf keinen Fall zugeben. „Wir haben Geld", behauptete sie und öffnete Nate damit eine Tür, die er sogleich weit aufstieß.

„Dann wollen wir über Geld reden", sagte er lächelnd. „Sie sind dreißig Jahre alt und haben vor neun Jahren fünf Millionen Dollar bekommen, nicht wahr? Wieviel davon ist noch übrig?"

Sie kämpfte lange mit der Antwort. Cody, erklärte sie, habe viel Geld verdient und sie hätten einen Teil investiert, vieles ausgegeben, es sei alles so verwickelt.

Sie gingen Codys Unternehmungen durch, und es zeigte sich rasch, wo das Geld geblieben war. Er hatte 1992 eine Million im Kupfertermingeschäft verloren und eine weitere halbe Million bei einem Projekt, bei dem er mit tiefgekühlten Hähnchen reich werden wollte. Cody wie Geena waren unreif, führten mit dem Geld eines Dritten ein sorgloses Leben und träumten davon, eines Tages den ganz großen Erfolg zu landen.

Am Ende ihrer Befragung erklärte Geena, ohne mit der Wimper zu zucken, daß ihre Anfechtungsklage gegen das Testament nicht das geringste mit Geld zu tun habe. Sie fügte hinzu, daß sie ihren Vater sehr geliebt habe, wie er übrigens auch sie, und daß er seine Kinder im Testament bedacht hätte, wenn er bei klarem Verstand gewesen wäre. Daß er einer Unbekannten alles hinterlassen habe, sei ein klarer Hinweis auf seine Geisteskrankheit. Ihr einziges Bestreben sei es, für den guten Ruf ihres Vaters zu kämpfen.

Es war eine gut einstudierte Ansprache, die aber niemanden überzeugte. Nate ließ es dabei bewenden. Es war Freitag, 17 Uhr, und er hatte keine Lust mehr zu kämpfen.

Als er die Stadt verließ und nach St. Michaels fuhr, dachte er unaufhörlich an die Nachkommen Troy Phelans. Er empfand Mitleid mit ihnen, es tat ihm leid, daß sie ohne Werte aufgewachsen waren, daß sich ihr sinnloses Leben um nichts als Geld drehte. Doch er war überzeugt, daß Troy sehr wohl gewußt hatte, was er tat, als er sein eigenhändiges Testament verfaßte. Größere Geldbeträge in den Händen seiner Kinder würden das reinste Chaos und unvorstellbares Leid hervorrufen.

ALS ÜBERAUS beschäftigter Großstadtanwalt hatte Nate nie gelernt, ruhig irgendwo zu sitzen, während Phil in dieser Fertigkeit viel Übung hatte. Wenn ein Gemeindemitglied erkrankte, wurde vom Pfarrer erwartet, daß er die Familie besuchte und längere Zeit im Haus verbrachte, bei Todesfällen tröstete er die Hinterbliebenen, und wann immer ein Besucher ins Pfarrhaus kam, setzten sich Laura und er zu ihm und plauderten, ganz gleich, zu welcher Tageszeit.

Doch Nate lernte diese Kunst rasch. Er ließ sich in einem dicken Pullover mit Phil auf den Stufen vor dem Haus der Staffords nieder und trank mit ihm Kakao. Gelegentlich sagten sie etwas, aber meist wurde geschwiegen. Phil wußte, daß sein Freund eine anstrengende Woche hinter sich hatte. Inzwischen hatte Nate ihn in die meisten Einzelheiten des Erbstreits der Familie Phelan eingeweiht. Sie vertrauten einander.

Sie beobachteten ein kleines Fischerboot, das den Hafen in Richtung auf das andere Ufer der Bucht verließ. Nate mußte an Jevy und Welly denken, die vermutlich gerade mit einer *chalana* voller landwirtschaftlicher Erzeugnisse und Industriewaren den Paraguay befuhren, vom stetigen Takt des Diesels immer tiefer ins Pantanal getrieben. Jevy würde am Steuerruder stehen und Welly auf der Gitarre klimpern. Bestimmt herrschte in ihrer Welt Frieden.

Später, längst war Phil ins Pfarrhaus zurückgekehrt, setzte sich Nate ans Kaminfeuer und begann einen weiteren Brief an Rachel. *Liebe Rachel, ich habe soeben eine sehr unangenehme Woche mit Ihren Halbgeschwistern zugebracht.* Er schilderte ihr die Brüder und Schwestern und machte kein Hehl aus ihren Schwächen und dem Schaden, den sie sich selbst und anderen antun würden, wenn sie das Geld bekämen. Doch er zeigte zugleich, daß er Mitgefühl für sie empfand.

Er legte einen für World Tribes Missions bestimmten Scheck über fünftausend Dollar bei, der die Kosten für ein Boot mit Motor und für medizinische Versorgungsgüter decken sollte, und teilte Rachel mit, es stehe noch weit mehr Geld zur Verfügung, wenn sie welches brauche. Ihr Vermögen werfe täglich etwa zwei Millionen Dollar an Zinsen ab, Geld, mit dem sich viel Gutes tun lasse.

ALS HARK GETTYS und seine Mitverschwörer auf die Dienste von Dr. Flowe, Dr. Zadel und Dr. Theishen verzichteten, begingen sie einen schweren Fehler. Die Anwälte hatten den Psychiatern Vorwürfe gemacht, sie beleidigt und nicht wiedergutzumachenden Schaden angerichtet.

Am Montag begann Nate mit der Befragung von Dr. Zadel. Er zeigte ihm das Video, das bei Troy Phelans Begutachtung aufgenommen worden war, und das achtseitige eidesstattliche Gutachten, das die Psychiater auf Betreiben Harks und der anderen Phelan-Anwälte verfaßt hatten.

„Haben Sie irgendeinen Grund, von einer der in diesem Gutachten enthaltenen Ansichten abzurücken?" fragte Nate.

„Nein", sagte Zadel, den Blick auf Hark gerichtet.

„Sind Sie zum gegenwärtigen Zeitpunkt der Ansicht, daß Mr. Phelans damaliger Geisteszustand die Abfassung eines gültigen Testaments zuließ?"

„Ganz und gar", stimmte Zadel zu und lächelte zu Hark hinüber.

Flowe und Theishen lächelten ebenfalls; es schien beide aufrichtig zu freuen, den Anwälten, die sie zuerst beauftragt und die ihnen dann das Mandat wieder entzogen hatten, Schwierigkeiten machen zu können. Nate zeigte einem nach dem anderen die Aufzeichnung, stellte jedem dieselben Fragen und bekam dieselben Antworten. Jeder verlas das gemeinsam abgefaßte Gutachten für das Protokoll. Um 16 Uhr wurde die Befragung vertagt.

Pünktlich um halb neun am nächsten Morgen wurde Snead in den Raum geleitet und auf den Ehrenplatz gesetzt. Zu seinem dunklen Anzug trug er eine Fliege, die ihm eine unverdiente intellektuelle Note verlieh. Die Anwälte hatten große Sorgfalt auf die Auswahl seiner Kleidung verwendet. Sie hatten den Armen wochenlang vorbereitet, bis er selbst daran zweifelte, ob er auch nur ein einziges spontanes oder ehrliches Wort herausbringen würde.

Josh kannte Snead seit vielen Jahren. Oft hatte Mr. Phelan davon gesprochen, daß er sein Faktotum loswerden wolle. Lediglich in einem einzigen der elf Testamente, die Josh für Troy Phelan ausgearbeitet hatte, war der Name Malcolm Snead aufgetaucht. Darin war ihm eine Million Dollar zugedacht gewesen, doch hatte ein Monate später abgefaßtes neues Testament diese Zuwendung rückgängig gemacht, weil Snead sich erkundigt hatte, mit wieviel Geld er nach Mr. Phelans Ableben rechnen dürfe. Daß sein Name auf der Liste derjenigen stand, die das Testament anfochten, bedeutete nur eines: Er wollte Geld haben. Er wurde für seine Aussage bezahlt, und das wußte Josh.

Augenblicklich saß Snead vor der Videokamera und fühlte sich einigermaßen sicher. Er war bereit. Die Anwälte hatten vorausgesehen, daß man ihn fragen würde, ob er für seine Aussage bezahlt werde, und ihn angewiesen, dreist zu lügen. Es gab keine andere Möglichkeit.

Nate stellte sich vor und fragte dann mit lauter Stimme: „Mr. Snead, wieviel bezahlt man Ihnen dafür, daß Sie hier aussagen?"

Sneads Anwälte hatten mit der Frage gerechnet: „Werden Sie für Ihre Aussage bezahlt?", und so lautete Sneads einstudierte Antwort: „Nein, absolut nicht!" Nun fiel ihm auf die Frage keine rasche Antwort ein. Er zögerte und sah verzweifelt zu Hark hinüber, der wie versteinert und mit starrem Blick dasaß.

„Na, hören Sie, Mr. Snead, ich weiß doch, daß Sie bezahlt werden. Also, wieviel bekommen Sie?"

Snead knackte mit den Fingerknöcheln, als wolle er sie brechen. Schweißperlen standen in den Falten seiner Stirn. „Hm, äh, ich werde nicht –"

„Haben Sie im vergangenen Monat einen neuen Range Rover gekauft oder nicht?"

„Nun ja, ehrlich gesagt –"

„Haben Sie eine Dreizimmerwohnung in Palm Court gemietet?"

„Ja."

„Und Sie sind doch auch erst kürzlich von einer zehntägigen Flugreise nach Rom zurückgekehrt. Das stimmt doch?"

„Ja."

Er wußte alles! Die Phelan-Anwälte sanken auf ihren Sitzen in sich zusammen.

„Wieviel zahlt man Ihnen?" rief Nate wütend. „Vergessen Sie nicht, daß Sie unter Eid stehen."

„Fünfhunderttausend Dollar", platzte Snead heraus. Nate sah ihn ungläubig an. Selbst die Protokollbeamtin erstarrte.

„Haben Sie das Geld bereits bekommen?" hakte Nate nach.

Unsicher, ob er lügen oder bei der Wahrheit bleiben sollte, sagte Snead: „Ja."

Einer Eingebung folgend, bohrte Nate weiter: „Eine halbe Million gleich. Und wieviel soll es später geben?"

Darauf bedacht, die einstudierten Lügen abzuspulen, sagte Snead: „Nichts." Das wirkte beiläufig und glaubwürdig. Auch die beiden anderen Phelan-Anwälte atmeten auf.

„Wer hat Ihnen das Geld gezahlt?"

„Die Anwälte der Phelan-Erben."

„Haben Sie sich den Anwälten angeboten, oder sind die an Sie herangetreten?“

„Ich bin zu ihnen gegangen.“

„Und warum?“

Endlich schien das Gespräch in die gewünschte Richtung zu laufen. Snead schlug unter dem Tisch die Beine übereinander und runzelte die Stirn in Richtung auf die Kamera. „Weil ich bei Mr. Phelan war, bevor er starb, und wußte, daß der Arme den Verstand verloren hatte.“

Nate stützte die Ellbogen auf und achtete nicht weiter auf die um ihn herum verstreuten Papiere. Dieser Zweikampf begann ihm Freude zu machen. Er wußte, worauf er hinauswollte, der arme Snead aber nicht.

„Wie lange haben Sie für Mr. Phelan gearbeitet?“

„Dreißig Jahre.“

„Und Sie wußten alles über ihn, nicht wahr?“

„So viel, wie man über einen anderen Menschen wissen kann.“

„Dann kennen Sie auch seinen Anwalt, Mr. Stafford?“

„Ja. Ich habe ihn oft gesehen.“

„Hat Mr. Phelan ihm vertraut?“

„Ich bin sicher, daß er Mr. Stafford vertraut hat.“

„Hat Mr. Stafford während der Befragung durch die Psychiater neben ihm gesessen?“

„Ja.“

„Wie würden Sie Mr. Phelans Geisteszustand während dieser Befragung einschätzen?“

„Er war nicht bei klarem Verstand, wußte weder, wo er war, noch, was er tat.“

„Wem haben Sie das gesagt?“

„Es war nicht meine Aufgabe, es jemandem zu sagen. Es gehörte zu meiner Aufgabe, den Mund zu halten. Man nennt das Diskretion.“

„Sie wußten aber, daß Mr. Phelan im Begriff stand, ein Testament zu unterschreiben, in dem er sein gewaltiges Vermögen aufteilte. Obwohl er zu diesem Zeitpunkt nicht bei klarem Verstand war, haben Sie seinem Anwalt, einem Mann, dem er vertraute, nichts davon gesagt?“

„Das war nicht meine Aufgabe.“

„Und nachdem er gesprungen war? Wem haben Sie es danach gesagt?“

„Niemandem.“

„Warum nicht?“

Snead holte Luft. Seiner Ansicht nach lief die Sache nicht schlecht. „Es hatte mit der Privatsphäre zu tun“, sagte er mit Nachdruck. „Ich habe meine Beziehung zu Mr. Phelan als vertraulich betrachtet.“

„Bis man Ihnen eine halbe Million Dollar angeboten hat, nicht wahr?"

Snead fiel keine rasche Antwort ein, und Nate gab ihm auch keine Gelegenheit, sich eine zu überlegen. Er warf einen Blick auf seine Notizen und fuhr dann fort. „Mr. Phelan ist am 9. Dezember gestorben. Sein Testament wurde am 27. desselben Monats eröffnet. Haben Sie in der Zwischenzeit jemandem anvertraut, daß er nicht bei klarem Verstand war, als er das Testament unterschrieb?"

„Nein."

„Natürlich nicht. Sie haben bis zur Verlesung gewartet und sich, als Sie merkten, daß Sie daraus gestrichen worden waren, entschlossen, mit den Anwälten ein Abkommen zu schließen. So ist es doch, Mr. Snead?"

Der Zeuge antwortete zwar „Nein", aber Nate achtete nicht darauf.

NATE verbrachte den Rest der Woche mit den vier neuen Psychiatern, die mit dem Auftrag verpflichtet worden waren zu sagen, daß die drei ersten ihr Fach nicht verstanden. Ihre Aussage war vorhersehbar, und alle wiederholten immer dasselbe: Kein geistig gesunder Mensch springt über eine Terrassenbrüstung.

Sie waren auf ihrem Gebiet keine solchen Kapazitäten wie Flowe, Zadel und Theishen. Aber man hatte sie auch nicht dafür bezahlt, daß sie Eindruck machten; sie sollten die Sache lediglich noch verworrener erscheinen lassen. Wenn man die Angelegenheit nur lange genug als verwickelt darstellte, durfte man darauf hoffen, daß diejenigen, die das Testament als gültig ansahen, der Auseinandersetzung eines Tages müde wurden und sich zu einer Einigung bereit fanden. Andernfalls würde es Aufgabe einer Gruppe fachunkundiger Geschworener sein, zu entscheiden, welche der widersprüchlichen Äußerungen richtig sein mochten.

Als man sich am Donnerstag nachmittag vertagte, waren 15 Befragungen durchgeführt. Eine weitere Runde war für Ende März vorgesehen, und das Gerichtsverfahren, das die Entscheidung bringen würde, hatte Wycliff für Mitte Juli angesetzt. Dieselben Zeugen würden noch einmal aussagen müssen, dann aber im Gerichtssaal, wo das Publikum und die Geschworenen jedes ihrer Worte auf die Goldwaage legen würden.

NATE floh aus der Stadt. Er war wie benommen von den neun Tagen, an denen er rücksichtslos im Privatleben anderer herumgestochert hatte. Zu irgendeinem Zeitpunkt in seinem Leben, an den er sich nicht mehr erinnern konnte, hatte er unter dem Druck seiner Arbeit und seiner Sucht jedes Schamgefühl und jeden Anstand verloren. Er hatte gelernt, ohne den geringsten Anflug von Schuldbewußtsein zu lügen, zu täuschen, zu betrügen, Versteck zu spielen sowie unschuldige Zeugen in die Enge zu treiben und ihnen erbarmungslos zuzusetzen.

Doch in der Stille seines Autos und in der Dunkelheit der Nacht schämte er sich jetzt. Er empfand Mitgefühl für Phelans Nachkommen, und sogar Snead tat ihm leid. Er war ein trauriger, unbedeutender Mensch, der zu überleben versuchte. Nate wünschte, er hätte die neuen Gutachter nicht so heftig angegriffen.

Er freute sich, daß sein Schamgefühl zurückgekehrt war. Er war stolz, daß er wieder so empfinden konnte. Immerhin war er ein Mensch.

10

Am 7. März stellte Hark Gettys den Antrag, Rachel Lanes Stellungnahme bei der Auseinandersetzung um das Testament nicht zuzulassen. Fast drei Wochen nach der Testamentseröffnung und vier Monate vor der Verhandlung war das Gericht immer noch nicht für Rachel Lane zuständig. Keines der dem Gericht vorliegenden Dokumente trug ihre Unterschrift. Es gab kein Lebenszeichen von ihr.

Hark bezeichnete sie in seinem Antrag als „Phantom“ und erklärte, er und die Antragsteller kämpften gegen einen Schatten. Die Frau solle schließlich elf Milliarden Dollar erben. Zumindest könne sie eine Verzichtserklärung unterschreiben und sich der Zuständigkeit eines Gerichts unterwerfen. Den Phelans fiel es schwer, Geduld zu bewahren.

Es gab weitere wichtige Gründe, Druck auf die Nachlaßverwalter auszuüben. Einer hieß Snead. Nachdem er bei der Befragung so entsetzlich versagt hatte, waren Hark, Yancy, Bright und Mrs. Langhorne unsicher, ob er imstande wäre, Geschworene auf seine Seite zu ziehen. Doch auch die Mandanten der Anwälte würden kaum Mitleid bei den Geschworenen erwecken, die vorwiegend aus der unteren Mittelschicht kamen und denen es schwerfiel, Monat für Monat ihre Rechnungen zu bezahlen.

Am meisten Sorgen aber machten sich die Anwälte wegen der Psychiater. Sie wären nie und nimmer imstande, Nate O'Rileys erbarmungslosem Kreuzverhör standzuhalten. Über zwanzig Jahre lang hatte er Ärzte in den Gerichtssälen das Fürchten gelehrt.

Um einen Prozeß zu vermeiden, mußten sie unbedingt eine außergerichtliche Einigung anstreben. Dazu aber war es unerläßlich, auf der Gegenseite einen Schwachpunkt zu entdecken. Rachel Lanes offenkundiger Mangel an Interesse war mehr als hinreichend und bot mit Sicherheit den besten Ansatz.

Josh war voll Bewunderung für Harks Antrag, die Sache nicht zu verhandeln. Er begeisterte sich für juristische Taktik und Winkelzüge, und wenn jemandem ein solches Manöver fehlerfrei gelang, applaudierte er im stillen, selbst wenn es sich um einen Verfahrensgegner handelte. Alles an Harks Vorgehen war perfekt – der Zeitpunkt, die Begründung, der brillant aufgebaute Schriftsatz.

Zwar stand die Sache der von Troy Phelan getäuschten Erben auf schwachen Füßen, doch waren ihre Schwierigkeiten nichts im Vergleich mit Nates, der keine Mandantin hatte. Wohl war es ihm im Verein mit Josh gelungen, das zwei Monate lang zu vertuschen, doch inzwischen ließ sich niemand mehr von dieser List täuschen.

Zur ersten Runde der Friedensgespräche wurde Nate nicht eingeladen. Wenn Josh als Vermittler und Friedensstifter auftreten wollte, mußte er das Vertrauen der einen Seite gewinnen, indem er die andere vernachlässigte, und sei es nur für eine Weile. Sein Plan sah vor, daß er zuerst mit Hark und den anderen zusammentraf, sich anschließend mit Nate besprach und dann, sofern nötig, einige Tage zwischen den beiden Parteien hin und her pendelte, bis Einigkeit erzielt war.

Nachdem man eine Weile miteinander geplaudert hatte, bat Josh um Aufmerksamkeit. Die Anwälte der Phelans brannten darauf, die Sache in Angriff zu nehmen. Sie träumten von einer raschen Lösung, und die Zusammenkunft in Joshs Räumen sollte der erste Schritt auf dem Weg dahin sein.

Josh eröffnete die Gespräche mit dem diplomatischen Hinweis darauf, daß die Erfolgsaussichten der Testamentsanfechtung recht dürftig seien. Zwar sei ihm nichts von der Absicht seines Mandanten bekannt gewesen, ein eigenhändiges Testament hervorzuzaubern und damit ein Chaos anzurichten, dennoch müsse man sich darüber klar sein, daß es sich um ein gültiges Testament handle. Einen Tag davor habe er zwei Stunden mit Troy Phelan über dem anderen Testament zugebracht und sei bereit zu bezeugen, daß dieser genau gewußt habe, was er tat.

Die drei Psychiater, die Mr. Phelan begutachtet hätten, seien sorgfältig von dessen Kindern und früheren Gattinnen sowie von deren jeweiligen Anwälten ausgewählt worden und verfügten über einwandfreie Zeugnisse und Referenzen, wogegen man die Empfehlungen der vier zur Zeit von der Gegenseite aufgebotenen Psychiater nur als fragwürdig bezeichnen könne. Sollte es zu einer Auseinandersetzung zwischen den Gutachtern kommen, würden sich seiner festen Überzeugung nach die drei ursprünglichen durchsetzen.

„Damit kommen wir zu Snead", sagte Josh. „Wenn Sie ihn als Zeugen aufriefen, bewegte sich das meiner Auffassung nach hart am Rande der Rechtswidrigkeit."

Bright, Hark, Mrs. Langhorne und Yancy beugten sich tiefer über ihre Notizen. Der Name Snead war für sie inzwischen so etwas wie ein Schimpfwort geworden, und sie versuchten sich gegenseitig die Schuld daran zuzuschieben, daß die Sache so verfahren war.

Dann kam Josh auf Rachel Lane zu sprechen. Er hielt sich nicht mit Einzelheiten auf, gab aber genug allgemeine Informationen preis, um den Eindruck zu erwecken, als kenne er sie seit vielen Jahren. Es handle sich um eine reizende Dame, die ein sehr schlichtes Leben in einem unterentwickelten Land führe und gerichtlichen Auseinandersetzungen aus dem Weg gehe.

„Was hat Rachel Lane mit dem ganzen Geld vor?" fragte Yancy.

„Das ist noch nicht entschieden", sagte Josh, als unterhielte er sich jeden Tag mit Rachel über das Thema. „Wahrscheinlich wird sie das meiste an wohltätige Einrichtungen geben und lediglich einen Bruchteil für sich behalten. Ich denke, das ist auch der Grund, warum Troy sie zur Universalerbin eingesetzt hat."

Nach diesen Worten trat eine lange Pause ein. „Falls erforderlich, sind wir bereit, bis zum Obersten Gericht zu gehen", eröffnete Mrs. Langhorne schließlich. „Ist der Frau klar, daß das Jahre dauern kann?"

„Absolut", gab Josh zur Antwort. „Genau das ist einer der Gründe, warum sie mich gebeten hat, Vergleichsmöglichkeiten zu sondieren."

Na also. Jetzt machten sie Fortschritte.

„Wo fangen wir an?" fragte Wally Bright.

Josh hatte sich alles zurechtgelegt. „Wir sollten mit dem Testament beginnen. Einmal vorausgesetzt, daß es als gültig anerkannt wird, legt es in unmißverständlichen Worten fest, daß kein Nachkomme, der es anficht, mit einer Zahlung welcher Art auch immer rechnen darf. Deshalb fangen Sie bei Null an. Als nächstes sieht das Testament für jeden Ihrer Mandanten einen Betrag in Höhe der Schulden zum Zeitpunkt von Troy Phelans Tod vor." Josh hob ein weiteres Blatt und warf einen kurzen Blick darauf. „Nate O'Riley hat sich mit seiner Mandantin in Verbindung gesetzt. Weil ihr daran liegt, die Sache aus der Welt zu schaffen, bietet sie jedem der Nachkommen zehn Millionen Dollar."

Noch nie hatten die Anwälte so rasch geschrieben und gerechnet. Hark hatte drei Mandanten; 17,5 Prozent bedeuteten für ihn ein Honorar von 5,25 Millionen. Die Kanzlei Langhorne würde zwei Millionen einnehmen. Das gleiche galt für Yancy. Und Wally Bright, der Winkeladvokat, würde entsprechend dem unmoralischen Vertrag, den er mit

Libbigail und Spike geschlossen hatte, die Hälfte der zehn Millionen kassieren.

Wally Bright reagierte als erster. Obwohl sich sein Herz wie ein Eisklumpen anfühlte und seine Luftröhre wie von einer stählernen Klammer umschlossen war, brachte er mit beträchtlicher Dreistigkeit heraus: „Meine Mandantin denkt gar nicht daran, sich mit weniger als fünfzig Millionen zufriedenzugeben."

Auch die anderen schüttelten den Kopf. Stirnrunzelnd bemühten sie sich, den Eindruck zu erwecken, als widere sie der angebotene lächerliche Betrag geradezu an.

„Das entspricht etwa einem Prozent des Nettonachlasses", fügte Hark hinzu.

„So kann man das sehen", räumte Josh ein. „Ich fange aber lieber bei Null an, denn da befinden Sie sich zur Zeit, und arbeite mich nach oben, als daß ich den ganzen Nachlaß ins Auge fasse und mich nach unten arbeite." Doch da es Josh um ihr Vertrauen ging, lenkte er ein, nachdem sie eine Weile mit Zahlen jongliert hatten. „Wenn ich einen der Nachkommen verträte, würde ich zehn Millionen auch nicht akzeptieren."

Sie erstarrten und hörten aufmerksam zu.

„Die Frau ist nicht knauserig. Ich denke, daß Nate O'Riley sie überreden könnte, sich mit zwanzig Millionen für jeden Erben einverstanden zu erklären."

Damit verdoppelte sich ihr Honorar: über zehn Millionen für Hark. Je vier Millionen für Langhorne und Yancy. Der arme Wally, der jetzt bei zehn Millionen stand, fühlte sich plötzlich ganz krank und bat, hinausgehen zu dürfen.

NATE war eifrig dabei, einen Türrahmen zu streichen, als sein Mobiltelefon summte. Es war Josh. „Es hätte gar nicht besser laufen können", verkündete er. „Ich habe bei zwanzig Millionen pro Nase aufgehört, obwohl sie fünfzig wollten."

„Fünfzig?" fragte Nate ungläubig.

„Ja, aber sie sind schon dabei, das Geld auszugeben. Ich möchte wetten, daß zumindest zwei von ihnen inzwischen beim Mercedes-Händler sind. Ich habe gerade mit Wycliff gesprochen. Wir treffen uns am Mittwoch um fünfzehn Uhr im Richterzimmer. Bis dahin sollten wir alles fertig haben."

„Ich kann es nicht erwarten", sagte Nate und klappte das Telefon zu. Zeit für eine Kaffeepause. Phil und er setzten sich auf den Fußboden und tranken Milchkaffee.

„Fünfzig wollten sie?“ Inzwischen kannte Phil die Einzelheiten. Seit sie allein miteinander im Keller der Kirche arbeiteten, hatten die beiden kaum noch Geheimnisse voreinander.

„Das ist eine beachtliche Forderung“, stimmte Nate zu. „Aber sie geben sich bestimmt mit viel weniger zufrieden.“

„Und wann fliegen Sie nach Brasilien?“

„Vermutlich am Freitag.“

„Sie werden die Frau also wiedersehen“, stellte Phil fest.

„Ja, aber ich bin nicht sicher, ob sie mich sehen will. Sie möchte mit dieser Welt hier nichts zu tun haben. Es wird ihr überhaupt nicht recht sein, daß ich sie wieder mit all dem juristischen Kram belästige.“

„Und sie wird es sich nicht anders überlegen?“

„Nein. Nie. Aber wir wollen es zumindest versuchen.“

Mit Ausnahme von Ramble bestanden alle Phelan-Nachkommen darauf, sich während der Besprechung zwischen den Anwälten und Richter Wycliff entweder im Gericht oder in Steinwurfweite davon aufzuhalten. Jeder von ihnen hatte ein Mobiltelefon zur Hand.

Nate und Josh saßen auf der einen Seite des Richterzimmers. Natürlich trug Josh einen teuren dunklen Anzug. Nate war in einem Jeanshemd mit weißen Farbflecken auf dem Kragen gekommen und ohne Krawatte. Jeans und Wanderstiefel rundeten seinen Aufzug ab.

Der Zweck der Zusammenkunft war, die Möglichkeiten eines Vergleichs auszuloten. Wycliff hatte alle vorgelegten Dokumente und Anträge gründlich durchgearbeitet und sich jede Minute aller Zeugenbefragungen auf Band angesehen. Er faßte die Lage aus seiner Sicht zusammen und teilte Gettys, Bright, Mrs. Langhorne und Yancy schließlich mit, daß ihre Sache seiner Meinung nach nicht besonders günstig stehe.

Sie nahmen diese Mitteilung, die sie nicht überraschte, mit Fassung auf. Das Geld war zum Greifen nahe, und sie wollten es unbedingt haben.

Wycliff gab zu bedenken, daß man andererseits nie wisse, wie die Geschworenen entschieden. Er forderte Josh auf vorzutragen, was bei der ersten Einigungsbesprechung am Montag, also zwei Tage zuvor, gesagt worden war.

Josh faßte sich kurz. Jeder der Nachkommen fordere fünfzig Millionen Dollar. Rachel, die Universalerbin, biete jedem zwanzig Millionen an.

„Die genannten Beträge weichen beträchtlich voneinander ab“, merkte Wycliff an.

Nate hielt sein Interesse wach, indem er aufmerksam die Gesichter der ihm gegenübersitzenden Anwälte studierte. Sie wirkten unruhig, als könnten sie es nicht abwarten zu erfahren, wieviel sie bekämen. Wie herrlich wäre es doch, einfach aufzustehen, zu erklären, Rachel biete niemandem auch nur einen roten Heller, und den Raum zu verlassen. Sie würden einige Augenblicke wie erstarrt dasitzen und ihn dann jagen wie halbverhungerte Hunde.

Als Josh geendet hatte, sprach Hark Gettys für die Gegenseite. Er erregte die Aufmerksamkeit der anderen dadurch, daß er mit bewundernswerter Aufrichtigkeit einräumte, der Fall habe sich nicht so entwickelt, wie sie sich das vorgestellt hätten. Statt sich mit juristischen Spitzfindigkeiten abzugeben, konzentrierte er sich auf die Menschen. Er sprach über Phelans Kinder und räumte ein, daß sie auf den ersten Blick nicht besonders sympathisch wirkten. Wer sie aber besser kenne, so gut wie ihre Anwälte, müsse sich eingestehen, daß sie einfach nie im Leben eine wirkliche Chance gehabt hätten. Als Kinder seien sie verzogen worden, und niemand habe ihnen je beigebracht, was die meisten anderen Kinder von ihren Eltern lernten. Der Vater sei ein bedeutender Geschäftsmann gewesen, dessen Anerkennung sie gesucht, aber nie bekommen hätten. Die Mütter hätten ihre Zeit mit Kaffeekränzchen, mildtätigen Einrichtungen und der Kunst des Einkaufens totgeschlagen. Ihr Vater sei der Ansicht gewesen, sie damit, daß er ihnen zu ihrem einundzwanzigsten Geburtstag fünf Millionen Dollar gegeben habe, hinreichend auf das Leben vorbereitet zu haben. Das Geld habe aber auf keinen Fall die elterliche Anleitung und Liebe ersetzen können, die sie als Kinder gebraucht hätten, und sie hätten deutlich bewiesen, daß sie das Verantwortungsgefühl, das sie für den Umgang mit dem schlagartig über sie hereingebrochenen Reichtum gebraucht hätten, nie gelernt hätten.

Jetzt, nach vielen Jahren, könnten die Phelan-Nachkommen ihre Fehler im Rückblick richtig einschätzen. Sie empfänden es als beschämend, wie unüberlegt sie mit dem Geld umgegangen seien. Zwar hätten sie sich viele ihrer Wunden selbst zuzuschreiben, doch niemals würden sie verstehen können, weshalb der Mann, der sie als Kinder verachtet, als Erwachsene bestraft und als Erben aus seinem Testament gestrichen habe, ihnen gegenüber so boshaft gewesen sei.

Hark schloß mit den Worten: „Wie auch immer man die Dinge betrachtet, sie sind und bleiben Nachkommen Troy Phelans, sein Fleisch und Blut, und sie verdienen sicherlich einen angemessenen Anteil am Nachlaß ihres Vaters."

Als er sich setzte, herrschte Stille im Raum. Mit dieser zu Herzen gehenden Schilderung hatte er Nate und Josh, ja sogar Wycliff gerührt. Nate hätte ohne weiteres eine geschlagene Stunde lang feilschen, tricksen, bluffen und einige Millionen herunterhandeln können. Aber dazu hatte er einfach keine Lust.

„Was ist Ihr letztes Wort?“ fragte er Hark, ohne ihn aus den Augen zu lassen.

„Ich denke, fünfzig Millionen sind angemessen. Ich weiß, daß sich das nach viel anhört, und es ist auch eine ganze Menge, aber andererseits muß man auch die Höhe des Nachlasses bedenken. Nach Abzug der Steuern würden fünfzig Millionen pro Erben auf nicht mehr als fünf Prozent des Gesamtbetrags hinauslaufen.“

„Fünf Prozent ist nicht übermäßig viel“, bestätigte Nate und ließ die Worte zwischen ihnen stehen.

„Das ist es wirklich nicht“, versicherte Hark.

„Meine Mandantin ist bestimmt damit einverstanden“, erklärte Nate. Vermutlich brachte seine Mandantin gerade kleinen Kindern im Schatten eines Baumes am Fluß fromme Lieder bei.

Natürlich hatte Josh das Ergebnis vorhergesehen. Schließlich hatten seine Leute die nötige Vorarbeit geleistet, Wycliff aber war sprachlos. Es war zu einer Einigung gekommen, ein Prozeß würde nicht stattfinden. Er mußte den Eindruck erwecken, als sei er damit hoch zufrieden. „Darf ich das so verstehen“, fragte er, „daß sich die Parteien geeinigt haben?“

Aus reiner Gewohnheit drängten sich die Phelan-Anwälte ein letztes Mal um Hark zusammen. „Wir sind uns einig“, verkündete Hark, um 26 Millionen reicher. Den Phelan-Anwälten fielen mit einemmal ihre Mandanten ein. Sie eilten in den Gang hinaus und holten ihre Mobiltelefone hervor.

Josh begann, die Leerstellen in einem Vertragsentwurf auszufüllen. Nach einer Stunde war alles erledigt. Der Vertrag wurde von allen Phelan-Erben und ihren Anwälten unterzeichnet. Auch Nate unterschrieb. Doch um Rechtskraft zu erlangen, mußte der Vertrag von Rachel Lane mit ihrer Unterschrift gebilligt werden. Nate teilte ihnen mit, es werde einige Tage dauern, sie zu beschaffen.

Wenn die wüßten, ging es ihm durch den Kopf, als er das Gericht verließ.

AM FREITAG nachmittag bestieg Nate auf dem Baltimore-Washington-Flughafen die elegante, glänzende Gulfstream IV der Phelan-Gruppe, die zwanzig Passagiere an jeden Ort der Erde bringen konnte. Ein normaler

Flug hätte Nate genügt, aber Josh hatte darauf bestanden, daß er diese Maschine nahm.

Der Stiftungsvertrag war bewußt so knapp und klar formuliert, wie das bei einem so komplizierten juristischen Text überhaupt möglich war. Sofern Rachel gesonnen war, den Vertrag zu unterschreiben, war es von größter Bedeutung, daß sie seinen Sinn vollständig verstand. Zwar würde Nate dasein, um ihr alles Erforderliche zu erklären, doch wußte er, daß sie mit solchen Dingen nicht viel Geduld hatte.

Der Vertrag sah vor, daß die gesamte Erbmasse, die Rachel gemäß dem Testament ihres Vaters zufiel, in eine Stiftung eingebracht wurde. Zehn Jahre lang durfte das Kapital nicht angerührt werden; lediglich die auflaufenden Zinsen und sonstigen Erträge konnten für wohltätige Zwecke verwendet werden. Nach Ablauf dieser zehn Jahre war es nach Gutdünken der Treuhänder möglich, jährlich fünf Prozent des Kapitals zusätzlich zu den Zinsen und sonstigen Erträgen auszugeben, und zwar ausschließlich für wohltätige Zwecke. Als erste Treuhänderin war Neva Collier von der Missionsgesellschaft World Tribes Missions eingetragen worden. Sie hatte das Recht, bis zu einem Dutzend weitere Treuhänder zu benennen, die gemeinsam mit ihr die Aufgaben bewältigen sollten. Die Treuhänder mußten Rachel auf Verlangen Rechenschaft ablegen. Falls Rachel es wünschte, würde sie selbst das Geld nie sehen oder in die Finger bekommen.

Es war eine ganz einfache Lösung. Lediglich zwei Unterschriften waren nötig, eine unter den Treuhandvertrag, die andere unter die Vereinbarung mit den Erben. Sobald das erledigt war, würde der Abwicklung des Phelan-Nachlasses kein Hemmnis mehr im Weg stehen. Danach konnte Nate tun, was er sich vorgenommen hatte, sich seinen Schwierigkeiten stellen, die unvermeidliche bittere Pille schlucken und anschließend sein Leben neu aufbauen. Er konnte es gar nicht abwarten, damit anzufangen.

Valdir wartete schon, als die Gulfstream um ein Uhr nachts auf das kleine Empfangsgebäude des Flugplatzes von Corumbá zurollte. Nate und Valdir begrüßten einander wie alte Freunde und fuhren dann in Valdirs Fiat in die Stadt. Die Fenster waren heruntergekurbelt, so daß die warme, feuchte Luft Nate ins Gesicht blies. Sie blieben vor dem Palace-Hotel stehen. Valdir gab Nate einen Schlüssel. „Zimmer zweihundertzwölf", sagte er. „Um sechs Uhr bin ich wieder da."

Nate schlief vier Stunden und wartete schon auf dem Gehweg, als sich die Morgensonne zwischen den Gebäuden erhob. Der Himmel war klar. Die Regenzeit war seit einem Monat vorüber.

In seiner schweren Tasche hatte er die Papiere, eine Fotokamera, ein neues Satellitentelefon, das stärkste Insektenschutzmittel, das zu haben war, und ein kleines Geschenk für Rachel. Zu einer langen Khakihose trug er ein Hemd mit langen Ärmeln. Zwar mochte es ihm unbehaglich werden, wenn er schwitzte, aber kein Insekt würde diese Rüstung durchdringen.

Um Punkt sechs Uhr kam Valdir, und sie fuhren zum Flughafen. Valdir hatte einen Hubschrauber mit zwei Piloten für tausend Dollar die Stunde gemietet. Er bot vier Personen Platz, und seine Reichweite betrug fünfhundert Kilometer.

Valdir blieb lieber, wo er war, in der Nähe seines Telefons. Aber er und die Piloten hatten Jevys Karten genau studiert. Nachdem die Überschwemmungen zurückgegangen waren, war die Orientierung im Pantanal weit einfacher, sowohl vom Wasser aus wie auch aus der Luft. Die Flüsse hatten sich wieder in ihre Betten zurückgezogen, die Seen lagen da, wo sie hingehörten, *fazendas* standen nicht mehr unter Wasser.

Sie starteten und folgten von Corumbá aus dem Paraguay nach Norden. Fischer winkten ihnen zu. Kleine Jungen, die bis zu den Knien im Wasser standen, hoben den Blick zu ihnen. Der Himmel blieb vor Nates aufmerksamen Augen klar und blau. Er mußte daran denken, wie sie am Heiligabend mit Miltons Maschine zu Boden gegangen waren. Das Unwetter hatte sich von einem Augenblick zum anderen über dem Gebirge zusammengebraut.

Die Piloten gingen auf dreihundert Meter hinunter und machten Handbewegungen, als hätten sie ihr Ziel gefunden. Nate hörte das Wort Xeco und sah einen Fluß, der in den Paraguay mündete. Selbstverständlich hatte er keinerlei Erinnerungen an ihn. Bei seiner ersten Begegnung mit dem Xeco hatte er auf dem Boden des Bootes unter einem Zelt gelegen und gehofft, er werde sterben. Jetzt ging es vom Paraguay aus westwärts. Die Piloten spähten mit größter Aufmerksamkeit nach unten. Sie suchten eine blau-gelbe *chalana*, auf der Jevy und Welly warteten.

Als Jevy das ferne Geräusch des Hubschraubers hörte, schoß er eine orangefarbene Signalrakete ab. Welly tat es ihm nach. Nach wenigen Minuten kam der Hubschrauber in Sicht und blieb im langsamen Schwebflug über ihnen.

Jevy und Welly hatten fünfzig Meter vom Flußufer entfernt mit Macheten eine Lichtung in ein dichtes Gebüsch geschlagen. Schwankend senkte sich der Hubschrauber auf die Erde. Als der Rotor stand, sprang Nate heraus und umarmte seine alten Reisegefährten.

Die Zeit war kostbar. Da Nate Gewitter, Dunkelheit, Überschwemmungen und Stechmücken fürchtete, wollte er so rasch wie möglich aufbrechen, und so gingen sie zur am Ufer vertäuten *chalana*. Neben ihr dümpelte ein langes, sauberes Beiboot, an dem ein nagelneuer Außenbordmotor befestigt war, alles aus dem Phelan-Nachlaß finanziert. Nate und Jevy stiegen rasch ein und brachen auf.

Bis zu den Indianersiedlungen seien es zwei Stunden, erklärte Jevy, den Motor überbrüllend. Zwei Stunden, vielleicht drei. Hoffentlich werden es keine fünf, dachte Nate.

Angetrieben von seinem starken Motor, hüpfte das Boot mit dem Bug förmlich über das Wasser. Das Pantanal fesselte Nate erneut; die Kaimane im seichten Wasser, die Vögel, die ganz niedrig über der Wasserfläche flogen, die unglaubliche Abgeschiedenheit.

Der Fluß kam ihm völlig unbekannt vor. Bei ihrem ersten Besuch bei den Ipicas hatten sie nicht gewußt, wo sie waren, waren voll Angst gewesen, durchnäßt, hungrig. Alles war von Wasser bedeckt gewesen, sie hatten die üblichen Landmarken nicht sehen können.

Nate suchte den Himmel ab. Dann kam ihm eine Biegung des Flusses mehr oder weniger bekannt vor. Die Bäume an beiden Ufern wurden dichter und bildeten ein undurchdringliches Blätterdach über dem Wasser. Nate erkannte den natürlichen Tunnel wieder. Es war nicht mehr weit. Würde Rachel ihn mit einem Lächeln begrüßen, ihn umarmen? Hatte sie ihn möglicherweise vermißt oder auch nur an ihn gedacht? Hatte sie die Briefe bekommen? Hatte sie inzwischen ihr neues Boot und all die neuen Medikamente?

„Sehen Sie, da!“ rief Jevy und wies nach rechts vorn. Dort lag die Stelle, wo sie bei ihrem ersten Besuch die badenden Kinder gesehen hatten. Er verlangsamte die Fahrt. Sie schoben sich am ersten Dorf vorüber, ohne einen einzigen Indianer zu Gesicht zu bekommen. Der Fluß gabelte sich, und die Wasserläufe wurden schmaler. Sie folgten dem Fluß im Zickzack tiefer in die Wälder, wobei Lichtungen gelegentlich den Blick auf das ferne Gebirge freigaben.

An der zweiten Siedlung legten sie in der Nähe des großen Baumes an, unter dem sie im Januar die erste Nacht zugebracht hatten. Sie traten dort ans Ufer, wo Rachel gestanden und ihnen nachgewinkt hatte.

Nate hielt den Blick unverwandt auf das Dorf gerichtet, während Jevy das Boot festmachte. Ein junger Indianer kam ihnen entgegengelaufen. Er sprach kein Portugiesisch, gab ihnen aber durch Grunzlaute und Handzeichen zu verstehen, daß sie dort am Fluß bleiben sollten, bis weitere Anweisungen kamen. Er schien Angst zu haben.

Es war fast elf Uhr. Sie warteten. Es gab so vieles zu erzählen. Jevy hatte *chalanas* mit Waren über die Flüsse im ganzen Pantanal geführt und gelegentlich auch ein Boot mit Touristen, wofür es mehr Geld gab.

Sie sprachen über Nates vorigen Besuch, wie sie mit dem von Fernando geliehenen Motor über den Paraguay gebraust waren, die Schrekken des Krankenhauses, ihre Bemühungen, Rachel in Corumbá zu finden.

„Ich versichere Ihnen", sagte Jevy, „ich habe mich überall auf dem Fluß umgehört. Die Dame war nicht in Corumbá. Sie war nicht im Krankenhaus. Sie haben das geträumt, mein Freund."

Nate wollte darüber nicht diskutieren. Er war seiner Sache selbst nicht mehr sicher.

Sie ließen das Dorf nicht aus den Augen, während sie miteinander sprachen. Nate entging keine Bewegung. Er rechnete damit, daß Rachel jeden Augenblick mit elegantem Schritt zu ihrer Begrüßung zwischen den Hütten über den Pfad auf sie zuging.

Statt dessen sahen sie den Häuptling langsam auf sich zukommen. Er trug einen langen Zeremonienspeer. Ihm folgte ein Ipica, den Nate erkannte. Sie blieben am Rand des Pfades stehen, gut 15 Meter von der Bank entfernt. Sie lächelten nicht. Es kam Nate ganz so vor, als mache der Häuptling einen ausgesprochen finsteren Eindruck. Auf portugiesisch fragte er: „Was wollt ihr?"

Jevy erklärte, daß der Amerikaner eine lange Strecke zurückgelegt habe und daß es sehr wichtig sei, mit der Frau zu sprechen. Sie müßten über wichtige Dinge miteinander reden.

Der Blick des Häuptlings war hart. Er hatte einmal darauf bestanden, daß sie sich zu ihm ans Feuer setzten und sein Frühstück mit ihm teilten. Jetzt hielt er sich möglichst weit von ihnen entfernt. Irgend etwas stimmte da nicht. Etwas hatte sich verändert.

Der Häuptling forderte die Besucher auf, ihm zu folgen. Er schritt etwa dreißig Meter auf das Dorf zu, dann änderten sie die Richtung und gingen auf einem anderen Pfad hinter den Hütten vorbei. Nate konnte den offenen Dorfplatz sehen. Er war verlassen, kein einziger Ipica ging umher. Keine Kinder spielten. Keine jungen Frauen fegten den Platz um die Hütten frei. Man hörte keinen Laut. Dann sah er Gesichter in den Türöffnungen. Man beobachtete sie.

Der Häuptling schlug wieder einen anderen Pfad ein, der zwischen den Bäumen hindurchführte. Als sie auf eine Lichtung traten, befanden sie sich vor Rachels Hütte.

Von Rachel war nichts zu sehen. Er führte sie seitwärts an der Tür vorbei. Dort sahen sie im tiefen Schatten der Bäume die Gräber.

Die Indianer hatten sorgfältig vier weiße Holzstücke zurechtgeschnitzt, poliert und mit Ranken zu zwei Kreuzen zusammengebunden. Sie waren klein, keine dreißig Zentimeter hoch und staken am entfernteren Ende beider Gräber in der frischen Erde.

Unter den Bäumen war es dunkel. Nate stellte seine Tasche auf den Boden zwischen den Gräbern und setzte sich darauf. Der Häuptling begann leise zu reden.

„Die Frau liegt links, Lako rechts. Sie sind vor etwa zwei Wochen am selben Tag gestorben", dolmetschte Jevy. „Seit unserer Abreise sind zehn Menschen an Malaria gestorben."

Der Häuptling sprach lange, ohne eine Pause zum Übersetzen zu machen. Nate hörte die Worte, ohne das Gesagte zu verstehen. Er sah auf den schwarzen Erdhügel zur Linken. Dort lag Rachel Lane, der tapferste Mensch, dem er je begegnet war, denn sie hatte keinerlei Angst vor dem Tod gehabt. Im Gegenteil hatte sie ihn willkommen geheißen. Sie hatte ihren Frieden gefunden. Endlich war ihre Seele bei ihrem Gott, und ihr Leib ruhte auf alle Zeiten inmitten der Menschen, die sie geliebt hatte.

Der Schock kam und ging. Er hatte sie gut genug gekannt, um zu wissen, daß sie nicht betrauert werden wollte. Tränen wären ihr nicht recht, und Nate konnte um sie auch keine vergießen. Eine Weile sah er ungläubig auf das Grab, dann aber meldete sich die Realität. Es war keine alte Freundin, mit der er oft zusammengewesen war; er hatte sie kaum gekannt. Seine Gründe, sie zu finden, waren ausschließlich selbstsüchtiger Art gewesen. Er war in ihre Privatsphäre eingedrungen, und sie hatte ihn gebeten, nicht zurückzukehren.

Trotzdem schmerzte es ihn, daß sie nicht mehr lebte. Er hatte jeden Tag, seit er das Pantanal verlassen hatte, an sie gedacht. Er hatte von ihr geträumt, ihre Berührung gespürt, ihre Stimme gehört, sich an ihre Weisheit erinnert. Sie hatte ihn beten gelehrt und ihm Hoffnung gegeben. Sie war seit Jahrzehnten der erste Mensch gewesen, der Gutes in ihm erkannt hatte. Er vermißte sie schmerzlich.

Der Häuptling sprach leise. „Er sagt, daß wir nicht lange bleiben können", übersetzte Jevy. „Die Geister sagen, daß wir an der Malaria schuld seien. Die Krankheit sei gekommen, als wir zum ersten Mal hier gewesen seien. Er möchte Ihnen etwas zeigen."

Langsam erhob sich Nate und sah den Häuptling an. Sie traten durch die niedrige Tür in Rachels Hütte. Der Boden bestand aus gestampfter

Erde. Im vorderen der zwei Räume stand ein Sofa, dessen Beine aus Holzklötzen bestanden und auf dem statt Kissen Strohbündel lagen. Der hintere Raum hatte als Schlafzimmer und Küche gedient. Neben ihrer Hängematte stand auf einem Tischchen eine Kunststoffschachtel, die einst Medikamente enthalten hatte. Der Häuptling wies darauf und sagte etwas.

„Da ist was drin, das Sie sich ansehen sollen", dolmetschte Jevy. „Sie hat gewußt, daß sie sterben würde, und den Häuptling gebeten, ihre Hütte zu bewachen. Wenn ein Amerikaner käme, sollte er ihm die Schachtel zeigen."

Der Häuptling nahm die Schachtel und gab sie Nate, der nach nebenan ging und sich auf das Sofa setzte. Der Häuptling und Jevy verließen die Hütte.

Seine Briefe hatten sie nie erreicht, jedenfalls lagen sie nicht in der Schachtel. Außer einer brasilianischen Kennmarke, wie sie jeder Einwohner des Landes besitzen mußte, enthielt sie drei Briefe von der Missionsgesellschaft. Am Boden der Schachtel sah Nate Rachels Testament.

Es steckte in einem weißen Umschlag mit einer brasilianischen Nachsendeadresse. In ordentlichen Druckbuchstaben hatte sie darauf geschrieben: LETZTER WILLE VON RACHEL LANE PORTER.

Mit zitternden Händen öffnete Nate den Umschlag. Er enthielt zwei durch eine Heftklammer verbundene Briefbogen. Auf dem ersten stand:

> Ich, Rachel Lane Porter, Gottes Kind, Bewohnerin Seiner Welt, Bürgerin der Vereinigten Staaten und im Vollbesitz meiner geistigen Kräfte, setze hiermit meinen Letzten Willen fest.
>
> Ich habe keine früheren Testamente abgefaßt, die ich widerrufen müßte. Dies ist mein erstes und letztes. Jedes Wort habe ich von Hand geschrieben. Es soll ein eigenhändiges Testament sein.
>
> Weder schlage ich das auf mich entfallene Erbe aus dem Testament meines Vaters Troy Phelan aus, noch möchte ich es antreten, vielmehr ist es mein Wunsch, daß mit dem Vermögen eine Stiftung gegründet wird. Die Erträge der Stiftung sollen dazu dienen, nachstehende Ziele zu unterstützen: a) das Werk der Missionare von World Tribes Missions auf der ganzen Welt fortzusetzen, b) die frohe Botschaft des Christentums zu verbreiten, c) die Rechte der Eingeborenenvölker Brasiliens und ganz Südamerikas zu schützen, d) die Hungrigen zu speisen, die Kranken zu heilen, den Obdachlosen eine Heimstatt zu verschaffen und die Kinder zu retten.

Zum Treuhänder der Stiftung berufe ich meinen guten Freund Nate O'Riley und gebe ihm die zu ihrer Verwaltung erforderlichen Vollmachten. Zugleich ernenne ich ihn zum Vollstrecker dieses Testaments.

Gefertigt am 6. Januar 1997 in Corumbá, Brasilien.

Rachel Lane Porter

Nate starrte zu Boden. Die Luft stand vollkommen still. Um sich herum hörte er keinen Laut.

Er las das Testament erneut. Am sechsten Januar hatte er das Krankenhaus in Corumbá verlassen. Es war also kein Traum gewesen. Sie hatte ihn berührt und ihm gesagt, daß er nicht sterben würde. Dann hatte sie ihr Testament geschrieben.

Er war tief in Gedanken, als Jevy den Kopf zur Tür hereinsteckte und ihm mitteilte: „Der Häuptling möchte, daß wir gehen."

„Lesen Sie das", bat Nate und gab ihm die beiden Blätter, das zweite obenauf. Der Text darauf war maschinenschriftlich und auf portugiesisch abgefaßt.

Jevy las langsam und sagte dann: „Es handelt sich um eine Erklärung von zwei Personen. Die eine ist ein Anwalt, der bestätigt, daß er gesehen hat, wie Rachel Lane Porter in seiner Kanzlei in Corumbá ihr Testament unterschrieben hat. Sie war bei klarem Verstand. Seine Unterschrift ist amtlich beglaubigt durch einen, wie sagen Sie noch?"

„Einen Notar."

„Ja, einen Notar. Die zweite Person, hier unten, ist die Sekretärin des Anwalts. Sie sagt, wie es aussieht, dasselbe. Der Notar beglaubigt auch ihre Unterschrift."

Sie traten in den Sonnenschein hinaus. Der Häuptling hatte die Arme vor der Brust verschränkt, seine Geduld schien fast am Ende zu sein. Nate nahm die Kamera aus der Tasche und machte Aufnahmen von der Hütte und den Gräbern. Dafür ließ er Jevy das Testament halten und sich neben Rachels Grab hocken. Dann fanden sie den Pfad, durchquerten den Wald und umgingen auch auf dem Rückweg das Dorf. Sie erreichten den Fluß, ohne anderen Indianern zu begegnen.

Der Häuptling knurrte Jevy etwas zu, als sie ins Boot stiegen. „Er sagt, wir sollen nicht zurückkommen", übersetzte Jevy.

„Sagen Sie ihm, daß er sich darüber keine Sorgen zu machen braucht."

Wortlos warf Jevy den Motor an, und das Boot entfernte sich rückwärts vom Ufer. Der Häuptling hatte sich bereits wieder auf den Weg zum Dorf gemacht.

Etwas später stellte Jevy den Motor ab und steuerte das Boot mit einem Paddel. Die Strömung war langsam, das Wasser glatt. Vorsichtig klappte Nate die Parabolantenne des Satellitentelefons aus und stellte sie auf eine Bank. Der Himmel war klar, das Signal stark, und binnen zwei Minuten eilte Joshs Sekretärin auf der Suche nach ihrem Vorgesetzten durch die Kanzlei.

„Sag mir, daß sie das verdammte Stiftungsdokument unterschrieben hat, Nate" waren Joshs erste Worte. Er brüllte sie ins Telefon.

„Du brauchst nicht zu schreien, Josh. Ich kann dich gut hören."

„Tut mir leid. Sag mir, daß sie es unterschrieben hat."

„Sie hat ein Stiftungsdokument unterschrieben, aber nicht unseres. Sie ist tot, Josh."

„Nein!"

„Doch. Sie ist vor zwei Monaten an Malaria gestorben und hat ein eigenhändiges Testament hinterlassen, genau wie ihr Vater. Das ganze Vermögen fließt in eine Stiftung. Ich bin Treuhänder und Testamentsvollstrecker."

„Ist das Testament gültig?"

„Ich glaube schon. Es ist unterschrieben, datiert und beglaubigt."

„Sieht ganz so aus, als sei es gültig."

„Und was passiert jetzt?" fragte Nate.

„Nichts. Troys Testament ist gültig. Sein Nachlaß wird dem ihren zugeschlagen. So was kommt jeden Tag vor."

„Und die anderen Erben?"

„Die Abmachung mit ihnen ist bindend. Sie bekommen ihr Geld, besser gesagt, was davon übrigbleibt, nachdem sich die Anwälte ihr Stück vom Kuchen abgeschnitten haben. Sie sind die glücklichsten Menschen auf der Erde. Anzufechten gibt es nichts: beide Testamente sind gültig. Sieht ganz so aus, als hättest du jetzt einen neuen Beruf, Treuhänder."

AM SPÄTEN Nachmittag erreichten sie die *chalana.* Welly angelte. Die Hubschrauberpiloten spielten auf dem Achterdeck Karten. Nate rief Josh noch einmal an und bat ihn, das Düsenflugzeug von Corumbá zurückzubeordern. Er würde es nicht brauchen, da er sich mit der Rückkehr Zeit lassen wolle.

Nate teilte den Piloten mit, daß sie zurückfliegen könnten, und bat sie, sich in Corumbá mit Valdir in Verbindung zu setzen.

Die Besatzung der *chalana* sah zu, wie der Hubschrauber wie ein Insekt verschwand, dann warf sie die Leinen los. Jevy stand am Steuerruder, Welly saß ganz vorn am Bug und ließ seine Fußspitzen wenige

Zentimeter über dem Wasser baumeln. Nate legte sich in eine Koje, rollte sich auf die Seite und sah zu, wie die Flußufer vorüberzogen.

Irgendwie hatte Rachel gemerkt, daß er kein Trunkenbold mehr war, daß er von seiner Sucht geheilt war und die Dämonen, die sein Leben beherrscht hatten, auf alle Zeiten eingesperrt hinter Schloß und Riegel saßen. Sie hatte etwas Gutes in ihm erkannt, hatte gewußt, daß er auf der Suche war. Sie hatte seine Berufung für ihn gefunden.

Jevy weckte ihn nach Einbruch der Dunkelheit. „Wir haben Vollmond", ließ er ihn wissen. „Setzen Sie sich an den Bug."

Welly, der dicht hinter ihnen am Steuerruder stand, folgte dem Licht des Mondes, während sich der Xeco dem Paraguay entgegenschlängelte.

„Es ist ein langsames Boot", sagte Jevy. „Damit brauchen wir zwei Tage bis Corumbá."

Nate lächelte. Von ihm aus konnte es einen Monat dauern.

JOHN GRISHAM

Foto: Deborah Feingold

„Wer nur nach Geld und Macht strebt, führt ein trauriges Dasein."

Alle seine Romane haben es an die Spitze der Bestsellerlisten geschafft, und sechs seiner Bücher wurden bislang verfilmt. Nun legt John Grisham mit *Das Testament* seinen zehnten Justizthriller vor, in dem es diesmal auch um Religion geht.

Die Hauptfigur ist ein ausgebrannter Anwalt, der unerwartet den Weg in ein neues, erfülltes Leben entdeckt. „Wer nur nach Geld und Macht strebt, führt ein trauriges Dasein. Das wollte ich an Nate zeigen", erklärt Grisham. Gemeinsamkeiten zwischen sich und seiner Romanfigur bestünden aber nicht, versichert er. „Ich habe mich momentan aus dem Gerichtssaal zurückgezogen, denn ich habe dort zu viel Zeit verbracht. Deshalb bin ich ständig auf der Suche nach anderen Schauplätzen für meine Justizthriller. Das Pantanal an der brasilianisch-bolivianischen Grenze, wo *Das Testament* spielt, ist so abgelegen wie möglich und dennoch mit einem Rechtsstreit zu verknüpfen", findet der Autor, dem es in Brasilien sehr gefällt. „Ich war schon oft dort. Meist habe ich Missionare begleitet, die Häuser, Kirchen, Kliniken und Schulen bauten. Zwei Reisen führten mich kreuz und quer durch das Pantanal, weshalb ich die Region – ihre Sprache, Kultur, Geschichte und Geographie – recht gut kenne. Ich hoffe, dieses Buch weckt Interesse für das Pantanal, das ein ökologisches Juwel und ein wunderbares Reiseziel ist."

Der am 8. Februar 1955 geborene John Grisham lebt mit seiner Frau Renee und den Kindern Shea und Ty bei Charlottesville in Virginia. Dort schreibt er jedes Jahr etwa sechs Monate lang an einem neuen Buch, wofür er morgens um fünf Uhr aufsteht. In seiner Freizeit trainiert er die örtliche Basketballmannschaft der Junioren.

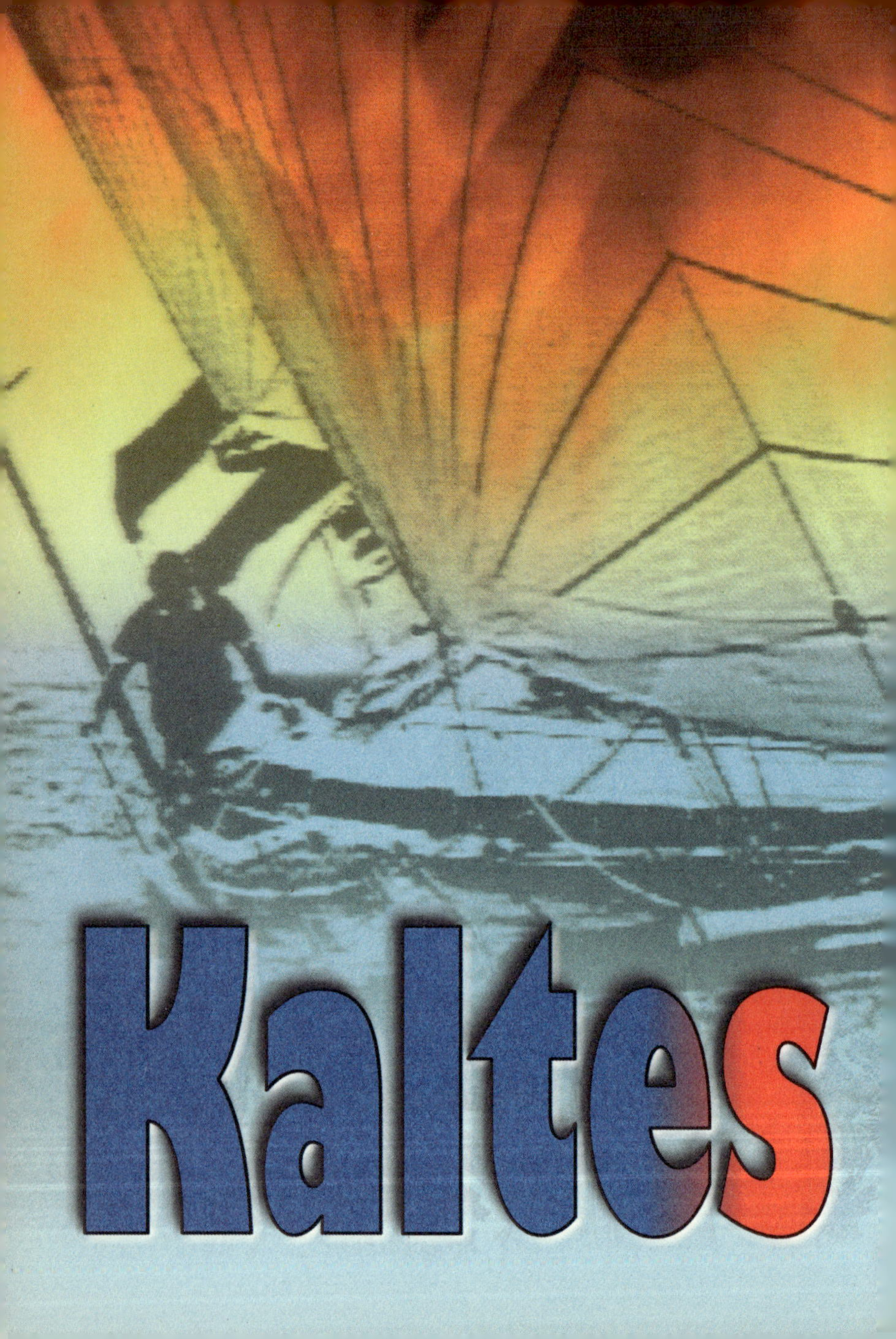
Kaltes

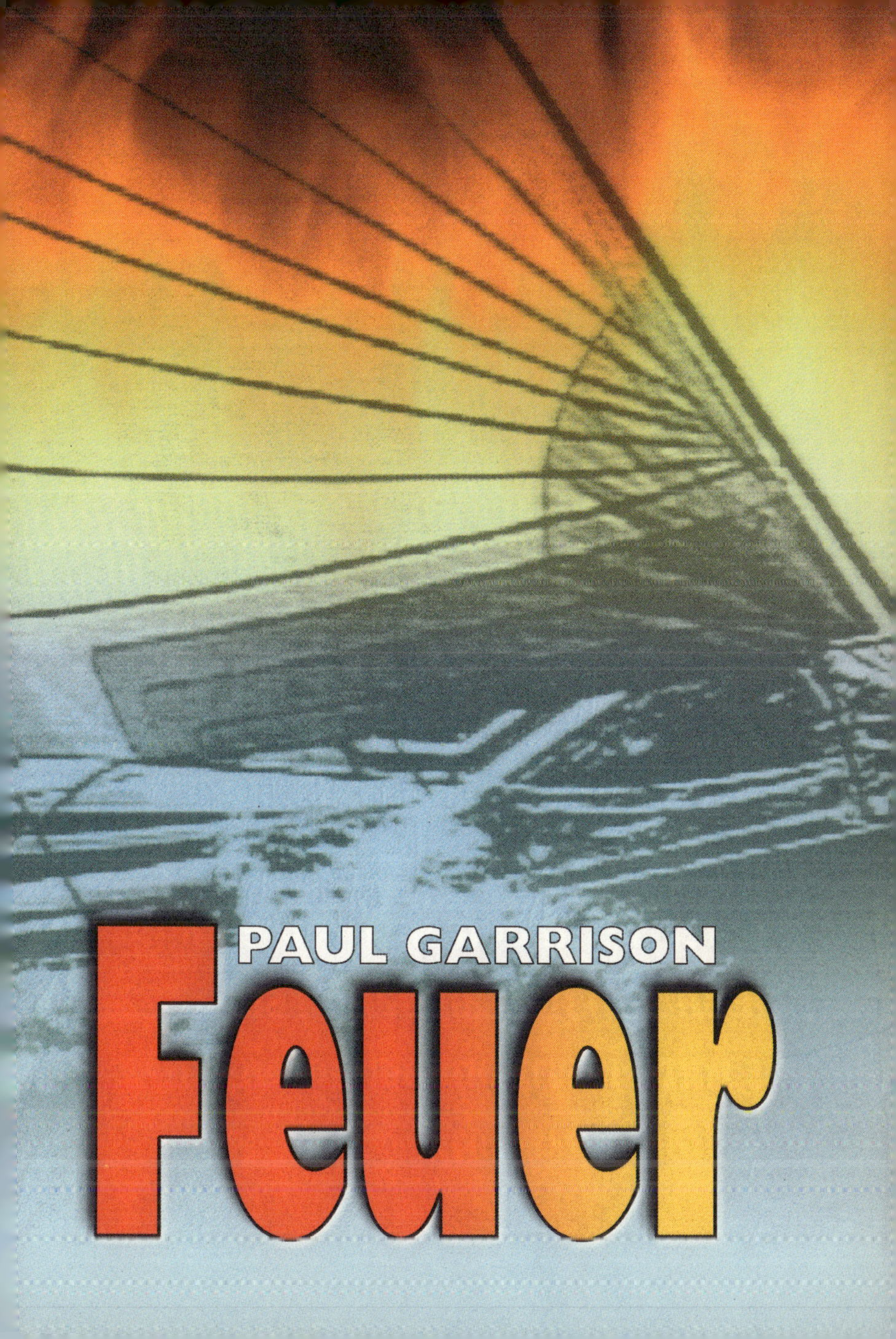
PAUL GARRISON
Feuer

Sie haben ihm alles genommen: seine Frau, seine Tochter und sein Schiff.

Auf einem winzigen Atoll mitten im Pazifik lassen sie ihn zurück.

Aber sie haben sich verrechnet. Denn von nun an haben sie es mit einem unnachgiebigen Verfolger zu tun.

1

Er hielt seinen Sextanten in den Himmel. In der Äquatorzone endete die Nacht im Pazifik abrupt. In jenen kurzen Augenblicken, in denen das erste Licht bereits den Horizont erkennen ließ und der Sternenhimmel noch über ihm strahlte, visierte er Jupiter, Antares und Capella an. Dann ging er unter Deck, um auszurechnen, wo er sich befand.

Sie schlief auf dem breiten Kajütbett, die langen Beine wohlig ausgestreckt. Er trug die Sternenkonstellation auf einer Karte ein und zog mit dem Bleistift ihren Kurs von den Marshallinseln nach.

In der Kabine war es noch kühl, und er kroch auf das Kajütbett, um Sarah zuzudecken. Sie lächelte im Schlaf, und er küßte sie.

Der Kollisionsalarm begann zu schrillen.

Sarah schreckte hoch und sprang unter der Decke hervor, um sich um das Boot zu kümmern. Michael Stone fing sie in seinen Armen auf. „Schon gut. Ich rufe, wenn ich dich brauche." Er rannte an Deck und spürte, wie sein Herz schneller schlug.

Die Sonne war inzwischen aufgegangen. Er sah kein anderes Schiff. Aber sie segelten in einem tiefen Tal zwischen zwei hohen Wellen. Ehe er sehen konnte, was den Alarm ausgelöst hatte, mußte er warten, bis das Boot von einem Wellenberg angehoben wurde.

Die *Veronica* war eine alte 38-Fuß-„Nautor-Swan", nach modernen Begriffen also klein. Stone hatte sie als Kutter umgetakelt und hielt sie mangels Bargeld mit großem Improvisationstalent in Schuß. Ihr hoher Mast aus Kohlefasermaterial, den er aus einem Rennboot ausgebaut hatte, machte die *Veronica* für Radar praktisch unsichtbar.

Seine zehnjährige Tochter Ronnie kam jetzt im Pyjama den Niedergang herauf. „Was ist denn los?" Sie gähnte.

„Etwas hat unser Radar erschreckt. Was, das werden wir gleich sehen."

Ronnie schwankte schläfrig mit dem Boot mit und schlang einen Arm um die Hüfte ihres Vaters. Mit dem anderen umklammerte sie den Snoopyrucksack, in dem sie ihre Sachen aufbewahrte. Stone beugte sich zu ihr hinunter und gab ihr einen Kuß. „Komm, Liebes, wir ziehen dir wohl besser deine Rettungsweste an."

Ronnie protestierte: Das Sicherheitsnetz, das an der Reling befestigt war, sei schon Beleidigung genug für jemanden in ihrem Alter.

„Bloß bis wir wissen, was dort draußen los ist." Er holte Ronnies Rettungsweste aus einem Spind und legte sie ihr an.

Die See rollte von achtern auf sie zu und schob sich unter den Fiberglasrumpf. Das Boot schoß auf den Kamm, und plötzlich breitete sich vor Stones Augen meilenweit der Pazifik aus.

Rasch suchte er ringsum den Horizont ab. Die See wirkte friedlich und so völlig leer, daß er den Eindruck hatte, sie würden ganz allein auf der Welt segeln. Sein Gefühl sagte ihm, daß das Warnsystem ein großes Schiff registriert hatte. Er sah nochmals nach allen Seiten, ehe die *Veronica* wieder in das Wellental sank. Ein seltsamer Ort, um auf ein Schiff zu treffen, aber Land konnte das Radar nicht signalisiert haben. Noch nicht. Die Atolle lagen irgendwo zwischen 16 und 25 Meilen vor ihnen.

„He, Schlafmütze, wo sind wir?" fragte Stone.

Ronnie zog ihren GPS-Empfänger aus Snoopys Bauch. Der Satellitennavigator war ein Geschenk eines japanischen Einhandseglers, dem Sarah den Blinddarm entfernt hatte.

„Pulo Helena genau vor uns. Saubere Navigation, Dinosaurier."

Sie neckte ihn als Dinosaurier, weil Stone jeglicher Technik mißtraute und darauf beharrte, nach den Sternen zu navigieren. Er erinnerte Ronnie daran, daß Batterien den Geist aufgeben konnten und die meisten Segelboote, die an den Riffen scheiterten, ihr Schicksal der modernen Elektronik zu verdanken hatten. Wobei Ronnies kleines Wunderwerk durchaus seine Vorteile hatte.

„Wie weit vor uns *genau*, mein Liebling?"

„Fünfzehn Komma neun Meilen." Sie zeigte Stone das Display.

Er grinste. Verdammt nah. Aber die kleine Gruppe aus Korallenatollen war immer noch außer Reichweite. Es mußte also ein Schiff sein.

„Ich gehe das Radar überprüfen", sagte er. „Ich bring dir 'nen Saft mit."

Rechts vom Niedergang befand sich eine Pantry mit einem Kerosinofen, einem Spülbecken und einem vom Schiffsmotor betriebenen Kühlschrank. Links war ein Teakholzschrank mit der Navigationsstation – Radar, UKW-Nahbereichs- und SSB-Fernbereichsfunkgeräte und ein Kartentisch. Die Schlafkajüten lagen vorn und achtern.

Die Hauptkabine war als ärztliches Behandlungszimmer eingerichtet und enthielt einen Großteil der Ausstattung, die man in Ambulanzen findet: eine Intubiereinheit, einen Defibrillator, Schläuche, Katheter und Verbände, Salzlösungen und Glukose, tiefgekühltes Plasma, eine einfache Anästhesieeinrichtung, Operationsinstrumente und einen Vorrat von Antibiotika, Schmerzmitteln, Anästhetika, Adrenalin und Insulin. Ihr Beatmungsgerät hatte ihnen schon eine Ewigkeit gedient, aber selbst im Vergleich dazu war Stones Radarschirm eine echte Antiquität.

Stone studierte das aufblitzende und verblassende Radarsignal und schloß, daß ein großes Schiff ihren Kurs im rechten Winkel von Norden nach Süden schnitt. Es blieb genügend Raum – in zwei Stunden würden sie sein Kielwasser kreuzen, und bis dahin würde das Schiff lange verschwunden sein. Stone entspannte sich etwas.

Aber als er wieder hinsah – nachdem er eine Thermosflasche voll Kaffee gebraut, Ronnie Saft eingeschenkt und den Radarkontakt ins Logbuch eingetragen hatte –, hatte das Schiff gewendet und zog jetzt langsam zwischen den Helena-Atollen dahin.

Stone fand das Verhalten des Schiffs ebenso ungewöhnlich wie seine Anwesenheit. Pulo Helena – ein paar Flecken Sand und Korallen zwischen den westlichen Karolinen und der Küste von Neuguinea – lag südlich der transpazifischen Panama–Philippinen-Schiffahrtslinie und weit westlich von der Australien–Tokio-Route. Es war eine der abgelegensten Stationen auf der regelmäßigen Route, die die schwimmende Ambulanz der Stones abfuhr. Einmal im Jahr gingen sie in der Lagune vor Anker, um nichtseßhafte Fischerfamilien zu behandeln. Aber ein Schiff hatte hier weit und breit nichts zu suchen.

Stone brachte das tragbare UKW-Sprechfunkgerät, die Thermosflasche und Ronnies Saft ins Cockpit und ging nach vorn.

Die Swan segelte mit doppelten Focksegeln, die sich wie zwei Flügel beiderseits des Bugs blähten, jedes mit einem meilenweit sichtbaren roten Kreuz markiert. Es war unmöglich, nach vorn zu sehen, ohne sich unter das Segel zu ducken oder den Kurs zu ändern. Stone setzte sein Großsegel, fierte die Schot und ließ den Baum auf die Backbordseite schwingen. Dann rollte er das Steuerbordfocksegel ein. Jetzt waren beide Segel über der linken Seite des Bootes, so daß sie freie Sicht nach vorne hatten.

Ronnie wartete im Cockpit. Sie trank auf Stones Drängen ihren Saft aus, dann kuschelte sie sich in seine Arme und döste wieder ein.

Die heiße Sonne ließ einen süßen Duft aus ihrem Haar aufsteigen. Stone atmete ihn ein und fragte sich, ob er je im Leben so glücklich gewesen war. Es war lange her, auf einem anderen Ozean. Er drückte Ronnie an sich und suchte das Meer ab.

Die *Veronica* war schnell. Schon nach einer knappen halben Stunde, als sie auf einem Wellenkamm dahinglitt, konnte Stone am Horizont undeutlich ein Objekt erkennen. Er griff nach seinem Fernglas und stellte es auf ein gewaltiges sandfarbenes Schiff scharf. Die eckigen Umrisse eines modernen Frachters. Vermutlich ein Schüttgutfrachter.

Jetzt war Ronnie wieder aufgewacht. „Mama hat den Kollisionsalarm verschlafen."

Sarah war in England zur Schule gegangen, und wenn Ronnie sprach, meinte man ein Echo ihres britischen Akzents zu hören. Die intensive Ähnlichkeit mit ihrer Mutter hätte ihrem Vater das Gefühl vermitteln können, daß mit seinen Genen etwas nicht stimmte. Stone war untersetzt, blauäugig und unter seiner ständigen Sonnenbräune hellhäutig. Ronnies Haut war zwar eine Mischung seiner Hautfarbe mit dem Bitterschokolade-Schwarz Sarahs, aber ihre Backenknochen waren so hoch wie die ihrer Mutter, ihre Nase ebenso feingemeißelt elegant und ihre Haltung genauso gerade und königlich. Er beobachtete ihr Heranwachsen mit Stolz und staunender Bewunderung.

„Mama hat die ganze Nacht Wache gehalten", erinnerte er sie.

„Aber..."

„Aber was?" Er wußte ungefähr, was gleich kommen würde. Letzte Nacht hatte es eine Auseinandersetzung zwischen Mutter und Tochter über Schularbeiten gegeben. Heute morgen würden sich beide um Verbündete bemühen.

„Mama kann manchmal ganz schön nerven, findest du nicht?"

„Mich hat sie noch nie genervt."

Ronnie verdrehte die Augen, entwand sich seinen Armen und sah sich um. „Ein Schiff! Papa, ein Schiff!" Sie schnappte sich sein Glas. „O Mann! Ein Riesenschiff. Darf ich auf den Mast?"

„Bis zur ersten Saling – und was hab ich dir gesagt?"

„Beide Hände."

Sie kletterte wie ein Affe Hand über Hand ein Fall hinauf und klammerte sich mit den Zehen am Mast fest. Zehn Meter über Deck arbeitete sie sich auf der Saling nach außen, stand dann da, eine Hand schützend über die Augen gehalten, und spähte zu dem Schiff hinaus. Eine kindliche afrikanische Göttin. Stone lächelte.

„Beide Hände!" Der Ruf kam von Sarah, die soeben an Deck erschien.

„'tschuldigung – da, Mama, ein Schiff!"

Die Mutter der Minigöttin in der Takelage war eine hochgewachsene, beeindruckend schöne Nigerianerin, deren schmale Nase und feine Lippen auf die arabischen und portugiesischen Sklavenjäger hindeuteten, die Afrika einst heimgesucht hatten. Sie stand hoch aufgerichtet da, eine geradezu edel wirkende Gestalt, die durch das Handtuch, das sie sich wie einen Turban um das frisch gewaschene Haar gewunden hatte, noch größer wirkte. Sie hatte sich ein gelbes Lavalava von der Yap-Insel um den Oberkörper geschlungen, das ihre Schultern frei ließ.

„Und was lächelst du so?" fragte sie.

Stone liebte sie innig, und an diesem Morgen empfand er dies besonders stark. Er stand auf und küßte sie.

„Einzelnes Deckshaus achtern!" rief Ronnie herunter. „Ich glaube, ich sehe Löschstationen und Rohre. Das ist ein Öltanker!"

Sarah sah zu der Schiffssilhouette hinüber. „Liegt für einen Rohölfrachter ziemlich hoch im Wasser. Wohl eher ein Flüssiggasschiff."

Stone führte sein Glas an die Augen und stellte es scharf. „Ist ziemlich groß", stimmte er zu. „Fünfzigtausend Tonnen."

„Was in aller Welt hat ein Gasschiff hier verloren?" Die stark isolierten Tankschiffe waren konstruiert wie riesige Thermosflaschen und beförderten auf schnellstem Wege Gas – komprimiert und bis zur Verflüssigung abgekühlt – von Ölfeldern zu Kraftwerken. Ganze Flotten dieser Schiffe versorgten Japan. „Es ist doch nicht etwa auf Grund gelaufen?"

„Das Radar meldet, daß es sich bewegt."

Sarah nahm das Fernglas und studierte das Schiff. „Ja, es ist unversehrt. Gott sei Dank." Im Laderaum eines vollbeladenen Erdgastransporters staute sich mehr thermische Energie als in einer Atombombe.

„Ronnie, komm herunter, frühstücken!"

Ronnie glitt den Mast herunter. Sie schoß herab wie ein Stein, packte im letzten Augenblick kräftig zu, landete leichtfüßig auf dem Vorderdeck und kam ins Cockpit gerannt. „Siehst du das Schiff, Mama? Es ist riesengroß. Vielleicht laden die uns zu sich an Bord ein, und vielleicht haben sie Videospiele und Satellitenfernsehen!"

„Vielleicht", sagte Sarah sanft und tauschte Blicke mit ihrem Mann. „Aber freu dich nicht zu früh, Liebes."

Ronnie lechzte wie ein Seeräuber nach Schiffen, die ihnen begegneten und Abwechslung boten. Stone war damit beschäftigt, ihr einen Decoder zu bauen, damit sie Satellitenfernsehen sehen konnte.

„Ich möchte, daß du jetzt hinuntergehst und frühstückst", wies Sarah ihre Tochter an. „Und dann duschst du und wäschst dir die Haare. Ruf mich, wenn du fertig bist, dann bürste ich sie dir."

Ronnie warf dem Schiff einen sehnsüchtigen Blick zu und verschwand nach unten.

Die drei Atolle, die die Pulo-Helena-Gruppe bilden, tauchten vor ihnen auf. Das Schiff lag dazwischen auf der Leeseite der Hauptinsel. Sein Deckshaus ragte höher empor als die Palmwipfel.

Jetzt erwachte ihr UKW-Sprechfunkgerät, und eine Stimme mit texanischem Akzent ertönte: „Ahoi, Segelboot mit dem roten Kreuz! Sie sind nicht zufällig das Sanitätsboot?"

Stone legte den Sendeschalter um. „Hier spricht die *Veronica*. Was können wir für Sie tun?"

„Hier spricht die *Dallas Belle*. Wir kommen von Surabaya auf Kurs nach Tokio. Der Alte ist verletzt. Er ist gestürzt. Wir brauchen einen Arzt, und zwar dringend. Sollen wir Ihnen entgegenkommen?"

Der „Alte" war in Seefahrerkreisen die Bezeichnung für den Kapitän.

Stone sah Sarah an. Die Surabaya–Tokio-Route lag Hunderte von Meilen westlich von Helena. „Nicht bei dieser Dünung. Wir gehen auf der Leeseite des Atolls bei Ihnen längsseits. Wir sind in einer Dreiviertelstunde da."

„Ganz wie Sie wünschen, Doc."

Sarah griff nach dem Mikrofon. „Wann hat sich Ihr Kapitän verletzt?"

„Gestern, Ma'am."

„Ist er bei Bewußtsein?"

„Manchmal."

„Übergibt er sich?"

„Nein, Ma'am. Amateurfunker haben uns gesagt, daß Sie in dieser Richtung unterwegs sind. Gott sei Dank haben wir Sie gefunden."

Stone änderte seinen Kurs, um das Hauptatoll auf der Südseite zu umfahren.

Sarah tippte ihn am Arm an, als sie auf die Meerenge zustrebten, und brachte ein Thema aufs Tapet, über das sie jetzt schon seit Tagen debattierten. „Hast du über Osttimor nachgedacht?"

Stone wich ihrem Blick aus und sah über die Wellen hinaus zu den Atollen. „Darling, du verstehst das immer noch nicht – das ist einfach zu gefährlich." Die Indonesier waren in Osttimor einmarschiert, als die portugiesischen Kolonisten abgezogen waren, und führten jetzt seit Jahren ein Schreckensregiment über die protestierenden Timoraner. Sarah wollte dorthin segeln, um die Verwundeten zu behandeln.

„Diese Leute sind hilflos. Die Welt interessiert sich nicht für sie. Das mindeste, was wir –"

„Und was mache ich, wenn uns ein indonesisches Streifenboot dabei erwischt, wie wir an einem Ankerplatz der Rebellen Doktor spielen? Mit einem Segelboot können wir ihnen nicht entkommen."

„Das Boot ist über und über mit roten Kreuzen bepflastert. Wie sollen die wissen, daß wir nicht in ‚offizieller' Mission dort sind? Außerdem wird Ronnie ja nicht dabeisein. Wir schicken sie auf die Schule. Darüber waren wir uns doch einig."

Sie wechselten ein bedrücktes Lächeln. Es mußte geschehen, ehe Ronnie völlig den Kontakt zu ihren Altersgenossinnen verlor. Und sie schien sich auch nach einer größeren Welt zu sehnen: Wenn sie nicht von Schiffen schwärmte, lag sie stundenlang auf dem Deck und hielt bei Tag Ausschau nach Flugzeugen und bei Nacht nach Satelliten.

„Ich fühle einfach die Verpflichtung, nach Timor zu gehen", erklärte Sarah mit fester Stimme. „Wir sind schließlich Ärzte."

Stone sah wieder auf das Meer hinaus. Er fürchtete, daß er mit ihrem gemeinsamen Leben zufriedener war als sie. Die ruhige Gleichförmigkeit ihres derzeitigen Daseins gefiel ihm. Und wenn er das Bedürfnis nach zusätzlicher Aufregung verspürte, dann lieferte ihm die gewöhnlich das Meer mit einem Gewittersturm, der das Blut in seinen Adern pulsen ließ. Die endlosen Reparaturen hielten ihn beschäftigt, ebenso die lebenswichtigen Aufgaben der Navigation. Aber Sarah war im Laufe der Zeit zunehmend unruhig geworden.

„Laß uns Ronnie noch ein Jahr behalten ..., bitte", sagte Stone.

Sarah erhob sich. „Ich habe ihr versprochen, daß ich ihr mit ihren Haaren helfe." Sie verschwand unter Deck.

Stone griff nach seinem Feldstecher und studierte die glasig-grüne Lagune von Pulo Helena. Auf dem weißen Sandstrand drängte sich unter hohen Kokospalmen ein winziges Dorf, das aus einem halben Dutzend *fales* bestand – offenen Hütten mit Strohdächern.

Im nächsten Augenblick forderte das Boot seine ganze Aufmerksamkeit, als sie durch die chaotische Zone mußten, wo pazifische Roller an dem Atoll vorbeikrachten und auf die Philippinen zurasten.

Als er das Riff hinter sich hatte, griff er wieder nach dem Glas. Das kleine Dorf war verlassen, aber am Rande der Lagune sah er ein Segelkanu, das an den Strand gezogen war. Eine einsame Gestalt kauerte in einer offenen Hütte, versuchte aufzustehen, fiel aber wieder zurück, und der Kopf sank ihr auf die Brust herunter.

„Klar zur Wende!" rief Stone laut, legte hart Ruder und holte die Großschot dicht. Beide Segel schwangen über das Deck, als die *Veronica* auf ihrem Kiel herumschwenkte und auf das Riff zuschoß.

Sarah tauchte im Niedergang auf. „Was ist los?"

„Ein Fischer, ganz allein am Strand. Ich glaube, er ist verletzt."

„Und was ist mit dem Schiffskapitän?"
Sie sahen sich nach dem sandfarbenen Schiff um.
„Hör zu, vielleicht sollte ich mich um den Kapitän kümmern", schlug Stone vor, „und du bleibst bei diesem Mann hier."
„Das würde ich auch lieber, aber Ronnie hat sich schon so gefreut."
Ronnie drängte sich an ihrer Mutter vorbei. „Bist du fertig, Mama?" Sie trug ein knallrotes Lavalava und ihren Snoopyrucksack in der Hoffnung auf Geschenke und hatte Schleifen ins Haar gebunden.
Stone lachte. „Okay. Nimm das Steuer, Liebes. Ich hole nur eben meine Tasche."
Stone stopfte Plastikbeutel mit Glukose und Salzlösung in den wasserdichten Rucksack, den er als Arzttasche benutzte, und zog dann das zweite Funktelefon aus dem Ladegerät. Wieder auf Deck, sagte er: „Geh an der Leeseite an Bord. Sag dem Schiff über Funk Bescheid, daß die genügend Leute bereithalten, die dir beim Anlegen helfen. Und seid vorsichtig, wenn ihr an Bord geht!"
„Ja, Liebster. Wenn die nett sind, erschnorre ich uns eine Einladung zum Abendessen", versprach Sarah.
Die Swan näherte sich schnell dem Steg von Pulo Helena. Stone nahm Sarahs Gesicht in beide Hände. „Ich liebe dich."
Ihre Lippen waren kühl, ihre dunklen Augen unergründlich. „Michael, ich möchte nach Hause."
„Du meinst nach Afrika? Was ist mit Osttimor?" fragte er verblüfft.
Sie sah ihn nachdenklich an. „In Afrika gibt es auch eine Menge zu tun."
„Wir können nicht nach Hause. Ich bin ein Flüchtling."
„Ich weiß, aber hast du jemals überlegt, ob diese Flüchtlingssache dir nicht nur einen Vorwand liefert, dich vor allem zu verstecken?"
„Steg!" rief Ronnie aufgeregt.
Stone schwang sich mit seinem Rucksack über die Reling. „Darüber reden wir noch."
„Als ob wir nicht schon mehr als genug reden würden", konterte Sarah. Dann zog sie ihn an sich und gab ihm noch einen Kuß. „Ich liebe dich auch. Und ich werde dich immer lieben."
Als Sarah am Rand des Stegs vorbeisteuerte, machte er einen Satz und kam federnd auf. Er drehte sich noch einmal um, winkte und ging dann an dem Kanu vorbei den sanft geneigten Strand hinauf.
In dem *fale* lag der Fischer, ein dunkles Lavalava um die Hüften geschlungen, die Hände auf den Leib gepreßt. Mit verschleiertem Blick sah er Stone an. Er mußte schon um die Achtzig sein. Auf seiner Brust

schimmerte ein Kruzifix. Ein Konvertit also, und das bedeutete, daß er möglicherweise Englisch sprach.

„Hallo, Sir, wie geht es Ihnen?"

Der alte Mann starrte an ihm vorbei aufs Meer hinaus.

Stone beugte sich über ihn, lächelte, versuchte Vertrauen zu erwecken.

„Zu alt." Der alte Mann nahm die Hände vom Bauch, so daß man ein Fischermesser sehen konnte, das ihm im Leib stak.

Stone stöhnte auf. Selbstmord war eine der Seuchen im Pazifik, obwohl man das eigentlich mehr bei den Jungen zu sehen bekam.

„Ist das Ihr Boot?" fragte er in dem Versuch, ihn abzulenken, um die Wunde untersuchen zu können. „Was haben Sie gemacht? Sind Sie nach Hause gekommen und haben festgestellt, daß alle weg waren?"

„Nicht nach Hause. Nach Tobi fahren. Dummer alter Mann."

Tobi lag 150 Meilen südwestlich. „Von wo?"

„Puluwat."

Puluwat lag tausend Meilen östlich. Der alte Mann war vom Kurs abgekommen und hatte zu allem Überfluß noch am Riff Bruch gebaut.

„Warum segeln Sie allein?"

„Süßes Begräbnis", murmelte der alte Mann.

Ein Seemannstod auf hoher See. Stone sah in die milchigen Augen, die außer den hellsten Sternen wohl nichts mehr gesehen hatten, und vermutete, daß diese letzte Reise ein Spiel mit dem Tod gewesen war.

Der alte Mann hatte viel Blut verloren. Stone legte ihm eine Kochsalzinfusion und eine weitere mit Glukose. Mit der Entfernung des Messers würde er warten müssen, bis Sarah kam. Er griff nach seinem Sprechfunkgerät, um dem Schiff Bescheid zu sagen, aber es war zu spät. Dem alten Seemann spielte ein gelassenes Lächeln um die Lippen, als das Licht in seinen Augen erlosch.

„Verdammt!" fluchte Stone. Er wandte sich ab und suchte zwischen den *fales* nach einer Schaufel. Dabei fiel ihm eine Rauchsäule auf, die aus dem mächtigen Schlot der *Dallas Belle* aufstieg. Das Schiff begann, sich in Bewegung zu setzen.

„Das ging aber schnell!"

Er eilte zum Steg und hielt nach der *Veronica* Ausschau. Aber als die *Dallas Belle* dreihundert Meter zurückgelegt hatte, konnte er sie immer noch nicht sehen.

„Du großer Gott!" Ein schrecklicher Gedanke erfaßte ihn. Hatte das Schiff irgendwie die *Veronica* überfahren? Aber als das Schiff herumdrehte und sich ihm aus einem neuen Blickwinkel darbot, starrte Stone ungläubig hinüber.

Er sah die *Veronica* über der Wasserfläche in der Schlinge eines Deckkrans. Der Kran schwang die Schaluppe binnenbords, über das Hauptdeck des Gastankers auf ein improvisiertes Gerüst, und die *Dallas Belle* dampfte davon.

2

Mama! Wir bewegen uns!"

„Schsch!" Sarah beugte sich über ihr Stethoskop und konzentrierte sich voll auf den Herzschlag des alten Mannes. Er war nicht gestürzt, wie sie behauptet hatten. Er hatte einen Schuß in die Brust bekommen. Bei dem Versuch, die Kugel zu entfernen, hatten seine Schiffskollegen ihn mit Morphium betäubt. Das hatte ihn in einen tiefen Schwächezustand versetzt, sein Blutdruck war gesunken und seine Atmung flach.

Sarah injizierte ein halbes Milligramm Narcan in seine Vene und lauschte besorgt auf ein mögliches Kammerflimmern, das für sie das Zeichen wäre, daß das Gegenmittel eine bereits bestehende Herzkrankheit noch verstärkte. Er war alt. Das Narcan konnte ihn ebenso leicht töten wie retten. Aber sie mußte erreichen, daß sein Atem wieder kräftiger wurde und sein Blutdruck stieg.

„Mama!"

„Narcan!"

Ronnie hielt ihr eine weitere Spritze hin. Sarah führte sie in eine Vene ein, pumpte ein halbes Milligramm in seinen Kreislauf, massierte sein Herz und lauschte erneut.

Der alte Mann wachte auf und übergab sich.

„Schnell!"

Ronnie half ihr dabei, ihn aufzusetzen, aber gerade als sein Oberkörper aufgerichtet war, verlor er die Besinnung, schluckte und begann zu würgen. Sarah machte seine Atemwege frei.

„Kapitän!" rief sie einem der Männer zu, die von der Tür der Krankenstation aus zusahen. „Ich brauche das Beatmungsgerät von meinem Boot und den Intubator!"

Der texanische Kapitän schrie etwas in den Korridor. Augenblicke später kam der Hilfssteward mit dem Gewünschten gerannt. Der Begleiter des Kapitäns, ein großer, kräftig gebauter schwarzer Amerikaner, fragte: „Was ist mit der Kugel?"

„Würden Sie bitte hinausgehen und die Tür schließen!“

„Ich muß da wohl etwas klarstellen, Doc. In der Gegend, aus der ich komme, ist jeder Mann in meinem Alter entweder tot oder eingesperrt. Mr. Jack ist der einzige Grund dafür, daß ich das nicht bin.“

„Wenn ich den Zustand Ihres Freundes hier nicht stabilisieren kann, ist er ein toter Mann. Raus jetzt!“

Soweit sie das ohne Röntgenaufnahme feststellen konnte, hatte sich eine kleinkalibrige Kugel tief im kleinen Brustmuskel des Mannes festgesetzt. Er hatte noch Glück gehabt, das heißt, bis seine Schiffskollegen sich in den Kopf gesetzt hatten, die Kugel selbst zu entfernen, und darangegangen waren, seine Schulter zu tranchieren. Die Kugel saß tief, und so gaben sie schließlich auf und ließen sie dort, wo sie sie von Anfang an hätten lassen sollen.

Daß die Überdosis Morphium ihn nicht sofort umgebracht hatte, war entweder ein Wunder oder der Beweis für eine eiserne Konstitution. Sarah neigte dazu, letzteres anzunehmen. Sein Gesicht hätte aus Vulkangestein gemeißelt sein können: scharfe Brauen, Adlernase, ein kantiges Kinn und straff über die Knochen gespannte Haut. Und er trug die Spuren einer lang zurückliegenden Folterung – sein Rücken war kreuz und quer mit Narben übersät, und seine Fingernägel und Zehennägel waren ausgerissen worden. Offenbar hatte das Glück, das ihn damals am Leben gehalten hatte, ihm erneut die Treue gehalten – und wer hätte in diesem Moment am Horizont auftauchen können, wenn nicht Michael und Sarah?

„Mama, wir bewegen uns!“

Das Schiff bewegte sich eindeutig. Es setzte zu einer Drehung an.

„Ich weiß“, sagte Sarah.

„Wo ist Papa?“

„Weiß ich nicht. Hilf mir bitte mit unserem Patienten.“

Sie intubierte ihn, hängte ihn an das Beatmungsgerät und lauschte erneut auf seinen Herzschlag. Sein Zustand war offenbar stabil.

„Okay, Liebes, jetzt werden wir nachsehen, was eigentlich los ist.“

Sie rief nach dem Kapitän. Er kam wieder in Begleitung des Schwarzen.

„Wo ist mein Mann?“

„Am Strand“, erwiderte der Schwarze.

„Was? Sie haben ihn am Strand gelassen? Wo ist unser Boot?“

„Das haben wir sicher auf dem Hauptdeck verstaut.“

„Sie haben unser Boot an Bord genommen? Sie können nicht –“

„Ist bereits geschehen, Doc.“

Sarah versuchte, das Unmögliche zu verarbeiten: Man hatte sie entführt! Ronnie sah aus, als würde sie jeden Augenblick zu weinen anfangen. Sarah legte ganz automatisch den Arm um sie. Aber im Augenblick konnte sie nur an Michael denken. „Sie haben meinen Mann ausgesetzt!" fauchte sie verärgert. „Er wird vor Sorge außer sich sein. Sie können ihn doch nicht einfach dort lassen!"

„Sobald der alte Mann wieder auf den Beinen ist, können Sie ja hinfahren und ihn holen."

„Auf den Beinen?" wiederholte sie. „Er muß in ein Krankenhaus."

Der Schwarze schüttelte den Kopf. „Er kommt nicht ins Krankenhaus."

„Wir haben alles getan, was wir können", erklärte Sarah. „Mehr kann ich nicht für ihn tun. Jetzt braucht er ein Krankenhaus. Lassen Sie uns gehen!"

„Das ist nicht möglich. Der alte Mann braucht Sie."

Sarah sah auf ihren Patienten, der kaum atmete. „Sie begreifen nicht", sagte sie. „Sie *müssen* ihn ins Krankenhaus bringen. Was ist, wenn er stirbt?"

„Er kann nicht sterben. Er hat eine Ärztin und eine reizende kleine Krankenschwester."

Es kostete Stone seine ganze Kraft, das Kanu des alten Mannes wieder in die Lagune zu zerren. Dann sprang er an Bord.

Die *Dallas Belle* bewegte sich langsam am nördlichen Atoll vorbei. Stone fierte das Segel, das aus einem Reissack gefertigt war, ließ das Steuerblatt herunter und steuerte auf die schmale Öffnung in dem leewärts gelegenen Riff zu. Das kleine Boot nahm flotte Fahrt auf.

Aber als Stone die Lagune hinter sich gelassen hatte, wurde das Kanu langsamer. Er blickte nach unten und sah, daß der Rumpf sich allmählich mit Wasser füllte. Er hatte das Boot so hastig zu Wasser gebracht, daß er die Folgen der Bruchlandung des alten Mannes übersehen hatte. Die Laschings, die die Planken zusammenhielten, hatten sich gelöst und einen Spalt freigelegt, der vom Bug bis zum vorderen Träger des Auslegers reichte. Durch ihn drang das Wasser ein.

Stone riß sich das Hemd herunter und stopfte es in den Spalt. Dann verlagerte er sein Gewicht nach hinten, um den Bug zu entlasten, und segelte das Boot durch die Öffnung im Riff.

Draußen rollten unruhig die Wogen der Brandung, mit der das Meer auf das Riff zudonnerte. Eine Sturzwelle drehte das kleine Boot klatschend zur Seite, eine zweite schwemmte es in die Lagune zurück. Der Wind fuhr krachend in das Segel und hob den Ausleger aus dem Wasser. Als das Kanu zum Kentern ansetzte, schnitt Stone mit seinem Takelmesser ein Stag durch. Der Mast ging krachend auf den Bug nieder, und das Kanu begann zu sinken, vom Segel wie von einem Leichentuch eingehüllt.

Stone packte das Steuerruder und paddelte auf das Ufer zu. Er sprang über Bord und fing an, das Boot in Richtung Ufer zu ziehen. Schock und Verzweiflung drohten ihn zu überwältigen. Das Schiff schrumpfte in der Ferne. Es war verrückt gewesen zu glauben, er könne es mit einem Kanu einholen.

Er griff nach seinem Sprechfunkgerät – das hätte er sofort tun sollen – und rief auf Kanal 16: „*Dallas Belle!* Bitte kommen, *Dallas Belle!*"

Keine Antwort. Er rief wieder: „*Dallas Belle!* Können Sie mich hören, *Dallas Belle?*" und preßte das Funkgerät ans Ohr. Aber da war nur Rauschen, ein elektronisches Brausen, das kaum von dem Tosen der Brandung zu unterscheiden war.

Immer wieder rief er, bis die *Dallas Belle* hinter dem Horizont verschwand und nur einen kleinen Rauchschimmer hinterließ.

DASS das sandfarbene Schiff mit seiner Frau und seiner Tochter einfach davongefahren war, schien ihm ganz und gar unfaßbar. Er versuchte krampfhaft, sich eine Erklärung für das Geschehene zurechtzulegen. Sie waren in See gestochen, um das Schiff zu stabilisieren, während Sarah eine Operation durchführte. Oder sie hatte entschieden, daß der Patient in aller Eile in ein Krankenhaus auf den Philippinen gebracht werden mußte. Überlegungen, die noch weniger Sinn ergaben als das Ereignis, das er einfach nicht glauben konnte.

Sein ungläubiger Blick schweifte über die leere Lagune. Der Pazifische Ozean dehnte sich endlos nach allen Seiten.

Er befand sich 150 Meilen nordöstlich von Tobi, wo es eine Funkstation gab – genau entgegengesetzt zu der Richtung, in die die *Dallas Belle* verschwunden war. Angaur auf der anderen Seite, die südlichste der Palauinseln, hatte eine Landepiste aus dem Zweiten Weltkrieg, wo er ein Flugzeug nach Koror bekommen konnte, der Hauptstadt. Und in Koror hatte er einen Freund: Marcus Salinis, den Präsidenten der winzigen Republik Palau. Aber Angaur war 250 Meilen entfernt, und dazwischen lag nur Ozean.

Überwältigt und erschöpft von den Strapazen, das Kanu an den Strand zu ziehen, ließ er sich auf den Dollbord des Kanus sinken. Er starrte nach Norden und träumte, er würde die *Dallas Belle* zurückkommen sehen, mit einer völlig plausiblen Erklärung.

Erneut betrachtete er die Lagune. Hundert Meter entfernt trieb etwas Großes, Weißes an Land. Ein toter Hai? Er musterte das weiße Etwas, während es angeschwemmt wurde. Ein Fregattvogel näherte sich ihm und kreiste erwartungsvoll. Eine Leiche?

Stone rannte los. Der Vogel drehte mit einem ärgerlichen Kreischen ab. Stone watete ins seichte Wasser hinaus, packte eine kalte Hand und zog die Leiche an Land.

Es war ein bleicher Europäer, nur mit Boxershorts und einer Gummisandale bekleidet. Sein Gesicht war vom Riff übel zugerichtet. Stone drehte ihn herum und sah in seinem Rücken drei Einschüsse. Kleinkaliberwaffe, die Kugeln mußten noch in ihm stecken, und keine der Wunden hätte sofort zu seinem Tod geführt. Man hatte ihn vielleicht noch lebend von der *Dallas Belle* geworfen. Er war möglicherweise ertrunken, ehe er hatte verbluten können.

In diesem Augenblick stand für Stone fest: Er mußte das Atoll schnellstmöglich verlassen.

DIE VORRÄTE des alten Seefahrers, die aus dem sinkenden Boot geschwommen waren, trieben auf der Oberfläche der Lagune. Stone watete hinaus und sammelte sie ein: Körbe und in Blätter gehüllte Bündel mit Nahrungsmitteln, Kokosnüsse, Perlonschnur und Kokosfasern, Kokosnußschalenhälften zum Schöpfen. Er schöpfte das Wasser aus dem Kanu und fand dabei noch ein paar Jamswurzelknollen und Brotfrüchte und einen langen Brotfruchtzweig, der mit einer Substanz überzogen war, die ihm an den Händen klebte.

Stone sortierte das, was er geborgen hatte, auf mehrere Häufchen und schüttelte den Kopf. Es gab weder Kompaß noch Sextanten und auch keine Karte. Stone hätte in diesem Augenblick seinen rechten Arm für Ronnies GPS gegeben. Vielleicht bei Nacht, mit seiner Erinnerung an die Sterne und ihre Konstellationen ... Plötzlich fiel ihm der Minikompaß ein, den er immer in seiner Arzttasche mit sich führte, um sich zu orientieren, falls er mit dem Schlauchboot in Nebel geriet. Das war ein echter Glücksfall, der ihm neue Energie verlieh für die Aufgabe, das Kanu wieder seetüchtig zu machen.

Er konzentrierte sich zunächst auf den aufgerissenen Rumpf. Der Rumpf war in Karweelbauweise gefertigt, die langen Planken trafen an den Rändern glatt aufeinander. Die Kanumacher von Puluwat hatten sie mit Coir zusammengebunden, einer elastischen Kokosfaser. Und dieses Coir – das durch etwa zehn Zentimeter auseinanderliegende, in das Holz gebohrte Löcher geführt war – war abgerissen.

Stone arbeitete sich an der Bindenaht entlang, bis er an die Delle kam, die dem Aufprall auf das Riff zuzuschreiben war. Beide Planken waren aufgesplittert, genau entlang den Löchern. Er würde zwei neue Löcher bohren müssen, das Coir doppelt nehmen und die Naht mit irgend etwas kalfatern. Alle Werkzeuge, über die er jetzt verfügte, befanden sich in seinem Rucksack, den er an einen Haken in einem Pfosten des *fale* gehängt hatte. Er hatte Skalpelle, um das Coir zu schneiden, sein Schweizer Offiziersmesser, Chirurgenscheren, sein Takelmesser, ein paar Einwegfeuerzeuge, die er immer als Geschenke bei sich trug, aber nichts, was einem Bohrer ähnelte. Wenn er irgendwo einen Nagel fand, konnte er ihn mit einem Stein durch das Holz treiben und mit seiner Zahnarztzange wieder herausziehen.

Er suchte nach Treibholz mit einem Nagel, fand aber nichts außer einem verwitterten Baumstamm. So kehrte er zu dem *fale* zurück, um nach seinem Rucksack zu sehen. Der Haken, an den er ihn gehängt hatte, war eine Messingschraube. Jemand mußte sie vor langer Zeit in einem Stück Treibholz gefunden und in den Pfosten gedreht haben. Stone packte sie mit seiner Zahnarztzange und schraubte sie heraus. Dann rannte er mit seinem Rucksack zurück, kniete neben dem Kanu nieder und begann, die Schraube in das vom Wasser aufgeweichte Holz zu drehen.

Er arbeitete von außen nach innen und dann von innen nach außen, bis die Löcher sich in der Mitte trafen. Die zwei Löcher zu bohren dauerte eine Stunde. Der Sand blieb ihm dabei an den Fingern hängen, und schließlich wurde ihm bewußt, daß die klebrige Substanz, die der alte Mann mit sich geführt hatte, Brotfruchtsaft war, den die Insulaner zum Kalfatern verwendeten. Sie schmolzen ihn mit einer langsam schwelenden Ranke. Stone benutzte sein Feuerzeug. Er bestrich beide Seiten der offenen Naht mit dem Brotfruchtsaft und packte Verbandsgaze darüber. Anschließend fädelte er Coir durch die Löcher und zog die Faser fest.

Das Kanu war klein, keine fünf Meter lang, und dafür gebaut, in den geschützten Gewässern von Lagunen zu segeln. Daß der alte Mann damit eine Reise von fast tausend Meilen bewältigt hatte, sprach mehr für seine Geschicklichkeit als für sein Fahrzeug. Und doch spürte Stone, als er das Kanu zu Wasser gebracht, aufgetakelt und wieder beladen hatte, eine Anwandlung von Stolz.

Er fuhr übungshalber über die Lagune hin und her und sah, daß der reparierte Riß allem Anschein nach hielt. Das Kanu leckte jetzt kaum mehr und hob sich jeder Woge entgegen, während der Wind es gerade und sicher auf das offene Meer hinaustrieb.

Er sah auf die Uhr, blickte mehrmals zu dem Atoll zurück und versuchte, die Geschwindigkeit der Strömung abzuschätzen. Er achtete darauf, daß die Dünung auf seiner rechten und die Sonne auf seiner linken Seite blieb, und sah immer wieder auf den kleinen Kompaß. Die Sonne sank unterdessen bis zum Rand des Wassers und ging dann ganz plötzlich unter.

Der Wind wurde kühl, und kalte Gischt wischte über das offene Deck. Stone kaute Brocken von Brotfrucht und trank Milch aus einer Kokosnuß, während er darauf wartete, daß die ersten Sterne aus dem immer tiefer werdenden Blau herauskamen. Aber die ganze östliche Hälfte des Himmels hatte sich mit Wolken überzogen und nahm ihm jede Hoffnung, den aufsteigenden Gürtel des Orion zu erblicken.

Eine erschreckend kalte, volle See stieß ihn vom Deck in die Bilge und ließ das Boot außer Kontrolle geraten. Er tastete sich in der Dunkelheit auf das Auslegerdeck und stabilisierte das Kanu. Dann band er sich ein Stück Perlonschnur um die Hüfte und befestigte es als Rettungsleine am Kanu.

Um wieder auf den Kurs zurückzufinden, hob er den Kompaß etwas höher, damit er ihn im Licht seiner Taschenlampe ablesen konnte. Die See packte wie ein bösartiges Kind zu und riß ihm das Instrument aus der Hand. Verzweifelt griff er nach seiner letzten Verbindung zu der modernen Welt. Aber der Kompaß war weg, und sein Mut schwand mit ihm.

Er war verloren, orientierungslos durch die Wolken und verwirrt von der aufgewühlten See. Der Wind änderte immer wieder die Richtung – heftige Böen ließen das Segel flattern und schleuderten das Kanu wild herum. Eine Bö fuhr ins Segel und warf Stone ins Wasser. Er zog sich mit seiner Rettungsleine wieder an Bord. Er kauerte fröstelnd da und versuchte, sich zu sammeln.

Schließlich riß ihn ein plötzlicher Wolkenbruch aus seiner Betäubung. Er zog das Segel ein, tastete dann nach einer ausgehöhlten Kokosnuß und fing an, das Seewasser zu lenzen, das ins Boot strömte.

Eine Schale voll Wasser. Über die Seite. Schale voll Wasser. Über die Seite. Wieder und wieder. Er zählte mit, gönnte sich nach jedem vollen Hundert einen Augenblick Ruhe.

Donner krachte. Blitze spalteten die Dunkelheit. In ihrem grellen Licht sah Stone eine gewaltige Welle, die rasend schnell auf ihn zukam. Er schlang beide Arme um den Mast und klammerte sich daran fest. Die Welle donnerte über das Auslegerdeck und ließ das Boot erzittern. Dann packte der Sturm den Mast wie einen Griff und hebelte das Boot zur Seite, während von unten das Wasser nachstieß. Stone beugte sich hinaus und zwang den Ausleger mit seinem Körpergewicht nach unten. Aber er hatte nur einen vorläufigen Sieg errungen. Die nächste Kombination aus Bö und Welle würde das Kanu wie eine Nußschale umkippen.

In der Dunkelheit tastete er nach den Wanten und Stagen und ließ den Mast herunter, um dem Wind weniger Angriffsfläche zu bieten. Als er die schwere Spiere fest vertäut hatte, zitterte er vor Erschöpfung.

Die Brecher, der Regen und die Gischt überfluteten immer wieder sein Boot. Hundertmal schöpfen, ausruhen. Er fragte sich, wo der alte Mann, der die Achtzig deutlich überschritten hatte, die Kraft hergenommen hatte, so mit dem Meer zu kämpfen. Plötzlich ahnte er, was der Alte getan hatte. Er hatte nicht mit dem Meer gekämpft, er hatte es umarmt: Er hatte das Kanu untergetaucht, um es vor den Wellen zu schützen. Stone überlegte kurz und erkannte, daß auch er keine andere Wahl hatte.

Er vergewisserte sich schnell, daß seine Lebensmittel und sein weniges Werkzeug vertäut waren. Dann nahm er eine Kokosnußschale und schöpfte das Seewasser in den Rumpf. Die Brecher halfen ihm. Er zog sich auf die halb untergetauchte Plattform und kämpfte darum, das Kinn über dem vom Wind gepeitschten Wasser zu halten.

ER ERWACHTE zitternd, verblüfft, daß er geschlafen hatte. Der Wind hatte nachgelassen und wehte nun stetig aus einer Richtung. Über ihm flackerte gelegentlich ein Stern durch die dünner werdende Wolkendecke.

Stone verspürte wieder Hoffnung. Der Verlust seines Kompasses schien ihm jetzt weniger katastrophal. Die nächtliche Karte des Himmels würde ihm bei der Navigation helfen.

Er ließ sich in das warme Wasser hinab, um das Kanu zu entlasten, und begann zu schöpfen. Die See beruhigte sich, und ab drei Uhr morgens ritt der Rumpf wieder hoch auf den Wellen. Um vier konnte er ins Boot steigen. Er richtete den Mast auf und setzte Segel. Der Himmel hatte genügend aufgeklart, daß er den Großen Wagen sehen konnte, der den Weg zum Polarstern wies. In Sorge, daß der Sturm ihn bereits zu weit nach Westen getrieben hatte, halste er und segelte nach Osten.

Er döste und wachte auf, als ihm die Sonne in die Augen schien. Er erhob sich, steif und bis auf die Knochen durchgefroren, dankbar für die Wärme der soeben aufgegangenen Sonne, und betete um ein Schiff, das er mit seinem Sprechfunkgerät anrufen konnte. Und tatsächlich – im Osten glaubte er etwas zu sehen.

Er kletterte den Mast hoch. Zunächst war es nur ein Schatten, dann ein verschwommener Umriß, schließlich ein Objekt, das aussah, als ob es von Federn gekrönt würde. Aber es war kein Schiff. Es war Land – die palmenbestandenen Pulo-Helena-Atolle, von denen er am Abend zuvor abgesegelt war.

3

Sie erblickte einen Behälter mit einem Rettungsfloß auf dem Achterdeck, weit unter dem Bullauge, durch das sie zusah, wie sich das Schiff im ersten Tageslicht auf der Meeresoberfläche spiegelte. Wenn es ihr und Ronnie irgendwie gelang, auf das Hauptdeck zu schleichen, würden sie es dann schaffen, den Behälter über das hohe Schanzkleid zu stemmen und hinterherzuspringen? Zwanzig Meter bis zum Wasser, aus einem Schiff, das mit 22 Knoten dahinraste? Was, wenn sie so hart auf die Wellen prallten, daß sie das Bewußtsein verloren? Oder wenn das Schiff sie unter sich sog? Sie konnten vom Heck aus springen, hinter das Schiff. Sie konnten Rettungswesten stehlen. Aber wenn sie einmal in dem Schlauchboot waren, was dann? Treiben. Warten, bis sie von einem anderen Schiff aufgefischt wurden. Zu riskant, solange sie nicht näher bei den Schiffsrouten waren.

Sie stieg wieder ins Bett und zog Ronnie an sich.

Es war besser, zuerst den Versuch zu machen, einen Hilferuf über Funk abzusetzen. Sie hatte die Treppe zum Funkraum ausfindig gemacht. Aber wer würde oben an der Treppe sein, vorausgesetzt, sie schaffte es überhaupt, ungesehen nach oben zu kommen?

Ronnie regte sich, schlüpfte unter dem Arm ihrer Mutter hervor und stellte sich aufrecht aufs Bett, um die Propeller an den Dutzenden von Flugzeugmodellen aus dem Zweiten Weltkrieg drehen zu können, die von der Decke hingen.

„Ich habe nachgedacht", sagte sie. „Papa wird zurechtkommen."

„Natürlich wird er das."

„Nein, ich meine wirklich, Mama. Er hat Fisch zu essen und kann Kokosmilch trinken ... Nur vermissen wird er uns und sich Sorgen machen, pausenlos."

„Ja, das wird er. Aber er weiß, daß wir beide gut auf uns aufpassen können", sagte Sarah, obwohl sie in Wirklichkeit zutiefst besorgt war.

Ronnie kniete sich plötzlich neben Sarah nieder. „Mama, meinst du, er könnte versuchen –"

Sarah drückte ihrer Tochter die Hand auf den Mund und flüsterte ihr ins Ohr: „Vorsichtig. Was ist, wenn die lauschen?"

„Mama", flüsterte sie. „Machst du dir wirklich keine Sorgen?"

„Die lassen uns frei, sobald es dem alten Mann bessergeht."

Mr. Jack, wie sie den alten Mann nannten, lag in dem Bett neben dem ihren und hing am Beatmungsgerät. Er atmete immer noch zu schwach, und sein Blutdruck war so niedrig, daß er, wie Michael sagen würde, zwei Grad nördlich vom Tod stand.

„Das ist alles so merkwürdig. Warum wollen die ihn nicht in ein Krankenhaus bringen?"

„Weil sie uns haben."

„Aber wir sind doch kein Krankenhaus, nur eine Ambulanz."

„Das muß ich denen noch irgendwie klarmachen", pflichtete Sarah ihr grimmig bei. Ronnies Gesicht verdüsterte sich, und Sarah zwang sich zu einem Lächeln. „He, lausch du an der Tür, ich werde mal nachsehen, wo wir sind."

Sie hatten ein großes Geheimnis – Ronnies GPS, das in ihrem Snoopyrucksack versteckt war. Sie lauschten mit Sarahs Stethoskop an der Tür, vergewisserten sich, daß der alte Mann immer noch schlief, und öffneten dann ein Bullauge. Sarah schaltete das GPS ein und hielt es die paar Augenblicke nach draußen, die es brauchte, um Kontakt mit den Satelliten zu bekommen.

Sarah war entsetzt. Das Schiff machte jetzt 23 Knoten, damit hatten sie über vierhundert Meilen zurückgelegt in den 18 Stunden, seit sie Michael zurückgelassen hatten.

„Sie kommen!" rief Ronnie.

Sarah stopfte das GPS in den Rucksack und schloß das Bullauge, als es an der Tür klopfte. Sie tauschte Blicke mit Ronnie und nickte. Ronnie öffnete die Tür. Es war nur Ah Lee, der chinesische Hilfssteward, mit einem Frühstückstablett.

„Guten Morgen, Ladys."

„Guten Morgen, Ah Lee."

Er deckte den Tisch wie ein Etagenkellner im Hotel und ging schnell wieder.

„Ich habe keinen Hunger", erklärte Ronnie.

„Wir essen, solange es noch was gibt", erklärte Sarah entschieden.

Sie setzten sich an den kleinen Frühstückstisch. Der Geruch in ihrer Suite, in dem sich kühle, klimatisierte Meeresluft, Seife und Möbelpolitur mischten, das reflektierte Sonnenlicht, das an der Decke tanzte, und das ferne Vibrieren von Schiffsmotoren ließen in Sarah beinahe den

Gedanken aufkommen, daß sie und ihre Tochter eine Kreuzfahrt auf einem Luxusschiff machten.

Ihr Lächeln, das dazu bestimmt war, Ronnie Mut zu machen, verschwand, als es wieder an der Tür klopfte.

„Hätten Sie mal eine Minute Zeit, Doc?"

„Wir sind beschäftigt", murmelte Ronnie. „Kommt morgen wieder!"

„Provoziere sie bloß nicht", mahnte Sarah. Sie nahm Ronnie bei der Hand und ging mit ihr in den luxuriösen Salon der Eignersuite der *Dallas Belle.* Sie wandte sich den beiden Männern zu, die die Macht über ihr Leben und das ihrer Tochter an sich gezogen hatten. Der Kapitän der *Dallas Belle* war ein kräftig gebauter Texaner Mitte Dreißig, ein entschlossener, klar denkender Mann, der das Schiff im Griff hatte, wenngleich nicht alle Mannschaftsmitglieder. Über die schien der große schwarze Amerikaner, Moss, zu gebieten.

„Wann holen Sie die Kugel aus ihm heraus?"

„Ich ziehe es vor, das nicht zu tun."

„Mir ist egal, was Sie vorziehen", knurrte Moss.

„Die Kugel ist Mr. Jacks geringstes Problem, Mr. Moss. Er braucht dringend ein Krankenhaus. Mr. Jack, das haben Sie mir selbst gesagt, ist 77 Jahre alt. Wenn er nicht genug Luft in seine Lungen bekommt, holt er sich eine Lungenentzündung. Er reagiert nicht so auf das Narcan, wie ich mir das wünschen würde. Seine Atmung wird von dem Morphium beeinträchtigt, und sobald die Wirkung nachläßt, wird er gegen die Schmerzen ankämpfen müssen, die ihm die Schußverletzung und die chirurgischen Fähigkeiten Ihres Hilfsstewards eingetragen haben."

„Dann müssen Sie ihm die Kugel herausholen."

„Nein. Er kann sich keine weiteren Komplikationen leisten. Bei einem Mann Ihres Alters würde ich mit dem größten Vergnügen operieren –"

„Ohne Narkose", flüsterte Ronnie.

Sarah drückte heftig Ronnies Arm.

Ein eisiges Lächeln ging über Moss' Züge. „Vielleicht möchtest du zusehen, was ich mit deiner Mutter ohne Narkose mache?"

Ronnie sah zu Boden. In dem häßlichen Schweigen, das jetzt eintrat, suchten Moss' Augen die von Sarah. Sie sah an ihm vorbei und spürte Angst um sich und Ronnie in sich aufsteigen.

„Ich muß sagen, Mr. Moss, zu den vielen Dingen, die ich hier nicht verstehe, gehört auch, daß Sie, der Sie doch Mr. Jack offensichtlich so ergeben sind, sein Leben riskieren, nur um ihn nicht in ein Krankenhaus zu bringen. Sie könnten sich doch gewiß eine plausible Erklärung einfallen lassen, wie er sich die Schußverletzung zugezogen hat. Als Ärztin muß ich darauf bestehen –"

Moss trat blitzschnell vor sie und packte sie am Arm.

„Lassen Sie mich los!"

Jetzt packte er auch mit der anderen Hand zu und hob sie in die Höhe. Er starrte ihr in die Augen. „Wenn er stirbt…, sterben Sie. Alle beide." Er setzte sie heftig zu Boden und ging hinaus.

Ronnies Lippen begannen zu zittern. Sarah drückte sie an sich. „Ist schon gut. Mir ist nichts passiert."

Der Kapitän versuchte zu lächeln. „Schau, Kleines, je schneller deine Mutter Mr. Jack zusammenflickt, desto schneller darfst du zu deinem Papa zurück."

„Stehen meine Tochter und ich unter Ihrem Schutz, Kapitän?"

Der Kapitän schaute nur unbehaglich drein.

„Was für eine Rolle spielt Moss eigentlich auf Ihrem Schiff?" fragte Sarah.

„Nun, Moss kümmert sich um Mr. Jack."

„Als Leibwächter?"

„Ja, unter anderem. Er ist Mr. Jack verantwortlich. In Gegenwart des Alten ist Moss das reinste Lamm. Und deshalb, Doc, werden Sie hoffentlich verstehen, daß es für Sie am besten ist, Mr. Jack wieder auf die Beine zu bringen."

„Kapitän, das ist Wahnsinn. Noch eineinhalb Tage, und Sie sind in Hubschrauberreichweite von Manila. Falls Sie kein Vertrauen zu den philippinischen Krankenhäusern haben, sind Sie immerhin nur achtzehnhundert Meilen von Hongkong entfernt. Das wären drei Tage."

Der Gesichtsausdruck des Kapitäns hatte sich plötzlich verändert. Sarah wurde zu spät bewußt, daß es ungeschickt gewesen war, so viel von ihrem Wissen preiszugeben.

„Ich bin viele Jahre zur See gefahren, Kapitän. Man braucht kein Genie zu sein, um einigermaßen genau unsere Position zu bestimmen."

„Woher kennen Sie unsere Geschwindigkeit?" fragte er eisig.

„Das ist ein Gastanker. Die sind schnell, ich schätze zweiundzwanzig Knoten."

Plötzlich plärrte irgendwo im Schiff ein Feueralarm los. Der Kapitän hetzte die Treppe hinauf.

Der Lärm wurde lauter, und Sarah und Ronnie rannten an das Heckfenster. Auf dem Achterdeck brannte nichts, und im Kielwasser trieb auch nichts.

„Ronnie." Sarah kniete vor dem Kind nieder und nahm sein Gesicht in beide Hände. „Bitte geh jetzt hinein, und setz dich zu Mr. Jack."

„Und was machst du?"

„Tu, was ich gesagt habe. Bleib bei ihm, bis ich zurückkomme."

„Aber was ist, wenn Moss kommt?"

„Der kommt jetzt nicht. Die haben irgendein Problem."

„Ich will mitkommen."

„Du mußt mir den Rücken decken. Ich will sehen, ob ich ein Satellitentelefon finde."

Ronnie war entsetzt.

„Erinnerst du dich, was Papa bei der Rettungsbootübung immer sagt?" fragte Sarah.

Ein Lächeln zog über Ronnies Gesicht. „Seid britisch, Boys!"

„Seid britisch!" war angeblich der letzte Befehl, den der Kapitän der *Titanic* seiner Mannschaft gegeben hatte, und Michael salutierte dazu meist noch übertrieben würdevoll.

„Daß du mir ja nicht lachst! Sonst hören die, daß wir ‚britisch' sind!"

Sarah drängte Ronnie in Mr. Jacks Kabine, gab ihr einen Kuß und stieg mit wild pochendem Herzen die Treppe hinauf. Am Treppenabsatz öffnete sie die Tür einen Spalt weit, spähte vorsichtig hinaus und stellte mit Erleichterung fest, daß dahinter eine Art Korridor war, in den die Treppen von der Kapitänskajüte und der Eignerkajüte ebenso mündeten wie die Haupttreppe und der Aufzug. Rechts war ein Computerraum, links der Kartenraum. Sie betrat den Korridor. Hinten befand sich der Funkraum und vor ihr ein mit einem Vorhang versehener Durchgang. Sie zog den Vorhang ein Stück weg und spähte durch den Spalt.

Sie konnte jetzt etwa die Hälfte der Brücke sehen, darunter auch das Ruder – fest in der Hand des Autopiloten. Der Kapitän starrte nach vorn auf eine weiße Rauchfahne entweichenden Gases, das aus einem Ventil am Vorderdeck in die Höhe schoß. Plötzlich wirbelte er herum und stieß ein paar Befehle aus, die sie nicht hören konnte. Sein Gesicht wirkte angespannt, ein Ausdruck, in dem sich Autorität und gesunde Furcht mischten. Ein Offizier tauchte auf und legte an einer Konsole einen Schalter um, der den Alarm zum Verstummen brachte. In der plötzlich entstandenen Stille hörte sie den Kapitän rufen: „Helfen Sie denen unten auf Deck!"

Sarah rannte in den Funkraum zurück und versteckte sich hinter einem Wandvorsprung, als der Mann die Treppe hinunterhetzte. Sie entdeckte ein Satellitentelefon. Ihr Blick fiel auf den automatischen Notrufschalter der Funkanlage. Aber diese Art von Hilferuf würde sich hinterher mühelos als Fehlalarm erklären lassen, und außerdem würde man ganz sicher ihr die Schuld dafür geben.

Sie schlich zum Vorhang zurück. Der Kapitän schrie in sein Walkietalkie: „Tragt Decken zusammen, und feuchtet sie kräftig an – wo zum Teufel rennen denn die alle hin? Augenblick, ich komme runter!"

Sarah eilte in den Funkraum zurück, als der Kapitän die Treppe hinunterrannte. Sie gab eine Nummer auf den Palau-Inseln in das Satellitentelefon ein und hielt es sich ans Ohr. Während sie wartete, daß die Verbindung sich aufbaute, rannte sie auf die verlassene Brücke.

Die *Dallas Belle* besaß die allermodernste Technik: OMBO *(one man bridge operated)*, eine Brücke, die von einem einzigen Mann bedient werden konnte. Das erkannte sie von einer etwas höher angeordneten Toilette mit einer Glastür aus, die freien Ausblick durch die Windschutzscheibe und auf eine Computerstation direkt vor dem Ruder erlaubte. OMBO ermöglichte es, daß nur ein einziger Offizier Tag und Nacht, bei gutem und schlechtem Wetter Wache hatte. Am Ruder zeigte der 30-Zoll-Bildschirm Kurs, Geschwindigkeit, Position, Wetter und Meeresdaten. Selbst falls jemals alles Leben an Bord durch irgendeinen Virus ausgelöscht würde, der vollautomatisierte Gastanker würde ewig auf einem Kurs weiterdampfen, der in den Computer eingegeben war.

Das Telefon klickte, und das Summen des Wähltons war zu hören.

Sarah wählte erneut, trat an die Windschutzscheibe und spähte geduckt hinaus, damit die Männer auf dem Hauptdeck unter ihr sie nicht sehen konnten. Die gekaperte Swan war direkt vor dem Steuerhaus vertäut. Sie stellte erleichtert fest, daß sie die Segel zusammengerollt und den Sonnenschutz über den Baum gezogen hatten. Zweihundert Meter weiter vorn sprühte die Besatzung Schaum aufs Deck, während zwei Männer in Gasmasken und Gummianzügen mit dem geplatzten Ventil kämpften.

Direkt unter sich sah sie den Kapitän und Moss, beide mit Decken beladen, aus dem Deckshaus nach vorn zu der Dampfsäule rennen. Moss schob einen Matrosen von einer Löschstation weg und richtete den Schaumstrahl auf die Decken. Der Kapitän griff sich eine von ihnen und warf sie über das zerbrochene Ventil.

Zu Sarahs Verblüffung wurde die Decke sofort starr von Frost. Der Gasstrahl blies sie hoch in die Luft, und sie segelte davon. Natürlich, dachte sie, um das Gas in flüssigem Zustand zu komprimieren, war es nötig, es auf viele Grad unter Null abzukühlen.

Die beiden Männer warfen weitere feuchte Decken auf die Öffnung. Die Gassäule zitterte und löste sich in Luft auf. Gleich darauf war das gebrochene Ventil in einem massiven Eisblock eingeschlossen.

Moss und der Kapitän kehrten zum Deckshaus zurück, gerade als das

Satellitentelefon die Verbindung herstellte. Beim vierten Klingeln schaltete sich ein Anrufbeantworter ein, und eine Tonbandstimme erbot sich, eine Nachricht aufzuzeichnen.

EINE hohe See hob das Kanu. Die Sonne hatte den Morgendunst weggebrannt, und die Luft war kristallklar. Die drei Palmwedel am Horizont waren unverkennbar Pulo Helena. Stone fluchte über die Zeit, die er vergeudet hatte.

Er kehrte den Atollen den Rücken und nahm wieder Kurs nach Norden. Aber als er eine Kokosnußschale ins Wasser warf, um seine Geschwindigkeit abzuschätzen, bestätigte sie ihm, daß er für jede Meile, die er nordwärts dazugewann, etwa die gleiche Strecke nach Westen getrieben wurde. Er würde von Glück reden können, wenn er auf diese Weise am Tag zwanzig Meilen schaffte.

Das Kanu trug zuviel Segel, um wirksam kreuzen zu können. Er beschloß, das Rigg umzubauen. Er legte den Mast um, nahm das Segel von der Spiere und schnitt mit seiner Chirurgenschere ein langes Dreieck aus dem Tuch. Die Gaffel war die längste Spiere. Ohne das Segel abzunehmen, setzte er sie als einen neuen, höheren Mast und verstärkte ihn mit dem Perlonseil. Dann befestigte er den alten Maststummel horizontal als Baum, nähte den dreieckigen Streifen als Vorsegel um das vordere Stag und befestigte Leinen daran, um beide Segel damit kontrollieren zu können. Schließlich trimmte er sie. Dann legte er sein Gewicht auf den Ausleger, und das Boot schoß auf Steuerbordkurs davon.

Er warf wieder eine Kokosnußschale. Vier Knoten. Fast hundert Meilen am Tag. Er befestigte die Schoten am Ruder, damit das Kanu sich selbst steuern konnte, und ging auf Kurs.

Die Tropensonne näherte sich dem Zenit und brannte brutal auf ihn herunter. Er flickte sich ein Sonnensegel zusammen. Dann trank er aus einer Kokosnuß und aß ein paar Bissen gesalzenen Fisch, den der alte Mann in Brotfruchtblättern aufbewahrt hatte. Er aß und trank noch einmal, kurz bevor die Sonne im Meer versank. In der Dunkelheit fühlte sich das Kanu verletzbarer an. Aber als die Nacht dann schwärzer wurde, wurde die Milchstraße immer heller, bis sie den Ozean wie Mondlicht erhellte, und er verspürte wieder Hoffnung. Wenn er wenigstens einen Durchschnitt von drei Knoten schaffte, würde er Angaur in drei Tagen erreichen.

Mit der neuen Hoffnung kam auch der Mut, darüber nachzugrübeln, weshalb sie Sarah und Ronnie mitgenommen hatten. Wenn sie bloß Angst vor Verfolgung hatten, wäre es einfacher gewesen, die *Veronica* ins Schlepptau zu nehmen. Aber sie hatten sich die Mühe gemacht, sie an Bord zu hieven. Die alte Schaluppe war mehr als bloß eine Schaluppe: Sie war ein Sanitätsschiff mit einem Operationssaal. Hatte der Tote jemanden verwundet, den man nicht in ein richtiges Krankenhaus bringen konnte? Wenn das zutraf, war Sarah in Sicherheit, solange sie ihren Patienten behandelte, und Ronnie ebenfalls. Eine schwache Hoffnung, die ihm etwas Ruhe gab.

Er döste jeweils fünf oder zehn Minuten lang; immer wieder weckten ihn die Kälte und der aufkommende Wind. Schließlich versuchte er, sich auf seinen Kurs zu konzentrieren. Er plante, nach Norden bis zur Breite von Angaur zu segeln und dann mit dem Wind nach Westen. Wenn er nur genau erkannte, wann er westlich gehen mußte!

Er brauchte eine Peilung auf den Zenit eines Sterns, dessen höchster Punkt mit der Breite von Angaur korrespondierte. Beteigeuze, der strahlende rote Beteigeuze – einer der ersten Sterne, die er Sarah aufzufinden gelehrt hatte und in dessen Licht sie vor vielen Jahren vor der Küste Afrikas zum Paar geworden waren –, der Zenit von Beteigeuze entsprach ziemlich exakt der Breite von Angaur. Aber das Meer versetzte das Kanu in Schaukelbewegungen, und es schien ihm unmöglich, den Zenit von Beteigeuze zu bestimmen.

Er hörte ein Geräusch. Es war ein eigenartiges Stadtgeräusch, wie auf einem Bahnsteig der U-Bahn. Stone setzte sich auf. Ein hell beleuchtetes Schiff kam weniger als eine Viertelmeile rechts hinter ihm heran. Ein Fischtrawler. Es bewegte sich schnell, und an Deck wurde bei Scheinwerferlicht fleißig gearbeitet.

Er zog sein Sprechfunkgerät aus der Tasche und schrie: *„Mayday! Mayday! Mayday!“* Keine Antwort. Er fand seine beiden Taschenlampen und richtete die Lichtkegel auf sein Segel.

Der Lautsprecher seines Funkgeräts knisterte laut. Die Männer an Deck arbeiteten gebeugt, von ihren eigenen Lichtern geblendet.

„Hilfe!“

Stone schrie wieder und wieder und fuchtelte verzweifelt mit seinen Taschenlampen herum. Der Trawler zog so dicht an ihm vorüber, daß er das Dröhnen seiner Maschinen hören konnte. Plötzlich fuhr ein peitschender Windstoß in sein Segel, das daraufhin quer über das Kanu schlug. Stone war so auf den Trawler konzentriert, daß er das Unheil zu spät kommen sah.

Der hölzerne Baum traf ihn mit aller Gewalt an der Schläfe und warf ihn zu Boden. Das letzte, was er sah, waren die Hecklichter des Trawlers vor ihm, die schnell verblaßten.

ER ERWACHTE im Dunkeln. Sein Mund fühlte sich trocken wie Sand an, und da war in seinem Kopf ein bohrender Schmerz, der bei jedem Herzschlag stärker wurde. Eine vage Erinnerung an den Trawler nahm Gestalt an, vermischt mit Erinnerungen an verrückte Träume von Sarah und Ronnie und von der *Dallas Belle*. Er konnte nur hoffen, daß die Gehirnerschütterung, die er sich zugezogen hatte, nicht zu schwer war. Nach seiner Uhr war er 24 Stunden halb bewußtlos gewesen; den ganzen Tag von der tropischen Sonne ausgedörrt, befand er sich in einem Zustand wirrer Lethargie. Er war gefährlich dehydriert.

Er tastete in der Bilge nach dem Netz mit den Kokosnüssen und tröpfelte Milch von einer davon auf seine aufgesprungenen Lippen. Er trank sie leer, zählte zwei weitere, die letzten Kokosnüsse, die er hatte, und trank dann aus einer von ihnen. Die Flüssigkeit reichte bei weitem nicht aus. Er würde die Haken des alten Mannes auslegen und seine Hoffnung darauf setzen müssen, einen Fisch zu fangen.

Er kramte in seinem Rucksack und zog einen der Beutel mit Saline heraus, die er für den alten Mann hineingeworfen hatte. Er band den Beutel an den Mast, legte sich hin und tastete mit der Nadel nach einer Vene. Als er sich die Infusion gelegt hatte, erhob er sich auf zitternden Beinen, um das flatternde Segel zu trimmen und das Kanu wieder auf Kurs zu setzen. Dann legte er sich wieder hin. Sein Kopf schmerzte immer noch, und ein roter Schleier hing vor seinem linken Auge. Immer wieder suchten ihn Träume heim…

Ein Fisch biß an und zerrte an der Leine, die er hinter sich herzog. Hochgeschreckt, holte Stone sie langsam ein. Es war ein kleiner Thunfisch, der sich heftig wehrte. Er tötete ihn mit einem Stich seines Skalpells und schnitt dünne Streifen Fleisch ab, die er gründlich nach Parasiten untersuchte, ehe er sie roh hinunterschluckte.

Stone mußte genau wissen, wo er sich befand, ehe er nach Westen drehte. Es war eine weitreichende Entscheidung. Wenn er zu früh abbog, würden der Wind und die Wellen das Kanu an Angaur vorbei tief in die Philippinensee treiben, und dann würde ihm eine Reise von beinahe fünfhundert einsamen Meilen bis zur Küste von Mindanao bevorstehen. Wenn er es zu spät tat, würde er zwischen Angaur und der nördlichen Palau-Inselgruppe durchgetrieben oder an dem Riff, das die Inselgruppe umgab, zerschmettert werden.

Er sammelte primitive Hinweise, beobachtete die Sonne bei Tag, die Sterne bei Nacht und schätzte die Richtung nach dem Wind und den Passatrollern. Die einzige Konstante würde der Zenit von Beteigeuze sein, wenn er ihn finden konnte.

In der vierten Nacht, als Stone die letzte Kokosnuß angezapft hatte, tat sich eine Öffnung in den Wolken auf, und Beteigeuze funkelte auf ihn herunter. Stone starrte hinauf. Der kleine orangefarbene Punkt schien über ihm zu stehen, aber das Kanu schwankte, und ehe er sicher sein konnte, schlossen sich die Wolken wieder.

Verzweifelt, voller Angst, sich falsch zu entscheiden, starrte er auf das Meer. Im Wasser entdeckte er einen Lichtschein. Er blickte auf, aber da war immer noch kein Sternenlicht, das sich spiegeln konnte. Da erkannte er, daß es Phosphoreszenz war, die von den Wellen der Rückströmung erzeugt wurde. Solche Wellen gab es nur zwischen achtzig und hundert Meilen vor einem Atoll!

Stone drehte nach Westen, Richtung Angaur.

„Sie kommen!"

Das GPS war nicht lange genug draußen gewesen, um ein Satellitensignal auffangen zu können. Es waren jetzt eineinhalb Tage seit dem Gasleck vergangen, und Sarah konnte nur nach dem Sonnenstand vermuten, daß das Schiff immer noch Kurs auf Schanghai nahm, und hoffen, daß sie bald befahrene Gewässer erreichen würden.

„Schnell!"

Sarah stopfte das GPS in Ronnies Rucksack zurück und war gerade dabei, das Bullauge wieder zu schließen, als der Kapitän die Tür aufriß. Er entdeckte sie am Bullauge, sah, wie Ronnie sich von der Tür zurückzog und daß Mr. Jack immer noch reglos auf dem Bett lag.

„Wir brauchen Sie unten in der Krankenstation, Doc. Wir haben einen Verletzten."

Sarah nahm ihre Tasche und griff nach Ronnies Hand.

„Lassen Sie das Kind da."

„Sie kommt mit", sagte Sarah bestimmt. „Ronnie assistiert mir schon, seit sie acht Jahre alt ist."

Der Kapitän verstellte ihr die Tür. „Glauben Sie mir, es ist wirklich besser, wenn Sie sie nicht mitnehmen. Nicht diesmal."

Der ernste Blick des Kapitäns überzeugte sie. „Also schön. Ronnie, bleib bitte bei Mr. Jack. Ich bin gleich wieder da."

Verwundert folgte Sarah dem Kapitän Richtung Krankenstation.

„Wie geht es dem Alten?" fragte der Kapitän.

„Er gehört in ein Krankenhaus", sagte sie automatisch. In Wirklichkeit machte er den Eindruck, als käme er allmählich wieder zu Kräften. Doch sie setzte immer noch alle Hoffnung darauf, sie überzeugen zu können, daß er auf dem Schiff nicht überleben konnte.

„Dazu kommt es nicht, Doc. Sie sollten sich besser damit abfinden."

Michael fehlte ihr schrecklich. Die drei Tage kamen ihr vor wie drei Wochen. Auf dem Boot war seine Anwesenheit für sie etwas gleichbleibend Verläßliches gewesen, das einfach zu ihrem Leben gehörte. Ohne ihn schien ihr alles unsicher und bedrohlich. Wenigstens hatte sie Ronnie, während er ganz alleine war. Sie nahm an, daß er das Kanu repariert hatte und sich jetzt auf hoher See befand. Sie versuchte, jeden Gedanken daran, welche Gefahren ihm drohen könnten, aus ihrem Bewußtsein zu verdrängen. Jedesmal, wenn Ronnie sie fragte, wie es ihm wohl gehen mochte, flüsterte sie, daß, wenn überhaupt jemand ein Kanu über 250 Meilen Pazifischen Ozeans segeln konnte, dieser Jemand Michael Stone sei. Ronnie nickte dann immer tapfer, wußte aber ebensogut wie Sarah, daß das mit einem gewaltigen Fragezeichen verbunden war. Der Ozean konnte erbarmungslos sein.

Die Krankenstation enthielt ein einziges Krankenbett. Auf dem Bett lag Ah Lee mit völlig zerschlagenem Gesicht. Seine Augen waren schwarz unterlaufen, seine Lippen blutig, seine Nase sah so aus, als ob sie gebrochen wäre, in seinen Wangen klaffte ein Riß. Als sie sich über ihn beugte, zuckte der Junge zusammen.

Sarah senkte die Stimme, um ihn zu beruhigen. „Schon gut, Ah Lee. Ich bin es, Dr. Stone. Ich werde Ihnen helfen." Dann winkte sie den Kapitän verärgert in den Korridor hinaus. „Wer hat ihm das angetan?"

„Er ist die Kajüttreppe hinuntergestürzt."

„Den Teufel ist er. Man hat ihn zusammengeschlagen. Wer hat das getan – Moss?"

„Je schneller Sie ihn zusammenflicken, desto früher können Sie zu Ihrer Tochter zurück, Doc."

Sie ging wieder ins Stationszimmer und untersuchte den Jungen. „Das tut nur einen Augenblick lang weh", flüsterte sie und injizierte ihm ein lokales Betäubungsmittel um Nase und Wange. Dann nähte sie die Wange, richtete die Nase und drapierte mit zerdrücktem Eis gefüllte Gummihandschuhe über Nase und Augen.

„Ich werde später noch mal nach ihm sehen." Zum Abschied berührte sie Ah Lees Hand.

Der Kapitän begleitete sie zum Aufzug und drückte den Liftknopf für das Brückendeck. „Moss will Sie sprechen."

Moss stand über den OMBO-Monitor gebeugt am Ruder. „Lassen Sie uns allein", sagte er zu dem Kapitän.

„Lassen Sie die Finger von ihr", mahnte der Kapitän.

„Sie wird das kriegen, was sie braucht." Moss erhob sich zu seiner vollen Größe und baute sich vor Sarah auf. „Lassen Sie uns allein!“ wiederholte er, und der Kapitän ging.

Sarah hörte, wie sich seine Schritte auf der Treppe entfernten. Moss stand zu nahe bei ihr. Sie trat einen Schritt zurück. „Was wollen Sie?“

„Was wollen Sie?“ äffte er sie nach. „Sie halten sich für was Besseres als ich, weil Ihr reicher afrikanischer Papa Sie aufs College geschickt hat. Glauben Sie, dieser weiße Arztkittel macht Sie weiß?“

Er riß so heftig am Stoff, daß ihre Schulter plötzlich frei lag. Seine Hand streifte über ihre Schulter und tastete nach ihrer Brust. „Schwarz“, sagte er. „Schwarz wie ich.“

Sarah erstarrte. Seine Berührung verursachte ihr eine Gänsehaut. Sie spürte in ihm eine tiefe Verbitterung, die in eine brutale sexuelle Attacke münden konnte. Sie starrte auf seine Hand, die ihr Fleisch knetete. Dann bemerkte sie, daß ihr weißer Mantel rote Flecke hatte. „Sie bluten.“

„Ich habe mir den Knöchel aufgerissen.“

„Warum haben Sie Ah Lee verprügelt? Er ist doch bloß ein Junge.“

„Er hat seinen Posten verlassen … Wir lassen nicht zu, daß die Leute auf diesem Schiff ihre Wache verlassen.“ Er starrte sie an. „Ich gebe Ihnen einen Rat. Passen Sie auf, was Sie tun, wenn Sie nicht wollen, daß das Gesicht Ihres Töchterchens so aussieht wie das von Ah Lee.“

Sarah spürte, wie ihre Willenskraft erlahmte. Er hat das mit dem Satellitentelefon herausgekriegt, dachte sie entsetzt. Aber ehe sie ihre Angst unter Kontrolle bringen konnte, fragte Moss: „Sind Sie Schmuggler, Doc?“

„Wie bitte?“

Moss ging an die Windschutzscheibe und starrte auf die Swan hinunter. „Kohlenfasermast. Irgendwie komisch auf diesem alten Boot. Der Kapitän sagt, damit sind Sie für das Zollradar unsichtbar. Schmuggelt ihr beiden Stoff?“ Er drehte sich herum, um ihre Reaktion zu sehen.

Sarah lächelte erleichtert. „Jetzt verstehe ich. Nein, wir sind keine Rauschgiftschmuggler.“

„Was lachen Sie dann?“

„Mein Mann hat den Mast von einem Wrack geborgen. Er ist recht findig. Ich weiß nicht, wie er es gemacht hat.“

„Er wollte ihn zum Schmuggeln“, beharrte Moss.

„Wir sind keine Schmuggler, Mr. Moss. Wir segeln mit unserem Sanitätsboot zu den abgelegensten Inseln. Wir richten Knochenbrüche und untersuchen alte Leute.“

„Vielleicht nehmen Sie ein wenig Schmuggelware mit, um für das Sanitätsboot zu bezahlen?“

„Nein. Wir werden unterstützt, hauptsächlich durch Japaner. Sie sind auf den Inseln sehr engagiert."

„Komisch, daß ich keine Waffen an Bord gefunden habe."

Sarahs Augen blitzten. „Sie haben kein Recht, unsere Sachen zu durchwühlen."

„Wieso keine Waffen?"

„Wir halten nichts von Waffen."

„Doc!" Der Kapitän stürmte herein. „Der alte Mann ist wach!"

Moss blieb auf der Brücke. Er würde da unten nur im Wege sein. Komisch. Seine Großmutter hatte ihn immer gezwungen zu beten. Letzte Nacht hatte er es mit Beten probiert. Wäre ja gelacht, wenn Mr. Jack nicht wieder aufwachte!

Er wandte sich dem OMBO-Monitor zu und setzte sich das Headset auf. Die Schiffscomputer waren Zauberei. Nichts passierte an Bord, das nicht aufgezeichnet und protokolliert wurde, und alle Informationen standen jederzeit abspielbereit zur Verfügung. Jede Umdrehung der Schrauben, jede Kursänderung, jedes Wort, das auf jedem Deck gesprochen wurde, jedes Funksignal.

Er schaltete die Tonwiedergabe ein. Eine Aufzeichnung, die er sich schon vor einer Weile angehört hatte, lief erneut ab. „… Mama, meinst du, er könnte versuchen –"

Daß sie damit rechneten, daß „Papa" nachkommen würde, war ziemlich klar. Aber der Kapitän hatte ihm versichert, daß es dann viel zu spät sein würde, selbst wenn dieser Stone es durch irgendein Wunder schaffen sollte.

Moss tippte den Kurzwahlknopf an einem Satellitentelefon. Eine Frauenstimme meldete sich. Moss sagte: „Ich habe da eine Telefonnummer und möchte wissen, wem die gehört."

Während er wartete, rief er auf dem OMBO-Monitor das Menü auf und wählte aus den aufgelisteten Häfen TOKIO. Die Maschine zeigte ihm eine Übersichtskarte der Sagamisee.

Moss tippte den Befehl SIMULATOR ein. Auf dem Bildschirm tauchte ein Symbol auf, das die *Dallas Belle* darstellte. Im Zeitraffer überquerte sie die Sagamisee und bog in die Bucht von Tokio. Vorbei an Yokosuka. Yokohama. Um den Leuchtturm von Tokio herum und in den Hafen im Herzen der Stadt. Die Tiefenalarme fingen zu blinken an, als sie sich dem Takeshiba-Passagierterminal näherte.

„*Banzai!*" sagte Moss.

Das Satellitentelefon schnarrte. Die Frau hatte einen Namen und eine

Akte für die Telefonnummer, die die Ärztin angerufen hatte. Ein Politiker von den Palau-Inseln.

Überrascht sagte Moss: „Ich möchte jeden Anruf von jedem Telefon dieses Kerls wissen. Vor allem möchte ich Bescheid wissen über Anrufe bei der US Navy, bei Fluggesellschaften oder Reisebüros."

Er starrte zur Windschutzscheibe hinaus. Weshalb hatte sie eine Privatnummer auf den Palau-Inseln gewählt? Warum hatte sie nicht den Namen des Atolls gemeldet, wo sie ihren Mann zurückgelassen hatten? Ihr Boot war in den Vereinigten Staaten registriert. Weshalb hatte sie nicht die US Navy gerufen? Oder Interpol? Er freute sich schon darauf, ihr diese Fragen zu stellen, und zwar in dem Moment, da der Alte sie nicht mehr brauchte.

AM MORGEN des fünften Tages schoß ein Vogel spielerisch auf Stones Kanu herab, ein sicheres Zeichen für Land. Gegen Mittag stießen immer wieder Seeschwalben rings um ihn nieder und fischten im Rudel. Und dann sah er zu seiner Verblüffung plötzlich Angaur – grün und bewaldet. Grenzenlose Freude und Erleichterung stiegen in ihm auf. Er war keine zwei Meilen mehr von seinem Ziel entfernt!

Bald hörte er das Donnern der Brandung und sah die weiße Gischt auffliegen. Als er sich einer Felsformation näherte, die wie die Spitze der Insel aussah, erblickte er ein kleines Riff.

Ein Flugzeug kam niedrig von Norden heran, summte in einem trägen Bogen aufs Meer hinaus und nahm Kurs auf die Insel. Das mußte der Flug aus Koror sein – mehr als ein Flugzeug alle paar Tage gab es hier bestimmt nicht. Aber wenn er die Insel umrundete, um in den Hafen auf der anderen Seite zu gelangen, würde das Flugzeug bei seiner Ankunft schon lange wieder weg sein.

Das Flugzeug, ein winziges zweimotoriges Ding, setzte keine Meile von ihm entfernt auf, wendete und brummte zu der Hütte, die als Abfertigungsgebäude diente. Stone riß das Steuerpaddel hart herum und steuerte auf das kleine Riff zu. Hoch aufgerichtet stand er auf der Auslegerbrücke, um nach einer Fahrrinne Ausschau zu halten.

Die Brecher wirkten so massiv wie eine Schneewehe aus Schaum. Dann sah er eine Lücke und hielt darauf zu. Die See schäumte rings um ihn. Stones Boot wurde in die Brandung hineingezogen und war nicht mehr kontrollierbar. Er kämpfte mit beiden Händen am Steuerruder, und als er sein ganzes Gewicht darauf legte, brach es ab.

Ein gewaltiger Brecher hob das Kanu, und er sah eine Korallenbank und wußte, daß das Kanu dort landen würde. Er konnte noch einen Arm durch den Trageriemen seines Rucksacks schieben, ehe er sprang. Das Kanu krachte gegen das Riff. Stone wurde über zackiges Korallengestein geschleudert und fand sich plötzlich in tiefem Wasser. Verzweifelt schwamm und strampelte er, bis er endlich Sand unter den Füßen spürte. Benommen und blutend taumelte er an den Strand.

Verblüfft darüber, noch zu leben und auf festem Boden zu stehen, fing er zu rennen an. Er lief fast einen Kilometer weit, und eine Aufwallung von Hoffnung verdrängte seine Erschöpfung. Die Straße bog landeinwärts ab. Er sah die Piste und hörte, wie das Flugzeug seine Motoren aufheulen ließ.

Dann erblickte er einen Mann in einem verrosteten Jeep, auf dessen Motorhaube in handgemalten Lettern PARADISE AIR stand, und eine De Havilland Otter, auf deren zerbeultem Aluminiumrumpf in Schablonenschrift ebenfalls PARADISE AIR zu lesen war. Der Mann im Jeep musterte Stone neugierig. Das Flugzeug setzte sich in Bewegung.

„Anhalten!“ schrie Stone im Laufen mit schriller Stimme.

Der Mann im Jeep schrie zurück. „Wo wollen Sie hin, Mann?“

„Nach Koror! Halten Sie ihn auf!“ Stone sprang in den Jeep. „Los, holen Sie ihn ein!“

Der Mann zuckte die Achseln und raste hinter dem Flugzeug her.

Die Nase des Flugzeugs begann sich zu heben. Dann wurde es plötzlich wieder langsamer und hielt an. Stone sprang aus dem Jeep. Der Pilot streckte den Kopf aus dem Fenster. „Was ist?“

„Ich muß nach Koror!“ erklärte Stone.

„Haben Sie Geld?“

Stone sah sich plötzlich mit den Augen des Piloten: mit blutig verschrammten Armen, triefend naß, Hemd und Shorts in Fetzen. Er hielt ihm seinen Rucksack hin. „Ich habe Geld.“

„Und einen Paß?“ fragte der Pilot.

Stone nickte. Er hatte mehrere Pässe.

4

Würden Sie bitte Ihre Funkzentrale rufen? Man soll dort Präsident Salinis anrufen und ihn bitten, mich am Flughafen abzuholen!“ schrie Stone, um den Motorenlärm zu übertönen.

Der Pilot lachte. Stone war nicht auf dem laufenden. „Salinis ist nur noch Senator. Er ist abgewählt worden.“

Als Stone Kwajalein verlassen hatte, hatte die *Pacific Daily News* aus

Guam Salinis den Sieg bei den Wahlen vorhergesagt. Aber Politik war in Palau etwas Unberechenbares, und Marcus Salinis, im Hauptberuf ein erfolgreicher Unternehmer, hatte schon einiges Auf und Ab hinter sich.

„Wen soll man ihm denn melden?" wollte der Pilot wissen.

Stone nannte den Namen auf seinem ersten Paß: „Dr. Michael Samuels."

„He, sind Sie der Segelbootarzt?"

„Sie haben es erfaßt. Würden Sie ihn bitte rufen lassen?"

Stone schloß die Augen und kam erst wieder zu sich, als der Pilot ihn wach rüttelte. „Koror. Wir sind da."

Stone trat in die feuchte Hitze eines typischen Palaunachmittags hinaus. Eine gepflegte, dunkelhäutige palauanische Frau kam aus dem Abfertigungsgebäude geschlendert. „Dr. Mike?"

„Ja bitte?"

„Erinnern Sie sich an mich? Ich bin Joanna Salinis."

Als er sie das letzte Mal gesehen hatte, war sie aus ihrem Internat auf Hawaii auf Heimaturlaub auf Koror gewesen.

„Papa hat mich gebeten, Sie abzuholen. Er kommt erst zum Abendessen zurück... Sie sehen aus, als könnten Sie eine Dusche und frische Kleider brauchen. Wo ist Dr. Sarah?"

„Auf dem Boot. Können Sie mich in ein Hotel bringen? Ich muß ein internationales Telefonat führen."

„Nehmen Sie unseren Apparat. Papa hat ein Satellitentelefon gekauft."

Joanna führte ihn zu einem nagelneuen knallroten Lexus. Sie fuhr mit der legeren Ungeduld der Elite der Republik. „Papa" hatte sich eine sichere Nische in der Hierarchie des Inselstaates geschaffen, indem er sich in den Kreis jener wenigen Spezialisten gedrängt hatte, die sich darauf verstanden, amerikanische Hilfsgelder und japanische Investitionen in die eigene Tasche zu lenken. Stone kannte andere Palauaner von ähnlichem Status, aber keiner hatte wie Salinis gleichzeitig Verbindungen zu all jenen Kreisen, die den Südpazifik regierten: den Kreisen der Schiffahrt, des Bauwesens, der Politik und des japanischen Tourismus.

„Sie sehen übrigens schrecklich aus."

„Joanna, ich bin hergekommen, um mit Ihrem Vater zu sprechen, und ich wäre Ihnen dankbar –"

„Ich weiß. Papa hat es mir schon gesagt. Ich soll meinen Mund halten. Er hat gesagt, Sie hätten ein Problem und ich solle Sie abholen."

„Woher wußte er denn, daß ich ein Problem habe? Ich habe doch noch gar nicht mit ihm gesprochen."

„Da war neulich eine Nachricht auf dem Anrufbeantworter."

„Eine Nachricht? Von wem?"

„Ich weiß nicht, Dr. Michael. Er dachte, es sei vielleicht ein Witz."

„Wann kommt er nach Hause?"

„Bald, bald. Keine Sorge."

Salinis' weitläufiges, modernes Haus aus Teakholz und Glas mit eleganten Steinfußböden lag an der Flanke eines steilen Hügels. Der Ausblick war umwerfend: Er ging nach Westen aufs Meer und nach Süden auf die Rock Islands, die aussahen, als ob jemand großzügig Smaragde in die Lagune geworfen hätte.

„Wo ist das Telefon?"

Sie führte ihn in ein Gästezimmer und zeigte ihm das Telefon und die Dusche. Er wartete, bis sie hinausgegangen war.

„Kerry, bitte. Hier spricht Dr. Mike." Sein australischer Freund Kerry McGlynn betrieb ein Bergungsunternehmen.

Mr. McGlynn sei auf See, erklärte seine Sekretärin.

„Hat er kein Satellitentelefon an Bord?"

„Ich fürchte, er ist im Augenblick sehr beschäftigt. Kann ich Ihnen behilflich sein?"

„Ich bin ein Freund von ihm und brauche seine Hilfe. Wo arbeitet Kerry gerade?"

„Ich fürchte, das muß er Ihnen selbst sagen", antwortete die Sekretärin eisig. „Wie wäre es, wenn ich ihm Ihre Nummer durchgäbe, sobald er sich wieder meldet?"

Stone nannte ihr die Nummer der Salinis, die auf dem Telefon stand. „Hören Sie, es ist sehr dringend. Kann ich mich irgendwo mit ihm treffen? Bitte. Ich habe sonst niemanden, an den ich mich wenden kann."

„Warten Sie bitte einen Augenblick."

Stone wartete und zermarterte sich das Gehirn, wen er sonst anrufen könnte. Lydia Chin in Hongkong, eine Reederin. Oder vielleicht jemanden aus seiner Zeit bei der Navy. Aber so jemand würde inzwischen verpflichtet sein, ihn zu verhaften …

„Dr. Mike? Ich weiß nicht, ob Ihnen das weiterhilft, aber es ist möglich, daß Mr. McGlynn in ein paar Tagen in Hongkong Station macht."

„Wo steigt er ab?"

„Das kann ich nicht sagen."

„Sagen Sie ihm, daß ich im Hongkong Yachtclub sein werde. Aber falls er vorher anruft – ich bin bis morgen früh unter dieser Nummer zu erreichen."

Anschließend rief er den Yachtclub und Lydia Chin an. Ihr Büro teilte ihm mit, daß sie in China unterwegs sei und morgen zurückkommen werde. Er gab auf und taumelte ins Bad.

„Na also, so sehen Sie schon besser aus“, stellte Joanna zufrieden fest.

„Ist Ihr Vater schon zu Hause?“

„Er kommt bald.“

Stone setzte sich an den Couchtisch, den sie gedeckt hatte, und starrte vor sich hin. Er zerbrach sich den Kopf, was er sonst noch tun könnte. „Joanna, wie komme ich am schnellsten nach Hongkong?“

„Mit Air Mike nach Manila, von dort mit Air Philippines nach Hongkong.“

„Wann geht der nächste Flug nach Manila?“

„Die fliegen Dienstag, Donnerstag und Samstag.“

„Und was für ein Tag ist heute?“ Stone hielt inne. „Entschuldigung. Ich bin ein wenig durcheinander.“

„Heute ist Montag“, sagte sie ein wenig gouvernantenhaft. „Essen Sie doch etwas.“

„Danke.“ Er hätte am Verhungern sein müssen, aber im Augenblick konnte er sich bloß auf seinen nächsten Schritt konzentrieren. Seine Erleichterung darüber, wieder Land unter den Füßen zu haben, war bereits verblaßt, und seine Angst um Sarah und Ronnie steigerte sich. Er aß ein paar Stückchen Mango und nippte an einer Tasse Kaffee.

Draußen auf der Einfahrt kam ein Wagen knirschend zum Stehen. Eine Tür knallte, und im nächsten Augenblick stand Marcus Salinis im Raum. Er war 1,65 Meter groß und kräftig gebaut, mit einem braunen Gesicht und einem Lächeln, das eine Zahnlücke zeigte. Sein blumengemustertes Hemd spannte sich über einem mikronesischen Bierbauch, und an der Hüfte erkannte man die Umrisse einer Pistole.

„Doktor Michael! Alles in Ordnung?“ Er griff mit beiden Händen nach Stones Hand und drückte kräftig zu. „Du siehst erledigt aus.“

„Ich brauche Hilfe“, sagte Stone schlicht.

„Dann bist du am richtigen Ort. Hör dir das an.“ Er zog einen kleinen Rekorder aus der Hemdtasche. „Das Band aus meinem Anrufbeantworter.“ Er wandte sich an Joanna. „Schatz, ich habe einen schönen Fisch gekauft. Würdest du wohl den Grill anwerfen?“

Joanna ging ein wenig beleidigt hinaus, und Salinis schaltete das Tonband ein. Stone fuhr zusammen, als er Sarahs Stimme hörte, angespannt und verängstigt.

„Marcus, Marcus. Bist du da? ... Verdammt! –“

„Ich war fischen“, erklärte Salinis.

„Marcus, ich bin es, Sarah. Bitte heb diese Nachricht für Michael auf ...“

Stone spürte die Tränen in seinen Augen brennen. Nach all den Jahren verstanden sie sich blind. Sie hatte gewußt, daß er es irgendwie schaffen würde, das Atoll zu verlassen, sich nach Palau zu begeben und Marcus Salinis aufzusuchen.

„Wir sind auf neun Grad Nord, hundertzweiunddreißig Ost, mit Kurs Nordwest bei dreiundzwanzig Knoten. Uns geht es gut. Ich habe einen älteren Patienten mit einer Schußwunde. Ich vermute, wir haben Kurs auf Taiwan oder Schanghai. Sie werden mich noch eine Weile brauchen, weil sie sich weigern, den alten Mann in ein Krankenhaus zu bringen. Ich habe offen gestanden keine Ahnung, wer uns helfen kann, selbst wenn wir frei wären und um Hilfe bitten könnten – Sie kommen jetzt. Gott sei mit dir.“

Ein Klicken; dann Stille. 23 Knoten, 550 Meilen pro Tag, 2750 Meilen in fünf Tagen – Taiwan gestern; Schanghai heute nacht.

Salinis starrte Michael an. „Was zum Teufel geht da vor?“

„Wir waren letzte Woche in Pulo Helena. Ein großer Gastanker hat per Funk ärztliche Hilfe angefordert; die haben gesagt, der Kapitän habe sich bei einem Sturz verletzt. Sarah und Ronnie gingen an Bord. Ich blieb auf dem Atoll, wo ein alter Fischer im Sterben lag. Und gleich darauf hatten die die Swan an Deck gezogen und waren abgedampft.“

„Und haben dich allein gelassen? Das ist verrückt. Wie bist du nach Angaur gekommen?“

„Mit einem Fischerkanu.“

„Von Helena? Du bist mir ein Segler, Michael!“

Er spürte, wie sich alles um ihn drehte. „Ich muß das Schiff finden!“

„Eines verstehe ich nicht“, erklärte Salinis. „Warum hat Sarah gesagt, ‚selbst wenn wir um Hilfe bitten könnten‘?“

„Wie meinst du das?“

„Ich meine, warum ruft Sarah mich an und nicht die Navy?“

Stone zögerte.

Salinis bohrte weiter. „Ich habe immer vermutet, daß ihr vor etwas auf der Flucht seid. Das gilt für viele Amerikaner hier. Aber wie schlimm ist es?“

„Schlimm“, erwiderte Stone.

„Hast du jemand umgebracht?“

„Nein, aber man sucht mich wegen Mordes. Unter anderem.“

„Und was heißt ‚unter anderem‘?“

„Wenn ich jetzt sagen würde ‚Piraterie‘?“

Marcus Salinis blickte verärgert drein.

Stone sagte: „Das war vor langer Zeit auf einem anderen Ozean.“

„Vor langer Zeit auf einem anderen Ozean? Das klingt wie der Anfang von ‚Krieg der Sterne‘. Geht's ein bißchen deutlicher?“

„Ich kann es dir nicht sagen. Das kann ich niemandem sagen.“

„Wenn du es mir nicht sagst, dann ist es vielleicht gar nicht wahr.“

Der Politiker musterte ihn scharf. Stone starrte zurück, und Salinis zuckte unter dem eisigen Blick zusammen.

„Ich habe jemanden verloren, den ich damals fast genauso geliebt habe, wie ich jetzt Sarah liebe... Das ist alles, was ich dir sagen kann, mein Freund.“

Salinis spreizte die Hände. „Tut mir leid, Doc. Wenn ich nicht weiß, wovor du fliehst, wie kann ich dir da helfen?“

„Es hat mit dem momentanen Problem nichts zu tun.“

„Doch, hat es, wenn es dich davon abhält, auf normalem Weg Hilfe zu beschaffen. Gib mir wenigstens einen allgemeinen Hinweis, ich brauche keine Namen. Jetzt komm schon, Mike! Du steckst tiefer im Dreck als je zuvor, du mußt jetzt jemandem vertrauen.“

Stone ließ stumm den Kopf hängen. Er hatte Angst, etwas zu sagen, das vielleicht ein Risiko für seine Zukunft mit Sarah und Ronnie war.

„Ich frage dich doch nur das, was jeder dich fragen wird, sobald du erklärst, daß du nicht zur Polizei gehen kannst.“

Wieder ließ Stone den Kopf hängen. „Vor Jahren bin ich mitten in eine politische Kabbelei hineingesegelt; den Mord hat man mir angehängt. Ich mußte ein Schiff stehlen, um wegzukommen, deshalb Piraterie... Okay?“

„Und wer ist dir auf den Fersen?“ wollte Salinis wissen.

„Zwei Regierungen und die CIA“, antwortete Stone.

„Wie hast du es geschafft, die CIA gegen dich aufzubringen?“

„Es war ihr Schiff.“

Stone wartete besorgt, während Salinis seine Geschichte verdaute.

Der ehemalige Präsident schmunzelte schließlich. „Ich hatte immer gedacht, daß es da einen früheren Ehemann von Sarah gibt, der dir auf den Fersen ist. Ein solch scharfes Paar konnte doch nur gemeinsam geflohen sein... Nun, mir scheint, daß eure Lage deine Möglichkeiten stark einschränkt. Die USA haben uns einen Neuen in ihr Konsulat geschickt. Wenn du willst, rede ich mit ihm. Aber hier wird es allmählich ein wenig ungemütlich, falls dir das noch nicht aufgefallen ist.“

„Die Kanone unter deinem Hemd habe ich schon gesehen."

„Jemand ist hinter mir her. Die Telefone sind angezapft. Ich weiß nicht, was die wollen. Die Wahlen habe ich bereits verloren."

„Wo ist Amelia?" Seine Frau war eine Häuptlingstochter.

„Die ist mit den Kindern zu ihrem Vater gefahren, bis es hier wieder ruhig ist."

„Und was macht Joanna hier?"

„Ich weiß auch nicht, was mit dem Mädchen los ist. Entweder ist sie zu dumm, um mitzukriegen, was hier läuft, oder so verdammt schlau, daß ich sie gern an meiner Seite habe."

Stone war so müde, daß er sich kaum noch auf den Beinen halten konnte. „Irgendwie muß ich die *Dallas Belle* aufspüren", sagte er.

Salinis schüttelte den Kopf. „Ich habe mich bereits erkundigt. Es gibt eine *Dallas Belle*, einen Chemiefrachter, der seit Jahren im Golf von Mexiko herumschippert. Das Ganze sieht mir nach einem falschen Register aus."

„Ich fliege nach Hongkong", erklärte Stone. „Wenn es sein muß, riskiere ich es eben, zum amerikanischen Konsulat zu gehen."

„Wie sollen die ein Schiff aufspüren?"

„Die Navy hatte einmal ein weltweites akustisches Peilsystem, mit dem sie im kalten Krieg die Sowjets beobachtet hat – Unterwasserhorchgeräte, U-Boote und Satelliten, um Schiffsgeräusche aufzuzeichnen. Das Schraubengeräusch und das Mahlen einer Antriebswelle eines jeden Schiffes sind typisch, und alles, was die je aufgezeichnet haben, ist gespeichert. Wie Fingerabdrücke. Vermutlich können die die Daten für ein Schiff aufrufen, das an jenem Tag in der Umgebung von Pulo Helena gehört worden ist, und der Computer kann es identifizieren. Die Unterlagen für die Tage nachher werden uns sagen, wo es ist."

„Vorausgesetzt, das System funktioniert noch", bemerkte Salinis.

„Ein Freund von mir, Kapitän McGlynn, hat einen Bruder bei der australischen Navy. Ich nehme an, daß die verschiedenen Navys ihre Daten austauschen. Vielleicht hilft er mir. McGlynn war immer von Sarah begeistert. Und ich habe Freunde in Hongkong, Schiffseigner. Von Hongkong verspreche ich mir am meisten."

„Michael, du fällst gleich tot um. Komm, wir bringen dich zu Bett."

„Weck mich, wenn Kapitän McGlynn anruft."

ER TRÄUMTE, das Kanu würde sinken. Er spürte ein Gewicht auf seiner Brust. Als er schlaftrunken den Kopf hob, um nach Luft zu schnappen, stellte er fest, daß Joanna auf ihm lag und ihm die Hand über seinen

Mund legte. Er war plötzlich hellwach und spürte, wie ihre Lippen leicht sein Ohr berührten. „Papa sagt, wir dürfen uns nicht rühren", flüsterte sie. „Jemand ist im Haus." Sie zitterte am ganzen Körper.

Im Schein der Sicherheitsbeleuchtung sah er, wie ein Schatten draußen vorbeiglitt. Die Schiebetür öffnete sich Zentimeter um Zentimeter, bis der Schatten ins Zimmer schlüpfte. Stahl schimmerte im Licht.

Stone verspürte einen heftigen Adrenalinstoß. Er schob sich rasch vor Joanna, schleuderte das Kissen nach dem Schatten und packte die Nachttischlampe.

Der Eindringling war mit einem schimmernden schwarzen Anzug bekleidet. Als er dem Kissen auswich, schlug Stone mit der Lampe nach ihm. Die Gestalt taumelte.

Aus dem Flur war das Geräusch zu hören, mit dem eine Schrotflinte durchgeladen wird. Stone warf die Lampe nach dem Eindringling, der herumwirbelte und zur Terrassentür hinausrannte, während Marcus Salinis mit seinem Gewehr zur Tür hereingestürzt kam.

„Runter!" brüllte er.

Stone begrub Joanna unter sich.

Salinis' Schrotflinte krachte los und spie Feuer. Er spähte den Hügel hinunter. „Verfehlt, verdammt –"

„Weg vom Fenster!" schrie Stone.

„Nein, er läuft noch."

„Papa, das hättest du sehen sollen! Sie waren großartig, Michael!"

Salinis sah zu seiner Tochter, die immer noch unter dem Arzt lag. „Komm da unter ihm raus, und hol uns ein paar Bier. Und *du*", damit wandte er sich Stone zu, „du bist vielleicht so nett und erklärst mir, weshalb einer, der *mich* kaltmachen will, ins Gästezimmer kommt."

5

Mama? … Mama! Ich bin jetzt soweit für meine Prüfung."

„Welche Prüfung?" Sarah wandte sich vom Fenster ab, das dasselbe monotone Bild des vom Regen aufgepeitschten Meeres zeigte, seit Mr. Jack befohlen hatte, die Maschinen anzuhalten.

Während die *Dallas Belle* so dahintrieb, schlingerte sie leicht in der Grunddünung, so daß die von der Decke hängenden Flugzeugmodelle schaukelten. Mr. Jack hatte keine Erklärung dafür abgegeben, weshalb sie angehalten hatten. Die Mannschaft schien auch nicht mit Reparaturarbeiten beschäftigt. Am Morgen hatte der Kapitän ein Schlauchboot aus der Fallreeptür auf der Wasserlinie abgelassen und war um den Rumpf herumgefahren. Aber Kapitäne inspizieren immer gern die Rümpfe ihrer Schiffe, wenn sie dazu Gelegenheit haben.

Ihr Blick wanderte immer wieder zu dem Behälter mit dem Rettungsfloß. Das schwerbeladene Schiff trieb mit der Strömung mit zwei Knoten dahin, hatte sie festgestellt, als sie ihr GPS das letzte Mal abgelesen hatte. Aber ein Rettungsfloß würde vom Wind angetrieben werden. Und der Wind begann, entgegengesetzt zur Strömung zu wehen. Wenn sich ihnen eine Gelegenheit bot, würden sie innerhalb einer Nacht dreißig Meilen vom Schiff weggetrieben werden.

Ihr Patient saß jetzt aufrecht im Bett; ein Bademantel bedeckte den Verband an Brust und Schulter, und mit seinen verstümmelten Fingern umklammerte er seinen Kaffeebecher. Ronnie saß mit übereinandergeschlagenen Beinen zu Mr. Jacks Füßen, hielt eines der Flugzeugmodelle in der Hand und ließ sich fasziniert von dem alten Mann seine Teile erklären.

„Mr. Jack wird mich nach den Flugzeugteilen ausfragen."

„Und was passiert, wenn du sie alle richtig hast?"

„Dann gewinne ich einen Preis."

„Was für einen Preis, Mr. Jack?"

Seine Stimme war immer noch schwach. „Erster Preis: Sie benennt sie alle richtig – dann darf sie das Flugzeug behalten."

„Wirklich? Mama, darf ich?"

Sarah nickte, besorgt, daß ihre Tochter die klassischen Anzeichen des Stockholmsyndroms zeigte, bei dem sich der Gefangene in den Geiselnehmer verliebt. Zugleich hoffte sie, daß die Wahrscheinlichkeit, daß Mr. Jack ihr weh tun würde, um so geringer war, je mehr das Kind ihn in seinen Bann zog.

„Zweiter Preis – wenn du die meisten Teile richtig hast, erzähle ich dir eine Geschichte über das Flugzeug. Eine wahre Geschichte. Bist du bereit?"

„Ja, es kann losgehen."

Aber ehe Mr. Jack seine erste Frage stellen konnte, kam Moss herein. „Zeit zum Schlafen, Mr. Jack!"

„Nee, ich fühle mich wohl."

„Stimmt's nicht, Doc? Sollte er nicht schlafen?"

„Solange er sich bemüht, tief ein- und auszuatmen, darf er noch eine Weile wach bleiben."

Moss verschränkte die Arme vor der Brust und sah aus einer Ecke finster herüber.

„Okay", begann Mr. Jack und hob das Flugzeug hoch. „Wie heißt dieses Flugzeug?"

Ronnie antwortete gleich: „Das ist eine amerikanische B-25."

„Und was für eine Art Flugzeug ist das?"

„Ein mittelschwerer Bomber."

„Jetzt wird's schwieriger." Er hielt Ronnie das Flugzeug hin. „Wie nennt man diese kleinen Dinger an der Tragfläche?"

„Enteisungsdüsen."

„Wie schnell ist sie geflogen?"

„Fast vierhundertfünfzig Kilometer in der Stunde."

Sarah hörte mit halbem Ohr hin, wie Ronnie vergnügt jede Frage beantwortete.

„Wer sitzt hier?"

„Sie."

„Was hast du gesagt?" fragte Sarah.

„Mr. Jack war Bordschütze, Mama. Er hat gegen die Japaner gekämpft."

Ronnie rasselte alle Daten herunter, die er ihr beigebracht hatte. Schließlich sagte der Alte: „Also, das hast du ziemlich gut gemacht, Kleines. Bloß bei der Bombenlast warst du ein wenig daneben. Du hast zwölf Tonnen gesagt."

„Oh, ich wollte zwei sagen. Zwölf Tonnen sind das ganze Flugzeug, vollbeladen, Bruttogewicht."

„Regeln sind Regeln."

„Ich nehme den zweiten Preis."

„Du gibst zu schnell nach. Also hör gut zu."

Sie rückte näher, die dunklen Augen weit aufgerissen.

„Also", setzte Jack an, „ich habe dir ja schon erzählt, daß ich meine Grundausbildung kurz vor Pearl Harbor abgeschlossen hatte und die mich auf die Funkerschule geschickt haben. Ich hatte Befehl, im Staat Washington zu einem Geschwader zu stoßen. Wir haben endlos geübt. Und dann, eines Nachts, mußten wir auf irgend so einen gottverlassenen Stützpunkt fliegen, irgendwo in Wisconsin. Wir haben Kurzstarts geübt. Wirklich kurze Kurzstarts. Bald darauf sind wir gestartet wie die Raketen. Eines Tages sind wir zur Westküste geflogen. Wir setzten zur Landung an, flogen einen Bogen über einem Hafen, und da lag so ein Flugzeugträger, die *USS Hornet*, im Wasser. Ehe wir uns versahen, standen sechzehn B-25-Bomber auf ihrem Flugdeck. Inzwischen war jedem klar, daß da irgend etwas im Gange war."

„Wie haben Sie denn die Flugzeuge ins Hangardeck gebracht?"

„Kleines, du hast ein Gedächtnis wie ein Elefant. He, Mama!“

Sarah überlegte gerade, daß das Verletzungsrisiko geringer sein würde, wenn sie von einem langsam treibenden Schiff sprangen, dafür aber das Risiko größer, daß jemand hören würde, wie sie unten aufklatschten. Und dann Scheinwerfer und Gewehre und binnen Sekunden ein Boot, das man zu ihrer Verfolgung zu Wasser brachte – das Schlauchboot! Es hatte einen Außenbordmotor. Ob sie –

„He, Mama!“ fuhr Moss sie an. „Mr. Jack redet mit Ihnen!“

„Ja, Mr. Jack?“

„Ihre Tochter hat sich daran erinnert, daß die Flugzeuge der Navy klappbare Flügel hatten, so daß sie in den Aufzug zum Hangardeck paßten. Unsere Flügel waren nicht zu klappen, also mußten wir die Flugzeuge an Deck festzurren. Damit war die *Hornet* die reinste Zielscheibe für jeden Japs, der uns entdeckte. Jedenfalls dampften wir in den Pazifik hinaus, so ziemlich in das schlimmste Wetter hinein, das ich je erlebt habe…“

Während Mr. Jack in seiner Erzählung fortfuhr, begann Ronnie, unruhig zu werden.

„Jetzt ist es genug“, schaltete Sarah sich ein. „Ronnie, Zeit für Schularbeiten.“

„Nein, Mama. Bitte.“

Der alte Mann lachte, wurde plötzlich bleich und keuchte von dem Schmerz in seiner Brust. „Das hier ist Geschichtsunterricht“, sagte er, als er wieder Luft geholt hatte. „He, Moss, sag Mama, was Bob Marley gesagt hat.“

„‚Wenn du deine Geschichte kennst‘“, murmelte Moss mürrisch, „‚dann weißt du auch, wo du herkommst.‘“

„Klasse, Moss. Und jetzt raus mit dir. Mit deiner Jammermiene siehst du aus wie ein blauärschiger Pavian.“

Ronnie kicherte, und Moss verdrückte sich mit einem giftigen Blick.

Mein Gott, dachte Sarah, er ist eifersüchtig auf Ronnie. Und Ronnie, mit dem untrüglichen Gespür der Zehnjährigen für derlei Rivalitätsspielchen, ließ sich triumphierend wieder auf der Bettkante nieder. „Und was ist dann passiert, Mr. Jack?“

„Nach achtzehn Tagen auf See erhielten wir Befehl, ein letztes Mal die Motoren zu überprüfen…“

Sarahs Herz schlug schneller. Ob sie und Ronnie das Schlauchboot stehlen konnten? Solange die *Dallas Belle* keine Fahrt machte, konnten sie es zu Wasser bringen, außer Hörweite treiben und dann, gelenkt vom GPS und angetrieben vom Motor, zur Küste fahren.

„Dann hat plötzlich ein feindliches Patrouillenboot den Träger entdeckt. Der Zerstörer und der Kreuzer, die bei uns waren, haben die weggeputzt, aber vorher haben die noch ein Signal abgesetzt. Wir waren etwa vierhundert Meilen weiter vom Ziel entfernt als geplant. Wir bekamen Befehl, sofort zu starten, ehe die ganze Japsen-Marine uns angriff. Der Oberst ist als erster gestartet. Kaum war er in der Luft, ist er durchgesackt wie ein Stein, und, ich schwöre es, er hat sich die Räder naß gemacht, ehe die Kiste hochzog. Der zweite stürzte beinahe ab. Dann waren wir an der Reihe."

„Haben Sie Angst gehabt?"

„Und ob ich Angst gehabt habe... Vor allem weil ich die Kiste nicht selber flog. Damals habe ich mir geschworen, wenn ich da lebend herauskomme, werde ich niemals mehr mein Leben in die Hände eines anderen legen... Also, irgendwie haben wir es geschafft, hochzukommen, haben auf die restlichen Flugzeuge gewartet, und dann sind wir losgeflogen, vor uns siebenhundert Meilen von den Japsen kontrolliertes Wasser bis zu unserem Ziel. Die Japse dachten, die Navyflugzeuge könnten höchstens dreihundert Meilen weit fliegen. Aber wir waren bereits in der Luft, als diese Mistkerle noch Jagd auf den Träger machten. Damit hatten wir die Boden- und die Luftverteidigung der Japse völlig überrascht. Wir erreichten also Land, und da war das Ziel: die Docks. ‚Bomben ab!' Ich habe gesehen, wie die Bomben explodiert sind und wie das Dock in Stücke gerissen wurde. Und dann, dicht vor uns, diese riesige Tankanlage für Benzin und Flugzeugtreibstoff. Wenn wir dieses Ding getroffen hätten, dann hätte die ganze Stadt gebrannt."

„Welche Stadt?" fragte Sarah.

„Tokio! Was denkst du denn?"

Sarah war verwirrt. Tokio war bei Kriegsende von Brandbomben fast völlig verwüstet gewesen. Aber Ronnie hatte es sofort erfaßt. „Der Doolittle-Angriff! Gleich nach diesem gemeinen Überfall auf Pearl Harbor. Das waren Sie, Mr. Jack?"

„Ich und meine Kumpel", antwortete Mr. Jack bescheiden. „Vergeltung für Pearl Harbor."

„Und wie sind Sie danach zurückgekommen?"

„Das war ziemlich schwierig. Wir hatten nicht genug Treibstoff, um zur *Hornet* zurückzukehren. Also sind wir weitergeflogen, mit Kurs auf China in der Hoffnung, irgendwo zu landen, wo keine Japse waren."

„Was ist dann passiert?"

Mr. Jacks Gesichtsausdruck verfinsterte sich.

„Genug", sagte Sarah. „Ronnie, geh jetzt hinaus, und lies ein bißchen im Aufenthaltsraum. Ich muß Mr. Jack untersuchen."

Ronnie gehorchte mißmutig.

Mr. Jack war in seine Kissen zurückgesackt. Sein Gesicht war kalkweiß. „Mensch, Doc", keuchte er. „Ich hab wohl etwas übertrieben."

„Jetzt sehen Sie, warum ich Sie im Krankenhaus haben möchte."

„Warum haben Sie Ronnie hinausgejagt?"

„Sie haben ja selbst gesagt, daß Sie übertrieben haben." Sie konnte sehen, daß er müde war und Schmerzen hatte. Sie setzte sich auf die Bettkante und legte ihre kühlen Finger auf den Rücken seiner verstümmelten Hand. „Erzählen Sie mir, was Sie Ronnie nicht sagen konnten. Hat Ihr Flugzeug es bis China geschafft?"

„Bis zur Provinz Tschekiang. Wir haben eine Bruchlandung in ein Reisfeld hingelegt. Da hielten die Gegend noch die Nationalisten. Das Dorf hat eine große Party für uns veranstaltet. Und dann haben wir uns nach Tschungking aufgemacht, der Hauptstadt Tschiang Kai-scheks."

„Sie haben es nicht geschafft, oder?" fragte sie leise.

Er lag reglos und stumm da, und Sarah dachte schon, er sei eingeschlafen. Dann sagte er: „Hätten Sie gern eine Maniküre?"

„Wie bitte?"

„Das hat die *Kempeitai* mich gefragt."

„Ich fürchte, jetzt komme ich nicht mehr mit, Mr. Jack."

„*Kempeitai* ist japanisch für Geheimpolizei."

„Verstehe."

„Sie verstehen." Er schlug ihr mit der Hand ins Gesicht. „Sie verstehen?"

Sarah zuckte zurück vor dem Haß, der ihr aus seinen Augen entgegenfunkelte. „Das japanische Volk ist im letzten halben Jahrhundert zu einem der friedliebendsten Völker der Welt geworden."

Mr. Jack schnaubte spöttisch. „Die Japse sind gefährliche Leute, Doc. Sie kennen sie nicht so wie ich."

„Ich leugne ja nicht, daß Sie gelitten haben."

„Denken Sie, ich rede bloß von mir? Was ist denn mit den zweihundertfünfzigtausend Chinesen, die sie umgebracht haben? Ungeheuer sind das!"

„Ihre Kinder und Enkelkinder sind keine Ungeheuer. Sie können nicht ein ganzes Volk für die Schandtaten einiger weniger verurteilen."

Er lachte. „Wollen Sie etwas Komisches hören? Ich bin noch einmal dem Kempeitaibullen begegnet, der mich gefoltert hat. Fünf oder sechs Jahre ist es her. Ich saß in Singapur, verhandelte mit den Indonesiern über Erdgasverträge und spürte, daß da von außen Druck kam – so als würde sich jemand in den Deal hineindrängen wollen. Ich wußte gleich, daß das Japse sein mußten, also habe ich sie eingeladen, sich mit mir zu treffen. Sie haben mich nach Tokio zum Essen eingeladen. Und wer, glauben Sie wohl, war bei diesem Essen? Der Hurensohn, der mir die Fingernägel herausgerissen hat.“

„Sind Sie sicher, daß es derselbe Mann war?“

„*Yeah*, ich war sicher. Und er auch. Ich trug Handschuhe, aber er wußte verdammt genau, daß ich es war…“ Mr. Jack lachte. „Sein Hummer hat ihm nicht besonders geschmeckt. Ich habe die ganze Zeit kein Wort gesagt, bis wir uns einig waren. Und dann habe ich den Handschuh ausgezogen, um allen die Hand zu geben. Ihm ist etwas Seltsames passiert. Einen Monat später ist er in Jakarta entführt worden. Eine Gruppe islamischer Fundamentalisten hatte sich in die Idee verrannt, er hätte Zugang zu der japanischen Lagerstätte für waffenfähiges Plutonium.“

„Die Japaner lagern kein Plutonium.“

„O doch, das tun sie wohl, Süße. Aber wie dem auch sei, er hatte jedenfalls keine Ahnung von Plutonium – aber die waren falsch informiert worden. Und so fragten sie ihn wieder und wieder, bis schließlich sein Herz ausgesetzt hat…“ Er sah Sarah voll in die Augen und lächelte. „Das Ganze hat ein paar Wochen gedauert.“

Sie mußte alle Muskeln in ihrem Körper anspannen, um nicht sichtbar zu zittern, und fragte: „Waren Sie zufrieden?“

Er schloß die Augen und lächelte brüchig. „Was glauben Sie?“

6

Stone zwängte sich in seinen Sitz und preßte das Gesicht an die Scheibe, um das Südchinesische Meer nach einem sandfarbenen Schiff abzusuchen.

Kapitän McGlynn hatte immer noch nicht angerufen, als Stone sich auf dem Flughafen von Koror von Salinis verabschiedet hatte. Und auch von Lydia Chin hatte er nichts gehört.

„Paß gut auf dich auf“, waren Salinis' letzte Worte gewesen. Aber Stone war überzeugt, daß der Eindringling nicht ihn, sondern Salinis im Visier gehabt hatte. Niemand wußte, daß er in Koror war.

Er hoffte, daß ihn im Hongkong Yachtclub Nachrichten erwarten würden. Irgendwo in der maritimen Gerüchteküche mußte auch über ein verschwundenes Schiff geredet worden sein.

Am wahrscheinlichsten erschien ihm, daß das Schiff wegen seiner

Fracht gekapert worden war. Das durch Tiefkühlung verflüssigte Gas war Millionen wert, und da an der südchinesischen Küste Korruption an der Tagesordnung war, hatten die Entführer vermutlich schon vor dem Diebstahl mit einem Kraftwerk in der Volksrepublik vereinbart, daß es die Ladung zum halben Preis abnehmen würde.

Marcus Salinis war da anderer Ansicht. Wieso hatte keiner seiner über ganz Mikronesien verstreuten Kontaktleute etwas von einer Schiffsentführung gehört? „Du redest von Piraterie. Wieso weiß dann niemand, daß das Schiff verschwunden ist?"

Stone ging davon aus, daß die Sache durch eine geschickte Dokumentenmanipulation vertuscht worden war. Schiffe, Leasingverträge und Ladungen wurden routinemäßig verkauft und ausgetauscht. Mit gefälschten Papieren, die fiktive Verkäufe, Wiederverkäufe und Registerdaten bestätigten, hatten die Täter ihre Spur verwischt und alles mit ebenso falschen Funkmeldungen gedeckt. Ein Kapitän, der in die Mündung einer Waffe sah, würde über Funk weitergeben, was man ihm auftrug. Ebenso wie eine Ärztin mit einem Kind genau das tun würde, was man ihr sagte. Stone vermutete, daß der verletzte „Alte" der Anführer der Piraten gewesen und bei der Übernahme getroffen worden war. Sie hatten Sarah in ihre Gewalt gebracht, um ihn zu versorgen, bis sie das Gas verkauft hatten und das Schiff würden aufgeben können.

An diesem Punkt seiner Gedankenkette angelangt, wurde ihm angst. Wie würden sie entkommen, nachdem sie ihr Geld erhalten hatten? Sie mußten das Schiff versenken. Aber was würden sie mit Sarah und Ronnie machen?

Der Jet setzte zum Anflug auf Hongkong an. Am Horizont erschienen die blauen Hügel der Provinz Guangdong, und unter sich sah Stone den Taifunhafen der Causeway Bay mit seinem Gewimmel von Dschunken und Sampans. Der Hongkong Yachtclub befand sich am westlichen Ende des Hafens.

Der Terminal des Cheklapkok Airport war ein Tollhaus. Nach den vielen Wochen auf See litt Stone besonders unter dem Lärm und dem Menschengewimmel. Während er wie durch einen Trichter auf die Zoll- und die Einwanderungsabfertigung zugeschleust wurde, tastete er mit einem unbehaglichen Gefühl nach seinem Paß. Dies war Stones erster Besuch, seit China die ehemalige britische Kolonie übernommen hatte. Wie gründlich ließen die Herrscher in Peking die Papiere der Einreisenden überprüfen?

Er musterte sein Spiegelbild in einer Glaswand. Er sah völlig harmlos aus. Seinen Bart hatte er gestutzt, und Joanna hatte ihm frische Kleider besorgt – eine Khakihose, ein kurzärmeliges Hemd und eine Windjacke aus imprägniertem Baumwollstoff. Nur sein abgewetzter Rucksack paßte nicht ganz zu der Berufsangabe „Arzt, pensioniert“, unter der er sich auf der Einreisekarte eingetragen hatte; deshalb nahm er ihn ab und trug ihn in der Hand.

Er hatte überlegt, welchen Paß er vorlegen sollte, und sich für einen echten Paß der Republik Palau entschieden, den Salinis ihm vor fünf Jahren besorgt hatte und der mit der Tarnidentität eines amerikanischen Arztes im Einklang stand, der seinen Ruhestand im Paradies verlebte. Der chinesische Beamte prüfte den Paß und seine Landekarte und winkte ihn durch.

Er ging durch den Zoll, ohne daß der Rucksack durchsucht wurde, und wurde dann von der Flut von Touristen und Geschäftsreisenden in das Durcheinander der Ankunftshalle geschwemmt.

„Würden Sie bitte mitkommen, Sir?“ Die Stimme ertönte hinter ihm mit unverkennbar britischem Tonfall, ruhig und voller Autorität. Stone drehte sich um und sah zwei uniformierte Polizeibeamte, einen hochgewachsenen blonden Mann und einen Chinesen. Der Brite packte ihn energisch am Ellbogen und bugsierte ihn durch die Menge.

„Was tun Sie denn hier?“ fragte Stone, verblüfft, einen westlichen Beamten vorzufinden.

„Reine Fassade“, erwiderte der Brite leichthin. „Die Chinesen haben ein paar von uns dabehalten, alle in den Rang eines Sergeanten degradiert, weil unser Anblick angeblich Hongkongs neue Regierung den Geschäftsleuten sympathischer macht. Wenn Sie jetzt bitte ...“

„Was gibt es denn für ein Problem?“ wollte Stone wissen.

„Reine Formalität, Sir. Es dauert nur einen Augenblick.“

„Aber ich bin schon durch die Paßkontrolle!“

„Ja, das hat man uns gemeldet.“ Sein Griff wurde fester, und der chinesische Polizist nahm nun auch seinen anderen Arm. Die Menge starrte zu ihnen herüber, weil das Ganze wie eine Verhaftung aussah. Zwei Beamte am Ausgang des Abfertigungsgebäudes sahen sie kommen, hielten ihnen die Tür auf und grüßten den großen Briten, als die beiden Männer Stone zu einem zivil aussehenden Rover führten.

„Moment mal. Was soll das?“

Ohne seinen Arm loszulassen, öffnete der chinesische Beamte die hintere Wagentür, und der britische Sergeant sagte: „Machen Sie das Ganze bitte nicht schlimmer, Sir, und steigen Sie ein. Sobald wir auf dem Revier sind, können Sie das amerikanische Konsulat anrufen. Es sei denn, Sie zwingen mich, Unterstützung anzufordern.“ Er deutete mit einer Kopfbewegung auf die beiden Beamten, die ihnen die Tür aufgehalten hatten. „In diesem Fall, Sir, würden Sie vorher eine unangenehme Nacht in einer Zelle verbringen. *Und jetzt steigen Sie ein!*"

Das allerletzte, was Stone sich leisten konnte, war eine Verzögerung. „Also gut", gab er nach.

Der Sergeant stieg neben ihm ein. Der chinesische Polizist fuhr aus dem Flughafen hinaus über die Kowloonbrücke und in enge Straßen. Jedesmal wenn er die Sirene aufheulen ließ, grinste er. Stone verlor jegliche Orientierung, als sie sich durch verschlungene Gassen mit Feuertreppen, auf denen Wäsche hing, kämpften. Aber er hatte den Eindruck, daß sie landeinwärts fuhren, die Halbinsel Kowloon hinauf.

„Corporal Fong", sagte der Sergeant, „ein bißchen weniger Herumgehupe bitte. Es ist ja nicht so, daß wir die großen Eisenbahnräuber gefaßt hätten." Er zwinkerte Stone dabei zu, als wollte er sagen, Eingeborene bleiben eben Eingeborene. Aber statt Stone zu beruhigen, durchzuckte diesen plötzlich ein Schreck, als er sich an etwas erinnerte, was der Sergeant vorher im Abfertigungsgebäude gesagt hatte.

„Glauben Sie wirklich, daß ich den amerikanischen Konsul brauchen werde?"

„Das denke ich eigentlich nicht", erwiderte der Sergeant leichthin. „Aber trotzdem ist es ja gut zu wissen, daß es den gibt. Oder?"

„Ja, schon", sagte Stone, „wenn ich amerikanischer Staatsbürger wäre. Die Leute von der Paßkontrolle hätten Ihnen eigentlich sagen müssen, daß ich von Palau bin."

Corporal Fong trat kräftig aufs Gas, und als der Sergeant unter seine Uniformjacke griff, wurde Stone verspätet bewußt, daß man ihn nicht etwa verhaftet, sondern entführt hatte.

„Wer, verflucht –", rief er, und seine Verblüffung schlug in Wut um. Der Teufel sollte ihn holen, wenn seine Suche nach Sarah in einer Gasse von Mong Kok endete.

Stone stützte sich mit den Schultern fest an der Rückenlehne ab, zog die Beine an und trat mit aller Kraft nach dem Fahrer. Mit den Absätzen traf er ihn so heftig am Kopf, daß Corporal Fong gegen die Seitenscheibe geschleudert wurde. Der Rover rammte seitlich einen LKW und schlitterte dann quer über die Straße, wobei er mehrere verschreckte Passanten in die Flucht jagte.

Schließlich prallte der Wagen frontal auf eine Ziegelmauer, der Airbag explodierte in Corporal Fongs Gesicht, und der Sergeant wurde auf den Boden geworfen. Er trat nach Stone, doch der schlug mit einer Faust kräftig zu, während er dem Mann mit der anderen Hand unter die Uniformjacke griff und nach dessen Waffe tastete. Auf dem vorderen Sitz versuchte Fong unterdessen, die Tür zu öffnen. Plötzlich begann eine Hand, Stone die Kehle zuzudrücken. Stone zog das Kinn ein, spürte mit der Hand etwas Metallenes, packte zu und riß daran. Es war eine kleine 6-mm-Automatik – die Waffe eines Meuchelmörders. Er drückte dem Sergeanten den Lauf gegen die Kehle. Der Mann ließ los.

„Wer schickt Sie?"

„Weiß ich nicht", sagte der Engländer kühl. „Aber ich weiß, daß Sie nicht den Mumm haben abzudrücken."

Die Türschlösser öffneten sich klackend, und Fong taumelte aus dem Wagen. Der Engländer zog sich von Stone zurück und tastete nach der Tür. Stone hätte ihn nur aufhalten können, indem er ihn erschoß. Aber er war einfach schon zu lange Arzt, um jemandem das Leben nehmen zu können. Der Engländer sprang aus dem Wagen und schob die Menge auseinander. Stone stopfte die Pistole in seinen Rucksack und rannte in entgegengesetzter Richtung davon. Während er sich immer wieder umsah, lief er weiter, bis die Straßen breiter wurden. Eine mit Menschen überfüllte U-Bahn-Station schien ihm sicher zu sein. Stone hetzte die Treppe hinunter und nahm einen Zug, der unter dem Hafen zum Hauptbahnhof hinüberführte.

Wer hatte den Engländer engagiert? Woher hatte er gewußt, wo er ihn finden würde? Jetzt, da er einen Augenblick Zeit hatte, um nachzudenken, traf ihn die Erkenntnis mit erschreckender Wucht: Wer auch immer Sarah und Ronnie entführt hatte, besaß die Macht, weit außerhalb des Schiffes zuzuschlagen. Salinis hatte doch recht gehabt. *Er* war derjenige, auf den sie es in Palau abgesehen hatten. Konnte es sein, daß die Entführer der *Dallas Belle* Sarahs Anruf bei Marcus Salinis abgehört hatten? Und anschließend sein Telefon angezapft hatten für den Fall, daß Stone bei demselben Freund Hilfe suchen würde? Natürlich! Salinis selbst hatte ja zugegeben, daß seine Telefone angezapft waren.

Der Überfall und das versuchte Kidnapping am Flughafen waren komplizierte, teure Operationen. Das bedeutete, daß sie es wieder versuchen würden.

VON DER U Bahn-Station im Hauptbahnhof rief Stone Lydia Chin an. Sie sei immer noch nicht vom Festland zurück, sagte ihre Sekretärin.

„Sagen Sie ihr, ich bin im Yachtclub."

Er nahm einen anderen Zug nach Causeway Bay und ging die Gloucester Road entlang, parallel zu einer Autostraße, die den Zugang zum Ufer versperrte. Hinter dem Excelsior Hotel öffnete er eine unauffällige

Metalltür, warf noch einmal einen prüfenden Blick auf die Straße, raste dann eine Treppe hinunter und durch einen Fußgängertunnel unter der Autostraße durch. Er kam neben der Taifunschutzzone heraus. Der Yachtclub lag an der Spitze der Halbinsel; um dorthin zu kommen, mußte man zuerst den Parkplatz des Offiziersclubs der Hongkongpolizei überqueren.

Die Bar des Yachtclubs bot einen Ausblick auf Victoria Harbor. Tausend schwache Lichter leuchteten auf den dicht aneinander vertäut liegenden Jachten, Dschunken und Sampans, Millionen funkelten auf der anderen Seite des schwarzen Wassers am Ufer von Kowloon.

Stone betrat die Bar des geschichtsträchtigen Yachtclubs, in dem Sarah und er eine Ehrenmitgliedschaft erhalten hatten, nachdem sich ihre Arbeit mit der schwimmenden Ambulanz herumgesprochen hatte. Die Cocktailstunde ging allmählich zu Ende, und die Mitglieder verließen die Bar, um sich zum Abendessen zu begeben. Unter den ernsthaften Trinkern, die zurückblieben, war ein kräftig gebauter Australier namens Simmons, der, wie Stone sich erinnerte, unter dem Spitznamen *The Beast* (das Tier) bekannt war und als Aktienmakler arbeitete. Möglicherweise kannte er ein paar Leute.

Als Stone auf ihn zuging, blickte das „Tier“ zu ihm auf. „Dieses Gesicht kenne ich doch! Richtig, Doktor Mike!“ Er ergriff Stones Hand. „Bob Simmons. Sie sind gerade eingelaufen?“

„Eingeflogen, genaugenommen. Aus Manila.“

Simmons zwinkerte ihm zu. „Soso, die Frau auf dem Boot gelassen und für ein wenig Spaß nach Hongkong gekommen?“ Er bedeutete dem Barkeeper, Stone einen Drink zu bringen. „Prost. Sie sehen etwas mitgenommen aus, Kumpel.“

„Wir sind vor Tobi ein wenig ins Wetter geraten.“

Simmons lachte. „Gut, daß es Typen wie Sie gibt, die selbst eine Jacht besitzen. Stehe jederzeit als Crewmitglied zur Verfügung. Haben Sie den Mast verloren?“

„Bloß halb“, sagte Stone und schmückte die Lüge aus.

Simmons lachte noch lauter. „Das gefällt mir, Kumpel: Nur die Hälfte! He, welche Hälfte?“ Er hieb mit der Faust auf die Bar. „Das wäre doch die Chance, die alte Drahttakelage auszutauschen.“ Simmons trompetete lauthals die Vorteile von Vollstahl gegenüber Draht hinaus.

„Haben Sie von der Entführung gehört?“ fragte Stone, als The Beast Luft holte.

„Alle sagen, daß das die chinesische Marine war.“

„Was? Ein großer Gastanker? Mit amerikanischem Kapitän?“

Simmons runzelte verständnislos die Stirn. „Nein", sagte er. „Ich dachte, Sie meinen diese schwimmende japanische Hafenspelunke, die sie vor Tai Pang weggeholt haben."

„Ich meine ein Schiff. Anscheinend ist der Pott einfach verschwunden. Kein Notsignal. Es heißt, man hat es gekapert."

Simmons zuckte die Achseln. „Die chinesischen Kanonenboote machen hier den meisten Ärger. Streifenboote der Volksbefreiungsarmee. Richtige Piraten sind das inzwischen geworden ... Die Kolonie ist 97 richtig vor die Hunde gegangen. Peking hat bekanntgegeben, die Triaden, diese chinesische Mafia, seien ‚patriotische' Organisationen, und nun arbeiten diese Gauner und die verdammte Volksbefreiungsarmee Hand in Hand. Jetzt kidnappen die gemeinsam Filmstars oder schmuggeln Organe. Der reinste Wilde Westen ist das – Kumpel, Ihr Drink wird warm."

„Ich hab genug für heute", sagte Stone. „Es war ein langer Tag." Er fühlte sich müde und hilflos.

Ein Page mit einer Tafel, auf die DR. MICHAEL gekritzelt war, trottete durch die Bar. Stone rannte zum Telefon.

Es war Lydia Chin. „Michael, schön, von dir zu hören", begrüßte sie ihn. „Wie geht es Sarah?"

„Nicht gut. Ich brauche deine Hilfe."

LYDIA wohnte am Victoria Peak, oberhalb des Hauptbahnhofs. Er bat den Pagen, ihm ein Taxi zu rufen, und ging hinaus, um zu warten.

Eine Hupe ertönte, und ein Taxi bog in die Einfahrt. „Taxi, Sir?"

Hinter sich hörte er: „Warten Sie, Kumpel!" Es war Simmons, der etwas schwankend auf der obersten Treppenstufe stand.

„Ich fahre Richtung Hauptbahnhof, wenn Sie mitfahren wollen", sagte Stone.

Simmons winkte ihn zu sich heran und eröffnete ihm mit verschwörerisch leiser Stimme: „Das ist nicht Ihr Taxi, Kumpel."

„Ich habe es gerade gerufen – oh, ist es Ihres?"

„Wenn ich mich nicht sehr täusche", meinte Simmons, „wird der Fahrer hinter der nächsten Ecke eine Kanone herausziehen und Ihnen die Brieftasche abnehmen."

Großer Gott, hatten die ihn hier gefunden?

„Ich dachte, die tun das nur in Manila."

„Bürgert sich hier auch ein. Soviel zum Thema Arbeiterstaat." Er ging zu dem Wagen, beugte sich hinein und sagte: „Verpiß dich, sonst rufe ich die Bullen!"

Das Taxi brauste ab.

„Da kommt jetzt Ihr Wagen", meldete Simmons. „Und vielen Dank für Ihr Angebot. Wäre großartig, wenn Sie mich mitnähmen."

Nachdem Stone Simmons am Mandarin Hotel abgesetzt hatte und allein weiterfuhr, verkrampften sich seine Muskeln in jeder dunklen Kurve.

LYDIAS Apartmentturm hatte vorn einen Garten mit einem kopfsteingepflasterten Zugang und beleuchteten Springbrunnen.

Die Sicherheitsvorkehrungen waren streng. Zwei Türsteher vergewisserten sich, daß Stones Name auf einer Liste stand. Dann führte ihn ein Helfer zu Lydias Privataufzug. Die Liftkabine stieg dreißig Stockwerke hoch und öffnete ihre Türen vor einem mit italienischem Marmor ausgelegten Foyer. Stone stieg aus und wurde von einem Chinesen begrüßt, der ihn in ein über zwei Stockwerke reichendes Wohnzimmer führte. Von hier aus konnte man auf die Lichter der Stadt bis an ihren äußersten nördlichen Rand sehen, wo China begann.

Lydia Chin war Hongkongchinesin. Völlig unerwartet hatte sie sich in das Familiengeschäft stürzen müssen, als sich herausstellte, daß ihr Bruder ein wesentlich besserer Tennisspieler als Geschäftsmann war. Ihr Vater, der die Chance des Koreakrieges genutzt hatte, um sich als Reeder ein Vermögen aufzubauen, hatte seine Tochter an der Spitze der Firma einem Fremden vorgezogen. Ihr Mann arbeitete für eines der alten britischen Handelshäuser, die die Volksrepublik aufgekauft hatte, und verbrachte jeden zweiten Monat in Tokio.

Sie war eine zierliche Frau und sprach mit Oxfordakzent. „Robert wird es sehr bedauern, daß er dich verpaßt hat. Willkommen!" Sie streckte ihm beide Hände zur Begrüßung entgegen, aber als er näher trat, wurde ihr Gesicht besorgt. „Michael – geht es dir nicht gut?"

Er berichtete ihr, was mit Sarah und Ronnie passiert war, und als er geendet hatte, sagte Lydia: „Das klingt ja unvorstellbar!"

„Hast du etwas über einen gekaperten Gastanker gehört?"

„Nein."

„Nichts? Bist du sicher? Keine Gerüchte, keine –"

„Nichts. Es hat Überfälle in der Straße von Malakka gegeben, das Übliche – der eine oder andere Container. Ein paar Schiffe in der Umgebung von Hongkong sind überfallen worden, aber da ging es nur um Bargeld und Zigaretten. Und gelegentlich wird irgendwo so ein Vergnügungsdampfer gestohlen – Auftragsarbeit für Kunden vom Festland. Aber von Gastankern habe ich nichts gehört. Bist du auch ganz sicher?"

„Ich habe es mit eigenen Augen gesehen. Und dann hat sie diese Nachricht für mich hinterlassen."

„Nun, wenn das Schiff Kurs auf Schanghai genommen hatte, dann ist sie mittlerweile dort. Und du bist sicher, daß sie nicht die Behörden über Funk verständigt hat? Die US Navy zum Beispiel?"

„Ja."

„Warum nicht?" Lydia musterte ihn scharf.

Er hätte ihr am liebsten etwas vorgelogen, aber Lydia war dafür viel zu intelligent und zu erfahren. So sagte er nur: „Ich muß dich jetzt einfach bitten, daß du mir glaubst. Es gibt Dinge in meiner Vergangenheit, die es nicht zulassen, daß ich um offizielle Hilfe bitte. Kannst du das akzeptieren?"

„Nun", sagte sie zögernd, „ich will ein paar Leute befragen, aber..."

Eine Hausangestellte kam herein und sagte etwas zu Lydia auf chinesisch. Lydia stand auf. „Entschuldige mich einen Augenblick, Michael. Ich bin gleich wieder da. Laß dir inzwischen das da schmecken." Sie deutete auf einen Teller mit Klößchen.

Stone verspeiste geistesabwesend ein paar. Er hatte seit dem Frühstück nichts gegessen, verspürte aber keinen Appetit.

Lydia kam ins Zimmer zurück. Sie sah ernst aus. „Weißt du, daß man dich zu meiner Wohnung verfolgt hat?"

„Was?"

„Mein Türsteher hat mich darüber informiert, daß zwei Chiu-Chau-Gangster deinem Taxi gefolgt sind und jetzt auf der anderen Straßenseite parken und den Eingang beobachten."

Wer auch immer die Leute waren, die das Schiff unter Kontrolle hatten, sie machten Jagd auf ihn wie auf ein wildes Tier. Chiu Chau? Waren das Triaden, chinesische Mafiabanden?

„Michael, hast du mir alles gesagt?"

Wenn er Lydia von dem Eindringling in Koror erzählte, den falschen Bullen am Flughafen, dem falschen Taxifahrer, dann würde sie noch Schlimmeres denken, als das ohnehin schon der Fall war. „Natürlich habe ich das. Ich bitte dich nur um Hilfe."

„Warum sind dann die Chiu Chau hinter dir her?"

„Wie soll ich das wissen? Hör zu. In dieser Stadt redet alles von Triaden. Woher weiß dein Türsteher, daß die Chiu Chau sind?"

„Der Türsteher erkennt Chiu Chau, wenn er sie sieht", antwortete Lydia kühl.

„Lydia, ich schwöre dir, ich weiß nicht, was da los ist."

„Und was ist mit diesen ‚Dingen' in deiner Vergangenheit?"

„Das hat mit dem, was jetzt geschieht, nichts zu tun. Dafür liegt es viel zu weit zurück."

„Und was treibt ihr jetzt?"

„Jetzt komm schon, du weißt doch, was wir tun. Wir segeln mit dem Sanitätsschiff herum."

„Ich weiß auch, daß es euch nichts ausmacht, hie und da einen Messerstich zu behandeln, ohne die Polizei zu verständigen."

„Wir tun, was wir tun müssen. Aber ich weiß wirklich nichts von Chiu Chau. Hör zu, ich stehle dir nur die Zeit. Bis bald mal wieder."

„Wo willst du hin?"

„Ich muß Sarah und Ronnie finden."

„Michael, die werden dich nicht einfach davonkommen lassen. Jetzt setz dich noch eine Minute hin, und laß mich überlegen."

Stone nahm Platz und versuchte ebenfalls nachzudenken.

„Wie konnte irgend jemand wissen, daß du hierherkommen würdest?" fragte Lydia nach einer Weile.

„Ich vermute, daß die Salinis' Telefone angezapft haben und..." Er sprach den Satz nicht zu Ende.

„Sie?" fragte Lydia.

„Nein. Das ergibt keinen Sinn", meinte er. „Ich bin völlig durcheinander."

Sie ergriff seine Hand mit beiden Händen und schüttelte betrübt den Kopf. „Oh, Michael, du wirkst so hilflos wie ein Fisch auf dem Trockenen. Was ihr dort draußen tut, ist wunderbar. Ihr verarztet Leute, die sonst keiner verarzten würde. Nichts kann euch auf See angst machen. Aber an Land bist du verloren."

An dem, was sie sagte, war mehr Wahres, als er sich eingestehen wollte. Solange ein Problem allein mit Kraft zu lösen war, kam er zurecht – „Corporal Fong" würde noch lange Zeit seine Haare über die Spuren von Stones Tritt kämmen müssen –, aber er hätte nie zulassen dürfen, daß der Engländer ihn in das Polizeifahrzeug lotste. Und wenn Simmons nicht gewesen wäre, wäre er in das falsche Taxi gestiegen. Daß er allmählich die Fähigkeit verlor, an Land klarzukommen, war für einen Segler nichts Ungewöhnliches, aber wenn er seine Frau und sein Kind zurückhaben wollte, würde er an Land ebenso clever und schnell werden müssen, wie er das auf See war. „Ich muß mich nur wieder ans Land gewöhnen", sagte er. „Ich krieg das schon hin."

Lydia stand auf. „Ich lasse dich zum Yachtclub zurückbringen. Und morgen früh werde ich ein wenig herumtelefonieren und sehen, was ich über deinen Gastanker in Erfahrung bringen kann."

Kurze Zeit später kam die Hausangestellte wieder herein und sagte etwas zu Lydia, worauf diese Stone erklärte: „Hör zu, du wirst mit dem Lastenaufzug in die Garage hinunterfahren müssen, und du darfst unter keinen Umständen auch nur ein Wort über die Geschichte zu deiner ‚Begleitung' sagen. Und daß du sie ja nicht um Hilfe bittest. Versprichst du mir das?"

„Aber ich verstehe nicht..."

„Schakale", sagte Lydia, „stehlen von Löwen. Wenn das nicht geht, sind sie durchaus selbst zum Töten fähig. Versprich es mir einfach."

EIN LIEFERWAGEN wartete in der Garage. Zwei Kantonesen in schwarzen Hosen und weißen T-Shirts hielten ihm die Tür zu dem fensterlosen Laderaum des Wagens auf und deuteten auf einen Karton, auf den Stone sich setzen sollte. Stone wartete darauf, daß sie die Tür hinter ihm schließen würden, aber sie blieben stehen, bis ihm bewußt wurde, daß er durch die dunklen Scheiben eines hinter dem Lieferwagen parkenden BMW beobachtet wurde.

Ein auffällig gekleideter Kantonese Anfang Dreißig stieg aus dem BMW und ging auf ihn zu. Er zog die Knie eines enggeschnittenen Tropenanzugs hoch, der so weiß war, daß er leuchtete, und stieg Stone gegenüber ein. „Ich heiße Ronald", stellte er sich vor.

An Ronalds Handgelenk funkelte eine goldene, mit Diamanten besetzte Uhr. Er trug eine Seidenkrawatte. Stone musterte er amüsiert.

„Ich heiße Michael."

Seine Männer stiegen vorn ein und zogen einen Vorhang vor den Ladebereich.

„Was sehen die da draußen?" fragte Stone, als der Lieferwagen aus der Garage rollte und an dem Apartmentgebäude vorbeifuhr.

Sein Begleiter rief etwas durch den Vorhang in kantonesischer Sprache. Gelächter ertönte, und dann sagte Ronald zu Stone: „Möchtegern-Bruce-Lees."

„Erkennen Ihre Leute sie?"

„Gesindel. Warum ist Chiu Chau böse auf Sie?"

„Ich bin mein ganzes Leben noch keinem Chiu Chau begegnet. Da muß ein Irrtum vorliegen."

Ronald zuckte die Achseln. „Ganz, wie Sie meinen, Mann."

Lydias Warnung hatte genau das Gegenteil von dem bewirkt, was sie beabsichtigt hatte – es hatte ihn auf eine Idee gebracht: eine eigene Triade zu „engagieren" „Arbeiten Sie für Lydia Chin?" fragte er.

„Klasse Lady, Mrs. Chin, Chins klasse Familie."

„Ich bin Arzt“, erklärte Stone. „Wenn ich je behilflich sein kann – als Gegenleistung für diese Freundlichkeit –, dann brauchen Sie es nur zu sagen. Was ich sagen möchte, ich weiß Ihre Gefälligkeit zu schätzen und –“

„Das Mrs. Chins Gefälligkeit.“

„Ich würde trotzdem gern behilflich sein, mit allem, was ich tun kann.“

Ronald musterte ihn ausgiebig. „Was für eine Art Doktor?“

„Unfalldoktor. Jede Art von Unfall.“

„Wie Schießunfall?“

„Genau.“

„Was wollen Sie?“

„Informationen über ein verschwundenes Schiff.“

„Weiß nichts über Schiffe.“

„Kommen Sie schon, Ronald, das ist Hongkong – der größte Hafen der Welt. Sie müssen über Schiffe Bescheid wissen. Es geht um einen großen Erdgastanker.“

„Wieviel wert?“

„Millionen.“

Ronalds Schultern hoben sich in einem eleganten Achselzucken. „Was wollen Sie sonst noch?“

„Eine private Transportgelegenheit nach Schanghai.“

„Ist Gasschiff in Schanghai?“

„Vielleicht.“

„Schanghai große Stadt. Was wollen Sie noch?“

„‚Gute alte Freunde‘ in Schanghai. Kontakte.“

„‚Gute alte Freunde.‘ Was noch?“

„Ein Visum für Schanghai.“

„China Travel Office. Visa, zwei Tage.“

„Ich möchte, daß meine Pässe nicht in die Computer kommen.“

„Sie reden von einem großen Unfall, Doc.“

AM YACHTCLUB angekommen, begleitete Ronald Stone zu seinem Zimmer. Er vergewisserte sich sogar, daß es leer war, ehe er gute Nacht sagte.

Stone klemmte einen Stuhl unter den Türknopf und ging zu Bett. Er hatte Angst – um Sarah und Ronnie und um sich selbst. Schließlich knipste er das Licht an, holte die Pistole des Engländers aus dem Rucksack und stopfte sie unter sein Kopfkissen.

7

Als das Telefon Stone weckte, sagte ihm ein Blick auf seine Armbanduhr, daß es zehn war.

„Ich bin es, Kerry. Ich bin in Eile – treffen wir uns im ‚Adlernest' um ein Uhr."

Der Bergungskapitän legte auf, ehe Stone widersprechen konnte. Das Adlernest befand sich wenigstens im Hilton Hotel, war also unter den Augen der Öffentlichkeit und somit vergleichsweise sicher. Um auch ansonsten kein Risiko einzugehen, begab er sich zu Fuß zum Offiziersclub und teilte sich das Taxi mit einem Beamten, der nach Central mußte.

Das Adlernest nahm das gesamte oberste Stockwerk ein. Der früher einmal grandiose Ausblick auf den kolossalen Hafen wurde inzwischen durch neuere, höhere Gebäude stark eingeschränkt. Trotzdem war das Lokal nach wie vor insbesondere für Geschäftsessen beliebt. Stone nahm an, daß einer von McGlynns wichtigeren Kunden den spektakulären Fenstertisch für sie gebucht hatte.

McGlynn traf Punkt ein Uhr ein. Der Australier war schmächtig für einen Schleppertypen, klein und schlank. Daß er seine Lehrzeit als Matrose durchgestanden hatte, dachte Stone, hatte er wohl seiner wilden Aggressivität zu verdanken, die ihm im halsabschneiderischen Bergungsgeschäft schon oft von Nutzen gewesen war.

„Wo ist deine schöne Frau?" erkundigte sich McGlynn.

„Ich bin allein gekommen."

„Was gibt es?"

McGlynn hatte, wie die meisten Seeleute seiner Klasse, die Stone kennengelernt hatte, den eiskalten Blick, der mit schnellen Entscheidungen und einem kompromißlosen Urteilsvermögen einherging.

„Zunächst einmal", sagte Stone, „hast du etwas davon gehört, daß ein Gastanker entführt worden ist?"

„Nein."

„Nichts? Du hörst doch alle Notsignale ab."

„Jedes Signal im Westpazifik. Was ist los?"

„Okay, gehen wir mal davon aus, daß sie kein Notsignal mehr absetzen konnten. Hast du von irgendwelchen überfälligen Schiffen gehört?"

„Nein, nichts – warte." McGlynns von der Sonne verbranntes Gesicht verzog sich plötzlich in Falten. „Von wann reden wir denn?"

„Letzte Woche. Dienstag, vielleicht früher Mittwoch."

„Ja. Anfang letzter Woche. Jemand hat einundzwanzig zweiundachtzig gewählt. Ich habe ein Boot auf der Werft in Surabaya, und die haben den Ruf beantwortet. Aber dann hat sich herausgestellt, daß jemand hingefallen und versehentlich an den Schalter gekommen war. Ein paar Tage später kam ein anderer meiner Kapitäne nach Surabaya. Er hat erwähnt, daß er etwa um die gleiche Zeit in der Bandasee einen Notruf aufgeschnappt hatte, auf Kanal sechzehn, UKW."

Stone beugte sich vor. Die Reichweite von einem Schiff zu einem kleinen, flach im Wasser liegenden Schlepper betrug mit UKW höchstens 40 Meilen. „Was haben die auf dem Schiff gesagt, als er geantwortet hat?"

„Nichts. Als er versuchte, Verbindung zu bekommen, hat sich keiner gemeldet."

„Was hat er dann getan?"

„Was hätte er denn tun sollen? Der Mann hatte einen Fünftausendtonnenleichter an knapp tausend Meter Drahtseil hängen. Er hat dem Ausguck gesagt, er solle aufpassen, und versucht, mit anderen Schiffen Verbindung zu bekommen – aber da war keiner."

Stone hing an jedem Wort, betete um einen Durchbruch. McGlynn verstand das falsch und begann, sich zu verteidigen: „Mein Kapitän konnte ja nicht den Leichter einfach treiben lassen und auf eigene Faust ein Suchmuster fahren. Schließlich hatte er nichts in der Hand: keinen Namen, kein Rufzeichen, keine Position."

„Vielleicht läßt sich der Notruf so erklären: Der Betreffende hat Widerstand gegen die Kaperung des Schiffes geleistet, wurde dabei angeschossen und hat es noch bis zum Funkraum geschafft, ehe die ihn erledigt haben."

„Das ist eine Menge Spekulation", wandte McGlynn ein. „Am besten erzählst du mir genauer, was eigentlich vorliegt."

„Du wirst es mir kaum glauben." Stone berichtete ihm, was vorgefallen war. McGlynn hörte ihm zu, ohne ihn zu unterbrechen. „Den Teufel auch!" entfuhr es ihm, als Stone geendet hatte. „Und was für eine Leistung als Seefahrer, Michael!"

„Leider sagen mir diese Notsignale wenig", meinte Stone. „Sie bestärken mich nur in meiner Vermutung, daß hier eine Entführung vorliegt."

„Mir sagt es, daß es tatsächlich möglich ist, daß du das alles nicht nur geträumt hast."

„Bloß möglich?" fragte Stone.

McGlynn starrte ihn mit seinem eisigsten Kapitänsblick an. „Michael, in meinem Geschäft bekomme ich so ziemlich jeden Schwindel aufgetischt, den du dir vorstellen kannst. Weißt du, wie oft man mich ruft, wenn die ein Schiff absichtlich versenkt haben? Sie rufen mich an, damit das Ganze legal aussieht. Manchmal komme ich mir vor wie der Fährendienst eines Piraten."

„Warum sollte ich mein Boot versenken?"

McGlynn sah ihn an. „Laß mich eine Frage stellen: Die Papiere der *Veronica* – halten die einer genauen Prüfung stand?"

„Sie sind in Ordnung. Sie ist in Los Angeles registriert. Der Name hat sich allerdings im Lauf der Jahre ein paarmal geändert. Und die Verkaufsurkunde ist beim Taifun Mary leider über Bord gegangen."

„Mitsamt dem ungültigen Scheck?" McGlynn erlaubte sich ein dünnes Lächeln.

„Wir haben bar bezahlt. Das heißt, Sarah hat mit Bargeld bezahlt."

„Und der Verkäufer?"

„Ein Mann aus dem Kongo."

„Der zufälligerweise Besitzer einer in Finnland gebauten erstklassigen Segeljacht war! Hat er euch einen guten Preis gemacht? Ich meine, wo ihr doch bar bezahlt habt."

McGlynn lächelte immer noch, deshalb sagte Stone: „Er hat uns empfohlen, den Namen zu ändern und in ausländischen Gewässern zu segeln."

„Und vielleicht auch selbst die Namen zu wechseln?"

Stone hielt es für angemessen, diese Frage ein wenig rätselhaft zu beantworten: „Du kennst uns als die, die wir sind."

McGlynns Gesichtsausdruck verhärtete sich. „Was hast du angestellt, Michael? Wozu brauchst du mich? Warum kannst du nicht einfach zur US Navy gehen?"

Wenn es jemanden gab, dem er vertrauen konnte, dann war das dieser Freund, dem Sarah so viel bedeutete. Aber Stone hatte seine Vergangenheit jahrelang ebenso vor sich wie vor der Welt verborgen, und das war eine Gewohnheit, die er nicht so ohne weiteres ablegen konnte. Er mußte akzeptieren, daß er keine andere Wahl hatte.

„Ich will es dir in wenigen Worten erklären, Kerry", sagte er. „Ich werde wegen eines Doppelmordes gesucht, den ich nicht begangen habe, und wegen Piraterie, was stimmt."

„Wenn du meine Unterstützung haben willst, wirst du wohl etwas ausführlicher werden müssen."

Stone atmete tief durch. „Sarahs Vater – der General – ist bei einem Putschversuch ermordet worden. Als der Putsch scheiterte, kamen die auf die Idee, den eigenen Hals zu retten, indem sie mir den Mord anhängten."

„Was hattest du in Nigeria zu suchen?“

Stone spürte plötzlich, wie der alte Schmerz ihn mit ganzer Wucht traf. Er brauchte einen Augenblick, um sich zu fassen.

„Meine erste Frau hieß Katherine. Wir hatten unsere Anteile an einer medizinischen Ultraschallsonde, die wir entwickelt hatten, zu Geld gemacht und kauften uns eine Halberg-Rassy-Ketsch. Ein gutes Anfängerboot, wenn man mehr Geld als Verstand hat. Damit haben wir uns fast die Eingeweide aus dem Leib geschüttelt, als wir den Atlantik überquerten und schließlich in London vor Anker gingen. Dort lernte ich Sarah kennen.“

„Hast dir wohl einen neuen Ersten Offizier genommen?“ McGlynn feixte, sagte aber nichts mehr, als er das Glitzern in Stones Augen sah.

„Kerry, es gibt keine Nacht, die ich allein auf Wache verbringe, wo ich nicht um Katherine trauere oder mich frage, was ich wohl hätte anders machen müssen, um ihr Leben zu retten.“

„Das klingt so, als würdest du sie immer noch lieben.“

„Das tue ich auch.“

„Mehr als Sarah?“

„Nein, natürlich nicht. Wenn ich tausend Leben hätte, würde ich nie ein zweites Mal jemanden wie Sarah finden.“

„Tut mir leid, Kumpel.“ Der Bergungskapitän sah, wie Stone mit den Tränen kämpfte.

„Wir drei wurden gute Freunde. Sarah hatte gerade die ganze Schinderei des Medizinstudiums hinter sich gebracht und war richtig aufgedreht, weil sie endlich wieder Zeit für sich hatte. Es machte Spaß, mit ihr zusammenzusein. Als daher ihr alter Herr ihr befahl, nach Lagos zurückzukommen, sind wir dorthin gesegelt, um sie zu besuchen. Wir landeten mitten in einem Putsch einer Bande von Offizieren der unteren Dienstgrade, die unser lokaler CIA-Agent unter Alkohol gesetzt hatte. Sarahs Vater war ein hundertprozentiger Anhänger der zivilen Regierung, und das machte ihn zum ersten Ziel der Putschisten. Bloß daß denen nicht klar war, daß seine Einheiten loyal bleiben würden. Als der Putsch scheiterte, kamen die Mistkerle auf die schlaue Idee, das Attentat auf Sarahs Vater wie einen Mord aussehen zu lassen – ein Verbrechen aus Leidenschaft, so als hätte ich den General mit Katherine im Bett erwischt und beide in einer Aufwallung wütender Eifersucht getötet.“

„Deine Frau haben sie auch ermordet?“

„Ja. Um das Ganze plausibler erscheinen zu lassen. Sie haben sie in ihrem Bett erschossen und die Leiche des Generals über sie geworfen. So fanden wir sie... “

„Und sind sie damit durchgekommen?" fragte McGlynn.

„Ja. Es hat funktioniert, und ich mußte um mein Leben rennen."

„Und wie ist Piraterie daraus geworden?"

„Die Polizei hat mein Segelboot beschlagnahmt und ganz Lagos auf der Suche nach mir auf den Kopf gestellt. Der Flughafen war abgeriegelt. Sarah sagte mir, daß sie mich erschießen würden. Mir war das gleichgültig. Ich wäre am liebsten tot gewesen. Aber Sarah wollte das nicht zulassen. Zu diesem Zeitpunkt war uns bereits klargeworden, daß das CIA-Büro in Wirklichkeit nur als Tarnung für Ölgeschäfte diente. Ich entschied mich für die Flucht nach vorn und bin in einem ihrer Schlepper abgehauen. Der CIA-Typ hat meine Verfolgung aufgenommen. Etwa hundert Meilen von der Küste entfernt hat er uns mit einem nigerianischen Patrouillenboot gestellt..."

„Und?"

„Ich hab es gerammt. Das letzte, was ich von dem Boot sah, war der Bug, der auf Afrika zutrieb, und das Heck mit Kurs auf Brasilien."

„Wie viele sind dabei ertrunken?"

Stone sah ihn an. „Keiner, beide Hälften haben mich mit Maschinengewehren beballert."

„Und wie seid ihr entkommen?"

„Sarah hatte eines der Gelddepots ihres Vaters geöffnet und einen Schmuggler engagiert, um mich abzuholen. Sie blieb an Bord, um mich zu pflegen – ich hatte einen Treffer abbekommen. Der Schmuggler brachte uns nach Moanda, zu einem Freund am Kongo, und Sarah hat die Swan gekauft. Sie bestand darauf mitzukommen. Versteh das richtig", sagte Stone. „Ich war damals völlig erledigt. Wenn ich nicht gerade blutete, heulte ich. Wir sprechen hier also wirklich nicht von heißer Leidenschaft – das kam später."

„Liebe?" fiel McGlynn ihm ins Wort.

Stone seufzte. „Ja, ganz sicher. Aber was ich dir sagen will, ist, daß Sarah nicht nur aus Liebe bei mir blieb. Sie blieb auch aus Gründen der Ehre. Katherine war ein unschuldiges Opfer und ich auch. Sarah fühlte sich verantwortlich, obwohl sie ebenso unschuldig war wie wir."

„Hast du dich je gefragt, womit du eine solche Frau verdient hast?"

„Jeden Tag", entgegnete Stone lächelnd.

McGlynns Blick wirkte jetzt abwesend und zugleich nachdenklich. „Irgendwie würde deine ganze Geschichte echter klingen, wenn Sarah in Lagos geblieben wäre, um ihren Vater zu rächen. Und du, um deine Frau zu rächen."

„Du glaubst mir nicht? Oh, ich wollte sie alle töten. Aber Sarah wollte nichts davon hören. Sie ist im wahrsten Sinne des Wortes Christin. Mit der Zeit hat sie mir klargemacht, daß nichts, auch kein Mord, Katherine wieder lebendig machen würde. Und die Nigerianer und die CIA waren uns natürlich immer noch auf den Fersen."

Man hatte sie beide verfolgt bis in die Antarktis, dann um Kap Hoorn herum, ehe sie schließlich zwischen den Inseln Mikronesiens verschwunden waren, die sich wie Staub über achteinhalb Millionen Quadratmeilen Ozean verteilen. Reisen in die „Zivilisation", um dort Vorräte zu besorgen, fanden nur selten statt, und sie machten immer nur kurz halt. Die Japaner und die Hongkongchinesen, die das Sanitätsboot unterstützten, hatten keinen Anlaß, Zweifel an ihrer Vergangenheit zu äußern, und so hätte es vielleicht immer weitergehen können, wenn nicht plötzlich die *Dallas Belle* aufgetaucht wäre.

„Jedenfalls wird die US Navy uns nicht helfen, obwohl all das Jahre zurückliegt. Ich sehe das jetzt so, daß die Leute, die Sarah entführt haben, das Schiff wegen seiner Ladung gestohlen haben. Dein nicht erklärter Notruf paßt genau zu dem Toten am Strand."

„Vielleicht."

„Betreibt die US Navy immer noch ihr akustisches Peilsystem?"

„SOSUS", antwortete Kerry McGlynn mit einem Nicken. *„Sound Surveillance System."*

„Wenn die ihre Aufzeichnungen für die Umgebung von Pulo Helena aufrufen könnten, wären sie in der Lage, dieses Schiff zu identifizieren und auch herauszubekommen, wo es jetzt ist."

„Möglich", stimmte McGlynn zu.

„Ich wette, du könntest das über die US Navy herauskriegen, du oder dein Bruder. Ich gehe jede Wette ein, daß die australische Marine das US-System anzapfen kann."

McGlynn schüttelte den Kopf. „Du verlangst von mir, daß er seine Karriere bei der Navy aufs Spiel setzt."

„Ich bitte dich, daß du mir hilfst, Sarah zurückzubekommen."

„Ich kann nicht erkennen, wie das möglich sein soll, ohne daß du reinen Tisch machst."

„Mich dem US-Konsulat auf Gnade und Barmherzigkeit auszuliefern kommt aus zwei Gründen nicht in Frage: Falls wir beide ins Gefängnis wandern, was passiert dann mit Ronnie? Aber selbst wenn ich dieses Risiko eingehen würde, wäre ich noch keineswegs sicher, daß sie auch suchen würden. Ich weiß, daß diese Geschichte verrückt klingt. Es könnte Wochen dauern, ein Rudel Bürokraten dazu zu überreden, die

Navy zu Hilfe zu rufen. Und was passiert in der Zwischenzeit mit Sarah?“

McGlynn sah ihm scharf in die Augen. „Versuch mal, deine Geschichte aus meiner Perspektive zu sehen. Sie klingt tatsächlich verrückt.“

„Nur verrückt? Du glaubst mir doch?“

McGlynn seufzte. „Das würde ich gern. Ich kenne dich und Sarah schon eine Ewigkeit.“

„Wenn ich lüge, wo ist dann Sarah?“

„Da fallen mir zwei Möglichkeiten ein. Erstens, sie hat ihre Sachen gepackt und dich verlassen, oder zweitens, du hast sie verlassen.“

In diesem Augenblick erkannte Stone, welchen Preis man dafür bezahlte, sich von allen Menschen zu isolieren. Ein echter Freund wäre nie davon ausgegangen, daß dies alles eine Lüge sein könnte. Aber McGlynn war nur ein Bekannter wie Marcus Salinis, wie die anderen auf ihrer Pazifikroute, wie Lydia Chin. Stones einziger wirklicher Freund war Sarah. Ohne sie war er völlig allein.

„Warum“, fragte er, „würde ich denn, wenn ich sie verlassen hätte, mit dieser Geschichte zu dir kommen?“

McGlynn ließ das Bier in seinem Glas kreisen. „Die Menschen tun auf See manchmal verrückte Dinge“, sagte er nachdenklich. „Ganz allein da draußen denkt man verrücktes Zeug. Ich wette, daß einmal im Monat irgendein Seemann plötzlich nach einer Feueraxt greift und seinen besten Kumpel erschlägt...“

„Du glaubst also, daß ich Sarah und Ronnie etwas angetan habe? Und anschließend habe ich die Swan versenkt?“

„Das kommt vor.“

„Ich liebe sie! Ganz davon abgesehen bin ich überhaupt nicht imstande, jemandem weh zu tun. Wenn ich das wäre, glaubst du nicht, daß deine Zähne jetzt schon auf dem Boden liegen würden?“

McGlynns Gesicht rötete sich. „Versuch's doch, Bursche!“

Stone reichte es. Er beschloß zu gehen und beugte sich vor, um seinen Rucksack aufzuheben. Ein Schlag traf ihn im Nacken, mit solcher Heftigkeit, daß er vom Stuhl geworfen wurde und unter den Tisch flog. Irgendwie war das Fenster zerbrochen. Kalter Wind wehte herein. Eine Frau schrie. McGlynn kippte von seinem Stuhl und zog dabei das Tischtuch auf sich herunter. Aus seiner Schulter spritzte hellrotes Blut.

„Auf den Boden!“ schrie jemand. „Die schießen immer noch!“

8

Stone preßte eine zusammengeknüllte Serviette gegen McGlynns Wunde. Der Bergungskapitän war so weiß wie das Tischtuch und rang nach Luft. „Was war da los?“

„Die haben *mich* verfehlt.“

Überall im Restaurant schrien Menschen. Ein Amerikaner mittleren Alters stieß Stone weg und schrie: „Aus dem Weg! Ich bin Arzt!“

„Verschwinde, Michael“, flüsterte McGlynn.

Stone rannte zu den Aufzügen, sah in ihnen plötzlich eine Falle und hetzte die Treppe hinunter. Nach fünfzehn Stockwerken hörte er die Rufe eines Polizeitrupps, der die Treppe heraufgestürmt kam. Stone riß eine Feuertür zu einem der Hotelkorridore auf, rannte zu den Aufzügen und wartete unruhig, bis endlich eine Liftkabine kam. Die Türen öffneten sich, und Stone zwängte sich hinein. Eine Frau starrte ihn an. „Sagen Sie, waren Sie nicht bei dem Mann, auf den geschossen wurde?“ Stone schüttelte verwirrt den Kopf und wandte sich ab.

In der Hotelhalle ging Stone zum Telefon und rief Lydia Chin an.

Ehe er zum Reden ansetzen konnte, sagte Lydia: „Niemand hat irgendwelche Informationen über einen verschwundenen Gastanker. Nirgends auf der ganzen Welt.“

„Sag deinem Freund Ronald, daß ich mit ihm reden will.“

„Nein, Michael. Du spielst mit dem Feuer.“

Auf der anderen Seite der Hotelhalle sah er die Frau, die ihn im Lift angesprochen hatte, mit einem Polizeibeamten reden. „Es brennt bereits lichterloh, Lydia. Gib mir eine Nummer, die ich anrufen kann. Ich habe sonst niemanden, an den ich mich wenden kann.“

„Nein“, sagte Lydia. „Ich will nicht daran beteiligt sein, wenn –“

„Vergiß es! Dein Freund hat mich gerade gefunden“, sagte Stone und legte den Hörer auf.

Der Mann von der Triade saß im Sessel und beobachtete Stone mit berechnender Miene. „Schakale“ hatte Lydia sie genannt. Sie wollten das gestohlene Schiff. Sie wollten es den Dieben stehlen und die Ladung verkaufen. Na großartig. Er würde mitkommen und Sarah und Ronnie irgendwie befreien, ehe die Schießerei begann.

Die Frau, die immer noch bei dem Polizisten stand, zeigte auf ihn. Ronald bemerkte das und ging schnell zum Garagenlift. Stone rannte hinter ihm her, während zwei Kantonesen, die in der Nähe von Ronald gesessen hatten, aufsprangen und dem Polizisten den Weg versperrten. Ronald zwängte sich durch eine Brandschutztür und winkte Stone, ihm auf der Treppe zur Garage hinunter zu folgen.

„Was zum Teufel machen Sie hier?"

„He, Segler, mein Boß möchte mit Ihnen sprechen."

„Worüber?"

„Erkläre im Auto."

In der Garage wartete bereits ein Toyota mit einem Fahrer und einem Mann auf dem Beifahrersitz. Stone und Ronald stiegen hinten ein, und sie fuhren in Richtung auf die Causeway Bay.

„Wie haben Sie Chiu Chau geärgert?" fragte Ronald.

„Ich sagte Ihnen schon, ich weiß es nicht. Was möchte Ihr Boß?"

„Vielleicht ist Chiu Chau böse wegen Schiff? Vielleicht Sie ihnen in die Quere kommen – he, Segler. Wer hat das Gas gekauft?"

„Ein Kraftwerk, nehme ich an."

In Causeway Bay hielt der Wagen keine dreihundert Meter vom Yachtclub entfernt vor dem Wolkenkratzerbau eines Hotels. Ronald begleitete Stone durch die Eingangshalle in eine Liftkabine.

„Wie heißt Ihr Boß?"

„Sagen Sie Mr. Chang zu ihm." Er führte Stone in eine Suite.

Auf einer Couch saß ein kräftig gebauter Kantonese mittleren Alters in unauffälligem Anzug mit unauffälligem Schmuck und metallener Brille. Ronald stellte Stone vor. Mr. Chang nickte, aber er erhob sich weder von der Couch, noch gab er Stone die Hand. Auf der anderen Seite des Raumes war auf einem Besprechungstisch eine Karte ausgebreitet.

Chang hatte eine tiefe, dröhnende Stimme. „Sie suchen Schiff?"

„Ich suche meine Frau und meine Tochter, die auf dem Schiff sind..."

„Wo ist das Schiff?"

„Ich glaube, es ist in Schanghai. Ich möchte nach Schanghai, ohne daß jemand davon erfährt. Und ich möchte eine Bestätigung für die Story, die ich mir als Tarnung zulegen will. Ich werde sagen, daß ich für ausländische Investoren nach Standorten für einen Jachthafen im westlichen Stil suche."

Chang sah ihn interessiert an.

Nach einem Blick auf seinen Boß grinste Ronald: „Nicht schlecht."

„Ich brauche einen Dolmetscher, der sich im Hafengebiet auskennt", fuhr Stone fort.

„Sie brauchen viel, Doc."

„Und ein Boot für den Fluß... Außerdem brauche ich noch etwas

Bestechungsgeld. Ich bin bereit, dafür alles zu tun, was ich kann. Ich bin Arzt."

Jetzt meldete sich Chang wieder zu Wort: „China hat eine Menge Ärzte."

„Wozu haben Sie mich dann hierhergeholt?"

Ronald ging ans Fenster. „Herkommen, Doc." 27 Stockwerke unter ihnen lag das Taifunbecken der Causeway Bay. Ronald deutete auf das östliche Ende. „Sie sehen dort unten? Ganz am Ende der Reihe? Motorjacht."

„Die mit dem Hubschrauberlandeplatz? Was ist damit?" Sie war über dreißig Meter lang und starrte förmlich von Antennen. Weiße Kuppeln bedeckten Satellitenschüsseln.

„*Tin Hau*, die Seegöttin. Große Jacht. Fährt überallhin."

„Wozu brauchen Sie mich?"

Ronald sah Mr. Chang an. Der schüttelte den Kopf. Ronald konnte seine Enttäuschung nicht verbergen. Er begann zu protestieren, aber Chang schüttelte erneut den Kopf, grunzte ein Wort in Kantonesisch und stand auf. Zwei Leibwächter tauchten aus dem Nebenzimmer auf und begleiteten Chang aus der Suite.

Ronald wartete, bis er hörte, daß die Tür sich geschlossen hatte. „Mr. Chang mag Sie."

Stone war überrascht. Er hatte die Situation so gedeutet, daß Chang gegen ihn war. „Mag er mich genug, um mir zu helfen?"

„Mr. Chang hat sehr guten Freund in Schanghai, Geschäftsmann. Hat früher staatliche Baumwollfabrik geleitet. Am Tag vor Pensionierung er hat Fabrik an ‚Privatunternehmen' Aktiengesellschaft verkauft. Gehört seiner Frau. Am nächsten Tag er Besitzer von staatlicher Fabrik. Sehr wichtiger Mann. Mr. Chang denkt, diese Jacht gefällt altem Freund."

Stone starrte ihn an. „Was?"

„Triade hat noch nie Jacht aus Taifunbecken gestohlen. Tanka-Bootsjungen hassen uns. Sind wie Wachhunde. Wenn sie mich kommen sehen, sie bellen. Aber nicht bellen, wenn Ehrenmitglied von Hongkong Yachtclub kommt."

„Ich bin kein Dieb", sagte Stone, aber damit versuchte er nur, Zeit zu gewinnen. Der Diebstahl eines Bootes war dem Diebstahl von menschlichen Organen weit vorzuziehen. Das Problem war nur, daß es unmöglich schien.

„Sie haben keine Wahl, Segler."

„Und wie soll ich die Jacht dort herausholen, einmal vorausgesetzt, daß ich überhaupt an Bord komme?"

„Ich habe Leute gefragt. Alle sagen, Sie ganz großer Segler."

„Aber was ist mit den Bootsjungen? Da schlafen doch sicher ein paar an Bord. Ich werde keine Menschen töten."

„Nicht töten. Fesseln. Wir sie lassen später laufen."

„Und was ist, wenn mich eine Hafenstreife aufhält?"

„Morgen nacht Nebel. Die können nicht sehen."

„Die haben Radar."

„Wir haben ECM."

„Machen Sie keine Witze. *Electronic Countermeasures*, Radarabwehr?"

„Wir haben neueste Störgeräte von Volksbefreiungsarmee. Wir stören Radar von Wasserpolizei. Sie brauchen bloß Hafenpatrouille entkommen und sich mit Volksrepublikpatrouille treffen."

„Wie weit sind die entfernt?"

„Dreizehn Meilen."

Ronald ging mit ihm zu dem Tisch mit der Karte, auf der in kleinem Maßstab Hongkong und die umgebenden Gewässer dargestellt waren. Ronald zeigte eine Route, die in östlicher Richtung aus der Bucht herausführte, Hongkong Island im Süden umfuhr, in den Tathong Channel und dann wieder in östlicher Richtung zu einer gepunkteten Linie verlief, die die ehemalige Grenze zwischen „Hongkong (Großbritannien)" auf der einen und „Guangdong Sheng (Volksrepublik China)" auf der anderen Seite darstellte.

„Freunde von Volksbefreiungsarmee warten dort", erklärte Ronald. „Diese Linie überqueren, und geschafft. Noch Fragen, Segler?"

„Ja, Ronald. Sie verlangen von mir, daß ich darauf vertraue, daß Sie Ihre Seite des Handels einhalten, wenn ich Ihnen dieses Boot auf hoher See übergebe."

„Warum nicht? Sie alter Freund von Mrs. Chin."

„AUFWACHEN, Schätzchen", flüsterte Sarah. Das Schiff trieb immer noch und schlingerte sanft in der Dünung.

Ronnie wachte mißmutig auf. „Was?"

„Pst. Wir verschwinden hier."

Ronnie blinzelte. „Wirklich? Wann?"

„Jetzt. Hier ist deine Windjacke – laß deinen Rucksack hier. Die Sachen können wir nicht mitnehmen. Wenn die uns erwischen, sagen wir, wir machen einen Spaziergang." Sie gab Ronnie das GPS. „Versteck das in deiner Tasche. Ich habe eine Wasserflasche und das Funkgerät."

„Sie sehen uns doch."

„Nein, der Nebel hat draußen alles in eine einzige Waschküche verwandelt."

„Was ist mit Mr. Jack?" flüsterte Ronnie.

„Ich habe ihm eine Schlaftablette gegeben. Los, gehen wir."

„Wo ist Moss?"

„Auf der Brücke. Komm jetzt." Sie nahm ihre Tochter bei der Hand, trat in den Vorraum und ging von dort zur Tür und die Treppe hinunter. Immer weiter stiegen sie hinunter unter das Hauptdeck in die Tiefen des Rumpfes. Jetzt, wo die Maschinen verstummt waren, herrschte dort gespenstische Stille. Sarah öffnete eine Tür auf dem Mannschaftsdeck. Das Schlauchboot mit Außenbordmotor lehnte neben der Fallreeptür an der Wand. Sarah ging an die Tür und machte sich an der schweren Verriegelung zu schaffen. „Hilf mir mal!"

Aber Ronnie hatte sich plötzlich niedergekniet und hantierte an ihrem Turnschuh herum. „Hilf du mir, Mama."

Sarah kniete ärgerlich neben ihr nieder. „Was ist denn los mit dir?"

„Da ist eine Videokamera auf die Tür gerichtet", flüsterte Ronnie.

Sarah versuchte nachzudenken. „Dann richten wir uns auf und gehen einfach wieder weg."

„Nein, das geht nicht. Die Kamera hat gesehen, daß ich sie entdeckt habe. Laß uns tanzen!" Sie sprang auf und winkte in die Kamera, die halb in einem Stahlträger versteckt war. „Hallo, Mr. Jack. Sehen Sie uns? Mama, es ist Mr. Jack! Hallo, Mr. Jack! Hallo, Moss! Komm, Mama!" Sie zog Sarah hoch, legte ihr den Arm um die Hüfte und machte einen Hopser. „Eins, zwei, drei, hopp. Eins, zwei, drei, hopp. Wir haben den Cancan im Offiziersclub in Kwajalein gelernt!" rief sie, als ob sie beide nicht wüßten, daß Mr. Jack im Bett lag und Sarah ihm eine Schlaftablette verabreicht hatte. „Tut mir leid, Mr. Jack. Mama mag das nicht, weil sie sehr britisch ist. *Bye-bye!*" Sie bugsierte ihre Mutter durch die Tür und dann die Treppe hinauf.

Drei Decks weiter oben stießen sie auf Ah Lee, der ein Tablett trug. Ängstlich verzog er sein übel zugerichtetes Gesicht, als er sie sah. „Nicht erlaubt. Nicht erlaubt."

„Ist schon okay, Ah Lee. Wir machen bloß einen Spaziergang."

„Nicht erlaubt. Umkehren. Ich Moss sagen."

„Bitte nicht."

Ah Lee hastete die Treppe hinauf. Sarah rannte zu der Stahltür, die aufs Achterdeck führte. Der Nebel war dicht, der Behälter mit dem Rettungsfloß nur schemenhaft zu erahnen.

„Schnell!"

Der Behälter war neben einer Tür im Schanzkleid festgezurrt. Sarah kniete neben ihm nieder und tastete nach den Tauen, mit denen er festgezurrt war, als Moss aus dem Nebel auftauchte. „Was habt ihr hier draußen verloren?" Er packte sie am Arm. „Nach drinnen!"

Moss stieß Sarah so unsanft in Mr. Jacks Schlafkabine, daß sie gegen das Bett taumelte. Ronnie schob er hinter ihr her. Der alte Mann wachte benommen auf. Aber als er Moss' Gesichtsausdruck sah, war er sofort so hellwach, als ob er die Wirkung der Schlaftablette mit reiner Willenskraft aufheben könnte.

„Ich habe sie dabei erwischt, wie sie auf dem Hauptdeck herumgestöbert haben."

Mr. Jack stemmte sich hoch. „Was zum Teufel hatten Sie vor?"

„Wir wollten uns ein wenig die Beine vertreten", sagte Sarah.

„Die haben am Rettungsfloß herumgeschnüffelt. Gleich nachdem die Kamera sie erfaßt hat. Der Hilfssteward hat sie die Treppe herauflaufen sehen."

Mr. Jack blickte schroffer und zorniger drein als Moss.

„Der Hilfssteward sagt, die beiden wollten ihn dazu überreden, ihnen mit dem Schlauchboot zu helfen", behauptete Moss.

„Das ist eine Lüge! Das hat er nicht gesagt."

„Das hat er mir gesagt, Mr. Jack."

„Weil Sie ihn verprügelt haben!" schrie Ronnie.

„Maul halten!"

Eine Dampfpfeife schrillte über das Wasser. Sarah fuhr zum Bullauge herum. Drei lange dunkle Schiffsrümpfe tauchten aus dem Nebel auf und bewegten sich geradewegs auf die *Dallas Belle* zu. Schmutzige Schlepper, die dicke Dampfwolken ausstießen, die sich mit dem Nebel mischten. Jetzt konnte man die roten Fahnen mit den gelben Sternen der Volksrepublik China erkennen. Sie betete immer noch darum, daß das die Rettung bedeutete, als der Kapitän in die Kabine gerannt kam.

„Schlepper längsseits, Mr. Jack."

Der alte Mann stemmte sich noch etwas höher; seine Augen funkelten. „Hält die Wolkendecke?"

„Wie vorhergesagt. Aber der Nebel lichtet sich. Wir haben nicht viel Zeit."

„Anhängen. Verschwinden wir hier. – Ronnie, hol dir ein Eis."

„Ich mag keines."

„Halt den Mund! Moss, schaff sie in die Kombüse hinunter!"

Ronnies Augen weiteten sich. Er hatte sie noch nie zuvor angeschrien. Jetzt sah Mr. Jack Sarah mit eisiger Miene an.

„Sie riskieren Ihr Leben und das der Kleinen!"

„Wir wollten uns nur die Beine vertreten", beharrte Sarah.

„Schluß mit der Lügerei! Sie haben versucht zu entkommen."

Sarah schüttelte den Kopf. „Nein, das haben wir nicht. Aber würden Sie das nicht tun?"

„Mein Kopf fühlt sich völlig taub an. Haben Sie mir K.-o.-Tropfen verpaßt?"

„Eine Schlaftablette. Sie sind zu aktiv."

„Keine Pillen mehr, von denen Sie mir nichts sagen."

„Wenn Sie darauf bestehen", lenkte sie ein.

„Wenn Sie noch einmal eine solche Nummer abziehen – in irgendeiner Weise nicht gehorchen –, dann werden Sie bestraft."

„Wie bitte? Ich habe Ihnen das Leben gerettet!"

Er fuchtelte mit seinem verstümmelten Finger vor ihrem Gesicht herum. „Wenn Sie vor Moss um Gnade winseln, dann sagen Sie bloß nicht, daß ich Sie nicht gewarnt habe..."

„Angesichts Ihres Gesundheitszustands, Mr. Jack, wäre es wohl nicht in Ihrem Interesse, wenn Ihr Arzt jetzt auf der Krankenstation läge."

„Ich bin nicht blöd, Doc. Moss hat schon Huren auf die Straße geschickt, als er sechzehn Jahre alt war. Er weiß, wie man einer Frau so weh tut, daß sie am liebsten sterben würde; und wie man sie noch in derselben Nacht wieder auf die Straße schickt... Wollen Sie eine kleine Demonstration, wenn er zurückkommt?"

Sie senkte den Blick. Ihre Tränen ließen den Teppich vor ihren Augen verschwimmen. „Nein."

Das Telefon klingelte. Mr. Jack hätte es beinahe vom Nachttisch geworfen. „Was? ... Ich empfange ihn im Vorraum." Er ließ sich von ihr beim Aufstehen helfen. „Nicht vergessen: Letzte Chance!"

„Wo ist Ronnie?"

„Nach oben unterwegs." Er schlurfte zur Tür hinaus.

Fünf Minuten zogen sich wie Tage hin. Dann kam Ronnie zurück, immer noch mitgenommen, aber zum Glück von etwas abgelenkt, was sie gesehen hatte. „Mama, das war komisch!" plapperte sie los. „So ein Chinese kam Mr. Jack besuchen, aber er ist vom Schlepper gefallen, als er an Bord gehen wollte. Er hatte einen Anzug an, und die Matrosen haben ihn aufgefangen, aber seine Hosen waren patschnaß und seine Schuhe voll Wasser. Du hättest ihn sehen sollen!"

Ronnie fing an zu lachen, und dann schien ihr plötzlich ihre Lage wieder bewußt zu werden, und sie begann zu weinen. Sarah drückte sie an sich und hielt sie so lange fest, bis sie sich beruhigt hatte. „Ich glaube, du solltest dich noch mal ein bißchen schlafen legen, Schatz." Als Ronnie im Bett war, gähnte sie bereits.

„Hat jemand gesagt, wer dieser Chinese war?"

Ronnies Gähnen ging in ein Grinsen über. „Er hieß Pitsch Naß!"

„Sehr komisch, junge Dame!" Sarah lachte. „Also, jetzt mach die Augen zu."

Sarah blieb neben Ronnie sitzen, bis sie eingeschlafen war. Dann legte sie ihr Stethoskop um und lauschte an der Tür.

Sie konnte jedes Wort hören, aber das Thema war ein höchst komplizierter Plan, Aktienoptionen an mehreren Börsen rings um die Welt zu kaufen. Sie verstand wenig, nur daß es um gewaltige Summen ging.

ALS MICHAEL STONE losging, um sich ein Schlauchboot auszuborgen, war die Schießerei im Hilton das beherrschende Thema an der Bar des Yachtclubs. Stone rief im Matilda Hospital an, wo man ihm mitteilte, daß Kerry McGlynns Zustand besorgniserregend sei.

Als Stone das Schlauchboot zu Wasser brachte, beobachteten ihn ein paar Kinder und sahen zu, wie er sich seinen Weg durch die schmalen Fahrrinnen bahnte. Motorsampans brausten an ihm vorbei, brachten Waren und Menschen zu den Dschunken und Jachten. Das Wasser war schmutzig, eine ölige graue Brühe, die selbst jetzt, im kühlen Dezember, stank. Hier wurden Tausende auf ihren Booten geboren, lebten dort ihr Leben und starben darauf. Und doch war die schwimmende Stadt wie ein Dorf auf dem Land, und ihm wurde klar, daß ein Eindringling von einer Triade sofort erkannt werden würde. Als er die Ruder einzog, folgten ihm neugierige Blicke, die ihn schnell eingeordnet hatten: ein *gweilo*, eine weiße Langnase aus dem Westen, harmlos und ein wenig lächerlich, aber vielleicht eine Einkommensquelle.

Der Besitzer eines Sampans, der Fischbällchen verkaufte, grüßte ihn. Stone kaufte einen Korb mit dem würzigen Gericht und ließ sich treiben, während er aß. Kaum hatte er zu Ende gegessen, als ein anderer Sampan auftauchte, um ihm heißen Tee zu verkaufen. Und als er mit dem Tee fertig war, tuckerte wieder ein anderes Boot längsseits, diesmal gesteuert von einer lächelnden Frau mittleren Alters, die mit einer einladenden Handbewegung auf die Matratze unter ihrem Segeltuchdach deutete. Stone schüttelte stumm den Kopf und ruderte weiter, arbeitete sich langsam zu dem Bereich durch, wo die Segeljachten vertäut lagen.

Er staunte über die außergewöhnliche Menge erstklassiger Hochseeboote – große, moderne High-Tech-Kreuzer und Rennboote. Den meisten sah man an ihrem gepflegten Zustand an, daß eine professionelle

Crew an Bord wohnte, und wohin er auch sah, waren Bootsjungen mit Saubermachen und Überholen beschäftigt.

Er zog die Ruder ein und tat so, als würde er eine große skandinavische Jacht bewundern, um sich in Wirklichkeit die *Tin Hau* gründlich ansehen zu können. Durch einen Wald von Masten hindurch betrachtet, schien sie ihm das Urbild eines Vergnügungsdampfers zu sein. Der ultramoderne Aufbau mit langen Streifen schwarzgetönten Glases half mit, den geräumigen dunkelblauen Rumpf schlanker erscheinen zu lassen.

Als er näher ruderte, kam ein Hubschrauber über den Hafen herübergesummt und landete auf dem Achterdeck der *Tin Hau*. Zwei Bootsjungen rannten herbei und waren dem Piloten dabei behilflich, einige Kisten mit alkoholischen Getränken auszuladen.

Stone ruderte an der Jacht entlang, entdeckte die Fallreeptür mittschiffs an der Seite und ruderte dann weiter nach hinten zu der Öffnung in den Wellenbrechern, die zum Hafen führte. Dort verweilte er eine Zeitlang und studierte den Liegeplatz. Kein Anker, Gott sei Dank. Die Jacht war fest vertäut. Er ruderte ein Stück nach hinten. Das Heck war an einer weiteren festen Boje vertäut. Nach Einsetzen der Flut würde er zuerst die Leinen an der Seite und am Heck abwerfen, danach die Motoren starten, die Bugleine kappen und schließlich versuchen zu entwischen, ohne ringsum alles aufzuwecken.

Aber zuerst mußte er an Bord kommen und sich mit den Bootsjungen auseinandersetzen, die möglicherweise bewaffnet waren. Er erwog, nachts herzurudern und die Heckleine emporzuklettern. Aber dann würde er eine Jacht durchsuchen müssen, die er nicht kannte, um die Crew zu finden. Nein, er mußte die Sache mit einer List angehen. Während die Nacht sich zu senken begann und auf den Hügeln ringsum die Lichter aufflammten, tauchte er tief in Gedanken seine Ruder ins Wasser und fuhr langsam zum Yachtclub zurück.

EINE halbe Stunde später war Stone wieder bei Ronald im Hotelzimmer.

„Ich will mehr über dieses ECM wissen. Werden Sie es bedienen?"

„Nein. Junger Ingenieur. He, keine Aufregung." Er holte ein Paar UKW-Sprechfunkgeräte aus einem Lederbehälter und gab eines davon Stone. „Ich garantiere: Sie sagen über Funk ‚Radar stören', und ich blende Wasserpolizei."

„Die können uns aber abhören."

„Sie denken, wir sind Amateure? Zerhackersignal. Niemand hört."

Stone studierte die Karte ein paar Minuten lang. Dann sagte er: „Ich brauche eine Frau. Eine ganz normal aussehende westliche Frau."

Ronald überlegte einen Augenblick. „Kein Problem."

„Sie wird eine Pistole benötigen und wissen müssen, wie man damit umgeht. Und wir brauchen Handschellen für die Bootsjungen."

„Kein Problem."

„Sagen Sie ihr, daß nicht geschossen wird. Sie muß nett und normal aussehen, bis sie die Kanone zieht. Dann muß sie hart und entschlossen genug wirken, um die Bootsjungen davon zu überzeugen, daß Gegenwehr zwecklos ist."

„Verstanden", erwiderte Ronald. „Was noch?"

„Ich werde es heute nacht tun. Es wird Nebel geben." Stone hatte den Nebel bei seiner Schlauchbootpartie im Wind „gerochen". „Die Gezeiten wechseln um zehn. Sagen Sie der Frau, sie soll um halb zehn in der Bar im Yachtclub sein. Wie heißt sie?"

Ronald zuckte die Achseln. „Welchen Namen wollen Sie?"

Sarah war der Name, den er wollte. „Katherine. Ist sie Amerikanerin?"

„Ja."

„Sagen Sie ihr, sie soll sich wie eine Lehrerin aus North Dakota auf Weihnachtsurlaub verhalten."

IN DER Bibliothek des Yachtclubs las Stone den Schanghaiteil der *Sailing Directions*, der „Segelrichtlinien" für die Ostküste Chinas, und studierte die Karten. Schanghai war riesig. Beide Ufer des Huangpuflusses waren auf einer Länge von mehr als dreißig Kilometern mit Fabriken, Rangierbahnhöfen, Raffinerien, Kraftwerken und Piers bebaut. Der perfekte Ort, um ein Schiff zu verstecken, und ein Labyrinth, wenn es darum ging, eines zu suchen.

Er rief Falconer Nautical in Central an, daß sie ihm Karten und ein Exemplar der neuesten *Sailing Directions* schicken sollten. Dann ging er in die Bar und kaufte eine Stange Marlboros.

Als „Katherine" um halb zehn die Bar betrat, erkannte Stone sofort, daß Ronald wie versprochen geliefert hatte. Sie sah tatsächlich so aus, als ob sie Lehrerin sei – eine große, freundlich wirkende Frau Anfang Dreißig. Sie trug ihr Haar in einem Pferdeschwanz und lächelte offen.

„Katherine!" rief er, winkte ihr zu und ging ihr entgegen.

Sie begrüßte ihn vorsichtig, wie man einen neuen Freund begrüßt. „Da sind Sie ja! Hübsch ist das hier!"

Stone stellte sie dem „Tier", mit dem er ein Glas getrunken hatte, und ein paar von dessen Freunden vor. Während sie mit den anderen plauderte, fragte Simmons leise: „Eine alte Bekannte?"

„Ich habe sie in der Straßenbahn kennengelernt."

„Sie ist für dich zu groß, Kumpel. Sie braucht einen großen, gutaussehenden Aussie wie mich."

„Sie hat mir gesagt, Ausdauer ist ihr wichtiger als Aussehen", konterte Stone.

Um zehn begannen die Lichter im Becken zu verschwimmen, als sich vom Hafen her der Nebel hereinwälzte. Bald darauf waren die Lichter von Kowloon verschwunden.

Katherine schien ganz auf die Rolle konzentriert, die sie spielen sollte. Sie tippte mit ihrem Glas an das seine. „Na, wie geht es Ihnen?"

„Prima. Wie wäre es mit einer Bootsfahrt?"

„Jetzt? Gern. Wohin?"

„Wir rudern ein wenig. Ich zeige Ihnen das Taifunbecken." Stone ließ sich von dem Barkeeper eine Flasche Champagner und zwei Gläser geben.

„Nett, Ihre Bekanntschaft gemacht zu haben", sagte Katherine zu allen und schwang sich von dem Barhocker. „Ich mag Ihre Freunde", sagte sie, als sie hinausgingen, laut genug, daß einige es hören konnten. Stone holte seinen Rucksack am Empfang ab und führte sie zu der Stelle, wo das ausgeborgte Schlauchboot vertäut lag. Er half ihr beim Einsteigen, nahm dann ihr gegenüber Platz und begann zu rudern.

Hundert Meter vom Steg entfernt sagte er: „Wäre jetzt vielleicht gar keine so schlechte Idee, den Champagner aufzumachen."

„Gleich." Sie suchte in ihrer Tasche herum. Stone bemerkte eine Pistole. Sie holte jedoch eine Kapsel heraus, brach sie mit einer geübten Handbewegung dicht unter ihrer Nase auf und atmete tief ein.

„He, was ist denn hier los!" Stone wendete das Boot. „Ich setze Sie sofort wieder am Steg ab."

„Nein, warten Sie!"

Er sah plötzlich die Angst in ihrem Gesicht. „Sie haben da eine Automatik in der Tasche. Wenn Sie sich einbilden, daß ich mit einer Rauschgiftsüchtigen, die mit einer Kanone herumfuchtelt, an Bord dieser Jacht gehe, sind Sie verrückt."

„Warten Sie! Hören Sie mir doch zu! Ich weiß, wie man damit umgeht. Ich bin Polizistin. Expolizistin."

„Und wie kommen Sie da –"

„Bitte, die bringen mich um, wenn ich das nicht durchziehe. Bitte. Ich tue, was Sie von mir verlangen. Bitte!"

Stone wendete das Boot wieder und ruderte. „Machen Sie den Champagner auf."

Sie ließ den Korken knallen und schenkte ein. Sie leerte ihr Glas in einem Zug und goß sich wieder nach: „Also, wie gehen wir vor?"

„Es läuft so, daß wir an den Rumpf der *Tin Hau* klopfen, mit zwanzig Kröten herumfuchteln und darum bitten, ihre Toilette benutzen zu dürfen."

„Und wenn sie uns nicht lassen?"

„Dann tun wir etwas anderes."

Stone ruderte mit kräftigen Schlägen zwischen den Dschunken dahin. Als sie sich der *Tin Hau* näherten, zog Stone die Ruder ein und schenkte Katherine nach. „Tun Sie so, als würden Sie sich amüsieren."

Das Schlauchboot trieb in die schmale Durchfahrt, in der die Jacht vertäut war. Die Decks der Jacht waren verlassen; mit Ausnahme der Bullaugen am Bug, wo die Crew untergebracht war, brannte nirgends Licht.

„Jetzt werd ich die mal wecken", verkündete Stone und ließ das Schlauchboot gegen den Rumpf stoßen. Dann ruderte er nach mittschiffs und klopfte an die Fallreeptür. Während er wartete, legte er die Fangleine des Schlauchbootes um eine kleine Klampe neben der Tür.

„Ich höre jemanden", flüsterte sie.

Man konnte vernehmen, wie eine Klinke bewegt wurde. „Los geht's", sagte Stone und dann zu dem Jungen, der durch den Spalt in der Tür heraussah: „Dürfte die Lady die Toilette benutzen?"

Der Bootsjunge warf einen Blick auf das Schlauchboot, den Champagner und Katherine.

„Oh, bitte", jammerte Katherine, „ich sterbe. Sag es ihm auf chinesisch."

„Er ist kein Chinese", sagte Stone. „Er ist Tanka."

Daß Stone den Jungen als Angehörigen der Tanka erkannte, einer auf Booten lebenden chinesischen Bevölkerungsgruppe, brach das Eis. Der Bootsjunge ließ lächelnd eine Strickleiter herunter und streckte Katherine die Hand hin.

„Bin gleich wieder da, Liebling!" rief sie und verschwand, begleitet von einem zweiten Bootsjungen, in der Jacht, während der erste bei Stone blieb.

Der Tanka sah mit ausdrucksloser Miene von der Jacht nach unten, bis er Stones unter dem Sitz verstauten wasserdichten Rucksack sah – ein ungewöhnliches Gepäckstück für eine Champagnerpartie. Plötzlich erstarrte er. Stone bemerkte das Glitzern eines Pistolenlaufs am Hinterkopf des Burschen und hörte das Klicken sich schließender Handschellen. Katherine rief nach unten: „Willkommen an Bord!"

Stone kletterte hinauf und folgte Katherine und ihrem Gefangenen den Korridor entlang zur Toilette, wo sie den anderen Bootsjungen bereits an ein Leitungsrohr gekettet hatte. Seine Augen traten angsterfüllt hervor. Ein Knebel steckte zwischen seinen Lippen. Katherine kettete auch seinen Kollegen an und knebelte ihn ebenfalls.

„Hört her", erklärte Stone. „Je früher wir hier weg sind, desto früher kann ich euch beide in dem Schlauchboot absetzen. Versteht ihr?"

Beide nickten.

„Muß ich die Treibstoff- und Ölpumpen im Maschinenraum einschalten, oder kann ich das von der Brücke aus machen? Katherine, nehmen Sie dem hier den Knebel ab."

„Von Brücke ..."

„Einfach einschalten und auf die Starter drücken?"

„Ja."

Stone kauerte sich neben dem Jungen nieder und sah ihn durchdringend an. Er deutete mit dem Daumen auf Katherine. „Wenn es Ärger gibt, fängt sie an zu schießen. Ihr habt nur eine Leine am Bug und eine am Heck?"

„Ja."

„Sonst noch Leinen?" fragte Stone, um festzustellen, ob er lügen würde.

„Zwei Leinen zu Jacht nebenan."

„Noch etwas, was ich wissen muß?"

Die Tanka wechselten finstere Blicke.

„Was? Ich warne euch ..."

Der Mann, dem sie den Knebel abgenommen hatten, sagte: „Backbordmotor kaputt."

„Was soll das heißen?"

„Ölpumpe auswechseln."

„Du lieber Himmel." Stone stand auf und verfluchte Ronalds lausige Vorbereitung. „Wie schnell läuft das Boot allein mit dem Steuerbordmotor?"

„Zwölf Knoten."

„Ist das schlimm?" fragte Katherine.

„Das bedeutet, daß die uns mit Segelbooten verfolgen können. Also gut, ihr beiden repariert die Ölpumpe. Ihr kommt hier nicht weg, bis die Maschine wieder läuft."

„Kein Teil", sagte der Bootsjunge. „Dichtung fehlt."

Ohne die Dichtung würde es keinen Öldruck geben. „Okay, Sie bleiben bei ihnen", wies Stone Katherine an. „Wenn wir hier herauskommen, ohne das halbe Taifunbecken zu wecken, dann schaffen wir es vielleicht auch so."

Auf dem Hauptdeck bemühte er sich, im Schatten zu bleiben, und löste die beiden Leinen an der Seite und das schwere Tau am Heck. Dann fand er eine Feueraxt und legte sie neben die straff gespannte Bugleine.

Vom Brückendeck aus konnte er übersehen, daß ringsum kaum Bewegung festzustellen war, nur hier und da das Licht eines Sampans, der träge durch die Wellen zog. Der Hafen war in dichten Nebel gehüllt. Als er nach einem Schalter suchte, um die Steuerkonsole einzuschalten, sah er, wie sich ein blinkendes Blaulicht der Durchfahrt durch die Wellenbrecher näherte.

Stone erstarrte. Ein Patrouillenboot mit zwei Polizisten an Bord, einer am Steuer, einer am Funkgerät. Das Boot zog langsam einen Kreis um das kleine Becken. Dann fuhr es zu Stones Erleichterung wieder in den Hafen hinaus, legte Tempo zu und verschwand.

Stone ließ das Licht seiner Taschenlampe über die Konsole wandern und legte einen Kippschalter um. Die Anzeigenskalen für die Steuerbordmaschine leuchteten in schwachem rotem Licht auf. Er drehte den Schlüssel um. Die Treibstoffwarnung summte leise. Er ließ den Anlasser mahlen. Von weit unter ihm war ein gedämpftes Poltern zu hören. Schnell schaltete er das Radar, den Tiefensucher und die Positionslichter ein. Dann rannte er aufs Hauptdeck hinunter und nach vorn zum Bug. Er ergriff die Feueraxt und ließ sie auf die straff gespannte Bugleine hinabsausen. Das Tauende zischte in die Dunkelheit davon.

Jetzt begann die Jacht rückwärts auf die nächste Reihe von Booten zuzutreiben. Stone rannte die Treppe hinauf auf die abgedunkelte Brücke. Das Heck der *Tin Hau* war nur noch wenige Meter vom Bug eines großen Schoners entfernt. Er schaltete die Steuerbordschraube ein. Die kalte Maschine drohte auszugehen. Er gab vorsichtig Gas, dann sah er wieder nach hinten. Die Masten des Schoners tanzten wie wild. Er dachte schon, daß das Heck der *Tin Hau* gegen den Bug des Schoners geprallt sei, aber dann erkannte er, daß der Schoner lediglich durch die von der Schraube ausgehende Strömung ins Schwanken gebracht wurde.

Er richtete den Bug aus und sah nach hinten. Ein Bootsjunge stand auf dem Vorderdeck des Schoners und schüttelte drohend die Faust. Stone steuerte die große Jacht auf die Wellenbrecher zu. Das Steuerruder fest in der Hand, versuchte er, das Boot in die linke Kurve zu zwingen, gegen die es sich standhaft wehrte. Aber in diesem Augenblick schob sich von Osten her Nebel wie ein Watteball vor seinen Bug. Er nahm Gas zurück in der Hoffnung, der Wind würde den Bug für ihn herumdrücken. Einige endlose Sekunden lang rührte er sich nicht von der Stelle, dann schwang er auf die Fahrrinne zu. Stone gab ein wenig Gas, und jetzt schob sich die Jacht schwerfällig zwischen den Steinen hindurch in den Hafen.

Er richtete sie nach Osten aus und sah sich um. Das Taifunbecken war jetzt bereits zu einem undeutlichen Lichtfleck geworden. Vor ihm war Nebel, und alles war so schwarz wie das Innere eines Fasses.

Die große Jacht steigerte ihr Tempo allmählich. Sie brauchte zwei lange Meilen, um schließlich vierzehn Knoten zu erreichen, ihre Höchstgeschwindigkeit ohne die zweite Maschine. Er schaltete den Autopiloten ein. Dann sah er auf den Radarschirm. Er peilte zwei Schiffe an: ein sich langsam bewegendes Ziel von Schiffsgröße eine halbe Meile vor sich und ein schnelles hinter sich, von dem er vermutete, daß es sich um das Patrouillenboot handelte. Er wies den Computer an, ihn zu warnen, wenn eines der beiden Echos den Kurs änderte.

Plötzlich war Ronalds Stimme über das abhörsichere UKW-Sprechfunkgerät zu vernehmen, laut und deutlich: „He, Doc. Warum nicht schneller fahren?"

„Weil Sie mir nicht gesagt haben, daß da eine Maschine ausgefallen ist. Die waren dabei, eine Ölpumpe auszutauschen."

„Ist schon okay, Mann. Wir haben Sie im Radar. Sie haben es geschafft."

„Blödsinn!" Bis zur Grenze der Volksrepublik China waren es noch dreizehn Meilen. Die schlimmsten fünf standen ihm noch bevor – schmale Fahrrinnen und dichter Verkehr.

Auf dem Radarschirm blitzte ein sechseckiges Signal und warnte ihn, daß das Polizeiboot jetzt den Kurs geändert hatte. Er rief Ronald: „Ich glaube, die Wasserpolizei hat mich auf ihrem Radarschirm."

„Kein Problem. Ich störe."

Stones Radarschirm wurde plötzlich hellrot. Über Funk konnte er Ronald lachen hören: „Er ist blind!"

„Und ich auch!" rief Stone zurück. „Schalten Sie das verdammte Ding ab!"

Ronald schaltete seinen Störsender ab. Stones Radarschirm flackerte, und plötzlich war wieder der Hafen zu sehen mit einem Schiff eine Achtelmeile vor ihm. Vier Meilen achtern änderte das Polizeiboot den Kurs und nahm seine Verfolgung auf.

Er forderte Ronald auf, ihr Radar wieder zu stören, aber diesmal bekam er keine Antwort, und das Polizeiboot rückte näher.

Plötzlich spürte er, wie über ihm etwas aufragte, blickte nach oben und sah den mächtigen Rumpf eines Frachters dicht an sich vorbeiziehen. Er nahm das Steuer wieder in die Hand, gewann etwas Abstand von dem Frachter, schlüpfte hinter dessen Heck herum, und er und das riesige Schiff zogen in entgegengesetzten Richtungen davon.

Katherines Stimme erklang hinter ihm. „Wie sieht es denn aus?"

„Der Nebel ist so dicht, daß die Polizei ohne Radar blind ist. Ich habe gerade einen dicken Pott zwischen uns gebracht. Die nächsten paar Minuten können die uns nicht anpeilen. Noch eine Meile, und wir können wieder nach Osten abbiegen. Bringen Sie unsere Gefangenen an die Fallreeptür. Überprüfen Sie, ob das Schlauchboot noch da ist. Ich werde das Boot stoppen, damit Sie sie von Bord lassen können."

Vier Minuten später nahm er das Gas zurück und rannte nach unten. Katherine war gerade damit beschäftigt, den Burschen die Handschellen abzunehmen.

„Wo ist der Notspind?" fragte er einen der Bootsjungen.

Hinter einer Teakvertäfelung waren Rettungsflöße, Taschenlampen, Rettungsringe, Decken, Proviant und Wasser. Während Katherine die Bootsjungen der *Tin Hau* mit ihrer Waffe in Schach hielt, riß er zwei Rettungsdecken auf, legte den beiden die glitzernden Folien über die Schultern und befahl ihnen, ins Schlauchboot zu steigen. Sie gehorchten sichtlich erleichtert.

Stone löste die Fangleine mit einem Ruck und warf sie in das Schlauchboot, als es hinter ihnen zurückblieb. Dann rannte er wieder zur Brücke hinauf. Katherine hetzte hinter ihm her.

Auf der Brücke rammte er den Fahrthebel ganz nach vorn und ließ das Steuer kreisen. Die Jacht tauchte tiefer ein und schoß nach Osten.

„Bis die Bullen mitkriegen, wer jetzt wer ist, und die Bootsjungen aufgenommen haben, sind wir hoffentlich jenseits von Tung Lung."

Es dauerte vier Minuten, zwischen der Insel Tung Lung und den hellen Lichtern von Joss House Bay durchzuschlüpfen. Zehn Minuten später steuerte Stone zwischen ein paar Inseln hindurch und glaubte allmählich, daß er es geschafft hatte.

„Was hat das da zu bedeuten?" fragte Katherine, die sich über seine Schulter beugte, und deutete auf eine Gruppe neuer Signale, die plötzlich im Süden aufgetaucht waren. Stone setzte den Cursor auf sie, um sie anzupeilen. Sie bewegten sich mit vierzig Knoten auf Abfangkurs.

Stone rief Ronald an, er solle ihr Radar ausschalten. Keine Antwort. Er versuchte es immer wieder.

„Was werden Sie jetzt machen?" erkundigte sich Katherine besorgt.

Stone schaltete die Backbordmaschine ein. Sie würde in ihrem augenblicklichen Zustand möglicherweise anspringen, aber nicht lange laufen. Er schlug auf den Anlasser. Der Diesel sprang sofort an. Er schob den Fahrthebel ganz nach vorn. Ein Ruck ging durch die *Tin Hau*, als ob ihr jemand von hinten einen Schlag versetzt hätte.

Katherine deutete auf die Öldruckanzeige. Die Nadel hing an der Null. „Wie lang läuft sie wohl ohne Öl?"

„Mit Glück fünf Minuten."

Die Geschwindigkeitsanzeige blitzte, als der breite Rumpf sich hob und über die Dünung hinwegfegte. 20 ... 25 ... 35 Knoten.

Ein Alarm schrillte. Und dann stoppte die Maschine ebenso plötzlich, wie sie angesprungen war. Die Jacht pflügte förmlich ins Wasser und verlor so schnell an Tempo, daß Stone und die Frau gegen die Steuerkonsole geschleudert wurden.

„Das ist eine Treibstoffabschaltung, um die Maschine zu schützen. Verdammt!"

Katherine zog ihre Pistole aus der Tasche. „Ich werde dafür sorgen, daß die uns in Ruhe lassen."

Stone kannte die Bewaffnung der Wasserpolizei. „Stecken Sie die Waffe weg!" forderte er sie auf. „Gegen deren automatische Karabiner haben Sie keine Chance."

„Ich gehe nicht in ein chinesisches Gefängnis." Sie entsicherte ihre Waffe und ging hinaus.

Der Radarbildschirm füllte sich mit blinkenden sechseckigen Lichtsymbolen, als die Verfolger näher rückten. Drei blitzende Sechsecke achtern. Und plötzlich zwei vor ihnen auf Kollisionskurs.

„Die kommen von beiden Seiten!" schrie er Katherine zu. „Los, wir versuchen schwimmend zu entkommen!" Stone rannte hinunter zum Notspind, zog eine Rettungsweste heraus und schlüpfte hinein, schaltete das Licht aus, riß die Fallreeptür auf und sah auf das Wasser hinab, das keinen Meter weit unter der Schwelle wogte.

Plötzlich nahm längsseits ein Umriß Form an, und der Lichtkegel einer Taschenlampe erfaßte ihn in der Tür. „Mir nach!" hallte Ronalds Stimme durch ein Megaphon über das Wasser.

Ein schneller Motorkutter unter der angestrahlten Flagge der Volksbefreiungsarmee ging längsseits. Ronald selbst stand im Licht und winkte, während der Wind an seinem weißen Anzug zerrte.

Stone rannte wieder nach oben ans Ruder. Der Kutter änderte den Kurs. Stone folgte ihm und sah dann auf das Radar. Ein halbes Dutzend blitzender Sechsecke begann zurückzufallen.

Katherine kam zur Tür hereingeschossen. „Was war da los?“

„Das da vor uns ist Ronald mit seinen Kumpels von der Volksbefreiungsarmee. Und das da“ – er deutete auf den Radarschirm – „sind chinesische Kanonenboote, die jetzt ein paar verärgerten Bullen klarmachen, daß sie sich umsonst bemüht haben. Nun werden wir herausfinden, ob Ronald ein ehrlicher Gangster ist.“

AUF DER Leeseite der San-Men-Inseln wies Ronald Stone über Funk an, die Jacht zu stoppen und die Scheinwerfer einzuschalten. Matrosen sicherten die beiden Schiffe Dollbord an Dollbord. Stone sah von der Brücke aus zu, wie man Ronald dabei half, an Bord zu gelangen. Ronald kam den Kajütgang herauf und strahlte. „Gute Arbeit, Segler!“ Er legte stolz beide Hände aufs Ruder. „Mr. Chang sehr dankbar.“

Aus dem Nebel näherte sich eine hölzerne Fischerdschunke von etwa zehn Meter Länge und schob sich längsseits an das Kanonenboot heran. „Okay, Segler, da kommt jetzt Ihre Mitfahrgelegenheit.“

„Was ist mit mir?“ fragte Katherine.

„Sie bleiben.“ Ronald machte eine weit ausholende Handbewegung, wie um seine Bewunderung für die luxuriöse Jacht auszudrücken. „Mr. Chang sagt: Schönes Boot, schöne Hosteß. Neuer Besitzer bekommt Luxuspaket.“

„Augenblick mal. Ich will nicht aufs Festland!“ Katherine drehte sich zu Stone herum. „Das ist nicht fair. Sagen Sie ihm, daß ich getan habe, was Sie von mir wollten.“

„Das stimmt. Ohne sie hätte ich das niemals geschafft.“

Ronald lächelte kühl. „Segler, ich habe viel Arbeit mit Ihnen: Papiere, Hotel, Führer, alles.“

„Ich sage ja nur, daß Sie fair zu ihr sein sollen.“

„Sie wollen nach Schanghai? Oder sind Sie edler Ritter?“

„Ohne sie hätten Sie Ihr Boot jetzt nicht.“

Ronald tat so, als würde er überlegen. Dann meinte er: „Okay, edler Ritter. Sie Jacht ausliefern.“ Stone begriff, daß er übers Ohr gehauen wurde. Ronald wollte, daß man ihm einen weiteren Dienst erwies, und hatte darauf gebaut, daß der Amerikaner nachgeben werde.

„Ausliefern? Nach Schanghai?“

„Diese Leute“, erklärte Ronald und deutete mit einer Kopfbewegung auf die Boote der Volksbefreiungsarmee, „vielleicht stehlen sie Jacht von mir und Mr. Chang. Wir Ihnen mehr vertrauen.“

„Achthundert Meilen? Nicht mit nur einer Maschine! Da fehlt eine Dichtung.“

Ronald lehnte sich zur Tür hinaus und ließ eine Flut kantonesischer Wörter los. Vier Männer hasteten an Bord und verschwanden im Maschinenraum. „Die reparieren. Festlandsmechaniker arm. Richten alles."

„Und was ist mit dem Zoll in Schanghai?"

„Jangtse-Fischerboot bringt neue Papiere auf See. Abgemacht?"

Stone sah zu Katherine hinüber. „Besser als sein letztes Angebot", meinte sie.

„Katherine geht von Schanghai aus nach Hause?"

„Erste Klasse", versprach Ronald. „Und Sie nehmen jedes Boot, Sie wollen, um Gasschiff zu finden. Aber nichts vermasseln. Wenn Mr. Chang sauer, er schneidet mir Hände ab. Aber bevor er mich kriegt, ich Sie kriege."

Stone wurde plötzlich bewußt, daß er sich mit einem Jongleur eingelassen hatte, der zu viele Bälle gleichzeitig durch die Luft wirbelte. „Sie wollen das Gasschiff, aber haben es nicht geschafft, Chang zu überreden, dabei mitzumachen. Er wollte bloß diese Jacht."

„Mr. Chang ist dankbar für Schiff mit Gas."

„Quatsch. Er weiß, daß er in Schanghai nicht viel zu melden hat. Wahrscheinlich hat er Angst, daß Sie dort einen Kleinkrieg mit den Jungs vor Ort anfangen."

Der Gangster sah ihn ausdruckslos an. Stone redete nicht weiter. Er wußte, daß er recht hatte, aber er hatte schlimmere Probleme.

Seit das Schiff Sarah und Ronnie entführt hatte, waren acht Tage vergangen. Sie konnten inzwischen in fünfzig beliebigen Häfen sein – oder in fünfzig Faden Tiefe auf dem Meeresgrund liegen.

9

Nicht gerade Schanghai, was, Doc?" rief Mr. Jack spöttisch vom Bett herüber. Seine Stimme klang jetzt kräftiger.

Sarah stand am Bullauge und sah den Schleppern zu, wie sie das Schiff im kalten Sprühregen an einen Pier bugsierten. Alles, was sie sah, war graues Sumpfland, das sich bis zum Horizont erstreckte. Das Kraftwerk jenseits des Marschgebiets wirkte angesichts dieser endlosen Weite geradezu winzig. Vier Schlote ragten aus dem flachen Land empor, Leitungsmasten zogen sich landeinwärts. Eine Pipeline verband die Anlage mit kuppelförmigen Erdgastanks, die sich wie riesige Iglus am Ufer entlangreihten.

Die Gedankengänge des alten Mannes waren komplex und nicht ohne weiteres durchschaubar. Aber Sarah hatte gelernt, daß er nie etwas sagte, ohne damit etwas zu bezwecken; jede Frage war eine Art Test. „Ich habe Schanghai noch nie gesehen", antwortete sie daher.

Tatsächlich kannte sie dank Ronnies GPS ihre Position. Wenn sie die Koordinaten von Schanghai richtig in Erinnerung hatte, waren sie nicht weit von der Metropole entfernt, vielleicht an einem Seitenarm des Huangpu oder an einer Küstenpartie der Hangzhoubucht.

„He, Kleines!" rief Mr. Jack.

Ronnie blickte von dem Buch auf, das er ihr gegeben hatte. „Ja, Mr. Jack?"

„Lauf hinunter zum Koch, und sag ihm, daß wir Eisbecher wollen."

Ronnie sah Sarah an. Die nickte. Doch sobald Ronnie draußen war, fing Sarah zu ihrer eigenen Überraschung plötzlich zu weinen an. Sie konnte es einfach nicht länger zurückhalten.

„He, he, he, was weinen Sie denn?"

„Ich mache mir schreckliche Sorgen um meinen Mann."

Die kantigen Züge in Mr. Jacks Gesicht wurden plötzlich weich. „Keine Sorge, Doc. Dem geht es gut. Er ist im Hongkong Yachtclub untergeschlüpft." Mr. Jack tastete nach einem Umschlag, der auf seinem Nachttisch lag. Da er ihn mit seinen nagellosen Fingern nicht packen konnte, schob er ihn vom Tisch auf die Bettdecke. Sie nahm ihn vorsichtig entgegen. „Öffnen Sie ihn."

Sarah klappte den Umschlag auf und entnahm ihm eine per Fax verschickte Fotografie. Ihr Herz machte einen Satz. Es war eine Teleaufnahme durch ein Fenster. Aber die Schulterhaltung und das fordernd vorgeschobene Kinn sagten ihr, daß das nur Michael Stone sein konnte.

„Das wurde vor zwei Tagen im Hilton aufgenommen."

Sarah fühlte sich plötzlich so leicht, daß sie hätte schweben können. Voll Freude darüber, daß Michael am Leben war, sah sie Mr. Jack an. „Danke!" Aber noch als ihr das Wort über die Lippen kam, wurde ihr von der ihr zugefügten Grausamkeit fast übel: Sie dankte einem Ungeheuer dafür, daß es ihren Schmerz linderte. „Wie haben Sie ihn gefunden?"

„Jetzt kommen Sie schon, Doc, wir überwachen alles, was vorgeht. Sie haben Marcus Salinis in Koror angerufen. Moss hat veranlaßt, daß meine Leute Salinis' Telefon anzapften, und Ihr Mann hat Hongkong angerufen. Als er dorthin flog, haben wir auf ihn gewartet."

Sarah war entsetzt. Sie hatte befürchtet, daß sie über das Satellitengespräch informiert waren, aber daß Mr. Jacks Macht so weit über das Schiff hinausreichen könnte, war ihr nie in den Sinn gekommen.

„Wie zum Teufel hat er es geschafft, dieses Atoll zu verlassen?"

Sarah lächelte. „Gesegelt, vermute ich."

„Für mich stellt er keine Gefahr dar. Ich hoffe nur in Ihrem Interesse, daß er nicht irgendwelche Dummheiten macht."

Sarah blickte auf ihre Hände. Sie kannte Michael zu gut, um anzunehmen, daß er lange im Hongkong Yachtclub herumsitzen würde.

„Glauben Sie, er wird sich an die Behörden wenden?" fragte der Alte.

„Das weiß ich nicht." Sie wandte sich ab und überlegte fieberhaft.

„Ihr Mann wird die *Dallas Belle* nie finden. Wir existieren nicht..."

„Ist das so geplant?"

„Allerdings. Hinter alldem hier stecken ein sehr komplizierter Plan und viel Geld."

„Warum?" fragte sie.

„Weshalb zerbrechen Sie sich nicht lieber den Kopf darüber, wie Sie mich am Leben erhalten?"

„Genau deshalb möchte ich ja, daß Sie in ein Krankenhaus kommen." Als sie das sagte, tastete ihre Hand automatisch nach ihrem Stethoskop. „Ich mache mir vor allem Sorgen, daß Sie einen Schlaganfall bekommen könnten."

Er sah sie scharf an. „Was reden Sie da?"

„Für ältere Männer, die normalerweise aktiv sind, ist es äußerst gefährlich, tagelang ohne Bewegung einfach dazulicgen. Ich könnte einen Schlaganfall nicht behandeln. Die Therapie in den ersten vierundzwanzig Stunden ist entscheidend, um den Schaden gering zu halten und die Genesung sicherzustellen."

„Denken Sie, ich brauchte eine Bewegungstherapie?"

„Vielleicht kann Moss Sie herumführen... Wie lange werden wir hiersein?"

„Nicht lange."

„Und was dann?"

Er lächelte. „Sie würden es mir bestimmt nicht glauben, wenn ich es Ihnen sagte."

Sarah zog sich ans Fenster zurück. Das Schiff war jetzt am Pier vertäut. Die drei Schlepper, die sie in den Hafen gezogen hatten, dampften in den Regen davon.

Der Himmel wußte, was Mr. Jack vorhatte, aber zumindest hatte sie es geschafft, ihm mit dem Thema Schlaganfall ein wenig angst zu machen.

„He, Doc", rief er quer durch die Kabine, „falls Sie mit Ihrem Mann irgendeine afrikanische Voodoo-Telepathie praktizieren, sollten Sic ihm vielleicht sagen, daß er in Schanghai nicht soviel Glück haben wird wie in Hongkong!"

„Wie meinen Sie das?" fragte sie besorgt.

„Schanghai ist *meine* Stadt."

DIE KALTE, feuchte Luft dämpfte das Maschinengeräusch. Drei alte Dampfschlepper fuhren vor der *Tin Hau* die Wasserstraße entlang. Eisiger Regen peitschte das Deck. Stone zog sich in die Kabine zurück, und das Wasser rann in Strömen von dem schweren Trenchcoat, den Ronalds Jangtse-Fischerboot zusammen mit ihren Visa geliefert hatte.

Die *Tin Hau* war mit GPS, Radar, Echolot und ARPA (mit dessen Hilfe Kurse und Geschwindigkeit anderer Schiffe bestimmt wurden) ausgestattet, und somit bestand die Navigation aus nicht viel mehr als der Eingabe eines Kurses und dem Einschalten des Autopiloten. Nachdem Stone Katherine gezeigt hatte, wie mit dem System umzugehen war, begann er ihr zu vertrauen und schlief relativ gut, wenn sie Wache hatte.

Nachdem er die Karte zwei Tage lang studiert hatte, kannte er beide Flußufer beinahe auswendig. Aber der Huangpu schlängelt sich durch die größte Stadt der Welt, und die Karten hatten ihn nicht auf die gewaltige Ausdehnung des Hafens, die Breite des Flusses oder die endlosen Sumpfflächen vorbereitet.

Jetzt erschien am Flußufer die Donghaiwerft. Er war erschüttert angesichts der Erkenntnis, welch eine gewaltige Suchaktion er sich zur Aufgabe gemacht hatte. In dieser Werft allein drängte sich ein ganzer Wald von Brücken- und Mastenkränen um ein Dutzend Schiffsrümpfe. Nach den Erkenntnissen der *Sailing Directions* von 1979 gab es auf den 15 Meilen schiffbaren Wassers neun solche Werften, sechs Trockendocks, eine Raffinerie und 98 Kais, die zu Fabriken, Raffinerien und Containerterminals gehörten. Und es war durchaus möglich, daß diese Zahlen sich mittlerweile verdoppelt hatten.

Die Hallen über den Hellings der nächsten Werft waren so hoch, daß die Brückenkräne unter ihren Dächern standen. Eine Liegestelle war leer, in der anderen lag ein Kreuzfahrtschiff. Arbeiter schwärmten über das Bambusgerüst, das die an eine Hochzeitstorte erinnernden Aufbauten des Schiffes einhüllte.

Pendler unter schwarzen Regenschirmen und in glänzenden Regenmänteln zwängten sich über eine Pontonbrücke in eine Fähre.

„Sehen Sie sich all die Menschen an!" Katherine schauderte. „Das sind ja Millionen. Wie Ameisen – Herrgott, ich will nach Hause!"

Stone sagte nichts. Sie war eine gute Schiffsgefährtin gewesen, jederzeit bereit, sich an den vielen Arbeiten zu beteiligen, die der Betrieb eines Schiffes mit sich brachte. Aber „nach Hause" war keine realistische Wahl für eine Polizeibeamtin, die man dabei erwischt hatte, wie sie ihrem Lebensgefährten, einem Rauschgiftdealer, bewaffneten Schutz geliefert hatte, und die noch vor der Anklageerhebung geflohen war. Sie hatte ihm am zweiten Abend davon erzählt.

Plötzlich wurde aus dem Regen ein Wolkenbruch. Die vom Himmel prasselnden Fluten versperrten den Blick auf die Ufer. Stone stapfte frustriert auf Deck auf und ab. Nach endlosem Warten, während draußen Werften und Piers uneingesehen vorbeizogen, ließ der Regen kurz nach. Sein Blick fiel auf ein Kohlelager und dann auf die riesige Schanghaiwerft, die er vergeblich mit seinen Blicken nach der sandfarbenen *Dallas Belle* absuchte.

Dann stieg die Skyline von Schanghai wie eine märchenhafte Filmkulisse aus dem Chaos des Flusses auf – stattliche Kolonialbanken und Handelshäuser, Wolkenkratzer und ein Glockenturm aus dem neunzehnten Jahrhundert. Die Jacht hielt an, und der Lotse lenkte sie an einen Kai. Ein Zollbeamter ging an Bord. Er stempelte Stones und Katherines Visa.

Stone zog einen Anzug an, den Ronald ihm geschickt hatte. Das paßte zu seiner Geschichte, daß er auf der Suche nach Standorten für einen Luxusjachthafen sei. Katherine mußte ihm dabei behilflich sein, die Krawatte zu knoten, die erste seit vielen Jahren. „Ich denke, ich warte hier", sagte sie. „Vielleicht sehen wir uns einmal wieder."

Er packte seine Papiere und griff nach seinem Rucksack. „Vielen Dank für alles." Er streckte ihr die Hand hin.

Sie schüttelte sie freundschaftlich. „Viel Glück mit Ihrer Familie."

Vor ihnen hatte ein Passagierschiff angelegt, und der Pier wimmelte von wartenden Verwandten, die von gelangweilt wirkenden Soldaten der Volksarmee und zwei Polizisten in Zivil beobachtet wurden. Ein adrett gekleideter Chinese winkte ihm zu. Stone arbeitete sich durch und stellte sich vor.

„Mein Name ist William Sit", sagte der Chinese mit einem scheuen Lächeln. „Ich werde Ihr Dolmetscher sein. Ich bin Englischlehrer. Es ist sicher, daß Ihr Besuch mir in hohem Maße dabei behilflich sein wird, modernes Englisch zu lernen."

„Ihr Englisch klingt großartig."

„Vielleicht gibt es eine gewisse Schwierigkeit beim Verstehen von Redewendungen und Umgangssprache. Sie werden mir Hilfe und Mut geben."

„Geht klar“, versprach Stone und griff nach seinem Rucksack. „Wollen wir?“

„Ja. Mein Freund hat ein Taxi. Er wird uns fahren.“ Sein Freund, der einen schwarzen Anzug und eine Chauffeursmütze trug, hieß Mr. Wang. „Wollen wir zum Hotel fahren?“ fragte Sit.

„Ja, gut.“ Ronald hatte gesagt, daß „gewisse Leute“ mit ihm im Hotel vielleicht Kontakt aufnehmen würden. „Dann fahren wir am Wasser entlang.“

„Ihre Freunde haben ein Boot arrangiert.“

„Ich möchte erst einchecken und meine Mitteilungen entgegennehmen und danach Boot fahren.“

William Sit sprach mit Mr. Wang im Wudialekt, und das Taxi verließ die Anlegestelle von Waihongqiau.

„Große Veränderungen haben in Schanghai stattgefunden“, sagte William Sit, als das Taxi den Suzhoufluß überquerte. Von der Brücke aus konnte man in allen Richtungen Hunderte im Bau befindlicher Bürotürme sehen sowie Hunderte fertiggestellter Gebäude, die unbeleuchtet dastanden.

Das „Peace Hotel“, ein gewaltiger alter Bau, ragte über dem Park und dem Fluß auf. Sein verblaßter Prunk – düstere Kassettendecken, dunkle Holzvertäfelungen – wirkte durch eine Klientel, die hauptsächlich aus aufstiegswilligen Handelsvertretern zu bestehen schien, ein wenig lebendiger.

Das Check-in verlief glatt. Ein Englisch sprechender Empfangschef holte Stone aus der Schlange heraus und trug ihn persönlich ein. „Eine Nachricht, Sir. Soll ich übersetzen?“

William Sit, der sich unterwürfig im Hintergrund gehalten hatte, schnappte dem Hotelangestellten das Papier weg. „Ich werde übersetzen… Sie sind zum Frühstück im Huxingting-Teehaus eingeladen.“ Er plusterte sich stolz auf. „Mr. Yu. Berater des Fuxing Containerterminals. Mr. Yu kennt sicher viele geeignete Plätze für Ihren Jachthafen.“

„Ich habe keine Zeit. Ich muß zum Boot.“

„Diese Mitteilung sagt, daß das Boot noch nicht bereit ist.“

Das war weniger eine Einladung als ein Befehl. „Okay, gehen wir.“

Stone strebte zum Ausgang. William Sit trottete hinter ihm her. Er nannte Mr. Wang ihr Ziel und stieg neben Stone ein.

Wang fuhr sie an der Skyline entlang und hielt dann in einer der schmalen Straßen der Altstadt an. Sie gingen zum Yu Garden. Sit brachte Stone über eine Brücke, die im Zickzack über einen Teich führte, in ein zweistöckiges hölzernes Teehaus, dessen Dach mit

Drachenschnitzereien verziert war. Das Lokal war überfüllt, an den Tischen saßen ältere Chinesen und ein paar westliche Touristen.

„Ihr Präsident Richard Nixon trank hier Tee“, sagte William Sit.

„Ist ja großartig. Ist das Mr. Yu?“

An einem Fenstertisch am Teich saß ein fülliger Chinese in einem Anzug. Sein harter Blick und sein narbiges Gesicht verrieten, daß er ein Mann war, der seine Lehrzeit auf der Straße verbracht hatte: die asiatische Version eines italienischstämmigen Mafioso im Hafenviertel von Brooklyn. Sein Begleiter sprang auf und kam ihnen mit ausgestreckter Hand entgegen. „Willkommen in Schanghai, Segler!“

„Hallo, Ronald. Wer ist Ihr Freund?“

„Mein neuer ‚alter Freund‘ Mr. Yu. Mr. Yu nicht Englisch sprechen. Ich nicht Wu sprechen. William Sit dolmetschen.“

Stone glaubte keine Sekunde, daß ein „Berater“ die Universalsprache der internationalen Schiffahrt nicht beherrschte. Sie setzten sich aber zu Mr. Yu, der die Formalitäten der Vorstellung über sich ergehen ließ und dann einen längeren Redeschwall von sich gab.

William Sit übersetzte: „Mr. Yu heißt Sie in Schanghai willkommen und wünscht Ihnen Glück bei Ihrer Suche nach Jachthafen. Er ist sicher, daß Schanghai viele solche Orte zu bieten hat und daß Sie bei der Suche nach dem besten überwältigt sein werden ...“

Tee wurde eingeschenkt, und Körbe mit Klößchen wurden auf dem Tisch aufgestellt. Yu nahm sich ein Klößchen und redete weiter.

„Mr. Yu sagt weiter, daß der Fuxing Containerterminal zwar kein Flußufergelände für einen Jachthafen anbieten kann, aber sehr gern Empfehlungen für Land machen will, das Ihre Gesellschaft mieten könnte.“

Jetzt schaltete Stone sich ein. „Sagen Sie Mr. Yu, daß er äußerst liebenswürdig ist und daß ich ihm um so früher ein gewinnversprechendes Geschäft anbieten kann, je früher ich das Boot benutzen kann, das er freundlicherweise bereitgestellt hat. Sagen Sie ihm, daß ich ihm dankbar bin und daß es jetzt Zeit ist, an die Arbeit zu gehen.“

William Sit übersetzte. Yu grunzte. Stone machte Anstalten aufzustehen. „Würden Sie Mr. Yu bitte noch etwas fragen?“

„Ja?“

„Sagen Sie ihm, daß er ganz offensichtlich sehr gut über den Hafen von Schanghai informiert ist. Ob er mir wohl verraten könnte, welches der Elektrizitätswerke Erdgas verbrennt?“

Sit fragte, und Yu knurrte eine Antwort. „So gefährliche Lagerungen sind im Hafen selbst verboten.“

„Keines?“ wiederholte Stone sichtlich verblüfft. „Könnte es vielleicht sein, daß es in der Nähe ein solches Kraftwerk gibt?“

William Sit verzog das Gesicht. „Was hat Gas mit Jachthäfen zu tun?“

„Fragen Sie ihn. Ich weiß nur, daß die Banker es wissen möchten.“

„Elektrizitätswerke an der Hangzhoubucht verbrennen Erdgas“, lautete Yus Antwort. „Fünfzig Kilometer von hier. Bei Jianshan. Ein wenig nördlich vom Tankerterminal.“

Bereits wenige Augenblicke später schritten Stone und Ronald, in respektvollem Abstand gefolgt von Sit, über den spiegelnden Teich.

„Was passiert, wenn Yu dahinterkommt, daß dieser ganze Schwindel bloß dazu dient, das Gasschiff zu finden?“

„Welcher Schwindel? Tarnung Superidee.“

„Dann wollen Sie einen Jachthafen bauen?“

„Mit ausländischem Geld auf Staatsland? Aber sicher, Segler.“

„Dann wollen Sie das Schiff gar nicht?“

„Ich will Schiff sehr. Aber wegen Tarnstory ich nicht so schwach auf Schanghaiboden – ach ja, übrigens, Katherine bleiben, bis Sie Schiff finden. Leibwächter für Sie. Auf Verfolger aufpassen.“

„Hier? Was wollen die von mir?“

„Sieht so aus, die wollen Ihr Leben, Segler. Aber keine Aufregung. Wang Sie zu Boot bringen.“

„Das verstehe ich nicht“, sagte Stone. „Was zum Teufel wollen die?“ Aber Ronald war bereits in der Menschenmenge untergetaucht.

Beim Auto angekommen, sagte Stone zu Sit: „Bitten Sie Mr. Wang um eine Landkarte mit der Umgebung der Stadt.“ Als Wang dem Wunsch nachkam, studierte Stone die in großem Maßstab gehaltene Karte und deutete auf eine Straße, die an der Küste der Hangzhoubucht entlangführte. „Wie lang?“

„Eine Stunde.“

„Er soll fahren, so schnell er kann.“

ALS SARAH und Ronnie Mr. Jack aufsuchten, um mit ihm ein spätes Frühstück einzunehmen, war der alte Mann gerade dabei, über die Japaner zu schimpfen. Er breitete eine chinesische Zeitung über dem Geschirr aus. „Sehen Sie sich das an!“

Zwischen den langen Spalten mit chinesischen Schriftzeichen war ein Foto, das ein Kriegsschiff mit japanischer Flagge zeigte. „Diese Mistkerle rüsten auf. Jetzt haben die gerade einen neuen Hubschrauberträger vom Stapel gelassen. Das zum Thema ‚die friedlichsten Leute auf dem Planeten', Doc. Diese Dinger eignen sich bestens dafür, die Hauptstädte ihrer ehemaligen Kolonien in Südostasien anzugreifen."

Er stand auf, ging sichtlich angestrengt ans Fenster und griff nach seinem Walkie-talkie. „Kapitän, wo zum Teufel sind die Schlepper?"

Der Kapitän antwortete sofort: „Sie haben Kurs auf uns, Mr. Jack."

„Sagen Sie denen, sie sollen ein wenig Tempo machen. Die Wolkendecke reißt auf. Je schneller wir Deckung haben, desto besser."

„Sir, Sie bekommen wieder Besucher, die erscheinen gerade am Pier."

„Schicken Sie sie rauf. Und sagen Sie ihnen, daß wir ablegen. Aber die können dann ja mit dem Lotsenboot zurückfahren!"

DA DIE Altstadt relativ nahe bei den westlichen Vorstädten lag, fuhren sie schon nach zwanzig Minuten durch von Deichen durchzogenes Farmland, wo rege Bautätigkeit herrschte.

Vorn an einem flachen Horizont sah Stone Hochspannungsleitungen. Als sie die Stelle erreichten, wo die Fernleitung die Straße überquerte, bedeutete Stone Wang, er solle die mit Kies bedeckte Straße nehmen, die entlang der Fernleitung verlief.

William Sit deutete auf eine Tafel an dem Leitungsmast neben der Straße. „Zutritt verboten. Auf der Küstenstraße ist es sicherer."

In weiteren zwanzig Minuten erreichten sie die Küstenstraße und fuhren in südlicher Richtung an einer weiten Ebene aus Schwemmland entlang, die bis zu dem undeutlich zu erkennenden Ufer der Bucht hinunterreichte.

„Da!" sagte Stone.

Vier ungeheuer hohe und erstaunlich schmale Schlote waren plötzlich sichtbar geworden, als ein heftiger Regenschauer leichtem Nebel gewichen war. Stone konnte die Umrisse eines klobigen Generatorgebäudes sehen und dann links am Wasser ein Tanklager, das in dem schwachen Licht wie Aluminiumgeschirr glänzte. Er holte das Fernglas heraus und verfolgte die Rohrleitungen, die die Tanks mit einem weit in die Bucht hinausragenden Pier verbanden. Ein gutes Stück vor ihnen tauchte die Straße unter einer mächtigen Pipeline weg, die Treibstoff von den Tanks zum Kraftwerk beförderte.

Stone bat Wang anzuhalten. Er sprang aus dem Wagen und stellte das Fernglas auf die nebelverhangene Wasserfläche hinter dem Pier scharf. William Sit trat von hinten an ihn heran und flüsterte: „Soldaten! Auf der Pipeline!"

Über der Pipeline war ein Laufsteg, auf dem uniformierte Milizsoldaten standen und zu ihnen herüberstarrten. „Nicht gut", sagte Sit. „Wir gehen besser."

Stone zögerte. Er sah zu den Schloten hinüber. Da das Kraftwerk Erdgas verbrannte, gab es unsichtbaren Rauch ab, sichtbar lediglich als Hitzewellen, die über den Schloten flimmerten. Warum roch er dann Kohlenrauch?

Er sah wieder zum Wasser hinüber. Ein verschwommenes rechteckiges Gebilde schien in der Ferne zu treiben. Ein Schiff in einer Regenwolke?

Wang rief jetzt eindringlich, und Sit drängte: „Wir müssen gehen, Sir." Wang wartete nicht auf seine Zustimmung. Er wendete mitten auf der Straße und starrte zu den Soldaten hinüber, die nun über eine Treppe von ihrem Laufsteg herunterkamen.

Die Regenwolken gingen einen Kilometer vom Land entfernt ineinander über und verdeckten, was auch immer Stone dort draußen wahrgenommen hatte.

„Wir gehen!" drängte Sit erneut.

„Okay. Sagen Sie Mr. Wang, zurück nach Schanghai. Zum Boot."

Während sie an der Küste entlangrasten, versuchte Stone Klarheit in seine Gedanken zu bekommen. Er konnte sich nicht leisten, in Panik zu geraten. Er mußte den Hafen von Schanghai durchsuchen, als ob er davon überzeugt sei, daß die *Dallas Belle* an einem der vielen Piers vertäut wäre. Die Erfahrung auf dem Meer hatte ihn gelehrt, daß es fast unmöglich war, etwas zu sehen, an dessen Existenz man nicht glaubte.

Er blickte auf die Uhr. Es war noch früh – gerade erst ein Uhr. „Fragen Sie Mr. Wang, wo das Boot ist."

Wang schaffte es in fünfzehn Minuten. Am selben Flußufer, drei Kilometer flußaufwärts von der Skyline aus, fuhr er durch die Tore eines gewaltigen Kohlelagers und steuerte zwischen grauschwarzen Kohlebergen hindurch zu den Kais. An den Entladestegen waren Hunderte von Sampans vertäut. Floßartig aneinandergebunden, ragten sie weit in den Fluß hinaus. Von ihnen wurde mittels Schaufeln und Förderbändern Kohle entladen.

Mr. Wang stieg aus und führte Stone und Sit am Kai entlang zu einer Stelle, wo ein leerer Kohlensampan vertäut war. Die Mannschaft – ein Mann in mittleren Jahren, eine Frau und drei halbwüchsige Kinder – spülte gerade mit Flußwasser, das sie mit Eimern schöpfte, Kohlenstaub vom Deck. Wang bedeutete Stone und William Sit einzusteigen. Der Sampan war vielleicht zwanzig Meter lang, mit einem Ruderhaus achtern und einem offenen Lagerraum für Kohle. Eine perfekte Tarnung:

Das schmierige Boot sah aus wie Tausende andere, die auf dem Fluß auf und ab zogen. Und das Ruderhaus würde einem bärtigen Amerikaner ein Versteck bieten, der sonst ohne Zweifel die Aufmerksamkeit der vielen auf dem Fluß patrouillierenden Volksarmeeboote auf sich ziehen würde.

Der Kapitän nickte Wang knapp zu. Das Ruderhaus war so niedrig, daß Stone sich beinahe den Kopf angestoßen hätte. Eine kleine Treppe führte zu der im Leerlauf tuckernden Maschine hinunter. Hinter der Treppe befand sich ein Vorhang, und als die Tochter hindurchschlüpfte, entdeckte er Matratzen und einen Kochtopf über einer Feuerstelle.

„So viele Kinder", flüsterte Sit, sichtlich überrascht, daß der Sampankapitän gleich zweimal die strenge nur ein Kind pro Familie zulassende Vorschrift übergangen hatte.

Die Tochter kam und rannte aufs Deck hinaus, um ihren Brüdern beim Lösen der Leinen behilflich zu sein, während ihr Vater den langen Fahrthebel auf rückwärts schob. Der Dieselmotor fing zu dröhnen an, und dann schob sich das Boot langsam rückwärts in den Strom.

Stone holte seine Karte hervor und zeigte dem Kapitän zwei Trockendocks, die er sehen wollte – eines unmittelbar neben dem Kohlelager, das zweite zwei Kilometer stromaufwärts.

Keines der beiden Trockendocks und auch keines der Tiefwasserpiers dazwischen beherbergte die *Dallas Belle*.

„Okay", sagte er. „Flußabwärts. Dort!" Stone deutete auf die lange Kurve, die der Fluß von dem Lagerplatz vorbei an der Skyline beschrieb, und ließ den Kapitän dicht am rechten Ufer entlangfahren, wo zahlreiche große Schiffe angedockt waren. Als sie die Skyline und den Suzhoufluß hinter sich gebracht hatten, ließ er den Kapitän den Fluß queren und die Reise entlang dem linken Ufer fortsetzen.

Das Wetter hatte sich mit ihnen verbündet. Es hatte aufgehört zu regnen, und die tiefhängenden Wolken hatten sich nach oben verzogen. Stone konnte mit seinem Glas fünf bis sechs Kilometer weit sehen. Aber der Winterhimmel lastete grau über dem Land, und es blieben höchstens noch zwei Stunden Tageslicht. Sie fuhren einen weiteren Kilometer weit an Piers vorbei. Plötzlich schlug Stones Herz schneller. Dicht hinter dem Huangpu-Pier war das Trockendock der Schanghai-West-Werft, und in ihm entdeckte er ein sandfarbenes Schiff!

Stone stellte sein Glas mit zitternder Hand scharf. Dann stöhnte er auf. Es war nur ein Containerschiff.

„Andere Seite."

Der Sampan überquerte den Fluß wieder, wo sich am Ufer die Werft

Schanghai-Ost entlangzog. Der Kapitän fuhr einige Kilometer dicht am Ufer entlang. Unterdessen wurde es rasch dunkler.

Der bisher völlig stumme Kapitän sagte etwas. „Dunkel", übersetzte Sit.

„Weiterfahren."

Sie legten sechs weitere Kilometer zurück. Diesmal konnte Stone die Raffinerie, die er im Regen verpaßt hatte, aus der Nähe betrachten. Aber da war kein Gasschiff. „Andere Seite!"

Wieder überquerten sie die Wasserstraße. Sie näherten sich Wu-sung, als Stone das Kreuzfahrtschiff unter dem Hallendach entdeckte, das er am frühen Morgen von der Jacht aus gesehen hatte. Er gab dem Kapitän ein Zeichen, näher heranzufahren. Die Liegestelle neben dem Kreuzfahrer war immer noch leer. Die riesige Halle war von Schneidbrennern und Schweißgeräten wie eine Diskothek beleuchtet. Jetzt erkannte er, daß es sich um eine Abwrackwerft handelte, wo aus dem Verkehr gezogene Schiffe verschrottet wurden.

Stone trat aufs Deck hinaus und starrte auf die von der Nacht verhüllten Flußufer. Er kämpfte gegen Enttäuschung und Erschöpfung an. Er brauchte jetzt Schlaf. Morgen mußte er früh wieder auf den Beinen sein, um die zermürbende Suche fortzusetzen.

Als er ins Hotel zurückkehrte, erwartete Katherine ihn in der Halle. Ihr Gesicht wirkte angespannt. „Kommen Sie mit mir aufs Zimmer."

„Was ist denn los?"

„Sicherheitsmaßnahme."

Sie hatte bei der Hotelleitung durchgesetzt, daß man ihr anstelle ihres Zimmers eine Suite mit zwei Ausgängen gegeben hatte. In allen Einzelheiten ging sie mit ihm einen Fluchtplan durch. Stone erkannte, daß sie große Furcht vor einem erneuten Überfall hatte. Als der Etagenservice kam, um das Abendessen zu bringen, hielt sie die Waffe hinter dem Rücken versteckt, während sie zur Tür ging.

10

Die *Dallas Belle* war wieder in Bewegung, gezogen von Schleppern. Mr. Jack saß in der luxuriösen Lounge und trank Canadian Club.

Seine Besucher hatten ihm einen auf Hochglanzpapier gedruckten Prospekt übergeben, den er jetzt auf den Couchtisch warf. Sarah hob ihn auf. Der Umschlag zeigte ein schnittiges Schiff in Schwarzweiß, die *Asian Princess*. Sie ähnelte der luxuriösen *Queen Elizabeth II.*, die sie zuletzt in Singapur gesehen hatten. Der Prospekt zeigte farbige Reisefotos von Japan und warb mit einem verlockenden Text, der auf wohlhabende Passagiere abzielte, die den Komfort der Realität vorzogen.

„Wollen Sie eine Kreuzfahrt buchen, Mr. Jack?“

„Ich habe die Linie gekauft. Wie finden Sie mein neues Schiff?“

„Sie wollen Ihren Gästen offenbar garantieren, daß sie auf keinen Fall Kontakt mit dem wahren Tokio bekommen.“

„Darum geht es doch im Kreuzfahrtgeschäft. Haben Sie je eine Kreuzfahrt mitgemacht?“

„Luxuskreuzfahrten liegen leider ein wenig außerhalb unserer finanziellen Möglichkeiten.“

„Ich sage Ihnen was: Wenn das hier vorbei ist, lade ich Sie und Ihren Mann ein. Eine Flitterwochenkreuzfahrt auf Kosten des Hauses.“

„Vielleicht können wir gleich heute abend an Bord gehen?“

„Leider nicht, Doc.“ Er leerte sein Glas. „Oh, sagen Sie der Kleinen, daß ich morgen für Sie beide eine Überraschung habe.“

DAS TELEFON zirpte wie eine Grille. Es war Ronald.

„Hallo, Segler. Unser Hongkongfreund sagt, Freund in Krankenhaus anrufen.“

„Na, da bin ich gespannt. Danke.“

Die Vermittlung im Matilda Hospital stellte das Gespräch zu McGlynns Zimmer durch. „Wo zum Teufel steckst du, Michael?“ meldete sich der Patient.

„In China“, antwortete Stone vorsichtig. „Was macht die Schulter?“

„Ich werde es überleben.“ Die Stimme des Bergungskapitäns klang freundlich. „Ich hab noch mal über deine Geschichte nachgedacht.“

Stone stand auf. „Hast du mit deinem –“

„Ich habe mich bei SOSUS erkundigt, und die haben im westlichen Pazifik nicht viele fest montierte Sonaranlagen. Aber einiges von dem, was sie aufnehmen, wird archiviert – in der Schiffsgeräuschebibliothek.“

„Gut.“

„Das ist mehr als nur gut, Kumpel. Du hast echtes Glück! Eines unserer U-Boote auf Trainingskurs war in der Nähe der Südwestinseln, und da hat so ein neuer Rekrut, der am Sonar ausgebildet wurde, ein Schiff aufgepickt. Die haben ihre Aufzeichnung mit der Bibliothek des U-Boots verglichen. Keine Übereinstimmung. Also war es kein Kriegsschiff. Aber es war ein verdammt schweres Schiff für da draußen, zweihundert Meilen von den Schiffahrtsstraßen entfernt. Daraufhin haben sie beim Oberkommando nachgefragt. Schließlich wandte sich die

Bibliothek in Brisbane an euer Pentagon, und dann kam eine Übereinstimmung zurück: in Liberia registrierter 50000-Tonnen-Frachter, *Amy Bodman*. Aber bis die Daten zurückkamen, war das Schiff verschwunden, und das U-Boot hatte Wichtigeres zu tun. Und damit wäre alles zu Ende gewesen ..."

„Wenn nicht?" drängte Stone.

„Wenn nicht die Japaner und die australische Marine im Ostchinesischen Meer gerade ein gemeinsames Manöver abgehalten hätten. Hubschrauber haben ein paar Sonargeräte abgeworfen, und stell dir vor, was sie aufgepickt haben – die *Amy Bodman*! Etwa vierhundert Meilen von Schanghai auf Kurs Nordwest."

Sein Herz machte einen Satz. „Genau wie Sarah gesagt hat!"

„Das ist noch nicht alles. Zunächst einmal haben die etwa an der Stelle, wo sie Gasschiffe erwarten würden, ein Gasschiff gehört, also keine große Sache. Aber wegen der ganzen Kommunikationsübungen haben die das Geräusch nach Brisbane übermittelt und automatisch auch zum Pentagon. *Amy* ist in der Bibliothek."

„Also ist sie in Schanghai", sagte Stone und spürte, wie Erleichterung in ihm aufstieg.

„Nicht unbedingt. Das Schiff hat gestoppt."

„Was meinst du damit, gestoppt?"

„Auf halbem Weg zwischen Okinawa und Schanghai. Eben noch waren Maschinengeräusche festzustellen – und im nächsten Moment nichts mehr. Ich habe einen Kumpel von mir gebeten, ein paar Satellitenfotos für mich anzusehen. Hat nichts gebracht. Dichte Wolken, Nebel, Regen – drei Tage lang. Keine brauchbaren Bilder."

Stone war, als würde eine eisige Hand nach seinem Herzen greifen. „Die haben sie versenkt."

„Vielleicht", erwiderte McGlynn. „Vielleicht aber auch nicht. Vier Tage nachdem die das Geräusch registriert hatten, hat einer der Hubschrauber ein seltsames Geräusch aufgezeichnet, ein schweres Wummwumm-wumm. Die Navy hat sich nicht die Mühe gemacht, es zu analysieren, aber ich glaube, ich weiß, was die gehört haben. Denk daran, das ist ein Gasschiff."

„Ein Kompressor! Die Kühlanlage, um das Gas kalt zu halten."

„Genau! Ich habe nachgesehen. Die *Amy Bodman* ist neu genug, um eine Kühlanlage zu haben. Was die also gehört haben, war ein Kompressor, der wumm-wumm-wumm gemacht hat, während sie vier Tage im Regen herumsaßen."

„Warum hat sie angehalten?"

„Reparaturen vielleicht. Kann sein, daß sie versucht haben, das Schiff vor Satelliten zu verbergen, und dabei den Fehler gemacht haben, den Kompressor zu vergessen."

„Ist sie weitergefahren?"

„Weiß ich nicht. Die Manöver waren zu Ende, und alle sind nach Hause gefahren."

„Und ist die *Amy Bodman* als verschwunden gemeldet worden?"

„Nicht als verschwunden und nicht als überfällig."

„Wer sind die Eigner?"

„Schwer zu sagen. Das ist ein richtiger Rattenschwanz von ineinander verschachtelten Firmen und Leasingverträgen. Sagt dir der Name Jack Powell was?"

„Nein."

„Großer Petroleumverschiffer, Amerikaner, hat jede Menge Geheimnisse. Meine Leute denken, das Schiff könnte ihm gehören."

„Aber warum hat er es nicht als vermißt gemeldet?"

„Vielleicht hat er es an jemand anderen verleast."

„Sollte doch nicht schwierig sein, da nachzufragen."

„Er ruft nicht zurück. Aber ich werde es weiter versuchen."

„Vielleicht ist Jack Powell auf dem Schiff. Mein Gott, wie ich mir wünsche, daß er an Bord wäre!"

„Warum?"

„Meine größte Sorge ist, daß sie die Ladung verkaufen und das Schiff mit Sarah und Ronnie an Bord einfach versenken."

„Was würde ein solcher Bursche mit deiner Frau und deiner Tochter wollen?"

Darauf wußte auch Stone keine Antwort. Er legte den Hörer auf und dachte nach. Das Schiff hatte in der Nähe von Schanghai gestoppt, unter den Wolken verborgen. Er war sicher, daß sie die Fahrt fortgesetzt hatten. Sie würden das Schiff nicht mit der Ladung versenken.

„Die müssen hiersein", sagte er zu Katherine.

Es klopfte an der Tür. Katherine griff nach ihrer Waffe, spähte durch den Türspion und öffnete dann.

Ronald stürmte ins Zimmer. „Was gibt es Neues?"

Stone wäre jede Wette eingegangen, daß Ronald die Frau in der Telefonzentrale bestochen hatte, und sagte ihm deshalb, was er gerade erfahren hatte.

„Klingt gut, Segler."

„Ist Michael hier sicher?" fragte Katherine.

„Kein Problem."

„Mir gefällt's hier nicht", erklärte sie.

Ronald wirbelte zu ihr herum. „Ihnen nicht gefallen?" Er hob die Hand, um sie zu ohrfeigen. Sie bewegte die Waffe etwas, und Ronald ließ die Hand sinken. Er griff nach der Türklinke und sagte zu Stone: „Sie keine Sorge, Segler. Ich gut aufpassen."

Als er gegangen war, fragte Stone: „Was denken Sie?"

„Er hat Angst. Ich wette, Chang hat ihn fallenlassen. Ich kann Ihnen nur raten, morgen dieses Schiff zu finden."

„HE, DOC! Bringen Sie die Kleine her! Überraschung!"

Ronnie hopste vom Bett. „Komm, Mama!"

Sarah, die einige Schritte hinter ihrer Tochter war, hörte, wie Ronnie ausrief: „Oh, ist das schön, Mr. Jack!"

Sarah starrte ungläubig auf den Anblick, der sich ihr bot. In der Ecke, gegenüber von Mr. Jacks Stuhl, stand ein Weihnachtsbaum mit blinkenden Lichtern und funkelndem Glasschmuck. Ronnie strahlte.

Von dem Geschenk des alten Mannes gerührt, fragte Sarah: „Wo haben Sie den denn gefunden?"

„Ich habe Ihnen doch gesagt, Doc, Schanghai ist meine Stadt."

Der Kapitän kam herein. Er wirkte müde, seine Augen waren gerötet. „Wu-sung Kou, Mr. Jack. Fast im Fluß. Wir gehen vor Anker und lassen uns dann von der Flut hineintreiben."

Der Huangpu, dachte Sarah. Oder meinte er den Jangtse? Schanghai – eine riesige Stadt; wenn ihnen die Flucht gelang, würden sie sich dort verstecken können.

„He, was wünschst du dir zu Weihnachten?" fragte Mr. Jack.

Sarah war entsetzt. „Weihnachten, das sind ja noch zehn Tage, Mr. Jack! Sie haben doch nicht vor, uns noch zehn Tage festzuhalten?"

„Aber sicher werde ich das, Doc. Doch ich verspreche Ihnen, es wird ein Knaller von Weihnachten, den Sie nie vergessen werden."

„Ist Papa noch in Hongkong?" fragte Ronnie.

„Soweit mir bekannt ist, ja", antwortete der alte Mann.

Das Foto hatte die Ängste des Kindes verdrängt. Ronnie verhielt sich jetzt so, als ob sie und ihre Mutter Ferien machten. Sarah fragte sich allerdings, wieviel davon gespielt war, damit sie sich besser fühlte.

Ah Lee kam mit dem Abendessen, einer riesigen Schüssel voll gedämpfter Schanghaikrabben. Sarah half Mr. Jack aus seinem Lehnstuhl. Er war inzwischen kräftiger geworden, aber die Schmerzen, die er in Brust und Schulter hatte, erschwerten ihm die Bewegung.

Moss kam herein, als sie gerade mit dem Nachtisch anfingen.

„Was ist, Moss?“

„Besucher. Ein Patrouillenboot hat sie an Bord gebracht.“

„Ladys, wie wäre es, wenn Sie sich zurückziehen würden?“

Das war ein Befehl, und sie gingen in die Schlafkabine hinüber.

Ah Lee kam mit Tee, Plätzchen und ein paar Disneyvideos ins Zimmer geschlichen und verdrückte sich dann wieder. Ronnie schob „Schneewittchen und die sieben Zwerge“ in den Videorecorder. Sarah nahm ihr Stethoskop und drückte es gegen die Tür.

Ronnie flüsterte: „Was reden sie?“

„Sie sprechen Chinesisch.“

„Laß mich, Mama.“

Sarah überließ ihr das Stethoskop.

„Die sagen immer ‚alter Freund‘“, flüsterte Ronnie. Und dann plötzlich: „Warte, er spricht Englisch – da, nimm du’s wieder.“ Sie gab Sarah das Stethoskop zurück und widmete sich Schneewittchen.

Sarah hörte, wie Mr. Jack witzelte: „Sogar Kommunisten können Kasse machen, wenn sie vorher wissen, wie hoch der Nikkei an der Börse –“ Den Rest sagte er auf chinesisch.

Sarah lauschte vergebens nach weiteren englischen Brocken. Sie konnte das Klirren von Gläsern hören, leise Sätze und gutgelauntes Gelächter.

Der Film ging zu Ende. Ronnie schlief ein. Sarah deckte sie gerade zu, als sie spürte, wie das Schiff stoppte.

Sie sah durchs Bullauge. Scheinwerfer beleuchteten einen Pier mit einem riesigen Kran. Sie fühlte eher, als daß sie es sehen konnte, daß hinter dem grellen Licht eine Mauer war. Sie hatte das unheimliche Gefühl, daß das Schiff sich in einem riesigen Schuppen befand.

Als sie wieder zur Tür ging, wurde draußen nicht mehr geredet. Sie klopfte leise, um Ronnie nicht zu wecken.

„Kommen Sie herein, Doc.“ Mr. Jack war allein. Er war müde in seinem Sessel zusammengesackt. Seine Augen wirkten vor Erschöpfung glasig. „Schlafenszeit, Doc?“

„Sie waren viel zu lange auf. Sie haben es übertrieben.“ Sie fächelte sich Luft zu. „Sie haben doch wohl nicht geraucht?“

„Nein, ich nicht, Doc. Bloß meine alten Kumpel. Die rauchen wie Schlote.“ Dann war er plötzlich hellwach. „Was haben Sie gehört, Doc?“

Ihr wurde bewußt, daß sie vergessen hatte, ihr Stethoskop abzunehmen. Sie trat schnell neben ihn und legte die kalte Scheibe auf seine Brust.

„Schluß mit dem Theater! Sie haben sich soeben ’ne Sitzung mit Moss verdient.“ Er drückte Moss’ Piepser. „Ich hatte Sie gewarnt, Doc. Keine Gnade.“

Es schien ihr wichtig, ihm keine Furcht zu zeigen. „Darf ich etwas fragen?“

„Diesmal sind Sie zu weit gegangen.“

„Wie gerät ein Mann wie Sie an jemanden wie Moss?“

Mr. Jack schmunzelte. „Herrgott, wenn ich vor vierzig Jahren eine Frau wie Sie kennengelernt hätte... Ich habe ihn in Attica gefunden – das ist ein Zuchthaus im Bundesstaat New York. Er hatte zwanzig Jahre gekriegt, wegen Mord und so. Ich habe damals ein Rehabilitationsprogramm gefördert. Sie wissen schon – ‚die Wirtschaft gibt Kriminellen eine zweite Chance‘ – die ideale Methode, um gute Leute zu finden... Ich habe sofort erkannt, daß Moss Spitze war – ein Soziopath mit der Selbstdisziplin, die man für Spitzenleistungen braucht. Also habe ich ihn herausgeholt, habe Privatlehrer engagiert, ihm Lesen, Mathematik, Elektronik und den Umgang mit Computern beigebracht und ihn dann hier herübergebracht für die Waffenausbildung. Ein brillanter Junge, wenn auch ein wenig verbogen.“

„Er scheint Ihnen dankbar zu sein.“

Mr. Jack zuckte die Achseln. „Wäre auch schön blöd von ihm, wenn er das nicht wäre – da bist du ja, Moss. Komm herein. Unsere Hübsche hier hat ein wenig Dummheiten gemacht.“

„Tatsächlich?“

„Verpaß ihr eine Lektion! Aber keine Spuren!“

Sie konnte nicht glauben, daß das wirklich mit ihr geschah, bis er sich über sie beugte.

„Moment noch, Moss... He, Doc, bleiben Sie schön ruhig. Wir wollen doch nicht, daß die Kleine aufwacht und zusieht, oder?“

Die Hände des Schwarzen bewegten sich blitzschnell. Ein heftig brennender Schlag traf sie an der Wange und ließ es in ihrem Ohr klingeln. Ihre Hände fuhren hoch, so daß ihr Bauch nun ungeschützt war. Eine ganze Salve von Schlägen prasselte auf sie herab und warf sie keuchend und nach Luft schnappend zu Boden.

Plötzlich durchzuckte sie ein furchtbarer Schmerz wie Feuer, und sie kämpfte mit aller Kraft, um nicht zu schreien. Ein Stich wie mit einem glühenden Messer schien sich in ihre linke Niere zu bohren, dann schoß der Schmerz hinauf in ihre Brust und fuhr ihr ins Gehirn, und sie spürte, wie sie in einen schwarzen Abgrund sank.

Als sie wieder zu sich kam, lag sie auf dem Boden des Badezimmers. Ein dunkelroter Nebel aus Schmerz hing vor ihren Augen; alles drehte sich, und sie zitterte unkontrolliert am ganzen Körper. Übelkeit stieg in ihr auf. Sie schleppte sich zur Toilette, übergab sich und sank dann wieder auf die kalten Fliesen. Jeder Atemzug tat weh.

Sie konzentrierte sich, um genügend Kraft zu sammeln, damit sie aufstehen konnte. Als sie es schließlich geschafft hatte, sah sie ihr Gesicht im Spiegel. Erstaunlicherweise war nirgends die Spur einer Verletzung zu sehen, ihr Gesicht wirkte nur ein wenig aufgedunsen. Sie schleppte sich zur Tür, öffnete sie einen Spalt und spähte hinaus. Ronnie lag zusammengerollt in ihrem Bett unter der Decke, sie schlief fest. Wie hatten sie sie hereingetragen, ohne die Kleine zu wecken? Sarah sank wieder auf die kalten Fliesen. Sie lag da, überlegte. Sie mußten dringender denn je fliehen.

Sie waren so nahe beim Land. Der Pier lag vielleicht zwanzig Meter unter ihnen, nicht einmal sechs Meter von der Schiffswand entfernt. Moss war das größte Hindernis. Sie wußte, daß sie es selbst jetzt nicht fertigbringen würde, ihn zu töten. Aber wie konnte sie ihn außer Gefecht setzen? Mit zitternden Händen öffnete sie ihre Arzttasche. Mit Ketamin, das man in der Anästhesie benutzte, um eine Muskelparalyse herbeizuführen, würde es vielleicht gehen. Allerdings war es riskant, sie mußte ihn schnell und kräftig treffen, und zwar gleich beim ersten Mal.

Sie kauerte sich auf dem kalten Fußboden zusammen. In ihrer Brust brannten Schmerz und Wut. Doch schlimmer war die Angst, sie könnte ihren Mut verloren haben.

NACH einem weiteren ergebnislosen Tag auf dem Fluß bis auf die Knochen durchgefroren, duschte Stone heiß und ließ sich dann ins Bett fallen. Katherine brannte darauf, Schanghai zu verlassen.

„Noch einen Tag“, versprach er ihr. „Nur noch einen.“

Sie bot an, ihren Wein mit ihm zu teilen. „Das hilft Ihnen beim Einschlafen“, sagte sie. Stone trank ihn langsam aus, schob sich dann das Kissen zurecht und begann einzudösen.

„Haben Sie je Ihre Frau betrogen?“

„Nee. Nie. Nicht nötig.“

„Sie haben es gut.“

„Ich weiß. Deshalb will ich sie zurückhaben.“

Katherine lächelte. „Nein, Sie würden sie in jedem Fall zurückhaben wollen – Sie sind einer von den Typen, die sich um die Leute kümmern.“

„Und meine Tochter fehlt mir.“

„Ich werde nie Kinder haben.“

„Sagen Sie das nicht, Sie sind jung und –“

Sie schrie: „Vorsicht!“ und warf sich mit einem Satz auf ihre Tasche.

Der Engländer stand in der Tür ihres Wohnzimmers. Seine Pistole trug einen Schalldämpfer. Stone konnte hören, wie die Kugeln in Katherines Brust einschlugen. Katherine brach über dem Bett zusammen.

Der Engländer trat ins Zimmer. „Weidmannsheil“, sagte er. „Sie sind ja ganz schön aktiv.“

Stone brüllte: „Wo ist meine Frau?“

„Nicht die leiseste Ahnung.“ Er richtete die Waffe auf Stone. „Ich führe bloß meinen Auftrag zu Ende.“

Plötzlich tönten hinter Stone zwei Donnerschläge. Katherine feuerte dicht neben ihm. Er sah, wie ihr das Blut aus dem Mund rann. Ihr erster Schuß zerschmetterte dem Engländer den Arm und schleuderte ihn durch die Wohnzimmertür zurück. Der zweite Schuß verfehlte sein Ziel. Sie brach auf dem mit Blut bespritzten Bett zusammen.

„Hauen Sie ab!“ flüsterte sie und schob Stone ihre Waffe hin.

„Und was wird mit Ihnen?“

„Sie können mir nicht helfen. Verschwinden Sie! Zu Ihrer Frau und Ihrem Kind!“ Das Blut rann ihr jetzt in einem breiten Strom aus dem Mund. „Sehen Sie nach, ob ich den Dreckskerl erwischt habe. Machen Sie ihn fertig, sonst haben Sie ihn den Rest Ihres Lebens auf den Fersen.“

Stone hob die Waffe auf und hastete ins Wohnzimmer.

Der Engländer kroch mühsam auf seine Pistole zu, die in der Nähe des Eingangs gelandet war. „Keine Bewegung!“ zischte Stone.

Der Engländer wandte den Kopf. „Dazu haben Sie nicht den Mumm!“

Stone sah sich nach Katherine um. Sie war aufs Bett gefallen. Ihre geweiteten Augen blickten starr. Katherine hatte recht: dieser Profikiller hatte die Jagd auf ihn zu einer Art Ehrensache gemacht und würde nicht nachgeben, bis er ihn getötet hatte.

Er trat neben ihn, hielt dem Mann den Lauf seiner Waffe gegen den Oberschenkel und drückte ab. Der Schuß zerschmetterte ihm den Beckenknochen. Der Mann bäumte sich auf und stieß einen Schrei aus, dann verlor er das Bewußtsein.

Stone zog in Windeseile seine Kleider an, schnappte sich seinen Rucksack und rannte zur Treppe. Sirenen heulten auf, während er die Stufen hinunterhastete. Uniformierte Milizionäre strömten in die Halle. Stone zog sich auf die Treppe zurück, rannte ins Kellergeschoß und verließ das Gebäude, indem er sich an dem Geruch von Abfällen orientierte, durch eine Ladebucht.

Sirenen heulten in der neonerleuchteten Nacht. Er überquerte die

Straße und betrat einen Jazzclub. Ältere amerikanische Touristen lauschten den Klängen einer noch älteren Combo. Er bestellte sich einen Scotch und kippte ihn mit einem Zug hinunter. Seine Hände zitterten so, daß die Bedienung sie anstarrte.

Er bestellte sich ein zweites Glas und blieb bis zur letzten Nummer sitzen. Um ein Uhr wurde das Lokal geschlossen.

Er trat vorsichtig auf die Straße hinaus. Überall Polizei. Er nahm Kurs auf die Altstadt und versuchte, auf belebten Straßen zu bleiben.

Grelles Licht ließ ihn erkennen, daß er sich einem Nachtmarkt näherte. Dort ging er zwischen den Ständen auf und ab und schüttelte immer wieder ablehnend den Kopf, wenn man ihm Postkarten, Pekingoper-Puppen oder Jadeschmuck anbot. Einer war besonders hartnäckig, ein uralter Mann in einer Steppjacke, der Baoding-Eisenkugeln verkaufte – zwei auf Hochglanz polierte Kugeln, in denen Glocken angebracht waren und die er immer wieder mit dem Ruf „Gut gesund, gut gesund!" anpries. Stone trat den Rückzug an. Der alte Mann folgte ihm. „US? US?"

Die Händler begannen bereits, ihre Stände abzuschließen.

„Yank?" rief der alte Mann. „Yank! Air Force!"

„Was?"

Ein freundliches Grinsen ließ ein halbes Dutzend gelbe Zähne sehen. „Tenth Air Force. 1945. Flugzeugmechaniker. Japse mit Bomben vollgepflastert."

Stone sah die glänzenden Kugeln an, und in diesem Augenblick spiegelte sich eine orangefarbene Straßenlaterne wie ein winziger Beteigeuze in der Kugel. Das mußte ein Omen sein. Er drückte dem Mann Geld in die Hand.

„Nein, nein. Du nehmen." Der alte Mann schob ihm das Geld zurück. „Tenth Air Force. 1945."

„Vielen herzlichen Dank. Da, von mir." Er zog ein Päckchen Marlboro aus seiner Tasche und gab es ihm.

Das Grinsen wurde breit. „Sehr gut. Lucky Strike."

Stone sah sich auf den sich allmählich leerenden Straßen um. „Wo war Ihr Stützpunkt?"

Der alte Mann deutete nach Osten. „Streng geheim." Und dann beugte er sich vor, klappte seinen Tisch und seinen Stuhl zusammen und wiederholte: „Tenth Air Force. Yank Freund."

„Einen Freund könnte ich jetzt brauchen", sagte Stone. „Kommen Sie, ich helfe Ihnen beim Einpacken."

JEDER Muskel in Sarahs Körper schmerzte, als der ferne Lärm schwerer Maschinen sie weckte. Sie nahm all ihre Kräfte zusammen und taumelte durch die Schlafkabine in den verlassenen Vorraum. Auf der dem Hafen zugewandten Seite des Schiffes entdeckte sie unmittelbar längsseits ein Passagierschiff, das so lang wie die *Dallas Belle* war. Seine Aufbauten waren hinter einem Bambusgerüst verborgen, doch sie konnte das unregelmäßige Blitzen von Schneidbrennern sehen, dessen Licht auf Trupps von Arbeitern in Schutzkleidung und Overalls fiel. Wie sie letzte Nacht schon vermutet hatte, war die Helling überdacht.

Sie durfte sich nicht unterkriegen lassen. Ihr Leben und das von Ronnie hingen allein von ihrem Mut ab. Sie *mußte* handeln.

Als sie sich schließlich dazu in der Lage sah, die Treppe zum Brückendeck hinaufzusteigen, fand sie den Korridor ebenso wie den Kartenraum und auch den Computerraum leer. Sie schlich sich nach vorn zur Brücke. Sie sah lediglich einen Matrosen, der im Kapitänssessel eingeschlafen war. Lautlos schlich sie sich bis an die Windschutzscheibe. Da es draußen allmählich heller wurde, konnte sie sehen, daß der hintere Teil der Halle offen war und dahinter Güterzüge vorbeiratterten. Wenn sie es fertigbrächten, zu einem dieser Züge zu kommen, dann könnten sie in die Stadt fahren. Vielleicht würde sie es bis zum britischen Konsulat schaffen und denen mit ihrem britischen Akzent irgend etwas erzählen.

Sie sah, wie sich auf dem Hauptdeck etwas bewegte. Der Bootsmann führte ein paar Leute zu der Swan, und sie begannen, die Taue zu lösen, mit denen sie festgezurrt war. Sarah rannte nach unten und weckte Mr. Jack. „Was machen Sie mit meinem Boot?"

„Nur ruhig, Doc! Ich hätte gedacht, nach dem Tänzchen gestern abend mit Moss würden Sie vielleicht länger schlafen. Wir lassen es ins Wasser und segeln es auf die andere Seite, wo es nicht im Wege ist."

„Lassen Sie mich das machen. Bitte. Rufen Sie den Kapitän." Sie reichte ihm das Telefon. „Sagen Sie ihm, daß ich mein Boot wegbringe. Bitte, das ist unser Zuhause. Die machen es nur kaputt."

Der alte Mann zuckte die Achseln und wählte. „Jetzt drehen Sie mir nicht gleich durch, Doc... Kapitän? Lassen Sie Doc ihr Boot verlegen. Sie hat Angst, Sie könnten es demolieren. *Yeah.*" Er legte auf. „Okay, laufen Sie hinunter aufs Hauptdeck. Und keinen Unfug, ja? Ronnie bleibt hier."

Sie fuhr mit dem Aufzug aufs Hauptdeck. Die Luft war kühl und feucht, und der Lärm, den die Arbeiter auf dem Passagierschiff machten, war ohrenbetäubend. Am Schiffskran hing bereits eine Schlinge. Ein

Matrose hielt eine Leiter für sie fest, und Sarah kletterte zur *Veronica* hinauf. Sie ließ den Motor an, um sich zu vergewissern, daß er richtig lief, dann brachte sie Fender aus.

Moss kam aufs Deck heraus. Angst durchzuckte sie, als er auf die Leiter zuging. Sarah schob sie weg, und er wich ihr aus, als sie umfiel.

Die Taue spannten sich. Die *Veronica* ruckte unter ihren Füßen. Sie stützte sich ab, als das Boot aus seinem Gestell gehoben wurde. Langsam ließ der Kranführer die *Veronica* über das Schanzkleid des Schiffes schweben. Dann klatschte der Rumpf auf das Wasser auf. Die Taue lockerten sich, und Sarah ließ den Motor an und löste die Schäkel. Der Kran zog die Taue wieder hinauf, und die *Veronica* war frei.

Sie mußte langsam rückwärts zwischen den Hecks der beiden Schiffe hinausfahren. Die Ebbe hatte bereits eingesetzt, und die Strömung im Fluß war stark. Der Huangpu erstreckte sich verlockend vor ihr.

Moss schwang sich an einem der schweren Kabel herunter, mit denen das Schiff am Pier vertäut war, und landete auf dem Pier. Er deutete auf die Stelle, wo sie das Boot vertäuen sollte.

„Mama!" Ronnie winkte fröhlich vom Brückenflügel herunter.

„Hierher!" rief Moss ihr zu. „Ein bißchen flotter!"

Sie blickte sehnsüchtig auf den Fluß hinaus: Freiheit. Unsinn! Sie konnte Ronnie nicht allein lassen. Während sie noch zögerte, das Unmögliche erwog, kam ein kleines Patrouillenboot der Marine auf sie zugetänzelt. Eine rote Warnlampe blitzte auf dem Kajütdach. Eine Sirene gellte.

Sie sah einen älteren Offizier, der sich an der Windschutzscheibe abstützte, und als das Boot näher kam, bemerkte sie, daß seine Brust mit Orden und Medaillen förmlich übersät war. Auf seiner Mütze funkelten Generalssterne. Er winkte. Jetzt war von oben, von dem Balkon hinter der Eignerkabine, ein lauter Ruf zu hören. Sarah sah hinauf.

Dort oben stand Mr. Jack und winkte. „He, Kumpel! Wo hast du so lange gesteckt?"

„Doc", schrie Moss, „kommen Sie gefälligst rüber!"

Tief bedrückt steuerte Sarah auf die Mole zu.

Das Patrouillenboot kam am Molenkopf zum Stillstand und ließ weiter hinten Platz für die *Veronica*. Die Mannschaft war dem General dabei behilflich, die Leiter hinaufzukletten, und zwei Offiziere gingen hinter ihm über die Gangway der *Dallas Belle*.

Moss grinste. „Werfen Sie mir ein Tau zu, Doc!"

Ob er sie nun bewußt zum Trotz verleitet hatte oder ob es ihr Überlebensinstinkt war – jedenfalls drehte sie, ohne nachzudenken, das Boot herum. Die Strömung ausnutzend, bugsierte sie die *Veronica* rückwärts in den engen Raum zwischen Schiff und Mole, so daß das Boot, als sie Moss schließlich eine Leine zuwarf, mit dem Bug in den Fluß wies. Moss beobachtete sie argwöhnisch, als sie vor seinen Augen alle Leinen so band, daß sie sie vom Boot aus lösen konnte. „Sind Sie jetzt fertig?"

„Ich muß das bei Ebbe noch einmal überprüfen."

„Gehen wir jetzt. Ich erfriere fast." Sie war so beschäftigt gewesen, daß sie die Kälte überhaupt nicht bemerkt hatte, und sogar ihre Schmerzen hatte sie vergessen – beides spürte sie erst in diesem Augenblick wieder, als sie mit dem Aufzug zum Eignerdeck hinauffuhren. Sie blickte starr auf die Aluminiumwand, die Moss' Grinsen widerspiegelte.

„Spaß gehabt gestern abend?" fragte der Schwarze hämisch.

„Ich habe Schmerzen, falls Sie das wissen wollen."

Moss zuckte die Achseln. „Mr. Jack möchte, daß Sie seinen Freund kennenlernen", sagte er lapidar.

Die chinesischen Offiziere bewachten die Tür. Moss klopfte. Mr. Jack rief „Herein!". Er und der General saßen am Couchtisch, eine Flasche Mao Tai zwischen sich.

„Da sind Sie ja, Sie Rangierkünstlerin. Ich habe gesehen, wie Sie sie mit dem Bug nach draußen vertäut haben – bereit für die Flucht?"

„Ich dachte, auf diese Weise liegt sie besser im Kielwasser."

„*Yeah*, freilich, freilich." Er wandte sich seinem Gast zu. „General, dies ist meine persönliche Ärztin."

Der General fragte Sarah auf englisch: „Verbessert sich der Gesundheitszustand meines Freundes?"

„Er gehört ins Krankenhaus", erwiderte Sarah schroff.

„Sehr sturer Mann, dieser Mr. Jack", sagte der General.

NACH dem Frühstück – es hing immer noch Nebel über dem Fluß – hatte Mr. Jack wieder Besuch. „Ziehen Sie sich zurück, Ladys, auf die Brücke. Ich sage Bescheid, wenn ich fertig bin. Und, Doc, daß Sie mir hübsch die Finger vom Telefon lassen!"

Als Moss berichtete, daß sie oben waren und er Telefone und Funkgeräte gesichert hatte, sagte Mr. Jack: „Moment mal, Moss."

„Ja, Mr. Jack?"

„Bevor sie unseren Gast hereinbringen – ich höre, dein britischer Bluthund hat wieder Mist gebaut."

Moss fiel die Kinnlade herunter. Wie zum Teufel hatte er das wieder erfahren? „Das tut mir wirklich leid, Mr. Jack. Wird nicht wieder vorkommen."

„*Yeah*, verdammt, das wird allerdings nicht wieder vorkommen."

Moss wußte nicht, wie er das deuten sollte. Mr. Jack forderte ihn auf, ihren „Gast" hereinzubringen und neben seinem Stuhl stehen zu bleiben.

Mr. Yu war ein kräftig gebauter, finster blickender Typ, sah aus wie ein chinesischer Mafioso und gab sich anfänglich recht arrogant, bis Mr. Jack ihn mit einem feindseligen Blick und ein paar chinesischen Sätzen, die wie eine Maschinengewehrsalve klangen, auf seinen Platz verwies. Es heißt immer, Chinesen seien schwer durchschaubar, aber das Gesicht dieses Mannes verriet eine Menge. Sein Ausdruck wechselte von arrogant über wütend hin zu panischer Angst – und das alles in nicht einmal dreißig Sekunden.

Als Mr. Jack fertig war, entfernte sich Mr. Yu rückwärts aus dem Zimmer und verbeugte sich dabei immer wieder wie jemand, der einem Kugelhagel ausweicht. „Was hat der Kerl denn getan?" fragte Moss.

„Er hat dem Mann unserer Ärztin einen Sampan zur Verfügung gestellt, damit er sich nach uns umsehen kann."

„Wie zum Teufel ist dieser Stone denn hierhergekommen?"

„Indem er sich mit einem kleinen Gauner von einer Triade in Hongkong zusammengetan hat."

„Dann haben Sie Mr. Yu gesagt, daß er sich um ihn kümmern soll?"

„Nein, nein. Ich habe ihm bloß gesagt, daß er sich da heraushalten soll. Die ‚alten Freunde' werden das erledigen."

„Warum lassen wir uns eigentlich nicht von ihm finden? Dann machen wir ihn kalt, wenn er zur Tür hereinkommt."

„Moss!" Mr. Jacks Geduld war offensichtlich am Ende. „Schau mal zum Fenster raus. Was siehst du da?"

Moss sah hinaus.

Und Mr. Jack sagte. „Das allerletzte, was ich jetzt brauchen kann, ist, daß dieser Dreckskerl alle Welt auf mein Schiff aufmerksam macht."

11

Stone schlich sich vor Anbruch der Morgendämmerung aus der Wohnkaserne des alten Händlers. Auf der Nanjing Road folgte ihm ein Strom von Männern und Frauen, die am Fluß ihre Tai-Chi-Übungen machen wollten. Westliche Touristen in Jogginganzügen schlossen sich ihnen an, aber wie Stone schon an den letzten beiden Tagen festgestellt hatte, verließen nur die Chinesen die Wege, um mit den Bäumen zu sprechen. Stone wählte sich einen Baum aus, der ihm einen guten Ausblick auf die Ufertreppe erlaubte, preßte die Stirn an die Rinde und suchte die Umgebung ab, ob da jemand war, der ihn überfallen wollte.

Wenn er heute das Schiff nicht finden konnte, würde er sich eingestehen müssen, daß seine Berechnungen nicht stimmten, daß die *Dallas Belle* irgendwo anders war. Ein letzter Versuch. Er war erleichtert, den Sampan aus der Dunkelheit herantuckern zu sehen, und da er eine Viertelstunde lang Ausschau gehalten und nichts Verdächtiges bemerkt hatte, hastete er die Stufen hinunter und ging an Bord.

Der Kapitän bugsierte den Sampan rückwärts in den Fluß. Stone deutete flußabwärts. Mr. Wang beobachtete das alles aus dem Schatten heraus. In seinem schwarzen Anzug wirkte er reserviert wie eine Krähe. William Sit hingegen, der wie üblich darauf brannte, sein Englisch praktizieren zu dürfen, begrüßte Stone überschwenglich. „Heute haben wir gutes Wetter für die Suche nach einem Jachthafen."

Die Sicht war klarer, als Stone das bisher je in der Stadt erlebt hatte, und er verspürte neue Hoffnung. Sie passierten die Piers unterhalb der Passagierterminals und das Trockendock der Schanghaiwerft und überquerten den Fluß zur Schanghai-Ost-Werft.

„Bitten Sie den Kapitän, er soll auf vier Knoten runtergehen."

Es gab Schiffe auf Stapelblöcken, Schiffe, die an den Piers längsseits lagen, und Schiffe auf Hellings, die ins Flußufer gegraben waren. Er musterte jedes einzelne durch sein Glas, ganz gleich, welche Farbe es hatte. Mittlerweile würden sie Zeit gehabt haben, den sandfarbenen Rumpf mit einer schwarzen Farbschicht zu tarnen. Aber keines der Schiffe war die *Dallas Belle*.

Weiter stromabwärts lag die Raffinerie. Sie bot reichlich Platz und natürliche Tarnung, um dort einen Gastanker zu verstecken. Er hatte sie bereits zweimal gründlich durchsucht, und doch zog sie ihn erneut an, weil sie einfach ein logischer Standort war.

Wieder studierte er vergebens jedes einzelne Schiff mit seinem Glas. Sie hatten jetzt ein sumpfiges Stück Ufer erreicht, und er befahl, auf die andere Seite zu fahren. Er wollte sich den Schuppen des großen Verschrotters noch einmal ansehen. Aber auf halbem Weg über den Fluß wechselte der Kapitän den Kurs und zeigte nach vorn auf Patrouillenboote, die den Zugang zu der Werft versperrten. Sie fuhren langsam auf entgegengesetztem Kurs auf und ab, hielten sich parallel zu dem Schiffsschuppen, machten kehrt und passierten einander erneut, hielten also ganz offenkundig Wache.

„Sagen Sie ihm, er soll in der Mitte bleiben." Stone hob sein Glas an die Augen und studierte das Ufer. Das Kreuzfahrtschiff hatte Gesellschaft bekommen, in der Helling daneben lag jetzt ein Schiff, das teilweise von einem Bambusgerüst verdeckt war. Er hatte den Eindruck, als würden die Männer auf dem Gerüst den Rumpf schwarz streichen. Stones Hand krampfte sich um das Glas.

„Jacht!“ sagte der Sampankapitän.

Dort im Schatten zwischen der Mole und dem Schiff, das gestrichen wurde, lag ganz unverkennbar die *Veronica*! Er versuchte, das Glas schärfer zu stellen, und merkte dann, daß er vorher die Tränen aus seinen Augen wischen mußte.

Er sah, daß die Springs losgeworfen waren, und das bedeutete, daß das Boot von jemandem so vertäut worden war, daß es sofort ablegen konnte. Sarah! Das mußte Sarah gewesen sein! Plötzlich von hektischer Unruhe erfaßt, suchte er die Mole nach ihr und Ronnie ab und dann das sandfarbene Schiff, das gerade schwarz gestrichen wurde. „Sagen Sie dem Kapitän, er soll hierbleiben und nicht weiterfahren“, wies er Sit an.

Der Mann ließ ihn über Sit wissen, daß er die Patrouillenboote auf sich aufmerksam machte, falls er in der Fahrrinne blieb.

„Erinnern Sie ihn daran, daß ich Papiere habe“, sagte Stone, der jetzt anfing, jedes Bullauge am Deckshaus des Gastankers zu mustern.

„Der Kapitän sagt: ‚Nicht für diese Boote, nein.‘ Ich meine, Sie sollten dem Kapitän glauben, Sir. Mr. Wang und ich sind beide der Meinung, der Kapitän sollte weiterfahren.“

„Langsam!“ herrschte Stone ihn an.

Der Kohlensampan tuckerte schneller werdend stromabwärts. Sekunden später hatte ihm die Wand des Schuppens den Blick auf die *Dallas Belle* versperrt. Nach einigen Augenblicken wurde der Schuppen selbst immer kleiner und verschmolz dann mit dem Flußufer.

„Wir kommen in einer Stunde zurück“, übersetzte William Sit.

Der Kapitän fing Stones Blick auf und nickte beruhigend. Offensichtlich würde es auf der Werft des Verschrotters keinen Jachthafen geben, aber ebenso offensichtlich gab es dort etwas, das den Amerikaner in hohem Maße interessierte.

Der Sampan setzte seine Fahrt einige Meilen flußabwärts fort. Stone kam jede einzelne Meile wie tausend Meilen vor. Schließlich erklärte der Kapitän sich einverstanden, wieder flußaufwärts zu fahren.

Endlich tauchte der Schuppen des Verschrotters wieder auf. Die Aufbauten der *Dallas Belle* erschienen in Stones Gesichtsfeld, und schließlich konnte er das Deckshaus in seiner ganzen Breite sehen. Er stellte das Glas auf die oberen Decks scharf. Die Brückenflügel waren immer noch leer, ebenso der Balkon unter der Brücke. Er suchte die Bullaugen und die Fenster im obersten Deck ab. Keine Spur von ihr.

Er warf dem Kapitän einen Blick zu. Würde er anhalten? Der Chinese sah zu den Patrouillenbooten hinüber und schüttelte den Kopf. Dann versperrte das Kreuzfahrtschiff Stone den Blick auf den Gastanker.

Er stellte fest, daß der Kreuzfahrer hoch im Wasser lag, weil man Treibstoff- und Wasservorräte abgelassen und das Mobiliar entfernt hatte, ehe die letzte Reise ins Vergessen begann. Die *Dallas Belle*, das wurde ihm bewußt, kurz nachdem er sie aus den Augen verloren hatte, hatte ebenfalls etwas zu leicht ausgesehen, so als hätten sie einen Teil des verflüssigten Erdgases abgepumpt, um über die Sandbank zu kommen.

„William, bitten Sie den Kapitän, mich am Ufer abzusetzen."

Der Sampan drehte aus der Strömung heraus auf einen Ponton zu, den man offensichtlich aufgegeben hatte.

„Sagen Sie ihm, er soll mich in einer Stunde abholen. Und wenn ich nicht hier bin, kommen Sie jede Stunde wieder, bis ich auftauche."

„Soll ich Ihnen Gesellschaft leisten, Sir?" fragte William Sit.

„Ich komme schon allein zurecht. Wir sehen uns in einer Stunde. Oder in zwei ... oder in drei. Zu jeder vollen Stunde, okay?"

Er balancierte über die wacklige Brücke, die den Schwimmkörper mit dem Flußufer verband, wo ein Fußweg durch kahle Büsche hindurch zu der Abwrackwerft führte. Die Mittagsstunde nahte, und die Wintersonne hatte ihren höchsten Punkt erreicht. Ein erbarmungsloser Wind pfiff kalt über das Ufer. Weit vor ihm erhob sich der gigantische Schiffsschuppen. Landeinwärts schoben die Rangierlokomotiven polternd Güterwaggons hin und her.

Er stapfte durch das Buschwerk und wanderte einen knappen Kilometer weit. Der Weg lag höher als das übrige Areal, was daher kam, daß man den Fluß einige Male ausgebaggert und den Weg auf dem Aushub errichtet hatte. Vereinzelte höhere Erhebungen erlaubten einen Blick auf die Gleise. Von einer dieser Stellen aus sah er mit seinem Glas ein Schienenpaar, das in sanftem Bogen in den Abwrackschuppen führte. Ein Zug aus offenen Güterwagen stand auf einem Rangiergleis am Fuß eines riesigen Schrottberges. Ein Kran belud die Güterwaggons. Stone musterte die Gleise scharf. Wenn sie nicht auf der *Veronica* hier heraussegeln konnten, bot ihnen der Zug die Chance, nach Schanghai zu fliehen. Darauf war er zwar nicht gerade scharf, aber es war besser als gar nichts.

Stone eilte zu dem Schuppen, der wie der Hangar eines Jumbo-Jets in den grauen Himmel ragte. Die Außenwand aus Wellblech hatte zahlreiche Türen. Er wählte willkürlich eine aus. Sie war nicht abgesperrt. Er öffnete die obersten Knöpfe seines Regenmantels, damit man sein weißes Hemd und seine Krawatte sehen konnte. An einer Wand hingen eine Reihe Schutzhelme, und er schnappte sich einen davon. Dann betrat er den Pier, der sich um das Schiff zog, wobei er sich sagte, daß ein bärtiger Amerikaner mit einem Schutzhelm unter den vielen westlichen Ingenieuren, die nach Schanghai drängten, um sich an Gemeinschaftsprojekten zu beteiligen, keinen sonderlich ungewöhnlichen Anblick abgeben würde.

Er stand jetzt vor dem Rumpf des Kreuzfahrtschiffes. In Abständen von dreißig Metern befanden sich Bauaufzüge in Bambusschächten, die zum Hauptdeck aufstiegen. Er ging auf den Bug zu. Die wenigen Leute, denen er auf dem Pier begegnete, waren Arbeiter, die keine Notiz von ihm nahmen. Nach dem Lärm zu schließen, der von oben zu ihm herunterdrang, waren die meisten an den Deckaufbauten beschäftigt. Er ging zügig – ein Vorgesetzter mit einem festen Ziel.

Zwischen ihm und Sarah und Ronnie stand nur noch das Kreuzfahrtschiff. Er würde um den Bug herumgehen, dann weiter am Bug des Gastankers vorbei und mußte dann irgendwo eine Gangway finden, über die er an Bord gelangen konnte. Einen Augenblick lang erschien es ihm so einfach. Aber als er sich dem Bug näherte, bemerkte ihn ein Vorarbeiter und ging auf ihn zu, um ihn zu begrüßen.

Stone wandte sich abrupt ab, um den nächsten Bauaufzug zu besteigen. Er deutete mit dem Daumen nach oben, der Arbeiter, der den Aufzug bediente, drückte einen Knopf, und die Plattform hob sich klappernd zum Hauptdeck. Stone stieg aus dem Aufzug, strebte auf eine Treppe zu, die an den Aufbauten vorbei nach oben führte, eilte hinauf, entdeckte eine Tür und trat ein. Sein Blick erfaßte einen riesigen, schwach beleuchteten Raum. Dann taumelte er nach vorn und fiel kopfüber in die Dunkelheit. Unter ihm war Schwärze, oben eine Konstellation von Arbeitslampen, blaß wie Sterne an einem wolkenverhangenen Himmel. Er schien alle Zeit der Welt für die Erkenntnis zu haben, daß er fiel. Der Sturz endete abrupt mit einem stechenden Schmerz an seiner Seite und an der Achsel. Sein Arm fühlte sich an, als ob man ihn ihm abgerissen hätte.

Dann kam er ins Rutschen und glitt langsam von dem Kabel, das waagerecht und für ihn unsichtbar zwischen den Wänden gespannt war und seinen Sturz abgefangen hatte. Stone packte es mit der anderen Hand und versuchte, sich zu orientieren. Die Lichter hingen zwölf oder fünfzehn Meter über ihm. Der Raum erstreckte sich in endloser Dunkelheit um ihn herum. Er hatte Glück gehabt. Unten auf dem Deck lag sein Rucksack. Er erinnerte sich nicht daran, ihn losgelassen zu haben. Er packte den Draht mit beiden Händen und ließ sich aufs Deck fallen, wo er einen Augenblick lang sitzen blieb und sich umsah.

Die hatten das Schiff völlig ausgeweidet! Er blickte auf die Bordwand, die von langen Reihen von Bullaugen und Fenstern durchlöchert war, ging hinüber und schaute hinaus auf die *Dallas Belle*. Ihr Hauptdeck war höher als das des Kreuzfahrers. Er kletterte eine Leiter hinauf, bis er schließlich auf eine Landschaft von Rohren, Verteilern und Löschstationen sah. Achtern ragte das Deckshaus auf.

Die Werftarbeiter hatten Laufgänge zwischen den Schiffen aufgebaut und zogen mit Werkzeug und Material ständig hin und her. Vorn waren sie dabei, Planen auszurollen und die Rohre damit abzudecken, so daß sie eine Art Zelt über dem Deck errichteten. Dann sah er, daß die Löschstationen des Gastankers voll besetzt waren, und schloß daraus, daß es sich bei den Planen um feuerhemmendes Material gegen den Funkenflug von den Schneidbrennern handelte, die jetzt auf dem Wrack des Kreuzfahrers wieder eingesetzt wurden. Hier wurde buchstäblich mit dem Feuer gespielt. Je früher er seine Familie von dieser schwimmenden Bombe herunterholte, um so besser.

Am wenigsten Betrieb schien auf dem Laufgang mittschiffs zu herrschen, deshalb hielt Stone diesen Gang im ersten Moment für den geeignetsten, um zum anderen Schiff hinüberzugelangen. Doch dann überlegte er, daß er dann fast hundert Meter nach hinten würde gehen müssen, wobei er sich voll im Sichtfeld der Brücke und der großen Fenster auf dem Deck darunter befand. Da war es besser, die Strecke im Inneren des Kreuzfahrers zurückzulegen. Er arbeitete sich nach hinten und wich dabei immer wieder aufgestapelten Schrotteilen aus.

Gegenüber dem Deckshaus der *Dallas Belle* trat er in eine offene Tür. Er stellte fest, daß die Vorarbeiter die gleichen Steppjacken wie die Arbeiter trugen; Vorgesetzte trugen Mäntel so wie er. Alle waren mit Walkie-talkies ausgestattet. Stone zog sein UKW-Sprechfunkgerät aus seinem Rucksack und trat aufs Deck hinaus.

Er hastete durch eine Ansammlung laut schreiender Arbeiter und dröhnender Maschinen zu dem Gang, wo alle gerade damit beschäftigt waren, Druckluftschläuche zur *Dallas Belle* hinüberzuführen. Plötzlich drehte er sich um. Die Chinesen würde er vielleicht täuschen, aber nicht den Amerikaner, der auf der anderen Seite des Ganges einen Trupp von Arbeitern dirigierte.

„Du, du und du", sagte Stone und gestikulierte in Richtung auf drei

Chinesen. Sie blickten mit dem auf der ganzen Welt gleichen Wer-ich?-Ich-habe-doch-nichts-getan-Ausdruck auf. Stone erwiderte ihn mit einem finsteren Ja-du-Blick und bellte: „Hier lang!" Er trieb die drei gestikulierend und mit einer Flut sinnloser Anweisungen nach achtern. „Da, nimm das!" Er wies mit dem Funkgerät auf ein Faß mit Schrauben, und zwei der Chinesen packten es. „Und das da!" Der dritte hievte sich einen Preßluftbohrer auf die Schulter. Stone führte seine Männer ans Heck des Kreuzfahrerwracks. „Jetzt bleibt hier!" „Seine" Chinesen kauerten sich nieder.

Stone führte zur Tarnung sein Funkgerät an die Lippen und blickte zum Deckshaus der *Dallas Belle* hinauf. Fenster um Fenster, Bullauge um Bullauge musterte er das Deckshaus und achtete besonders auf die oberen Etagen – Offiziersgebiet –, wo sich höchstwahrscheinlich Sarahs Patient befinden würde.

Plötzlich sah er sie!

Sie ging an einem großen Fenster vorbei, 15 Meter über dem Hauptdeck. Stone riß die Augen weit auf und fragte sich, ob er sich das vielleicht nur eingebildet hatte. Er schaute hinüber und wartete.

Dann sah er sie wieder. Sie blickte vom nächsten Fenster hinunter. Zuerst sah er ihr schönes Profil. Als sie sich in seine Richtung drehte, spürte er, wie seine Seele förmlich zu ihr hinüberflog und wie eine Motte vor der Scheibe tanzte, die zwischen ihnen lag.

Suchend wanderte ihr Blick über die Decks mit ihrem hektischen Treiben. Ohne zu überlegen, winkte Stone. Mit erschreckender Klarheit erkannte er die Linien, die die Anspannung in ihr Gesicht um den Mund und in ihre Wangen gegraben hatte. Sie stand ans Glas gepreßt da, als sehnte sich jede Faser ihres Körpers danach, frei zu sein. Jetzt drehte sie sich um, als würde sie mit jemandem im Raum sprechen. Sie löste sich vom Fenster und entschwand seinen Blicken.

Plötzlich wurde sich Stone bewußt, daß er nicht allein war, und drehte sich um, um zu sehen, ob er mit seinem Winken auf sich aufmerksam gemacht hatte. Aber niemand hatte etwas bemerkt.

Nun tauchte Sarah wieder auf. Ihr unbeweglicher Gesichtsausdruck wirkte jetzt wie in Stein gemeißelt. Stone spürte erneut Wut in sich aufsteigen: Er hatte sie noch nie so niedergeschlagen gesehen. Doch während er sie noch beobachtete, sah er, wie sie sich offenbar wieder fing. Sie schaute plötzlich zielbewußter, und dann begegneten sich ihre Blicke.

Sarahs Augen weiteten sich, und ihre Zähne leuchteten in einem erstaunten Lächeln, das sie gleich darauf verbarg, indem sie warnend einen Finger an die Lippen legte. Stone hob mit der rechten Hand sein

Sprechfunkgerät und zeigte die fünf Finger seiner Linken: Kanal fünf. Sie nickte, dann war sie vom Fenster verschwunden.

Stone kauerte sich neben seinen verblüfften Arbeitern nieder. „Gentlemen, ich verschwinde jetzt hier. Ich würde empfehlen, ihr sucht euch euren eigenen Vorarbeiter."

Er blickte unter dem Schild seines Schutzhelms hervor. Ein breitschultriger Schwarzer starrte aus Sarahs Fenster herunter. Stone senkte den Kopf wieder und fuhr fort, den Chinesen irgendwelchen Unsinn zu erzählen. Dann, als der breitschultrige Schwarze endlich das Fenster verlassen hatte, bedeutete er ihnen, aufzustehen und ihm zur nächsten Tür zu folgen, durch die er ins Innere der leeren Schiffshülle verschwand.

Er kam mittschiffs an der Backbordseite wieder heraus und fuhr mit einem Bauaufzug zum Pier hinunter. Er hörte, wie hinter ihm etwas gerufen wurde. Den Rucksack in der Hand, das Funkgerät ans Ohr gepreßt, überquerte er die Mole und verließ den Schuppen durch die erste Tür, die er fand. Draußen im Licht der schwachen Wintersonne fing er zu rennen an. Bis zu den kahlen Büschen waren es zwanzig Meter. Er hörte einen zweiten Ruf und lief weitere hundert Meter den Weg entlang, ehe er sich umsah. Der Schuppen war jetzt hinter den Ästen und Zweigen kaum mehr zu sehen. Er lauschte, hörte aber außer dem Klappern und Dröhnen im Inneren des Schiffsrumpfes nichts, drehte sich um und rannte weiter über das Feld, bis er schließlich die Lichtung an dem verlassenen Fährenponton erreicht hatte. Dann sah er auf die Uhr – halb zwei –, zog sich ins Gebüsch zurück, schaltete sein Funkgerät auf Kanal fünf und klickte es dreimal hintereinander an und wieder aus. Keine Reaktion.

Um fünf vor zwei schlich er sich auf den Ponton hinaus und suchte den Fluß nach seinem Kohlensampan ab. Um halb drei begann er sich damit abzufinden, daß sie nicht kommen würden, um ihn abzuholen. Um drei probierte er es erneut mit seinem Funkgerät. Immer noch keine Reaktion. Er entschied sich zu warten.

Von den vielen Pfeifen und Hupen, die auf dem Fluß ein ständiges Konzert veranstalteten, klang eine näher und eindringlicher als alle anderen. Er spähte zwischen den Büschen hindurch. Der Kohlensampan war wieder da; die Söhne des Kapitäns hielten ihn an dem verlassenen Fährenponton fest.

„Es tut uns allen sehr leid, daß wir uns verspätet haben, Sir", entschuldigte sich William Sit. „Es hat große Schwierigkeiten gegeben."

„Was ist passiert?"

„Ihr Begleiter aus Hongkong ist von bewaffneten Volkspolizisten verhaftet worden, wegen verbotenen Handels mit Kulturgütern. Das ist etwas, was sie als Kapitalverbrechen bezeichnen."

Kein Ronald. Kein Wang. An wen sollte er sich jetzt wenden?

„Sind Sie auch darin verwickelt?"

„Ich weiß nicht", erwiderte William Sit gequält.

„Fragen Sie den Kapitän, ob er es ist."

William Sit übersetzte die Antwort des Kapitäns. „Triadenmitglieder reden nie."

Der Sampan stank nach Angst. Der Kapitän *hoffte*, daß Triadenmitglieder nie redeten.

Eine schnelle Bewegung flußaufwärts erregte Stones Aufmerksamkeit. Er verschaffte sich mit seinem Feldstecher Gewißheit. „Marinepatrouille. William, sagen Sie dem Kapitän, er soll hier verschwinden. Und Sie laufen zur Fähre!"

„Und was ist mit Ihnen, Sir?"

„Verschwinden Sie! Sehen Sie zu, daß Sie auf der Fähre untertauchen!" Der Kapitän setzte bereits in den Fluß zurück. Stone rannte über die Brücke zum Flußufer und dann weiter ins Gebüsch. Als er sich umsah, konnte er sehen, wie der Sampan mit leerem Deck und verschlossenem Ruderhäuschen auf die Fahrrinne zutuckerte.

Er rannte zu der ersten Bodenerhebung, die er sah, hob vorsichtig den Kopf und blickte sich erneut um. Das Patrouillenboot näherte sich dem Sampan. Aber dann zog es daran vorbei, strebte geradewegs auf den Ponton zu und legte mit lautem Krachen an. Ein Trupp Soldaten stürmte ans Ufer.

12

„Doc, Sie strahlen ja richtig. Wenn ich es nicht besser wüßte, würde ich sagen, Sie haben einen Kerl gefunden, während ich geschlafen habe."

„Ich bin hier, um Sie in Ihren Fitneßraum zu bringen. Ich möchte, daß Sie sich bewegen", sagte sie mit fester Stimme.

„Darf ich mitkommen?" fragte Ronnie.

„Wenn Mr. Jack es erlaubt."

„Komm mit, Kleines. Moss, Doc möchte, daß ich trainiere." Der schwarze Amerikaner war lautlos in die Schlafkabine getreten.

„Das ist zu früh, Mr. Jack. Viel zu früh."

„Moss", entgegnete Sarah, „wenn Sie glauben, daß Sie qualifiziert sind, Mr. Jack zu verarzten, können Sie mir ja ein Taxi rufen, das mich und meine Tochter zum Flughafen bringt."

„Gehen wir, Moss. Irgend etwas hat sie heute auf Touren gebracht." Der alte Mann streckte Moss seinen unverletzten Arm hin und zog sich in die Höhe. „Kommen Sie mit, Doc?"

„Ich komme vorbei, sobald Moss Sie in Schwung gebracht hat."

Sie spürte, wie seine scharfen alten Augen sie prüfend musterten. „Mr. Jack", sagte sie, „Sie müssen sich strecken, und gebrauchen Sie Ihre Lungen. Jetzt los, halten Sie sich an Moss' Arm fest. Ronnie, mach die Tür auf." Ronnie tat wie geheißen und rannte danach voraus, um die nächste Tür zu öffnen.

Sarah lauschte, bis sich die Aufzugtür geschlossen hatte. Dann trug sie Ronnies Snoopyrucksack ins Badezimmer, drehte die Dusche auf und schloß die Tür ab. Sie hatte das UKW-Sprechfunkgerät in Ronnies Tasche versteckt, weil sie hoffte, daß ihre Bewacher die Habseligkeiten eines Kindes nicht durchsuchen würden. Doch Moss hatte, soweit ihr das bekannt war, nicht einmal ihre Tasche durchsucht. In der Tasche ihres weißen Kittels steckten, in Taschentücher eingewickelt, zwei Spritzen. Die Frage war nur, wann sie sie einsetzen sollte.

Sie schaltete das Funkgerät ein und stellte Kanal fünf ein. Die Warndiode für den Batteriestand leuchtete rot. Sie drückte ein paarmal hintereinander den Sendeschalter. Keine Antwort. Sie überprüfte die Batteriestärke, indem sie auf Empfang schaltete und die anderen Kanäle absuchte. Schwach drangen Signale des chinesischen Funkverkehrs durch. Sie schaltete auf Kanal fünf zurück.

„Doktor! Doktor!"

Sie versteckte das Gerät und drehte die Dusche ab. „Wer ist da?"

„Ah Lee, Doktor. Mr. Jack sagt, Tee."

„Ich muß mich erst anziehen." Sie spritzte sich Wasser ins Haar und öffnete die Tür, während sie sich abtrocknete.

Der Hilfssteward wartete draußen mit dem Teetablett. Man hatte ihn offenbar zu ihr geschickt, um auf sie aufzupassen. Die Wunde an Ah Lees Wange war fast verheilt. Ob wohl auch seine Angst anfängt, sich zu legen? fragte sie sich. Ob er ihnen helfen würde? „Kannst du mich zu Mr. Jack bringen?"

Ah Lee nickte. „Gerne."

Auf dem Brückendeck gab es UKW-Sprechfunkgeräte, deren Batterien ständig von Ladegeraten aufgeladen wurden. Im Lift warf sie Ah Lee einen Blick zu. Wie tapfer konnte er nach den brutalen Schlägen noch sein, die er bekommen hatte?

Die Liftkabine hielt an, die Tür öffnete sich. Sie tippte ihm leicht auf die Schulter. Er zuckte zusammen, als ob sie ihm einen Stich versetzt hätte. Sie legte den Finger an die Lippen, deutete nach oben in Richtung auf die Brücke und lächelte ihn fragend an.

Ah Lee schüttelte den Kopf und, statt ihr den Vortritt zu lassen, wie er das sonst tat, rannte er praktisch zur Tür des Fitneßraums.

Moss lag auf dem Rücken und stemmte mit den Beinen Gewichte, wobei ihm der Schweiß in Strömen über das Gesicht lief. Mr. Jack und Ronnie saßen, über Coladosen gebeugt, ins Gespräch vertieft da, wie zwei Stammgäste an der Bar eines Jachtclubs. „He, Doc. Jetzt haben Sie mich erwischt!“

„Er hat gerade aufgehört, Mama. Er war wirklich gut.“

Sie fühlte seinen Puls. Kräftig und gleichmäßig. „Mr. Jack, Sie sind praktisch völlig wiederhergestellt. Es ist Zeit, uns gehen zu lassen.“

Mr. Jack lächelte kühl. „Weihnachten, Doc.“ Seine Gesichtszüge verhärteten sich. „He, Kleines, verschwinde jetzt von hier! Ich möchte mit deiner Mutter reden. Bring sie nach oben, Ah Lee. Und du verschwindest auch, Moss. Raus!“

Sein Gesicht hatte sich gerötet. Ah Lee entschwand mit Ronnie. Moss trottete hinterher. Der alte Mann schlurfte zu einem der Fitneßgeräte.

„Ich denke, Sie haben jetzt genug gehabt“, sagte Sarah, verblüfft von dem selbst für ihn ungewöhnlich abrupten Stimmungswandel.

„Halten Sie den Mund, ‚Mama‘! Irgendwas stimmt nicht. Ihr Gesicht verrät es mir. Ich weiß nicht, was es ist, aber ich will nicht, daß Sie irgendwelchen Unfug anstellen.“

„Es ist alles in Ordnung.“

Er fiel ihr ins Wort. „Doc, ich weiß nicht, ob Sie so mutig sind oder ob Sie es mögen, wenn man Ihnen weh tut. Ich weiß nur, daß Sie keine Angst vor Moss haben. Aber zum Glück habe ich noch einen Trumpf im Ärmel.“

„Was soll das heißen?“

„Wissen Sie, daß in Schanghai ziemlich viele Geschäfte mit Arabern gemacht werden? Die haben angefangen, Rhinozeroshorn-Aphrodisiaka herauszuschmuggeln. Ein Riesenmarkt, bloß daß sie dann festgestellt haben, daß man mit Menschen noch viel mehr Kohle machen kann... Sehen Sie, die Chinesen haben doch dieses Gesetz von wegen ‚nur ein Kind pro Familie‘, und da verkaufen die chinesischen Bauern ihre Töchter und hoffen das nächste Mal auf einen Sohn. Alle tun sie das, und deshalb ist natürlich der Markt für kleine Chinesenmädchen versaut. Aber ein kleines schwarzes Mädchen?“

„*Was?*" Sie spürte, wie ihr alles Blut aus dem Gesicht wich.

„Ronnie würde einen verdammt guten Preis bringen."

„Nein! Das kann nicht Ihr Ernst sein!"

„Irgendwelche Dummheiten, und ich verkaufe Ronnie an einen Sklavenhändler."

Ihre Hand griff wie von selbst in die Tasche, um ihm die Spritze in den Muskel zu rammen. Sie konnte kaum die innere Stimme hören, die ihr sagte, daß es Wahnsinn wäre, jetzt zu fliehen, ehe sie Kontakt mit Michael hergestellt hatte. Ihre Stimme zitterte. „Dann ist Ihre Freundschaft mit meinem Kind also bloß ein Schwindel?"

„Doch, ich habe die Kleine so gern, als ob sie mein eigenes Kind wäre. Aber ich habe meine Prioritäten."

STONE schmierte sich Schlamm ins Gesicht und betete darum, daß es schnell Nacht würde. Landeinwärts konnte er die Züge hören, jetzt viel näher. In Richtung auf den Fluß vernahm er das Knacken von Zweigen und das Rascheln von Laub, als die Polizeipatrouille die Gegend absuchte. Sie näherten sich schneller, als die Nacht hereinbrechen würde.

Während er den leuchtend orangefarbenen Rucksack mit seinem Körper abdeckte, zog er sich weiter zurück, geduckt und ohne großen Erfolg darum bemüht, möglichst leise zu sein. Hie und da konnte er die Silhouetten der chinesischen Soldaten vor dem dämmrigen Himmel erkennen, während er seine eigenen Füße nicht mehr sah. Er stolperte mehrfach und erzeugte kaum weniger Lärm als die Soldaten.

Ein Soldat hob etwa hundert Meter entfernt seine Waffe, und Stone sah die kurzläufige Automatik als deutliche Silhouette. Tastend strichen die Lichtkegel von Taschenlampen über das Gelände.

An den Boden gepreßt, arbeitete er sich näher an den Frachthof heran. Ein dröhnendes Geräusch in der Ferne wurde plötzlich lauter. Er blickte auf und sah einen Hubschrauber, der das Areal mit einem Scheinwerfer absuchte. Er rannte los.

Das Licht tastete wie ein anklagender Finger nach ihm. Er warf sich ins Gebüsch und preßte sich auf den Boden, als der Scheinwerferstrahl näher kam. Eine Sekunde lang sah er seinen eigenen Arm hell erleuchtet neben sich. Dann wanderte der Strahl weiter, und er rannte wieder los, während hinter ihm die Soldaten schrien.

Der Hubschrauber entfernte sich, doch dann war er ebenso plötzlich wieder zurück. Der Scheinwerferstrahl bohrte sich ins Gebüsch. Ein schweres Maschinengewehr fing zu hämmern an. Schreie waren zu hören, dann wütende Rufe, während der Helikopter plötzlich höher stieg und dann in einiger Entfernung in der Luft verharrte. Immer noch hallten Schreie durch die Nacht.

Stone rannte. Sie hatten ihre eigenen Männer getroffen. Aber sobald sie sich von dem Schrecken erholt hatten, würden sie seine Verfolgung wiederaufnehmen. Ein Bahndamm ragte über ihm auf und versperrte ihm den Weg. Er hörte, wie sich die Soldaten hinter ihm durch das Gebüsch arbeiteten. Der Hubschrauber war in der Nähe der Stelle gelandet, auf die er geschossen hatte.

Stone kroch über den Bahndamm. Der Helikopter startete wieder, aber statt die Suche erneut aufzunehmen, bog er ab und flog den Fluß hinauf.

Ein Signal aus einer Trillerpfeife ertönte. Soldaten schrien. Als er oben auf dem Damm angelangt war und hinunterblickte, sah er ein Dutzend Lichtkegel von Taschenlampen, die die Dunkelheit durchschnitten. Der Damm war mit Kies bedeckt, und er bewegte sich unsicher vorwärts. Die Soldaten arbeiteten sich jetzt auf den Damm zu. Wenn er nicht weiterlief, würden sie ihn hier oben erwischen.

Ein paar der Soldaten waren den anderen vorausgeeilt, und ihre Taschenlampen leuchteten jetzt keine hundert Meter von der Stelle entfernt, wo er auf dem Boden lag. Stone preßte das Gesicht an den Hang. Die Erde begann zu beben, und plötzlich sah er eine Lokomotive, die sich langsam näherte und mit ihrem Scheinwerferstrahl die Schienen und den Bahndamm mit Licht überflutete. Von unten kamen Schreie. Sie hatten ihn gesehen.

Er sah im Boden eine Vertiefung, die das Regenwasser aus dem Bahndamm gespült hatte, und ließ sich hineinfallen, und als die Lokomotive, die ein paar Güterwaggons hinter sich herzog, ganz nah war, hetzte er die Böschung hinauf und warf sich unter den Zug.

Stolpernd landete er einen knappen halben Meter hinter den Vorderrädern eines Güterwagens auf den Schwellen zwischen den Schienen. Sein Rucksack blieb an einem Bolzen an der Schwelle hängen und öffnete sich auf der Schiene, als die Hinterräder des Güterwagens darauf zurollten. Stone zerrte verzweifelt an einem der Riemen, doch der andere hatte sich an einem tiefen Splitter verhakt. Als die Hinterräder näher kamen, stieß er den Rucksack auf die andere Seite der Schienen, wartete, bis erst die Hinterräder des einen und danach die Vorderräder des nächsten Waggons vorbei waren, riß den Rucksack los und rollte sich dann über die gegenüberliegende Schiene auf der anderen Seite des Dammes hinunter.

Der Rucksack war aufgerissen, und die Pistole und das Funkgerät waren herausgefallen. Der Zug versperrte den Soldaten immer noch den Weg, würde aber in wenigen Augenblicken vorbeigerollt sein. Stone tastete verzweifelt auf dem Boden herum, fand das Funkgerät, aber nicht die Waffe, richtete sich halb auf und rannte geduckt weiter, den Zug hinter sich, vor sich das weitläufige Rangiergelände.

Er sprang über ein zweites Gleis, ein drittes, und jetzt kam ein weiterer Zug heran, wesentlich schneller als der erste. Stone zögerte und wartete etwas zu lang. Plötzlich war die Lokomotive an ihm vorbei, und ihm war der Weg durch eine endlos lange Kette von Güterwagen versperrt.

Er sah einen offenen Güterwagen, rannte neben ihm her, warf seinen Rucksack in die dunkle Öffnung und versuchte hineinzuspringen. Der Zug fuhr schneller, als er laufen konnte, und die Füße wurden ihm weggerissen, als er sich am Boden des Güterwagens festklammerte. Im nächsten Augenblick lag er auf dem Rücken im Wagen, atmete heftig wie ein Blasebalg und hatte das Gefühl, der Kopf müsse ihm zerspringen.

Der Zug fuhr in Richtung Schanghai. Jetzt war er sicher, und die Soldaten, die Abwrackwerft und Sarah blieben hinter ihm zurück.

ALLZU lange durfte er nicht nachdenken, sonst würde er in der Tür des Güterwagens stehend durch halb China rollen. Also sprang er.

Der Aufprall preßte ihm die Luft aus den Lungen, und er landete flach auf dem Rücken, Arme und Beine von sich gestreckt wie ein Kruzifix. Während er den Damm hinabrutschte, sah er die beiden roten Lichter am Ende des Zuges entschwinden. Schließlich kam er in einem Graben unterhalb des Bahndamms zum Stillstand.

Zum Glück konnte er Arme und Beine noch bewegen. Aber ehe das Poltern von Stahl auf Stahl ganz verhallt war, hörte er wieder das Pfeifen der Soldaten.

Er humpelte leise davon und prallte schließlich gegen etwas Hartes. In der Dunkelheit ertastete er eine Wand aus Ziegeln, knapp zwei Meter hoch, mit Stacheldraht auf der Mauerkrone. Hinter sich hörte er ein vertrautes dröhnendes Geräusch – der schießwütige Hubschrauber war wieder da, und sein Scheinwerfer flammte auf. Stone schwang seinen Rucksack über den Stacheldraht hinweg, riß dann kräftig an dem Schulterriemen, bis er sich im Stacheldraht verhakte, und zog sich daran in die Höhe.

SARAH hielt die schlafende Ronnie im Arm und preßte sich mit der anderen Hand das Funkgerät ans Ohr. Sie hatte die Lautstärke ganz heruntergedreht. Die Schiffsuhr in der Lounge schlug Mitternacht. Lachen drang durch die verschlossene Tür zu ihr herüber. Mr. Jacks Kumpane waren um zehn an Bord gekommen, und wenn man nach den vergangenen Nächten gehen konnte, würden sie mindestens bis drei Uhr morgens zugange sein.

Von außerhalb des Schiffes war ständiger Maschinenlärm zu hören. Plötzlich zitterte das ganze Schiff. Das war an diesem Abend schon zweimal passiert – ein plötzlicher Ruck und dann ein lautes Dröhnen von etwas Schwerem, das aufs Deck gefallen war.

Sie hätte gern gewußt, wo Moss war.

Der Kapitän – der ihr vom Tumult der Arbeiten am Schiff völlig überfordert schien, ohne daß sie von der Eignersuite aus erkennen konnte, was eigentlich geschah – schlief tief und fest in seiner Kabine. Er war zu ihr gekommen und hatte sie um „ein Valium oder so etwas" gebeten, um ein wenig Schlaf nachholen zu können. Sie hatte ihm Secobarbital verabreicht, das sie gewöhnlich dann einsetzte, wenn es darum ging, einen Patienten vor einer Operation zu sedieren. Der Kapitän würde bis mittags schlafen.

Sie befürchtete, daß Moss sich im Computerraum befand, um im Internet zu surfen, und konnte nur darum beten, daß er nicht auf Funksignale lauschte.

Ah Lee zechte mit seinen Vettern im Mannschaftsaufenthaltsraum. Sie warteten, bis der Bootsmannsmaat seine Wache beendete, um anschließend aus seinem Lagerraum eine Fünfzigmeterrolle Nylonseil zu holen. Nachdem Sarah lange mit sich gekämpft hatte, hatte sie Ah Lee direkt angesprochen, und er hatte sich bereit erklärt zu helfen.

Klick-klick. Klick-klick.

Sie lag reglos da, wagte nicht zu glauben, was sie mit eigenen Ohren vernahm. Zitternd preßte sie den Finger auf den Sendeschalter und schickte ein stummes Stoßgebet zum Himmel. Ein-aus. Ein-aus.

„Liebste!"

Sie drückte den Sendeschalter und hielt sich das Funkgerät an die Lippen, im vollen Bewußtsein, daß die dünne, nicht abgesperrte Tür alles war, was zwischen ihr und Mr. Jack stand, und daß Moss' Mikrofone in die Decke eingelassen waren. „Ich bin hier", flüsterte sie. „Komm nicht an Bord! Wir lassen ein Seil zur *Veronica* hinunter. Bestimme einen Zeitpunkt."

Er antwortete. „Eine halbe Stunde nach dem Morgennebel. Verstanden?"

„Dreißig Minuten nach dem Nebel. Ende."

Er hätte ein Jahr seines Lebens dafür gegeben, noch eine Minute länger mit ihr sprechen zu können, um sie flüstern zu hören, daß sie ihn liebte und daß es Ronnie gutging.

Er fröstelte, teils von seinen Gefühlen überwältigt, teils von der feuchten Kälte herrührend, die vom Boden und von der Ziegelmauer ausging. Das Gelände, das die Mauer einschloß, war riesengroß. Ein ganzes Fußballfeld hätte hier Platz gehabt. Die gesamte Umfriedung war so schwarz wie die dunkle Ecke, in der er sich versteckte.

Er döste und fuhr immer wieder aus dem Schlaf, um einen besorgten Blick auf seine Uhr zu werfen. Die Stunden krochen dahin. Er ließ sich die Risiken durch den Kopf gehen, die er eingehen mußte, und wurde vor lauter Zweifeln halb verrückt. Er schlief von fünf bis halb sechs und erwachte, hungrig und mit trockenem Mund. Das schwache Morgenlicht ließ ihn ein verwahrlostes Grundstück mit ungemähtem Gras erkennen, das nur wenig Deckung bot. Leichter Morgennebel lag über dem Boden. Sarah würde, eine halbe Stunde nachdem der Nebel sich verdichtet hatte, handeln. Sah es jenseits der Mauer genauso aus wie hier? Er würde es nur sehen können, wenn er auf die Mauer kletterte.

Er schickte sich an aufzustehen. Ein peinigender Schmerz schoß in seine Knie und zuckte durch seine steifen Beinmuskeln. Mühevoll erhob er sich und spürte heftige Schmerzen in den Füßen, als diese sein Gewicht aufnehmen mußten. Er sank auf den Boden zurück, völlig erschöpft von dem langen Lauf am Vortag, von dem Sprung aus dem Zug und von der Nacht in der Kälte. In seinem Rucksack fand er drei Schmerztabletten, die er trocken hinunterschluckte, und er fing an, seine Beinmuskulatur zu massieren. Schließlich sprang er mit einem Satz an der Mauer hoch, bohrte die Zehen in die Spalten zwischen den Ziegeln, packte den Draht zwischen den Spitzen und wuchtete sich nach draußen. Vor ihm lag eine dichte Nebelwand.

Der Nebel hüllte ihn auf seinem Weg ein, wurde nur gelegentlich dünner und bot ihm dann erneut Schutz. Der Schuppen der Abwrackwerft ragte aus dem Dunst, doch mit einemmal nahmen ihm dichte Nebelschwaden die Orientierung. Er rannte in die Richtung, in der er glaubte den Werftschuppen gesehen zu haben.

Um zehn Minuten vor sieben, als es hell genug geworden war, daß Sarah den Verkehr auf dem Fluß sehen konnte, hatte sich der Nebel den Huangpu hinaufgewälzt und war an den Ufern emporgekrochen. Als er die Schiffe schließlich ganz eingehüllt hatte, hatte sie angefangen, die halbe Stunde zu zählen, die Michael ihr vorgegeben hatte.

Wenn das Wetter sich so verhielt wie üblich, würden sie vielleicht vier Stunden Zeit haben, ehe der Nebel sich lichtete. Falls aber der Wind nach Nordosten umschlug, wie er das am Vortag getan hatte, würde er heftiger wehen und den Nebel verteilen.

Ronnie lag im Bett. Während Sarah von einem Fenster zum anderen schritt, folgte Ronnie ihr mit ihren Blicken. Der alte Mann war immer noch nicht zu Bett gegangen.

Sarah beugte sich über Ronnie und flüsterte: „Papa hat uns gefunden."

Ein Strahlen ging über Ronnies Gesicht. „Papa ist hier?"

„Schsch! Wir werden auf der *Veronica* fliehen. Ich kümmere mich um Mr. Jack. Zieh dich schon mal an. Nimm deine wärmsten Sachen."

Sie tastete nach der Spritze und öffnete die Tür zur Lounge. Zwei lederhäutige Generale der Volksbefreiungsarmee lagen auf den Couchs herum. Mr. Jack schlief in seinem Sessel, sein Kopf war zur Seite gesunken.

Als Sarah vor ihn trat, funkelten seine Augen. „Was wollen Sie, Doc?"

„Ich bringe Sie zu Bett."

„Gute Idee." Sein Blick wanderte über die leeren Flaschen und die überquellenden Aschenbecher. „Du lieber Gott." Er stand unsicher auf. Sarah nahm seinen unverletzten Arm und dirigierte ihn zum Schlafzimmer. „Sehen Sie sich mal meine Kumpels an, ob da noch Lebenszeichen sind!"

„Meine Sorge gilt *Ihren* Lebenszeichen, Mr. Jack." Sie führte ihn zu seinem Bett und half ihm, sich hinzusetzen.

„Sie machen das gut, Doc. Trinkt Ihr alter Herr?"

Sie hob seine dünnen Beine und schob sie unter die Decke. „Mein Vater hat getrunken, nachdem meine Mutter tot war." Sie drückte ihn sanft ins Bett und deckte ihn mit Ausnahme seines rechten Arms, den sie vorsichtig über der Decke festhielt, zu. „Schließen Sie die Augen, Mr. Jack."

Sie setzte sich auf die Bettkante und zog ihm die Decke ans Kinn. Er beobachtete sie genau, auch jetzt noch, als der Schlaf anfing, seine Augen zu umnebeln. Während sie die Decke richtete, schob sie ihm den Pyjamaärmel bis zum Ellbogen hoch. „Ich wecke Sie gegen Mittag", sagte sie. Die Hand auf seinem Unterarm, griff sie mit der anderen nach der Spritze in ihrer Tasche.

„Herrgott, bin ich müde", flüsterte Mr. Jack. „Nacht, Doc." Er schloß die Augen. Sie konnte fast spüren, wie der Schlaf von ihm Besitz ergriff. „Mr. Jack?"

Seine Brust hob sich mit einem Seufzer, dann glätteten sich die rauhen Züge seines Gesichts, und er war eingeschlafen. Ronnie, die ihr von der Badezimmertür aus zusah, machte eine stechende Bewegung. Lautlos formte ihr Mund die Worte: „Tu es, Mama!" Sarah zögerte. Wenn sie ihn stach und verfehlte, würde er sofort hellwach sein und nach Moss schreien. So war es besser. Außerdem hätte sie dann eine zweite Spritze für Moss.

Sarah erhob sich lautlos. Sie deutete auf den Kleiderschrank, wo ihre Taschen verwahrt waren. Ronnie setzte ihren Rucksack auf und reichte Sarah den ihren. Sarah nahm das Funkgerät.

Sie spähte in die Lounge hinaus. Die chinesischen Generale lagen in tiefem Schlaf. Mutter und Tochter schlichen sich auf Zehenspitzen um sie herum. Sarah schob Ronnie durch die Tür und folgte ihr.

„Ah Lee hat ein Seil in einem Müllsack versteckt. Such es!"

Sie hielten auf dem schmalen Balkondeck Ausschau danach, aber da war kein Seil.

Sarah stockte das Herz. „Wahrscheinlich hat er es auf dem Hauptdeck gelassen", mutmaßte sie. „Soll ich vorausgehen?"

Ronnie warf einen Blick auf die Leiter, die am Deckshaus nach unten führte und im Nebel verschwand. „Besser ich zuerst."

„Halt dich gut fest. Komm, gib mir deinen Rucksack."

„Der ist nicht schwer." Damit schwang Ronnie sich über das Geländer und fing an, die Leiter hinunterzuklettern.

Während Sarah ihr zwei Decks hinunter folgte, spürte sie, wie ihr die Knie zitterten und ihre Kräfte schwanden. Es war, als würde die Angst ihre Muskeln schmelzen lassen, als wäre der feuchtkalte Nebel in jede schmerzende Stelle gekrochen, die Moss ihr zugefügt hatte. Sie konnte kaum mehr die Hände um die Metallsprossen der Leiter schließen.

Sie kletterte weiter, zählte die Sprossen. Noch ein Deck. Hier im Windschatten des Schanzkleids war der Nebel dünner. Sie sah, wie Ronnie leichtfüßig auf dem Deck landete und beiseite trat. Als sie die letzten Sprossen hinunterkletterte, suchte sie die Schatten nach Ah Lees Seil ab.

Ihr Fuß berührte das Deck. Ronnie rannte zwischen alldem Durcheinander herum und suchte. Sarah schloß sich ihr an und fragte sich dabei, ob die Kraft in ihren Armen ausreichen würde, um die fünfzehn Meter bis zum Deck der Swan an einem Seil hinunterzuklettern. Ronnie bewegte sich auf einen weiteren Schatten zu und erstarrte plötzlich, als der Schatten sich bewegte.

„Suchst du das hier?"

Moss trat aus dem Nebel heraus und schwenkte den Müllsack mit dem aufgerollten Tau. Dann schleuderte er Sarah den Sack ins Gesicht. Der Schlag warf sie nach hinten, und sie prallte gegen das Schanzkleid. Ihr Rucksack schützte sie vor dem harten Stahl. Sarah fuhr mit der Hand in ihre Tasche und umklammerte die Spritze.

Moss hob schon den Arm, um erneut zuzuschlagen, aber dann fuhr er herum, als er ein Geräusch vernahm. Sarah hörte es ebenfalls. Es war das herrlichste Geräusch, das sie sich vorstellen konnte – ein vertrautes Scharren und dann das müde Grollen des uralten Perkins-Dieselmotors, der brabbelnd auf der *Veronica* zum Leben erwachte.

Moss sah, wie Ronnies Gesicht freudig aufleuchtete. „Papa ist wieder da", feixte er.

Sarah rammte ihm die Nadel in seinen mächtigen Bizeps.

„Verdammtes Miststück! Du hast mich gestochen!" Moss fuhr zurück in der Meinung, sie habe ihn mit einem Messer angegriffen, und holte zu einem mächtigen Schlag aus. Sarah jagte ihm den Rest des Betäubungsmittels in die Hand. Er schrie auf, als er die Spritze aus seiner Hand baumeln sah, und schleuderte sie von sich. „Was –"

Sarah zog die zweite Spritze aus der Tasche.

Moss' Augen weiteten sich. „Was war – was ist –?" Er taumelte zurück und schlug ihr die Spritze aus der Hand.

Ronnie warf sich auf ihn. Indem sie einen Kung-Fu-Tritt nachahmte, den sie im Kino gesehen hatte, schmetterte sie beide Füße gegen Moss' Knie. Der hünenhafte Mann wischte sie weg wie einen Moskito, und sie flog mit einem Schrei über das Deck. Sarah zog ihr Takelmesser aus der Seitentasche ihres Rucksacks und warf sich auf Moss.

Von der Wildheit ihres Angriffs verblüfft, zog er sich zurück, hatte sich aber schnell wieder gefangen. Das Betäubungsmittel schien nicht zu wirken. Er ging auf sie zu und ließ den Plastikbeutel von der einen in die andere Hand wandern. „Jetzt hast du die längste Zeit ein hübsches Gesicht gehabt, Doc."

Sarah hielt das Messer jetzt dicht am Körper und wußte in diesem Augenblick, daß sie ihn töten und den Rest ihres Lebens dafür Buße tun würde. Moss würde sich auf sie stürzen; sie würde die Klinge zwischen seine Rippen gleiten lassen.

Eine Explosion erschütterte das Deck. Ein greller Lichtschein spiegelte sich im Schuppendach. Schatten fuhren empor wie schwarze Blitze. Vom Vorderdeck war ein brüllendes Geräusch zu hören, wie wenn ein Damm zusammenbricht, Rufe und Schreie, dann die Feuerglocken des Schiffs und eine Sekunde später das Schrillen der Schiffspfeife.

Moss rannte ans Schanzkleid und starrte zum Vorderteil des Schiffes. Der Nebel im Inneren des Schuppens hatte sich verzogen, und der Feuerschein beleuchtete sein Gesicht. Verstört blickte er nach oben zum Deckshaus. Er ließ den Plastiksack fallen und kletterte schnell an der Leiter empor. Mit dröhnender Stimme rief er: „Mr. Jack, Mr. Jack!"

STONE zerrte die letzte Leine an Bord der *Veronica* und ließ den Diesel an. Auf der *Dallas Belle* schrillten die Feuerglocken, und ihre Dampfpfeife tutete. Eine Flammensäule schoß aus ihrem Vorderdeck bis hinauf ans Dach des Abwrackschuppens. Die Swan löste sich von der Mole.

Binnen Sekunden würde jeder Matrose auf dem Schiff zum Feuer rennen, würde jede Patrouille auf dem Huangpu zu der Abwrackwerft rasen, während die *Veronica* Kurs auf das Ostchinesische Meer nahm.

Stone steuerte dicht hinter das Schiff. Er blickte nach oben und suchte Sarah. Im Schutz der feuerhemmenden Planen, die auf dem Vorderdeck des Gastankers ausgebreitet waren, hatte er die Flamme eines Schneidbrenners auf ein Gasventil gerichtet und dann den Schneidbrenner daran festgebunden. Als die Flamme ein Loch in das Stahlrohr gebrannt hatte, hatte sie das Gas entzündet, das unter ungeheurem Druck ausströmte. Der Druck würde das Feuer von den massiven, gut isolierten Tanks wegblasen, aber um es zu löschen und das Loch abzudichten, würde die Crew alle Hände voll zu tun haben.

„Michael!" Sarah hatte an einer Klampe am Heck ein Tau befestigt, das sie jetzt hinunterließ.

Ronnie schlüpfte durch die Öffnung und wickelte ein Handtuch um das Seil, um ihre Hände zu schützen. „Papa!" Ihr lachendes Gesicht strahlte fünfzehn Meter über ihm zu ihm herunter. Sie fing an, an dem Tau herunterzurutschen, und während sie mit einer Hand das Handtuch am Tau umklammerte, winkte sie ihm mit der anderen zu.

„Um Himmels willen, beide Hände!" Stone lenkte die Swan zwischen den nebeneinanderliegenden Rümpfen des Kreuzfahrers und der *Dallas Belle* durch und bugsierte das Vorderdeck unter das Tau.

Ronnie setzte leichtfüßig auf den Teakholzplanken auf. Aber statt nach hinten zu ihm zu laufen, starrte sie zum Schiff hinauf. „Mama!"

Stone hätte alles darum gegeben, sie jetzt in die Arme schließen zu können, aber wenn er den Fahrthebel und das Steuerruder losließ, würde die Strömung die *Veronica* von dem Tau abtreiben.

„Mama!"

Jetzt sah er auch, was Ronnie sah. Sarah hatte sich durch die Öffnung im Schanzkleid gezwängt, und ihre Beine tasteten verzweifelt nach dem

Tau. Sie versuchte, sich einem schwarzen Mann zu entwinden, der sie am Arm gepackt hielt. Unten im Cockpit der *Veronica* hatte Stone keine Möglichkeit, ihr zu helfen.

Jetzt konnte Sarah sich befreien und hatte einen Augenblick lang beide Hände am Tau, aber in diesem Augenblick fing der Mann an, das Tau durch die Klampe zu ziehen.

Stone schob den Fahrthebel vor. „Spring zum Mast hinüber!"

Die *Veronica* machte einen Satz nach vorn. Die Mastspitze krachte gegen die Schiffswand. Sarah sprang und versuchte den Mast zu packen. Sie verfehlte ihr Ziel, fiel, landete auf der obersten Saling, bekam, mit den Armen fuchtelnd, mit einer Hand eine Wante und mit der anderen den Mast zu fassen.

Stone riß den Fahrthebel auf Rückwärtsfahrt. Er sah sich um, versuchte abzuschätzen, ob der Platz ausreichen würde, sich von den hoch aufragenden Schiffsrümpfen zu lösen. Aus dem Nebel strebte ein Patrouillenboot der Polizei auf sie zu.

„Papa!" schrie Ronnie.

Der schwarze Mann schwang, mit einer Hand das Tau festhaltend, in einem weiten Bogen herüber, und wie ein Falke, der einen Sperling schlägt, schnappte er Ronnie vom Bugkorb.

13

Moss hatte Ronnie so plötzlich ergriffen, daß die Swan schon dreißig Meter weit draußen im Fluß war, ehe Stone das Boot stoppen konnte. Er sah, wie Ronnie um sich schlug. Der schwarze Mann fuchtelte mit den Beinen, um Schwung zu bekommen, schwang sich hinüber zur Mole und landete am Rand. Ronnie immer noch an sich gedrückt, rannte er auf die Gangway der *Dallas Belle* zu.

Stone steuerte auf die Mole zu.

Sarah schrie: „Paß auf!"

Ein Feuerlöschboot kam aus dem Nebel hervor auf einem Kurs, der die *Veronica* in zwei Teile zu schneiden drohte. Stone schwenkte nach Backbord. Ein zweites Boot ragte auf der Steuerbordseite auf – ein stumpfnasiger Schlepper mit einer Wasserkanone auf dem Brückendach, aus der in weitem Bogen Flußwasser nach oben spritzte. Die *Veronica* wurde vom Kielwasser der beiden Schiffe wild auf und ab geschüttelt. Eine Sirene heulte, und ein weiteres Patrouillenboot kam aus dem Nebel herangebraust. Bewaffnete Männer auf der Laufbrücke winkten die Swan wütend aus dem Weg. Stone bog flußabwärts ab. Er sah, wie Moss die Gangway hinaufrannte, Ronnie über die Schulter geworfen. Durch das Heulen der Sirenen hörte er sie schreien: „Papa!“

Stone steuerte erneut auf die Mole zu.

Sarah schlitterte jetzt den Mast herunter und landete hart auf dem Kajütdach. „Nein!“ schrie sie. „Weg hier!“ Er hatte bei ihr noch nie einen so harten Blick gesehen. „Wir können ihr nicht helfen. Dreh um!“

Stone zögerte. Sarah packte das Steuer und versuchte, es ihm zu entwinden. „Wir können ihr nur helfen, wenn wir hier wegkommen!“

Etwas Helles fiel vom Schiff herab.

Stone sah nach oben. Ein alter Mann in einem Morgenmantel lehnte sich von dem Balkon unter der Brücke der *Dallas Belle* hinaus, den Arm ausgestreckt. Der Gegenstand klatschte neben dem Cockpit ins Wasser und tauchte gleich darauf leuchtend gelb an der Oberfläche auf. Stone fischte ein wasserdichtes UKW-Sprechfunkgerät aus dem Wasser, das krächzte wie eine wütende Krähe.

„Doc! Doc! Hören Sie mich, Doc?“

Sarah ergriff das Funkgerät. Der alte Mann schrie in das Gegenstück.

„Doc, ich habe Ihnen vertraut, und jetzt sehen Sie sich an, was Sie angestellt haben!“

„Mr. Jack, ich will meine Tochter haben. Bitte, wir –“

„Die kriegen Sie nicht. Verschwinden Sie mit diesem Boot!“

„Tu es, Michael. Ich rede mit ihm.“

Stone lenkte die Swan flußabwärts. Ehe der Nebel die Schiffe verschluckte, sah er, wie das gewaltige Maul des von Flammen beleuchteten Schuppens plötzlich dunkel wurde. Das Brüllen des Gasfeuers erstarb. Aber die Flammen zuckten jetzt vom Schuppendach.

„Mr. Jack, wir tun alles“, sagte Sarah.

„Ein wenig spät dafür, was? Sie haben hier jetzt eine richtige Sauerei angerichtet. Überall Bullen, Leute, die ich nicht kenne. Sie wollen Ihr kleines Mädchen haben? Tokio. Nächste Woche. Sie halten die Klappe, und Sie kriegen sie. Aber wenn Sie mir weiter Ärger machen, dann verkaufe ich sie.“

„Verkaufen?“ wiederholte Stone.

„In den Sklavenhandel“, flüsterte Sarah. „Er meint es ernst.“

Stone nahm das Funkgerät. „Wo werden Sie sie übergeben?“

„Oh, das ist ja Mr. Doc! Haben Sie diese chinesische Feuerwehrübung angezettelt?“

„Ich will meine Tochter haben.“

„Versuchen Sie bloß nicht, mir noch einmal in die Quere zu kommen. Und lassen Sie sich nicht erwischen!“

„Wo? Wo in Tokio?“

Einen endlos scheinenden Augenblick lang zischte es nur im Funkgerät. Schließlich kam: *„Tokio Tower. Genau davor. Keine Sorge, Sie verpassen uns schon nicht.“*

„Wann nächste Woche?“

„Am Weihnachtsabend. Genau um sechzehn Uhr.“

„Das sind mehr als tausend Meilen!“ protestierte Stone. „Das schaffe ich nicht in einer Woche.“

„Ich werde nicht auf Sie warten. Punkt sechzehn Uhr.“

„Wir müssen umkehren“, sagte Stone.

Sarah schüttelte heftig den Kopf. „Michael, wir können ihr nicht helfen. Das Militär, die Polizei, das sind alles Freunde von ihm.“

„Nicht alle. Er hat Angst, daß wir von Beamten verhaftet werden, die er nicht kontrollieren kann.“

„Mr. Jack, lassen Sie mich mit Ronnie sprechen“, sagte Sarah ins Funkgerät.

„Sie können übermorgen um zwölf Uhr mittags mit ihr sprechen.“

„Mr. Jack?“

„Verschwinden Sie, Doc! Die werden gleich anfangen, Fragen zu stellen.“

„Bitte machen Sie ihr keine Angst.“

„Ich bin kein Monster, Doc. Aber wenn Moss an dem stirbt, was Sie ihm gespritzt haben, dann werde ich ihr das Herzchen aus dem Leib schneiden.“

„Moss wird nicht sterben.“

„Das wäre besser. Over and out.“

Stone fühlte sich hilflos. Ronnies Leben hing von seiner Entscheidung ab. Sein Herz drängte ihn, zu bleiben und zu kämpfen; sein Instinkt sagte ihm, daß es am besten war wegzurennen.

Sarah sah ihn mit Tränen in den Augen an. „Er wird ihr nicht weh tun. Da bin ich ganz sicher. Er mag sie.“

Er wandte seine Aufmerksamkeit Sarah zu. „Laß uns schauen, wo wir uns befinden.“

Sie starrte ihn an. „Schaffen wir es rechtzeitig bis Tokio?“

„Bevor wir aus dem Huangpu heraus sind, schaffen wir überhaupt nichts. Ich bin gleich wieder da, ich gehe nur rasch das Radar einschalten, damit wir wenigstens wissen, wo wir sind.“

Er rannte den Niedergang hinunter, schaltete das Radar ein und kletterte dann mit seiner Tasche wieder ins Cockpit. Er machte den Diesel aus und lauschte. Die auslaufende Flut und die Flußströmung hatten sie jetzt so weit von der Abwrackwerft stromabwärts getrieben, daß er die Feuerglocken kaum mehr hören konnte. Etwas näher vernahm er die Hupen kleinerer Boote und das Dröhnen eines Hochseeschiffes, das stromaufwärts fuhr. Rings um ihn war das Geräusch der Dieselmotoren von Kohlesampans und Leichtern zu hören, von denen jeder einzelne groß genug war, um die Swan zu zerdrücken oder in zwei Hälften zu schneiden.

Sarah sagte plötzlich: „Sie ist doch noch ein Kind."

„Die werden ihr nichts zuleide tun. Das hast du mir gesagt."

„Versprichst du mir das?" fragte sie mit kaum hörbarer Stimme.

„Ja, das verspreche ich", antwortete er. Sie starrten einander an, und jeder hoffte auf die Zuversicht des anderen und klammerte sich mitten in der tiefsten Verzweiflung an der Kraft des anderen fest.

„Also gut", sagte er. „Wir sind etwa vier Meilen von der Stelle entfernt, wo der Huangpu in die Mündung des Jangtse fließt. Die Hafenmeisterei ist eine gute Meile stromabwärts. Wir müssen vermeiden, daß die uns sehen, und einen Bogen um die Quarantänestation und um Patrouillen machen." Er deutete in den Nebel. „Hörst du diese Glocke? Das ist ein Leuchtturm auf der anderen Seite der Fahrrinne. Steuere darauf zu."

Er drückte ihr die Hand, küßte sie und rannte nach unten. Der Radarschirm war voller kleiner Punkte, wie eine Windschutzscheibe in einem Hagelsturm.

„Steuerbord!" schrie er. Ein Punkt strebte auf die Swan zu, ein kleines Boot in schneller Fahrt.

Die Swan drehte sich langsam. Stone rannte halb die Kajüttreppe hinauf und starrte in den Nebel. Ein grauer, gespenstisch aussehender Schiffsrumpf zog vorbei. Dann klatschte eine heftige Kielwelle gegen die *Veronica.* Sie stampfte und wich aus.

Der Leuchtturm stellte ein so starkes Signal dar, daß selbst die antiquierte Radaranlage der *Veronica* es von den unzähligen Schiffen und Booten auf dem Schirm unterscheiden konnte. Als das Segelboot innerhalb des Fahrwassers war, rannte Stone ins Cockpit zurück. Sarah steuerte und lauschte auf Hinweise aus dem Verkehr.

„Ein wenig zur Seite. Da kommt etwas Großes." Er stieß mit dem Fuß kräftig an den Fahrthebel, und die Swan nahm Fahrt auf. „Aufpassen! Vorsicht bei Sampans in Gegenrichtung. Wir dürfen die Patrouille nicht neugierig machen. Mit meinen Papieren fühle ich mich nicht mehr sicher. Geh Richtung Norden. Wir queren das Fahrwasser."

Er versuchte, die Sampans von den größeren Schiffen zu unterscheiden, aber das Radar lieferte verrückte Signale. Als die unmittelbare Umgebung der *Veronica* einen Augenblick lang frei erschien, kletterte er mit einer Windjacke für Sarah, die am Steuer fröstelte, ins Cockpit zurück.

Der Nebel war so dicht, daß er kaum den Bug sehen konnte. Die Glocke ertönte jetzt ganz in der Nähe rechts von ihnen. Stone übernahm das Steuer, während Sarah in die Jacke schlüpfte. Er steuerte am Leuchtturm vorbei und flußabwärts am Rand der Verkehrsstraße entlang.

Ein hoher, leerer Sampan kam hinter ihnen näher. Nach den *Sailing Directions,* die sie aufgeschlagen im Cockpit liegen hatten, war außerhalb der Flußmündung ein Frachter versenkt worden, dessen Hulk als eine Art provisorische Pier diente, um Schiffen, deren Tiefgang für den Fluß zu groß war, die Möglichkeit zum teilweisen Löschen ihrer Ladung zu geben. Der Sampan nahm offenbar Kurs auf diesen Frachter, um dort Erz oder Getreide aufzunehmen.

„Okay, wir schleichen uns längsseits an diesen Sampan. Er wird uns Deckung vor dem Radar des Hafenmeisters liefern. Wenn es so einer ist wie der, auf dem ich war, hat er kein Funkgerät."

Sie fuhren neben dem Sampan und tuckerten auf die Flußmündung zu. Die Böen, die den Nebel zerrissen, wurden jetzt häufiger, und die Sicht wurde beunruhigend klar. Ein Matrose lehnte am Dollbord und musterte das Segelboot. Ein zweiter Matrose trat zu ihm. Stone zog ein Päckchen Marlboros aus seinem Rucksack, ging längsseits und warf es hinüber. Sekunden später pafften beide Männer und winkten ihm dankend zu.

„Du solltest dich schämen", sagte Sarah, und dann lächelten sie das erste Mal.

Von beiden Ufern aus waren Mauern in den Fluß hineingebaut, um die Mündung des Huangpu zu schützen. Die auslaufende Flut ging gerade zu Ende, als die *Veronica* mit ihrem Schutzschild herauskam. Die Chinesen gaben ihnen mit warnenden Armbewegungen zu verstehen, daß ihr Sampan zu der Ladehulk hindrehen würde.

Der Nebel war jetzt so dünn, daß Stone die gegenüberliegende, eine halbe Meile entfernte Mauer sehen konnte. Sarah kniff die Augen zusammen. „Die haben eine rote Flagge gesetzt." Sie blätterte in den *Sailing Directions.* „Große Anzahl kleiner Fahrzeuge. Größte Vorsicht geboten." Sowie die Sicht zunahm, tauchten von überall Sampans, Leichter und Fischerboote auf.

Stone faltete die Karte der Jangtsemündung auseinander. Der Fluß ergoß sich in das Ostchinesische Meer, hinterließ Treibsandinseln und grub sich eine höchst zweifelhafte Fahrrinne, die durch Sandbänke und Schlamm beeinträchtigt wurde. Er wäre am liebsten sofort nach Osten abgebogen, um zwischen den Inseln hindurchzuschlüpfen, weg von der verkehrsreichen Fahrrinne. Aber die *Sailing Directions* machten deutlich, daß jeder, der nicht perfekt mit der Umgebung vertraut war, das Risiko einging, auf Grund zu laufen.

Vor ihm lagen noch dreißig Meilen, ehe er es riskieren konnte, nach Osten abzubiegen und die Segel aufzuziehen – und der dünner werdende Nebel und der dichte Verkehr waren ihre einzigen Verbündeten. Wenigstens war Treibstoff kein Problem, da sie auf den Marshallinseln vollgetankt hatten. Während er steuerte, behielt er gleichzeitig Kompaß und Echolot im Visier. Sarah saß neben ihm und hielt Ausschau nach Flußfahrzeugen.

Es war harte Arbeit, den richtigen Kurs zu finden. Sie wichen Booten aus und versuchten, sich an Schiffe anzuhängen, die den Eindruck machten, sich auszukennen. Schließlich entdeckte Stone auf dem Radar den Leuchtturm, der den Anfang einer zehn Meilen langen ausgebaggerten Fahrrinne markierte. Als Sarah die Markierungsboje ausgemacht hatte, änderten sie den Kurs und fuhren am Rand der schmalen, von zahlreichen Hochseeschiffen befahrenen Fahrrinne.

Sie redeten in größeren Abständen miteinander und berichteten von ihren Erlebnissen, seit die *Dallas Belle* von Pulo Helena weggefahren war.

„Ich frage mich", meinte Stone, „ob wir vielleicht nach Taiwan segeln und ihm mit einem Flug nach Tokio zuvorkommen könnten."

„Unmöglich", widersprach Sarah. „Daran hätte er bestimmt gedacht." Sie erzählte ihm von Mr. Jack und seinen Verbindungen zu seinen alten Kameraden in der chinesischen Armee. „Er wird auf sämtlichen Flughäfen, die in unserer Reichweite liegen, verbreiten lassen, daß man nach uns Ausschau halten soll. Außerdem hat er Ronnie. Wir müssen seine Anweisungen haargenau befolgen."

Stone stimmte widerstrebend zu. Ihre lähmende Angst um Ronnie versuchten beide zu verdrängen. Nur so konnten sie sich ganz auf ihre Aufgaben konzentrieren. Aber diese stumme Übereinkunft hatte den Preis der Intimität, und sie fühlten sich beide wie Fremde. Alles, was sie jetzt gemeinsam hatten, war die Arbeit an Bord, mit der sie sich auf die lange Fahrt nach Japan vorbereiteten.

Am Ende der ausgebaggerten Fahrrinne bogen sie nach Osten ab und hielten auf die große Jangtsebank zu. Nach dreißig Meilen sicherer Fahrt und mit Kurs aufs offene Meer begann Stone zu hoffen, daß sie es vielleicht doch geschafft hatten. Der Himmel war wolkenverhangen, und die Sicht betrug immer noch weniger als eine Meile. In einer Stunde sollte es dunkel genug sein, um die Segel zu setzen, ohne aufzufallen.

„Ich werde mich mal um das Wetter kümmern." Er ging nach unten, schaltete das SSB-Fernbereichsfunkgerät ein und lauschte darauf, daß die englische Version des Berichts gesendet würde. Währenddessen errechnete er die beiden Etappen ihrer Route: 480 Meilen östlich quer über das Ostchinesische Meer, durch die Meerenge von Osumi und dann 540 Meilen über die Philippinensee nach Tokio. Sie würden es während des größten Teils der Strecke mit dem Nordostmonsun zu tun haben, und das bedeutete, daß sie die leichten Südpazifikkreuzsegel der *Veronica,* die darauf ausgelegt waren, vor den Passatwinden zu laufen, ersetzen mußten.

Nun kam der Wetterbericht auf englisch. Stone legte eine durchsichtige Plastikfolie über die Karte und trug auf ihr die Hochs und Tiefs und die Isobaren ein, die der Ansager vorlas. Er notierte sich die Zeit. Eine Wetterfront, die ins Stocken geraten war, bewegte sich jetzt weiter. Der Sturmwind würde die Swan am Morgen einholen. Besser gleich das Großsegel wechseln.

Er eilte nach vorn in Ronnies Kabine. Er wandte den Blick ab von ihren Plüschtieren und den Postern, die sie an die Decke geklebt hatte, und holte ein steifes Großsegel aus Technoragarn heraus.

Sarah schrie: „Michael!"

Er ließ das Segel fallen und rannte an Deck. Sie deutete nach achtern. Aus der Dunkelheit kam ein schnittiger Schiffsrumpf mit blitzenden roten Lichtern auf sie zu, der eine gewaltige Bugwelle vor sich herschob: eine Patrouille der Volksbefreiungsarmee.

Stone stand wie gelähmt am Steuer. Eine Sirene heulte.

Sarah ging an den Mast und zog den Klüver hoch. „Du mußt das Segel trimmen, Michael!"

Sein Herz klopfte heftig. „Wir können nicht fliehen, Darling!"

Sarah setzte den Klüver. Das Segel blähte sich auf, und das Boot vollführte eine leichte Drehung und wurde schneller. „Ein Segel wirkt harmlos. Schnell, hilf mir das Großsegel hochzuziehen!"

Die Sirene wurde lauter.

Sie waren dabei, das Segel zu heißen, als das Patrouillenboot mit brabbelndem Motor neben ihnen zum Halten kam. Ein Megaphon plärrte Chinesisch zu ihnen herüber.

„Sprechen Sie Englisch?" rief Sarah zurück.

„Stoppen Sie Ihr Boot!“ hallte die Antwort herüber. Sie hatten ein Maschinengewehr am Bug und ein weiteres auf dem Dach.

„Wir stoppen!“ rief Stone hinüber. „Wir müssen nach backbord drehen!“

Das Maschinengewehr behielt sie im Visier, als Stone das Manöver vollführte. Das Patrouillenboot schob sich längsseits, und die Matrosen warfen Leinen herüber, die Stone und Sarah sicherten.

Der Offizier kam hinter zwei Männern mit Maschinenpistolen an Bord. „Was haben Sie in Gewässern der Volksrepublik China zu suchen?“ fragte er.

„Wir sind Gäste der Regierung von Schanghai.“

„Papiere!“

Stone reichte sie ihm. Der Offizier las die chinesischen Schriftzeichen. Dann strich er unauffällig über den geprägten Briefkopf.

„Ein Jachthafen?“ fragte er. „Für westliche Touristen?“

„Genau.“

„Und jetzt reisen Sie ab?“

„Wir kehren nach Hongkong zurück, um mit unseren Investoren zu sprechen.“

„Ich sehe keinen Ausreisestempel in Ihrem Paß.“

„Wir haben beim Hafenmeister gewartet, aber alle waren mit diesem Feuer beschäftigt. Also haben wir uns entschlossen, einfach wegzugehen, da wir ja Gäste der Regierung waren –“

„Und wo ist Ihr Paß, Madam?“

„Die Kielwelle eines Feuerlöschbootes hat uns erfaßt“, erklärte Stone. „Meine Frau wäre beinahe über Bord gefallen – und dabei hat sie ihre Handtasche mit dem Paß verloren.“

Der Offizier runzelte die Stirn. „Haben Sie Waffen an Bord?“

„Nein.“

„Drogen?“

„Nur Medikamente. Meine Frau und ich sind beide Ärzte.“

Der Offizier erteilte einen Befehl, und zwei Männer gingen unter Deck, um nachzusehen.

„Warum schickt man Ärzte, um Jachthäfen zu erkunden?“

„Es gibt viele Ärzte, die Boote besitzen“, sagte Stone mit undurchdringlicher Miene.

„Sie haben sich auf Ostkurs bewegt. Hongkong liegt im Südwesten.“

„Manövrierraum“, entgegnete Stone. „Es sieht so aus, als ob eine Wetterfront auf uns zukommt. Wir wollen nicht an einem Leeufer festhängen.“

Der Marineoffizier nickte. „Und haben Sie einen Standort für einen Jachthafen gefunden?"

„Mehrere sogar."

„Wo?"

„Das muß leider vertraulich bleiben."

„Haben Sie einen militärischen Vergnügungspark in Erwägung gezogen?"

Stone sah Sarah an. „Ich weiß nicht, was das ist."

„Das ist etwas ganz Neues", erläuterte der Offizier. „Touristen können dort echte Waffen abschießen – Sturmgewehre, Granatwerfer, sogar Raketenwerfer. Eine Idee, die man vielleicht in Erwägung ziehen sollte. Ich gebe Ihnen meine Karte." Er reichte Stone eine Visitenkarte. Auf der Rückseite stand auf englisch TÄTIGKEITSBEREICH: IMMOBILIEN, AUSSENHANDEL ETC.

„Die Volksbefreiungsarmee hat sich dem Marsch in den Wohlstand angeschlossen", erklärte der Offizier.

„Ausgezeichnet", lobte Stone.

„Sollten die Behörden in Schanghai Ihnen Schwierigkeiten bereiten, werden Sie sich an meine Karte erinnern. Die Marinestreitkräfte der Volksbefreiungsarmee verfügen über Verbindungen zu exzellenten Immobilien, und wir könnten darüber hinaus erstklassige Kräne und Material liefern. Genaugenommen kann man sich schwer vorstellen, daß ein solches Unternehmen ohne uns überhaupt möglich ist."

„Ich betrachte es als einen höchst glücklichen Umstand, daß wir Ihre Bekanntschaft gemacht haben", erwiderte Stone. „Aber nun wollen meine Frau und ich möglichst schnell aufs freie Meer kommen, ehe der Orkan einsetzt."

„Selbstverständlich." Er rief einen Befehl. Die beiden Soldaten kamen mit leeren Händen wieder an Deck. Stone streckte dem Offizier die Hand hin, der sie kräftig schüttelte. *„Bon voyage."*

Die Leinen wurden losgemacht. Das Boot der Volksbefreiungsarmee bog langsam ab und strebte der unsichtbaren Küste zu.

Sie trimmten die Segel. Der Wind frischte auf. Die Swan erwachte zum Leben. Sie war für jene Art von Winden gebaut, die die meisten Boote in den Hafen verbannten, und Stone hatte das Gefühl, als würde das Boot sich wie eine Löwin rekeln, die hungrig aufgewacht ist.

Er schaltete den Motor aus und arbeitete an den Segeln, um das letzte Quentchen Geschwindigkeit herauszuholen. Jetzt überholten sie bereits die ersten dieselgetriebenen Fischerboote. Dann zeigte das Sonar, wie die Wassertiefe sich verdoppelte, dann verdreifachte. Sie bewegten sich nun über die große Jangtsebank. Mit dreißig Meter Wasser unter dem Kiel und nichts zwischen sich und Japan konnten sie tagelang allein nach Kompaß segeln.

„WAS WIRD er tun, wenn wir nicht rechtzeitig nach Tokio kommen?“

„Er ist völlig unberechenbar“, antwortete Sarah.

Plötzlich fiel eine heftige Bö ein. Die *Veronica* legte sich bedenklich auf die Seite.

„Laß uns das Großsegel abschlagen und das Technora setzen. Komm, solange es noch hell ist.“

Gemeinsam schleppten sie das Segel ins Cockpit. Dann ließen sie das Dacrongroßsegel herunter und setzten das Technora. Das Segel war schwarz. Im Wind wirkte es wie eine riesige Stahlplatte. „Irgendwie sieht das Ding bösartig aus“, meinte Sarah.

Das Boot kämpfte, von dem aufkommenden Wind beinahe überwältigt. Sie banden ein Reff ein und verkleinerten damit das Dreieck des Segels. Gleich darauf mußten sie ein zweites Reff einbinden. Der Wind kam jetzt immer stärker von Nordost. Die Swan fuhr hoch am Wind.

Während Sarah steuerte, bastelte Stone eine Spritzkappe, eine Abschirmung aus Segeltuch und durchsichtigem Plastik, die das Cockpit schützen sollte. Dann wärmte er eine Dosensuppe auf und brachte sie in zwei Bechern ans Ruder. Sie fröstelten beide heftig.

„Du siehst schlimm aus“, bemerkte Sarah. „Du solltest jetzt schlafen.“ Sie strich ihm mit dem Finger über das Gesicht.

„Bist du okay?“ fragte er.

„Im Augenblick fühle ich mich jedenfalls besser als du. Geh hinunter. Leg dich hin.“

Er war so müde, daß sich alles um ihn herum drehte.

„Michael?“

„Ja?“ Er sah sich um. Sie quälte sich ein Lächeln ab. „Komm, nimm mich in die Arme.“ Ein langer Schritt trug ihn zu ihr, und er drückte sie an sich.

„Warte.“ Sie entwand sich ihm und öffnete ihre dicke Jacke. Stone knöpfte die seine ebenfalls auf, und sie drückten sich aneinander und wärmten sich gegenseitig.

„Wir bekommen sie zurück.“

„Ganz bestimmt.“ Er blickte nach vorn, wo der Horizont schwarz wurde. „Weck mich, wenn das schlimmer wird.“ Er schickte sich an, den Niedergang hinunterzugehen, blieb dann aber stehen. „Warum hat er uns gehen lassen?“

„Die einzige Erklärung, die mir einfällt, ist, daß er keinen Einfluß auf die Löschboote hatte."

„Das hätte er doch am Ende irgendwie mit diesen Freunden klarbiegen können, von denen du mir erzählt hast."

„Vielleicht nicht rechtzeitig."

„Rechtzeitig wofür? Um seine Ladung zu verkaufen?"

„Ich weiß es nicht", sagte sie. „Aber irgend etwas hat er vor."

14

Stone erwachte in Etappen und war zunächst von einem Gefühl des Wohlbehagens erfüllt. Er war wieder auf seinem Boot. Es kreuzte am Wind. Schätzungsweise siebeneinhalb Knoten.

Trotzdem war nicht alles in Ordnung: Das Schiff trug zuviel Segel und verlor an Geschwindigkeit, wenn eine Windbö es zu weit krängte. Er sah auf seine Uhr: Es war ein Uhr. Er setzte sich schnell auf, Erinnerungen fluteten in ihn zurück. Sarah hatte jetzt seit acht Stunden Wache. Er stieg in seine Stiefel. Zwischen Bett und Schiffswand steckte eine Thermosflasche mit Kaffee und einem angehefteten Zettel TRINK MICH. Er trug die Thermosflasche ins Cockpit.

„Tut mir leid!" rief er.

Sarah war ein Schatten vor dem Hintergrund der Nacht. Der Himmel war wolkenverhangen und von ferne von einem schwachen Leuchten erhellt – der Widerschein von Schanghai sechzig Meilen achtern. In der Dunkelheit rings um das Boot funkelten die Schaumkronen der Wellen.

„Mir geht's gut", sagte sie. „Ich bin so froh, wieder draußen zu sein."

Sie hatte eines der Reffs ausgeschüttelt, aber der Wind wehte jetzt mit mehr als zwanzig Knoten, und das Boot krängte hart im Wind.

„Du mußt völlig erledigt sein." Er goß ihr einen Becher Kaffee ein.

„Die Selbststeueranlage arbeitet nicht. Die See ist zu unruhig." Während sie das sagte, steuerte sie das Boot aus einem tiefen Wellental heraus durch eine Welle, die die *Veronica* vom Kurs zu bringen drohte.

„Ich denke, wir haben zuviel Segel oben", sagte Stone. „Ein bißchen näher."

Sarah steuerte höher an den Wind.

Stone fierte die Großschot. „Würdest du die Liekleine etwas nachziehen, wenn ich rufe?" Er ging nach vorn und band das Reff wieder ein. Die Swan richtete sich auf. „Acht Knoten!" rief Sarah. Als er ins Cockpit zurückkam, hielt sie ihm einen Becher Kaffee hin.

Stone trank ihn schnell und übernahm dann das Ruder. „Ich hab's."

„Null-neun-drei", sagte sie und deutete auf den Kompaß. Das Sonar zeigte fünfundvierzig Meter an. Sie hatten den Südrand der Jangtsebank passiert.

„Wo ist das GPS?"

„Das hat Ronnie."

Das war kein Problem. Wenn der Himmel nicht aufklarte, konnte er Funkverbindung mit irgendeinem Schiff in der Nähe aufnehmen und sich die Position geben lassen; und im übrigen gab es die nächsten drei Tage zwischen hier und Japan nichts, wo Gefahr bestand, daß sie auflaufen würden.

„Schlaf ein wenig", sagte er, weil es ihn danach drängte, an den Segeln zu arbeiten.

„Hast du gegessen?"

„Bloß den Kaffee getrunken. Aber das geht schon in Ordnung."

„Ich bringe dir etwas."

Sie ließ ihn allein, und er richtete den Lichtkegel einer Taschenlampe auf die Segel, um zu sehen, wie sie standen. Fast perfekt. Wenn der Wind stärker wurde, würde er ein kleineres Vorsegel setzen.

Man hatte ihn mit der *Veronica* über drei Ozeane gejagt, und dabei hatte er gelernt, aus einer Swan Tempo herauszuholen. Er war inzwischen erfahrener geworden. Aber dafür konnte er seinem Körper heute nicht mehr soviel abverlangen; darüber hinaus machte er sich Gedanken um seinen inneren Antrieb. Auf der Flucht vor den Verfolgern hatte die Angst ihn beflügelt – würde die Liebe ebenso mächtig sein? Tausend kleine Prüfungen würden ihm die Antwort liefern.

Als Sarah mit Haferflocken und Honig heraufkam, sah sie ihn am Mast an einer Winsch arbeiten, ganz auf das Boot konzentriert. Er war wieder Herr und Meister der Swan, wieder ganz in seinem Element.

RONNIE starrte mit zusammengepreßten Lippen auf ihr Frühstück und hörte nicht auf Ah Lees Bitten, daß sie doch essen solle. Sie war am Verhungern. Sie mußte sich mit aller Macht zusammennehmen, um sich nicht einen ganzen Blaubeermuffin in den Mund zu stopfen.

Ah Lee flüsterte: „Wenn du nicht ißt, Mr. Moss mich schlagen."

„Er blufft", entgegnete Ronnie. Aber sie konnte weder die Spuren der letzten Mißhandlung übersehen noch die Angst in seinen Augen. „Ist das die Wahrheit?" flüsterte sie zurück.

„Sehr Wahrheit."

„Sehr *wahr,* Ah Lee. Oder ‚Das ist die Wahrheit', aber nicht ‚sehr Wahrheit'."

„Du essen bitte. Bitte."

„Okay, okay."

Er sah ihr zu, wie sie beide Muffins und ihre Milch hinunterschlang.

Jetzt kam Mr. Jack in seinem Morgenrock und in Pantoffeln hereingeschlurft. Ronnies Gesichtszüge verfinsterten sich und wurden verschlossen. Er spähte über den Tisch. „Kopf hoch, Kleines! Ich werde dir bald etwas zeigen, bei dem dir die Augen übergehen."

Ronnie starrte auf ihren Teller. Sie fühlte sich von Mr. Jack verwirrt und verraten. Und sie hatte Angst. Sie wußte nie, wann er plötzlich anfangen würde zu schreien.

„Ich will nach Hause."

„Du *kommst* nach Hause. Hab ich dir doch gesagt. Weihnachten. Ein Knallerfest mit deinen Eltern. Du liebe Güte, jetzt fang mir bloß nicht zu heulen an."

„Ich heule nicht", sagte sie, obwohl sie den Kloß in ihrer Kehle spürte und auch, wie ihr Mund zu zittern anfing. Aber sie konnte nichts dagegen tun.

„Ist doch nicht meine Schuld, daß die ohne dich abgehauen sind. Gib doch nicht mir die Schuld, wenn das solche Angsthasen sind ... Jetzt komm schon, Kopf hoch! Morgen darfst du mit ihnen reden, über Funk, schon vergessen?"

„Mittags. Natürlich habe ich das nicht vergessen."

„Genau. Morgen mittag. Dann darfst du hübsch lang mit ihnen reden. Bloß, daß du natürlich aufpassen mußt, was du sagst – du darfst nicht über mich oder Schanghai oder so was reden. Nur über dich und über sie und daß ihr alle Weihnachten großen Spaß haben werdet." Er schlurfte zu dem Weihnachtsbaum und knipste die bunten Lichter an. „So, und willst du wissen, was heute passieren wird?"

Das wollte sie nicht. Aber sie erinnerte sich daran, daß ihre Mutter sich immer bemüht hatte, Mr. Jack das zu sagen, was er hören wollte, und fragte deshalb: „Was wird denn passieren?"

„Komm, zieh dich an, während ich frühstücke, und dann ziehe ich mich an, und dann wirst du sehen, was passiert."

Als er in einen dicken Daunenmantel eingehüllt wieder herauskam, hatte er den gleichen Mantel, nur viel kleiner, für sie dabei, knallrot, und er paßte perfekt. „Draußen ist es kalt. Knöpf zu."

Sie rannte ihm nach, über die Treppe zur Brücke. Dort war es kühl und ruhig, und die großen Fenster ließen das graue Licht durch das

Loch herein, das das Feuer in das Schuppendach gebrannt hatte. Papas Feuer. Sie unterdrückte ein Lächeln. Sie folgte ihm auf den Brückenflügel. Weit vor ihnen am Bug waren Hunderte von Arbeitern und starrten zu den Kränen empor, die über ihren Köpfen hingen.

Mr. Jack hob einen Telefonhörer ab. „Ich bin soweit."

Eine Pfeife ertönte, und die Arbeiter griffen nach ihren Werkzeugen. Vier Laufkräne – zwei auf der Steuerbordseite des Gasfrachters und zwei auf der Backbordseite des Kreuzfahrers – bewegten sich gleichzeitig. Kabel spannten sich, und die ganze Vorderseite des Kreuzfahrers – die vorderen Kabinen und die Brücke darüber – begann sich zu heben.

Ronnie hielt den Atem an.

Die Kräne hoben das Stück immer höher. Dann begannen sie, es wie einen Legostein nach rechts zu bugsieren.

„*Wow!*"

„Warte erst mal ab, Kleines", riet Mr. Jack schmunzelnd.

Langsam hoben die Kräne das Stück aus den Schiffsaufbauten über die Seite des Kreuzfahrtschiffes, über das Wasser zwischen den beiden Schiffen und über den Gastanker. Die Arbeiter hielten die Leinen fest, mühten sich ab, das Teil nicht ins Schaukeln geraten zu lassen.

„Mr. Jack, was machen die da?"

„Die bauen Aufbauten von diesem alten Kreuzfahrtschiff auf mein Schiff, damit wir auf Kreuzfahrt gehen können."

„Was?"

„Das war ein Witz, Kleines."

Er starrte nach vorn und strahlte, als das riesige, sechs Stockwerke hohe Stück Stahl sich über das Vorderdeck des Gastankers bewegte. Die Pfeife ertönte, und das Teil begann sich zu senken. Ronnie sah, daß auf dem Vorderdeck eine Art Stahlgerüst errichtet worden war, und die Kräne zogen das Schiffsteil etwas zur Seite, richteten es aus.

„Lasergelenkt", sagte Mr. Jack. „Jetzt kommt der komplizierte Teil."

Das Stück setzte mit einem hohlen Dröhnen auf. Eine Anzahl Arbeiter schwärmte mit knatternden Preßluftbohrern aus.

Augenblicke später schwangen die Kräne über das Kreuzfahrtschiff zurück. Sie konnte jetzt erkennen, daß die gesamten Aufbauten in Abständen von etwa sieben Metern aufgeschnitten waren und daß die Kräne sie Stück für Stück auf Mr. Jacks Schiff setzen würden.

„Also, was sagst du dazu?"

„Es wird aussehen, als ob es sich eine Maske aufgesetzt hätte."

Der alte Mann schmunzelte. Die Kleine war schon eine ganz besondere Marke.

Moss kam zu ihnen. Er deutete mit einer Kopfbewegung auf das Kind.

„Ronnie, lauf hinein", sagte Mr. Jack. „Ich ruf dich gleich wieder."

Sie schob sich an Moss vorbei.

Moss reichte ihm einen E-Mail-Ausdruck. „Von den Erbsenzählern", sagte er und meinte damit die Verwalter, die Mr. Jacks Unternehmen in seiner Abwesenheit führten.

Mr. Jack las: *Anfragen aus Hongkong und Australien erhalten.*

„Dieses Miststück von Doktor."

Jack Powell fühlte sich alt, das erste Mal in seinen 77 Jahren. Warum, so fragte er sich, hatte er die Eltern gehen lassen? Das Feuer hatte ihn verwirrt. Und dann diese ganzen Löschboote! Plötzlich hatte er den ganzen Schwindel auffliegen sehen. Es würde Hunderte von Klageschriften geben: wegen nicht genehmigter Bauarbeiten, wegen eines Gasschiffs, das auf dem Huangpu nichts zu suchen hatte, und so weiter. Das alles war zu regeln. Man konnte Bürokraten angst machen. Aber er hatte nur daran denken können, daß er keine Erklärung für die beiden Ärzte haben würde, die nach ihrem Kind schrien. Wenn die beiden in dem Chaos auf ein Löschboot gesprungen wären, hätte das mächtigen Ärger gegeben. Und während er all das erklärte und all den Neugierigen mit Geld den Mund stopfte, würde irgendein Wichtigtuer von Bürokrat die *Dallas Belle* beschlagnahmen, und dann würden sie ein Jahr lang in Schanghai festsitzen!

Doch jetzt wünschte er, er hätte sie an Ort und Stelle umgenietet und sich den Teufel um die Folgen geschert. Dieser Mistkerl von Doktor hatte ganz genau gewußt, was er tat. Er war gefährlich.

„Moss, pieps den Kapitän an!"

Der Kapitän meldete sich eine Minute später.

„Mr. Jack will Sie haben. Auf der Brücke. Jetzt gleich."

Sie warteten schweigend.

„Kapitän", sagte Jack Powell, als der Texaner auftauchte. „Ich möchte, daß Sie mir die Route berechnen, die Doktor S. und ihre bessere Hälfte nach Tokio segeln. Vor allem der Wind ist wichtig. Die haben ein Segelboot. Ich möchte die *exakte* Route."

„Macht es Ihnen etwas aus, wenn mein Erster Offizier das ausrechnet? Ich bin ziemlich beschäftigt."

Jack Powells Ausdruck verdüsterte sich. „Kapitän – wenn Sie nicht wollen, daß ich Ihren Ersten Offizier befördere …"

„Nein, Sir."

„Hängen Sie sich an Ihre Computer, und sagen Sie mir, wo der Mann hinsegeln wird. Und du", herrschte er Moss an, der angesichts des sichtlichen Unbehagens des Kapitäns grinste, „du überlegst dir, wo du sie aufhalten wirst!“

„Vielleicht können wir ihr Signal anpeilen, wenn die Kleine morgen mit ihnen redet?“

Mr. Jack strahlte. „Kapitän, daran hätten Sie denken müssen.“

Der Kapitän ging an die Wetterfax-Empfangsstation und riß die letzte Karte ab. „Da zieht eine starke Kaltfront vom Kontinent auf das Ostchinesische Meer hinaus. Und dieser kleine Knilch da ist ein Tief.“ Er fuhr mit einem Finger das Tiefdruckgebiet nach. „Sinkt um ein Millibar die Stunde. Wenn das so weitergeht, wird sich etwas aufbauen, was die Jungs vom Wetter eine ‚Bombe‘ nennen. Mit ein wenig Glück versenkt sie unsere Doktoren, bis es Mittag ist.“

„ICH WÜNSCHTE, ich hätte ihn getötet, als ich die Gelegenheit dazu hatte“, sagte Sarah.

Stone hörte sie kaum. Alles kam jetzt auf Geschwindigkeit an. Er mußte einen Kurs setzen, um den besten Wind zu finden, und zugleich vermeiden, daß der Sturm, der auf sie zukam, sie zu sehr mitnahm. Das Barometer und die Schiffahrtsberichte, die über Funk hereinkamen, lieferten ihm ein Bild der allgemeinen Lage. Er mußte aber exakt wissen, was geschehen würde.

Sein Wetterfax hatte er vor Jahren über Bord geworfen; es war ein Opfer der Feuchtigkeit im Pazifik geworden. Langsam und mühsam hatte er gelernt, den Himmel wie eine Wetterkarte zu lesen.

Zirruswolken, die sich in die obere Atmosphäre drängten und Spuren von Eiskristallen hinter sich herzogen, schossen förmlich am Himmel hin und her, was auf große Temperaturdifferenzen zwischen der sich zurückziehenden Warmluftzone und der vorrückenden Kaltluft schließen ließ. Starke Jetstreams von Nordwest nach Südost bedeuteten schwierige Wetterverhältnisse. Das gleiche galt für die Kumuluswolken weiter unten am Himmel, die auf einem anderen Kurs über den Himmel zogen.

Wenn Zeit und Geschwindigkeit weniger wichtig gewesen wären als Sicherheit, hätte er umgedreht. Aber jetzt war Zeit der entscheidende Faktor, und die einzige Frage war, ob er vor dem Sturm oder quer dazu segeln wollte; im letzteren Falle würde das bedeuten, sich durch die Schlucht zwischen den herannahenden und den sich zurückziehenden Wetterzonen durchzuquetschen.

Er beschloß, ein Wagnis einzugehen. Er würde nicht quer zu der Kaltfront segeln und auch nicht den Rückzug antreten, sondern sie nutzen und auf das Beste hoffen. Sarah stimmte ihm zu. Gewöhnlich war sie nicht sonderlich risikofreudig. Aber seit sie Ronnie verloren hatten, verlangte sie sich und dem Boot alles ab.

„Meine Wache“, sagte er. „Schlaf ein bißchen.“

Sarah ging hinunter. Doch sie fand keine Ruhe, und statt sich hinzulegen, begann sie damit, in der Kombüse sauberzumachen. Sie versuchte sich einzureden, daß Mr. Jack von Ronnie begeistert war. Aber der alte Mann war völlig unberechenbar. Sie rieb an dem Salzwasserhahn herum, als ihr plötzlich bewußt wurde, daß das Geräusch, mit dem der Bug durch das Wasser schnitt, zu einem dumpfen Murmeln abgesunken war. Der Wind hatte sich gelegt. Unmöglich!

Sie hetzte die Kajüttreppe hinauf, schob das Luk auf. „Michael!“

Er hatte die Spritzkappe eingezogen und festgezurrt. Und zu ihrer großen Überraschung war er jetzt dabei, die Sturmfock auf das innere Vorstag zu haken, und hatte am Großsegel bereits ein drittes Reff angebracht.

„Was machst du?“

Ohne aufzublicken, deutete er mit einer Kopfbewegung nach achtern.

Am Horizont, der ganz nahe gerückt war, erblickte sie etwas, das aussah wie ein ganzer Straßenzug mit alten Gebäuden. Es war ein aus Wolken geformtes Gebilde, Wolken, die von einem grauen Himmel herabhingen und immer schwärzer wurden, während sie sich auf eine schmale weiße Linie herabsenkten, die die See begrenzte. Das Weiß war von Regen aufgepeitschtes Wasser, das vor der Kaltfront herzog wie Dragoner, die kampfeslustig vor der Infanterie galoppierten.

Stone zog die Sturmfock auf. Sie hing schlaff in der plötzlich unbewegten Luft. „Hol das Trysegel!“ rief er. Sarah war bereits losgerannt, die Kajüttreppe hinunter, durch die Hauptkabine in die Schiffsspitze, wo das Trysegel in seiner knallgelben Tasche bereitlag. Sie zerrte es auf Deck, während er damit beschäftigt war, das eingerollte Großsegel zu sichern und das Fall festzuklemmen.

„Fertig.“

Stone zog an dem Fall. Eine Bö klatschte in das kleine Segel. Sarah holte es dicht. Jetzt füllte sich auch das Vorsegel, und die Swan machte einen Satz nach vorn.

Die weiße Linie hatte sie mit einem lauten Zischen eingeholt. Die Windstärke verdoppelte sich. Die Swan lehnte sich zur Seite. Der Wind verstärkte sich erneut und krachte gegen das Boot, das bereits unter dem Gewicht des gegen den Bug hämmernden Wassers ins Taumeln geraten war. Die *Veronica* fiel auf die Seite wie ein von einem Blattschuß getroffener Elch.

Stone und Sarah taumelten gegen die Leereling, die unter Wasser verschwand. Einen Augenblick lang war Stones einziger Gedanke: Dem Himmel sei Dank für Ronnies Kindernetz, sonst wären wir über Bord geschleudert worden. Aber statt ins Netz zu fliegen, krachte er gegen eine der Relingstützen. Er hörte ein Krachen und spürte einen stechenden Schmerz. Er taumelte am Rande der Bewußtlosigkeit, dann füllten sich sein Mund und seine Nase mit Wasser, und ein Zucken durchlief ihn, als er zu atmen versuchte.

Sarah zerrte an seinem rechten Arm, während sie gegen das Netz ankämpfte, das sie davor bewahrt hatte, im Wasser zu landen. Das Boot richtete sich mit einem Schwall aus den Segeln strömenden Seewassers auf und warf sie beide ins Cockpit zurück. Sarah war als erste wieder auf den Beinen. „Kannst du steuern?" brüllte sie.

„Ich bin okay."

Sarah verschwand nach unten und kam gleich darauf mit Verbandszeug wieder herauf. Sie verschaffte sich Halt, indem sie mit beiden Beinen die Kompaßsäule umklammerte, und klebte ihm ein Pflaster über die Platzwunde an der Stirn.

Allem Anschein nach war die *Veronica* ohne Schaden davongekommen. Aber das Meer war eine einzige Masse wild tosenden Wassers, die Gischt brannte ihm in den Augen.

„Geh nach unten!" schrie er. „Hat doch keinen Sinn, daß wir beide so durchgerüttelt werden!"

Der chaotische Wind peitschte das seichte Meer in sinnloser Wut. Das Anemometer maß Böen von beinahe vierzig Knoten, ein Sturm der Stärke 8, der sich auf Stärke 9 steigerte. Am Ruder war Stone weniger damit beschäftigt zu steuern als auszuweichen. Denn die Wellen wurden immer steiler – Ungeheuer, die auf ihn zustürmten und plötzlich in sich zusammenbrachen und dabei Tonnen von graugrünem Wasser auf die *Veronica* herunterkrachen ließen. Wenn sie auf das Vorderdeck fielen, drückten sie den Bug unter Wasser, so daß Stone gegen das Steuerruder geschleudert wurde. Wenn sie hinter dem Boot herunterkrachten, überfluteten sie das Cockpit, füllten es bis zu seinen Knien und trommelten auf seine Schultern. Ein schwächeres Boot wäre schon längst in Stücke gegangen.

Sarah öffnete das Luk einen Spalt und kroch ins Cockpit, um Stone eine Taucherbrille zu reichen. Sie hielt das Steuer fest, während er sie sich über den Kopf stülpte, und kroch dann wieder hinunter. Als sie das nächste Mal auftauchte, hielt sie eine Quetschflasche mit süßem Kakao in der Hand.

Stone spürte Schatten hinter sich. Er schaute nach hinten und sah eine mächtige See das Achterstag halb hinaufsteigen. Sie raste hinter dem Boot her und versperrte die Sicht wie ein zweistöckiges Gebäude. Er versuchte, das Heck herumzuschwingen und es in den rechten Winkel zu der heranbrausenden Woge zu bringen. Doch es reagierte nicht auf das Ruder, da die Welle das Wasser unter dem Heck heraussaugte. Der Rumpf taumelte, ächzte, und dann füllte ein Windstoß das Vorsegel und schob den Bug genau in dem Augenblick herum, als die Welle herunterkrachte.

Tonnen von Wasser preßten Stone auf den Boden des Cockpits und rissen seine rechte Hand vom Rad. Ziellos herumtastend, bekamen seine Finger die schlüpfrige Oberfläche von Sarahs Bootsstiefel zu fassen. Das Heck krachte herunter, der Bug ragte in den Himmel. Wasser brauste an seinem Kopf vorbei, und dann stieg plötzlich das Deck unter ihnen hoch und warf sie in die Luft. Er packte eine Relingstütze.

Einen endlosen Augenblick lang glich das Cockpit einer Badewanne. Dann floß Wasser aus den Speigatts, und die Swan schwamm wieder auf den Wellen. Er hielt immer noch Sarahs Fuß fest.

Sie lag auf dem Rücken und starrte zum Mast empor.

„Bei dir alles okay?“ schrie er.

„Was ist mit der Antenne?“ Sie deutete nach oben. Sie meinte die Funkantenne, ihre morgige Verbindung zu Ronnie.

Er hielt sich die Hand an die Stirn, um seine Augen vor der Gischt zu schützen. Ja, sie war noch da.

Die Schoten waren von den Winschen gerissen worden, und die Wucht des Wassers hatte das Relingsnetz wie Seetang zerfetzt. Aber beide Segel waren intakt. Er holte die Schoten dicht und brachte das Boot wieder auf Kurs.

„Nimm du das Ruder. Ich muß das Vorsegel einholen. Wir sind zu schnell.“

Er hängte seinen Lifebelt in die Sicherungsleine ein, die er über das Kajütdach gespannt hatte, kroch zum Mast und tastete in der fast völligen Dunkelheit nach dem Fall. Der Wind erfaßte das Segel, als es herunterkam, das schwere Dacron knallte und knisterte wie Blech. Stone kämpfte es aufs Deck herunter. Eine Aufgabe, die normalerweise keine fünf Minuten in Anspruch nahm, brauchte nun zwanzig. Endlich kroch er zum Cockpit zurück.

Das ganze Boot war jetzt von einem tiefen Stöhnen erfüllt. Der Wind kam wieder auf und heulte in der Takelage. Trotz des eingeholten Vorsegels wurde die *Veronica* schneller, sprang förmlich von Welle zu Welle und sackte immer wieder gefährlich in die tiefer werdenden Wellentäler.

Das Bergen des Vorsegels hatte Stone erschöpft. Aber das Trysegel trieb das Boot zu schnell. Es mußte weg. Er kroch wieder nach vorn.

Bis er zum Cockpit zurückkehrte, verging eine Stunde.

Sarah versuchte, ihn hinunterzuschicken. Aber dazu war er nicht imstande, obwohl er kaum mehr stehen konnte. Ohne einen Fetzen Segel preschte die *Veronica* nach vorn, machte acht Knoten. Wenn der Wind nur noch eine Spur heftiger wurde, würde sie um ihr Leben kämpfen müssen. Das Ächzen und Stöhnen in der Takelage ging in ein Kreischen über. Es war ein Geräusch, das er schon einmal gehört hatte – in einem Taifun, der die Hälfte der Philippinen zerstört hatte.

DIE ZEIT schien stillzustehen. Ihm wurde vage bewußt, daß die Erschöpfung und die einsetzende Unterkühlung anfingen, Geist und Körper voneinander zu trennen. Doch das war gleichgültig. Er wollte nur noch schlafen. Einfach die Augen zumachen und schlafen.

„Michael! Trink das. Wach auf!“

„Was? Was? Autsch!“ Seine Lippen brannten.

Heißer Tee mit viel Zucker – wie warmer Sirup. Wie sie es geschafft hatte, bei diesem Seegang Tee zu kochen, würde er wohl nie erfahren.

„Stirb nicht!“ schrie sie ihn an. „Schau mich an!“

Er trank die Hälfte und drängte ihr den Rest auf. „Ich bin okay.“

Dann wurde ihm allmählich bewußt, daß er wieder anfing, sich um Ronnie Sorgen zu machen. Es war, als ob sein Bewußtsein ein Nachlassen der Gefahr wahrgenommen hätte. Er lauschte. Das Kreischen des Windes war um ein Dezibel leiser geworden. Die See war immer noch chaotisch und warf sie hin und her. Aber der Wind schlug nach Nordosten um, und schließlich war es soweit, daß er und Sarah sich einen Blick zuwarfen, der wieder Hoffnung erkennen ließ.

15

Morgendämmerung, zwei Tage östlich von Schanghai. Die *Veronica* fuhr unter gerefftem Großsegel mit sieben Knoten. Der Himmel war so dunkel, daß Stone, als Sarah um acht Uhr heraufkam, um ihn abzulösen, immer noch im roten Schein der Kompaßbeleuchtung steuerte.

„Ich wünschte“, sagte sie, „ich hätte ihn umgebracht, als ich dazu Gelegenheit hatte.“

Sie sagte das, als ob es ein neuer Gedanke wäre, bei jedem Wachwechsel – das einzige Mal, daß sie einander sahen.

„Das hätte nichts gebracht“, erwiderte er. „Der andere war es, der sie gepackt hat.“

„Moss ist eine Maschine. Ohne den alten Mann ist er nichts.“

„Noch vier Stunden“, stellte er fest in der Hoffnung, sie auf andere Gedanken zu bringen.

„Wirst du das Funkgerät überprüfen?“

„Gleich, wenn ich hinuntergehe.“ Er hatte sich alle zwei Stunden die Wettermeldung angehört. Das Funkgerät funktionierte. „Wo gehst du hin?“

„Das Reff ausschütteln.“

„Nein“, widersprach Stone. „Dann krängt sie zu sehr und wird langsamer.“

Sarah ging widerstrebend ins Cockpit zurück.

Er trat vom Ruder zurück. „Ich werde jetzt etwas schlafen.“

Stone wachte eine Stunde später auf und spürte, wie das Boot sich unter zuviel Segel abmühte. Er ging auf Deck. Sarah musterte ihn trotzig, als er ein zweites Reff am Großsegel einband.

„Dichter an den Wind!“ rief er. „Wir müssen an die Sturmfock!“

„Nein, damit machst du uns nur langsamer!“

Sie litt, und er gab sich alle Mühe, darauf Rücksicht zu nehmen, aber der zu kurze Schlaf und die Kälte, die ihnen in allen Knochen saß, machten auch ihn reizbar. „Sag du mir nicht, was uns langsamer macht. Dichter an den Wind!“

Sarah packte das Ruder wie eine Waffe.

„Verdammt noch mal, ich mache mir genauso Sorgen um sie!“ schrie Stone. „Vertrau mir doch, daß ich das Boot segeln kann!“

„Du glaubst, ich kann das nicht?“

„Lies die Knoten ab!“ schrie Stone. „Was steht dort?“ Alles, was er spürte – angefangen von dem Brausen in seinen Ohren über den Wind, der ihm ins Gesicht blies, bis zu dem winzigen Vibrieren des Decks unter seinen Füßen –, sagte ihm, daß die Swan mit gut sechseinhalb Knoten segelte, wo sie eigentlich über sieben schaffen sollte.

Sarah wandte sich ab und sah auf den Geschwindigkeitsmesser. Dann tat sie mit einem Blick, der ihm das Herz zerriß, das, was er verlangt hatte. Stone ließ das schwere Vorsegel fallen und zog die Sturmfock auf. Sarahs Blick wich dem seinen aus, als er nach unten ging.

Er ließ sich auf die Koje in der Hauptkabine fallen und schloß die Augen. Schlaf war unmöglich. Er hätte seinen rechten Arm darum gegeben, sein Kind zurückzubekommen. Und es wäre ihm den zweiten Arm wert gewesen, seine Frau wieder lächeln zu sehen.

ER STELLTE die Selbststeuerung so fein ein, daß er unten bei Sarah sein konnte, wenn Ronnie anrief. Die Selbststeuerung gehörte nicht zu den besten Eigenschaften der Swan. Die Wellen trieben ihren Bug immer wieder vom Kurs ab. Er ließ den Generator an und schaltete den elektrischen Autopiloten ein.

Fünf Minuten vor zwölf suchte er aufmerksam den Horizont ab und ging dann hinunter in die Kabine. Sarah stand an der Navigationsstation, das Funkgerät war eingeschaltet. Stone hielt sich am Geländer der Kajüttreppe fest.

„*Ronnie ruft* Veronica. *Ronnie ruft* Veronica."

„Oh!" stöhnte Sarah. „O Michael." Sie tastete blind nach seiner Hand, ihre Blicke hingen am Funkgerät.

„Wir sind hier, Liebes! Wir sind hier."

„*Mama! Bei euch alles okay?*"

„Ja, Liebes. Uns beiden geht es gut."

„*Oh, Gott sei Dank. Ich hatte Angst wegen des Sturms.*"

„Kein Problem", sagte Stone. „Die *Veronica* hat sich tapfer geschlagen."

„*Hört zu, Mama, Papa. Mr. J. – also, der Weihnachtsmann – sagt, ihr sollt daran denken, daß wir einander in der Hand haben. Wißt ihr, was er damit meint?*"

„Ja, Liebes."

„*Er hat große Geschenke versprochen, wenn wir eintreffen.*"

„Glaubst du, daß er sein Versprechen halten wird?" fragte Stone.

Eine kurze Pause trat ein. Vielleicht war es das Rauschen gewesen, oder einer von ihnen hatte zu spät auf den Sendeknopf gedrückt. Schließlich war Ronnie mitten im Satz wieder zu hören. „*... hält sein Versprechen immer.*"

Stone sah Sarah an. Ihr Gesicht strahlte, ihr ganzes Wesen schien von Ronnies Stimme neu belebt. Stone ging es ebenso. Sie klang nicht so, als ob sie Angst hätte. Sarah hielt die Hand über das Mikrofon.

„Da ist etwas, was sie uns nicht sagt", flüsterte sie.

Stone vertraute blind darauf, daß es zwischen ihr und ihrem Kind so etwas wie telepathische Bande gab. „Aber sie glaubt, daß er sie gehen läßt?"

„Ja, so klingt es ..." Sie drückte den Sendeknopf. „Ronnie, ißt du auch brav?"

„*Na klar, Mama. Der Weihnachtsmann hat dem Koch gesagt, er soll Pommes machen, und ehe wir ablegen, lassen wir uns vom besten Restaurant der Stadt ein riesiges chinesisches Abendessen an Bord bringen.*"

„Und was werdet ihr essen?“

„Pekingente.“

„Verdammt“, sagte Stone. Ronnie haßte Ente.

Er griff nach dem Mikrofon. „Kleines – wann hat der Weihnachtsmann vor abzusegeln?“

Nach einem langen Rauschen sagte Ronnie: *„Der Weihnachtsmann sagt, wir werden so ablegen, daß wir genügend Zeit haben. Ich muß jetzt gehen. Der Weihnachtsmann sagt, wir sprechen übermorgen um sechzehn Uhr wieder.“*

„Wiedersehen, mein Liebling!“ rief Sarah, aber beide wußten, daß ihre Stimme bereits im Äther verloren war.

Stone atmete tief durch. „Sie macht mir in Anbetracht der Umstände einen ziemlich guten Eindruck“, meinte er.

„Ja. Was, meinst du wohl, hat sie uns zu sagen versucht?“

„Keine Ahnung.“

Bis Stone ins Cockpit kam, waren sie vom Kurs abgekommen. Er brachte sie auf den richtigen Kurs zurück, schaltete den Autopiloten aus und suchte den Himmel nach einer Lücke in der Wolkendecke ab, um die Sonne anzupeilen. Aber die Wolken waren immer noch zu dicht. Sie mußten schätzungsweise eineinhalb Tage von der Osumistraße entfernt sein. Aber möglicherweise hatten die Wellen sie viele Meilen von ihrem Kurs abgedrängt. Insoweit wußte er über ihre wahre Position etwa ebensoviel wie über Ronnies wahren Zustand.

Sarah kam aufs Deck. „Ich glaube, sie hat versucht, uns zu warnen.“

„Wovor?“

„Das weiß ich nicht ... Michael, das vorhin tut mir leid. Ich war so verzweifelt. Ich fühle mich jetzt so viel besser, nachdem wir ihre Stimme gehört haben.“

„Schon in Ordnung. Sag mal, hat er an dem Kraftwerk Gas entladen?“

„Nur gerade so viel, um das Schiff leichter zu machen, damit es in den Fluß konnte.“

„Warum hat er nicht die ganze Ladung verkauft?“

Moss grinste von einem Ohr zum anderen, als Mr. Jack auf die Brücke kam. Der OMBO-Monitor zeigte eine Kartendarstellung der östlichen Bereiche des Ostchinesischen Meers. Positionslinien erschienen auf dem Bildschirm. Sie bildeten ein kleines Dreieck.

„Da sind sie.“

Mr. Jack studierte die Linien. „Okay. Fahr zum Flughafen. Aber daß du mir diese beiden nicht unterschätzt! Und laß dich bloß nicht von den Japsen erwischen!"

„He, ich würde Sie doch nicht im Stich lassen, Mr. Jack."

Mr. Jack legte dem Schwarzen die Hand auf die Schulter. „Das weiß ich, Moss. Ich will dich nur nicht verlieren. Ja?"

Der arme Teufel weinte fast vor Dankbarkeit, und Mr. Jack dachte nicht zum erstenmal, wie wenig man doch zu tun brauchte, um die Seele eines einsamen Menschen für sich zu gewinnen.

„WARUM das Gas in Tokio verkaufen, wenn er in China so gute Verbindungen hat?"

„Vielleicht hat ihm irgendein Japaner mehr Geld angeboten."

Am Tag nachdem sie mit Ronnie gesprochen hatten, hatte der Himmel aufgeklart, und seitdem wußten sie, daß die Swan weniger als 120 Meilen von der Straße von Osumi entfernt war. Wenn sie Glück hatten und das klare Wetter hielt, würden sie möglicherweise bei Anbruch der Nacht den Leuchtturm von Kusakaki sehen.

Der Nordostmonsun wehte immer noch mit aller Kraft, aber die See war im Vergleich zu den letzten drei Tagen beinahe ruhig. Große, von weißen Kämmen gekrönte Wellen schoben sich behäbig hintereinander her. Obwohl sie noch etwa vier harte Tagesetappen von Tokio entfernt waren, ließ die Annäherung an die Meerenge und damit an die erste der Hauptinseln Japans in ihnen das Gefühl aufkommen, daß ihr Ziel in Reichweite war.

Als Stone Sarah um zwei ablöste, blieb sie bei ihm im Cockpit, saß an ihn gelehnt da, während er einen Arm um ihre Schultern legte und mit einer Hand steuerte. Sie unterhielten sich leise und überlegten, ob es besser sei, vorerst in Tokio zu bleiben oder nach Süden zu segeln. Es half, so zu tun, als ob es gar keine Frage sei, daß sie Ronnie zurückbekommen würden und daß binnen weniger Tage das Leben für sie wieder normal sein würde.

Das winterliche Licht verblaßte am Himmel. Ein paar fahle Sterne blinzelten hinter den Wolken. Sie begannen, ein schwaches intermittierendes Leuchten am Horizont wahrzunehmen – der Leuchtturm von Kusakaki.

Etwa 85 Meilen weiter würden sie in die Straße von Osumi einfahren, dort eine 30-Grad-Wendung nach links machen und dann nach Nordosten in die Bucht von Tokio einlaufen.

Acht Stunden später, um ein Uhr morgens, war Stone unten – er hatte gerade ein UKW-Funkgespräch mit einem auf der Fahrt nach Yokohama befindlichen koreanischen Erzfrachter beendet, der sie eine halbe Meile backbord mit sechzehn Knoten überholt hatte.

„Doppelt weißes Blinkfeuer backbord!" rief Sarah hinunter.

Er warf einen Blick auf die Karte, wo er die Position eingetragen hatte, die der Koreaner ihm angegeben hatte – und die Liste der Leuchttürme. „Das ist Sata Misaki an der Südspitze von Kyushu. Sieh dich nach einem roten Blinkfeuer am Steuerbordbug um – noch etwa zwanzig Meilen!"

Er hörte, wie sie nach vorn ging, um an den Segeln vorbeizusehen. Dann kam sie wieder nach hinten gerannt und rief: „Ich sehe es leuchten! Fünfzehn Sekunden rot!"

Stone brachte ihr einen Becher mit Tee. „Das ist Kisika-saki. Warum stiehlt Mr. Jack Erdgas, wenn er wirklich so reich ist? Warum sich so viel Mühe machen für zehn oder zwanzig Millionen Kröten, wenn er doch schon das Hundertfache wert ist?"

„Vielleicht ist er pleite."

Er griff nach dem Feldstecher und sah zu der verwirrenden Vielfalt von Lichtern zwischen dem Boot und Kyushu hinüber. Es war schwierig, die Fischerboote, Küstenfahrzeuge und Schiffe von den Gebäuden am Ufer zu unterscheiden.

„Ganz schöner Zirkus dort draußen. Okay, warten wir, bis wir exakt zwischen Sata und Kisika sind, und dann gehen wir nach Nordosten, null-sechs-null."

Sie blieben die ganze Nacht wach, um nach Schiffen Ausschau zu halten. Der Nordwind begann nach Osten umzuschlagen. Um vier Uhr morgens befand sich das Boot zwischen den Leuchttürmen von Satamisaki und Kisika-saki, was bedeutete, daß sie sich in der Mitte der Meerenge von Osumi befanden. Der Wind hatte gedreht und wehte aus Richtung 060°. Sie konnten bestenfalls einen Kurs von 100° halten, und das würde sie in zunehmendem Maß vom Ufer entfernen. Sarah war verzweifelt, Stone eher gelassen: „Mach dir keine Sorgen. Was wir damit verlieren, daß wir uns vom Ufer entfernen, bekommen wir reichlich von der Kuroshio-Strömung zurück."

Kisika-saki verblaßte hinter ihnen, während der sich allmählich aufhellende Himmel vor ihnen die Philippinensee erkennen ließ. Das Wasser war dunkel, die Wellen waren lang und gleichmäßig. Der Monsun wehte heftig und beständig aus einer Richtung, die ihnen zustatten kam. Stone konnte die Swan näher nach Ostnordost drücken.

Um halb vier weckte er Sarah und stellte das Funkgerät ein. Er schaltete den Autopiloten ein. Um Punkt sechzehn Uhr kam Ronnies Stimme laut und deutlich herein.

„*Ronnie ruft* Veronica! *Ronnie ruft* Veronica!"

„Wir hören dich, Liebes! Wie geht es dir?"

„*Wie geht es dir, Mama?*"

„Gut. Und dir?"

„*Gut.*"

Sie warteten. Aber mehr als „gut" kam nicht.

„Ißt du brav?"

„*Ich habe so viel Ente gegessen, daß ich gleich quake ... Wie geht es dir?*"

„Was zum Teufel versucht sie uns zu sagen?" flüsterte Stone. Er griff nach dem Mikrofon. „Sehen wir dich immer noch Weihnachten?"

„*O ja, Papa!*"

„Verspricht der Weihnachtsmann das?"

„*Ja. Ja, das hat er gesagt!*"

Stone reichte Sarah das Mikro. „Wann legt ihr ab?" fragte sie.

„*Wir legen heute ab.*"

Seltsam, dachte Stone, dann würden sie volle vierundzwanzig Stunden vor der Swan in Tokio sein.

„*Der Weihnachtsmann sagt, wir müssen uns verabschieden.*"

„Warte! Frag den Weihnachtsmann, ob es immer noch bei der gleichen Zeit und dem gleichen Ort bleibt."

„*Der Weihnachtsmann sagt ja.*"

„Werden wir wieder über Funk miteinander sprechen?"

„*Der Weihnachtsmann sagt nein.*"

Sarah saß einen Augenblick lang da und lauschte dem Zischen, das aus dem Funkgerät kam. „O Michael."

Stone legte ihr beruhigend die Hand auf die Schulter. „Was versucht sie uns zu sagen? Sie hat *Ente* gegessen? Sie würde sich beim ersten Bissen übergeben."

„Sie hat gesagt ‚Ich habe so viel Ente gegessen, daß ich gleich quake.'"

„Enten schnattern. Sie hat aber quaken gesagt."

„Erinnerst du dich noch, was sie immer gesagt hat, als sie klein war? ‚Walkie-*quakie*'! Das Funkgerät! Sie hat ein Funkgerät."

„Aber für UKW-Empfang dürften wir nicht mehr als 25 Meilen entfernt sein."

„Sie weiß das."

„Was zum Teufel will dieser verrückte alte Mann? Er ist doch nicht mit der *Dallas Belle* nur nach Schanghai gefahren, um mit den

Generalen zu trinken. Auf dieser Werft ist doch irgend etwas umgebaut worden. Wir haben uns solche Sorgen um Ronnie gemacht, daß wir uns nie richtig gefragt haben, was er eigentlich vorhat, oder?“ fragte Stone.

Sarah fröstelte. Plötzlich wußte sie es, und zwar mit absoluter Sicherheit. „Rache.“

„Aber du hast mir doch gesagt, daß er den Kerl erwischt hat, der ihn gefoltert hat.“

„Er gibt *allen* Japanern die Schuld. Ich glaube, er will sein schlechtes Gewissen beruhigen, weil er seine Freunde verraten hat. Ich bin sicher, daß er gesungen hat“, sagte Sarah.

„Was für eine Art Rache?“ fragte Stone.

„Er hat von Weihnachten in Tokio gesprochen“, erwiderte sie. „‚Ein Knaller von Weihnachten‘ hat er gesagt.“

„Die *Dallas Belle*“, sagte Stone nachdenklich, „hat mehr thermische Energie an Bord als eine Atombombe. Vielleicht will dieser Irre Tokio in die Luft jagen – Gott im Himmel!“

„Er wird das Gas nicht verkaufen. Er wird es zur Detonation bringen!“

„Die Explosion würde tausendmal schlimmer als das Erdbeben von Kobe sein – sie würde die Banken, die Börse, die Firmenzentralen, die ganze japanische Wirtschaft zerstören.“

Wieder durchzuckte Sarah jenes seltsame Zittern. „Er und die Chinesen kaufen Aktien.“

„Wenn sie ohne Deckung verkaufen, wird ihnen der ganze Planet gehören.“

„Und sie werden dabei zwölf Millionen Menschen abschlachten. Und Ronnie.“

Moss saß vornübergebeugt in der vorderen Kabine einer dreimotorigen Hochseerennjacht mit Satellitentelefon, Signalpeilung und seinem Laptop. Die vom Computer erzeugten Positionslinien schnitten sich auf dem Bildschirm. Er hatte die Geschwindigkeit des Segelbootes unterschätzt. Es befand sich fünfzig Meilen vor der von ihm berechneten Stelle. Und sie hatten aufgehört zu senden. Er riß die Cockpittür auf. Die beiden Fahrer blickten zu ihm herunter und warteten auf seine Anweisung. „Nach Osten!“ brüllte er. „Los!“

Der Rumpf begann zu dröhnen, das Boot bretterte von Wellenkamm zu Wellenkamm. Unten in der wild auf und ab hüpfenden Kabine klammerte Moss sich an einem Handgriff fest, während er über Satellitentelefon Mr. Jack die Situation erklärte. Mr. Jack sagte, er werde noch einmal Funkkontakt mit den Ärzten aufnehmen und die Kleine so lange reden lassen, bis Moss ihr Signal anpeilen konnte. Zehn Minuten später rief er zurück und sagte: „Die melden sich nicht. Wahrscheinlich sind sie auf Deck und hören nichts."

Es war naß und kalt. Natürlich hatten sie ihre Luken dicht gemacht. Und ohne Funksignal, um sie anzupeilen, hatte er keine Chance, dieses Segelboot zu erwischen, ehe es dunkel wurde.

„WIR MÜSSEN die japanische Meeressicherheitsbehörde anrufen."

„Wer wird uns glauben? Wir existieren nicht. Und ebensowenig das Boot."

„Und was ist mit der US Navy?"

„Noch schlimmere Bürokraten als die Japaner."

„Der Nachrichtensender CNN?" fragte Sarah und gab sich dann selbst die Antwort auf ihre Frage. „Wenn wir eine Panik auslösen, werden die japanischen Streitkräfte das Schiff auf hoher See zerstören, und Ronnie mit ihm."

„Kerry McGlynn – nein, Lydia Chin. Sie hat die besseren Verbindungen, und Robert arbeitet in Tokio."

„Wird sie uns glauben?"

„Mir hat sie nicht geglaubt, aber dir wird sie glauben."

Sie hasteten hinunter und stimmten ihren Sender auf Lydia Chins privaten Kanal ab.

EIN VERDAMMT großer Ozean, dachte Moss. Nirgends eine Spur von den Ärzten. – *„Sir!"* hörte er in seinem Kopfhörer. Die Stimme seines Funklauschers in Kyushu. *„Sie senden auf neunzehn vierzig."*

„Festhalten!"

Moss rief über Satellitentelefon die *Dallas Belle* an, um Mr. Jack zu verständigen.

Mr. Jack war richtig erfreut, bis er hörte, was die Ärzte sagten.

SIE BEKAMEN ein deutliches Signal von Lydia Chin, klar genug, um das stählerne Timbre in der so seidig klingenden Stimme der Frau zu hören. *„Sarah"*, sagte sie, *„und du bist absolut sicher?"*

„Absolut", versicherte Sarah ihr zum dritten Mal.

Nach einem Schweigen, das so lange dauerte, daß Stone schon dachte, sie hätten das Signal verloren, sagte Lydia: „Ich werde nach Tokio fliegen."

„Danke. Vielen, vielen Dank."

Lydias Antwort jagte ihnen einen eisigen Schauer über den Rücken.

„Aber ihr seid euch doch klar, daß aus japanischer Sicht das Leben von zwölf Millionen Menschen den Vorrang vor dem eines Mädchens haben wird – immer vorausgesetzt, ich kann sie davon überzeugen, daß das Ganze nicht ein geschmackloser Schwindel ist.“

Stone nahm das Mikrofon. „Du brauchst sie bloß davon zu überzeugen, daß sie nach einem 50000-Tonnen-Gastanker Ausschau halten müssen. Sag denen, sie sollen den Frachter auf hoher See aufhalten und eine Sicherheitsüberprüfung vornehmen. Sag ihnen, als wir das Schiff zuletzt gesehen haben, waren die dabei, den Rumpf schwarz zu lackieren. Es sollte nicht so schwer zu entdecken sein.“

Er gab Sarah das Mikrofon zurück und ging die Kajüttreppe hinauf, um sich nach Schiffen umzusehen. Das Meer wirkte leer, bis er mehrere Meilen hinter dem Boot eine Bewegung entdeckte. Die *Veronica* fuhr die Welle hinunter, die sie gerade erklommen hatte, und er verlor das, was er gesehen hatte, aus den Augen. Er griff nach dem Fernglas.

Die Swan stieg den nächsten Wellenkamm hinauf. Jetzt sah er es wieder, näher – einen schmalen, dunklen Keil, der Gischt zum Himmel schleuderte.

„Was zum Teufel ... Sarah!“ Er reichte ihr das Glas. „Schau nach achtern. Fünf, sechs Meilen entfernt.“

„Das ist ein kleines Motorboot. Es kommt geradewegs auf uns zu.“

„Wo kommt das her? Wir sind hundert Meilen vom Land entfernt.“

„Das muß der Zoll sein oder die Küstenwache.“

„Ich sehe keine japanische Fahne.“

Auf vier Meilen hörte er die Motoren, ein donnerndes Stakkato, das immer lauter wurde. Das Boot kam bis auf eine halbe Meile heran und wandte dann der Swan seine Breitseite zu. Sarah trat näher an Stone heran, und er legte instinktiv den Arm um sie.

Als eine hohe Welle den Rumpf anhob, gab es plötzlich einen Lichtblitz. Sie hörten ein scharfes Peng und sahen ungläubig zu, wie ein dunkler Zylinder über das Wasser auf sie zugeschossen kam.

16

Jetzt laß den Kopf nicht hängen, Kleines. Es geht ja gleich los.“

Ronnie saß auf dem Sessel des Funkers und starrte mit Tränen in den Augen auf das Funkgerät.

„Die Schlepper sind da, Mr. Jack.“

„Komm, Kleines. Wir müssen dem Kapitän helfen. Laufschritt!“

Ronnie folgte ihm zur Brücke, bedrückt, aber höchst wachsam. Wenigstens war Moss nicht da. Sie hatte ihn seit gestern nicht mehr gesehen. Vielleicht war er über Bord gefallen. Kein großer Verlust.

Am Steuer sprach der Kapitän in ein Walkie-quakie. Ein chinesischer Lotse war an Bord gekommen. Die Radargeräte waren beleuchtet, und das ganze Deck vibrierte von der Maschine. Alles war bereit zur Abfahrt.

Mr. Jack öffnete die Tür zum backbordseitigen Brückenflügel und bedeutete ihr mit einer Handbewegung, sie solle ihm folgen. Er stand dort draußen, wo die Spitze des Brückenflügels über die neuen Aufbauten hinausragte, und zeigte auf etwas.

Zwei Schlepper zogen Leinen vom Heck der *Dallas Belle,* der dritte wartete im Fluß. Und Mannomann, würden die überrascht sein, wenn sie die *Dallas Belle* zu sehen bekamen! Mit dem Schiff, das sie hereingeschleppt hatten, hatte die kaum mehr etwas gemeinsam.

„Mr. Jack!" Das war der Kapitän, der von der Tür zu ihm herüberrief. „Zerhacker!"

„Komme gleich wieder, Kleines. Bleib hier."

MR. JACK trug das Satellitentelefon in den Computerraum.

„Was? Ein *Geschoß*? Moss, zahle ich dich dafür, blöd zu sein? Warum bist du nicht einfach längsseits gegangen und hast ihnen eine Granate in den Schoß geworfen?"

„Ihr Japstyp hatte keine Handgranate. Außerdem, warum soll ich so nahe herangehen, daß es zu einer Schießerei kommen kann, wenn ich ein Raketengeschoß habe?"

„Du hast doch sein Boot durchsucht. Die haben keine Waffen."

„Tut mir leid, Mr. Jack. Ich fand es eine gute Idee."

„Hat euch jemand gesehen?"

„Nein. Wir sind hundert Meilen vom Land entfernt."

„Sind sie gesunken?"

„Sie stehen in Flammen."

„Sorge dafür, daß sie sinken."

ENDLOSE fünf Sekunden nach dem Auftreffen des Raketengeschosses konnte Stone nach wie vor nicht glauben, daß sie noch am Leben waren. Dann quoll schwarzer Rauch aus dem Rumpf, und gleich darauf loderten Flammen empor. Das Geschoß war durch den ganzen Rumpf gefahren, ohne zu detonieren. Aber sein Flammenschweif hatte ein Feuer entzündet. Er schloß die Kabinenluke, rannte zum Bug und brüllte dabei: „Die Feuerlöscher raus!"

Sarah öffnete eine Klappe im Cockpit, riß an einer roten Kordel und aktivierte damit Halonlöscher im Maschinenraum und in der Hauptkabine sowie einen Natriumbikarbonattank in der Kombüse. Stone klappte ein Luk im Vorderdeck auf, zog den Löschschlauch heraus und zerrte ihn nach hinten zum Cockpit. Sarah stand mit einem tragbaren Löscher bereit.

Während sie darauf warteten, daß das Halon seine Wirkung tat, streiften sie ihre Windjacken ab, die aus synthetischem Material bestanden, das auf ihrer Haut schmelzen konnte.

Sarah schob den Lukendeckel auf. Schwarzer Rauch quoll heraus. Stone beugte sich mit dem Schlauch hinein. Weder das Halon noch das Natriumbikarbonat hatten das Feuer bisher ersticken können.

Stone drehte an dem Ventil, und ein Wasserstrahl schoß in den Rauch. Er löschte die Flammen in der Kombüse und trat dann in die mit Rauch gefüllte Kabine. Sarah folgte ihm mit dem tragbaren Feuerlöscher.

„Backbord!" schrie er und spritzte Wasser auf frisch entfachte Flammen an Steuerbord. Sie richtete den Halonstrahl auf die brennende Navigationsstation. Plötzlich war es dunkel. Das Feuer war aus.

Sie hasteten hustend und nach Luft ringend die Kajüttreppe hinauf. Dann ging Stone noch einmal mit dem tragbaren Löscher nach unten, um sicherzustellen, daß das Feuer nicht wieder aufflammte. Das Raketengeschoß hatte ein zehn Zentimeter großes Loch in die Backbordseite gebohrt, dabei die elektronischen Geräte zertrümmert und beim Austreten an der Steuerbordseite ein Loch von wenigstens dreißig Zentimeter Durchmesser gerissen. Jedesmal, wenn das Boot krängte, strömte Wasser herein.

„Die kommen!" rief Sarah.

„Hol mir Hammer und Meißel!" schrie Stone und machte sich hastig an den Bodenbrettern zu schaffen.

„Was machst du?" rief sie.

Er warf die Bodenbretter beiseite und kniete sich in die Bilge. Als er nach hinten griff, drückte sie ihm den Meißel in die Hand, und als er erneut die Hand ausstreckte, den Hammer.

„Ich brauche Licht!" schrie Stone.

Sie zog eine Taschenlampe aus dem Werkzeugkasten.

„Hier! Dorthin leuchten!"

Sie richtete den Lichtkegel in die Bilge und sah verwundert zu.

Er drückte die Schneidefläche des Meißels gegen das Fiberglas und hieb mit dem Hammer auf den Griff. Plötzlich öffnete sich ein Spalt und gab den Blick auf eine Vertiefung frei, in die er jetzt seine Hand schob.

Die *Veronica* krängte vor einer Bö, und Seewasser spritzte durch das Loch in der Kombüsenwand.

„Stopf ein Kissen hinein!"

Und dann zog Michael zu ihrer großen Verblüffung eine schmale, etwa sechzig Zentimeter lange Schachtel aus der Öffnung. Er ließ ein paar Verschlüsse aufspringen. Wasserdichte Gummiwülste öffneten sich schmatzend. In der Schachtel lagen eine mattschwarze Maschinenpistole und drei mit Isolierband zusammengeklebte Magazine.

„Was ist das denn?"

„Eine Bushmaster", antwortete er. „Hab ich von einem Söldner."

Er hatte den Söldner in Manila kennengelernt und das Boot, auf dem der Mann in Pension gegangen war, neu aufgetakelt und sein Funkgerät repariert. Im Austausch dafür hatte er die Bushmaster und einen Blitzkurs in ihrem Gebrauch bekommen.

Formal betrachtet war es eine Pistole, besaß aber einen abklappbaren Schaft, der die Waffe zu einer Art Karabiner machte. Der Söldner hatte die Waffe „frisiert", so daß sie jetzt automatisch abgefeuert werden konnte, indem man einfach den Abzug festhielt. Stone rammte eines der Magazine in die Waffe und klappte den Schaft auf. Den Griff ließ er in senkrechter Stellung.

Sarah spähte durch das Loch hinaus, das das Raketengeschoß in die Wand gerissen hatte. „In dem Boot sind drei Männer", berichtete sie. „Zwei auf den Fahrersitzen, Moss steht hinten. Er trägt einen Karabiner über der Schulter ..."

„Leg dich flach aufs Deck, und halte dir die Ohren zu. Dieses Ding ist laut."

Sarah holte seine Industrieohrenschützer aus dem Werkzeugkasten und stülpte sie ihm über den Kopf.

Das Rennboot war jetzt ganz nahe. Seine Breitseite war der *Veronica* zugewandt, und sie hatten ihr Tempo mühelos den sieben Knoten angepaßt, die die *Veronica* lief.

Stone bemühte sich um innere Ruhe. Der Vorteil, den die Überraschung ihm bot, würde nur von kurzer Dauer sein, und er konnte sich nicht auf ein längeres Feuergefecht einlassen.

Das Einschußloch würde eine brauchbare Schießscharte abgeben. Er stellte das Visier ein. Seine Hände zitterten so, daß er die Bushmaster auf das zersplitterte Fiberglas stützen mußte. Stone preßte den Kolben an seine Schulter, fand im schwächer werdenden Licht den schwarzen Rumpf, wartete, bis die *Veronica* in einem Wellental war, und tippte dann zweimal an den Abzug, um ein Gefühl für den Druckpunkt zu bekommen. Trotz der Ohrenschützer war der Lärm ungeheuer. Er sah, wie dicht vor dem Rennboot Gischt aufspritzte, hob den Lauf ein wenig und feuerte fünf Schuß auf seinen Rumpf ab.

Die Männer vorn duckten sich, um Deckung zu suchen, aber Moss blieb aufrecht stehen, hob eine langläufige Waffe, richtete sie auf die Swan und feuerte. Eine Kugel fetzte keinen halben Meter von Stones Gesicht mit einem lauten Knall durch die Kabine. Stone gab einen zweiten Feuerstoß ab.

Das Boot bog ab, Moss stürzte aufs Deck.

Stone stützte die Bushmaster auf und gab zehn Schüsse auf das Heck des Bootes ab. Die großen Motoren stoppten plötzlich. Das Rennboot kam zum Stillstand.

Stone konnte erkennen, daß es im Heck durchhing, wo die Crew hektisch tätig war und versuchte, die jetzt an mehreren wichtigen Stellen durchlöcherten Motoren wieder zu starten und gleichzeitig das Meerwasser auszuschöpfen, das durch das Loch in den Rumpf strömte.

Aber auch die *Veronica* nahm Wasser auf.

„Fang zu pumpen an!"

Sie setzten die *Veronica* auf Backbordbug, damit sie sich von dem Loch in der Seite weglehnen konnte.

Sarah pumpte. Das Loch war für einen Holzstöpsel viel zu groß, also klebte Stone mit Isolierband ein Stück Segelleinwand als provisorischen Flicken darüber, während er schnell aushärtendes Epoxit mischte und ein paar dünne Schichten Fiberglastuch bereitlegte. Das kleinere Loch über der Navigationsstation machte weniger Mühe. Aber die Elektroanlage so weit wieder in Gang zu bringen, daß sie wenigstens die heil gebliebenen Taschenlampen und das UKW-Sprechfunkgerät aufladen konnten, nahm Stunden in Anspruch.

Nachdem Stone die ätzenden Überreste des Natriumbikarbonatschaums aus der Kombüse abgekratzt hatte, ließ er sich neben Sarah ins Cockpit sinken. „Das war das Funkgerät ... Es war ein Trick. Er wußte, wann Ronnie anrufen würde. Ein Lauschposten in Japan, Moss auf dem Boot und der alte Mann in Schanghai. Triangulation. Das ist so leicht wie den Sonnenstand aufnehmen. Aber warum hat er uns angreifen lassen? Er muß das schon vorbereitet haben, ehe wir Lydia angerufen haben."

„Rache", sagte Sarah. „Wir haben ihm in Schanghai ziemlich viel Ärger bereitet. So denkt dieser Mann, Michael." Sie sahen einander an

Stone setzte dazu an, seinen nächsten Gedanken in Worte zu kleiden.

„Sag es nicht“, flüsterte Sarah.

Er brauchte es nicht zu sagen. Die Frage lastete über ihnen wie die Nacht. Was würden sie in Tokio vorfinden?

ER DÖSTE ein, wachte dann wieder auf und nahm unbestimmt wahr, daß Sarah etwas gesagt hatte. „Was?“

„Wo hast du dir die Waffe besorgt?“

„In Manila. Als Lydia dich und Ronnie damals nach Singapur gebracht hat.“

„Ah.“ Der Himmel begann aufzuklaren, und das Sonnenlicht war hell genug, daß er sehen konnte, wie sie lächelte. „Da bin ich froh“, sagte sie. „Ich wußte, daß du etwas vor mir verborgen hast, als ich aus Singapur zurückkam ... Ich dachte, vielleicht ein kleines Strandtechtelmechtel.“

„Strandtechtelmechtel? Du bist mein Strandtechtelmechtel.“

„Na ja, du weißt schon, Manila. Ich dachte ... Du weißt schon.“

„Komm her.“ Er legte den Arm um ihre Schultern und spürte ihre Verspannung. „Sarah, du kennst mich doch. Für mich gibt es nur eine Frau, und die bist du.“

„Nun, das zeigst du aber nicht immer. Ich kann es einfach nicht glauben, daß du eine Waffe an Bord versteckt hast, ohne es mir zu sagen.“

„Ich hatte keine Lust, mich deswegen mit dir zu streiten.“

„Oder du wolltest einfach ein Geheimnis vor mir haben“, konterte sie.

„Und du hast auf *deinem* Geheimnis gesessen, meinem imaginären Techtelmechtel am Strand. Du wolltest einfach etwas, um mich damit unter Druck zu setzen.“

„Warum sollte ich das wollen? Das ist doch lächerlich.“

„Das mußt du mir sagen“, meinte Stone. „Ich habe in letzter Zeit eine gewisse Distanz gespürt. Ich dachte immer, es sei wegen dieser Osttimor-Afrika-Sache.“

„Michael, bei dir klingt das, als ob das keine ernsthaften Anliegen wären. Ärzte wie du und ich *sollten* nach Afrika gehen.“

„Vielleicht sind das alles Vorwände für den Wunsch, mit dieser Art Leben Schluß zu machen.“

„Ich liebe das Leben, das wir führen; nur das ewige Verstecken nicht. Du liebst dieses Versteckspiel.“

Sie redeten im Kreise herum, dann saßen sie alleine eingehüllt in ihr Schweigen.

Schließlich atmete Sarah tief durch. „Weißt du was?“ sagte sie. „Es ist Katherine. Nach all den Jahren liebst du sie immer noch.“

Schweigen. Stone blickte in die Nacht. „Ich liebe dich auch", sagte er.

„Was mir weh tut, ist, daß du sie immer noch vermißt."

„Aber mein Leben und meine Liebe bist du", sagte er. „Du und Ronnie."

„Dieser Frau hast du den Namen Katherine gegeben", sagte Sarah.

„Das war der zweite Name, der mir eingefallen ist." Stone hatte Angst, er könnte zuviel gesagt haben. Oder nicht genug. „Das Funkgerät ist hin. Und das Radar auch."

Sarah legte die Hand auf seine Schulter. „Kein Radar. Kein Kollisionsalarm. Kein Funkgerät. Ronnie hat das GPS. Du hast es geschafft, Michael. Du bist endlich wieder die ganze Technik los, bist wieder bei den Grundlagen angelangt."

Er hörte das Lachen in ihrer Stimme. „Was hältst du davon, wenn wir das Deck aufreißen, damit wir der See ein wenig näher sind?"

„Michael, du hast ja einen Witz gemacht! Ich kann es nicht glauben!"

Er grinste. „Und ich kann nicht glauben, daß wir noch am Leben sind. Vielleicht sind wir im Himmel?"

Sarah kicherte. „Für den Himmel ist es zu kalt."

Die Erschöpfung, die lang verdrängte Angst und die Erleichterung – sie alle vereinten sich in einem Ausbruch von Gelächter. Sie streckten die Hände aus, griffen nacheinander, hielten sich fest, suchten schwerfällig nach dem Mund des anderen. Dann begannen sie an den Reißverschlüssen ihrer Windjacken zu zerren und verspürten nichts mehr als den Drang, ihre Körper aneinanderzupressen.

Sie blieben die ganze Nacht im Cockpit, wollten sich nicht trennen, saßen in Decken eingehüllt unter dem Sturmsegel. Endlich fühlte Sarah sich wieder von innen heraus warm und zufrieden und bereit, eine Weile abzuschalten. Aber als der Tag anbrach, spürte sie, wie Michaels Körper sich anspannte.

„Wo gehst du hin?"

„Ich will mir überlegen, wie wir nahe genug an die *Dallas Belle* herankommen können, um mit Ronnie über das UKW-Sprechfunkgerät zu reden."

Sarah folgte ihm nach unten und sah ihm über die Schulter zu, wie er den Zirkel über die angesengte, durchnäßte Karte wandern ließ. „Angenommen, er hat da abgelegt, als sie das gesagt hat – vor fünfzehn Stunden –, und angenommen, er macht zweiundzwanzig Knoten, dann wird er jetzt hier sein. Wir müssen Kurs nach Norden nehmen und ihm zuvor kommen. In sechzehn Stunden haben sie uns eingeholt. Wir könnten uns hier mit ihnen treffen."

Er versuchte einen Kreis auf das nasse Papier zu zeichnen.

„Und was dann?" fragte Sarah.

„Dann haben wir einen Kreis von etwa fünfzig Meilen, in dem wir reden können. Wenn wir nahe genug herankämen, könnte sie vielleicht sogar springen."

„Zu gefährlich. Er wird wieder versuchen, uns zu töten. Michael, das ist verrückt."

„Ronnie hat uns eine Botschaft gesandt. Sie hat gesagt, daß sie ein Funkgerät hat. Was bleibt uns anderes übrig, als zu versuchen, so nahe an sie heranzukommen, daß wir reden können?"

„Laß uns sehen, ob uns nichts Besseres einfällt."

Aber während die Morgendämmerung sich abmühte, den düsteren Nebel zu durchdringen, gelangten sie immer wieder zum selben Schluß: Der Versuch, mit Ronnie Verbindung aufzunehmen, war das Beste, was sie tun konnten, während sie das Rennen nach Tokio fortsetzten.

DREISSIG Stunden lang hielten sie Ausschau und warteten und lauschten, daß Ronnies Stimme über die Ätherwellen zu ihnen drang. Stone schloß ihr Nahbereichsfunkgerät an eine Hochleistungsantenne an – den Stahldraht des Achterstags.

Bei Shiono Misaki an der Südspitze von Honshu erreichten sie Land und hielten sich zehn Meilen vom Ufer entfernt am äußeren Rand der östlichen Wasserverkehrsstraße. Der Schiffsverkehr war dicht, aber weder sahen noch hörten sie die *Dallas Belle.* Der Nordwestmonsun blies heftig. Die Kuroshioströmung begünstigte sie mit drei, manchmal vier Knoten. Aber immer noch keine Meldung von Ronnie.

Entweder hatte die *Dallas Belle* sie in der Dunkelheit zu einem Zeitpunkt passiert, an dem Ronnie keine Gelegenheit gehabt hatte, unbeaufsichtigt das Funkgerät zu benutzen. Oder das Schiff hatte einen Defekt gehabt und wurde repariert. Oder es fuhr gar nicht mit Kurs auf Tokio.

LYDIA CHIN sah zu, wie die Neonlichter Tokios die Nacht im Bann hielten. Vom Wohnzimmer ihres luxuriösen Apartments aus hatte sie den Blick auf den Tokio Tower, ein stählernes Symbol wiedererstandener japanischer Wirtschaftskraft nach dem Krieg. Die Gebäude waren alle relativ niedrig, aus Angst vor Erdbeben. Viele Bürogebäude hatten ihre Fassaden in der Form westlicher Weihnachtsbäume beleuchtet.

Ein außergewöhnlich höflicher Herr, der die japanische Meeressicherheitsbehörde vertrat, stand im Wohnzimmer und erklärte mit tiefem Respekt, der freilich seine völlige Verachtung nicht ganz verdecken konnte, daß all ihre Befürchtungen gründlich überprüft worden seien.

„Sprecher von Mr. Jack Powell bestätigen, daß er ein Frachtschiff für verflüssigtes Erdgas besitzt, das den Namen *Amy Bodman* trägt. Die taiwanesischen Behörden haben uns mitgeteilt, daß es sich in einem Trockendock in Taiwan befindet."

„Hat jemand Mr. Powell persönlich gesehen?"

„Mr. Powell leitet gerade eine Expedition in der Antarktis mit dem Ziel der Gasexploration. Ich habe per Funk mit ihm gesprochen. Mr. Powell war sehr hilfsbereit und hat mich an mehrere gemeinsame Bekannte im Schiffahrtsbereich verwiesen. Glücklicherweise sind alle Ihre Vermutungen widerlegt worden. Wir sind Ihnen natürlich sehr dankbar, daß Sie extra aus Hongkong hierhergekommen sind."

„Und ich danke Ihnen, daß Sie sich soviel Mühe gemacht haben", sagte Lydia. „Darf ich Sie zu einem Drink einladen?"

Der Japaner machte eine leichte Verneigung. „Nein, vielen Dank. Ich habe meinen Kindern versprochen, früh nach Hause zu kommen, um mit ihnen Weihnachtsgeschenke einzupacken."

Lydia klingelte nach dem Butler, damit dieser den Mantel ihres Besuchers bringen konnte. „Darf ich fragen, ob Sie Christ sind?"

„Nein, selbstverständlich nicht. Aber es ist ein fröhliches Fest." Seine starren Züge lockerten sich endlich ein wenig. „Sie können versichert sein, daß meine Behörde jeden Gastanker, der sich dem Hafen nähert, gründlich inspizieren wird. Und im Lichte Ihrer Information werden wir die nächsten paar Tage besonders wachsam sein."

„SCHAU, Kleines, freihändig."

Mr. Jack hob seine beiden behandschuhten Hände in die Luft, als das Steuer sich zu drehen begann. Aber Ronnie schmollte in einem Winkel der Brücke, die Nase in einem Buch vergraben. Vor einer Weile war sie ausgerissen und auf dem Schiff herumvagabundiert, bis er sie schließlich bei den Rettungsbooten erwischt hatte. Sie hatte ihm eine Heidenangst eingejagt, und er hatte sie angeschrien, und deshalb war er jetzt bei ihr in Ungnade gefallen.

Die gute Nachricht war, daß seine Tarnung gehalten hatte. Das war in erster Linie dem Gespräch mit der Antarktis zuzuschreiben, das er dem Satelliten- und Funkoperateur auf der Weddellseestation zu verdanken hatte.

Die *Amy Bodman/Dallas Belle/Asian Princess* machte fünfzehn behäbige Knoten auf ihrem Weg durch die Philippinensee. Die vielen Tonnen tarnenden Stahles hatten ihre Geschwindigkeit um ein Drittel reduziert. Aber der Kapitän hatte versprochen, daß sie planmäßig in Tokio eintreffen würden, und der Computer bestätigte das.

„Freihändig!“

„Ist ja toll.“ Sie zog eine Schnute. „Wir haben auch einen Autopiloten.“

„Aber keinen wie diesen.“

Die natürliche Neugierde gewann die Oberhand, und das Kind ging zu dem OMBO-Monitor hinüber. Das Signal, das das Schiff darstellte, beschrieb einen unregelmäßigen Zickzackkurs auf dem Schirm. Ronnies Augen weiteten sich. Als das winzige Schiff die nächste Spitze auf der zackigen Linie erreichte, begann das Schiff sich zu drehen, ohne daß irgend jemand das Ruder berührte.

„Was sagst du nun?“

„Es ist eben ein OMBO-Schiff.“

„Was weißt du von OMBO?“

„*One-Man-Bridge-Operated.* Papa sagt, die würden Segelboote rammen, ohne das überhaupt zu merken.“

„*Yeah*. Nun, das hier ist ein ganz spezielles OMBO. Selbst dein kluger Papa hat davon noch nichts gehört.“

„Klasse“, sagte Ronnie. Aber in Gedanken sah sie das Schiff, wie es sich zornig seinen Kurs durch die Wellen bahnte – eine Maske, die sich drehte, wohin sie wollte. Sie fröstelte. „Kommt Moss zurück?“

„Sieht nicht so aus“, erwiderte Mr. Jack leichthin, aber seine Gesichtszüge wirkten dabei wie versteinert. Sie hatte Angst. Sie war nie zuvor allein gewesen. Mr. Jack war zwar nicht so groß wie Moss, aber immer noch viel größer als sie.

„Wo ist Ah Lee?“

„Der ist in Schanghai abgehauen.“

„Er hat sich gar nicht von mir verabschiedet.“

„Wenn ein Matrose abhauen will, dann posaunt er das nicht in die Gegend hinaus.“

„Wo *sind* denn alle? Als ich spazierengegangen bin –“

„Noch ein Spaziergang, kleine Lady, und es gibt Krieg zwischen uns.“

„Aber ich habe niemanden gesehen.“

„Die Mannschaft arbeitet. Dafür bezahle ich sie.“

„Ich habe niemanden gesehen – bloß diesen betrunkenen Japaner. Wer ist das?“

„Kapitän Yakamoto ist ein Lotse für den Hafen von Tokio und die Fahrstraße von Uraga."

„Aber er ist betrunken."

„Er hat ein wenig Probleme mit Alkohol", räumte Mr. Jack vergnügt ein. „Aber keine Sorge, OMBO kriegt das schon hin."

Ronnie zuckte die Achseln, als wäre ihr das gleichgültig, und erbot sich, Mr. Jack in die Krankenstation zu bringen, um ihm dort den Verband zu wechseln.

Sie wußte, daß das Schiff verlassen war. Auf ihrer Suche nach einem Versteck, von dem aus sie Mama und Papa anrufen konnte, war sie im Inneren der aufgesetzten Aufbauten herumgelaufen und mit dem Aufzug in die Eingeweide des Schiffes hinuntergefahren. Aber die einzigen Leute, die sie zu Gesicht bekommen hatte, waren der betrunkene japanische Lotse und Mr. Jack gewesen. Der Aufenthaltsraum der Mannschaft war leer. Die Kombüse war leer. Der Maschinenraum war leer. Das Schiff fuhr sich selbst übers Meer.

AM VORMITTAG des 24. Dezember segelten Stone und Sarah über die Sagamisee. Immer noch keine Nachricht von Ronnie, obwohl sie nur zehn Meilen von der Zufahrt zur Bucht von Tokio entfernt waren. Ein dünner Dezembernebel, aus dem Nebelhörner und Schiffspfeifen hallten, verhüllte die Sicht. Stone versuchte, sich am Rande der Fahrrinnen zu halten. Sie blieben im Cockpit, um nach Schiffen Ausschau zu halten. Das UKW-Sprechfunkgerät plapperte ständig. Sie ließen es auf Kanal fünf geschaltet.

Er holte die *Sailing Directions* heraus und sah sich immer wieder die Zufahrt nach Tokio an, bis ihm die Schrift vor den müden Augen verschwamm.

Plötzlich fuhr er hoch, hellwach, und sein Verstand arbeitete fieberhaft. Ein paar Meilen achtern entdeckte er einen mächtigen Passagierliner, dessen Bug den Nebel durchschnitt. Schwarzer Rumpf, weiße Aufbauten, das Schiff sah aus wie die alte *Queen Elizabeth II.* auf einer Winterkreuzfahrt rings um die Welt.

„Etwas haben wir übersehen", erklärte er Sarah. „Er kann unmöglich ein Gasschiff in den Hafen schummeln." Er blätterte in den *Sailing Directions.* „Hier! ‚Vorschrift: Tanker müssen in Schrittgeschwindigkeit in den Hafen einfahren, mit je einem Schlepper backbord und steuerbord und vorn und hinten je einem Patrouillenboot.' Das gilt, *nachdem* der Kanallotse und anschließend der Hafenlotse an Bord gegangen sind. Also kann man nicht einfach so ein Gasschiff abliefern ... Und jetzt sieh dir die

Hafenkarte hier an. Da gibt es bei den Kraftwerken auf der anderen Seite des Takeshiba-Piers ein paar Gaskais, aber die können kein Schiff von der Größe aufnehmen. Ein Schiff so groß wie die *Dallas Belle*, eine Meile vom Stadtzentrum entfernt, wäre Wahnsinn ... Er *könnte* es mit Yokohama versuchen. Sieh dir das an. Er brauchte nur hier aus der Fahrrinne herauszukommen und fünfzehn Minuten später: *wumm!*"

„Nein – das ist nicht seine Art. Wenn Mr. Jack vorhat, Tokio zu zerstören, wird er sich nicht mit Yokohama begnügen. Er hat mir erzählt, daß sein Flugzeug, nachdem sie ihre Bomben abgeworfen hatten, ein Treibstoffdepot entdeckt hat, und wenn sie das bombardiert hätten, hätte die Explosion die ganze Stadt verbrannt."

„Nun, dann hat er ein Problem. Vergessen Sie es, Mr. Jack. Sie dürfen ohne spezielle Genehmigung des Hafendirektors nicht einmal hinein, und um die zu bekommen, müssen Sie alle möglichen Anträge stellen, und man wird an Bord kommen und eine größere Sicherheitsinspektion durchführen."

Sarah schüttelte den Kopf. „Michael, versetz dich mal in seine Lage. Wie würdest *du* es anstellen, um dieses Schiff in den Hafen von Tokio zu bekommen?"

„Vielleicht die Röhren abdecken, damit es wie ein Schwergutfrachter aussieht ... Auf dieser Abwrackwerft haben die das Hauptdeck mit Planen abgedeckt!"

Er erinnerte sich, daß er angenommen hatte, bei den Planen handle es sich um Feuerschutzmaßnahmen für die Schneidbrenner, mit denen sie das Kreuzfahrtschiff zerlegt hatten. Dann erinnerte er sich auch an die Kräne, die schweren Hebezeuge rings um das Schiff.

„Er hatte eine Broschüre für ein Kreuzfahrtschiff, das am Pier von Takeshiba anlegen solle", berichtete Sarah. „Er hat gesagt, dieses Schiff gehöre ihm."

Stone griff nach dem UKW-Sprechfunkgerät. Ehe er es auf den Notkanal sechzehn schalten konnte, hörten sie ihr Flüstern auf Kanal fünf: *„Mama, Papa! Mama, Papa!"*

„Da ist sie! Ja, Liebes, wir sind hier! Wo bist du?"

„Fünfunddreißig Grad zwanzig Minuten Nord. Einhundertneununddreißig Grad vierzig Minuten Ost."

Stone suchte die Position auf der Karte. „Sie ist dicht hinter uns."

„Dem Himmel sei Dank!" sagte Sarah.

„Wie schnell fährst du, Liebes?" fragte Stone.

„Zwölf Komma fünf Knoten. Mama, wir sehen jetzt wie ein Ozeandampfer aus –"

„Kleines, was zum Teufel –"

„Ich spiele bloß, Mr. Jack."

„Ronnie! Mr. Jack! Mr. –" Stone schaltete schnell das Funkgerät ab und sah wieder nach hinten. Der Liner, der wie die *QE-2* aussah, überholte sie schnell.

Sarah fragte: „Ist das –?"

Stone erinnerte sich an die ausgeweideten Aufbauten des Kreuzfahrtschiffes auf der Abwrackwerft. „Er hat den Gastanker getarnt. Das ist die *Dallas Belle*!"

Sarah schaltete auf Kanal sechzehn, um der Hafenpatrouille ein Notsignal zu senden. Stone hinderte sie daran. „Er wird das hören. Laß mich zuerst Ronnie holen. Bring mich an Bord."

„Was?"

Stone rannte nach unten, stopfte sich die Bushmaster in seine Windjacke und kam wieder herauf. „Genauso wie du heruntergekommen bist. Ich werde auf den Mast klettern bis zur obersten Saling. Du bugsierst das Boot unter seinen Bug. Backbord. Ich klettere auf den Anker und dann durch die Klüse."

„Das ist unmöglich."

„Wir haben keine Wahl."

Sarah setzte zu einem weiteren Protest an, sah dann aber, daß es keine andere Möglichkeit gab. „Ja, natürlich."

„Sie macht zwölfeinhalb Knoten. Das ist fast doppelt soviel wie wir. Du wirst etwa zehn Sekunden haben, um mich hinzubringen. Schaffst du das?"

„Ich denke schon."

Er wandte sich dem Mast zu.

„Michael."

Ihr Gesicht sah aus wie in Onyx gemeißelt. Nur ihre Lippen waren weich. „Gott sei mit dir."

17

Es war lange her, daß er das letzte Mal in Fahrt den Mast hochgeklettert war. Seine Arme und Beine zitterten, als er die erste Saling erreicht hatte. Die Waffe unter seiner Jacke fühlte sich schwer an. Aber er hatte keine Zeit, Luft zu schöpfen; das Schiff ragte gewaltig vor ihm auf.

Er packte fester zu und kletterte weiter. Die *Veronica* richtete sich plötzlich auf, von einer Welle zur Seite geworfen. Er glitt aus, schwang wild umher und krachte gegen den Mast, als das Boot zurückwippte. Seine Hand packte die zweite Saling, und er zog sich an ihr empor.

Das Schiff war jetzt beinahe über ihm. Er konnte seine Bugwelle hören, einen mächtigen zehn Fuß hohen Brecher, der aussah, als würde er die Swan einfach beiseite schieben. Der Anker hing höher, als Stone gehofft hatte. Als das Schiff die letzten paar Meter Abstand zurücklegte, wurde ihm bewußt, daß er würde springen müssen, um ihn zu erreichen. Aber er sah nichts, woran er sich festhalten konnte.

Sarah packte mit beiden Händen das Steuerruder, kämpfte gegen die Strömung an, die das Schiff um das Ruder tanzen ließ, und gegen den Wind, der krachend in die Segel fuhr. Die Bugwelle polterte wie eine Lawine hinter der *Veronica* her. Sarah bog ein Stück von dem Schiff ab, so daß die Welle unter dem Heck der *Veronica* barst. Der Mast schwang in einem schwindelerregenden Bogen von links nach rechts, kippte dann nach vorn und drohte Stone in die Luft zu schleudern.

Sarah schob sich wieder näher an den mächtigen Rumpf heran. Ein Windstoß peitschte den Mast weg und fegte ihn dann zurück. Die Spitze der Saling stieß gegen den Anker. Er ließ den Mast los, ließ sich ganz von dem Schwung tragen und segelte nach oben auf die glatte Stahlmasse zu, die er mit weit ausgebreiteten Armen und Beinen umklammerte.

Er konnte spüren, wie das Schiff vibrierte, ihn abschütteln wollte. Es gab nichts, woran er sich festhalten konnte. Er begann abzurutschen. Er blickte nach unten. Die *Veronica* begann sich zu entfernen.

Er sah das Wasser, das neben dem Schiffsrumpf dahinraste, sah einen fast siebzig Meter langen Metallstreifen, der allem Anschein nach entlang der Wasserlinie angeschweißt war. Sprengstoff, dachte er. Dann rutschte er schneller, spürte, wie er von dem gerundeten Ankerflügel abglitt. Das Schiff würde ihn in die Tiefe ziehen, wenn er auf das Wasser prallte. Dann stieß sein Fuß gegen etwas, verfing sich – und er erkannte, daß er an einem Vorsprung am Ende des Ankerflügels hängengeblieben war. Er tastete mit dem anderen Fuß, fand Halt, drückte die Knie vorsichtig durch und schob.

Als er endlich wie eine überdimensionale Fliege an dem Anker klebte, schob er sich vorsichtig Zentimeter für Zentimeter auf den Schiffsrumpf zu. Der Ankerschaft schmiegte sich an die Unterseite der Klüse, so daß oberhalb eine vielleicht dreißig Zentimeter breite Lücke frei blieb. Durch diese Lücke versuchte Stone zu klettern. Er schob Kopf und Schulter durch, aber seine Windjacke war zu dick. Er zog den Kopf wieder heraus und öffnete sie. Die Bushmaster fiel heraus. Stone sah zu, wie sie zehn Meter unter ihm ins Wasser klatschte. Er verdrängte die

Verzweiflung, die ihn erfassen wollte, zwängte sich durch das Loch und glitt an einer dicken Kette nach unten.

Er landete in einem Raum, in dem sich der Mechanismus befand, mit dem man den Anker hob. Er tastete sich an der Wand entlang, fand einen Türverschluß, öffnete ihn vorsichtig und schob die Tür auf. Dahinter war ein weiterer Raum, den das Tageslicht durch eine Gräting an der Decke erhellte. Er fand erneut eine Tür, hastete geduckt über das Vorderdeck und preßte sich dann an die Vorderseite des falschen Aufbaus. Er hätte sich die Mühe sparen können, weit und breit war niemand zu sehen. Er schob sich an der Seite entlang, spähte durch einen breiten Spalt, wo zwei Teile von den Aufbauten des Kreuzfahrers auseinandergeschnitten und lose wieder zusammengefügt worden waren, und trat in den leeren Raum dahinter.

Tageslicht strömte durch tausend Bullaugen herein. Er eilte auf das Deckshaus zu, öffnete eine Luke und fand einen zentralen Treppenschacht.

Er verfluchte sich, daß er die Bushmaster verloren hatte. Er nahm sich eine Feueraxt von der Wand und fing an, die Treppen hinaufzusteigen, lautlos in seinen Bootsstiefeln, und hielt sich bei jeder Treppenkehre bereit zuzuschlagen. Er stieg fünf Decks hinauf zum Brückendeck und sah niemanden. Er sah in die Räume entlang dem Korridor – Computer-, Karten-, Kommunikationsraum –, alle leer.

Er schob den Vorhang zur Brücke beiseite. Der alte Mann saß im Kapitänssessel vor dem Steuerruder und starrte auf einen Monitor. Die unechten Aufbauten versperrten den Blick aus den Fenstern; Mr. Jack sah aus, als würde er ein Raumschiff steuern.

Ronnie stand neben ihm auf seiner linken Seite. Rechts von ihm war eine verglaste Toilette zu sehen. Drinnen lag ein Mann zusammengekrümmt auf dem Boden. Ronnie drehte sich um, und ihr Gesicht erstrahlte in einem breiten Lächeln.

„Papa!“

Der alte Mann drehte sich in seinem Sessel herum. Er hielt eine Pistole, mit der er auf Ronnies Gesicht zielte, und sein linkes Handgelenk war durch eine Handschelle mit ihrem rechten verbunden.

„Lassen Sie die Axt fallen, Doc!“

STONE ließ die Axt aus seiner Hand gleiten.

„Setzen Sie sich auf diesen Hocker!“ Seine Stimme bellte wie eine Waffe.

Stone hatte den gebrechlichen Irren im Bademantel erwartet, den er in Schanghai gesehen hatte. Doch jetzt sah er sich einem alten Mann gegenüber, der in seiner Khakiuniform aus dem Zweiten Weltkrieg kräftig wie ein Takeldraht wirkte.

„Wir machen jetzt einen Deal, Doc: Sie gehen ans Funkgerät und rufen die Missis an. Sie sagen ihr, die Regeln sind noch dieselben. Sie hält die Klappe. Kein Funkgerät, keine Hafenpatrouille, keine Störung.“

„Und Sie geben mir Ronnie, jetzt.“

„Jetzt kriegen Sie sie nicht. Um vier Uhr. Am Tokio Tower.“

„Und wenn ich mich weigere?“

„Dann wird das kleine Mädchen erschossen. Und danach Sie.“

Er warf Stone ein auf Kanal fünf eingestelltes Funkgerät hin.

„Darling?“

„Du hast es geschafft!“

„Nicht ganz. Er gibt immer noch den Ton an. Du darfst mit niemandem sprechen. Folge uns einfach, und ich will sehen, was ich machen kann.“

„Aber was ist mit –“

„Bleib auf Empfang. Ich melde mich wieder, sobald es geht.“ Er schaltete das Funkgerät ab. „Okay, Mr. Jack?“

„Gebongt, Doc.“ Mr. Jack konzentrierte sich auf den Bildschirm.

Stone schob sich näher heran.

„Nein, Sie bleiben da, wo Sie sind! Setzen Sie sich auf den Hocker!“ Stone ließ sich nieder.

Ronnies Lächeln wurde ängstlich. Das Schiff lehnte sich in einer Kurve zur Seite. Dann, langsam und behäbig, richtete es sich auf dem neuen Kurs wieder auf.

Mr. Jack blickte vom Bildschirm auf. „Was haben Sie mit Moss gemacht?“

„Ihm ein Loch ins Heck geblasen.“

„Haben Sie ihn getötet?“ fragte Mr. Jack.

„Als ich ihn zuletzt sah, war er noch am Leben und hat geschöpft. Mit ein wenig Glück hat ihn ein Schiff aufgenommen. Er war verdammt nahe dran, uns zu töten.“

„*Yeah.* Nun ...“

„Mr. Jack?“ sagte Stone.

Der alte Mann zog Ronnie näher an seine Waffe heran. „Was?“

Sarah hatte ihn davor gewarnt, wie plötzlich Mr. Jacks Gefühle schwanken konnten. Stone wußte nicht, ob es weniger gefährlich war, auf Konfrontationskurs zu gehen oder gute Miene zum bösen Spiel zu machen.

„Ich habe das Gefühl, daß Sie dabei sind, Ihren Plan noch in letzter Minute zu ändern."

„Was für einen Plan?" fragte der alte Mann.

„Jetzt hören Sie aber auf, Mr. Jack! Ein wenig Verstand sollten Sie mir schon zutrauen."

„Der Plan ist noch derselbe. Nur meine Rolle hat sich verändert – jammerschade. Ich habe meinen Erbsenzählern schon gesagt, daß sie Japsenaktien verkaufen sollen."

„Sie schlagen Gewinn aus dieser Geschichte?"

„Ziemlich schwierig, das zu vermeiden. Meine chinesischen Kumpel werden sich dumm und dämlich verdienen … Sie und Mrs. Doc haben mir wirklich den Spaß ganz schön verdorben."

Stone ging hoch. „Meine Frau hat Ihnen das Leben gerettet!"

„Ich wette, daß sie das nicht mehr tun würde, wenn sie noch einmal die Wahl hätte."

„Wer hat auf Sie geschossen?" fragte Stone. Er suchte nach irgendeinem Keil, den er in die Psyche des Mannes treiben konnte, und wußte doch zugleich, daß er sich darauf nicht sonderlich gut verstand.

„Einer der Schiffsoffiziere hatte sich zusammengereimt, was ich vorhatte."

„Was ist mit ihm passiert?" fragte Ronnie.

„Ich habe ihn auf ein anderes Schiff versetzen lassen."

„Das glaube ich nicht."

„Weißt du was, Kleines? Das einzige, was mir wirklich leid tut, ist, daß du in meiner Gesellschaft so schnell erwachsen werden mußtest."

„Wann werden Sie uns gehen lassen?"

„Noch nicht."

Ronnie sah Stone an. Er lächelte ihr zu. Ronnie zwinkerte zurück.

„Bist du okay, Liebes?" fragte er leise.

„Alles klar, Papa."

Mr. Jack hatte sie beide beobachtet. Plötzlich wirkte er müde.

Das UKW-Sprechfunkgerät durchbrach die Stille: *„Asian Princess! Asian Princess!"*

„Komm, Kleines! Tokio ruft uns!" Mr. Jack ging mit Ronnie über die Brücke zu der verglasten Toilette. Er klopfte an die Tür. „Aufwachen, Lotse-San!" Die um den Toilettensitz gekrümmte Gestalt hob den Kopf und blickte benommen auf. Mr. Jack öffnete die Tür und gab ihm das Funkgerät. „Tokio Wan Traffic Control. Sie sind dran, Kumpel."

Der Lotse antwortete auf japanisch und redete eine Weile, bevor er wieder abschaltete.

„Was gibt es?" fragte Mr. Jack.

„Ich habe bestätigt, daß ich an Bord bin. Seit Schanghai. Alles okay bis zum Tokio-Leuchtturm."

„Ich wecke Sie beim Tokio-Leuchtturm." Er schloß die Tür. Stone erklärte er: „Die Vorschriften verlangen einen qualifizierten Lotsen an Bord. Ich habe mir diesen Typen nach Schanghai einfliegen lassen."

„Und die Sicherheitsbehörden haben da mitgemacht?"

„Solange ich bereit war, dafür zu bezahlen. Und im Falle von Kapitän Yakamoto, glaube ich, sind die ganz froh, wenn sie ihn eine Weile los sind. Der Mann säuft."

„Weiß er, was Sie tun?"

„Der hat schon Mühe, sich den eigenen Namen zu merken. Alles ist bereit. Die *Asian Princess* hat sich den Takeshiba-Pier schon seit sechs Monaten reserviert."

Der Leuchtturm von Tokio war nur sieben Meilen vom Takeshiba-Pier entfernt. Das Schiff machte augenblicklich zwölf Knoten. Sobald sie den Leuchtturm passiert hatten, würde nichts mehr sie aufhalten können.

„Mr. Jack?" Stone deutete mit einer Kopfbewegung auf das Ruder, das sich nach den unsichtbaren Kommandos des Autopiloten bewegte. „Was geschieht, wenn etwas vor das Schiff kommt?" Ihm war wohler, wenn er darüber redete, was gerade passierte, als über das, was in den Menschen vorging.

„Der Pott hat mehr Radar als der Kennedy Airport. Alles in den Kurscomputer integriert. Wenn uns etwas in den Weg kommt, bremst sie ab oder fährt einen Bogen drum herum. Und wenn dafür kein Platz ist, läßt der Computer ein Warnsignal ertönen."

„Erstaunlich", sagte Stone, bemüht, beeindruckt zu klingen. „Ich hatte nicht gewußt, daß OMBO inzwischen so weit entwickelt ist."

„Das ist die dritte Generation. Mit dieser Anlage können Sie die Mannschaft nach dem Verlassen des Hafens mit dem Hubschrauber von Bord holen und beim nächsten Hafen eine neue Mannschaft hinbringen. Das spart eine Menge Arbeit dazwischen. Eigentlich würde man selbst im Hafen keine Mannschaft brauchen, wenn da nicht die Vorschriften der Küstenwache wären."

Stone pflichtete ihm bei in der Hoffnung, ihn ins Gespräch zu ziehen. Es schien zu funktionieren. Während Mr. Jack den Bildschirm überwachte, tauschten sie Geschichten über Erlebnisse mit der Küstenwache und den Bürokratien in einem Dutzend Häfen aus. Sechsmal wurden sie vom UKW-Sprechfunkgerät unterbrochen. Mr. Jack weckte jedesmal den Lotsen, um den anderen Schiffen und der Verkehrskontrolle zu antworten, und der Lotse ordnete geringfügige Kursänderungen an, die Mr. Jack dem Computer eingab.

Plötzlich tippte der alte Mann auf den Radarschirm und platzte heraus: „Sehen Sie, was das ist?"

„Dieses große Ziel?"

„Darauf können Sie wetten, daß das ein großes Ziel ist! Das ist die *Admiral Yamamoto* von der Marine der Japse, der größte Hubschrauberträger auf der ganzen Welt. Ich wette Dollars gegen Donuts, daß die taktische Luft-Boden-Atomraketen haben. Und ich spinne nicht!"

Stone nutzte vorsichtig die Chance, die sich ihm bot. „Sie haben wirklich lange auf Ihre Rache gewartet."

„Eigentlich nicht. Ich habe die Japse zwar seit dem Krieg gehaßt, aber mir ist erst in letzter Zeit klargeworden, daß ich inzwischen alles hatte, was ich brauchte, um wirklich etwas zu unternehmen – das Schiff, das Gas, meine Kumpel in Schanghai ... Hat Ihre Frau Ihnen gesagt, daß ich spinne?"

„Das einzige, was ihr wichtig ist, ist, Ronnie lebend zurückzubekommen."

Ronnie, die mit offenen Augen halb eingeschlafen war, sagte: „Papa?"

„Ja, Liebes?"

„Es gibt ein Rettungsboot. Ah Lee hat mir gezeigt, wie es funktioniert. Man braucht nur einen Hebel zu ziehen, dann fällt es vom Schiff."

„Was ist damit, Liebes?"

„Man muß sich anschnallen, weil es wirklich hart aufprallt." Sie blickte zu Mr. Jack auf, als würde sie damit rechnen, daß er sie zum Schweigen brachte, aber er erklärte: „Im freien Fall. Fällt runter wie ein Stein."

„Papa, lauf weg!"

„Was? Wovon redest du da?"

Mr. Jack lachte. „Die Kleine ist einmalig!"

„Lauf weg, Papa!"

„Ich kann dich doch nicht allein lassen", widersprach Stone.

„Und wer ist dann bei Mama?"

Stone traten die Tränen in die Augen. „Du bist ein Schatz!"

„Was die Kleine da sagt, hat etwas für sich, Doc. Vielleicht lasse ich Sie am Leuchtturm laufen."

„Lassen Sie sie gehen. Sie ist doch bloß ein Kind."

„Wie Sie vorher schon gesagt haben, Doc: Ich habe meinen Plan geändert. Aber ich will nicht allein sterben. So, wie sich alles entwickelt hat, ist Ronnie mein bester Freund auf dem ganzen Planeten."

„Dann lassen Sie sie gehen."

„Papa, bitte, lauf weg! Sag Mama, daß ich sie liebhabe."

Stone blickte seine Tochter an und sah den Mut in ihren Augen leuchten. „Ohne dich könnte ich ihr nicht ins Gesicht schauen", sagte er.

„Warum lassen wir das nicht Mama entscheiden?" sagte Mr. Jack und schaltete das UKW-Sprechfunkgerät ein.

Stone stand auf. „Ich werde nicht zulassen, daß Sie sie quälen!"

„Ganz ruhig, Doc." Mr. Jack hielt Ronnie die Pistole an den Kopf.

Stone ging auf ihn zu.

Mr. Jacks Augen weiteten sich. „Was machen Sie da? Zurück, Mann! Ich töte sie!"

„Ihren besten Freund auf dem ganzen Planeten", sagte Stone und kam näher.

„Fragen Sie Ihre Frau, ob ich schieße. Sie kennt mich."

Stone ging weiter. Er war noch zwei Meter von dem Sessel entfernt.

„Letzte Warnung, Doc. Stehenbleiben!"

„Sie werden sie ja ohnehin töten."

„Sie haben es nicht anders gewollt. Tut mir wirklich leid, Kleines –"

Ronnie entriß sich ihm und spannte Arme, Beine und Oberkörper an wie eine Feder. Er zerrte sie mit der Handschelle zurück, aber da hatte sie ihre freie Hand bereits zu einer winzigen Faust geballt.

Ein schriller Schrei endete mit dem trockenen Knall des Schusses.

Ronnie fiel, und sie und der alte Mann gingen zusammen zu Boden.

Stone versuchte verzweifelt, Mr. Jack die Pistole zu entreißen, aber sie fuhr an seiner Hand vorbei – und dann richtete sich die Mündung des Laufes voll auf sein Gesicht.

Ronnie hieb ihre Faust zum zweiten Mal auf Mr. Jacks verwundete Schulter. Ein erneuter Schrei entfuhr ihm, ein Zucken durchlief seinen Körper, dann ließ er die Waffe fallen und krümmte sich zusammen.

Stone packte Ronnie. „Ist mit dir alles in Ordnung?"

Sie nickte. Ihre Augen funkelten, ihre Nasenflügel bebten. „Mistkerl!"

„Wo ist der Schlüssel für die Handschellen?"

„Den hat er über Bord geworfen."

Stone rannte, um die Axt zu holen. Mr. Jack stöhnte.

„Schnell", sagte Stone zu Ronnie. Er hielt schützend seine Hand über die ihre, spannte die Kette von Mr. Jacks Handgelenk und hieb mit der Axt darauf, ein Dutzend Mal, zielte immer wieder auf dasselbe Kettenglied.

„Zu spät, Doc. Sie können es nicht mehr aufhalten."

„Warten Sie es ab."

„Haben Sie die Hohlladungen an der Wasserlinie gesehen?"

„Ja, die habe ich gesehen."

Mr. Jack hatte Mühe, Luft zu bekommen. „Die besten Sprengmeister der Welt könnten die nicht rechtzeitig entfernen."

„Vielen Dank für die Warnung."

„Und wenn Sie das Schiff drehen, geht es hoch, das ist programmiert."

Stone fuhr fort, auf die Kette einzuhacken. „Das glaube ich nicht. Sie haben das Programm darauf eingestellt, daß Sie Schiffen ausweichen, die das Radar entdeckt."

„Ich habe natürlich eine Toleranz eingebaut, Schlaumeier. *Ah*!" Er griff sich an seinen Arm, und Stone erkannte erst jetzt, daß den alten Mann nicht nur die verwundete Schulter schmerzte.

„Sie haben gerade einen Herzanfall, nicht wahr, Mr. Jack?"

Der alte Mann atmete keuchend. „Ich habe ein Herz, so stark wie eine Turbine."

„Wieviel Toleranz ist eingebaut, Mr. Jack?"

Wieder ließ ein Krampf Mr. Jack zusammenzucken, und seine Lungen rasselten.

Das Kettenglied zersprang. Stone nahm Ronnie in die Arme. Ihre Augen fingen an, glasig zu werden – ihr Bewußtsein war offenbar im Begriff abzuschalten. Während er sie fest an sich preßte, rannte er auf den Brückenflügel hinaus.

Die Sicht war klar. Der Leuchtturm von Tokio lag unmittelbar vor ihnen. Sobald sie ihn passiert hatten, würde das Schiff keinerlei Platz zum Manövrieren mehr haben, bis es den inneren Hafen erreicht hatte. Er konnte den Tokio Tower und Hunderte von Bürogebäuden sehen.

„Wo ist Mama?"

Stone hatte bereits nach ihr Ausschau gehalten. „Wir sind bald bei ihr. Komm, hilf mir." Er trug sie zur Brücke zurück. Mr. Jack lag mit geschlossenen Augen reglos da. „Geh, weck den Lotsen", forderte Stone Ronnie auf. „Schütte ihm Wasser übers Gesicht."

Er hieb auf den Notknopf für die Schiffspfeife, die daraufhin sieben schrille Töne von sich gab, und rannte dann ans Steuer, um auf den Bildschirm zu sehen. Der programmierte Kurs der *Dallas Belle* war in einer blauen Linie zu sehen, die zwischen den äußeren Wellenbrechern des Hafens in die Westpassage von Tokio verlief, vorbei an Kais, vorbei an der Signalstation, vorbei an dem Kraftwerk von Toden Oi, vorbei am World Trade Center, wo das Schiff aus der Hauptfahrrinne ausbiegen und mit voller Kraft voraus die letzten tausend Meter zum Takeshiba-Passagierterminal rasen würde.

„Da ist er“, sagte Ronnie.

Der Lotse stand schwankend auf den Beinen; er war naß und wirkte gereizt.

Stone drückte ihm das UKW-Sprechfunkgerät in die Hand. „Rufen Sie Tokio Traffic! Sagen Sie ihnen, wir leiten eine Hundertachtzig-Grad-Kehrtwende nach backbord in die hafenauswärts gerichtete Fahrrinne ein. Sagen Sie denen, daß alle Schiffe uns Platz machen sollen. Sagen Sie ihnen, daß wir fünfzigtausend Tonnen verflüssigtes Erdgas an Bord haben, die um sechzehn Uhr explodieren werden – in einer halben Stunde. Sagen Sie ihnen, wir nehmen Kurs auf die Mitte der Bucht.“

Der Lotse riß verwirrt die Augen auf.

„Los jetzt!“

Auf dem Bildschirm wurden jetzt andere Schiffe vom Radar erfaßt: eine Kolonne von Schiffen, die hinter ihnen hereinkamen, und auf der gegenüberliegenden Seite die hafenauswärts fahrende Kolonne. Er griff ans Ruder, und das Schiff begann sich zu drehen. Während die *Dallas Belle* abbog, projizierte der Bildschirm eine blaue Linie, die sich ständig weiterbewegte. Es sah aus wie eine Sense, die durch die Radarpunkte schnitt, die jetzt Kurs und Tempo veränderten, als sie von der Verkehrskontrolle Warnmeldungen erhielten.

„Tokio Traffic verweigert die Erlaubnis, in der Tokiobucht zu bleiben! Sie sagen, Kurs auf die Sagamisee nehmen.“

„Geht nicht. Um sechzehn Uhr wären wir mitten in der Meerenge. Wir würden Yokohama, Yokosuka und Kimitsu vernichten. Sagen Sie ihnen, wir bleiben in der Bucht.“

Der Lotse bewegte sich auf den Vorhang zu.

„Ronnie! Schnell, die Pistole!“

Sie rannte zu der Stelle, wo die Waffe hingerutscht war, und kam damit zu Stone zurückgerannt.

„Gehen Sie wieder in diese Toilette, Mann! Wir nehmen Sie ins Boot, wenn wir soweit sind.“

Der Lotse rannte in die kleine Zelle.

„Wie geht es dir denn, Liebes?“

„Okay, denke ich. Und dir?“

„Großartig. Wie spät ist es?“

„Fünfzehn achtundvierzig.“

„Wie lange brauchen wir bis zum Rettungsboot?“

„Vier Minuten.“

„Ist der Aufzug da? Sieh mal nach.“

Sie rannte durch den Vorhang hinaus. Stone beobachtete den Bildschirm.

„Mr. Jack? Können Sie mich hören? Können Sie gehen?"

„Nein, Sie Mistkerl."

„Wir werden Sie tragen."

„Lassen Sie mich auf meine Art sterben."

„Ich werde Sie nicht in der Nähe des Ruders lassen."

Ronnie kam zurück. „Der Aufzug ist hier. Es ist fünfzehn einundfünfzig, Papa."

Er winkte dem Lotsen. „Helfen Sie ihm auf."

Mr. Jack stemmte sich auf ein Knie hoch und stöhnte vor Schmerz.

„Festhalten", sagte Stone und blockierte das Ruder. Die *Dallas Belle* bog scharf nach backbord. Stone drückte erneut den Knopf für die Dampfpfeife, und dann verließen sie die Brücke, kämpften gegen die steile Neigung des kreisenden Schiffes an.

Mr. Jack und der Lotse taumelten in die Aufzugkabine. Stone folgte ihnen, die Pistole in einer Hand und Ronnie mit dem anderen Arm an sich gedrückt. Als die Tür sich auf dem Hauptdeck öffnete, führte Ronnie sie aufs Achterdeck.

Eine Leiter spannte sich über das Rettungsboot, das in den Davits hing. Stones Hauptproblem bestand darin, an Bord zu gehen, ohne die Kontrolle über die Situation zu verlieren. Er und Ronnie mußten als erste ins Boot. Wenn sie das nicht taten, konnten der Lotse und Mr. Jack es ohne sie starten. Er sah auf die Uhr. Drei Minuten.

„Steig ein, Liebes!" Er drehte sich um und stieg rückwärts ins Boot, wobei er den Lotsen und Mr. Jack beobachtete, die jetzt die Leiter heraufstiegen. „Sie zuerst, Mr. Jack."

Das Gesicht des alten Mannes war verzerrt von Schmerz und Wut. Hinter ihm drängte der Lotse und schrie die ganze Zeit „Schnell, schnell!".

„Los jetzt!" brüllte Stone. „Wir haben keine Zeit mehr!"

Der Lotse schob jetzt kräftiger. Der alte Mann wirbelte herum und trat ihm ins Gesicht, und der Lotse fiel aufs Deck. „Ich bleibe", erklärte Mr. Jack Stone. „Zum Teufel mit euch allen!"

Stone knallte das Luk zu und schnallte sich neben Ronnie an. Ihre Hand lag bereits auf dem Starthebel.

„Los!"

Sie riß den Hebel zu sich heran. Stones Magen machte einen Satz. Sie fielen. Eine Sekunde später prallten sie mit einem gewaltigen Ruck, der ihre sämtlichen Knochen durchrüttelte, auf dem Wasser auf. Das Boot kippte zur Seite. Stone spürte, wie die Strömung, die von der Schraube der *Dallas Belle* ausging, das Rettungsboot wegschleuderte. Er eilte zum Ruder und griff nach dem Anlasser. Der Motor sprang an. Aber ehe Stone die Schraube einkuppeln konnte, spürte er einen harten Stoß durchs Wasser und wußte, daß es zu spät war. Die Sprengstoffladungen an der Backbordseite des Schiffes waren detoniert.

Er griff nach Ronnie. Die nächsten ein oder zwei Sekunden würden ihm verraten, ob er, indem er das Schiff auf die Seite gelegt und damit die Sprengstoffladungen untergetaucht hatte, die Explosion hatte ersticken können, ehe sie das verflüssigte Gas zünden konnte.

DAS RETTUNGSBOOT hörte plötzlich mit einem lauten knackenden Geräusch zu schaukeln auf und lag dann schräg da, als ob es mitten in der Bucht auf Grund gelaufen wäre.

Stone öffnete das Luk. Ein kalter Wind stach ihm ins Gesicht. Das Schiff war eine Viertelmeile entfernt, lag in einem Eisfeld schräg auf der Seite. Das Eis breitete sich mit rasender Geschwindigkeit aus. Es hatte bereits den Hubschrauberträger *Admiral Yamamoto* eingeschlossen, der zwischen der *Dallas Belle* und dem Rettungsboot lag, dehnte sich immer weiter aus und ließ das Meerwasser zu kristallinen Wellen gefrieren, die hart und durchsichtig wie Glas waren. Ein rauchiger weißer Nebel stieg von der erstarrten Oberfläche aus. Aus dem aufgebrochenen Rumpf des Schiffs strömte weiter eisiges Gas aus. Stone zog Ronnie durch das Kabinendach.

„Was ist passiert?" Ihre Augen weiteten sich ungläubig.

„Das tiefgekühlte Gas hat das Wasser gefrieren lassen. Komm! Das explodiert jetzt jeden Augenblick!"

Ronnie starrte auf die *Dallas Belle*. „Da, sieh dir Mr. Jack an!"

Er klebte wie ein Strichmännchen festgefroren in halber Höhe der Aufbauten an einer Leiter.

Stone ließ Ronnie von dem Rettungsboot hinunter, kletterte hinterher, und dann fingen sie an, über die gefrorene Bucht zu rennen, stiegen über Eishügel und rutschten in Täler, den Rücken dem Schiff zugewandt, das Gesicht im Wind.

Rings um sie war eine seltsame Stille, die nur von einem klimpernden Geräusch durchbrochen war, das klang, als stamme es von tausend winzigen Glöckchen. Hier und da riß der Nebel auf, und sie konnten Schiffe sehen, die vor dem sich immer noch ausbreitenden Eis flohen

„Es bewegt sich!" schrie Ronnie.

Die Eisschicht wurde dünner, wogte in der Dünung. Plötzlich bewegte sich eine gezackte Öffnung auf sie zu wie ein angreifendes Tier. Sie wichen aus. Stone glitt und stürzte. Er rappelte sich hoch, griff nach Ronnies Hand und fing wieder zu rennen an. Dann brach er plötzlich in eine weiche Stelle ein, die auf trügerische Weise unsichtbar war. Er blickte sich um. Das Schiff war in Nebel gehüllt. Der vom Eis eingeschlossene Hubschrauberträger war hell beleuchtet. Auf den Decks konnte man dichte Trauben von Helikoptern sehen, und in der Takelage waren die Signalflaggen gefroren.

Die Eisfläche löste sich in einzelne Schollen auf. Noch eine Minute, und sie würden frei schwimmen – Meilen vom Ufer entfernt, während es immer dunkler wurde. Aber zum Rettungsboot zurückzukehren würde ebenso lebensgefährlich sein. Jeden Augenblick konnte der gefrorene brüchige Stahl mit einem Feuerwerk von Funken zerspringen und das Gas entzünden.

„Da ist Mama!“

Die Swan strebte geradewegs auf sie zu, das Großsegel schwarz, der Klüver weiß wie eine Möwe. Sarah jagte das Boot durch das halb geschmolzene Eis am Rande des Feldes und steuerte es dann auf eine feste Scholle, während Stone und Ronnie von Eisscholle zu Eisscholle springend auf sie zurannten.

Ronnie brach ein. Stone packte sie, sprang über eine Wasserrinne und landete hart in der Nähe des Bootes, brach dabei aber mit beiden Füßen durch das Eis. Noch im Fallen schwang er Ronnie mit ganzer Kraft an ihrem Arm vorwärts.

Er sah, wie Sarah ihre Hand zu fassen bekam und sie über die Reling zog. Dann sank er in die Tiefe, und Eisbrocken schlugen über seinem Kopf zusammen. Seine Stiefel füllten sich, zerrten ihn nach unten. Er streckte die Arme empor. Da stieß etwas gegen seine Handfläche, und er schloß die Hand und hielt sich daran fest.

Sein Kopf brach durch die Oberfläche, und er sah Sarah auf Deck knien. Sie versuchte, ihn mit einem Bootshaken an den Rumpf heranzuziehen. Er schaffte es, mit einer Hand den Haken zu packen, und dann hing er da und spürte, wie das eisige Wasser an seinen Kräften nagte.

Sarah schrie Ronnie etwas zu. Das Kind fummelte am Mast herum und warf ihm ein Ende des Falls zu. Er schlang es unter seinen Armen hindurch und verknotete es. Dann kurbelte Sarah an der Mastwinsch, und Stone spürte, wie er langsam aus dem Wasser und über die Schiffsseite gezerrt wurde.

„Dreh das Boot herum!“

Er kroch am Deck entlang ins Cockpit und griff nach dem Steuer. Die *Dallas Belle* lag im Osten. Er ließ den Motor an und setzte ihn ein, um das Heck vom Eis zu lösen. Aber anstatt nach Süden auf die Sagamisee zuzusteuern, bog er nach Osten.

„Wir müssen dieses Helikopterschiff zwischen uns und den Frachter bekommen, sonst bläst uns die Druckwelle aus dem Wasser.“

Jeden Augenblick würde sich das Gas entzünden. Die *Veronica* fing einen günstigen Wind auf und wurde schneller. Dann erreichte sie endlich den Punkt, wo der Hubschrauberträger ihren Blick auf die *Dallas Belle* verdeckte. Stone steuerte jetzt auf die Meerenge zu und sah sich immer wieder um, um sicherzugehen, daß sie im Schutz des Kriegsschiffes blieben.

Und dann explodierte die *Dallas Belle.* Ein Feuerball schoß brüllend in den Himmel und tauchte die Bucht von Tokio von einem Ufer zum anderen in rubinrotes Licht. Die See bebte unter der Swan wie ein Erdbeben. Eine Druckwelle krachte in die Segel und warf sie zur Seite. Ehe sie sich wieder ganz aufgerichtet hatte, war der Himmel mittäglich hell erleuchtet.

Das Kriegsschiff, das sie vor den schlimmsten Auswirkungen der Explosion geschützt hatte, flog plötzlich auseinander und schleuderte brennende Helikopter auf die Schiffe in seiner Umgebung. In der ganzen Bucht fingen Schiffe in einer Folge von Explosionen Feuer.

Ein heißer Wind brach los, und das Eis verschwand. Säulen von Feuer, die hoch in den Himmel ragten, sich drehten und Spiralen bildeten, rasten wie Wirbelstürme auf die Stadt zu. Auf den äußeren Wellenbrechern spiegelten die Glasfassaden von Gebäuden die Flammen wider und platzten dann auseinander wie rote Mohnkapseln, die ihre Blütenblätter in den Wind verteilen. Autos stürzten brennend von einer Hängebrücke. Eine Gruppe von Schornsteinen, die zu einem Kraftwerk gehörten, brach in sich zusammen.

Stone richtete sein Fernglas auf den Tokio Tower, der über dem Zentrum der Stadt stand wie ein Gefangener, der auf seine Strafe wartet. Auf einem Pier explodierte ein Eisenbahnzug mit Tankwagen in einer langen Folge dröhnender Explosionen, die sich als Schlußakkord des grausigen Geschehens erwiesen. Langsam, widerstrebend sanken die Feuersäulen auf das Wasser zu, und in ihrem verblassenden Licht sah Stone, daß der Hafen die schlimmste Wucht des Zerstörungswerks aufgefangen hatte. Tokio Tower stand noch, jetzt ein Wächter für die Stadt, die überlebt hatte.

WEIHNACHTSMORGEN. Dreißig Meilen südlich von Nojima-zaki faltete Stone seine Japankarte zusammen und drehte die *Veronica* nach Südosten ins offene Meer. Er suchte den Horizont ab, wo gerade der Gürtel des Orion mit schwachem Leuchten im Westen versank, und ging unter Deck.

Sarah und Ronnie saßen im Hauptsalon unter einer Decke, umgeben von Ronnies Plüschpinguinen und Alligatoren und den in Geschenkpapier gewickelten Schachteln, die sie vor sechs Wochen in Kwajalein gekauft hatten.

„Mein Held!" So hatte Ronnie ihn nur noch genannt, seit sie aufgewacht war.

Stone gab Ronnie einen Kuß auf die Stirn und Sarah einen auf den Mund. „Mama ist auch eine Heldin, Liebes. Ohne sie würden wir immer noch schwimmen."

„Oder inzwischen gebraten sein. Mama, wann machen wir die Geschenke auf?"

„Wenn dein Vater ein wenig geschlafen hat." Sarah hob die Decke. „Komm her."

Stone zwängte sich zwischen sie und schlug ihre eselsohrige Ausgabe von „Meeresstraßen in aller Welt" auf.

„Wo fahren wir hin, Papa?"

„Na ja, die arme *Veronica* braucht Reparaturen an der Steuerbordsaling, und dann muß dieses Loch in der Kombüse dauerhaft geflickt werden, ehe irgend so ein Hai zum Mittagessen hereingeschwommen kommt. Also wird unsere erste Station ein hübscher warmer Strand sein."

„Und wohin dann?"

„Dann möchte deine Mutter sehr gern nach Hause segeln."

Ronnie sah ihn verwirrt und ein wenig beunruhigt an. Dann sammelte sie ihre Geschenke um sich und zog ihre Plüschtiere zu sich heran. „Nach Hause? Wir sind doch zu Hause."

PAUL GARRISON

„An Bord eines alten chinesischen Passagierdampfers kam mir die Idee für meinen Roman."

Paul Garrison gehört zu jenen Autoren, die es vorziehen, ihre wahre Identität hinter einem Künstlernamen zu verbergen. Über die Entstehung seines ersten Romans *Kaltes Feuer* gibt er jedoch bereitwillig Auskunft.

„Ich hatte gerade die alljährliche ‚Round-the-Island'-Regatta von Hongkong besucht und verließ die Stadt an Bord eines alten chinesischen Passagierdampfers, der früher zur Beförderung britischer Offiziere in die Kolonie Hongkong eingesetzt worden war. In meiner Nachbarkabine wurde so lautstark Mah-Jongg gespielt, daß an Schlaf nicht zu denken war, und so streifte ich ziellos im Schiff umher. Dabei stieß ich auf die ‚Schiffsbibliothek', eine schäbige, kleine Kammer, und als ich den Lichtschalter fand, erhellten altmodische Messinglampen den Raum. Schlagartig fühlte ich mich um fünfzig Jahre zurückversetzt in ein verrauchtes Klubzimmer. Mir kam in den Sinn, welch faszinierende Geschichte der pazifische Raum und der Ferne Osten aufzuweisen haben und wie viele Menschen hier in Kriegen und Revolutionen ums Leben gekommen waren. In diesem Moment begann die Idee für *Kaltes Feuer* erste Konturen anzunehmen.

Mein Vater, ein Ingenieur, hatte unter Pseudonym Abenteuergeschichten verfaßt – warum sollte ich nicht auch einen Versuch wagen, einen Roman über den Pazifik zu schreiben? Ich war ein eifriger Leser, hatte als Segler Erfahrungen gesammelt, kannte mich mit Schiffbau aus und war seit jeher fasziniert von Erzählungen über See- und Luftschlachten des Zweiten Weltkriegs. Also machte ich mich an die Arbeit, lernte, indem ich mich durch sieben oder acht Fassungen meines Romans arbeitete, und wurde immer mehr von der Welt der Vergangenheit in den Bann gezogen. Doch die wichtigste Erkenntnis war, daß ich meine Geschichte am besten mit Hilfe dreier Menschen unserer Zeit erzählen konnte – eines Mannes, einer Frau und eines Kindes, die auf dramatische Weise getrennt werden und alles daransetzen, wieder zueinanderzufinden."

EVA IBBOTSON
Sternen-
melodie

Allein die Sterne hätten vorhersehen können, daß sich ihre Pfade kreuzen und schicksalhaft verbinden würden.

Prolog

Ihrer beider Sternzeichen waren die Zwillinge, und für diejenigen, die glauben, daß die Sterne unser Schicksal bestimmen, muß dies das Bindeglied zwischen ihnen gewesen sein. Sicherlich würde es ohne Sternenkunde schwerfallen, das Leben der kleinen österreichischen Fürstentochter, die in einem berühmten Schloß geboren und auf ein Dutzend klangvoller Namen getauft wurde, mit dem eines anderen Kindes in Verbindung zu bringen, das, in einen Sack gewickelt, am Hafenkai einer düsteren englischen Industriestadt gefunden wurde. Ihre Geburt wurde in der Familienchronik dokumentiert und gefeiert (obwohl sie ein Junge hätte werden sollen). Aber die des anderen Kindes, das ein Junge geworden war …

Es war purer Zufall, daß ihn überhaupt jemand fand, denn das graue Bündel lag zwischen Bergen alter Jutesäcke auf einem der Docks am Tyne, wo sich an jenem Morgen des Jahres 1891 Pakete und Kisten für die Frachtschiffe nach Skandinavien neben Bergen von Kohle stapelten, die die Schleppkähne gelöscht hatten. Aber unter den Frauen, die zur Arbeit am Fischhafen gingen, war eine, die scharfe Ohren hatte und außer dem Kreischen der Möwen noch etwas anderes hörte: das verzweifelte Schreien eines Babys.

Eine Stunde später war der Inhalt des Bündels auf der Polizeihauptwache von Newcastle als männlich befunden und als das 14. Findelkind in dieser Stadt in jenem Monat registriert worden. Am Abend lag das Kind gefüttert, gebadet und in ein Baumwollhemdchen gekleidet in den Armen der Vorsteherin des Byker-Waisenhauses und bereitete ihr gewisses Kopfzerbrechen.

Dieses Baby, das mit soviel Energie brüllte, schien von robusterer Natur als jedes andere, das durch ihre Hände gegangen war. Sie hatte noch kein Kind gesehen, das so kräftig strampelte. Als sie es in das zwölfte Bettchen von links legte, war ihr klar, daß die Frage nach dem Überleben des Säuglings, die sie sich so oft bei Findelkindern stellen mußte, hier unangebracht war.

Bei der Suche nach einem Namen für das Baby in Bett Nr. 12 legte die Vorsteherin die Namensliste beiseite, die ihr das Vorstandskomitee als

Richtlinie in die Hand gegeben hatte. Dieses explosive Individuum war kein Albert oder Edward. Sie nannte den Jungen Guy, und als Nachnamen wählte sie den einer Inselgruppe vor der Küste von Northumberland, der Farne-Inseln, zu denen sie ihr Vater als Kind einmal mitgenommen hatte.

Guy Farne entwickelte Muskeln und bekam Haare und Zähne. Er begann drei Monate früher als erwartet zu krabbeln; bald darauf konnte er laufen.

Spekulationen über die Herkunft ihrer Babys gestattete sich die Vorsteherin nur selten. Über keines ihrer Findelkinder waren jemals Nachforschungen angestellt worden, und noch nie wurde eines zurückverlangt. Das Waisenhaus konnte sie zu gottesfürchtigen und für die Arbeit als Hausangestellte oder Hilfsarbeiter geeigneten Menschen großziehen, aber mehr war nicht drin. Bei Guy Farne jedoch lag der Fall anders. Als er sich vom Kinderverklopper zum Brandstifter entwickelte und sich gelegentlich auch der Körperverletzung schuldig machte, versuchten seine Erzieher zu beweisen, daß dieses besondere Findelkind unmöglich englischer Herkunft sein konnte.

„Mit hohen Wangenknochen und so, wie seine Augen geschnitten sind, könnte er alles mögliche sein."

„Wo's Schiffe gibt, gibt's allerlei", sagte die Köchin. „Sogar Litauer."

Die Tendenz, den Litauern die Schuld zu geben, verstärkte sich bei den Mitarbeitern des Bykerschen Waisenhauses, als Guy Farne vier, fünf Jahre alt wurde.

„Trotzdem kann man nicht sagen, daß er bösartig ist", meinte die Vorsteherin. Das stimmte, aber für die Mitarbeiterinnen im Waisenhaus war es ein schwacher Trost. Es stimmte auch, daß Billie mit einer Gehirnerschütterung ins Haus gebracht wurde, weil er einem Hündchen eine Blechdose an den Schwanz gebunden und Guy ihn dafür gegen eine Backsteinmauer gestoßen hatte; und daß Guy einem Waisenhausdirektor eine goldene Uhr aus der Westentasche geklaut hatte, um sie dem alten Heizer zum Geburtstag zu schenken. Aber als Guy sechs Jahre alt war, reichte es der Vorsteherin trotzdem, und sie sah sich nach einem geeigneten Opfer um. Ihre Wahl fiel auf eine Witwe namens Martha Hodge.

Mrs. Hodge hatte sehr früh ihren Mann verloren, der bei der Arbeit auf der Werft verunglückt war. Sie hatte zwei kleine Mädchen in Pflege genommen und erfolgreich großgezogen. Also schrieb die Vorsteherin an Mrs. Hodge, ob sie nicht Lust hätte, ein weiteres Kind aufzunehmen. Mrs. Hodge begab sich zum Waisenhaus und erklärte der Vorsteherin, sie sei bereit, wieder ein Pflegekind zu übernehmen, aber es müsse ein Mädchen sein.

Die Vorsteherin unterdrückte einen Seufzer. „Wo Sie nun schon hier sind ... Wollen Sie sich den Jungen nicht mal ansehen?"

Guy wurde hereingeführt und sah Mrs. Hodge ohne jede Hoffnung an. Mit finsterem Gesicht, aber auch mit der für ihn typischen Festigkeit stand er da und wartete, fest mit der Mitteilung rechnend, daß er nicht annehmbar sei.

Mrs. Hodge sah ihn an und fühlte sich schwach. Von diesem merkwürdig aussehenden Jungen ging eine Kraft aus – wie die Strahlen von einem Leuchtturm, dachte sie. Es war sehr still im Zimmer der Vorsteherin. Als plötzlich die Socke am linken Bein des Jungen herunterrutschte, weil das Strumpfband gerissen war, wurde die innere Anspannung des Kindes deutlich, und Mrs. Hodge sagte: „In Ordnung. Wir versuchen es."

Der erste Monat, den Guy in Marthas Reihenhaus in der schmalen, kopfsteingepflasterten Straße neben der Werft verbrachte, verlief ruhig. Jedes Waisenkind wußte, daß es für Pflegeeltern einen Monat Probezeit gab. Die Bilder von entmutigten Kindern, die mit ihrem Bündel ins Waisenhaus zurückkehrten, hatten sich Guy bereits eingeprägt, als er vier Jahre alt war. Am letzten Tag im Februar packte er, auf das Schlimmste gefaßt, seine Siebensachen und kam zu Martha in die Küche. „Ich bin fertig", sagte er. „Ich kann jetzt zurückgehen."

„Zurückgehen? Ja, warum denn, du Dummerchen? Willst du nicht hierbleiben?"

Guy wollte bleiben. Seine Heftigkeit und Aggressivität nahmen nun eine andere Richtung. Im Waisenhaus hatte er gegen die Welt gekämpft; nun warf er sich für Martha Hodge in den Kampf, sobald sich jemand etwas gegen sie herausnahm. Als sie ihm erklärte, daß treten und Arme verdrehen nicht die geeigneten Mittel seien, um schlecht erzogene Kinder eines Besseren zu belehren, verlegte er sich aufs Boxen.

Die Schule brachte kaum Erleichterung, denn Guys Energie reichte immer noch für mehrere Stunden Chaos, bis es Zeit war, ins Bett zu gehen. Zwei Jahre nach Guys Einzug in Marthas Haus wurde sie gebeten, zum Schuldirektor zu kommen.

„Er ist ein Teufel, Mrs. Hodge. Ein regelrechter Satansbraten", sagte Mr. Forster. Aber Marthas Pflegekind verfügte über eine bemerkenswerte Auffassungsgabe. Mr. Forster war der Meinung, Guy könnte ein Begabtenstipendium für die Lateinschule gewinnen.

Guy nahm an dem Wettbewerb teil. Als er sein Stipendium erhielt, gab es ein Straßenfest, und Guy, der jetzt stolz einen schwarzen Blazer trug, ging nun auf die Königlich Englische Lateinschule. Seine Leidenschaft waren die naturwissenschaftlichen Fächer, aber er hatte auch ein Ohr für Sprachen und Musik. Er prügelte sich noch immer bei der geringsten Provokation, aber jetzt gab es auch normale sportliche Aktivitäten, die seine Energie kanalisierten.

Das Stipendium für Cambridge war für niemanden eine Überraschung. Er studierte Naturwissenschaften, und Martha bereitete sich darauf vor, ihn klaglos aus ihrem Leben gehen zu lassen. Doch Guy machte keinerlei Anstalten, seiner Pflegemutter den Rücken zu kehren. In den großen Ferien arbeitete er, um etwas für Kleidung und Extras hinzuzuverdienen, aber zu Weihnachten und Ostern kam er nach Haus, und wenn der Zug über die Tyne-Brücke rollte, schlüpfte er mühelos in seinen alten Byker-Dialekt. Sein dunkles Kraushaar und die hohen Wangenknochen gaben ihm das „ausländische" Aussehen, das man im Waisenhaus auf die Litauer zurückgeführt hatte. Sein breiter Mund und das kräftige Kinn ließen dagegen auf eine einheimische Herkunft schließen.

Er machte ein erstklassiges Examen und ging an die Universität Wien, wo man 1911 konkurrenzlos an der Leitung von Metallionen durch Wasser arbeitete. Martha Hodge erfuhr nie, was in jenem Jahr passierte, als er voller Selbstvertrauen nach Wien gegangen und schweigsam zurückgekehrt war mit der Erklärung, die Universitätslaufbahn interessiere ihn nicht mehr. Er war offensichtlich tief verletzt, und daß eine Frau dahintersteckte, war nicht schwer zu erraten. Martha war klug genug, keine Fragen zu stellen, und hörte sich aufmerksam an, daß es einzig und allein darauf ankomme, reich zu sein.

Die erste Million ist angeblich am schwersten zu verdienen. Er machte sie, indem er dem Hause Rothschild (eines der jüngeren Mitglieder hatte er in Wien kennengelernt) einen kühnen Plan für Termingeschäfte mit Optionen auf Versandrechte verkaufte. Guy fuhr nun nach Südamerika, wo er ein Vierteljahr lang die abgelegene und mineralreiche Gegend um Minas Gerais erforschte. Innerhalb eines Jahres hatte er der brasilianischen Regierung eine Option auf die Schürfrechte im Ouro-Prêto-Gebirge abgerungen, indem er als Gegenleistung ausländische Investitionen anbot. Sein Hauptinteresse galt nicht den Gold- und Smaragdvorkommen, sondern dem Kobalt, weil er die Nachfrage in der westlichen Welt nach hochwertigem Stahl voraussah.

Mit diesem Modell, das er in jenen ersten Jahren entwickelte, machte er seinen Erfolg zur Legende. Er nutzte seine wissenschaftliche Ausbildung, um Ereignisse vorauszusehen, hatte den Mut, seinen Ahnungen zu glauben, und den praktischen Unternehmergeist des Mannes vor Ort.

Als der Krieg ausbrach, besaß er eine *facienda* am Amazonas und war an verschiedenen Unternehmen beteiligt, von Öl bis zu Immobilien und Grundstücken. 1916 kehrte er nach England zurück, ging zur berittenen Miliz Northumberland und kämpfte im Ersten Weltkrieg weniger gegen den „Feind" als gegen die Narren, die diesen Krieg angezettelt hatten. Ein Jahr später wurde er mit einem zerschossenen Bein und einem Orden als dienstuntauglich entlassen und gründete eine eigene Investmentgesellschaft. Inzwischen genoß er internationales Ansehen und hatte Büros in einem Dutzend Ländern der Welt. Im Frühling 1922 fuhr er wieder nach Wien.

1

Guy kam in ein Land, das durch den Sturz von der Großmacht zum Kleinstaat und durch den wirtschaftlichen Zerfall der Länder der ehemaligen Donaumonarchie völlig andere soziale Strukturen bekommen hatte und sich aufgrund der hohen Reparationsleistungen in einer fast aussichtslosen Lage befand. Aber Wien war immer noch schön. Die Theater spielten, die Konzertsäle waren voll.

Guy bezog eine Suite im „Sacher", besorgte eine Unterkunft für Sekretärin und Chauffeur und meldete sich beim Finanzministerium, um sich in die Arbeit zu stürzen, die ihn nach Wien geführt hatte.

Er hatte einen wichtigen und schwierigen Auftrag übernommen, der jedoch nach außen hin unauffällig bleiben sollte. Österreich bemühte sich um einen Kredit vom Völkerbund, um wirtschaftlich wieder auf die Beine zu kommen. Die britische Regierung, die befürchtete, daß ein geschwächtes Österreich den Anschluß an Deutschland suchen könnte, hatte Guy nach Wien geschickt, um der neuen Republik bei der Vorstellung ihres Anliegens beim Völkerbund zu assistieren.

An einem Samstag nachmittag Ende März fuhr Guy auf Anraten seines Sekretärs David Tremayne ins Burgenland, um sich Schloß Pfaffenstein anzusehen.

Die Lage des Schlosses war atemberaubend schön. Über einem dunkelgrünen See erhob sich ein am Fuß bewaldeter Felsenturm, der im Osten senkrecht zum ungarischen Tiefland abfiel und im Norden in waldigen Hügeln auslief. An den sanften Hängen der Westseite lagen Weinberge und Obstgärten, und dahinter sah man die verschneiten Gipfel der Alpen.

Einst, als Richard Löwenherz vor seiner Gefangensetzung in Dürnstein hierhergebracht worden war, war Burg Pfaffenstein eine romantische Zitadelle mit einem Versammlungssaal, einer Kapelle und einem Dorf am Fuß des Felsens gewesen. In den folgenden Jahrhunderten, als die Tataren in Ungarn einfielen, die Ungarn in Österreich und die Türken in beide Länder vordrangen, gewann Pfaffenstein immer mehr an Ruhm und Bedeutung, und die Besitzer wurden dank Eroberungen und Heirat Grafen, Markgrafen und schließlich Fürsten. Der kaiserliche Glanz unter den immer mächtigeren Habsburgern spiegelte sich auch im wachsenden Prunk und Pomp von Schloß Pfaffenstein wider. Die Fürsten von Pfaffenstein bauten an der Südseite einen Palast, dessen große Saalfenster direkt über dem zum See hin abstürzenden Felsen lagen. Ein musischer Pfaffenstein ließ ein Theater bauen. Bis zum Ende des 19. Jahrhunderts lieferte Schloß Pfaffenstein Malern und Dichtern Motiv und Inspiration.

Zu diesem Schloß fuhr Guy Farne in seinem Hispano-Suiza an einem Frühlingstag des Jahres 1922 mit der Absicht, es möglicherweise zu kaufen. Wie alle, die aus Wien kamen, führte auch ihn die Straße am Westufer des Sees entlang, und als der phantastische Komplex vor ihm aufragte, verzogen sich seine Lippen zu einem anerkennenden Lächeln. „Ja", sagte er zu dem jungen Mann neben ihm, „das ist es. Gut gemacht, David."

Der Sekretär David Tremayne sah seinen Chef erleichtert an. „Ich dachte mir, daß es Ihnen gefallen würde. Ich habe mir noch ein paar andere Objekte angesehen, aber das hier stellt alles in den Schatten."

„Sind Sie sicher, daß es der Besitzer verkaufen will?"

„Absolut sicher, Sir. Es gibt nur noch zwei alte Damen und eine Großnichte in Wien."

Während Guy den Wagen geschickt durch die Kurven lenkte, die zur Burg hinaufführten, wunderte sich David erneut über die Anweisungen, die ihm sein Chef gegeben hatte: Finde ein imposantes – wörtlich hatte er gesagt, ein „aufgeblasenes" – Schloß, das die Besitzer verkaufen wollen.

Nur warum? Das Unterfangen schien dem Geschmack von Davids Arbeitgeber zuwiderzulaufen, der zwar mehrfacher Millionär war, aber zum Leidwesen seines Chauffeurs Morgan, seiner Sekretärin Thisbe Purse und auch von David selbst einen spartanischen Lebensstil bevorzugte. Farnes Gleichgültigkeit gegenüber Komfort, seine Fähigkeit, ohne Schlaf und Essen auszukommen, sein Abscheu vor Prunk und Protz waren geradezu sprichwörtlich. Nur für die Dinge, die der Fortbewegung dienten, wie elegante Boote und schnelle Autos gab er Summen aus, die seinen Reichtum verrieten.

Sie hatten die letzte Haarnadelkurve genommen, die Zugbrücke überquert, passierten die steinernen Greife am Torbogen und hielten in einem großen, stillen Hof. Zehn Minuten später, nachdem sie einem alten Faktotum in der dunkelrot und flaschengrünen Pfaffensteinlivree durch einen Gang im Kreuzgewölbe und mehrere mit Tüchern verhängte Räume gefolgt waren, standen sie vor den zwei alten Damen, die jetzt die einzigen Bewohner des Schlosses waren.

Augustine-Maria, Herzogin von Breganza, war über achtzig und hatte ein Gesicht wie Pergament, das nur aus Adlernase und zwei scharf blickenden grauen Augen zu bestehen schien. Sie trug ein schwarzes Seidenkleid, und die arthritischen Hände ruhten auf einem Elfenbeinstock.

Ihre Schwägerin Mathilde, Markgräfin von Attendorf und Untersweg, war etwas jünger und mollig. Im Gegensatz zur Herzogin, die aufgestanden war, um die Herren zu begrüßen, blieb die Markgräfin sitzen, mit einem glotzäugigen Mops auf dem Schoß. Zunehmende Armut hatte die Damen gezwungen, sich aus immer mehr Räumen zurückzuziehen und im Westturm Zuflucht zu nehmen.

„Willkommen auf Pfaffenstein, Herr Farne. Hoffentlich hatten S' eine angenehme Reise."

Guy neigte sich über die ausgestreckte Hand der Herzogin. Erfrischungen wurden angeboten und freundlich abgelehnt, und Guy, der recht gut Deutsch sprach, kam auf den Grund seines Besuchs zu sprechen. „Sie werden bereits wissen, daß ich Schloß Pfaffenstein gern kaufen würde. Meine Anwälte haben Ihnen mein Angebot genannt."

„Es ist ein faires Angebot", sagte die Herzogin, „und wir sind bereit zu verkaufen. Aber wie ich Ihrem Sekretär schon gesagt habe, warten wir mit der endgültigen Entscheidung, bis wir Antwort von der Butzi haben."

Butzi, so erklärten die Damen, war die Großnichte in Wien, genauer gesagt die Fürstin von Pfaffenstein, und sie war die alleinige Besitzerin des Schlosses mit den dazugehörigen Dörfern, Molkereien, Sägewerken, der Brauerei und 56627 Hektar Land.

„Aber sie ist bestimmt einverstanden. Sie will ja schon lang, daß wir verkaufen. Die Butzi ist halt sehr modern", sagte die Herzogin. „Und das Geld wird ihr recht gelegen kommen für die Mitgift, denn der Maxi ist arm wie eine Kirchenmaus."

Die Manie der Österreicher, jeden mit einem Diminutiv oder einem Spitznamen zu versehen, verwirrte Guy immer wieder aufs neue. Doch er wurde über Maxi alias Maximilian Ferdinand, Fürst von Spittau und Neusiedl, aufgeklärt, den Butzi zu heiraten gedachte.

Guy wollte nicht den Anschein erwecken, als wären ihm Butzis Heiratsaussichten gleichgültig, fand es aber doch an der Zeit, darauf hinzuweisen, daß er gerne das Schloß besichtigen würde. Das Faktotum wurde gerufen, Gehstöcke und etliche Schlüsselbunde wurden herbeigeschafft, und dann brach die Expedition auf.

Zehn Minuten später wußte Guy, daß Pfaffenstein genau das war, wonach er gesucht hatte. Das Schloß war vernachlässigt, aber die drei Monate, die er für die Restaurierung vorgesehen hatte, könnten reichen. Die riesigen barocken Repräsentationsräume mit der schönen Aussicht auf den See waren ideal für seinen Zweck. Vor allem das entzückende Theater mit den vergoldeten Logen und Deckenfresken war ein Juwel, das den perfekten Rahmen abgeben würde für das, was seine Pläne besiegeln sollte.

Schließlich war man wieder zurück im Turmzimmer der Damen, die Namen der Anwälte und Notare wurden ausgetauscht, Handwerker und Lieferanten genannt, und das Faktotum holte aus dem Weinkeller eine Flasche Margaux Jahrgang 83.

„Und wann sollen wir ausziehen?" fragte die Herzogin.

„Es ist nicht nötig, daß Sie jetzt schon ausziehen – es sei denn, Sie möchten es", sagte Guy. „Tatsächlich ist es so, daß ich mit dem Kaufangebot für Pfaffenstein auch Ihre Mithilfe erwirken möchte. Ich habe vor, hier eine Einladung zu geben. Sie soll eine Woche dauern. Es wird einen Ball geben, ein Bankett und zum Abschluß eine Theatervorstellung. Und Sie sollen die Gäste aussuchen. Ich möchte nur, daß sie aus Ihrem Bekanntenkreis sind."

„Sie möchten für unsere Freunde ein Bankett und einen Ball geben?" fragte die Markgräfin verblüfft.

„Und sie eine Woche lang unterhalten", wiederholte Guy. „Ich selbst werde nur einen Gast mitbringen – eine Dame."

Guys Stimme klang nüchtern, aber David beugte sich plötzlich nach vorn. Das also war es, dachte er.

„Eine Dame", fuhr Guy fort, „die ich heiraten möchte. Sie ist die Witwe eines im Krieg verwundeten Offiziers, und ihre Trauerzeit endet erst im Juni. Deshalb kam eine offizielle Verlobung noch nicht in Frage. Ich habe sie vor Jahren in Wien kennengelernt."

„Ist sie eine Österreicherin?"

„Nein, Engländerin", antwortete Guy, „aber sie liebt Ihr Land. Ich sollte vielleicht hinzufügen, daß ich ein Findelkind war und in einer so verrufenen Gegend gefunden wurde, daß sich ein Versuch meinerseits, Eingang in die vornehme Gesellschaft zu finden, von vornherein erübrigen würde. Ich habe auch keinerlei Ambitionen in dieser Richtung. Mrs. Hurlingham legt jedoch Wert darauf. Ihre Tante ist eine ‚Honourable'."

„Das ist kein sehr hoher Adelsrang, Herr Farne", sagte die Herzogin.

„Trotzdem möchte Mrs. Hurlingham ihren Platz in der Gesellschaft haben. Und ich möchte nicht, daß sie darunter leidet, mit einem Mann verheiratet zu sein, der nicht nur niedriger, sondern gar keiner Herkunft ist."

„Das wird schwierig", stellte die Herzogin fest. Die Damen zogen sich zur Beratung hinter einen Wandschirm zurück. Sie flüsterten miteinander, aber weil sie ziemlich taub waren, konnten alle übrigen im Raum mühelos hören, was sie sagten. Sie wollten Butzi auf keinen Fall um ihre Mitgift bringen, und das angekündigte „Bankett" zerstreute rasch ihre Sorge, die Freunde könnten es als Zumutung empfinden, eine Dame vorgestellt zu bekommen, deren Tante, obwohl eine Ehrenwerte, mit den großen englischen Adelsfamilien nicht verwandt war.

„Also gut, Herr Farne", sagte die Herzogin schließlich. „Wir werden Ihre Bekannte bei uns einführen."

„Schön", erwiderte Guy. „Sie werden in ein paar Tagen von meinen Anwälten hören. Bis dahin werden Sie sicher mit Ihrer Großnichte gesprochen haben. Danach werde ich die Handwerker schicken. Mr. Tremayne hier", fuhr er, an David gewandt, fort, „wird sich um alles kümmern. Mein Name soll bei dem Geschäft nicht genannt werden. Die Verträge werden auf den Namen einer meiner Firmen ausgestellt. Ich schlage den 18. Juni für den Empfang und den Eröffnungsball vor."

„Einverstanden, Herr Farne."

„Noch etwas. Ich möchte ein Opernensemble engagieren. Können Sie mir eines empfehlen?"

„Es gibt da angeblich eine recht gute Truppe in Leopoldstadt. Die Butzi hat oft davon gesprochen. Sie ist sehr musikalisch. Sie studiert ja auch Musik."

Guy bedankte sich freundlich und verabschiedete sich. Erst auf der Rückfahrt nach Wien, beim Abendessen in einem Gasthof, war er in der Stimmung, seinem Sekretär eine Erklärung zu liefern. „Wahrscheinlich halten Sie mich für verrückt, David. Soviel Aufwand für eine Frau. Aber sie hat ein scheußliches Leben gehabt. Erst hat man sie in eine Ehe gezwungen; dann hat sie vier Jahre mit ansehen müssen, wie ihr Mann starb. Ich will, daß sie alles hat, was sie sich mit siebzehn gewünscht hat. Sie weiß nicht, daß ich reich bin. Als ich sie kennenlernte, war ich zwanzig und ohne einen Penny. Ich möchte, daß sie in ein hochherrschaftlich bevölkertes Schloß Pfaffenstein kommt – in ein Märchenschloß. Und sie soll wissen, daß alles ihr gehört."

„Sie muß sehr schön sein", sagte David leise.

„Sie war die schönste Frau, die ich je gesehen habe. Und sie ist immer noch sehr schön." Und zum erstenmal in seinem Leben erzählte Guy von seiner Liebe zu dem Mädchen, das Nerine Croft hieß.

2

Ob es die Schönheit der Stadt Wien war, die sich damals in kaiserlichem Glanz sonnte, die weltoffene Gesellschaft, die Guy hier kennenlernte, oder ob es einfach daran lag, daß er jung war – jedenfalls legte Guy eine Pause ein. Das Studium konnte warten. Er begann, das Leben zu genießen. Und es geschah das Unvermeidliche, das aber für Guy ein Wunder darstellte – das Wunder der ersten Liebe.

Wien war in jenen glücklichen Tagen nicht nur eine fröhliche und elegante Metropole, sondern auch Zentrum eines blühenden internationalen Wirtschaftszweigs: Es war Europas populärster Heiratsmarkt. In die vornehmen Mädchenpensionate kamen die Töchter von amerikanischen Millionären, britischen Industriellen und französischen Neureichen, angeblich um Deutsch zu lernen und Musik und Kunst zu studieren, in Wirklichkeit aber, um zu gegebener Zeit einen sowohl adligen als auch reichen Ehemann zu bekommen. Begleitet von streng blickenden Gesellschafterinnen, zogen diese Mädchen scharenweise durch die Museen, besuchten Konzerte und Militärparaden.

In diese Welt hätte jemand wie Guy nie Einlaß gefunden, wäre ihm nicht der Zufall zu Hilfe gekommen. Als er im ersten Monat seines Aufenthalts in Wien die Vorhalle der Universität betrat, sah er, wie ein bleicher junger Mann mit dunklem, langem Haar von zwei Burschenschaften bedrängt und über seine Abstammung befragt wurde. Guy legte einem der Studenten die Hand auf die Schulter und sagte, er wäre ihm sehr verbunden, wenn er seinen Freund in Ruhe ließe.

Das hier sei eine Sache, die ihn nichts anginge, antwortete man ihm barsch, und Guy erklärte, daß er es nicht lustig fände, wenn mit Andersdenkenden Schindluder getrieben werde. Als der Burschenschaftler auf Guy losging, fand er sich Sekunden später mit blutender Nase auf der Ringstraße wieder.

Daraufhin traten beide etwas betreten den Rückzug an. Ihr Opfer, ein Sprößling einer ungarischen Adelsfamilie, war Guy sehr dankbar und lud ihn in die Opernloge seiner Familie ein. In der Nachbarloge saßen mehrere Mädchen aus Frau von Edelnaus höherer Töchterschule. Es waren hübsche Mädchen – und eine, die Guy am nächsten saß, war eine unvergleichliche Schönheit. Nerine Crofts dunkle Locken wurden von einem goldenen Band auf dem Kopf zusammengehalten und tanzten auf ihren bloßen Schultern. Ihre Augen waren so blau wie die Vergißmeinnicht auf ihrem Musselinkleid. Es wurde „Die Zauberflöte" gespielt. Als sich der Vorhang hob, stieß das Mädchen einen erwartungsvollen Seufzer aus, und nach Taminos Arie drehte sie sich um und lächelte Guy an.

Die Eltern von Guys neuem Freund kannten Frau von Edelnau und stellten Guy in der Pause vor. Nerine, die sehr erfreut war, einem Landsmann zu begegnen, sagte, ja, der Gesang sei wunderbar gewesen und Guy könne ihr ein Eis bringen.

Frau von Edelnau pflegte junge Männer zu privaten Tanzveranstaltungen und Ausflügen mit ihren Mädchen einzuladen. Zu diesem ausgesuchten Kreis von Offizieren und Studenten gehörte nun auch der zwanzigjährige Guy. Nerine, dazu erzogen, zu flirten und zu gefallen, war reizend zu ihrem mutigen und intelligenten Landsmann.

Guy schrieb Gedichte an Nerine und ließ sie, zu Schiffchen gefaltet, die Wien hinunterschwimmen. Nachts stand er stundenlang unter ihrem Fenster. Er durfte auf den Hausbällen mit Nerine tanzen, aber nie öfter als zweimal; er durfte im Prater neben ihrem Wagen gehen, bei Manövern und Paraden Limonade besorgen, aber es war unmöglich, mit Nerine allein zu sein.

Bis zu jenem Ausflug auf den Kahlenberg. Man fuhr im Wagen hin, picknickte, die Anstandsdamen dösten, die Mädchen pflückten Kornblumen.

„Was kann es Schöneres geben als das hier", sagte eine sommersprossige Amerikanerin, während sie auf die Stadt hinunterblickte.

„Oh, da wüßte ich einiges", entgegnete Nerine. „Zum Beispiel schöne Kleider haben ..., rauschende Ballnächte ..., ein Schloß."

Guy war wie stets an ihrer Seite. „Ich werde dir ein Schloß kaufen", sagte er.

Nerine sah ihn verblüfft an. Dann hatte Guy einen Platz mit wildwachsenden Orchideen entdeckt. Er bot den Mädchen an, sie hinzuführen. Eine kleine Gruppe machte sich mit ihm auf den Weg in den Wald. Die anderen blieben zurück, und als Nerine über eine Wurzel stolperte, fing Guy sie auf und küßte sie mit all der Leidenschaft seines Wesens. Und Nerine erwiderte seinen Kuß.

Für Guy bedeutete dieser Kuß alles. Als Nerine nach England zurückkehrte, folgte er ihr. In seinem Glücksrausch stellte er sich in der Villa der Crofts in Twickenham vor und bat um Nerines Hand.

Die Crofts legten eine Arroganz an den Tag, die Guy bisher noch nicht gekannt hatte. „Unverschämtheit … Schnösel", schnaubte Mr. Croft. „Wie können Sie es wagen!"

„Keine Herkunft, keine Familie, keine Aussichten", höhnte Nerines Bruder, ein farbloser junger Mann in Guys Alter. „Ich muß schon sagen, Sie haben Nerven!"

„Und Sie sind mittellos!" brüllte Mr. Croft, für den Armut das größte Verbrechen war.

„Sind Sie sich bewußt, daß Nerines Tante eine Honourable ist?" erkundigte sich Mrs. Croft.

Unfähig, auch nur einen Finger zu rühren, stand Guy in der Mitte des Salons. Als der Diener kam, um ihn auf Mr. Crofts Geheiß „hinauszuwerfen", drehte sich Guy wortlos um und ging. Nerine war bei diesem Gespräch nicht zugegen. Seine Briefe an sie kamen ungeöffnet zurück.

Das alles war nun zehn Jahre her. Wenn Guy damals sein Studium an den Nagel hängte und beschloß, reich zu werden, um sich an den Crofts dieser Welt zu rächen, so bereute er diesen Schritt nie. In den folgenden Jahren hatte er zahllose Liebschaften. Aber verliebt war er nie wieder.

Zwei Wochen vor seiner Abreise nach Wien – er kam gerade aus dem Geschäftshaus an der Fleet Street, in dem sich auch das Büro seiner *Associated Investment Company* befand – sprach ihn jemand an: „Guy?"

Sie trug Halbtrauer. Ihr schwarzes Haar unter einem mit Federn besetzten Samthut war hochgesteckt. Sie war üppiger geworden, und ein paar winzige Falten lagen um ihre schönen Augen. Aber als Guy sie ansah, blickte er auf seine Jugend.

Sie war erfreut und überrascht, ihn zu sehen. Sie habe keine Ahnung gehabt, was aus ihm geworden war. Ihre Geschichte war traurig. Sie hatte den Sohn eines kleinen Adligen geheiratet, der einen Titel und ein Gut für ein angenehmes Auskommen erben sollte. Statt dessen war er langsam an einer Kriegsverwundung dahingesiecht.

„Also lebe ich jetzt wieder zu Hause", sagte Nerine. „Und du, Guy?"

„Ich bin auf dem Weg nach Wien."

„Ah, Wien! Ich war so glücklich dort! Weißt du noch…?"

Wie hätte er es vergessen können? Nerines Vater war tot. Ihr Bruder hatte ungeschickt an der Börse spekuliert. Jetzt war Guy, obwohl er seinen Wohlstand geheimhielt, in der Villa in Twickenham ein willkommener Gast. Als er nach Österreich abreiste, nahm er Nerines Versprechen mit, daß sie, sobald ihre Trauerzeit um sei, mit ihrem Bruder nachkommen werde.

TESSA hatte es eilig. Trotzdem begann sie den Tag mit dreihundert gleichmäßigen Bürstenstrichen durch ihr fast knielanges karamelfarbenes Haar. Sie war streng erzogen worden, und es wäre ihr schwergefallen, ihre Kindheitsgewohnheiten aufzugeben, trotz des wundervollen neuen Lebens, das sie nun in Wien führte und das sie ganz in den Dienst der Kunst im allgemeinen und der Oper im besonderen gestellt hatte. Dazu kam, daß sie mangels stattlicher Größe und eines wogenden Busens einen gewissen Trost in ihrem langen gelockten Haar fand, auf dem sie bequem hätte sitzen können, sofern ihr Jakob Witzler, ihr Arbeitgeber, je Zeit dazu gelassen hätte.

Die Frage, ob Tessa auf der Lohnliste von Witzlers Opernkompanie als zweite Garderobiere, Assistentin des Beleuchters, Stellvertretung des Perückenmachers, Souffleuse oder Laufbursche geführt wurde, war rein theoretisch, weil sie gar keinen Lohn erhielt. Tessa hatte Herrn Witzler versichert, daß es für sie ein unschätzbares Privileg sei, im Opernhaus arbeiten und alles lernen zu dürfen. Herr Witzler teilte diese Ansicht. Obwohl Tessa damit zunächst vor dem Nichts stand, hatte sich alles wundervoll geregelt, weil Frau Witzler in der Wipplingerstraße eine Familie gefunden hatte, die Tessa als Gegenleistung für ein wenig Hilfe bei den drei kleinen Kindern das Dienstmädchenzimmer im Speicher angeboten hatte.

Tessa flocht sich rasch einen Zopf und steckte ihn, zu einem Nest aufgerollt, fest. Sie schlüpfte in ihren Arbeitskittel und lief hinunter ins Kinderzimmer. Sie wickelte das Baby, setzte die dreijährige Klara auf das Töpfchen, lief in die Küche, um die Milch warm zu machen, zog den vierjährigen Franzl an, kochte Kaffee für Frau Kugelheimer – und dann, nachdem ihr der Postbote noch einen Brief in die Hand gedrückt hatte, den sie ungelesen in die Kitteltasche steckte, war sie schon unterwegs.

Die Stadt wachte gerade erst auf. Das Theater, das Witzlers Opernkompanie beherbergte, gehörte einst zum Stadtpalais eines reichen Adligen, das abgerissen werden mußte, als die Ringstraße gebaut wurde; das Theater jedoch blieb erhalten. Der Zuschauerraum mit den mit rotem Samt ausgeschlagenen Logen und dem vergoldeten Proszeniumsbogen entrang jedem Kenner des österreichischen Hochbarocks einen glücklichen Seufzer. Hinter der Bühne erinnerte das Theater mehr an einen Kerker. Der Graben war zu klein für das Orchester, das Büro des Chefs war ein fensterloses Loch.

Tessa schloß den Bühneneingang auf. Heute war ein besonders aufregender Tag. Sie gaben die letzte Vorstellung von „Lucia di Lammermoor“, bei der Raisa Romola den Verstand verlor, wie dies nur eine zweihundert

Kilo schwere rothaarige rumänische Sopranistin schaffte und damit einen Riesenerfolg erzielte. Anschließend würde Herr Witzler die neue Oper ankündigen, für die in der nächsten Woche die Proben begannen.

Tessa sortierte flink die Post in die entsprechenden Fächer, brachte die an den Direktor gerichteten Briefe nach oben ins Büro, leerte die Mausefallen, rüttelte die Asche aus dem alten rostigen Ofen und füllte frische Kohlen auf. Dann ging es wieder hinunter und zur Vorderseite des Hauses, um das Licht anzuschalten und die Putzfrauen hereinzulassen. Sie lief zwei Treppen höher zur Garderobe der Starsopranistin, um das Wasser in Raisa Romolas Blumenvasen zu wechseln und den Freßnapf ihres Dackels auszuwaschen.

Wieder unten, traf sie den Perückenmacher Boris Slatarski, der inzwischen gekommen war und düster auf „die Mutter" starrte. Boris war Bulgare, der auf ein langes Leben durch Joghurt hoffte. Letzteren bereitete er aus einer Kultur, die aus einem Dorf in den Südkarpaten stammte, wo fast nur Schafhirten hausten. Die Kultur, genannt „die Mutter", lebte in einem Marmeladenglas auf dem Abtropfbrett der Waschküche, roch schlecht und wurde blau.

„Mir gefällt nicht, wie sie heute morgen aussieht, Tessa", sagte Boris. „Hast du die Milch schon geholt?"

„Ich bin gerade dabei", erwiderte Tessa. Sie schnappte sich die Milchkanne und lief zum Milchladen.

Inzwischen war das Theater völlig erwacht. Im Kulissenraum wurde gehämmert. Der Ruf „Wo ist Tessa?" ertönte immer häufiger – von der Garderobiere, Frau Pollack, die wissen wollte, warum Tessa die Kostüme für „Tosca" nicht heruntergebracht hatte, der Kaffee noch nicht fertig war ...

Um elf Uhr traf Direktor Jakob Witzler ein und begann den Stapel mit Rechnungen und Mahnbriefen durchzusehen. Witzler hatte Froschaugen und ein Magengeschwür. Mit Hingabe, Opferbereitschaft, faulen Tricks, Schmeicheleien und mit seiner Tyrannei hatte er seine von niemand subventionierte Opernkompanie seit über zwanzig Jahren durch finanzielle Krisen, Krieg und Inflation gesteuert. Gegen Mittag legte er den Federhalter nieder und schickte nach Tessa.

„Grüß Gott, Herr Witzler." Die zweite Garderobiere stand vor ihm. Ihr Haar war zerzaust und ihr Kittel mit Farbe bekleckert, aber als er die kleine, ernsthafte Person ansah, die stets bereit war, sich nützlich zu machen, fühlte er sich sofort besser. Daß er Tessa erlaubt hatte, bei ihm zu arbeiten, war eine seiner gelungensten Taten, und wenn die Polizei eines Tages kommen würde, um sie zu holen, würde er um sie kämpfen.

Zwar hatte sie ihn offensichtlich angelogen wegen ihres Alters – er bezweifelte, daß sie 23 war, wie sie behauptet hatte. Sie schien weder Verwandte noch Dokumente, noch Referenzen zu haben. Für Jakob war klar, daß sie aus irgendeiner Anstalt entlaufen war. Er hatte sich gefragt, ob er der Verrückte war, weil er sie bei sich arbeiten ließ; aber inzwischen wußte er, daß es nicht so war. Sein Instinkt hatte sich tausendfach bezahlt gemacht. Es lag nicht nur daran, daß diese zerbrechlich aussehende Waise fünfzehn Stunden am Tag arbeitete, auch nicht daran, daß sie keine Ambitionen hatte, Sängerin oder Schauspielerin zu werden, sondern nur helfen und lernen wollte. Es war ihre Begeisterung, der Kunst dienen zu dürfen, die sein eigenes Leben rechtfertigte.

„Was ist mit der Reservierung in Baden-Baden für meine Frau?"

„Ist erledigt. Ein Zimmer für eine Woche ab 18. Juni im Parkhotel mit einem Kinderbett für Ihren Sohn."

Jakob nickte. Er hatte Leopoldine Görtl-Eisen geheiratet, nachdem bei einer „Rheingold"-Matinee, als sie hoch in der Luft hing und „Weia! Waga! Woge du Welle" sang, das Stahlkabel gerissen und sie auf die Bühne gestürzt war. Obwohl er die ziemlich übel zugerichtete schlesische Sopranistin zunächst nur geehelicht hatte, damit sie seine Opernkompanie nicht auf Schadenersatz verklagte, war diese Ehe glücklich geworden. Verständlicherweise hatten die Nerven seiner Rheintochter etwas gelitten, und wenn jetzt irgendwo in Wien „Rheingold" aufgeführt wurde, mußte Jakob sie nach Baden-Baden schicken, und das war immer ein teurer Spaß.

Jakob seufzte. „Ich denke die ganze Zeit über eine Balletteinlage für ‚Tosca' nach." Witzler gab sich Mühe, in beinahe jedes Stück ein Ballett einzubauen. Er hatte drei hübsche Balletteusen engagiert – die kollektiv die Heidis hießen (weil zwei auf diesen Namen getauft waren) – in der Hoffnung, sie würden den reichen Gönner anlocken, den er so verzweifelt herbeisehnte.

„Wenn man die Heidis in die Proszeniumsloge setzen würde, in ihren Tutus und ein bißchen Tüll auf den Schultern ...", schlug Tessa vor. „Wir könnten die Logenbeleuchtung gedämpft anlassen. Dann könnten die Herren sie sehen, und wenn sie Lust hätten ..., danach ..."

Jakob strahlte. „Ja! So machen wir das!"

Um sechs Uhr erschien der Dirigent und verlangte sein Knopflochsträußchen. Zoltan Klasky war Ungar. Er hatte eine lange dunkle Mähne und war ein glänzender Musiker, der Sopranistinnen, Tenöre und alles, was sich bewegte und gleichzeitig sang, haßte. Er dirigierte die seichtesten Operetten mit größter Sorgfalt und arbeitete zu Hause an der

Komposition einer expressionistischen Oper – mittlerweile seit sieben Jahren. Das Libretto handelte von der Frau eines Dorfpolizisten, die von einem Fabrikbesitzer verführt wird, ein Kind bekommt und sich erhängt, worauf der wahnsinnig gewordene Polizist versucht, das Kind zu töten und es dem Fabrikbesitzer als Frikassee vorzusetzen. Tessa fand die Sache mit dem Frikassee ungeeignet für eine Oper, aber sonst glaubte sie wie der Rest der Kompanie fest an Klaskys Oper.

Endlich ging der Vorhang hoch. Drei Stunden später stand Tessa mit einem Glas Wein in der Hand zwischen den Kulissen und vernahm Jakob Witzlers Ankündigung, daß die neue Produktion Debussys lyrisches Meisterwerk „Pelleas und Melisande“ sein würde.

Es schlug zwei, als sie das Haus in der Wipplingerstraße betrat. Erst jetzt fiel ihr der Brief ein, den sie am Morgen erhalten hatte und der immer noch in ihrem Kittel steckte, und sie öffnete ihn. Es waren gute Nachrichten; das mußte sich Tessa wiederholt vorsagen, weil sie trotzdem so etwas wie einen Stich empfand und ihr Magen zu schwimmen schien. Es war, als ob ihre ganze Kindheit in ein Vakuum sackte. Aber sie mußte sich sagen, daß sie jetzt frei war – frei für die Arbeit, die Kunst, für das Leben!

Sie öffnete das Fenster und ließ ihr langes Haar über das Fensterbrett fallen. Dann stützte die Fürstin Theresa-Maria von Pfaffenstein den Kopf auf den Ellbogen, blinzelte die Tränen fort, die ihr in die Augen gestiegen waren, und blickte lächelnd hinauf zum Mond.

3

Im Frühstückszimmer von Schloß Spittau saß die Fürstin Dorothea von Spittau und las einen Brief. Von den Fenstern des Zimmers blickte man auf Wasser. An die langgezogene, niedrige Vorderfront mit den Stukkaturen und den zwei flankierenden Zwiebeltürmen schlugen die Wellen des Neusiedler Sees.

„Pfaffenstein ist verkauft!“ sagte die Fürstin mit einem Blick auf ihren Sohn, der ihr gegenübersaß. „Und das sogar gut. An einen Ausländer. Einen Millionär!“

Der angesprochene Fürst Maximilian von Spittau erwiderte: „Da wird die Butzi aber froh sein.“

„Sie wird nicht nur froh, sondern auch reich sein“, meinte seine Mutter. „Jetzt gibt es nichts mehr, worauf du warten könntest. Jetzt mußt was *tun,* Maxi. Hörst?“

Maxis blaue Augen traten noch etwas stärker hervor, als er das eben Gehörte in sich aufnahm. Freilich, er war ein Mann der Tat. Im Krieg hatte er viele Leute erschossen und danach jede Menge Schnepfen, Wildenten und Gänse, denen er im Ruderboot praktisch von morgens bis abends nachstellte. Auch jetzt ruhten seine Füße unter dem Tisch zwischen ein paar nassen Pointern, Retrievern und Settern, die seit Sonnenaufgang mit ihm draußen gewesen waren. Aber seine Tätigkeit und das, was seine Mutter unter „etwas tun“ verstand, waren zwei Paar Stiefel.

Maxi von Spittau war keineswegs unattraktiv, auch wenn sich seine geistigen Aktivitäten auf die wöchentlichen Besuche im Rathaus von Neusiedl beschränkten, wo man die neuesten Filme aus Hollywood zeigte. Sein blonder Schnurrbart wellte sich hübsch, und wenn er nicht gerade mit seiner Mutter zu tun hatte, war er locker und liebenswürdig.

„Ich hab viel Geduld mit dir gehabt, Maxi“, fuhr seine Mutter fort, deren Spitzname „die Schwanenprinzessin“ sich eher auf schwarze Knopfaugen und einen bissigen Schnabel bezog als auf Anmut und Schönheit, „und desgleichen die Butzi-Tanten. Aber jetzt langt es. Im Juni geben's auf Pfaffenstein eine große Gesellschaft. Die Butzi wird bestimmt dabeisein, und dann wirst sie förmlich um ihre Hand bitten.“

„Aber Mama, ich hab die Butzi schon dreimal gefragt, ob sie mich heiraten will. Sie liebt mich nicht.“

„Die Butzi weiß genau, daß sie dich heiraten muß. Ihr Charakter enttäuscht mich, aber die Herkunft ist tadellos, und mit dem Geld, das sie von Pfaffenstein mitbringt, können wir den Ostflügel abstützen und das Dach flicken.“

Maxi war sich der Vorteile einer Heirat mit Butzi bewußt. Außerdem mochte er sie. Wenn man mit der Butzi auf den See hinausfuhr, brauchte man keine Lockente. Sie konnte wie kein anderer den Ruf eines balzenden Erpels nachahmen. Mit ihr war es immer lustig, und sie war keine Spielverderberin. Aber diese ständige Bettelei um ihre Hand und ihre Mitgift ging ihm gegen den Strich. Doch plötzlich hellte sich seine Miene auf. „Wenn ich die Hunde zu dem Fest in Pfaffenstein mitnehmen würde“, sagte er, „meinst du, die Butzi würde mich dann heiraten wollen? Du weißt, wie gern sie sie mag.“

Die Fürstin warf einen Blick auf die fünf Hunde, die mit den nassen Schwänzen auf den Fußboden klopften, und ihr schien, als hätte Maxi recht. Was die junge Pfaffensteinerin für Maxi empfand, wußte der Kuckuck, aber sicher war, daß sie die Hunde liebte.

IN DER Mittagspause, während Boris sich Joghurt auf seinen Teller löffelte, sagte er mit düsterer Miene zu Tessa: „Du weißt, was Pelleas bedeutet? Es bedeutet Haare. Und Haare sind kaum noch zu kriegen."

Boris hatte recht. Das Besondere an Melisandes geheimnisvoller Schönheit ist ihr knielanges goldenes Haar, und schon bei der ersten Probe zeigte sich, daß man sich mit gebleichtem Roßhaar oder einer alten Perücke aus den „Meistersingern" nicht würde behelfen können. Max Regensburger, der junge Regisseur, den Jakob für die Produktion engagiert hatte, erklärte: „Diese Melisande muß aus Fleisch und Blut sein."

Folglich fuhr Tessa an einem Morgen in der zweiten Probenwoche mit der Tram zu den Ausläufern des Leopoldsbergs und ging die steile Allee zum Herz-Jesu-Kloster hinauf. Doch sie wurde von der Mutter Oberin mit den Worten empfangen: „Es tut mir so leid, meine Liebe, aber das Mädchen, von dem ich gesprochen habe, kann das Gelübde nicht ablegen."

Zwei Tage später läutete Tessa an der Pforte des Klosters Maria Verkündigung im Arbeiterviertel Ottakring, nur um festzustellen, daß ihr ein schweizerischer Händler zuvorgekommen war und die gesamte Haarernte aufgekauft hatte. Im Auferstehungs-Kloster ergatterte Tessa ein mickriges Zöpfchen, das Boris verächtlich von sich schob.

„Die Farbe kann ich machen, aber ich brauche die Länge", sagte er unwirsch. Eine Woche vor der Kostümprobe schien er der Verzweiflung nahe. Eine Perücke zu machen ist eine mühsame Arbeit, denn rund viertausend Strähnen müssen in das Haarnetz geknüpft werden. „Was soll ich bloß machen?" jammerte er.

Tessa, die Silbersterne auf Melisandes Umhang nähte, blickte auf, sah ihn traurig an und sagte es ihm.

AUF PFAFFENSTEIN lief alles planmäßig. Die abwesende Fürstin Pfaffenstein hatte in den Verkauf eingewilligt. Die Handwerker hatten versprochen, die nötigen Reparaturen schnellstens auszuführen, und David Tremayne, der als Leiter des ganzen Projekts im Gasthof „Wappen von Pfaffenstein" wohnte, hielt sich an die Anordnung seines Chefs, bei den Vorbereitungen für das Fest im Juni weder Kosten noch Mühe zu scheuen.

Guy war nach Wien zurückgekehrt, und erst als er seinen Bericht über den vorläufigen Stand der Verhandlungen mit dem Völkerbund fertiggestellt hatte, fand er Zeit, sich um die Oper zu kümmern. Daß die Musik eine große Rolle bei der Unterhaltung seiner Gäste spielen sollte, war selbstverständlich: ein Orchester für den Ball; Kammermusik am Abend, und für den Höhepunkt seines Festes beabsichtigte Guy eine Aufführung jener Oper, bei der er Nerine zum erstenmal gesehen hatte, im Theater von Schloß Pfaffenstein.

Er klingelte in seiner Suite im Sacher nach Thisbe Purse. Thisbe war ein ältliches Fräulein mit Haarknoten und Stahlrandbrille. Sie begleitete Guy auf allen Reisen und bildete mit dem Chauffeur Morgan und David Tremayne das unersetzliche Trio, das Guys volles Vertrauen genoß.

„Thisbe, ich möchte Karten für die Oper. Für heute abend. Ich habe da von einer privaten Opernkompanie gehört."

„Die gibt es, Sir. In der Braungasse." Sie kannte die Musikliebe ihres Chefs. „Ich werde in der Zeitung nachsehen." Kurz darauf kam sie mit der *Wiener Presse* zurück. „Heute abend spielen sie ‚Pelleas und Melisande' von Debussy. Eine Premiere."

„Sehr schön. Bitte besorgen Sie mir eine Karte. Ich gehe allein. Sperrsitz Mitte."

„Sehr wohl, Sir", sagte Thisbe Purse.

DAS THEATER mit seiner barocken Unbekümmertheit gefiel Guy. Das Vorspiel begann. Das Orchester war gut. Der Vorhang hob sich. Guy fand auch die Inszenierung interessant. Die Szene, in der Melisande am Fenster ihr Haar herunterläßt und Pelleas mit ihrem Haar spielt, war gelungen. Es war schönes Haar und sogar echt – nicht der übliche Rapunzelkitsch, den man sonst zu sehen bekam. Dieses weich fallende Haar machte die Liebesszene sehr bewegend. Lange bevor sich der Vorhang über Melisandes Sterbebett senkte, wußte Guy, daß Witzlers Opernkompanie genau das war, was er suchte.

Am Bühneneingang schob er sich durch die wartende Menge der Bewunderer, zeigte seine Visitenkarte und bat, den Direktor zu sprechen. Sobald man ihn eingelassen hatte, folgte er der Wegbeschreibung, die ihm der Türsteher gegeben hatte. Er wandte sich nach links, dann bog er nach rechts ab und stieg eine wacklige Wendeltreppe hinunter. Plötzlich blieb er stehen. Das Geräusch, das er gehört hatte, war leise, aber unmißverständlich. Irgend jemand weinte hinter der dunkelgrünen Tür, an der er eben vorbeigegangen war. Er kehrte um, stieß die Tür auf und trat ein.

Der nur von einer nackten Glühbirne erhellte Raum war vollgestopft mit Perücken, Perückenständern, falschen Zöpfen, Tabletts mit Schnurrbärten und Hutschachteln. Da war ein Bügelbrett, ein Tisch voller Scheren, Kleistertuben, Bändern. Auf dem Boden Körbe voller Theaterkostüme.

Guys Blick fiel auf den einzigen Menschen in diesem Raum – ein Mädchen, das noch keine zwanzig sein konnte, in einem zerknitterten, mit Farbe bekleckerten Kittel. Sie saß auf dem Deckel eines großen Weidenkorbs, und als er eintrat, ließ sie den Spiegel, den sie in der Hand hatte, sinken und wandte ihm ihr mit Staub und Tränen verschmiertes Gesicht zu.

„Oh! Es tut mir leid!" Sie stand auf und versuchte, die Tränen wegzuwischen. „Ich fürchte, Sie haben sich verlaufen."

Guy in seinem eleganten Abendcape stand da und starrte sie an. Es waren nicht die großen verschmierten Augen, nicht ihre zerlumpte Kleidung. Was ihn starren ließ, war ihr Haar oder vielmehr die Stellen, wo man normalerweise Haare zu sehen erwartete. Über der hohen Stirn gab es nur ein paar Büschel, wie sie bestimmten Kapuzineräffchen wachsen, und ihre Ohren saßen in einer Art Stoppelfeld, dessen Farbe – ein warmes Beige mit einem Bronzeschimmer – ihm irgendwie bekannt vorkam.

„Mein Gott!" sagte er. „Das war *Ihr* Haar, das Haar der Melisande! Aber warum?"

„Ich habe es gern getan, ehrlich. Nur... als ich jetzt in den Spiegel geschaut habe, da habe ich plötzlich gesehen..."

Guy sah sie sich genauer an. Der schmutzige Kittel und das gerupfte Haar, eine gewisse Unschuld mit traurigen Augen, aus denen schon Erfahrung sprach – hier war jemand, der sich sehr jung in sein Schicksal fügen mußte. „Wo wohnen Sie?" fragte er, denn die junge Frau sah vollkommen erschöpft aus.

„In der Wipplingerstraße."

„Und wer bringt Sie nach Hause?"

„Mich? Du liebe Zeit, niemand! Es ist bloß ein Fußweg von einer halben Stunde."

„Mein Wagen steht draußen", sagte Guy. „Ich gebe Ihnen zwanzig Minuten. Solange werde ich mit Ihrem Direktor sprechen. Dann bringe ich Sie nach Hause." Er lächelte sie an. „Keine Sorge. Ich habe nichts mit Ihnen vor – ich verspreche es."

„Wie könnten Sie auch", sagte sie und fuhr sich mit der Hand über den Kopf.

Guys Gespräch mit dem Direktor versetzte diesen in einen Freudentaumel. Es war eingetreten! Endlich war er aufgetaucht – der reiche Gönner. Er hatte angeboten, seine Kompanie für eine Woche im Sommer zu engagieren, zu beherbergen und zu beköstigen und die neue Produktion einer Oper zu finanzieren. Keine schmalzige Operette, sondern „Die Zauberflöte"! Und er wollte, daß der Ort der geplanten Aufführung sowie seine Rolle als Auftraggeber geheim blieben. Für das Geld, das Mr. Farne ausgeben wollte, hätte Jakob die Goldene Horde totgeschwiegen.

Das Theater auf Pfaffenstein war angeblich das schönste seiner Art in ganz Österreich, und es hatte offenbar eine sagenhafte Akustik. Außerdem fiel das Engagement in den Juni, eine Zeit mit generell verheerenden Zuschauerzahlen, und noch dazu genau in die Woche, in der er die Rheintochter nach Baden-Baden hätte schicken müssen! Vergnügt schlüpfte Jakob in seine Galoschen, um heimzugehen und seiner Rheintochter zu erzählen, daß sie ihre Perlen jetzt nicht ins Pfandhaus zu bringen brauchte.

Als Guy in den Perückenraum zurückkehrte, wartete Tessa schon auf ihn. Ihr Gesicht war sauber geschrubbt, und als er sah, was sie anhatte, hob er amüsiert eine Braue.

„‚La Bohème‘?“ fragte er.

Sie nickte und wickelte sich enger in den blauen Samtumhang mit der Kapuze. „Ist mir ein bißchen zu groß, aber so kann niemand meine nicht vorhandenen Haare sehen.“

„Ich wüßte gern, wie Sie heißen.“

„Tessa“, sagte sie.

„Nur Tessa?“

Sie nickte und ließ sich aus dem Theater geleiten. Vor dem Auto, das auf der anderen Straßenseite parkte, schnappte sie hörbar nach Luft. „Oh!“ sagte sie bewundernd. „Was für ein schöner Wagen! Sind Sie möglicherweise extrem reich?“

„Ziemlich extrem. Es freut mich, daß er Ihnen gefällt. Steigen Sie ein.“

Guys Chauffeur hielt ihr die Tür auf und ließ sich nicht die geringste Überraschung anmerken. Er hatte schon oft Frauen von allen möglichen Bühneneingängen abgeholt. Aber als sie in den Wagen stieg und er die Decke um ihre Knie legte, lächelte sie und sagte: *„Thank you, you are very kind.“*

Guy drehte sich um. Wenn es zwei Wörter in der englischen Sprache gibt, die den Nicht-Engländer verraten, dann sind es die Worte *„Thank you“*. Diese kleine Bühnenarbeiterin hatte sie in einem akzentfreien Englisch gesprochen. „Wie kommt es, daß Sie so gut Englisch sprechen?“

„Ich hatte eine englische Großmutter und war oft bei ihr, als ich klein war. Ich habe sie sehr gern gehabt.“

Inzwischen hatte Guy dem Chauffeur seine Anweisungen gegeben, und der Wagen fuhr los. „Erzählen Sie mir von Ihrer Großmutter“, sagte er.

„Sie stammte aus Nordengland. Sie hat nach Kärnten geheiratet, wo mein Großvater lebte, aber ich glaube, sie hatte ihr Leben lang Heimweh. Sie ist gestorben, als der Krieg zu Ende war, an der Grippeepidemie vor drei Jahren. Auch meine Mutter ist damals gestorben."

„Und Ihr Vater?"

„Er ist 1914 bei Tannenberg gefallen. Waren Sie früher schon einmal in Wien?"

„Ja."

„Dann werden Sie vielleicht wissen, daß wir gerade an dem Haus vorbeifahren, in dem Mozarts Schwägerin zum erstenmal die Partitur von ‚Don Giovanni' gesehen hat."

Guy sagte, das habe er nicht gewußt, und während sie durch die beleuchteten Straßen fuhren, zeigte ihm Tessa das Geschäft, wo Anton Bruckner sein Notenpapier gekauft hatte, und das Café, wo Schönberg die Idee zu „Verklärte Nacht" gekommen war.

Guy bedauerte es beinahe, sie vor dem Haus, in dem sie wohnte, absetzen zu müssen. Als sie ausstieg und sich bedankte, rutschte ihr die Kapuze vom Kopf. Instinktiv zog sie sie wieder hoch, um ihr gerupftes Haupt zu bedecken.

„Nein!" Guy zog ihre Hand weg. Er drehte ihren Kopf ins Licht der Laterne und musterte das schmale Gesicht. „Sie brauchen sich keine Sorgen zu machen. Es wird ein Riesenerfolg, sobald es richtig geschnitten ist."

„Aber es soll doch wieder wachsen?"

„Auf gar keinen Fall", sagte Guy. Er öffnete ihr die Haustür – und war fort.

Tessa blieb stirnrunzelnd und verwirrt im Hausgang stehen.

GUY IRRTE sich, wenn er dachte, Nerine wüßte nicht, wie reich er war. Seit ihr Bruder Arthur, der regelmäßig die *Financial Times* las, auf die Idee gekommen war, daß der Farne, über dessen Aktivitäten so häufig berichtet wurde, möglicherweise derselbe junge Mann war, der ihr vor Jahren einen Heiratsantrag gemacht hatte, hatte sie keine Ruhe mehr. Arthur wurde losgeschickt, um in der City Nachforschungen anzustellen. Er kehrte mit der Information zurück, daß Guy Farne an zahllosen Gesellschaften maßgeblich beteiligt war und als einer der reichsten Männer Europas galt.

Nerine war erschüttert. Es sah so aus, als hätte ihre Familie damals ihren jugendlichen Verehrer völlig falsch eingeschätzt. Ihre zufällige Begegnung mit Guy vor dem Gebäude der Associated Investment ergab sich deshalb nach einem sorgfältig ausgetüftelten Plan.

„Ich denke, du weißt, was du tust", sagte Mrs. Croft, „aber verlange nicht, daß ich es billige. Man hat ihn unter einem alten Sack gefunden, in den Hafenanlagen von Newcastle! Ich finde, du solltest Lord Frith heiraten."

„Neben Guy ist Frith ein armer Schlucker", sagte Nerine, die eine Liste der Kleider zusammenstellte, die sie für Österreich brauchen würde. Aber sie hatte dem jungen schottischen Edelmann noch keinen Korb gegeben, denn diese Reise nach Wien sollte zunächst einmal dazu dienen, grundsätzliche Dinge zu klären. Wenn sich herausstellte, daß Guy knauserig war oder verlangte, daß sie mit Leuten unter ihrem Niveau verkehrte, konnte sie immer noch ihre Meinung ändern.

„Und dann diese schreckliche Pflegemutter", fuhr Mrs. Croft fort. „Du hast doch nicht vor, sie zu besuchen?"

„Natürlich nicht. Ich werde Mrs. Hodge einen freundlichen Brief schreiben, sobald die Verlobung bekanntgegeben wird."

Guy hatte geschrieben, er habe für sie eine Suite im Grand Hotel reserviert; er selbst würde im Sacher bleiben. Aber danach sollten sie aufs Land fahren, um an einem mehrtägigen Fest teilzunehmen, und diesen Teil des Programms fand Arthur besorgniserregend.

Nerines Bruder war der Typ Mann, der bei seiner Geburt schon fünfzig war. Obwohl nur zwei Jahre älter als seine Schwester, wurde er bereits kahl; seine Wangen waren fleischig, und er hatte einen Hängebauch. „Ich kann nicht behaupten, daß ich mich auf dieses Abenteuer freue", sagte er.

„Du brauchst nicht mitzukommen, Arthur. Ich nehme meine Zofe mit und werde ausgezeichnet allein zurechtkommen."

Aber auf dem Rechenschieber, der Arthur als Gehirn diente, gab es eine Skala für korrektes Verhalten gegenüber der Schwester. Es kam nicht in Frage, daß sie ohne Begleitung in ein Land reiste, wo sie einen Abenteurer treffen würde, der sich wahrscheinlich nicht zu benehmen verstand.

ZWEI Wochen nach der Premiere von „Pelleas und Melisande" erschien Thisbe Purse in Jakob Witzlers Büro und wurde mit großer Erleichterung begrüßt. Aus ihren Händen empfing Jakob den Vertrag zwischen Witzlers Opernkompanie und einem Unternehmensverband namens Associated Investment Ltd. Gleichzeitig erhielt er die Maße des Theaters, in dem sie spielen sollten, einen Scheck mit einem Vorschuß, dessen Höhe ihm die Tränen in die Augen trieb, und einen Umschlag, der einen Bogen enthielt, auf dem ihm mitgeteilt wurde, daß für eine seiner Angestellten, die sich Tessa nannte, für heute nachmittag drei Uhr ein Friseurtermin bei „Anita“ in der Kärtnerstraße vereinbart war. Die Rechnung sei bereits bezahlt. Mr. Farnes Name sollte nicht genannt werden.

Als Miß Purse gegangen war, starrte Jakob verblüfft auf diese Notiz. Wie hatte Mr. Farne Tessa zu sehen bekommen? Könnte sie die Erklärung für das Interesse des Engländers an seiner Truppe sein? Eigentlich war es unmöglich. Als er Tessa schließlich in der Werkstatt fand, strich sie gerade Wasserkasten und Kette einer heruntergekommenen Toilette mit Silberfarbe an.

„Anita!“ schrie Tessa auf, als sie hörte, was ihr bevorstand. „Ich kann mir Anita nicht leisten!“

„Es ist eine dienstliche Anordnung“, sagte Jakob. „Die Kompanie bezahlt. Drei Uhr.“

Also sah man Tessa um drei Uhr in einem blauen Rock und einer bestickten Bluse aus dem „Bajazzo“ und einer großen Keksdose im Arm den wohl teuersten Friseursalon Europas betreten.

„Unmöglich!“ erklärte Anita, eine platinblonde Berlinerin. „Ihre Haare hat man nicht abgeschnitten, sondern heruntergemetzelt.“ Grimmig begann sie zu kämmen und zu zupfen...

Eine Stunde später verließ Tessa den Laden. Der sorgfältig kalkulierte Schwung des seidigen Ponys über den Augen, die blattähnlichen Zipfel, die die Öhrchen umschmeichelten, die weichen Strähnchen, die sich am Hinterkopf in den Nacken schmiegten, erinnerten immer noch an einen Lausejungen – aber an einen jungen Merkur oder an Ariel.

„Sie sehen reizend aus.“

Guy hatte nicht vorgehabt, seine Bekanntschaft mit Tessa fortzusetzen. Aber als er das Finanzministerium verließ, war ihm eingefallen, womit er seine Sekretärin beauftragt hatte. Kurz entschlossen hatte er die Straße überquert, um mal bei Anita nachzusehen. Nun war er verwirrt. Das zarte kleine Gesicht rührte ihn. „Darf ich Sie von Ihrer Last befreien?“ fragte er und nahm ihr die Dose ab.

„Vielen Dank. Ich gehe nur in den Stadtpark, um die Mäuse freizulassen. Als ich im Theater anfing, hatten sie solche Mausefallen, die den Tieren das Rückgrat brechen; nur manchmal waren sie doch nicht gleich tot. Ich habe mir dann Fallen besorgt, die wie ein stacheliger Tunnel sind, aus dem sie nicht mehr herauskönnen. Nur muß ich sie dann irgendwie loswerden. Deshalb lasse ich sie im Stadtpark laufen. Aber bitte..., ich halte Sie bestimmt auf?“

„Nein, gar nicht. Ich wollte nur ein Geburtstagsgeschenk für meine Pflegemutter kaufen.“

Sie gelangten in den Stadtpark, wo Flieder und Goldregen blühten.

„Ich gehe meistens zum Flußufer", sagte Tessa. „Es sind nicht so viele Leute dort."

Als sie das steile Ufer hinuntergeklettert waren, öffnete Guy die Dose, und sechs Mäuse torkelten über den Kies.

Sie begaben sich wieder auf den Rückweg, und kurz nach dem Musikpavillon kam ein Veteran auf Krücken auf sie zu und hielt bettelnd die Hand auf. Als er den Schein sah, den er von Guy bekam, sprudelte er über vor Dankbarkeit. „Dank schön, Herr Baron. Vergelt's Gott, Herr Baron."

Sobald der Mann weitergehumpelt war, sagte Tessa: „Das hätten Sie nicht zulassen dürfen."

„Was meinen Sie?"

„Daß er so unterwürfig ist und Sie ‚Herr Baron' nennt. Wir leben in einer Republik. Titel wurden vor zwei Jahren offiziell abgeschafft."

„Ich glaube nicht, daß sich die menschliche Natur mit Verordnungen ändern läßt", sagte Guy. „Die Menschen werden bleiben, wie sie sind."

„Nein, man kann sie erziehen!" Sie unterbrach sich. „Es tut mir leid. Das war unhöflich. Aber ich bin eine so überzeugte Republikanerin. Sie wollten doch ein Geschenk kaufen?"

Sie schlenderten zum Ausgang des Parks. „Es ist, wie gesagt, für meine Pflegemutter – für die Frau, die mich aufgezogen hat." Er blickte nachdenklich vor sich hin. „Ich habe ihr schon alles mögliche geschenkt – Pelzmäntel, Schmuck –, aber sie verwahrt alles nur ordentlich in den Schränken."

„Wie sieht sie aus?"

„Rotblondes Haar, graue Augen, klein und rund. Sie spricht den einheimischen Dialekt, riecht nach grüner Seife..." Seine Stimme klang immer wärmer, je länger er über Martha Hodge sprach.

„Ich glaube, ich weiß, was sie gerne hätte."

„Und was?"

Tessa sagte es ihm.

„Nein!" rief Guy entsetzt. „Das kann ich nicht."

Tessa zuckte die Achseln. „Na gut. Kaufen Sie ihr noch einen Nerz."

DAS PÄCKCHEN kam vierzehn Tage später in der King Street 12 an. *Jemand hat mir dazu geraten*, stand in Guys Handschrift auf der beigelegten Karte, *und gesagt, Du würdest Dich darüber freuen. Also habe ich meine Bedenken überwunden.*

Martha entfernte das Seidenpapier und fand ein Medaillon, das etwas enthielt, worum sie Guy jedesmal, wenn er zu Besuch kam, vergeblich gebeten hatte: ein Foto von ihm.

Jemand hat mir dazu geraten. Das konnte nur ein Mädchen gewesen sein, dachte Martha. Mit leicht zitternden Händen hängte sie sich das Medaillon um.

AUF BURG PFAFFENSTEIN vollbrachte David Tremayne Wunder. Die Zimmer in dem von Arkaden umgebenen Brunnenhof waren frisch hergerichtet, eine neue Beleuchtung und neue Öfen waren installiert. Die Boote waren für Vergnügungsfahrten der erwarteten Gäste repariert und frisch gestrichen. Köche waren bestellt, Pferde gemietet.

Die Herzogin und die Markgräfin verfolgten die Vorbereitungen mit Wohlgefallen. David, den sie sehr bald ins Herz geschlossen hatten, wurde gebeten, sie Tante Augustine und Tante Hilda zu nennen.

„Was sie wirklich bedauern, ist der Abschied von der Fürstin", betonte David, als er Guy im Sacher wie jede Woche Bericht erstattete.

„Ach ja, Butzi. Wird sie uns mit ihrem Erscheinen beehren?"

Die Fürstin von Pfaffenstein hatte umgehend die Dokumente unterzeichnet, die ihr zugeschickt worden waren, aber kein weiteres Lebenszeichen gegeben.

„Ich denke schon. Ihre Tanten jedenfalls rechnen fest damit. Sie hat Geburtstag – am 18. Juni."

Guy hob überrascht die Brauen. Martha feierte seinen Geburtstag immer am 19., aber das war der Tag, an dem man ihn gefunden hatte.

„Sie scheint ein sehr liebes Ding zu sein. Nicht nur ihre Tanten – praktisch jeder erzählt mir von ihr und was sie Gutes getan hat. Es ist nicht die übliche Suppe für die Armen und derlei Dinge – nein, richtig gute Sachen. Nach dem, was man so hört, ist sie alles andere als hochnäsig. Und sie hat Mut."

„Komm schon, David, du willst doch nicht den Fürsten von Spittau ausstechen, oder?"

David errötete. „Nein. Aber daß sie ihre Hochzeit mit dem Fürsten nicht miterleben werden, bedauern die Leute in Pfaffenstein sehr."

Fünf Wochen vor dem Fest auf Schloß Pfaffenstein flatterten den Angehörigen des österreichischen Hochadels die Einladungen ins Haus. Sie wurden überall freudig entgegengenommen. Sogar die furchterregende Erzherzogin Friederica erklärte sich zur Teilnahme bereit, und der Erzherzog Sava, der in Graz im Exil lebte, fragte an, ob er seinen Bären mitbringen könnte. Überall bereiteten sich die ehemals in Österreich führenden Herrschaften darauf vor, in Pfaffenstein zusammenzukommen, um es sich dort eine Woche lang auf Kosten eines anderen gutgehen zu lassen.

WITZLERS Opernkompanie bereitete sich auf das geheimnisvolle Engagement im Juni vor. Jakob hatte dichtgehalten. Niemand wußte, wer ihr Auftraggeber war oder wo sie spielen würden. Aber hinter den Vermutungen wuchs die Aufregung. Alle waren bei der Sache. „Die Zauberflöte" hatten sie seit Jahren in ihrem Repertoire, aber jetzt probten sie Mozarts Singspiel, als wäre es eben erst komponiert worden.

Jakob Witzler hatte Bilder von Pfaffenstein gesehen. Nun träumte er von der perfekten Vorstellung in einem perfekten Rahmen in Anwesenheit des perfekten Mäzens, der die Kompanie aus der finanziellen Finsternis ins Licht führen würde. Er machte neue Schulden und vertröstete seine alten Gläubiger.

„Wo ist der Bubi?" rief die Rheintochter, die jetzt ebenfalls im Theater mithalf.

„Ich habe ihn, Frau Witzler." Tessa tauchte kurz mit Witzlers dreijährigem Sohn auf dem einen Arm und einem Tablett mit belegten Broten auf dem anderen im Orchestergraben auf und verschwand im Probenraum.

Je näher der Termin für den Aufbruch der Kompanie nach Pfaffenstein rückte, um so hektischer gestalteten sich die Vorbereitungen.

„Ich bin kein Kanarienvogel", erklärte Raisa, als sie zu einer Vormittagsprobe erscheinen mußte. „Ich kann nicht schon um zehn Uhr in der Frühe singen!" Aber sie sang doch. Boris arbeitete bis um drei Uhr morgens an exotischen Kopfbedeckungen für Sarastros Priester, und Frau Pollack, die endlich einmal neue Stoffe für Kostüme bekommen hatte, schwang die Handkurbel ihrer Nähmaschine. Tessa war praktisch überall. Sie soufflierte, kopierte Texte, nähte und bügelte.

Fünf Tage vor der Abreise der Kompanie erhielt Herr Witzler in seinem Büro einen Anruf. „Tessa! Herr Klasky dirigiert um halb neun im Musikverein, aber er hat *den Knopf* vergessen! Wir müssen ihm *den Knopf* bringen. Es wäre eine Katastrophe, wenn er jetzt, so kurz vor der Tour, die Nerven verlieren würde."

Alle Bühnenkünstler sind abergläubisch, und Klasky, der eigentlich geistig gesund war, konnte eine Premiere nur dirigieren, wenn er einen kleinen gesprenkelten Gegenstand bei sich wußte, der zweifelsfrei und beglaubigt ein Westenknopf von Ludwig van Beethoven war.

„Er hat seine Haushälterin angerufen", sagte Jakob Witzler. „Er möchte, daß Sie ihn bei ihr abholen und im Sacher an der Rezeption abgeben. Er sitzt dort gerade beim Abendessen."

Tessa sagte nur: „Ja, Herr Witzler", und schon wurde sie von der kleinsten Heidi mit Beschlag belegt, die hastig in einem Kleiderkorb wühlte, um etwas zu finden, das Tessa an Stelle des bekleckerten Kittels anziehen könnte.

Heidi Schlumberger war nicht nur die kleinste, sondern auch die hübscheste und netteste der drei Heidis. „Ich habe drüben ein *Sylphiden*-Kleid, das ganz sauber ist“, sagte sie und nahm Tessa bei der Hand. „Komm mit, ich zeig es dir.“

4

Nerine und ihr Bruder trafen mit vierzehn Koffern und einem Dienstmädchen namens Pooley in Wien ein. Die Suite, die Guy für sie im Grand Hotel reserviert hatte, gefiel ihr; weniger begeistert war sie, als ihr Guy drei Tage später mitteilte, sie würden aufs Land fahren. Das Land stand auf Nerines Prioritätenliste ziemlich weit unten.

Nun saß sie neben Guy, der den Hispano-Suiza selbst fuhr, während Arthur im Fond döste. Der Chauffeur Morgan folgte ihnen in einem zweiten Wagen mit dem Gepäck.

Sie warf einen Blick auf Guy, der ungewöhnlich schweigsam war, und seufzte. Er wirkte nach wie vor wie ein eingesperrtes, wildes Tier und war doch erstaunlich attraktiv. Es gefiel ihr, wie locker seine kräftigen Hände auf dem Lenkrad lagen. Niemand würde bei seinem Anblick auf die Idee kommen, daß er in der Gosse gefunden wurde. Sie mußte ihm abgewöhnen, daß er jedem seine Herkunft auf die Nase band. So etwas war doch nur peinlich.

In einem Wirtsgarten aßen sie zu Mittag. Dann fuhren sie weiter.

Aus dem sonnigen Vormittag war ein grauer Nachmittag geworden. Die Berggipfel hüllten sich in Wolken, und plötzlich goß es in Strömen. Guy bemühte sich, seine Enttäuschung zu unterdrücken. Er hatte sich so viel von Nerines erstem Blick auf Pfaffenstein erhofft. Dann hörte der Regen ebenso plötzlich auf, wie er begonnen hatte, und am azurblauen Himmel erschien ein vollständiger Regenbogen. Vor dieser Himmelskulisse sah Nerine zum erstenmal das Schloß – ein Schloß wie im Märchen mit Zinnen und Türmen unter einem buntschillernden Regenbogen.

Guy hatte am See angehalten, und sie stiegen aus. „Das ist Pfaffenstein, nicht wahr?“ Nerines Stimme klang ehrfürchtig. „Frau von Edelnau hatte ein Bild von Pfaffenstein im Eßzimmer hängen.“

„Ja, das ist Pfaffenstein“, sagte Guy.

Arthur stieg aus dem Wagen und gesellte sich zu ihnen. Er hatte den Finger im Baedeker und konnte sie informieren, daß Teile der Burg bis ins Jahr 909 zurückreichten und daß sie seit 1353 im Besitz der Familie Pfaffenstein war.

„Es ist umwerfend", sagte Nerine. „Gehört es noch den Pfaffensteins?"

„Nein", erwiderte Guy.

„Wem gehört es jetzt?"

„Mir."

„Was meinst du, Guy?"

„Ich meine, daß ich Schloß Pfaffenstein gekauft habe", sagte er. „Es gehört mir und – wenn du möchtest – dir."

Wenn je ein Mann seine verdiente Belohnung bekam, dann war es jetzt Guy. Nerines Augen weiteten sich, und zum erstenmal äußerte sie ihre Gefühle für ihn in einer spontanen Geste, indem sie ihren Kopf gegen seine Schulter sinken ließ. „O Guy", hauchte sie. „O Liebling! Ich kann es nicht glauben."

Arthur zog sich in seiner Verblüffung taktvoll zurück. Und während Guy Nerine in die Arme schloß, ihr Haar an seiner Wange fühlte und ihre dankbar geflüsterten Worte hörte, hatte er das Gefühl, angekommen zu sein.

„Komm!" sagte Guy nach einer Weile und öffnete die Wagentür für Nerine. „Ich möchte dir alles zeigen."

In dem Zimmer im Westturm, wo die Herzogin, die Markgräfin und David Tremayne auf Guy und seine Gäste warteten, herrschte weder Freude noch Erwartung.

„Sie kann nicht kommen?" fragte die Markgräfin ungläubig. „Nicht einmal für den Empfang und den Ball? Zu ihrem Geburtstag?"

„Ich habe es dir doch vorgelesen", sagte die Herzogin und hielt ihr den Brief hin, der eben gekommen war. „Sie hat ihren Professor um Urlaub gebeten, aber man braucht sie in Wien. Sie kann nicht weg."

„Ohne die Butzi wird einfach was fehlen", sagte die Markgräfin.

David schwieg bedrückt. Er hatte drei Monate lang gearbeitet und Pfaffenstein in einen Ort verwandelt, in dem selbst der Sonnenkönig gern ein paar Tage Station gemacht hätte. Er hatte es für Guy getan, dennoch war es das Bild der kleinen Fürstin gewesen, von der jeder mit soviel Herzlichkeit sprach, das er dabei im Hinterkopf hatte. Es war die Vorstellung, ihr eine Freude zu machen, ihr zu zeigen, daß ihr Zuhause in guten Händen war, die ihn bei seiner Arbeit beflügelt hatte.

„Sie wird später kommen", sagte die Herzogin. „Das hat sie versprochen."

Aus den Blicken der alten Damen sprach Enttäuschung. Alle Gäste, die am kommenden Tag eintreffen sollten, würden Butzi vermissen, aber für Maxi und seine Mutter würde Butzis Abwesenheit eine Katastrophe sein. Maxi war entschlossen, jetzt alles mit Butzi zu regeln; das hatte die Schwanenprinzessin deutlich gemacht.

„Sie sind da!“ sagte David. Er hörte den Wagen in den großen Hof fahren. Zusammen mit den Damen begab er sich zur Begrüßung des neuen Herrn von Pfaffenstein und seiner Braut.

Nerine war das Prunkschlafzimmer im Haupttrakt zugedacht, das einen herrlichen Blick auf den See bot. Es war ein unglaubliches Zimmer mit einem riesigen Bett mit geschnitzten Cupidos und Pfauen und einem Himmel aus gelber, handbemalter Lyoner Seide.

„Früher war es das Zimmer der Butzi – unserer Großnichte“, erklärte die Herzogin. „Nach dem Tod ihres Vaters hat sie es bekommen. Aber sie ist dann in ein Zimmer im Westturm umgezogen.“

„Danke, das Zimmer ist ganz reizend“, sagte Nerine in gutem Deutsch.

Die Damen zogen sich zurück, und Nerine, die ihr Mädchen ins Ankleidezimmer zum Auspacken geschickt hatte, konnte sich nun in Ruhe allein umsehen. Es war unglaublich..., überwältigend! Pfaffenstein gehörte *ihr*! Wenn nur ihre Mutter sie sehen könnte und all die Mädchen bei Frau von Edelnau, die sich immer so großartig vorkamen, wenn sie mit einem Grafen tanzten! Selbstverständlich würde sie hier heiraten. Wie gut, daß sie dem armen Frith mit seinem zugigen Turm und den düsteren Mooren nichts versprochen hatte!

Aber sie durfte nicht trödeln. In vierundzwanzig Stunden würde sie neben Guy in der Empfangshalle stehen und als Schloßherrin ihre hochherrschaftlichen Gäste begrüßen.

Sie warf einen Blick auf ihre Uhr. In einer Stunde würde Guy kommen, um ihr den Ring zu geben. Der Ring, so hatte er ihr erklärt, gehörte zu einer Juwelengarnitur. Das Collier wollte er ihr vor irgendeiner Vorstellung geben, die er im Theater geplant hatte, und die Ohrringe am Morgen des Hochzeitstages.

Sie setzte sich an den Toilettentisch. „Beeil dich, Pooley!“ rief sie. „Ich brauche das gelbe Negligé – das paßt zu den gelben Bettvorhängen.“

Pooley löste ihrer Herrin das blauschwarz glänzende Haar, das ihr nun über die schneeweißen Schultern und bis tief über den Rücken fiel. „Bürste es aus.“ Guy sollte ihr Haar offen sehen. „Ich werde dort in dem vergoldeten Stuhl am Fenster sitzen.“ Guy würde glauben, er sei zu früh gekommen. Könnte sie eine Rose in der Hand halten? Nein – nicht, wenn sie ihr Haar kämmte. Aber angenommen, die Schönheit der Rose hätte sie überwältigt, während sie ihr Haar kämmte? „Gib mir eine von den Rosen. Eine weiße. Nun kannst du gehen."

Und so fand Guy die Dame seines Herzens, als er wenige Minuten später das Zimmer betrat: Frisch wie der Morgen saß sie am offenen Fenster. Das lange Haar fiel offen über ihre Schultern, und sie blickte auf eine Blume in ihrer Hand.

„Es tut mir leid, wenn ich zu früh komme."

„O Guy – du hast mich erschreckt!" Sie sah lächelnd zu ihm auf. „Aber könntest du zu früh kommen, mein Liebster? Ich freue mich immer, wenn du kommst."

Guy wurde warm ums Herz. Für sie hatte sich alles gelohnt. Tausend Schlösser, eine Million Bankette wären nicht zuviel, um sie ihr zu Füßen zu legen. Er hielt eine kleine Schatulle in seiner Hand, öffnete sie und legte sie wortlos in ihre Hand.

Für einen Moment war sie sprachlos. Dies hier mußte der größte, der wertvollste Diamant auf Erden sein. „O Guy, Liebling!"

Er bückte sich und steckte ihr den Ring an den Finger. Dann kniete er neben ihr und legte den Kopf in ihren seidenen Schoß.

WITZLERS Opernkompanie verlud ihre Ausrüstung. In der engen Gasse hinter dem Theater ging es drunter und drüber. Ein großer geschlossener Lastwagen verstellte das halbe Trottoir, gefolgt von einem alten Armeelaster. Jakob lief mit einer Kiste umher.

Allmählich legte sich das Chaos. Tessa, Boris und der Inspizient kletterten hinten in den motorisierten Umzugswagen. Jakob schloß die Ladeklappe und setzte sich ins Führerhaus neben den Fahrer. Dann ging es endlich los. Sie überquerten den Ring und holperten Richtung Süden. Jakob blickte besorgt vor sich hin. Reumütig dachte er, daß er Tessa den vierundzwanzigstündigen Urlaub, um den sie gebeten hatte, vielleicht doch hätte geben sollen. Sie hatte sehr bedrückt ausgesehen, als er ablehnte. Aber er konnte nicht auf sie verzichten. Und außerdem war da noch sein kleiner Sohn. Seine Frau, die Rheintochter, konnte zwar ein Klavier hochheben, aber ihre Nerven waren zart, und Bubi hing an Tessa.

Hinten im Laderaum fand Tessa am aufgerollten Sternenhimmel eine bequeme Kopfstütze. Sie hatte sich ziemlich elend gefühlt, als ihr Jakob den Urlaub verweigert hatte, weil sie wußte, wie enttäuscht die Tanten sein würden. Aber Jakob sagte, sie könne später Urlaub bekommen, und dann würde sie nach Hause fahren – nur daß es dann nicht mehr ihr

Zuhause war. Auf den Gedanken, daß sie sich Urlaub nehmen konnte, wann sie wollte, weil sie keinen Lohn erhielt, war weder sie noch ihr Arbeitgeber gekommen.

Die Augen fielen ihr zu. Tessa schlief. Sie schlief, als sie durch Neustadt und Aspang fuhren, und sie merkte nicht, daß Boris sie mit seinem Mantel zudeckte. Sie schlief immer noch fest, als Witzler die Ladeklappe öffnete und sagte: „Wir sind da."

„Großer Gott!" stieß Boris hervor, als er ausstieg und den riesigen Schloßhof und die Türme sah. „Das ist Pfaffenstein, nicht wahr?"

Die Bühnenarbeiter und Zimmerleute stiegen aus dem anderen Fahrzeug und musterten ihre Umgebung.

„Ja", sagte Jakob stolz. „Es ist Schloß Pfaffenstein." Er spähte in den Möbelwagen und sah Tessa zusammengerollt liegen und schlafen. „Wir lassen sie noch eine Weile schlafen", sagte er. Ein junger Mann kam auf sie zu, gefolgt von einer Dienerschar.

„Mr. Farne meinte, Sie würden vielleicht zuerst Ihre Unterkünfte sehen wollen", sagte David, nachdem er sich vorgestellt hatte. „Wir können die ganze Kompanie im Brunnenhof unterbringen. Bitte hier entlang, durch den Torweg. Wir möchten die Lastwagen unbedingt bis sechs Uhr loswerden, weil dann der Empfang beginnt. Deshalb habe ich ein paar Männer mitgebracht, die Ihnen beim Abladen helfen."

Jakob bedankte sich und folgte dem jungen Engländer mit Boris und Frau Pollack in den Brunnenhof. Er sah sofort, daß die Kompanie fürstlich beherbergt wurde. Die Zimmer waren hell und komfortabel eingerichtet. Für ihn und seine Rheintochter hatte man eigens ein Doppelbett aufgestellt, und das Zimmer für Raisa war reich mit Blumen geschmückt.

Höchst zufrieden begab sich Jakob zurück zu den Lastwagen, um das Entladen zu beaufsichtigen. Doch seine Leute arbeiteten nicht, sondern standen mit finsteren Gesichtern herum.

„Sie haben Tessa geholt! Die Lakaien in den grün-roten Uniformen haben sie mitgenommen! Durch die eiserne Tür da drüben haben sie sie geschleift."

Witzler erbleichte. Jetzt war es also passiert. Er hatte ja schon lange etwas Ähnliches erwartet, aber warum ausgerechnet hier? „Ich will sehen, was ich tun kann", sagte er bedrückt. Nur – was konnte er schon tun, wenn sie von zu Hause weggelaufen war und jetzt Schwierigkeiten mit der Polizei bekam?

„Jetzt können wir einpacken", sagte einer der Zimmerleute. „Ohne Tessa haut gar nichts hin."

DIE ZWEI Stockwerke hohe Empfangshalle von Schloß Pfaffenstein mit ihren grünen Marmorsäulen, den Statuen und farbenprächtigen Deckenfresken betrat man vom großen Hof aus durch mehrere schwere Doppeltüren. Gegenüber dem Eingang führten hohe Flügeltüren in den Ballsaal. Am anderen Ende öffnete sich die Halle für einen Höhepunkt des barocken Zeremoniells – das große Treppenhaus. Am Fuß dieser Treppe mit der breiten Balustrade und unter dem von 120 Lampen erhellten Kronleuchter stand Guy mit Nerine, um die Gäste zu empfangen.

Die Tanten hatten zu größter Förmlichkeit für den Empfang geraten. Verwandte sollten ihrem Rang nach angekündigt und dem neuen Besitzer von Pfaffenstein vorgestellt werden. Wenn ein Findelkind – mochte es noch so begabt, intelligent und reich sein – seine zukünftige Gemahlin in die adlige Gesellschaft einführen wollte, täte es gut daran, sich streng an das Protokoll zu halten. Guy, der alles für Nerine getan hätte, erklärte sich mit dem Arrangement einverstanden. Nun stand er am Treppenaufgang und blickte amüsiert auf die Gästeschar.

Die Männer in roten, hellblauen und feldgrünen Uniformen mit goldenen Epauletten und Reihen von Ehrenzeichen und Orden waren die eindrucksvollsten Erscheinungen, aber auch die Damen in ihren Brokat- und Spitzenkleidern und geschmückt mit den Juwelen, die noch nicht ins Pfandhaus gewandert waren, boten einen recht imposanten Anblick. Für sie war der neue Besitzer von Pfaffenstein zweifellos eine Überraschung. Die Großzügigkeit, mit der für Unterhaltung und Komfort gesorgt war, hatte die vornehmen Gäste bereits der Hoffnung beraubt, den Engländer als ungehobelten Emporkömmling ordentlich zu verspotten. Ein Mann, dessen Sekretärin eine Unterkunft für den Bären des Erzherzogs Sava beschaffen konnte und dem es gelang, die Erzherzogin Friederica, die offiziell gleich nach der Fürstin Pfaffenstein rangierte, zu überreden, daß ein Umzug aus dem Prunkschlafzimmer ihrer Gesundheit zuträglich wäre – mit so einem Mann war zu rechnen. Ein schöner Mann war er gerade nicht, aber in dem dunklen Abendanzug wirkte er zweifellos distinguiert, und die leicht arrogante Miene in seinem braungebrannten Gesicht schadete ihm in den Augen dieses Publikums keineswegs. Was die Verlobte betraf, so war sie eine Schönheit, und Schönheit war schon immer der Lohn für Macht und Reichtum gewesen.

Nerine, die hinreißend aussah in einer Robe aus Goldbrokat mit saphirblauen, geschlitzten Samtärmeln, war völlig mit ihrem Triumph beschäftigt. Fast den ganzen Tag hatten sie und Arthur vom Fenster aus zugesehen, wie die Fürsten, Herzöge und Grafen in Kutschen und Autos in den Schloßhof einfuhren. Fünf Fürsten..., 23 Lakaien..., zweihundert Flaschen Champagner...

Der Zeremonienmeister im goldbetreßten Rock trat vor. Doch bevor er den ersten Gang ankündigen konnte, ging ein Raunen durch die Halle. Alle wandten die Köpfe und blickten nach oben. Die schwere Eichentür, die in den mittelalterlichen Westturm führte, hatte sich geöffnet, und eine kleine weiße Gestalt erschien. Sie ging zur Treppe, nahm mit geübtem Griff die Schleppe ihres Kleides auf und stieg langsam die Stufen herab. Der Zeremonienmeister pochte mit seinem Stab auf den Boden und räusperte sich, wurde jedoch mit einer Kopfbewegung der schlanken Gestalt auf der Treppe zum Schweigen verurteilt. Doch wenn Ihre Hoheit Fürstin Theresa-Maria von Pfaffenstein gehofft hatte, unauffällig hereinzukommen, war ihr das nicht vergönnt. Aller Augen waren auf sie gerichtet.

„Mein Gott, ihr Haar!“ zischte die Erzherzogin Friederica in die erwartungsvolle Stille.

Sehr langsam schritt sie die Treppe herunter. Die blaue Schärpe des St.-Hubertus-Ordens lag schräg über ihren kleinen Brüsten. Auf ihrem kurzgeschnittenen Haar saß ein mit Juwelen besetztes Diadem.

Guys erster Schock hinderte ihn nicht, sie prüfend zu beobachten. Als sie näher kam, erkannte er ihren Ernst und ihre Konzentration. Wie klein sie war vor dem riesigen Treppenaufgang, wie schmächtig – und doch hatte sie alles in ihrer Gewalt, diesen Raum, diese Menschen. Plötzlich wurde er wütend. Wie konnte er so blind gewesen sein, daß er die Fingerzeige, die er erhalten hatte, nicht deutete? Ihr perfektes Englisch, ihre Höflichkeit gegenüber Morgan. Dies war das Mädchen, das er beschützen, dem er helfen wollte! Wie konnte sie es wagen, ihn so zu täuschen?

Tessa ging auf ihre Tanten zu, und die Herzogin sagte: „Theresa, wir möchten dir den neuen Besitzer von Pfaffenstein vorstellen – Mr. Farne.“

Erst jetzt erkannte sie ihn, und sie strahlte vor Freude. Guy, der Besitzer von Pfaffenstein! Der Mann, der ihr Zuhause so wunderbar restauriert hatte. Überglücklich lächelte sie zu ihm auf und reichte ihm die Hand zum Kuß.

„Es ist mir eine Ehre, Hoheit.“ Die Worte klangen kalt.

Alle Fröhlichkeit wich aus ihrem Gesicht. Verwirrt sah sie ihn an. Aber Tante Augustine stellte ihr jetzt die Frau vor, die neben Guy stand. Tessa hörte kaum den Namen, denn diese Frau in ihrem phantastischen goldenen Kleid war die schönste Frau, die sie je gesehen hatte. Sie war größer als Tessa, vollbusig, hatte enzianblaue Augen mit langen Wimpern und pechschwarzes, hochgetürmtes Haar, das im Licht der Kronleuchter glänzte. Für diese Frau, die alles war, was Tessa nie sein konnte, hatte Guy Pfaffenstein gekauft. Das also war die neue Herrin ihres Elternhauses. Natürlich mußte es so sein. Ein Mann wie Guy würde nur eine Frau lieben, die so schön war wie diese, und wenn sie an seiner Seite war, würde er nichts mit jemandem wie Tessa zu tun haben wollen. Sie unterdrückte das Gefühl, allein und verlassen zu sein, und sagte einige freundliche Worte zu Nerine. Und dann begann der Empfang.

Die Gäste wurden mit all ihren Titeln aufgerufen und Guy vorgestellt: die fettleibige Erzherzogin Friederica, der rotbärtige, nach seinem Bären riechende Erzherzog Sava, der kalte, klapperdürre Fürst Monteforelli, der Nerines Dekolleté beäugte...

„Seine Hoheit Fürst Maximilian von Spittau!" rief der Zeremonienmeister, und Maxi trat vor.

Maxi war voller Freude. Natürlich hatte es große Aufregung gegeben, als es hieß, die Butzi würde nicht kommen, aber nun war sie da und sah noch dazu entzückend aus. Seine Mutter würde über ihr kurzes Haar entsetzt sein, aber Maxi gefiel es. Korrekt wie stets küßte er zuerst die kleine Hand seiner Erwählten (denn Butzi war ranghöher als ihre Tanten), dann die der Tanten, und dann wurde er Mr. Farne und der schönen Verlobten vorgestellt. Der Engländer überraschte ihn. Er sprach ausgezeichnet Deutsch, und man hätte ihn glatt für einen Gentleman halten können. Aber es war Butzis Begrüßung, die Maxis ordengeschmückte Brust erwärmte. Sie schien sich wirklich zu freuen, ihn zu sehen.

Und das tat sie auch. Tessa hatte an diesem Tag zuviel mitgemacht. Maxi bedeutete Sicherheit und Vertrautheit; er war die Verkörperung ihrer Kindheit mit all den Spielen und mutwilligen Streichen. All die anderen Jungen, mit denen sie gespielt hatte, waren gefallen. Aber Maxi lebte und war hier. Das Lächeln, das sie ihm schenkte, kam von Herzen, und kurz bevor er sich zurückziehen wollte, beugte sie sich vor und flüsterte sehr leise: „Hast du die Hunde mitgebracht?"

IN DEM von Arkaden umgebenen Brunnenhof schickten sich die Mitglieder von Witzlers Opernkompanie an, schlafen zu gehen. Ihre Stimmung war gedrückt. Sie hatten zwar ausgezeichnet gegessen, aber sie hatten nichts mehr von Tessa gehört. Witzler war den ganzen Nachmittag durch das Schloß gelaufen und hatte jeden Dienstboten, den er zu fassen bekam, gefragt. Aber niemand hatte eine verschwundene Garderobenmamsell gesehen.

„Herr Tremayne wird sie morgen schon finden", sagte die Rheintochter, während sie ihren ausladenden Körper in einem Barchentnachthemd auf das Bett senkte.

Schließlich forderte der Schlaf sein Recht, denn es war ein langer Tag gewesen. Jakob schlief in seinem Zimmer mit einem Arm in den Flechten seiner Rheintochter. Aber Bubi, dessen Kinderbett man in das kleine Zimmer gestellt hatte, das für die zweite Garderobiere vorgesehen war, wachte auf. Er blickte in das vom Nachtlicht dürftig erhellte Zimmer. Anstelle seines früheren Kleinkindernachthemds trug Bubi heute einen Pyjama. Wo war sie? Sie hatten gesagt, wenn er brav ins Bett gehen und schlafen würde, würde sie dasein, wenn er aufwachte. Und jetzt war sie nicht da. Ihr Bett war leer. Es lagen keine Kleider darauf. Einsam stand Bubi in seinem Bettchen und hörte das leise Geräusch von Musik. Die Musik war ein Hoffnungsschimmer. Sie bedeutete Menschen und Stuhlreihen, zwischen denen man herumkrabbeln konnte – und sie bedeutete Tessa. Er kletterte aus dem Bett, tappte über den Flur und eine Treppe hinunter und war draußen im Hof. Fackeln an den Mauern beleuchteten den Torweg, aus dem die Musik kam. Er zog die Hose seines gestreiften Pyjamas – der zum Hineinwachsen gekauft war – bis unter die Achseln und lief über das Pflaster. Bubis erstes Wort, das er nach „Mama", „Papa" und „Nein" sprechen gelernt hatte, war „Gerichtsvollzieher", und jeder Mann, der einen schwarzen Hut aufhatte, flößte ihm Angst ein, aber die Schatten hinter den flackernden Lampen fürchtete er nicht.

Als er durch den Torweg gegangen war, befand er sich in einem größeren Hof. Die Musik kam aus dem langgestreckten Haus gegenüber, und so marschierte er mutig in Richtung des offenen Portals.

NERINE tanzte in Guys Armen durch den hell erleuchteten Ballsaal. „Bist du glücklich?" fragte er und blickte zärtlich zu ihr nieder.

„Glücklich! Liebster, du kannst dir nicht vorstellen ... Alle diese Menschen hier ..., und sie sind deine Gäste!"

„Unsere Gäste, Nerine. Dies alles ist für dich. Weißt du noch, Darling? Das ist der erste Walzer, den wir zusammen tanzten. In deiner Schule ..."

Für einen Moment flackerte in Nerines Augen Panik auf. Seit sie nach Wien gekommen war, wurde sie von Guy gefragt, ob sie sich an dies oder jenes erinnerte, und ihr fiel beim besten Willen nichts dazu ein. „Was habe ich getragen?" erwiderte sie.

„Etwas in Rosa. Es war weich und fließend."

Nerine atmete auf. Natürlich, das rosa Georgettekleid. „Ja, Liebster", sagte sie. „Ich erinnere mich genau."

Nerines Bruder Arthur war kaum weniger begeistert als seine Schwester. Gewiß, die Dame, mit der er tanzte, glich einer gestrandeten Seekuh, aber was machte das schon? Sie war die Gräfin Waltraut von Wahneck, und ihr Stammbaum reichte zurück bis zu den böhmischen Königen.

Auch David Tremayne, der an der großen Doppeltür stand, um auf alles ein Auge zu haben, war zufrieden. Probleme hatte es weiß Gott genug gegeben, und am Nachmittag war ihm auch noch der Direktor der Opernkompanie mit einer Beschwerde wegen einer verschwundenen Garderobiere auf die Nerven gegangen. Aber nun war alles gut. Farnes Gäste fühlten sich sichtlich wohl, und Farne, der mit der schönen Witwe tanzte, war heute abend sicher der Glücklichste von allen. Wie schön diese Frau war, dachte David und blickte doch wieder zur Fürstin von Pfaffenstein. Er hatte sich eine süße kleine Person mit Locken und Grübchen vorgestellt. Das ernste schmale Gesicht und das zerzauste kurze Haar waren ein echter Schock für ihn gewesen. Dann hatte sie die Tanten umarmt und gelächelt, und es war, als würde sie plötzlich von innen heraus leuchten. Inzwischen bewunderte er auch ihre Entschlossenheit, sich nicht in den Vordergrund rücken zu lassen. Sie hatte nicht erlaubt, daß die Kapelle ein Geburtstagsständchen für sie spielte; und vor dem ersten Tanz hatte sie den Ballsaal unter einem Vorwand verlassen, so daß Mrs. Hurlingham und Guy den Ball allein eröffnen konnten. Doch nun wurde sie vom Fürsten von Spittau aufgefordert, dem Mann, den sie angeblich heiraten wollte.

„Eine schöne Melodie, find'st nicht auch?“ fragte Maxi glücklich, als die Kapelle einen weiteren Walzer anstimmte.

„Ja“, sagte Tessa. „Aber ich würde fast lieber Charleston tanzen.“

„Charleston! Ja, kannst du das?“ Maxi war schockiert.

„Ein paar Freunde haben mich in einen Jazzklub mitgenommen und es mir gezeigt“, sagte sie, aber sie verschwieg, daß sie dort mit den Bühnenarbeitern der Opernkompanie bis vier Uhr morgens getanzt hatte.

Maxi hatte Wichtigeres im Sinn. Die Musik war berauschend, und er wußte, daß er in seinem himmelblauen Rock und den weißen, rot paspelierten Hosen sehr gut aussah. Wenn er ihr jetzt seinen Antrag machte und akzeptiert würde, könnte er sich entspannen und das Fest richtig genießen. „Butzi, du weißt, daß ich dich schon immer gern gehabt hab“, begann er.

„Ich habe dich auch gern, Maxi.“ O bitte, nicht heute abend, dachte Tessa. Ich bringe es nicht fertig, ihn schon wieder abzuweisen. Der Kopf tat ihr weh, und Guy hatte den ganzen Abend noch kein Wort mit ihr gesprochen.

„Butzi, meinst du nicht, du könntest –“

Doch Maxi wurde von einem kleinen Aufruhr an der Saaltür unterbrochen. Verfolgt von zwei livrierten Dienern, kam ein kleiner Junge in einem gestreiften Pyjama barfuß in den Ballsaal gelaufen und blieb, vom Licht der Kronleuchter geblendet, stehen. Bubi hatte sein Ziel erreicht. Die Leute waren da, die Musik auch, aber wo war *sie?*

„Bubi!"

Da verwandelte sich das Gesicht des kleinen Jungen. Freude und Erleichterung sprachen aus seinen dunklen Augen. Es war ihre Stimme. Und dann beugte sie sich über ihn, und als sie ihn aufhob und er die Arme um ihren Hals legte, hörte er die Worte, die er vor allem zu hören wünschte: „Du hast ja einen *Pyjama* bekommen, Bubi", sagte Tessa. „Einen gestreiften Pyjama wie ein richtig großer Junge!"

Die Rheintochter, die, von einem sechsten Sinn geleitet, einen wagnerianischen Auftritt in Nachthemd und Schal gewagt hatte, wurde im selben Moment von Schreckensbildern eines in einem dunklen Brunnen ertrunkenen Bubi erlöst. Sie sah ihn gesund und wohlbehalten auf dem Arm eines schlanken Mädchens in einem weißen Satinkleid und einem Diadem auf dem Kopf. Und sie sah auch, daß sich die Suche nach ihrer zweiten Garderobiere erübrigte.

5

Tessa schlief schlecht in der Nacht nach dem Ball, und dies nicht, weil Bubi sich weigerte, in sein eigenes Bett zurückzukehren, und bei ihr im Westturm schlief.

Kurz vor Tagesanbruch stand sie auf und trug das schlafende Kind zu ihrer Kinderfrau nach nebenan. Sie nahm den Arbeitskittel mit, den die alte Frau am Tag zuvor gewaschen und gebügelt hatte, zog ihn an und ging leise nach unten. Im Schloß war noch alles still. Sie überquerte den Hof, ging durch den Torweg, über die Zugbrücke und stieg die Steinstufen zum östlichen Festungswall hinauf. Von hier blickte sie hinaus über die Ebene, wo am fernen Rand die Sonnenscheibe langsam aus dem Dunst aufstieg. Sie lehnte die Wange an den kühlen Stein. Dies war der älteste Teil des Schlosses, den sie mehr liebte als die barocke Pracht des Haupttrakts. Es würde ihr schwerfallen, von hier fortzugehen – viel schwerer, als sie es sich vorgestellt hatte.

Sie wollte gerade zurückgehen, als sie Schritte hörte und einen Mann sah, der allein auf den Ostwall kam, um wie sie den Sonnenaufgang zu sehen.

„Guten Morgen, Hoheit."

„Warum nennen Sie mich so?" fragte sie traurig. „Sie wissen doch –"

„Daß Sie eine überzeugte Republikanerin sind?" Er bemerkte, daß Tessa bedrückt und blaß aussah, und es erfüllte ihn mit einer merkwürdigen Befriedigung.

„Warum sind Sie so anders? In Wien waren Sie freundlich."

„Ich will nicht unfreundlich sein. Aber Sie müssen begreifen, daß Ihre Maskerade geeignet ist, die Leute zu verärgern. Wie Sie diese Treppe herunterkamen!"

Tessa hatte sich wieder dem Horizont zugewandt. „Ja", sagte sie, „ich weiß, wie man eine Treppe hinuntergeht. Ich mußte es lernen, als ich fünf Jahre alt war. Man hat mir ein Buch auf den Kopf gelegt, und der Rock, den ich dabei trug, war mindestens zehn Zentimeter zu lang. Wenn das Buch herunterfiel oder wenn ich stolperte, wurde ich ohne Abendessen ins Bett geschickt. In Schönbrunn gibt es eine Marmortreppe, die eigens für diesen Zweck besonders glatt poliert wurde. Ich weiß also, wie man eine Treppe hinunterkommt. Diese überaus nützliche Ausbildung habe ich erhalten."

Die Bitterkeit in ihrer Stimme machte Guy für eine Weile stumm. „Waren Sie oft in Schönbrunn?"

Sie nickte. „Mein Vater gehörte zur Suite des Kaisers. In Pfaffenstein war es schön. Da konnte man immer in die Wälder flüchten, aber Schönbrunn... Es war ein Gefängnis. Diese langen Korridore und diese *Vorschriften*! Wenn man den Hofknicks nicht tief genug machte oder die Gabel nicht in derselben Sekunde weglegte, in der der Kaiser zu essen aufhörte, war das ein Skandal. Meine Eltern hatten sich einen Jungen gewünscht, aber ich blieb ihr einziges Kind – und ihre permanente Enttäuschung. Ich war sehr einsam in Schönbrunn. Manchmal nahm mich meine Mutter auf eine Spazierfahrt mit. Wir mußten ganz steif sitzen, überall waren Lakaien, und ich habe ganz gewöhnliche Kinder gesehen, die in der Welt draußen lebten..., die im Park spielten oder in einem Café Eis essen durften. Ich wollte mitmachen und dazugehören."

„Und weiter?"

„Dann sind meine Eltern gestorben, und Pfaffenstein gehörte mir. Aber das Geld war auch dahin, und ich mußte ständig alle enttäuschen. Ich habe die Leute in meiner Gemeinde besucht, und wenn eine alte Frau ein Loch im Dach hatte, habe ich den Verwalter kommen lassen und gesagt: ‚Warum haben Sie das Dach von der Frau Keller nicht repariert?' Und er hat gesagt: ‚Ich habe nur zehn Männer für die Arbeit, die früher von zweihundert getan werden mußte.' Wir haben damals schon angefangen, Wald zu verkaufen, Bilder zu verkaufen ... Mir wurde dann klar, daß ich nur eines für Pfaffenstein tun konnte: Ich mußte es aufgeben. Und so habe ich meine Tanten gebeten, es zu verkaufen."

„Ich verstehe", sagte Guy. Sein Zorn war verflogen. „Und die Musik? Hat sie Ihnen schon immer so viel bedeutet?"

Tessa nickte. „Seit ich denken kann. Ich dachte, wenn ich der Musik dienen könnte ..., wenn ich dazu beitragen könnte, daß Musik gespielt wird ..., dann könnte ich es vielleicht aushalten."

Was wollten Sie aushalten? wollte Guy fragen, aber er unterließ es, denn er wußte es. Er wandte sich ab, um die Stufen hinunterzugehen. Tessa folgte ihm. Als sie die Zugbrücke überquerten, bemerkte er eine stilisierte Lilie, die in den Torbogen gemeißelt war. Er hatte diese Blume auch in der farbenprächtigen Fahne mit dem goldenen Greif und dem roten Handschuh bemerkt. „Was werden Sie mit dem Geld tun, das Sie für Pfaffenstein bekommen?" fragte er.

„Die Hälfte geht natürlich an die Tanten."

„Ich bezweifle, daß sie das gutheißen werden. Sie wollen, daß das Geld Ihre Mitgift ist."

„Meine Mitgift?"

„Für Ihre Hochzeit mit dem Fürsten von Spittau, dem einzigen Mann, wie sie mir sagten, der genug Schildplätze hat, um Ihrer Hand würdig zu sein." Seine Stimme klang schroff.

„Es hat keinen Sinn, ihnen deshalb böse zu sein. Sie sind alt und hängen an den alten Traditionen. Aber von einer Hochzeit –"

Ihr Gesicht erhellte sich plötzlich. Der Fürst von Spittau in Lederhosen und grünem Hut kam um die Ecke.

„Ach, du liebe Zeit, Rinty! Du bist aber gewachsen! Platz, Hektor! Jaja, Samson, ich weiß, du bist der älteste." Lachend tauchte Tessa in in die Schar wedelnder, glückselig schleckender Hunde ein. „Ich hab euch ja so vermißt", sagte sie.

Guy erwiderte kurz den Gruß des Fürsten und schritt rasch über den Hof davon.

„Was ist denn mit ihm los?" fragte der Fürst befremdet.

„So ist er eben", sagte Tessa. Aber es stimmte nicht. Zu allen anderen war er freundlich. Nur mich mag er nicht, dachte sie.

„Ich hab mir gedacht, du hast vielleicht Lust auf einen Spaziergang", sagte Maxi. Eigentlich war ein Taubenschießen mit anschließendem englischem Frühstück angesetzt, aber Maxi war bereit, darauf zu verzichten, um die Sache mit Butzi endlich ins reine zu bringen. Seine Mutter war schon ungemütlich geworden, weil Maxi am Ballabend versagt hatte.

„Ich kann nicht“, sagte Tessa. „Ich muß arbeiten.“

„Arbeiten? Wie meinst du das?“

„Ich arbeite für die Opernkompanie“, sagte Tessa. „Wir werden ‚Die Zauberflöte‘ hier im Theater aufführen, und da gibt es unheimlich viel zu tun.“

„Du meinst, du dirigierst die Oper?“ fragte Maxi verdutzt.

Tessa lachte. „Nein, ich arbeite hinter der Bühne. Wir haben soviel zu tun, und ich habe versprochen, mit den Tanten Kaffee zu trinken.“

Maxi war geknickt. Aber wenn die Butzi partout nicht wollte, dann konnte er genausogut das englische Frühstück probieren.

WITZLERS Opernkompanie war zu ungewöhnlich früher Stunde im Theater versammelt. Die Orchestermusiker schlenderten durch das Parkett. Die Bühnenarbeiter standen grüppchenweise in der Kulisse. Auf der Bühne saßen Witzler und seine Hauptdarsteller und tranken Kaffee. Die erste Probe war für halb elf Uhr angesagt, aber niemand machte Anstalten anzufangen. Daß sich die Probe verzögerte, lag an der Neuigkeit, die die Rheintochter beim Frühstück aufgetischt hatte.

„Nun, das wäre erledigt“, sagte Boris. Keine Späße mehr im Perückenraum, keine Milch mehr für „die Mutter“. Nur Tessa war imstande gewesen, dem Milchmann einen regelmäßigen Milchvorrat abzuschmeicheln. Ohne Joghurt werde ich eben jung sterben, dachte der Perückenmeister.

„Ich brauche einen Ersatz für sie“, sagte Frau Pollack. „Ich kann unmöglich die ganze Arbeit allein bewältigen.“

Klasky kritzelte mit finsterem Gesicht ungarische Schimpfwörter zwischen die Bläsernoten.

Ich habe ihr ein Kleid geliehen, dachte die kleinste Heidi. „Sie war meine Freundin.“ Heidi war eine leidenschaftliche Royalistin.

Wer wird mir jetzt meinen Schemel bringen? fragte sich Pino verdrossen. Der Tenor war einen Kopf kleiner als Raisa, und Tessas taktvolle Art, einen Schemel hinter den Grabstein oder das Sofa zu stellen, hatte ihn stets mit tiefer Dankbarkeit erfüllt.

Aber Jakob hatte die Nachricht am schwersten getroffen. Natürlich konnte er aus der Sache einen Vorteil für die Kompanie schlagen. Wenn er der Presse erzählte, wer Tessa war, und ein paar Fotos beibrachte, wäre das zweifellos eine erstklassige Reklame. Aber nur für eine Weile – und das wog den Verlust von Tessa nicht auf. „Das reicht jetzt!“ rief er. „Wir machen eine schnelle Probe des ersten Akts. Die drei Damen bitte auf die Bühne –“

Er verstummte, als er merkte, daß ihm niemand zuhörte. Alle blickten in den Zuschauerraum. Durch den Mittelgang kam – im üblichen Kittel und mit einer Milchkanne in der Hand – ihre zweite Garderobiere.

„Guten Morgen, Herr Witzler." Tessa war besorgt, denn sie kam zu spät. Es hatte länger gedauert, als sie erwartet hatte, bis sie den Tanten ihre Arbeit in Wien erklärt hatte. Sie sah sich kritisch den Szenenaufbau an. „Die Halterung für die Spannleisten ist dort oben, soviel ich weiß. Über der Beleuchtertafel. Soll ich mal nachsehen?"

Jakob räusperte sich. „Hoheit, es kommt gar nicht in Frage, daß Sie weiterhin für uns arbeiten. Das müssen Sie verstehen."

Tessa wurde weiß. „Nein", sagte sie. „Das verstehe ich nicht."

„Sie brächten mich in Verlegenheit... Ihr Vater war kaiserlicher Stallmeister. Es wäre für die Männer unmöglich, Ihnen weiterhin etwas aufzutragen."

Tessa schluckte die aufsteigenden Tränen hinunter. „Herr Witzler, ich habe mein Zuhause verloren", sagte sie. „Mir ist nichts geblieben als meine Arbeit. Muß ich auch die verlieren?"

„Es ist unmöglich, Hoheit. Die Stellung Ihrer Familie... Ihr gesellschaftlicher Rang. Es tut mir leid."

Tessa stellte die Milchkanne ab. „Ich schäme mich für Sie", sagte sie, und ihre Stimme klang schneidend scharf. „Für Sie alle. Ich habe geglaubt, daß Sie alle der Musik dienen würden, weil sie über gesellschaftliche Stellung erhaben ist. Weil sie alle eint, Reiche und Arme, Kranke und Gesunde. Weil sie von Gott kommt. *Ich* habe es geglaubt – aber Sie nicht. Kein einziger von Ihnen. Aber ich werde nicht auf Knien betteln, um bei Ihnen arbeiten zu dürfen, weil ich das vor Pharisäern und Opportunisten und Snobs nicht tue!"

Die Bühnenarbeiter begannen plötzlich zu klatschen. Es wurde getrampelt und geschrien, die Musiker klopften auf die Notenständer, und Boris fing an, „Bravo!" und „Noch mal!" zu rufen.

Raisa blieb es überlassen, die Versammlung wieder zur Vernunft zu bringen. „Hoheit haben vollkommen recht", stellte die rumänische Sopranistin fest. „In Kunst ist alles für alle." Sie schob die Leute, die sich um Tessa scharten, zur Seite. „In diesem Mieder, Hoheit, kann ich nicht singen. Erwisch ich kein hohes C, und hohes F kannst du vergessen."

Tessa wandte sich mit strahlendem Gesicht der Sopranistin zu. „Ja, Frau Romola. Ich verspreche, wenn Sie mir das Kleid jetzt geben wollen, ist es bis heute abend fertig. Ich muß nur einen kleinen Keil einsetzen..."

6

Der Wald, der sich auf dem Berg hinter dem Schloß erstreckte, hätte aus Grimms Märchen sein können – Fichten und Lärchen, Harzgeruch, Farnkraut und Moos, dazwischen kristallklare Bäche. Und auf einer Lichtung Taubenfedern und Pulvergeruch. In Lodengrün oder in Felduniform hatten sich all jene Gäste, die nicht lieber Billard spielten, in den Wald begeben, um Tauben zu schießen.

Guy, der mit Fürst Maximilian in einem Versteck hockte und zielsicher, aber ohne besonderen Enthusiasmus die Tauben herunterholte, die ihm zugedacht waren, kam unfreiwillig in den Genuß von Maxis Zutraulichkeit.

„Eine richtig schöne Hausparty", sagte Maxi weltmännisch. Er zielte und holte seinen Vogel herunter. Selbstverständlich hatte er die Hunde bei sich, auch wenn sie für diese Jagdart nicht gebraucht wurden. Jetzt schickte er den Pointer los und sprach zum Wolfshund ein Wort des Mitgefühls, weil sich für ihn keine geeignete Beute fand. „Schade, daß die Butzi nicht mitkommen konnte."

„Geht sie gern auf die Jagd?"

„Nein, eigentlich nicht", antwortete Maxi. „Dabei schießt sie recht gut. Ihr Vater hat es ihr beigebracht – und ich. In Spittau hab ich sie schon im Kahn mitgenommen, als sie sechs Jahre alt war. Ich kenn niemand, der eine Wildente so gut imitiert wie sie. Sie hat ein Ohr für so was. Wenn Sie die Butzi im Boot haben, brauchen S' keine Lockente. Und die Hunde, man möcht's nicht glauben, aber sie folgen ihr aufs Wort."

„Tatsächlich?"

Guys kühler Ton ließ Maxi unbeeindruckt. Er legte erneut an, traf und schickte die ganze Meute los. „Die Schwärmerei für Kunst und Musik – die macht mir schon Sorgen. Vielleicht gibt sich's ja mit der Zeit."

„Möchten Sie das denn?"

„Na ja. Wenn wir verheiratet sind … Ein Klavier gibt es in Spittau. Auf dem könnt sie schon spielen."

Guy antwortete nicht. „Wenn wir verheiratet sind", hatte der Fürst gesagt. Dann stimmte es also, wenn jeder die Verlobung als selbstverständlich voraussetzte.

Als sich Guys Gäste zu einem Mittagsimbiß versammelten, der an kleinen Tischen im gelben Salon serviert wurde, gab es keinen Zweifel mehr, daß die Einladung ein Riesenerfolg war. Das Stimmengewirr, das

Gelächter, das Knallen der Champagnerkorken bezeugten, daß man mit dem englischen Gastgeber rundum zufrieden war. Nur an dem Tisch, wo die Tanten, die Schwanenprinzessin und die Erzherzogin Friederica saßen, herrschte eine weniger aufgeräumte Stimmung. Die Enthüllungen über Butzis Tätigkeit in Wien waren ein Schock gewesen, und die Tanten hatten auch das Gefühl, daß ihre Nichte ihre Arbeit ein wenig ungenau beschrieben hatte, denn „Musik studieren“ hieß im allgemeinen nicht Möbel schleppen und Kleider säumen.

„Wenn wir sie nur endlich versorgt wüßten“, sagte die Herzogin. „Sie wird bei uns immer ein Zuhause haben, aber...“

„Keine Sorge“, sagte die Schwanenprinzessin grimmig. „Maxi kennt seine Pflicht. Wir können jede Minute mit einer Ankündigung rechnen.“

Nerine, die zwischen Guy und Arthur saß, blickte hochzufrieden umher. Vierundzwanzig Stunden hatten ihre Ansichten über Guy völlig verändert. Trotz seiner fragwürdigen Herkunft schien er eine außergewöhnliche Anziehungskraft auf Menschen auszuüben. Gewiß – Guy hatte die Gesellschaft dieser Aristokraten gekauft, aber sie bemerkte bei keinem Gast Anzeichen für Verachtung oder Herablassung. Und was die junge Fürstin von Pfaffenstein betraf, so würde Nerine dafür sorgen, daß sie nach der Hausparty nie wieder einen Fuß in das Schloß setzte. Auch ihre Tanten mußten gehen. Zwar hatte Guy mit Mißfallen über die junge Fürstin gesprochen, als er die Bekanntschaft mit ihr erklärte, aber Nerine hatte Tessas Gesicht gesehen, als sie Guy offiziell vorgestellt wurde – und *das* würde nicht wieder vorkommen!

Die Tanten hatten Guy angeboten, ihn und seine Verlobte durch die Ahnengalerie zu führen, weil sie annahmen, daß sie als neue Besitzer vielleicht gern etwas über die Geschichte der Familie erfahren wollten. Also brach man nach dem Mittagessen dorthin auf, zusammen mit David Tremayne, der inzwischen mit dem Schloß fast so vertraut war wie die Tanten selbst. Die Galerie war ein langer, holzgetäfelter Raum, der den großen Saal mit dem Vorraum des Theaters auf der Ostseite verband. Dort hingen die Porträts derer von Pfaffenstein nacheinander aufgereiht. Männer in allen möglichen Uniformen auf sich bäumenden Pferden, mit ihren Gemahlinnen oder mit ihren Hunden blickten ihnen entgegen.

Ein Haufen hochmütiger Kerle, dachte Guy, doch dann fand er etwas, was ihn interessierte. Es war das Motiv, das sich auf vielen der geschnitzten und vergoldeten Rahmen, den Schilden und Fahnen und auf dem Fußbodenmosaik aus Birken- und Ahornholz wiederholte: eine stilisierte und anmutige Lilie – ein erstaunlich friedliches Emblem für dieses kriegerische Adelsgeschlecht.

„Diese Blume“, sagte er, „scheint überall im Schloß aufzutauchen.“

„Es gibt eine Legende“, sagte die Markgräfin, „aus der Zeit des Dritten Keuzzugs. Damals herrschte hier Graf Johannes, und er hatte eine Frau, die Gräfin Isabella, die sehr schön war und die er sehr liebte. 1311 wurde er zu einem Kreuzzug gegen die Ungläubigen aufgerufen. Die Gräfin Isabella war verzweifelt. Aber er versprach, zurückzukommen und ihr alle errungenen Schätze mitzubringen. Er kämpfte tapfer und heldenhaft“, fuhr die Herzogin fort. „Aber bei der Belagerung von Akka wurde er von einem Pfeil tödlich verwundet. Und als er dort lag und das Blut aus seinem Körper rann, sah er, daß ganz dicht neben ihm eine Blume wuchs – eine Paradieslilie.“

„Lilium auriculum“, warf die Herzogin ein. „Weiß, sehr duftend, auf einem blattlosen Stil.“

„Graf Johannes gelang es, sich bis zu der Blume zu schleppen und sie zu pflücken. Er sagte zu seinem Knappen: ‚Bring diese Blume meiner Gemahlin und sag ihr, daß ich mit ihrem Namen auf den Lippen gestorben bin.‘ Der Knappe nahm die Blume und galoppierte nach Smyrna. Tag um Tag ritt er in der brennenden Sonne, aber die Blume welkte nicht. Von Smyrna aus fuhr er auf einer Galeere nach Venedig. Die Überfahrt dauerte wochenlang, aber die Lilie blieb frisch. Sogar als er von Venedig nach Wien ritt, blieb die Blume frisch und duftend. Endlich erreichte er das Schloß. Dort herrschte tiefe Trauer. Die Gräfin Isabella war sehr krank geworden – genau an dem Tag, als ihr Gemahl verwundet wurde, obwohl sie es natürlich nicht wußte.“

„Sie waren nämlich Sternengeschwister“, erklärte die Herzogin.

„*Sternengeschwister?*“ wiederholte David verwirrt.

Die Herzogin nickte. „Es sind Menschen, die unter demselben Sternzeichen geboren sind. Sie waren himmlische Zwillinge. Der Knappe lief zum Schlafgemach der Gräfin, kniete nieder, reichte ihr die Blume und sagte: ‚Euer Gemahl schickt Euch dies. Ich soll Euch sagen, daß er mit Eurem Namen auf den Lippen gestorben ist.‘ Sie nahm die Blume und lächelte, und dann ist sie gestorben.“

„Und erst nachdem sie tot war, ist die Lilie verwelkt.“ Zufrieden nickten sich die beiden Damen zu.

„Seitdem sind die Ehegatten auf Pfaffenstein, die richtig zusammengepaßt haben, immer astrologische Zwillinge gewesen.“

„Nein, Tilda, das stimmt nicht. Tessa ist Zwilling, und Maxi ist Fisch, und sie passen ausgezeichnet zusammen.“

„Wie romantisch!“ Nerine fand die Geschichte wunderbar. „Ich bin Wassermann. Und du, Guy?“

„Ich weiß nicht, wann ich geboren wurde“, entgegnete er schroff. „Das weißt du doch.“

„Ja, aber kannst du es nicht ungefähr sagen?“

„Bitte verschone mich mit solchem Unsinn.“

Der Mops begann zu kläffen und mit dem Schwanz zu wedeln, und Guy sah, wie sich Davids Gesicht auf eine Weise erhellte, die ihm zu denken gab.

Auch die Markgräfin strahlte plötzlich. „Butzi! Wir haben Herrn Farne und Frau Hurlingham gerade die Geschichte von der Lilie erzählt.“

Tessa, immer noch in ihrem Arbeitskittel, hatte den kürzeren Weg durch die Galerie gewählt, um einen Stapel Samtumhänge zum Dämpfen in die Bügelstube zu bringen. „Es ist eine hübsche Geschichte, nicht wahr?“ sagte sie. Sie lächelte Nerine über den Kleiderstapel hinweg an. „Ich werde dafür sorgen, daß Sie sie bekommen – zu Ihrem Hochzeitstag.“

„Was soll ich bekommen?“

„Die Lilie von Pfaffenstein.“ Sie wandte sich an die Tanten. „Habt ihr es nicht erzählt?“

„Das wollten wir gerade tun. Sehen Sie, nachdem die Gräfin Isabella gestorben war, fertigte ein Silberschmied eine Kopie der Paradieslilie an, und sie wird traditionsgemäß jeder Braut, die in Pfaffenstein einheiratet, am Morgen ihrer Hochzeit überreicht.“

Nerines Augen weiteten sich vor Freude. „Wo ist sie denn jetzt?“

„In einem Banksafe in Wien“, sagte Tessa. „Ich habe sie mitgenommen, als ich von hier fortgegangen bin.“

„Aber wie werden Sie sie herbringen?“ fragte Nerine. „Sie wollen doch nicht selbst kommen?“

David sah seinen Chef scharf an, der doch sicherlich beabsichtigte, die Fürstin und die Tanten zu seiner Hochzeit einzuladen. Aber Guy schwieg.

„Ich werde jemand finden, der Ihnen die Lilie bringt“, sagte Tessa. „Jemand, der besonders gut dazu geeignet ist.“ Sie wandte sich an Guy. „Ihre Pflegemutter! Mrs. Martha Hodge! Sie wird doch zur Hochzeit kommen, nicht? Und wenn sie auf dem Weg hierher durch Wien kommt, werde ich sie ihr geben.“ Sie ging zur Tür, wandte sich aber noch einmal um und sagte: „Wir machen eine schöne Oper für Sie. Eine wirklich *wunderschöne* Oper!“

Einige Stunden später, als Nerine und Guy durch blühende Wiesen zum Wald hinaufgingen, fragte sie: „Was hat sie gemeint, als sie von einer Oper sprach? Was geschieht dort im Theater?“

„Ich wollte dich eigentlich damit überraschen. Aber du hast bestimmt von den Proben schon einiges mitbekommen. Es ist natürlich ‚Die Zauberflöte'. Ich konnte einfach nicht widerstehen, sie noch einmal mit dir zu hören und dabei neben dir zu sitzen, ohne daß uns eine Wand trennt."

Natürlich. Sie hatten sich in der Oper getroffen, das wußte sie noch. Dann war das, was damals auf der Bühne ablief, also „Die Zauberflöte" gewesen. Aber weil ihr jener Abend nicht mehr vollständig im Gedächtnis war, fragte sie vorsichtig nach: „Was hatte ich –"

Glücklicherweise war Guy schon dabei, ihr zu schildern, wie sie damals ausgesehen hatte – die dunklen Löckchen, die auf ihrer Schulter tanzten, das weiße Kleid mit den blauen Blümchen – und wie sie ihn über ihren Fächer hinweg angelächelt hatte.

Nerine kam eine wundervolle Idee. Diese Oper war offensichtlich als Höhepunkt der Einladung gedacht, und sie hatte zufällig ein Kleid mit blauen Blümchen – keine Vergißmeinnicht wie damals, aber *fleurs de lis* würden es auch tun. Die griechische Lockenfrisur wäre kein Problem, ebensowenig der goldene Gürtel oder die Sandalen. Würde die Zeit reichen, um sich aus Wien einen weißen, perlenbesetzten Fächer kommen zu lassen?

„Wie lange möchtest du denn hierbleiben?" fragte sie. Inzwischen waren sie in den Wald gelangt.

„Ich habe noch eine Weile geschäftlich in Wien zu tun", sagte er, „aber dann könnten wir reisen."

„Reisen? Wohin?"

„Wohin du willst! An den Amazonas. In die Wüste Gobi. Die Welt gehört dir, Liebste."

Sie lachte. „Ich würde im Frühling gern nach Paris gehen wegen der neuen Kollektionen, und während der Saison möchte ich in London sein. Aber ich denke, wir könnten einen großen Teil unserer Einladungen hier geben, und natürlich ist Pfaffenstein der ideale Ort für die Hochzeit. Ende Oktober wäre der richtige Zeitpunkt. Ist dir das recht?"

„Vollkommen."

„Ich werde morgen an meine Verwandten schreiben. Wie ist das mit deiner Pflegemutter, Mrs. Hodge? Sie wird doch nicht wirklich ins Ausland reisen wollen?"

„Ich werde sie bitten zu kommen, und ich glaube auch, daß sie kommen wird, obwohl sie noch nie im Ausland war. Sie hat immer gesagt, meine Hochzeit wolle sie noch erleben."

Nerine unterdrückte einen Seufzer. Diese Mrs. Hodge würde ein Problem werden.

„Nun? Hast du mit ihr gesprochen?“ fragte die Schwanenprinzessin. „Hast du alles mir ihr geregelt? Oder willst du sie für den Rest ihres Lebens hinter der Bühne wie eine Dienstmagd arbeiten lassen?“

Maxi sah seine Mutter gekränkt an. Eine Stunde vor dem Diner saßen sie zusammen mit der Markgräfin und der Herzogin in dem runden Zimmer im Westturm. „Ich wollte heute früh einen Spaziergang mit ihr machen, aber sie hat gesagt, sie muß arbeiten“, sagte er. „Und seitdem ist sie im Theater.“

Die Herzogin seufzte.

Guy hatte seine Einladung wiederholt, daß sie und die Markgräfin im Westturm wohnen bleiben sollten. Aber Mrs. Hurlingham hatte die Worte ihres Verlobten nicht bestätigt. Die Herzogin hatte den Eindruck, daß ihre Tage in Pfaffenstein gezählt waren. Irgendwie würden sie einen Weg finden, um für die Butzi ein Zuhause zu schaffen, aber besser wäre es, sie verheiratet und angemessen untergebracht zu sehen. Das war das einzige, was sie sich in ihrem Leben noch wünschten. „Du solltest sie vor allem jetzt aus dem Theater holen, Maxi“, sagte sie. „Es ist Zeit, daß sie sich für das Diner umzieht.“

Maxi ging. Aber als er das Theater betrat, war von Tessa nichts zu sehen. Statt dessen schien hier die Hölle los zu sein. Auf der Bühne rannte ein kleiner kahler Mann umher und schrie die Leute an. Es hagelte Flüche. Erschrocken über die Umgebung, in der seine Liebste ihre Tage verbrachte, erkundigte sich der Fürst nach Ihrer Hoheit und wurde von einem Zimmermann zu einer nach unten führenden Eisentreppe dirigiert. Als er Tessa in einer Art Kabuff aufgespürt hatte, kniete sie, den Mund voller Stecknadeln, vor einem niedrigen Tisch, auf dem eine Gestalt in einem goldenen Kleid stand.

Jakob hatte es nicht gewagt, „Die Zauberflöte“ mit einem Ballett zu „pfeffern“. Was sich bei Puccini und Donizetti geradezu anbot, kam für Mozart nicht in Frage. Die Heidis sollten aber in reizenden Fellkostümen als wilde Tiere auftreten, die zu den Klängen von Taminos Zauberflöte herumhüpften; und im Tempel des Sarastro – der, wie Jakob beim Studium des Librettos festgestellt hatte, der Weisheit, dem Fleiß und der Kunst gewidmet ist – sollten die Heidis diese drei Tugenden als Statuen darstellen.

Tessa mußte die nötigen Kostüme anfertigen. Die Anprobe mit den zwei älteren Heidis war problemlos verlaufen, aber mit Heidi Schlumberger kam Tessa nicht zurecht. Die kleinste Heidi glaubte nach der Entdeckung von Tessas Identität nur noch unterwürfig sein zu dürfen. „Aber Euer Hoheit sollten das nicht tun.“

„Heidi, halt den Mund und steh still!“ murmelte Tessa mit den Stecknadeln im Mund. „Wie soll ich denn sonst den Saum hinkriegen?" Sie drehte sich um. „Du liebe Zeit, Maxi, was tust du denn hier?"

„Ich wollte dich abholen. Die Tanten sagen, es sei Zeit zum Umziehen für das Diner."

„Ich kann erst kommen, wenn ich hier fertig bin. Ich weiß nicht einmal, ob wir überhaupt eine Pause für das Abendessen einlegen. Maxi, das ist Heidi Schlumberger, eine unserer Tänzerinnen. Heidi, das ist mein Freund, Fürst Maximilian von Spittau."

Maxi blickte nach oben, erstarrte und lief puterrot an, so heftig wallten seine Gefühle. Das Mädchen, das da mit nackten Armen in einem goldenen Gewand auf einem Schemel stand, war nicht nur hübsch. Es war das Entzücken in Person. Blonde Locken, blaue Augen, Wangengrübchen und ein Mund wie eine Rosenknospe. Sie erinnerte ihn an die Filmheldin, die für ihn alles verkörperte, was er an Frauen begehrenswert fand: Vor ihm stand Mary Pickford, wie sie leibte und lebte. „Sehr erfreut, gnädiges Fräulein", sagte er und verbeugte sich.

Die kleinste Heidi erwiderte seine Begrüßung nicht minder hingerissen. Dieses längliche, hübsche Gesicht, die Duellnarbe, der üppige Schnurrbart! So wunderbar männlich. Und ein Fürst! „Es ist mir eine Ehre, Euer Hoheit", sagte sie und vollführte anmutig einen Hofknicks.

7

Das Feuerwerk war großartig. Von den drei Inseln in der Mitte des Sees stiegen Raketen, Leuchtkugeln und bengalische Feuer auf. Lampions hingen zwischen den Bäumen. Am Uferrand leuchtete die Glut aus den Behältern, in denen Kastanien geröstet wurden; und auf einem Podium spielte das Orchester Händels Feuerwerksmusik.

Nerine stand mit Guy und mehreren Gästen, alle noch in Abendkleidung, am Uferrand. Sie war wie die meisten jüngeren Gäste nach dem Diner zum See hinuntergekommen, während die älteren das Schauspiel von der Terrasse aus verfolgten. Tessa, die in der Nähe des Holzstegs stand, der auf das dunkle Wasser hinausführte, bestaunte offenen Mundes das prächtige Feuerwerk. Sie hatte beabsichtigt, das Diner auszulassen und später in ihrer Arbeitskleidung an den Strand zu laufen. Doch ihre alte Kinderfrau hatte ihr einen Strich durch die Rechnung gemacht. Sie hatte Tessa nach oben bugsiert, in die Wanne gesteckt und sie in einem cremefarbenen Abendkleid mit Satinpumps wieder laufenlassen.

„Butzi", sagte Maxi, der den ganzen Abend nicht von ihrer Seite wich.

„Tessa..." Er nahm ihren Arm. „Ich möchte schon so lange mit dir reden –"

„Horch!" Tessa blickte zu den Bäumen am Ufer. „Hörst du, was ich höre?"

Maxi hörte es – ein merkwürdig keuchendes Geräusch, dann ein tiefes Brummen. Und dann watschelte eine dunkle Gestalt aus den Bäumen, blieb stehen, und der große Kopf bewegte sich hin und her.

„O Gott!" stieß Tessa hervor. „Er muß die Tür niedergerissen haben. Und Onkel Sava ist nicht hier. Er ist mit Frau Romola nach Oberpfaffenstein gefahren, um das Feuerwerk von dort aus zu sehen."

Maxi wußte, wie gefährlich die Situation war. Der Bär des Erzherzogs stammte von einem Schausteller aus Nowgorod, der ihn als junges Tier auf dem Jahrmarkt tanzen ließ. Normalerweise war der Bär zahm, aber jetzt ...

Der Bär, dem ein ausgefranstes Seil um den Hals hing, schlitterte auf dem kiesigen Strand, trottete zum Steg, ging bis zum Ende und beugte sich schnüffelnd hinunter zum Wasser. Doch als auf der Insel, die dem Steg am nächsten lag, ein ganzes Raketenbündel explodierte, brüllte er vor Schreck auf und wandte sich dem Ufer zu. Knurrend stand er auf dem Steg.

„Der arme Kerl! Er hat furchtbar Angst!" Tessa raffte ihren Rock hoch und lief zum Steg. Sie ging langsam über die Planken und streckte die Hand aus. „Mischka, komm. Hab keine Angst."

Doch gleich darauf wurde sie von hinten gepackt. Jemand riß ihr die Arme auf den Rücken, und eine wütende Stimme sagte: „Sind Sie wahnsinnig? Kommen Sie sofort zurück!"

„Lassen Sie mich los!" Verzweifelt versuchte sie, sich zu befreien.

Guy packte fester zu. „Sie werden jetzt langsam hinter mir zum Ufer zurückgehen."

„Nein, das werde ich nicht!" Mit einem Ruck riß sie sich los. „Er kennt mich, er tut mir nichts!"

Im selben Augenblick stiegen erneut krachend Raketen über dem See empor, und der Bär richtete sich brüllend auf den Hinterbeinen auf. Guy hob Tessa hoch und warf sie in hohem Bogen ins Wasser.

Das eiskalte Wasser und die Schwierigkeit, mit dem voluminösen Kleid wieder an die Oberfläche zu gelangen, machten Tessa für einige Augenblicke unempfänglich für alles andere. Maxi watete in ihrer Richtung in den See. Ein paar Männer kamen mit einem Maulkorb und Ketten. Und dann sah sie den Bären auf allen vieren und Guy, der das Seil hielt und ihn ganz ruhig über den Steg zum Ufer führte. An diesem Punkt holte die Fürstin von Pfaffenstein Luft und entließ sie in einer Flut serbokroatischer Flüche, die sie vom Stallburschen ihres Vaters gelernt hatte.

DER VORFALL war ganz nach dem Geschmack der Dorfbewohner, von denen wenige nüchtern ins Bett fanden. Als Herr Farne ihre geliebte Fürstin mitsamt dem Gewand in den See warf und einen wilden Bären beruhigte, hatte er sich als würdiger Nachfolger der Pfaffenstein-Fürsten erwiesen.

Die Schwanenprinzessin sah die Sache am nächsten Morgen in einem anderen Licht. „Du weißt hoffentlich, daß dir nur noch vier Tage bleiben", sagte sie zu Maxi. Sie war tief verzweifelt. Es ging ihr nicht nur um das Geld oder Tessas Stammbaum, sondern vor allem um den Stammhalter. Maxi war der einzige Sohn. Es mußten Kinder her, viele Kinder! Es konnte doch nicht sein, daß die Nachkommen Barbarossas ausstarben! Bei dem Gedanken an einen von Kindern belebten Schloßtrakt in Spittau wurden die Knopfaugen der Schwanenprinzessin für einen Augenblick weich. Selbst Babys, die wie Krallenäffchen aus ihren Spitzenumhüllungen herausschauten, konnten das Gesicht dieser unwirschen Person zum Lächeln bringen.

„Ich war heute früh schon drüben", sagte Maxi, der sich zu Unrecht gescholten fühlte, denn selbst Casanova hätte der Butzi keinen Antrag machen können, als sie bibbernd und speiend aus dem See kam. „Gleich nachdem ich die Hunde herausgelassen habe, bin ich zum Theater gegangen. Aber es war zugesperrt, und überall hieß es ‚Ruhe' und ‚Eintritt verboten'. Ich probier es heut abend noch einmal. Nach dem Essen gibt's einen Liederabend", fügte er hinzu, und ein leidender Ausdruck huschte über sein Gesicht. Zu einem Liederabend zu gehen war ein großes Opfer, aber er würde es bringen.

NOCH nie war Witzlers Truppe so glücklich, so gut untergebracht und so reichlich mit Essen versorgt gewesen wie in diesen Tagen auf Pfaffenstein. Und es war gut, daß sie sich in einem so wohlgenährten Zustand befand, denn Jakob drehte bei den Proben allmählich durch. Die Entdeckung, daß Tessa nicht entführt war, und ihre dramatische Rückkehr zum Theater waren für ihn ein weiteres Zeichen des Himmels. Jetzt sollte nichts mehr verhindern, daß diese „Zauberflöte" zur Vorstellung seines Lebens wurde. Endlos ließ er die Szenenwechsel wiederholen, forderte noch mehr Einsatz.

Aber sie standen dicht vor ihrem Ziel. Alle waren Künstler bis in die Haarspitzen und spürten jenes undefinierbare, elektrisierende Etwas, das in der Luft lag. Wenn es zu keiner Katastrophe kam, würde es klappen.

„Ich hab mir gedacht, Euer Hoheit hätten's vielleicht gern gewußt", sagte Maxis Bursche, während er die hautengen Hosen der Husarenuniform über die Waden seines Herrn streifte. „Halb acht Uhr im Gemeindesaal."

Maxi sah seinen Diener traurig an. „Ist schon recht, Franz. Es ist bloß so, daß ich zu dem Konzert gehen muß."

Wenn er wirklich etwas dick hatte, dann war es ein Liederabend. Für die Butzi würde er es aushalten. Aber mußte ausgerechnet am selben Abend im Dorfkino „Gebrochene Blüten" mit Lilian Gish laufen? Er hob den Arm, um in den Uniformrock zu schlüpfen. „Du gehst bestimmt hin", sagte er zu seinem Diener.

„Ja, Euer Hoheit."

Maxi ging hinunter zum Diner. Zwei Stunden später saß er in der Bildergalerie und hielt für die Butzi einen Platz neben sich frei. Es wurde still im Saal. Gleich würde das Konzert anfangen. Aber wo war Tessa? Die rumänische Diva kam herein, und hinter ihr der Ungar, endlich einmal anständig rasiert. Und dann kam Tessa mit einem Stoß Notenhefte und setzte sich neben den Ungarn an den Flügel. Sie mußte ihm die Seiten umdrehen!

Was zuviel ist, ist zuviel, dachte Maxi. Opfer konnte man bringen, aber keine, die unsinnig waren. Während die ersten Töne von Strauß' „Morgenblättern" im Saal erklangen, erreichte Maxi die Tür und verschwand. Eine Viertelstunde später betrat er das Pfaffensteiner Gemeindehaus.

Der Saal war gesteckt voll. Maxi ging durch den Mittelgang auf der Suche nach einem freien Platz. Plötzlich blieb er stehen. Hatte er richtig gesehen? Dort saß in einem rosaroten Dirndl mit weißer Bluse und Schürze Heidi Schlumberger.

„Darf ich mich zu Ihnen setzen, Fräulein Schlumberger?"

Heidi sah ihn hingerissen an. Der Fürst trug die Husarenuniform. „O ja, Euer Hoheit. Bitte." Maxi schob sich auf seinen Platz. „Haben Sie ‚Gebrochene Blüten' schon einmal gesehen?" fragte sie schüchtern.

„Schon fünfmal."

„Ich habe sie erst viermal gesehen", räumte Heidi bescheiden ein. „Haben Sie auch ‚Intolerance' gesehen?"

„Siebenmal“, antwortete Maxi stolz. „In Spittau habe ich es jeden Abend spielen lassen.“

„Oh! Können Sie das tun?“

Maxi nickte. „‚Less than the Dust‘ lief ganze zwei Wochen bei uns“, prahlte er.

„Oh, mit Mary Pickford!“ Die kleinste Heidi seufzte.

Sollte er ihr sagen, wie sehr sie der berühmten Filmheldin ähnelte? Nein, lieber nicht. Maxi räusperte sich. „Mögen Sie…, rein zufällig vielleicht, auch Cowboy-Filme?“

„O ja! Ich liebe Tom Mix!“

Maxi sah sie bewundernd an. Eine Zwillingsseele! Es war unglaublich. Aber nun ging das Licht aus. Es gab zuvor noch zwei Kurzfilme von Chaplin. Maxi warf einen Blick auf Heidis Hand, die in den Falten ihrer Schürze lag. Sollte er es wagen? Im Dunkel des Saals rückte die kleine Hand zögernd näher. Mit dem Takt, der eine gute Kokotte auszeichnet, hob Heidi das Händchen ein wenig. Und Maxi griff zu.

AM NÄCHSTEN Tag stand Tessa sehr früh auf. Sie wollte einen Besuch machen, bevor sie abreiste, und während die übrige Truppe noch schlief, ging sie zu einem kleinen Holzhaus auf einer Waldlichtung, die einen Kilometer hinter dem Schloß lag.

Sie klopfte und trat ein. Die Stube war klein, aber blitzsauber – ein Ofen mit einer Bank rundherum, ein Lindenholztisch und in dem Bett in der Ecke eine alte Frau.

„Hoheit!“ Ein Lächeln verwandelte das runzlige Gesicht. „Ihr seid wieder da. Stimmt es denn, was ich gehört habe? Ihr geht fort, Hoheit? Das Schloß ist verkauft?“

„Ja, aber ein sehr netter Mann hat es gekauft, Großmutter. Du wirst ihn bestimmt mögen.“

„Vielleicht. Aber ohne Euch…“ Die alte Frau begann zu weinen. „Ich bin nur froh, daß ich Euch noch einmal gesehen habe.“

Tessa legte den Arm um sie. „Wein doch nicht, Großmutter.“

Als sie das Haus verließ, hatte sie selbst feuchte Augen, und sie erkannte den Reiter nicht gleich, der auf dem Reitweg daherkam. Als sie ihn erkannte, zog sie sich zurück, aber Guy ritt auf sie zu. „Guten Morgen.“

Sie blickte zu ihm hinauf. Sie hatte ihn nicht mehr aus der Nähe gesehen seit dem Vorfall mit dem Bären, und bei der Erinnerung an die serbokroatischen Schimpfworter, die sie ihm nachgeschrien hatte, errötete sie. Um ihre Verlegenheit zu verbergen, sagte sie: „Ich wußte gar nicht, daß Sie reiten?“

„O ja, sogar ein Bankert lernt manchmal reiten. Als ich im Ausland war, bot es sich als nützliche Fortbewegungsart an. Und Sie? Haben Sie jemand besucht?"

„Ja, die alte Kinderfrau meines Vaters."

„Um sich zu verabschieden?" Er sah die Tränenspuren auf ihrem Gesicht.

Sie nickte. „Es gibt hier viele Leute wie sie, Guy... Menschen, die ihr Leben lang hier gelebt und gearbeitet haben."

Er war abgestiegen. Sie sprach von Nerine und wie froh sie sei, daß Nerine hiersein würde, um die Besuche zu übernehmen. „Der Verwalter kennt sie alle. Sie braucht nur zu fragen." Tessa errötete. „Verzeihen Sie. Ich wollte mich nicht einmischen."

„Das tun Sie nicht." Sie gingen eine Weile auf dem mit Tannenzapfen übersäten Weg weiter. Dann fragte er: „Werden Sie zurückkommen?"

„Nein."

„Vielleicht ist es gut so", sagte er, „denn ich werde hier beträchtliche Veränderungen durchführen. Dieser Ort muß rentabel werden. Jedes Kapital muß *arbeiten.*"

„Ja", sagte Tessa eifrig. „Aber wie?"

„Das Gestein im Stielbachtal drüben enthält Wolfram, wußten Sie das? Ich habe gestern das geologische Gutachten bekommen und war eben dort, um mir das Ganze anzusehen. Ich habe vor, das Wolframerz abzubauen." Er wartete auf ihren Protest, aber sie schwieg. „Die größten Lagerstätten sind auf der anderen Seite des Berges, so daß man vom Schloß aus nichts sehen wird. Aber es wird einen häßlichen Einschnitt in den Berg geben. Ich werde die schöne Landschaft zerstören. Aber ich bin der Meinung, daß es für Ihre Leute besser ist, eine eigene Arbeit zu haben, statt vor den Schloßbesitzern um ein Almosen katzbuckeln zu müssen."

„Sie haben recht. Wir brauchen Erwerbsmöglichkeiten, die nichts mit Feudalismus oder Landbesitz zu tun haben. Mein Vater wollte das nie einsehen, aber wenn ich gewußt hätte, wie man es anfangen könnte, hätte ich es getan."

Sie hatten eine Weggabelung erreicht. Der breitere Weg führte zurück zum Schloß; der schmalere, von Moos und Gras überwachsene zurück in den Wald. Tessa zögerte, bevor sie fragte: „Haben Sie ein wenig Zeit? Ich hätte Ihnen gern noch etwas gezeigt."

Guy lächelte. „Ja, sicher."

Sie befestigten den Zügel der Rappenstute an einem Baum und folgten dem Pfad in den Wald. Er führte durch dichtes Gebüsch. Sie schoben sich durch die letzten tief hängenden Zweige, und dann blieb Tessa stehen.

Vor ihnen lag eine idyllische Lichtung. Das Gras glänzte in der Morgensonne. Ein Bach sprudelte über schillernde Kieselsteine und mündete in einen Weiher mit Seerosen.

Tessa bückte sich, um ein Büschel dreiblättriger dunkelgrüner Blätter zu teilen. „Ja", sagte sie. „Es ist zwar noch ein bißchen früh im Jahr, aber ein paar sind schon reif." Sie pflückte die kleinen Beeren und reichte sie ihm. „Die Schweden", sagte sie, „haben ein besonderes Wort für solch einen Platz. Sie nennen ihn *smultronställe* – Walderdbeerenplatz."

Guy blickte auf die Beeren, die sie in seine Hand geschüttet hatte, und roch ihr feines Aroma.

„Aber es ist nicht nur ein Platz, wo Erdbeeren wachsen", fuhr Tessa fort. „Eine *smultronställe* ist jeder Ort, wo man auf besondere Weise ganz für sich sein kann – wie der stille Raum im Kunsthistorischen Museum oder die Stelle im Prater hinter dem Jagdhaus, wo im Frühling die ersten Schneeglöckchen wachsen."

„Die Gartenszene im ‚Figaro'."

„Hierher müssen Sie Ihre Kinder bringen", sagte Tessa. „Aber niemals jemand, den Sie nicht lieben." Ohne sich der Bedeutung ihrer Worte bewußt zu werden, berührte sie eine der Erdbeeren in seiner Hand. „Sie müssen sie essen", mahnte sie ihn.

Aber Guy war in Gedanken plötzlich an einer anderen *smultronställe* – in Martha Hodges kleiner dunklen Küche in Byker, wo es nach frischgebackenen Ingwerkeksen roch und der Teekessel summte. Hier hatte der widerborstige Junge, der er gewesen war, zum erstenmal Verständnis und Güte und Sicherheit kennengelernt.

Gedankenverloren schob er sich die Walderdbeeren in den Mund.

8

Am Vormittag des fünften Tages seiner Hausparty schrieb Guy an Martha, um ihr von seiner Verlobung zu berichten.

> Die Hochzeit wird Ende Oktober hier in Pfaffenstein stattfinden. Ich weiß, daß Du nicht gern verreist und schon gar nicht ins Ausland. Aber ohne Dich werde ich nicht heiraten. Ich schicke Dir Morgan oder David, um Dich hierherzubringen.

Auch Nerine erledigte ihre Korrespondenz. Sie hatte begeistert an Mama, Onkel Edgar und Tante Dorothy geschrieben, aber noch nicht an Lord Frith. Nun überlegte sie, ob sie Frith nicht doch von ihrer bevorstehenden Hochzeit in Kenntnis setzen sollte. Sie hatte keinen Zweifel mehr an Guy. Andererseits war Frith, der jetzt allein in seiner nordenglischen Burg saß, ein trauriger Fall. Frith vergötterte sie. Vielleicht wäre es unfreundlich, ihn schon jetzt zu informieren, bevor das Band zwischen ihr und Guy endgültig geknüpft war. Wenn Guy etwas zustieß, könnte sie den armen Frith immer noch zum glücklichsten Mann der Welt machen.

Unterdessen lief hinter den verschlossenen Türen des Theaters die Generalprobe für „Die Zauberflöte" – und sie verlief ganz im Sinne von Witzler, nämlich miserabel. Herr Berger, der den Sarastro sang, verpaßte den Einsatz. Der Bühnenaufzug blieb auf halbem Weg stecken, so daß die Königin der Nacht nur mit Kopf und Schultern aus der Falltür ragte. Pino stolperte über seinen Schemel und begann das Duett mit Pamina flach auf dem Rücken. Klasky klopfte den Marsch der Priester dreimal ab, um sein Orchester zu beschimpfen. Gegen zwei Uhr morgens ließ Jakob den Vorhang herunter, versicherte seiner Truppe, daß sie eine Schande für die Opernkunst sei und er jeden entlassen werde, der sich vor sechs Uhr des folgenden Abends blicken lasse.

„Gar nicht so übel, was?" sagte er händereibend zu Klasky, als sie den Brunnenhof überquerten. Und nachdem er alle ordentlich nervös gemacht hatte, zog der alte Fuchs seinen Pyjama an, bettete sein kahles Haupt auf dem Busen der Rheintochter und schlief den Schlaf des Gerechten.

Obwohl auch Tessa spät ins Bett gekommen war, wachte sie am nächsten Tag früh auf. Sie stand auf und ging ans Fenster, um auf den schimmernden See und die blauen Hügel hinauszuschauen, denn oft würde sie diese Aussicht nicht mehr genießen können. „Oh, laß heute abend alles gutgehen", betete sie.

Nerine frühstückte in ihrem großen Himmelbett. Um halb sieben klopfte jemand an die Tür. Pooley öffnete und brachte ihr eine dunkelblaue Schatulle und ein Briefchen in Guys genialischer Handschrift mit. *Das ist für heute abend – für unser Jubiläum. Ich werde ungeduldig auf Dich warten. Guy.*

Sie öffnete das Etui und holte tief Luft. Ein Diamanthalsband – ein Kollier wie aus dem Märchen! Er hatte gesagt, der Ring sei Teil einer Garnitur… Sie war überwältigt vor Glück.

DER DRITTE Fürst von Pfaffenstein hatte sein Theater gebaut, nachdem er Versailles gesehen hatte. Er war so entzückt von dem blaugrünen Marmor, den aquamarinblauen Seidenportieren und den korinthischen Säulen, mit denen der Sonnenkönig sein Opernhaus geschmückt hatte, daß er diese herrliche Kombination aus Blau und Gold übernahm. Dazu hängte er hundert böhmische Lüster in den Zuschauerraum, und die Logenfronten ließ er mit dem Pfaffensteiner Wappen – dem Greifen, der Lilie und dem Handschuh – verzieren.

In diesem schönen Theater saßen nun Guys Gäste, um „Die Zauberflöte" zu hören.

„Ah, da bist du ja, Butzi", sagte Maxi, als Tessa endlich in die Loge schlüpfte, in der Maxi und die Tanten saßen. Sie trug ein dunkelgrünes Samtkleid mit einem großen Spitzenkragen, und ihre Augen leuchteten vor Aufregung.

Das Publikum verstummte. Die Zuschauer wandten die Köpfe, und man hörte sie flüstern: „Da ist sie!"

In der Fürstenloge wandte sich auch Guy um. Er erhob sich – und ihm stockte der Atem. Nerine stand vor ihm. Sie stand ganz still und hielt mit einer Hand die blaue Portiere zurückgeschlagen. „Weißt du noch?" fragte sie leise.

Guy war so gerührt, daß er kein Wort hervorbrachte. Nerine war so angezogen wie damals. Die gleichen Löckchen umspielten ihren Hals; das Kleid mit den Blümchen ..., und wie damals hielt sie einen zierlichen Fächer in der Hand. Die Zeit hatte das Rad zurückgedreht – das ganze Leben, alle Hoffnungen lagen vor ihnen.

„Ja, ich weiß es noch", sagte Guy.

Das Orchester nahm Platz. Herr Klasky trat ans Pult. Guy schob Nerine einen Stuhl zurecht, und der Dirigent hob den Stab. Und genau in diesem Augenblick seufzte Nerine so bezaubernd wie damals.

Als der Vorhang nach dem ersten Akt von Jakob Witzlers „Zauberflöte" fiel, rauschte der Beifall auf. Die Leute trampelten mit den Füßen und riefen „Bravo!". Guy sah aus dem Augenwinkel, daß eine kleine Gestalt die Loge nebenan verließ. Er wandte sich an Nerine.

„Ich brauche dich bestimmt nicht zu fragen, wie es dir gefallen hat", sagte er mit bewegter Stimme. „Ich sehe es in deinen Augen."

„Ja", hauchte sie. „O ja."

„Wir sollten jetzt hinter die Bühne gehen und ihnen gratulieren. Die Pause ist ziemlich lang, und du hast Witzler noch nicht kennengelernt."

Nerine lächelte. „Geh du allein, Liebster. Sie wollen dich sehen, nicht mich.“

Sie wartete, bis Guy die Loge verlassen hatte, dann raffte sie ihre Röcke und eilte zur Damentoilette. Es war warm im Theater, und sie war sich fast sicher, daß ihr ein Schweißtropfen über den Hals gelaufen war. Sie hatte auch gespürt, wie ihr Haar schlaff wurde. Sie hatte Pooley befohlen, auf sie zu warten. „Beeil dich, Mädchen! Diese Locke sitzt nicht richtig. Und ich brauche frischen Puder auf die Schulter.“

„Warten Sie!“ Die gebieterische Stimme ließ Tessa innehalten, die bereits den Gang betreten hatte, der hinter die Bühne führte.

Sie drehte sich um, sah Guy und lief ihm mit ausgebreiteten Armen entgegen. „Oh, war es nicht wundervoll? Sie müssen so *stolz* sein“, sagte sie und schmiegte wie ein Kind den Kopf an seine Brust.

„Wieso *ich? Sie* müssen stolz sein! Ich habe noch nie etwas ähnlich Schönes gehört, Tessa.“ Guy hielt sie im Arm und machte keine Anstalten, sie loszulassen. Schließlich nahm er sich zusammen.

Als Guy gleich darauf Witzler die Hand schüttelte, leuchteten seine Augen. Wenigstens *ein* Akt, der perfekt gelungen war, dachte Witzler.

Guy kehrte zu Nerine zurück, die wieder auf ihrem Platz saß. Klasky kam ans Pult, der Vorhang hob sich, und die Vorstellung ging weiter – und wurde zu einer Opernlegende.

Der Donner krachte, die Blitze zuckten, die sternflammende Königin tauchte vollständig aus der Versenkung auf. Eine traditionelle Katastrophe nach der anderen blieb aus. Die Liebenden bestanden ihre schwere Prüfung, und mit einem letzten jubelnden Chor endete das Stück.

Das Publikum zollte Witzlers Opernkompanie die höchste Anerkennung. Als der Vorhang fiel und Klasky erschöpft den Kopf über der Partitur senkte, blieb es im Theater still. In dieser magischen Stille, bevor der Applaus aufbrandete, wandte sich Guy der Frau zu, für die dieses Wunder vollbracht worden war.

Sie hatte den dunklen Kopf an die seidenen Draperien der Loge gelehnt und die Augen geschlossen. Ihr Busen hob und senkte sich sanft und gleichmäßig.

Guy beugte sich besorgt zu ihr. War sie überwältigt? War sie ohnmächtig geworden? Doch es bestand kein Grund zur Sorge und sicher auch nicht zu der Verzweiflung, die ihn nun befiel. Denn Nerine war auf ganz natürliche Weise und bis auf die kleinen Schnarchgeräusche auch sehr anmutig eingenickt.

IM GROSSEN Saal standen für die Theaterleute und alle, die sich ihnen anschließen wollten, ein Büfett und Champagner bereit. Doch als sie gegessen und insbesondere getrunken hatten, verkrümelten sich die meisten, und die Künstler kehrten mit Flaschen und Gläsern ins Theater zurück, wo sie sich heimischer fühlten.

Alle waren erschöpft, beschwipst und glücklich. Morgen würde es wieder Spannungen geben und harte Arbeit, wenn sie die Kulissen abbauten und die Rückfahrt nach Wien vorbereiteten. Aber der heutige Abend gehörte den Göttern, und nie würden sie ihn vergessen.

Nur einer bildete in dieser Gesellschaft der Glücklichen eine Ausnahme: Fürst Maximilian von Spittau, der seine Liebste suchte. Denn Tessa hatte sich schäbig benommen. Sie war nicht nur während der Pause hinter die Bühne gelaufen, sondern auch, sobald der Applaus einsetzte, aufgestanden und gegangen, weil sie angeblich beim Aufräumen helfen mußte. Und seitdem war sie verschwunden. Aber er würde sie finden und diesen Heiratsantrag hinter sich bringen, und wenn es die ganze Nacht dauerte. Doch niemand konnte ihm helfen. Nicht einmal Boris wußte, wo sie steckte.

Tessa war zu ihrem Zimmer hinaufgegangen, aber statt schlafen zu gehen, stieg sie die runde Steintreppe bis zum Dach des Turms hinauf. Wegen der herrlichen Aussicht, die man hier oben hatte, war ihr unter allen Zimmern des Schlosses ihr schlichtes Turmzimmer am liebsten. Als sie das Dach betrat, stand sie unter einem funkelnden Sternenhimmel.

Jetzt war sie allein, und es gab keine Möglichkeit mehr zu vergessen, was mit ihr geschehen war, als Guy sie in den Armen gehalten hatte. Da war sie also, die Liebe. O Gott, dachte Tessa. *Warum?* Es war so sinnlos, denn er liebte Nerine. Sie atmete tief die Nachtluft ein, die nach Heu roch, und horchte auf die Musik und das Gelächter, das aus dem Theater kam. Die Sterne schienen noch nie so hell und klar gewesen zu sein. Die Welt war so schön. Wie konnte da jemand unglücklich sein?

Trotzdem gab es jemand. Denn wie bei allen Liebenden kam auch bei Tessa der schmerzliche Aufschrei: Was bedeuten mir die Sterne, wenn ich sie nicht mit ihm sehen darf? Was die Schönheit, wenn wir sie nicht gemeinsam genießen? Entsetzt blickte Tessa in den stillen Himmel. „Das werde ich nicht zulassen“, sagte sie und reckte das Kinn.

„KANN ich Ihnen helfen, Euer Hoheit?“ Die kleinste Heidi stand plötzlich vor Maxi.

„Ich suche die Fürstin von Pfaffenstein, Tessa“, erklärte er. Aber seine Augen ruhten mit Vergnügen auf dem entzückenden Anblick, den die als Häsin verkleidete Heidi Schlumberger bot. So hatte sie zu Taminos Flöte getanzt. Die Kopfmaske hatte sie inzwischen abgenommen, aber vom Hals abwärts steckte sie noch in einem beigefarbenen Fellanzug mit einem weißen Puschel am unteren Teil des Rückens, und die großen blauen Augen und goldenen Locken über dem Hasenbalg mit der flaumigen Blume waren für Maxi des Guten beinahe zuviel. Er hatte der kleinen Tänzerin nicht nachgestellt, nachdem sie sich im Kino begegnet waren, aber sie war fast immer in seinen Gedanken.

„Soll ich Euer Hoheit suchen helfen? Vielleicht ist sie noch in den Garderoben."

Sie suchten in den Garderoben und im Kostümfundus, aber von Tessa war nichts zu sehen.

„Könnte ich Euer Hoheit vielleicht noch etwas Champagner holen?" fragte Heidi, als sie niedergeschlagen zur Bühne zurückkehrten. Wie alle wußte auch sie, daß der Fürst Tessa heiraten sollte, und sie fand das in Ordnung. Wenn sie Maxi anhimmelte, dachte sie dabei nicht ans Heiraten.

Maxi fand ihren Vorschlag gut. „Aber Sie werden auch noch einen Schluck wollen. Gehen wir miteinander."

Die Bibliothek war menschenleer. Zum genau richtigen Zeitpunkt stolperte Heidi über einen flauschigen Teppich, und der Fürst verhinderte, daß sie fiel. Mit einer kleinen Bewegung der Hüfte deutete sie an, daß seine Hand, die auf der weichen Blume zu liegen kam, nicht störte. Und sie fragte, ob Seine Hoheit nicht wünsche, daß sie seinen Kragen lockerte, da sie doch wußte, wie sehr Soldaten unter ihren Uniformen litten.

„Sie können mich Maximilian nennen", murmelte der Fürst, als ihre Händchen an seinem Hals nestelten. Aber das brachte die kleinste Heidi nicht fertig, auch wenn sie ihm in jeder anderen Hinsicht gerne entgegenkam.

NERINE wußte, daß Guy verärgert war, obwohl er nichts gesagt und sie zu dem Boudoir neben dem Prunkschlafzimmer begleitet hatte. Selbstverständlich konnte sie sich nicht unter eine Gesellschaft mischen, die hauptsächlich aus betrunkenen Theaterleuten bestand. Er hatte ihre Ausrede, sie sei müde, akzeptiert und sie nach oben begleitet, aber keine Anstalten gemacht, sie allein zu lassen.

„Bist du mir böse, weil ich kurz eingenickt bin?" fragte sie. „Ich habe nie behauptet, ich sei eine Intellektuelle."

„Nein, ich bin nicht böse. Nur..., Nerine, wieviel bedeutet dir Musik?"

Sie zuckte die Achseln und unterdrückte ein Gähnen. „Ich mag Musik sehr gern. Zum Tanzen, meine ich. Aber schließlich bin ich Engländerin. In England geht man nicht wie in Wien in die Oper, um gesehen zu werden. Man geht nach Ascot und Henley. Selbstverständlich werde ich mitkommen, solange wir hier wohnen – in die Wiener Oper, meine ich. Ich verstehe durchaus, daß das hier notwendig ist. Aber ganz ehrlich, alle diese leiernden Priester und dieser läppische Vogelfänger ..."

„Es war dumm von mir, daß ich dich nicht vorher gefragt habe. Siehst du, als wir uns das erste Mal begegneten, in der Oper... Ich habe nie vergessen, wie du geseufzt hast, als der Vorhang aufging."

„Du würdest auch seufzen", sagte Nerine, plötzlich am Ende ihrer Geduld, „wenn dir vier Stunden Langeweile bevorstünden. Mein Gott, Guy, Kunst und Kultur nahmen in der Schule nie ein Ende. Die Konzerte, die ewigen Museumsbesuche. Ich habe nie vorgetäuscht, besonders klug zu sein!"

Was sie sagte, war wahr. Sie hatte es nicht vorgetäuscht. Aber er war ein Narr. Er hatte sich nicht nur in ihr Bild, sondern auch in ihre Reaktion auf Kunst und Schönheit verliebt, die er einfach unterstellt hatte. Er war blind und dumm gewesen – und, was noch schlimmer war: Er wollte sie zu jemand anderem machen, als sie war; und das hieß nichts anderes als sie verletzen.

Nerine sollte nicht leiden. Er würde ihr seinen Fehler nicht eingestehen und ihr auch nicht sagen, was er sich von ihrer gemeinsamen Zukunft erhofft hatte, in der sein Reichtum der Kunst dienen sollte. Von nun an würde er sie so nehmen, wie sie war: eine schöne Frau, die ihm nichts versprochen hatte und die ihm nichts schuldete.

Er nahm ihre Hand. „Nein, du hast nichts vorgetäuscht, und du wirst es nie tun müssen", sagte er. „Und Opern wird es hier keine mehr geben."

9

Unweit des Seeufers lag eine bewaldete Insel, auf welcher der fünfte Fürst zu Pfaffenstein ein klassisches Tempelchen hatte bauen lassen. Guy hatte Boote bereitgestellt, damit seine Gäste die Insel besuchen konnten. Am frühen Morgen, als die meisten noch schliefen, ließ sich Klasky mit einer Aktentasche voll Notenpapier zu diesem friedlichen Ort hinüberrudern.

Nachdem er dem Bootsmann aufgetragen hatte, ihn mittags wieder abzuholen, begab er sich zu der Bank vor dem Tempel. Der Junimorgen zeigte sich von der schönsten Seite – der Kuckuck rief, die Libellen schillerten in allen Farben, aber Klaskys Blick war ausschließlich nach innen gewandt. Seine schlanken Finger glitten über das Notenpapier.

Die Ideen flogen ihm nur so zu. Das Thema für den Schlußchor der Oper, an der der Komponist arbeitete, hatte sich ihm bisher hartnäckig verweigert, doch jetzt hörte er die Stimmen der Unterdrückten in einer ausdrucksvollen Dissonanzfolge.

Der Kahnfahrer kam, um ihn abzuholen, und wurde von Klasky fortgeschickt. Um fünf Uhr schrieb er die letzte Note. Er schloß seine Aktentasche und ging wie betäubt zum Anlegesteg. Die Oper war fertig.

Das Boot war nicht da, aber das war unwichtig. Nicht weit entfernt sah er ein Ruderboot, in dem sich Tessa, der Fürst von Spittau und mehrere Hunde befanden. Sollte er sie rufen? Die Hunde waren ihm zu zahlreich. Er holte ein Leberwurstbrot aus der Jackentasche und richtete sich darauf ein zu warten.

Maxi war an diesem letzten Tag der Einladung auf Pfaffenstein mit dem Wissen aufgewacht, daß er Tessa seinen Heiratsantrag machen würde. Er beschloß, sein Heil in einem Boot zu suchen – und dieses Mal würde Butzi ihn anhören müssen.

Aber Tessa hatte den Kampf ohnehin aufgegeben. Die Oper war vorbei, und morgen würde sie Pfaffenstein für immer verlassen. Sie wußte, daß sie einem Tête-à-tête mit Maxi nicht mehr ausweichen konnte.

Um vier Uhr nachmittags sah man deshalb Maxi mit kräftigen Schlägen auf den See hinausrudern mit der Fürstin von Pfaffenstein im Heck – und den Hunden. Fünf Hunde in einem kleinen Ruderboot unterzubringen ist keine einfache Sache, aber Maxi hatte es geschafft, und obwohl die Tiere ein bißchen aufgeregt waren wegen eines nahen Entenpaares und eines Schwans, benahmen sie sich gut. Die rote Setterhündin hatte den Kopf auf Tessas Schoß gelegt und sabberte auf ihr Kleid, während der irische Wasserspaniel auf ihren Füßen lag.

Wenn Maxi jedoch glaubte, unbeobachtet zu sein, wenn er sich aufs Wasser begab, hatte er sich getäuscht. Die Nachricht, daß der Fürst sein Glück probieren wollte, hatte sich wie ein Lauffeuer im Schloß verbreitet. Im Westturm hielt seine Mutter ein Fernrohr auf ihn gerichtet. Neben ihr standen Butzis Tanten, die sehr gespannt darauf warteten, Einzelheiten aus zweiter Hand zu erfahren. Der Erzherzog Sava hatte sein Fernrohr im Schlafzimmer von Monteforelli aufgestellt, das auf den See hinausging. Maxis Bursche war auf die Brüstung vor den Mansardenzimmern der Dienstmädchen geklettert und übermittelte von dort das Geschehen an das Gesinde.

Auf der Schloßterrasse griff Nerine nach dem Feldstecher, den Guy ihr hingelegt hatte, als er zu Witzler gegangen war. Sie sollte einen rotfüßigen Falken beobachten, aber das hier war viel interessanter.

Der Fürst legte die Ruder ein. „Butzi", begann er. „Tessa..., du weißt, wie gern ich dich immer gehabt habe..."

„Ich mag dich auch sehr gern", sagte Tessa mit einem unterdrückten Seufzer.

Eine Forelle war dicht neben ihnen an die Oberfläche gekommen. Die junge Setterhündin hob den Kopf aus Tessas Schoß und kläffte aufgeregt. Der Schwan, der sich dadurch gestört fühlte, schoß zischend auf das Boot zu, was den Labrador veranlaßte, sich ans Heck zu drängeln, um den Schwan zu verbellen. Es folgte ein ziemliches Durcheinander, in dessen Verlauf Tessa und Maxi den Schwan verscheuchten, den Wolfshund bändigten und eine ganze Menge Wasser in den Kahn schwappte.

„Also, Tessa, heirate mich. Ich wäre so glücklich. Alle wären glücklich. Und wir würden gut miteinander auskommen."

Tessa hatte die Schöpfkelle in der Hand und versuchte, das Wasser aus dem Kahn zu schaufeln. Da sie noch nicht nein gesagt hatte, begann Maxi die Freuden zu schildern, die sie in Spittau erwarteten. „Wir könnten es so schön miteinander haben. Du könntest Wasserspaniels züchten, die du so gern magst."

Von der bewaldeten Insel mit dem kleinen Tempel ertönte ein langgezogener hoher Ton, und ohne eine Sekunde zu zögern, sprangen der Pointer, der Labrador und der Spaniel ins Wasser.

„Bist du narrisch, du Hirsch, du damischer!" schrie Maxi und schüttelte drohend die Faust in Richtung der Insel.

Doch es gab keinen Schuldigen. Daß der Ton, den eine Person in Klaskys Oper ausstieß, die gleiche Höhe hatte wie der Pfeifton, auf den Maxis Hunde trainiert waren, konnte nur ein Zufall sein.

„Sie sind mit den Hunden beschäftigt", berichtete die Schwanenprinzessin, als sie sah, wie die Hunde zurückkehrten und von Maxi an Bord genommen wurden. „Aber jetzt hat Tessa die Hunde unter Kontrolle, und Maxi rudert wieder."

Maxi ruderte in der Tat. Die Füße gegen den Wolfshund gestemmt, strebte er mit kräftigen Schlägen von der Insel weg. Er kam noch einmal auf Spittau zurück. „Vielleicht könnten wir eine Zentralheizung–"

„Maxi, ich habe nicht ganz soviel Geld, wie deine Mutter vielleicht denkt. Mein Vater hat hohe Schulden hinterlassen, die ich bezahlen muß. Aber ich habe trotzdem genug, um –" Sie versuchte es noch einmal: „Würdest du erlauben, daß ich ein wenig bei Spittau mithelfe?

Wenigstens das Dach könnte ich richten lassen. Ich meine, wir sind beinah Verwandte…“

Maxi fühlte sich in seiner Ehre gekränkt. „Wie kannst du mir so etwas vorschlagen, Butzi?“

„Entschuldige, Maxi. Ich hab's nicht bös gemeint. Aber ich kann nur aus Liebe heiraten. Und es ist nicht die Art, mit der ich dich liebe“, sagte Tessa leise.

„Aber, Tessa, wir sind nicht wie normale Leute. Ich meine, daß wir uns verlieben müssen.“

„Ich bin so normal.“

Er seufzte. Da war er wieder, ihr Republikanerspleen!

„Ich glaube, ich werde überhaupt nicht heiraten, Maxi. Ich werde für die Kunst leben und Musik und Theater unter die Leute bringen. Es tut mir so leid, Maxi.“ Sie beugte sich, von Mitleid überwältigt, zu Maxi vor, um ihn auf die Stirn zu küssen.

Diesen Kuß sahen Nerine auf der Terrasse, die Schwanenprinzessin und die Tanten im Westturm, der Erzherzog Sava, Maxis Bursche und viele andere im Schloß – und alle legten ihn falsch aus.

WITZLER saß in dem kleinen Raum im Ostturm von Schloß Pfaffenstein, der ihm als Büro diente. Draußen im Hof luden die Bühnenarbeiter Kulissen auf die Wagen, mit denen sie am nächsten Morgen nach Wien zurückfahren sollten. Die Hauptdarsteller und das Orchester würden mit dem Zug reisen.

Sollte er Farne vorschlagen, die Kompanie permanent in Pfaffenstein zu etablieren, oder wäre es besser, einen Stützpunkt in Wien zu haben? Jakob lächelte und blickte versonnen durch das Fenster. Dort draußen warteten alle auf das Ergebnis seines Gesprächs mit Farne. Er warf einen Blick auf seine Taschenuhr, doch da klopfte es schon, und Farne trat ein.

Guy sah braun gebrannt und erholt aus. Seit der Unterhaltung mit Nerine in der vergangenen Nacht hatte er sich ordentlich Bewegung verschafft: Squash vor dem Frühstück, ein Tennismatch mit einem seiner Gäste und anschließend ein Ritt in ein Nachbartal.

„Nun, Herr Farne, ich denke, Sie sind zufrieden, nicht wahr?“ sagte Jakob.

„Ja. Die Aufführung war hervorragend, wie ich Ihnen gestern schon sagte. Ich habe nie eine bessere ‚Zauberflöte‘ gesehen.“

Jakob nahm das Kompliment mit einem Nicken entgegen. „Für dieses Theater wäre natürlich der ‚Figaro‘ ideal. ‚Die Hochzeit des Figaro‘ zu

Ihrer Hochzeit. Sie können aber auch etwas Leichtes wählen. Rossini vielleicht ... ‚Der Barbier' ..."

Guy schraubte seinen Füllfederhalter auf und schrieb einen Scheck aus. „Das ist der Rest, den ich Ihnen schulde."

„Wir könnten für die Hochzeit natürlich auch eine Freilichtaufführung erwägen ..."

Guy steckte seinen Füller wieder in die Tasche. Seine Stimme klang schroff, als er sagte: „Herr Witzler, in Pfaffenstein wird es keine Opernaufführungen mehr geben ..., auch keine Musik. Nicht bei meiner Hochzeit. Nie mehr."

„Was hat nicht gestimmt?" stammelte Jakob.

„Die Oper war perfekt. Sie hat nichts damit zu tun. Mein Vertrag mit Ihrer Kompanie ist erfüllt, und er wird nicht erneuert. Meine Verlobte macht sich nichts aus Musik."

„Aber ich dachte ..., es sei ihretwegen ..." Jakob blickte in Guys Gesicht und verstummte.

„Dann haben Sie falsch gedacht", sagte Guy düster. Um nicht in Jakobs gequältes Gesicht sehen zu müssen, wandte er sich zum Fenster. Er sah das Boot auf dem See, sah die Insassen, umgeben von einer Schar Hunden, und Tessa, die sich vorbeugte und den Fürsten von Spittau auf die Stirn küßte.

DIE NACHRICHT von Maxis Verlobung verbreitete sich mit erstaunlicher Geschwindigkeit. Im Westturm umarmte die Schwanenprinzessin die Tanten, deren Gesichter vor Freude und Erleichterung strahlten. Gleichzeitig gesellten sich Monteforelli, der Erzherzog Sava und die Erzherzogin Friederica zu ihnen, und da der Fürst zufällig eine Flasche Champagner bei sich hatte, war alsbald eine fröhliche Feier im Gang. Dynastien wurden zementiert und Hochzeitspläne geschmiedet.

Die kleinste Heidi erfuhr es, als die Nachricht die Opernkompanie erreichte, und es gelang ihr, sich zu freuen, weil sie ein gutes Herz hatte. David Tremayne gelang es ebenfalls, sich zu freuen, weil er die Vorstellung schrecklich fand, daß Tessa, wenn sie hier fortging, kein Zuhause mehr haben würde. Guy erfuhr es von Nerine.

„Sie sind verlobt, Guy! Tessa und der Fürst von Spittau! Ist das nicht eine wunderbare Neuigkeit?" Nerine strahlte.

„Ja", sagte Guy. „Ich habe es gehört – oder vielmehr gesehen." Dann entschuldigte er sich. Er wollte in den Fechtsaal. Er gönnte sich einen wilden Fechtkampf mit einem jungen Kavallerieoffizier, der sich nach zwei Stunden besiegt sah. Als Guy frisch geduscht zu seinem Zimmer zurückging, sah er durch die offenstehende Doppeltür des Theaters Witzlers zweite Garderobiere, die einen Korb zu den wartenden Lastwagen auf den Hof trug.

Der Anblick der kleinen Gestalt in ihrem Kittel machte ihn plötzlich wütend. „Ich muß Ihnen gratulieren“, sagte er und vertrat ihr den Weg. „Sie haben mich auf beeindruckende Weise gefoppt. Ich habe tatsächlich geglaubt, was Sie sagten.“

„Was ich sagte?“ Tessa stellte den Korb ab und sah ihn bestürzt an.

„Daß Sie eine Republikanerin seien und daß die Kunst alle Unterschiede zwischen den Menschen beseitige. Wird Ihnen bei Ihrer Heuchelei nicht manchmal schlecht? Ich dachte wirklich, Sie wollten aus Ihrem Käfig ausbrechen – daß Ihnen dieser ganze aristokratische Klimbim nichts bedeutet.“ Er lachte, und es war ein häßliches Lachen. „Ja, ich habe Ihnen geglaubt. Ich war gerührt.“

„Was ... habe ich getan?“ stammelte sie. „Warum sagen Sie das?“

„Oh, Sie haben nichts getan. Alles ist, wie es sein sollte“, höhnte er. „Sechzehn Wappenfelder – oder sind es zweiunddreißig? Ein tadelloser Stammbaum.“ Er zuckte die Achseln. „Ich hoffe, Sie werden glücklich“, stieß er hervor und stürmte davon.

Boris, der wenige Minuten später aus dem Theater kam, fand Tessa immer noch an den Laster gelehnt. Sie weinte nicht, sondern stand nur da. „Herrje!“ sagte Boris, als er ihr Gesicht sah, und brachte sie ins Haus. In Boris’ Werkraum hinter der Bühne trank Tessa gehorsam den Tee, den er ihr auf dem Samowar aufgebrüht hatte.

Boris hatte wie alle anderen von dem Ereignis im Ruderboot gehört. Doch niemand in der Truppe hatte gewagt, ihr zu gratulieren, bevor die Sache nicht offiziell war. Dann hatte Witzler seine Bombe platzen lassen, daß Farne den Kontrakt nicht verlängerte und daß sie abreisen mußten. Doch trotz der Traurigkeit und Enttäuschung, die Witzlers Ankündigung folgten, war Boris der Überzeugung, daß zumindest für Tessa alles gut sei. Wenn jedoch eine Verlobung mit dem Fürsten von Spittau bewirkte, daß sie so aussah ... „Du mußt nichts tun, was du nicht willst“, sagte er. „Niemand kann dich zwingen.“

Eine Stunde später war das Abschiedsbankett in vollem Gang. Unter den Gästen herrschte eine fröhliche Stimmung dank der Nachricht von Butzis Verlobung, und alle genossen das Vergnügen, noch einmal reichlich zu essen und zu trinken, bevor sie in den Alltag zurückmußten.

Guy hielt eine Rede, gab das Datum seiner Hochzeit bekannt, die Ende Oktober stattfinden sollte, und dankte allen Anwesenden, daß sie ihm das Vergnügen ihrer Gesellschaft gewährt hatten. Dann hob er sein

Glas und brachte einen Toast aus auf die Gesundheit und das Glück der „abwesenden Freunde".

„Auf die abwesenden Freunde!" riefen die Gäste und hoben die Gläser, wobei sie bedeutungsvolle Blicke auf die zwei leeren Plätze in der Mitte der langen Tafel warfen. Denn sowohl der Fürst von Spittau als auch die Fürstin von Pfaffenstein saßen nicht auf ihren Plätzen.

„Sie gehen bestimmt Hand in Hand im Wald spazieren", gurrte die Erzherzogin Friederica.

Maxi befand sich tatsächlich im Wald, aber nicht mit Tessa. Es war die kleinste Heidi, die er im Arm hielt, die seinen Schmerz über den Korb, den ihm die Butzi gegeben hatte, besänftigte und versprach, dieses Geheimnis für sich zu behalten, bis die Gäste abgereist waren.

Tessa hatte es schwerer. Sie hatte gewartet, bis alle beim Essen waren. Dann lief sie in die Kapelle und kniete vor dem Altar nieder. „Hilf mir, daß ich es ertrage", betete sie. „Hilf mir, daß ich arbeiten kann. Und bitte, Gott, beschütze sie alle." Sie stand auf und nahm drei Votivkerzen aus der Schachtel, zündete sie an und steckte sie auf die Halter: eine für die Tanten, die sie verlassen würde; eine für die anderen Menschen in Pfaffenstein, die ihr ans Herz gewachsen waren; und eine ... Nicht einmal in Gedanken formulierte sie, für wen sie sein sollte. Der liebe Gott würde es schon wissen. Nun blieb nichts mehr zu tun, als eine Tasche zu packen, eine Nachricht in ihrem Zimmer zu hinterlassen und zum Bahnhof zu gehen. Es gab noch einen Zug, der in Pfaffenstein hielt. Den würde sie nehmen und in Neustadt auf den Anschluß nach Wien warten.

10

Die Abreise der Gäste zog sich hin. Aber schließlich waren alle fort, und es wurde still im Schloß, denn auch die Opernkompanie war abgereist, und die Tanten hatten sich in den Westturm zurückgezogen.

Guy dankte David für die gute Arbeit, die er in den letzten Wochen geleistet hatte. „Sie waren großartig, David. Alles lief hervorragend."

„War Mrs. Hurlingham auch zufrieden?"

„Ja, es war alles so, wie ich es mir vorgestellt habe", sagte Guy. „Ich fahre am Montag nach Wien, um den Beamten im Finanzministerium Beine zu machen. Ich möchte, daß die Unterlagen über den Völkerbund bis Ende September fertig sind. Und Sie kommen mit. Ich werde Ihr Talent nicht mehr an häuslichen Kram verschwenden."

Seine Stimme hatte wieder den vertrauten unternehmungslustigen Klang, und David vernahm ihn erleichtert. Der Gedanke, möglicherweise in Pfaffenstein bleiben zu müssen, um die Hochzeit vorzubereiten, hatte ihm wenig behagt.

„Es ist schön, wieder allein zu sein, nicht wahr?“ sagte Guy am Abend zu seiner Verlobten. „Mit all den Leuten im Haus hatte ich kaum Gelegenheit, mit dir zu sprechen.“

„Ja, es ist schön. Aber, Guy, wenn du nächste Woche in Wien bist, was soll ich dann hier tun? Ohne dich werde ich mich schrecklich langweilen.“

„Ich dachte, du würdest gern die Pächter und die hiesigen Verhältnisse kennenlernen – vielleicht einige der einheimischen Leute besuchen. Und Vorbereitungen für die Hochzeit treffen.“

„Ja, das werde ich bestimmt tun. Aber Besuche machen... Ich glaube, man erwartet das gar nicht mehr. Und es wäre unsinnig, in eines dieser muffigen kleinen Häuser zu gehen und zu riskieren, sich mit irgend etwas anzustecken. Ich dachte, ich könnte mit dir nach Wien fahren.“

„Aber was willst du tun, während ich arbeite? Ich werde wahrscheinlich einen Zwölfstundentag haben.“

„Einkaufen“, antwortete sie.

Also logierte Nerine in der darauffolgenden Woche im Grand Hotel und kaufte ihre Brautausstattung. Guy hatte in allen besseren Geschäften ein Konto für sie eingerichtet.

Nerine widmete sich mit Hingabe ihrer Lieblingsbeschäftigung. Sie war geduldig, einsatzfreudig und voller Eifer. Sie fror nicht, wenn sie im Hemdhöschen herumstehen mußte, und sie schwitzte nicht, wenn sie sich bei hochsommerlichen Temperaturen in Pelze hüllte. Wien war immer berühmt gewesen für guten Geschmack, und obwohl der Krieg vieles verändert hatte, war die Stadt nach wie vor das Zentrum für Waren aus dem gesamten einstmaligen Kaiserreich. Chauffiert von Morgan und begleitet von Thisbe Purse, die Guy in die Rolle der Anstandsdame gepreßt hatte, machte Nerine ihre Einkäufe. Sie kaufte ein Abendkleid aus weißem Satin, ein blaues Chiffonkleid mit gewagtem Rückenausschnitt, ein schimmerndes Taftkleid, ein Theatercape aus silberfarbener Gaze, ein kariertes Wollkostüm, einen Hausanzug aus roter Seide. Hinzu kamen Halbschuhe, Sandalen mit goldfarbenen Riemchen, Pumps aus Eidechsenleder und zu allem die passenden Handtaschen...

Nie war Nerine so glücklich gewesen. „Du bist so gut zu mir, Liebling“, sagte sie zu Guy. „Du verwöhnst mich so.“

Arthur war inzwischen nach England zurückgekehrt, um die Mama und Tante Dorothy für die Hochzeit nach Pfaffenstein zu begleiten. Nerine hatte seine Abreise kaum bemerkt.

„DIE BUTZI hat dich abgewiesen?" rief die Schwanenprinzessin mit sich überschlagender Stimme. „Das glaube ich nicht! Ich habe doch mit eigenen Augen gesehen –"

Dank der Diskretion der kleinsten Heidi und Tessas nächtlicher Abreise von Pfaffenstein war es Maxi möglich gewesen, seinen Fehlschlag bis zur Rückkehr nach Spittau geheimzuhalten. Doch nun war der Tag gekommen, an dem er seinen Mißerfolg gestehen mußte. „Ich habe mein Bestes getan, Mutter. Ich habe gesagt, sie könnte Wasserspaniels züchten", sagte er.

„Du weißt, was das bedeutet", sagte die Schwanenprinzessin. „Das ist das Ende. Selbst wenn ich meine Perlen verkaufe."

„Sie hat mir Geld angeboten, um das Dach zu reparieren."

„Und?"

„Das habe ich abgelehnt."

„Dieses dumme, bockbeinige Mädchen. Und dieser ganze Unsinn über Kunst und Musik."

„Ich könnte jemand anders heiraten", schlug Maxi vor.

Seine Mutter sah ihn mit zusammengekniffenen Augen an. „Waltraut könnte vom Stammbaum her akzeptabel sein. Aber sie hat kein Geld. Und sie ist bestimmt zu alt, um Kinder zu kriegen."

„Ich hab an eine Amerikanerin gedacht", sagte Maxi. „Eine reiche Erbin."

„Kommt nicht in Frage", erklärte die Schwanenprinzessin. „Keine Bürgerliche!" Sie blickte über den grauen See. „Wir werden verkaufen müssen. Nach neunhundert Jahren wird es keine Spittaus mehr auf Spittau geben. Es war ein großer Fehler, Maxi, Tessas Angebot nicht anzunehmen. Mit einem neuen Dach hätten wir vielleicht bleiben können, aber so ... Biete Spittau zum Verkauf an."

Also schrieb Maxi an den Makler in Wien, der jemand schickte, um Fotos von Spittau zu machen, und Spittau kam zu den vielen Palästen, Burgen und Lustschlößchen, deren Fotos im Schaufenster der Immobilienfirma am Schubertring hingen.

WITZLER saß wieder in seinem Käfig im Theater in Wien und beförderte den üblichen Stapel an Rechnungen, aus denen sich seine Post zusammensetzte, in den Papierkorb.

Er befand sich in wesentlich größeren Schwierigkeiten, als er sich selbst gegenüber zugeben wollte. Mit Guys Vertrag in der Tasche und mit gewissen Andeutungen, was die Protektion des Millionärs für die Zukunft seiner Kompanie bedeutete, hatte er kräftig Schulden gemacht, und nun rückten ihm die Gläubiger auf den Pelz. Im Oktober lief der Mietvertrag für das Theater aus. Die Eigentümer würden die Miete zweifellos erhöhen, und Witzler hatte Feinde, die ihm dieses Theater nur zu gern wegschnappen wollten. Er würde versuchen müssen, den ganzen Sommer hindurch zu spielen, auch wenn das Haus halb leer sein würde.

Seufzend nahm er die Partitur zur Hand, die ihm Klasky am Tag der Rückkehr nach Wien auf den Schreibtisch gelegt hatte. „Frikassee", für 15 Mandolinen, Streicher und 37 Schlaginstrumente, war ein bescheidenes Werk, verglichen mit anderen zeitgenössischen Stücken. Trotzdem würde die Inszenierung dieses Meisterwerks Jakobs finanzielle Mittel überschreiten.

Er vernahm ein schüchternes Klopfen. „Herein!" rief er. Es war Tessa! Ein Gefühl der Erleichterung durchflutete ihn. Seit der Rückkehr nach Wien hatte sich seine zweite Garderobiere nicht blicken lassen, und weil Jakob glaubte, sie bereite ihre Hochzeit vor, hatte es ihn nicht überrascht.

„Hätten Sie ein wenig Zeit für mich?"

„Natürlich. Setzen Sie sich." Er bemerkte, daß die Fürstin von Pfaffenstein ungewöhnlich korrekt gekleidet war. Sie trug einen braunen Rock und eine weiße Bluse.

„Es geht um die Oper von Herrn Klasky", sagte sie, während sie sich auf einen Hocker setzte. „Stimmt es, daß Herr Farne die Truppe nicht mehr engagieren wird?"

„Es stimmt", bestätigte Witzler. „Leider."

„Ich habe mich gefragt, ob Sie mir erlauben würden einzuspringen. Ich meine, um Herrn Klaskys Oper zu inszenieren. Ich habe jetzt etwas Geld. Deshalb war ich letzte Woche nicht hier. Ich habe ein Bankkonto eröffnet und einige Dinge mit meinem Anwalt geregelt."

„Sie wollen Klaskys Oper finanzieren?" fragte Jakob ungläubig. Das war die Vorsehung, die Hand Gottes! Doch dann regte sich sein Gewissen. Da saß dieses Kind vor ihm, unschuldig und blutjung. „Wie denkt der Fürst von Spittau darüber?" erkundigte er sich. „Ihr Verlobter."

„Er ist nicht mein Verlobter. Ich werde weder ihn noch jemand anders heiraten. Ich kann also mein Geld ausgeben, wie ich will."

Jakob rang mit seinem Gewissen – und das Gewissen verlor. Er war ruiniert. Seine Frau schlief mit den Perlen unter ihrem Kopfkissen. Eines der ersten Wörter, die sein Sohn sagen konnte, war „Gerichtsvollzieher".

Doch er würde alles in seinem Leben wieder genauso machen – alles. Warum also Tessa das Recht verwehren, zu tun, was auch er getan hatte?

„Ich möchte mich beteiligen", erklärte Tessa vorsichtig. „Ich möchte arbeiten. Ich denke, es geht einem am besten, wenn man möglichst wenig Freizeit hat."

Jakob warf ihr unter seinen buschigen Brauen einen kritischen Blick zu, aber er sagte nur: „Ich treffe Klasky heute abend im Griechenbeisl. Sie sollten auch kommen. Dann können wir alles besprechen."

Für die Gesellschaft, die sich am Abend vor dem berühmten Straßenbistro einfand, mußten vier Tische zusammengeschoben werden, denn die Neuigkeit, daß Klaskys Oper von Witzlers zweiter Garderobiere finanziert werden sollte, hatte sich wie ein Lauffeuer in der Wiener Musikwelt verbreitet. Raisa war da mit ihrem neuen Liebhaber, Pino, der Kritiker Mendelow, die Rheintochter und Bubi, ein Journalist der *Wiener Presse* und natürlich Klasky, der sich nun erhob und mit vor Dankbarkeit bebender Stimme eine kleine Ansprache hielt.

Die Wiener, begann er, könnten alles verzeihen, nur Größe nicht. „Keine drei Straßen von hier ist Mozart verhungert, wurde Beethoven erniedrigt, flüchtete Hugo Wolf in den Wahnsinn. So ähnlich wäre auch mein Schicksal gewesen", fuhr er in schöner Bescheidenheit fort, „wäre da nicht dieses junge Mädchen, das der Himmel geschickt hat und in dessen schlankem Körper das Herz eines Friedrich des Großen schlägt."

Er erhielt großen Applaus. Tessa genoß den Abend. Das war *la vie de Bohème,* wie sie es sich erträumt hatte. Sie hatte mindestens eine Viertelstunde lang nicht an Guy gedacht. Und als die Gesellschaft aufbrach, hatte sie die Ehre, die Rechnung zu begleichen.

DEN GANZEN Juli und August liefen die Vorbereitungen für „Frikassee" auf Hochtouren. Und der Dreh- und Angelpunkt dieser kleinen Welt war ein Ding, das für die Mitglieder von Witzlers Truppe eine fast mystische Bedeutung annahm: Tessas Scheckbuch. Es hauste, mit Eselsohren, in der Tasche von Tessas Kittel. Oft war es verlegt, denn sie kritzelte manchmal auch Maße auf seinen Umschlag, und wer es fand, brachte es eilends zu ihr zurück. Mehrmals pro Woche begab sich Tessa nach oben, um an einem Tisch in Jakobs Büro Platz zu nehmen und Schecks zu unterschreiben. Und wenn ein Scheckbuch zu einer zerfledderten Sammlung von Kontrollabschnitten geschrumpft war, ging Tessa zur Bank und holte ein neues.

Daß ihrer Schirmherrin etwas fehlte, wurde in der Kompanie zum erstenmal von Boris geäußert. „Ich sage euch, irgendwas ist los mit ihr", sagte er. „Bei den ‚Frikassee'-Proben ist sie in Ordnung, aber gestern abend, als sie in der Kulisse darauf gewartet hat, Mimis Kerze auszublasen, da hat sie, glaube ich, geweint. Ich sage euch, wenn wir nicht aufpassen, klappt sie uns zusammen."

„Ist sie denn krank?" fragte Jakob.

Raisas Augen blitzten. „Es ist schlimmer, Freunde. Sie ist verliebt!"

Alle schwiegen verblüfft. „Aber in *wen* ist sie verliebt?" fragte Klasky. „Es kann nicht der Fürst von Spittau sein, denn er hat die ganze Zeit versucht, ihr einen Heiratsantrag zu machen."

Jakobs Gesicht war düster geworden. „Ich glaube, ich weiß es", sagte er nachdenklich. „Aber wenn ich recht habe, ist es eine sehr schlimme Geschichte." Und er erzählte ihnen, was er vermutete.

AN EINEM heißen und schwülen Tag Ende Juli verließ Guy das Finanzministerium früher als sonst. Als er den Schubertring entlangschlenderte, fiel sein Blick auf ein großes Foto im Schaufenster eines Immobilienmaklers. Er kam häufig hier vorbei und war vertraut mit dem Bild von Burg Wahneck hoch über der Donau. Er hatte auch das Foto des baufälligen Palastes der Erzherzogin Friederica in Petersbrunn gesehen. Aber das Schloß, das jetzt den Ehrenplatz im Schaufenster des Maklers einnahm, war ihm neu. Es war ein langes, niedriges und mit Stuck verziertes Gebäude, das auf einem verschilften See zu schwimmen schien. ZU VERKAUFEN. SCHLOSS SPITTAU, las er – und darunter den Hinweis auf die historische Bedeutung und die ausgezeichneten Bedingungen für jegliche Art von Wassersport. Guy runzelte die Stirn. Was sollte das bedeuten? Hatte sich der Fürst nicht mit Tessa verlobt, um sein verfallenes Wasserschloß zu retten? Er wollte schon weitergehen, als jemand aus der Tür des Maklerbüros geschossen kam und ihn beinahe umrannte.

„Hab mir doch gedacht, daß Sie es sind", sagte der Fürst von Spittau. „Ich war da drin und hab Sie gesehen." Maxi schüttelte dem Engländer die Hand und wandte sich dem Schaufenster zu. „Seit vierzehn Tagen steht's zum Verkauf, aber Interessenten waren noch nicht da."

Guy äußerte sein Bedauern. „Warum wollen Sie denn überhaupt verkaufen? Ich dachte, Tessa bringt genug mit, um das Schloß herzurichten."

„Sie hat mir Geld für das Dach angeboten, aber das hab ich natürlich nicht annehmen können. Wenn sie mich heiraten würde, wär's was anderes, aber ein Mann hat schließlich auch seinen Stolz."

„Ich denke, Tessa und Sie sind verlobt?"

„Nein, sind wir nicht."

„Aber jeder –"

„Jeder“, sagte Maxi, „scheint mit einem Fernrohr beobachtet zu haben, wie Tessa mir einen Kuß gegeben hat. Aber den hat sie mir gegeben, weil sie gesagt hat, es täte ihr leid. Ich kann's langsam nicht mehr hören, daß mir die Leut gratulieren.“

„Das kann ich verstehen. Was tut sie denn jetzt?“

„Sie ist wieder bei der Witzlerschen Opernkompanie und unterstützt die neue Oper. Sie tut nichts anderes als den ganzen Tag Schecks unterschreiben. Dabei schaut sie aus wie eine elende Spitzmaus. Und wenn man ihr erklären will, daß das, was sie treibt, Unsinn ist, fährt sie einen an und sagt, es sei ein Privileg, der Kunst zu dienen, und unsereins sei quasi dazu verpflichtet. Gott sei Dank hat sie die Hälfte von ihrem Geld ihren Tanten überlassen. Das wird sie ja eines Tages erben. Aber wenn ich gewußt hätte, was sie vorhat, hätte ich ihr erlaubt, das Dach reparieren zu lassen. Dann hätt sie wenigstens einen Platz gehabt, wo sie hinkann, wenn es ihr einmal schlechtgeht.“

„Würden Sie sie immer noch heiraten? Auch wenn sie ihr ganzes Geld verliert?“

Maxi errötete. „Freilich. Ich würd sie immer heiraten, weil ich sie verdammt gern hab.“

„Ihnen gehörten doch auch noch andere Besitzungen, nicht wahr? Besitzungen, die von den Alliierten konfisziert wurden. Wo lagen sie?“

„Das war Hammersfelden bei Kiel und Pottin an der Oder in Pommern.“

Guy schüttelte den Kopf. „Aus Berlin bekommen wir keinen Pfennig. Besaßen Sie nichts in den zurückgegebenen Gebieten? Irgendwo außerhalb der vom Militär besetzten Zonen?“

„Wir hatten ein Schloß im Elsaß“, gab Maxi zu. „Ein ziemlich kleines Haus – höchstens achtzig Zimmer, aber rund zwanzigtausend Hektar, zum größten Teil Weinberge.“

„Und Sie haben nie eine Entschädigung bei der Bodenredistributionskommission in Straßburg beansprucht?“

„Unsere Anwälte halten es für aussichtslos.“

„Wer sind Ihre Anwälte?“

„Schweighofer und Brillmann am Kohlmarkt. Eine sehr alte Sozietät.“

„Alt, faul und nutzlos“, lautete Guys knappes Urteil. Er hatte sein Notizbuch hervorgeholt und begann zu schreiben. „Ich glaube, Sie haben eine gute Chance. Sie werden den Verlust Ihres Lebensunterhalts geltend machen müssen. Die Weinberge werden dabei ganz nützlich sein. Gehen Sie damit zu Hermann Rattinger am Börsenplatz 12, und sagen Sie ihm, er soll sich besonders Paragraph 8 Absatz 15 ansehen. Ich werde Rattinger morgen anrufen. Sie werden nicht viel bekommen, aber wenn es für die nötigen Reparaturen reicht, müßten Sie sich auf Spittau halten können.“ Er riß das Blatt mit der Adresse aus seinem Notizbuch und reichte es Maxi. Dann verabschiedete er sich, bevor sich Maxi bedanken konnte.

Der vor dem Maklerbüro zurückgelassene Maxi war ein glücklicher Mann. Gleich morgen würde er zu dieser Adresse gehen. Aber sein nächstes Ziel war eine stille Straße in der Nähe des Donaukanals, wo er an die Tür eines bescheidenen Hauses klopfte. Er wurde eingelassen und über eine hölzerne Stiege zu einer kleinen Wohnung hinaufgeführt, die ihm in den vergangenen Wochen ein Zuhause geworden war. Und hier, zwischen Federkissen und Teddybären, die Heidi Schlumberger liebevoll gesammelt hatte, gaben sich der Fürst und die kleine Tänzerin ihrer nicht zu unterdrückenden Zusammengehörigkeit hin.

In der Augusthitze erschlaffte sogar Nerines Einkaufseuphorie. Sie und Guy kehrten nach Pfaffenstein zurück. Sie fanden den Westturm leer vor. Nur Tessas alte Kinderfrau wohnte noch darin, denn die Herzogin und die Markgräfin waren nach Wien gezogen, wo sie, wie sie in einem Dankesbrief an Guy mitteilten, für ihre Nichte ein Zuhause schaffen wollten. Nerine war froh, daß sie ausgezogen waren.

Guy hatte weiterhin viel zu tun. Trotz der Sommerpause kamen Beamte des Finanzministeriums nach Pfaffenstein; manche blieben mehrere Tage, und es gab lange Sitzungen in der Bibliothek. Wenn er gehofft hatte, Nerine würde sich nun bemühen, die Leute in der Gemeinde kennenzulernen, wurde er enttäuscht. Sie hatte gehört, daß es im Dorf einen Fall von Masern gab. „Mama hat mich von Infektionen strikt ferngehalten“, erklärte sie, „so daß ich keine Abwehrkräfte entwickeln konnte.“

Die Hochzeit war auf Mitte November verschoben worden, weil man beim Völkerbund nur schleppend vorankam. Aber Nerine beklagte sich nicht über die Verzögerung. Sie ließ bei den drei führenden Wiener Modehäusern Kostenvoranschläge für ihr Brautkleid machen und hatte alle Hände voll zu tun, die Brokatmuster und Entwürfe zu prüfen, die mit jeder Post eintrafen.

Bei den Proben für „Frikassee“ folgte eine Katastrophe der anderen. Der Bahnsteig des berühmten Bühnenbildners brach zusammen, wobei fünf Eisenbahner auf die darunter liegende Bühne stürzten. Klasky fand die

Schlaginstrumente zuwenig ausbalanciert und ersetzte die Pauke durch zwölf Trommeln. Herr Berger, der den Fabrikbesitzer sang, bekam Knötchen auf dem Kehlkopf, und Frau Pollack brach sich den großen Zeh.

Tessa und ihr Scheckbuch taten alles, um diesem Ansturm standzuhalten. Sie unterschrieb einen Scheck für den verstärkten Bahnsteig und die zwölf neuen Trommeln. Sie bezahlte einen neuen eisernen Vorhang, den die Feuerwehr schon längst gefordert hatte. Und wenn sie irgendwann nach Mitternacht nach Hause kam – ihr Speicherzimmer in der Wipplingerstraße hatte sie aufgegeben –, erwarteten sie die besorgten Tanten.

Die Herzogin und die Markgräfin hatten eine Wohnung im vierten Stock eines Hauses gemietet, das neben dem Zentralfriedhof lag. Es war eine kleine, wenig komfortable Wohnung, und die alten Damen verbrachten ihre Tage voller Heimweh nach Pfaffenstein. Keine der beiden war je ohne Begleitung zum Einkaufen gegangen oder mit einer Straßenbahn gefahren. Nun standen sie beim Metzger an, zogen den Mops in den beängstigenden Lift, der zu ihrer Wohnung hinaufführte – und sparten.

Sie sparten heimlich, denn ihre Großnichte durfte nichts davon merken. Sie hatten Tessa nicht hindern können, die Hälfte ihres Geldes ihnen zu überschreiben, aber sie waren entschlossen, jeden Groschen, den sie sparen konnten, der Summe hinzuzufügen, die Tessa nach ihrem Tod erben würde. Sie aßen praktisch nichts; sie schickten das Dienstmädchen fort und saßen beim Licht einer einzigen Lampe. Wenn sie Tessa kommen hörten, wurden die Lampen angezündet, Suppe und Käsekuchen aus der Speisekammer geholt, und Tessa erfuhr, daß sie einen schönen Tag verlebt hatten.

Als Tessa eines Tages Mitte September ihre Bank aufsuchte, um sich wie gewöhnlich ein neues Scheckbuch zu holen, wurde ihr von einem respektvollen jungen Kassierer mitgeteilt, daß der Leiter der Bank sehr dankbar wäre, wenn Ihre Hoheit ein paar Minuten für ihn erübrigen könnte.

Der dicke Herr Simmelmann hielt ihr eine salbungsvolle Predigt. Ihr Kredit sei erschöpft, und obwohl er sich bewußt sei, daß Ihre Hoheit noch andere Quellen habe und ihre Verpflichtung gegenüber der Bank bestimmt erfüllen würde, müsse er darauf hinweisen, daß sie sich unter den gegenwärtigen Umständen in ziemlich kurzer Zeit in ernsthaften Schwierigkeiten befinden würde. Ferner sei die Tatsache zu berücksichtigen, daß Ihre Hoheit nach österreichischem Gesetz noch nicht das geschäftsfähige Alter erreicht habe, was bedeute, daß ihre geschäftlichen Berater – und er schätze sich glücklich, einer davon zu sein –

bestimmte Schritte unternehmen müßten, wenn sie das Gefühl hätten, daß sie ausgenutzt werde. Tessa dankte ihm und trat ein weiteres Aktienpaket an die Bank ab.

11

In der King Street von Newcastle upon Tyne gab Martha Hodge ein Abschiedsfest für ihre Freunde und Nachbarn. Martha wollte nach Wien fahren und dann noch ein Stück weiter. Sie war zur Hochzeit ihres Pflegesohns eingeladen, an den sich alle noch gut erinnerten. Wie ein Teufel war er auf der Straße umhergetollt, und nun hatte er sich so herausgemacht! Das Bier floß reichlich.

Martha dachte mit zwiespältigen Gefühlen an ihre Reise. Es fiel ihr schwer fortzugehen, auch wenn es nur für einige Wochen sein sollte. Aber Guy hatte gesagt, ohne sie würde er nicht heiraten. Sie wäre an den Nordpol gereist, um bei Guys Hochzeit dabeizusein – und wenn es nun ein Schloß war, würde das auch nicht allzu schlimm werden. Menschen sind Menschen, fand Martha, egal, wo.

Am nächsten Morgen kleidete sie sich besonders sorgfältig an, denn sie durfte Guy keine Schande machen: ein schlichtes Kostüm, das sie in Newcastle gekauft hatte, und um den Hals den Fuchspelz, den ihr Guy geschenkt hatte. Den Fuchs befestigte sie mit einer Diamantbrosche, weil sie wußte, daß sie Guy, was seine Geschenke betraf, immer ein bißchen enttäuscht hatte.

Als Martha es sich in der Ecke ihres Erste-Klasse-Abteils bequem gemacht hatte, öffnete sie das Medaillon, das sie um den Hals trug, und betrachtete wieder einmal das Foto von Guy. Wie gut er aussah und wie glücklich! Nerine mußte bei ihm gewesen sein, als das Foto aufgenommen wurde. Daß sie dieses schöne Geschenk vorgeschlagen hatte, machte sie schon jetzt zu Marthas Freundin.

Sie hatte sich strikt geweigert, auf der Reise begleitet zu werden, und Guy nur erlaubt, einen seiner Angestellten in London an den Bahnhof zu schicken, um sie in den Zug mit Anschluß an das Schiff zu setzen. Und dreißig Stunden später, nachdem sie die Lebensgeschichte der Dame im Schlafwagen nebenan gehört hatte, traf sie in Wien ein.

Guy kam Martha auf dem Bahnsteig entgegen. „Martha!“ Er umarmte sie und hob sie, stattlich, wie sie war, halb von den Füßen.

Beim ersten Blick auf das riesige Schloß Pfaffenstein war Martha alles andere als begeistert. Und ihre Befürchtungen hielten an, als sie durch die Prunkzimmer und die große Treppe hinaufgeführt wurde. All diese Statuen! Die vielen geschnitzten Truhen, die ständig abgestaubt werden mußten! Erst als sie durch eine alte Eichentür gingen und in den Westturm kamen, sah sie sich etwas wohlgefälliger um. Ihr gefielen die schlichten weißen Wände und die gescheuerten Steintreppen, und als Guy die Tür zu einem runden Zimmer öffnete, hellte sich ihre Miene auf, und sie sagte: „Das ist ein hübsches Zimmer."

„Ich dachte mir, daß es dir gefällt. Früher hat es der Fürstin von Pfaffenstein gehört. Sie hat sich hier wohler gefühlt als in den großartigen Zimmern im Hauptflügel, und ich dachte, daß es dir genauso gehen würde. Eine der ehemaligen Schloßbediensteten wohnt noch nebenan, eine alte Kinderfrau. Sie besorgt dir alles, was du möchtest."

Nerine wartete im blauen Salon, um Guys Pflegemutter zu begrüßen. Sie war bereits für das Abendessen gekleidet und trug ein moosgrünes Spitzenkleid. Guys Diamanten glitzerten an ihrem Hals.

Als Martha auf sie zuging, mußte sie stehenbleiben, um buchstäblich nach Luft zu schnappen. Kein Wunder, dachte sie, daß er ihr zehn Jahre nachgetrauert hat!

„Willkommen auf Pfaffenstein, Mrs. Hodge", sagte Nerine. „Ich hoffe, Sie hatten keine allzu anstrengende Reise." Sie reichte Martha die Hand, und Martha, die Nerine umarmen und küssen wollte, nahm sie und schüttelte sie.

„Aber nein, Mädchen", sagte sie beruhigend. „Die Reise war nichts. Und ich hätt sie auf Händen und Knien gemacht, um bei Guys Hochzeit dabeizusein."

Nerine blickte besorgt. Die Erscheinung dieser Frau war weniger schlimm, als Nerine befürchtet hatte. Sie war unauffällig gekleidet, und ihr Auftreten war weder unterwürfig noch frech. Aber dieser Akzent! In Österreich spielte Marthas Dialekt keine große Rolle, aber in knapp zwei Wochen trafen ihre Verwandten ein! Was würden Mama und Tante Dorothy denken, wenn sie neben einer Frau sitzen müßte, die, sobald sie den Mund aufmachte, ungebildeter wirkte als Mamas niedrigste Dienstboten?

Sie gingen zu Tisch, und Nerine akzeptierte, daß Martha links neben Guy gesetzt wurde.

Nach dem Essen, als sie im blauen Salon den Kaffee nahmen, fand Martha die Gelegenheit, auf die sie gewartet hatte. „Seit Guy mir geschrieben hat", sagte sie, „hab ich mir vorgenommen, Ihnen zu danken, daß Sie ihm gesagt haben, er solle mir das hier schicken. Über kein Geschenk hab ich mich je im Leben so gefreut." Martha nahm die

Kette mit dem Medaillon ab, um Nerine das Foto von Guy zu zeigen.

Nerine warf einen Blick auf das kleine Porträt. „Ich weiß davon nichts. Meiner Meinung nach hätte er Ihnen etwas Wertvolleres schenken können“, sagte sie.

Martha runzelte die Stirn. Wenn Nerine es nicht war, wer dann? Es war doch ein Mädchen, das ihn „beraten“ hatte. Aber wer? Und wo war sie?

Während der folgenden Tage nahm Marthas Beunruhigung zu. Guy schien sich viel Mühe zu geben, nicht mit Nerine allein zu sein, und jede Gelegenheit zu begrüßen, die ihn an seinen Schreibtisch zurückkehren ließ. Und da Nerine sie anredete, als wäre sie taubstumm, fand Martha in den großartigen Salons wenig, was sie erfreut hätte.

Aber bald entdeckte sie eine Welt, in der sie sich zu Hause fühlte. Am dritten Tag drang sie in die Küche vor und anschließend in die Backstube, die Molkerei und die Kuhställe. Hier konnte sie nur staunen und alles gutheißen. Die Leute, die dort arbeiteten, waren tüchtig, einfach und freundlich. Die Pflegemutter des englischen Herrn war ein willkommener Gast.

„Guy“, sagte Martha, „du solltest einen Korb mit Lebensmitteln zum Hilfsförster runterschicken. Die zwei ältesten Buben haben Masern, und die Frau hat sich das Handgelenk gebrochen. Und meinst du, es würde Nerine etwas ausmachen, wenn ich die alte Frau Keller besuche und ihr ein paar Trauben mitbringe? Ich habe gehört, sie soll die junge Fürstin sehr vermissen.“

„Nerine würde sich bestimmt darüber freuen. Sie selbst geht nicht ins Dorf“, antwortete Guy. „Wieso weißt du, daß die Försterkinder Masern haben oder daß Frau Keller die Fürstin vermißt? Du sprichst doch kein Wort Deutsch?“

„Ach, man braucht kein Deutsch zu können, um so was rauszukriegen“, sagte Martha und verbrachte weiterhin ihre Tage damit, die Pfaffensteiner und ihre Lebensweise kennenzulernen. In David Tremayne fand sie bald jemand, der gern bereit war, ihre Fragen zu beantworten.

„Anscheinend war die junge Fürstin ein kluges Kind. War sie auch hübsch?“

„Ich weiß nicht recht. Sie hat schöne Augen. Wenn sie in ein Zimmer kommt, ist es, als ob eine Lampe hereingebracht würde ...“

„Aber sie ist vielleicht ein bißchen hochnäsig?“

„Nein, überhaupt nicht. Sie würde einen Schmied heiraten, wenn er der Mann ist, den sie liebt“, entgegnete David voller Überzeugung.

Martha, die auf österreichische Art stricken lernte, wie sie es von

Großmutter Keller gezeigt bekommen hatte, beugte sich über ihre Nadeln. „Guy hat sie schon in Wien kennengelernt, als er die Operntruppe angeheuert hat. Da war er noch gar nicht in Pfaffenstein gewesen, nicht wahr?“ fragte sie beiläufig.

David runzelte die Stirn. „Ich glaube nicht. Aber er spricht nie darüber. Er spricht überhaupt nicht von ihr.“

„Ja“, sagte Martha. „Das ist mir auch schon aufgefallen.“

Zu Maxis Überraschung ließ Herr Rattinger vom Börsenplatz umgehend von sich hören. Der Anwalt schrieb, er habe mit der Bodenredistributionskommission in Straßburg Verbindung aufgenommen und den Anspruch des Fürsten angemeldet; zwar könne er noch nicht genau sagen, was dabei herauskommen würde, aber ein vorsichtiger Optimismus sei durchaus angebracht. Er riet dem Fürsten, das Verkaufsangebot für Spittau vorerst zurückzuziehen.

Diese Nachricht versetzte Maxi in Hochstimmung. Er fuhr nach Wien und zog das Verkaufsangebot für Spittau zurück. Anschließend ging er zu Witzlers Theater, um Tessa die gute Nachricht zu überbringen und sie zum Mittagessen einzuladen.

Tessa war überglücklich, daß er Spittau vielleicht doch nicht verkaufen mußte. Sie freute sich auch, daß er ihr offensichtlich nicht böse war, weil sie ihn abgewiesen hatte, denn er war seitdem häufig ins Theater gekommen. „Jetzt habe ich ein weniger schlechtes Gewissen, weil aus unserer Heirat nichts geworden ist“, sagte sie. „Woher hast du von dieser Straßburger Kommission erfahren?“

„Herr Farne hat mich draufgebracht. Ich habe ihn vor dem Maklerbüro getroffen, und er hat mir gesagt, was ich tun soll. Er hat Rattinger persönlich angerufen, und schon nach vierzehn Tagen hab ich Antwort bekommen. Also, Butzi, wenn du es dir anders überlegst … Ich würd mich immer noch sehr freuen. Wir hätten freilich nicht viel, aber wir hätten ein Auskommen. Wir könnten den Pater Rinaldo bitten und ein paar Leut einladen. Wenn du meinst, es könnt noch was werden aus uns zweien, sagst es mir einfach.“

„Danke, Maxi, du bist sehr lieb.“ Tessa war gerührt. „Ich weiß nicht, wie es hier weitergehen wird. Ich hab viel Geld ausgegeben, und der Bankdirektor war ziemlich ekelhaft.“

„Du sollst nur wissen, daß es einen Platz gibt, wo du hinkannst. Gehst mit mir Mittag essen?“

„Ich kann nicht. Wir haben um eins Kostümprobe, und dann kommen die Leute von der Reklame.“

„Also, wenn du nicht wegkannst“, sagte Maxi und errötete leicht, „meinst du, deine kleine Freundin würd mitkommen? Die Heidi Schlumberger?“

„Das ist eine gute Idee. Ein anständiges Essen wird ihr guttun. Sie ist in letzter Zeit so blaß.“

Eine Stunde später saß Maxi mit der kleinsten Heidi an einem Tisch unter einer herbstlich goldenen Linde im Wurschtlprater. Es war ein warmer Tag Ende September. Auch Heidi war entzückt von den guten Nachrichten, die Maxi zu berichten hatte, und nun sagte sie schüchtern, Tessa würde bestimmt ihre Meinung ändern und Herrin auf Spittau werden wollen. Und dabei sah sie Maxi voller Verehrung aus ihren großen blauen Augen an.

Maxi tätschelte ihre Hand. „Iß noch ein Scheiberl Sauerbraten“, forderte er sie auf.

Aber Heidi, die sonst immer einen guten Appetit hatte, sagte: „Nein, danke, ich kann nicht mehr. Ich möcht auch keinen Wein mehr, danke.“ Obwohl ihr leicht übel war, wollte sie die Mahlzeit nicht vorzeitig beenden. Solange sie hier in der frischen Luft saßen, war alles gut. Der Ölgeruch, der vom Karussell herüberzog, war zwar unangenehm und genauso die gelegentlichen Duftwolken aus der Krapfenbude. Kaum zu glauben, daß Krapfen bis vor kurzem ihre Leibspeise waren! Aber aus dem Park wehte eine frische Brise herüber.

Während die kleine Heidi auf den Wein in ihrem Glas blickte, dachte sie an all die zufriedenen Herren, in deren Armen sie auf das Panorama ihrer Heimatstadt geblickt hatte. Seit ihrem fünfzehnten Lebensjahr war sie nie ohne Beschützer gewesen. Aber jetzt war das alles Vergangenheit. Seit sie Maxi auf Pfaffenstein getroffen hatte, konnte sie keinem anderen mehr gefällig sein. Es war natürlich heller Wahnsinn, denn sie mußte an die Zukunft denken. Wer wird mich jetzt noch engagieren? dachte Heidi.

Inzwischen hatte Maxi den Kellner gerufen und die Rechnung bezahlt. „Jetzt fahren wir Riesenrad, was meinst?“ sagte er glücklich.

„Ja.“ Sie griff nach ihrer Handtasche.

„Du hast doch Lust, Katzerl, oder?“ fragte Maxi besorgt, als Heidi nicht so flink aufsprang wie sonst.

Aber sie nahm lächelnd seinen Arm, und dann gingen sie auf die Gondeln des Riesenrads zu, die im auffrischenden Wind bedenklich schaukelten. O heilige Theresia, laß mich nicht speien, betete die kleinste Heidi.

12

Anfang Oktober fuhr Guy nach Genf. Wenn alles gutging, würde Österreich das Darlehen erhalten, um wieder zu finanzieller Stabilität zurückzufinden, und seine Aufgabe wäre erfüllt. Danach wollte er nach Pfaffenstein zurückkommen, um die letzten Vorbereitungen für die Hochzeit zu treffen.

Während seiner Abwesenheit trafen Nerines Verwandte mit Bruder Arthur ein: Nerines Mutter – Mrs. Croft –, Onkel Edgar, Onkel Victor, Cousin Clarence und die ehrwürdige Tante Dorothy. In Kürze wurden noch weitere Verwandte erwartet, aber selbst die, die schon da waren, schienen das Schloß zu füllen. Sie sprachen sehr laut in der Annahme, Nicht-Engländer seien taub, gaben den Dienstboten Anweisungen und verlangten englische Zeitungen.

Die allgemeine Bewunderung für Pfaffenstein war Balsam für Nerines Seele. Doch die Familie hatte auch eine betrübliche Nachricht mitgebracht, die einen Wermutstropfen in ihre Freude mischte. Nur vierzehn Tage vor ihrer Abreise aus England waren Lord Henry, seine Frau und seine beiden kleinen Söhne mit dem Segelboot vor Isle of Wight gekentert und ertrunken. Mrs. Croft hatte gewartet, bis kein Zweifel mehr bestand und die Leichen der vier Opfer geborgen waren, bevor sie einen Kondolenzbrief an Lord Frith schrieb. Frith drückte in seiner Antwort natürlich seinen großen Kummer aus, aber sie war auch in anderer Hinsicht unmißverständlich. Ja, es stimmte, daß sein älterer Bruder Henry und dessen Söhne gestorben waren. Zutreffend sei auch, daß er den Titel seines Vaters erben würde und dann Duke of Aberfeldy sei. Am Schluß, berichtete Mrs. Croft, habe er sich wie immer nach Nerine erkundigt und die Hoffnung geäußert, daß sie bald von ihrem Auslandsaufenthalt zurückkehren möge.

„Hast du ihm nicht gesagt, daß du heiraten wirst?"

Nerine schüttelte den Kopf. „Ich hatte das Gefühl, ich sollte es ihm lieber erst nach der Hochzeit sagen."

Mrs. Croft wirkte ein wenig nachdenklich. Sie war mit Nerine in das Prunkschlafzimmer gegangen, um die Brautausstattung zu begutachten. Sie konnte Nerine nicht verübeln, daß sie sich für Farne entschieden hatte, aber die Nachricht von Frith war schwer zu verkraften. „Meine Tochter, die Herzogin von Aberfeldy." Wie passend das klang!

Tante Dorothy gefiel, was sie auf den ersten Blick von Pfaffenstein gesehen hatte – die livrierten Diener, die luxuriös ausgestatteten Räume –, aber abends beim Diner mußte sie einen Schock verkraften. „Ich war völlig entgeistert, Alice", sagte sie zu Nerines Mutter, als sie sich in den blauen Salon zurückgezogen hatten. „Darauf war ich wirklich nicht vorbereitet, obwohl man mit so etwas hätte rechnen können ..."

„Ich weiß", sagte Nerine, „aber Guy hat sie so gern. Er hat Mr. Tremayne nach Genf mitgenommen, und der Haushofmeister macht die Sitzordnung."

„Aber direkt mir gegenüber! Am Kopfende der Tafel!" rief Tante Dorothy. „Und dieser Akzent! Ich konnte kaum ein Wort von ihr verstehen!"

„Mir ging es genauso", sagte Onkel Edgar, der beim Abendessen rechts neben Martha gesessen hatte. „Ich muß sagen, Nerine, ich finde es höchst unklug von Guy, sie dir auf diese Weise aufzudrängen. Natürlich erwartet niemand von ihm, daß er sie vergißt. Man sollte Geld schicken, einen Korb mit Fressalien zu Weihnachten."

„Ja, ich verstehe, was du meinst. Aber wenn man es wagt, sie zu kritisieren, wird Guy wütend."

„Du brauchst sie nicht zu kritisieren, Liebes. Das wäre ganz falsch. Wir müssen ihr nur zu verstehen geben, ganz ohne Groll, daß es für alle das beste wäre, wenn –"

Dorothy verstummte, als eine rundliche, unscheinbare Gestalt im Türrahmen erschien. Martha sagte „Guten Abend" in eine schweigende Runde, ging zu einem Sessel am Fenster und holte den Strumpf hervor, den sie nun mit dem Faden über dem linken Zeigefinger strickte. „Ein schöner Abend ist das heute", sagte sie heiter. „Ich hab noch nie so schöne Sterne gesehen wie hier. Bei uns sieht man nicht viel davon, bei dem ganzen Dreck, den die Schornsteine in die Luft pusten."

Niemand antwortete, und Martha hob den Kopf. Der freundliche Ausdruck auf ihrem Gesicht verschwand, und sie beugte sich wieder über ihr Strickzeug. Eine Stunde später sagte sie „Gute Nacht" und ging auf ihr Zimmer. Den ganzen Abend lang hatte niemand ein Wort an sie gerichtet.

In den darauffolgenden Tagen ließen sich die Crofts, angeführt von Tante Dorothy, keine Gelegenheit entgehen, um Martha zu brüskieren. Sie verstummten, sobald sie das Zimmer betrat, hoben die Augenbrauen, wenn sie sich zu ihnen an den Tisch setzte, und belächelten mitleidig ihre fröhlichen Berichte von den Ereignissen im Dorf.

Nerine befand sich in einem Dilemma, denn sie hatte bei Martha ein unverhofftes Talent entdeckt. Vor drei Tagen, als sie nach ihrer Nachmittagsruhe über den Hof kam, traf sie Martha, die von einem Nachmittag bei der Frau des Dorfgastwirts zurückkehrte. Martha hatte ihre zukünftige Schwiegertochter bei dieser Begegnung mit einem unwillkürlichen Kopfschütteln begrüßt.

„Was ist los?" fragte Nerine ungehalten.

„Na ja, Mädchen", sagte Martha, „es ist dieser Schalknoten. Der Anzug ist schick, und das weiche Grau steht dir, aber der Ausschnitt mit diesem Knüddel in der Mitte ... Wie wär's, wenn du ihn offen trägst, so 'n büschen lässig ..."

„Ja", sagte Nerine. „Das hat mich auch etwas gestört. Komm mit nach oben."

Es folgten lange Sitzungen in Nerines Schlafzimmer. Gemeinsam brüteten sie über Modeheften, suchten Borten und Bänder aus und grübelten über Hüten. Martha hatte einen sicheren Geschmack, ihre Freundlichkeit war unerschöpflich, und sie scheute sich nicht, ihre Meinung zu sagen. Nerine hörte sich interessiert alle Vorschläge an und dachte, wie einfach alles sein könnte, wenn Martha zum Personal gehörte.

Für Martha, die die Brüskierungen, denen sie in den Salons ausgesetzt war, mit sanfter Würde ertrug, waren diese Stunden in Nerines Boudoir schwer zu ertragen. Sie begriff, daß Nerines Gier und Egozentrik Eigenschaften waren, wie man sie auch bei Künstlern oder Komponisten fand, die alles und jeden für ihr Talent opfern. Nerines Talent war bloß ihre Schönheit. Und Martha erkannte auch Guys Verhängnis, weil diese Frau nichts Schlechtes oder Bösartiges an sich hatte, was Guy abgestoßen und befreit hätte.

ÜBER Witzlers Opernkompanie war die endgültige Katastrophe hereingebrochen. Die Besitzer des Theaters hatten Jakob ein Ultimatum gestellt. Wegen seines angeschlagenen Rufs in der Geschäftswelt waren sie nur dann zu einer Verlängerung des Mietvertrags bereit – inklusive einer beträchtlichen Mieterhöhung, versteht sich –, wenn Herr Witzler eine Vorauszahlung für sechs Monate hinterlegen konnte. Andernfalls würden sie das Theater Herrn Kitzbichler anbieten. Tessa hatte darauf bestanden, die Vorauszahlung zu übernehmen, aber dieser Scheck war vor drei Tagen zurückgekommen mit dem Vermerk, daß der Kredit Ihrer Hoheit bei der Bank von Österreich erschöpft war.

Zwei schwarzgekleidete Herren erschienen in Witzlers Büro. Sie wiesen sich als die amtlichen Vertreter der Fürstin von Pfaffenstein aus und informierten Jakob, wenn er weiterhin versuche, Geld von Ihrer Hoheit zu erhalten, müsse er mit einer Anklage wegen Nötigung einer Minderjährigen rechnen. Jakobs Gläubiger traten an, und die Besitzer des Theaters schrieben, daß er das Haus am 21. Oktober zu räumen habe – dem

Tag, an dem „Frikassee“ Premiere haben sollte. Nun hatte sich die Truppe auf der Bühne versammelt.

„Kopf hoch, Hoheit“, sagte ein Bühnenarbeiter und drückte Tessa aufmunternd die Schulter. „Es ist nicht *Ihr* Fehler. Sie waren einmalig!“

Aber Tessa, die wie ein Häufchen Elend auf einem Gepäckwagen saß, war nicht zu trösten. Sie kochte vor Wut und Enttäuschung. Wenn sie doch nur volljährig, nur ein Jahr älter gewesen wäre, dann hätte sie die Rechtsanwälte zum Teufel geschickt. Aber so hatte sie ihre Freunde im Stich gelassen.

Es war ein niederschmetternder Schlag für alle. Trotzdem hatten sie im Augenblick alle nur eines im Sinn: Sie wollten Tessa trösten. „Wir werden Ihr Opfer nie vergessen!“ erklärte die Rheintochter, die wußte, wovon sie sprach, denn ihre Perlen lagen im Pfandhaus.

In diesem Augenblick erschien Klasky mit wirrem Haar und erhitztem Gesicht aus der linken Kulisse. Er steuerte auf Tessa zu. „Hier“, sagte er. Es klang, als hätte dieses Wort einer ungeheuren Kraftanstrengung bedurft. „Das ist für Sie.“ Er drückte Tessa eine kleine schwarze Schachtel in die Hand. „Ich will, daß Sie es nehmen. Ich möchte damit meine Dankbarkeit ausdrücken für das, was Sie zu tun versucht haben. Er gehört Ihnen.“

Alle versammelten sich um Tessa und Klasky, denn mit dieser Geste, die aus Klaskys innerstem Wesen kam, hatte der Komponist zum Ausdruck gebracht, was sie alle empfanden. Und so blickte Tessa an ihrem letzten Tag als Witzlers zweite Garderobiere auf einen kleinen, abgenutzten und mehr als jedes Juwel des Abendlands geschätzten Gegenstand in ihrer Hand. Es war der Westenknopf von Ludwig van Beethoven.

GUY UND seine Begleitung trafen an einem nebligen Nachmittag Mitte Oktober in Wien ein. Seine Arbeit in Genf war erfolgreich beendet. Erleichtert, alles hinter sich zu haben, stieg er aus dem Zug. „Holen Sie rasch das Gepäck!“ befahl er David. „Soviel ich weiß, geht um drei Uhr ein Zug mit Anschluß nach Pfaffenstein. Ich besorge eine Zeitung.“

David war nach wenigen Minuten zurück. „Ich habe ein Erste-Klasse-Abteil reserviert. Die Koffer sind schon drin. Der Zug geht in zehn Minuten.“

Er erhielt keine Antwort. Guy las einen Artikel in der *Wiener Presse*. Sein Gesicht wurde immer finsterer. „Holen Sie das Gepäck aus dem Zug“, sagte er. „Bringen Sie es ins Sacher, und warten Sie dort auf mich. Das gleiche gilt für Thisbe.“

David bekam die Zeitung in die Hand gedrückt und las: WITZLERS

THEATER SCHLIESST DIE PFORTEN. ADELIGE MÄZENATIN BANKROTT. MEINE OPER HÄTTE DIE WELT BEREICHERT, SAGT KLASKY.

O Gott! dachte David. Er blickte auf, aber Guy war bereits in der Menge verschwunden.

JAKOB saß in seinem Büro und räumte seinen Schreibtisch aus. Die Rheintochter warf schniefend alte Programmhefte in den Papierkorb. Bubi hockte in einem Nest aus alten Zeitungsausschnitten und spielte Maus. Draußen flatterten die Plakate mit dem quer darüber geklebten ABGESAGT im Wind. Die roten Plüschsitze im Zuschauerraum waren mit Planen abgedeckt.

In diese düstere Umgebung platzte ein Energie und Kraft ausstrahlender Guy Farne und riß Jakob zu einem Freudenschrei hin. „Herr Farne! Kommen Sie herein! Einen Stuhl für Herrn Farne, Liebchen!" rief er und fegte einen Stapel Notenblätter von einem Hocker.

Seine ganze Niedergeschlagenheit war dahin. Farne hatte von ihrem Pech erfahren. Dieser große Musikliebhaber war gekommen, um die sechs Monate Miete zu bezahlen. Sie waren gerettet!

Die Illusion dauerte genau bis zu Farnes ersten Worten. „Wenn Sie glauben, ich würde mich zu Ihnen setzen", sagte Guy, „sind Sie ein noch größerer Narr als der, für den ich Sie bereits halte. Sie sollten in der Hölle braten für das, was Sie Tessa angetan haben."

„Sie hatte es freiwillig angeboten. Ich habe versucht, mich zu weigern, aber –"

„Wenn Sie sich ruinieren, ist das Ihre Sache, aber ein zwanzigjähriges Mädchen in den Bankrott zu treiben steht auf einem anderen Blatt. Es wäre mir ein Vergnügen, Sie im Gefängnis zu sehen."

„Herr Farne, eine minimale Summe könnte uns retten. Klaskys Oper ist ein Meisterwerk –"

„Klaskys Oper interessiert mich nicht. Ich suche Tessa. Wo ist sie?"

„Sie ist nicht im Theater", sagte Jakob. „Sie kam heute morgen, um nachzusehen, ob sie noch etwas helfen könnte, aber dann wollte sie eine unserer Tänzerinnen besuchen, Heidi Schlumberger, der es nicht gutgeht."

„Geben Sie mir ihre Adresse."

„Friedhofgasse fünfzehn, vierter Stock. Es ist in der Nähe des Zentralfriedhofs." Jakob versuchte es noch einmal. „Herr Farne, wir haben für Sie eine wundervolle ‚Zauberflöte' gespielt. Leihen Sie mir doch –"

Guy war bereits an der Tür, drehte sich aber noch einmal um. „Wenn

Sie es wagen, sich noch einmal an mich zu wenden, werfe ich Sie eigenhändig die Treppe hinunter!"

Er wurde von lautem Schluchzen unterbrochen. Bubis friedliches Dasein als Maus war durch die zornigen Stimmen von oberhalb des Schreibtischs zunehmend gestört worden. Es waren Stimmen von Leuten, die böse auf Papa waren und Mama zum Weinen brachten. Er wußte alles über solche Leute. Sie trugen dunkle Anzüge und kamen ins Haus, um Sachen wegzunehmen. Sein zerzauster Lockenkopf kam unter dem Schreibtisch hervor. „Gerichtsvollzieher!" rief er.

Auch das noch! dachte Guy. Ein kleines Kind zu erschrecken war nicht seine Absicht gewesen. Er hob Bubi hoch und setzte ihn auf den Schreibtisch. „Ich bin kein Gerichtsvollzieher", sagte er. „Greif in meine Tasche."

Bubis Patschhand verschwand und kam wieder zum Vorschein mit einem höchst wunderbaren Ding: einem goldenen Fisch mit glänzenden schwarzen Augen. „Fisch?" fragte Bubi mit sehnsüchtigem Blick.

„Ja, ein Delphin. Drück auf den Schwanz."

Bubi drückte, und aus dem Maul des Wunderwesens schnellte eine stählerne Zunge hervor. „Gibst du ihn mir?"

„Ja", sagte Guy. Er überließ Bubi ohne das geringste Bedauern den Zigarrenstecher aus Gold und Onyx, den ihm der Präsident von Brasilien geschenkt hatte, und ging.

Er fand mühelos die Friedhofgasse, aber der Anblick der Tanten erschreckte ihn. Sie sahen eingefallen und krank aus. Und Tessa war nicht da.

„Sie war ein bißchen aufgeregt", sagte die Markgräfin. „Es hat wohl ein paar Probleme beim Theater gegeben. Sie ist ganz unverhofft heimgekommen und –"

„Wir nehmen an, daß sie auf den Friedhof gegangen ist", sagte die Herzogin und wies mit dem Kopf in die Richtung des großen Friedhofs, der sich vor ihren Fenstern erstreckte.

Die Höflichkeit verlangte es, daß Guy mit den alten Damen ein wenig Konversation machte. So kam es, daß er erst eine Viertelstunde später den Friedhof betrat. Er ging rasch. Grabsteine aus schwarzem Marmor und Granit, Urnen und trauernde Engel säumten seinen Weg. Fast am Ende des großen Friedhofs sah er die kleine wohlbekannte Gestalt auf einer Bank sitzen. Während er auf sie zuging, bemerkte er, daß sein Herz schneller schlug. Sie hörte das Knirschen seiner Schritte, blickte auf und sah ihn, und plötzlich war sie wie verwandelt. Alles an ihr – die Augen, der Mund – drückte Freude aus.

„Ich habe in der Zeitung gelesen, was passiert ist", sagte Guy. „Ist es wahr, daß das ganze Geld von Pfaffenstein dahin ist?"

„Nicht *alles*... Ich bin eben noch nicht volljährig, und deshalb hat man mir mit allem möglichen gedroht. Sie wissen ja, wie Anwälte sind."

„Tessa, lassen Sie mich Ihnen helfen."

Sie schüttelte den Kopf, und das Strahlen auf ihrem Gesicht erlosch.

„Sie waren verrückt, so etwas zu tun", sagte er.

„Sie haben es auf Pfaffenstein auch getan."

„Ich habe wesentlich mehr Geld als Sie. Und wenn ich Witzler fest engagiert hätte, hätte ich ihn an die Kandare genommen. Ich hatte daran gedacht, Pfaffenstein in Ihrem Sinn zu nutzen. Ich wollte, daß es der Musik dient. Ich konnte mir nicht vorstellen, daß Nerine und ich mehr als einen kleinen Teil des Schlosses bewohnen würden. Außerdem zwingt mich meine Arbeit, viel unterwegs zu sein. Aber als ich entdeckte, daß sich Nerine aus Musik nichts macht, gab ich diesen Plan auf. Tessa, so lass' mich doch helfen. Es würde mich doch praktisch gar nichts kosten, dir deine Auslagen zu erstatten."

Sie lächelte ihn dankbar an für das „Du", aber sie sagte: „Nein", und es klang endgültig. „Ich muß es selbst tun, Guy. Es ist nicht nur die verpfuschte Sache mit dem Theater – es sind auch die Tanten. Ich habe entdeckt, daß sie praktisch hungern, um ja nichts von dem Geld auszugeben, das ich ihnen überschrieben habe. Ich muß irgendwie eine Lösung finden." Tessa erkundigte sich wie beiläufig, wann die Hochzeit sein würde.

„Am 14. November."

„Oh, so bald? Ich habe die Lilie nicht vergessen. Ich werde mich darum kümmern, daß Nerine sie bekommt."

„Das ist nicht nötig. Nerine hat genug Juwelen."

„Die Lilie ist etwas Besonderes. Sie ist so unglaublich alt. Ist deine Pflegemutter schon auf Pfaffenstein?"

„Ja." Guy lächelte. „Sie macht begeistert Bekanntschaft mit den Pfaffensteinern. Großmutter Keller hat ihr beigebracht, wie man bei euch Socken strickt."

„Oh, das freut mich! Und Nerine wird natürlich –"

„Nerine geht nicht ins Dorf", sagte Guy dumpf. „Sie hat Angst, sich anzustecken. Ein paar Kinder hatten Masern. Es wäre besser gewesen", fuhr er verbittert fort, „wenn ich mir drei Tage Zeit genommen hätte, um Nerine kennenzulernen, statt ihr ein Schloß zu kaufen. Ich war in die Vergangenheit verliebt. Aber Nerine trifft keine Schuld. Sie ist, was sie immer war – ein schönes Kind. Ich habe sie mir anders zurechtphantasiert. Und deshalb", schloß er resigniert, „kann ich sie jetzt nicht abweisen."

Tessa senkte den Kopf. Solange sie geglaubt hatte, Guy sei vernarrt in Nerine, konnte sie hoffen, daß er vielleicht aufwachen würde. Aber er war bereits aufgewacht und wollte trotzdem sein Wort halten. Und damit war alle Hoffnung dahin.

Sie standen beieinander, sehr nah, doch ohne sich zu berühren. „Guy, als ich in die Ahnengalerie in Pfaffenstein kam, damals, als die Tanten dir die Geschichte von der Lilie erzählten..., da hat Nerine gefragt, wann du geboren wurdest, und du hast gesagt, du wüßtest es nicht. Aber es war im Juni, nicht wahr? Bist du ein Zwilling?"

„Ja."

Sie seufzte. „Ich wußte es", sagte sie.

Es wurde dunkel, und die schmale Mondsichel stieg hinter den Bäumen auf. „Ich muß gehen", sagte Tessa. „Die Tanten werden sich Sorgen machen. Guy, ich weiß nicht, ob wir uns wiedersehen werden, aber wenn ich nichts anderes für dich sein kann ..., könnte ich dann vielleicht deine Sternenschwester sein? Könnte ich wenigstens das für dich sein?"

Alles in Guy sträubte sich gegen die romantische Idee. Er wollte sie nicht als Stern am Himmel, sondern hier und jetzt als lebendiges Wesen. Doch er nahm sich zusammen. „Ja", sagte er. „Du kannst meine Sternenschwester sein."

Sie ging mit leichten Schritten davon.

„Haben Sie sie gefunden, Sir?" fragte David, als Guy ins Sacher kam.

„Ja, aber sie wollte sich nicht helfen lassen. Gott weiß, was aus ihr werden wird. Es sei denn –" Aber das war mehr, als er ertragen konnte. Er sah David scharf an. „David", sagte er, „sind Sie...?"

David errötete. „Nein, Sir. Ich hätte sie nicht einmal gefragt. Sie hatte immer nur Augen für Sie."

AM NÄCHSTEN Abend traf Guy in Pfaffenstein ein. Er fand Nerine in Gesellschaft ihrer Verwandten beim Abendessen im spanischen Eßzimmer. Obwohl es nur eine kleine Runde war, wurde stilvoll diniert. Das Licht der in zwei Reihen aufgestellten Kandelaber erhellte den Raum. Ein großer silberner Tafelaufsatz, der zwei kämpfende Reiter darstellte, zierte die Mitte des aufwendig gedeckten Tischs.

„Guy, Liebster! Wir haben dich nicht erwartet!" Nerine war ganz in Weiß gekleidet, und eine Locke umschmeichelte ihren Hals. „Darf ich dir meine Familie vorstellen? Dies ist meine Tante Dorothy. Mutter kennst du natürlich, und hier sind Onkel Victor, Onkel Edgar, mein Cousin Clarence..."

Guy verneigte sich formvollendet und reichte jedem die Hand. „Wo ist

Martha?“ fragte er. Alle schwiegen. „Ist sie krank?“erkundigte sich Guy in schärferem Ton. „Ist etwas passiert?“

„Nein, nichts dergleichen. Guy, du mußt halb verhungert sein.“

Nerine winkte einem Diener. „Hans, bitte noch ein Gedeck.“

„Ich habe dich etwas gefragt, Nerine. Wo ist Martha?“

Tante Dorothy antwortete ihm. „Mrs. Hodge speist in einem anderen Raum. Man hatte allgemein das Gefühl, daß ihr das lieber ist.“

„Wo?“

„Dort, wo es sie aufgrund ihrer Stellung in der Gesellschaft natürlicherweise hinzieht“, sagte Tante Dorothy, „und wo sie sich am wohlsten fühlt.“

„Und wo ist das?“

„In der Küche, Guy.“ Nerine sah ihn flehend an. „Sie hat sich mit dem Personal angefreundet, und – Guy! Nicht!“

Guy hatte sich vorgebeugt und den großen silbernen Tafelaufsatz mit den sich bäumenden Pferden an den Griffen gepackt. Er hob ihn hoch und hielt ihn ein paar Sekunden lang über seinem Kopf, bevor er ihn mit voller Wucht gegen das Fenster schleuderte. „Ich dachte mir, es wäre dir lieber, wenn ich mich nicht an dir vergreife“, sagte er zu Nerine und verließ den Raum.

Wenige Minuten später betrat er die Küche. Am Tisch saßen fröhlich schmausende Männer mit weißen Mützen und apfelbackige Mädchen in weißen Schürzen, und es wurde gelacht. Und dort, wo offensichtlich der Ehrenplatz war, zwischen dem Küchenchef Rudi und dem alten Otto, der für den Weinkeller zuständig war, saß Martha Hodge. Guy sah Schmerz und Kummer in ihren sanften Augen.

„Ich will den Haushofmeister sehen“, verlangte er schroff.

„Jawohl, gnädiger Herr.“ Rudi eilte durch die gewölbte Tür und erschien kurz darauf mit dem ranghöchsten Hausdiener.

„Wer hat angeordnet, daß Frau Hodge mit den Dienstboten essen soll?“ fragte Guy.

„Die Anordnung kam von Frau Hurlingham, gnädiger Herr.“

„Danke. Sie können gehen.“

Wie erstarrt wartete die Dienerschaft auf weitere Explosionen. Aber Guy lächelte und sagte, an den Küchenchef gewandt: „Sie werden ein bißchen rücken müssen, Rudi. Ich werde heute hier essen.“

In dieser Nacht schlief Guy nur wenig, denn es waren einige Entscheidungen zu treffen. Bis jetzt hatte seine Ritterlichkeit Nerine gegolten, weil er sich verpflichtet fühlte, sie vor den Folgen seiner Desillusionierung zu schützen. Doch nun mußte er Martha vor Nerine schützen.

Er begriff nicht, daß Martha durch Nerine nicht zu verletzen war und daß ihr die Verbannung in die Küche gar nichts ausmachte. Er hatte nur ihre traurigen Augen gesehen, aber nicht erkannt, daß sie um ihn litt, weil er unglücklich war. Und deshalb beschloß er zu handeln. Aber wie?

Eine Uhr schlug zwei, und er saß immer noch grübelnd in einem schweren, geschnitzten Sessel. Das Bild von Witzlers kleinem Jungen, der mit tränenverschmiertem Gesicht unter dem Schreibtisch seines Vaters hervorgekrochen war, tauchte vor ihm auf. Natürlich! Er nahm Notizblock und Bleistift zur Hand und kritzelte einige Zeilen. Zehn Minuten später lag er im Bett und schlief.

Um halb sieben weckte er David. „Fahren Sie nach Wien zu Witzler", befahl er. „Sagen Sie ihm, ich möchte ihn morgen nachmittag um drei Uhr mit seinen sämtlichen Bühnenarbeitern und Technikern im Theater sehen. Nicht die Sänger. Lassen Sie zu keinem etwas verlauten, und warten Sie dort auf mich."

Nerine graute davor, Guy beim Frühstück zu begegnen, aber er war freundlich und erwähnte die Ereignisse vom Vorabend mit keinem Wort. Sie entschuldigte sich und versprach, für Martha wieder im Eßzimmer decken zu lassen – was ihr um so leichter fiel, als Guys Pflegemutter klar zu verstehen gegeben hatte, daß sie sofort nach der Hochzeit nach Newcastle zurückkehren und dort bleiben wolle.

„Das ist schon in Ordnung, Nerine." Obwohl Guy offensichtlich bereit war, ihr zu vergeben, wirkte er geistesabwesend. „Hör zu, ich habe heute morgen schlechte Nachrichten erhalten. Anscheinend gibt es Probleme mit einigen Investitionen, die ich getätigt habe. Ich muß für einige Tage verreisen, um mich um die Sache zu kümmern. Hör nicht auf die Gerüchte. Hab Vertrauen, ja?"

Zur Mittagszeit war er bereits fort. Er war mit Morgan gefahren und hatte nur Thisbe zurückgelassen, die sich in Pfaffenstein um alles kümmern sollte. Und dann ließ er mehrere Tage nichts von sich hören.

„Was ist *das* denn?" fragte Tante Tilda entsetzt.

Tessa sah sie gekränkt an. „Das ist mein Hochzeitskleid."

„Theresa, du gehst zu deiner Hochzeit, nicht zu einer Beerdigung", sagte Tante Augustine, die vor einem Fenster von Spittaus Prunkschlafzimmer stand. „Wo hast du dieses Kleid nur her?"

„Aus dem Fundus." Tessas kleiner Kopf tauchte aus den Tiefen eines riesigen und leicht staubigen Gewandes auf. „Herr Witzler sagte, ich könnte nehmen, was ich wollte. Es ist aus ‚Lucia di Lammermoor' und nicht mit Blut befleckt. Blutbefleckt ist nur das Nachthemd. Ihr wißt doch, erst nach der Hochzeit ermordet sie Arturo. Ich werde es kürzer machen."

„Tessa, bitte, laß uns ein anständiges Kleid kaufen."

„Nein", widersprach Tessa. „Es ist schlimm genug, daß ich ohne Mitgift zu Maxi komme. Ich will nicht noch mehr Geld ausgeben. Es wird sehr schön aussehen. Heidi wird gleich hiersein, um mir das Kleid abzustecken."

Die Nachricht, daß Maxi der glücklichste Mann der Welt werden sollte, hatte ihn brieflich in der letzten Oktoberwoche erreicht. Tessa hatte ihm ohne Umschweife mitgeteilt, sofern er noch wollte, würde sie ihn jetzt heiraten, in aller Stille und mit sowenig Verwandtschaft wie möglich. Wenn er, wie er gesagt hatte, Pater Rinaldo bitten wollte, die Trauung zu vollziehen, wäre sie sehr dankbar. Und sie würde Heidi Schlumberger als Brautjungfer mitbringen.

Als Heidi von ihrer ehrenvollen Aufgabe erfuhr, war sie verzweifelt. „Nein, bitte, Tessa – nicht ich!" rief sie. „Ich weiß nicht, wie man sich unter all den feinen Leuten benimmt. Es wird doch jemand anders geben, den du bitten kannst, Brautjungfer zu sein."

„Aber ich will dich, Heidi, jemand, der mir vertraut ist, der mich an die schöne Zeit hier in Wien erinnert. Ich will, daß du mit mir nach Spittau fährst und bis zur Hochzeit bleibst. Die Landluft wird dir guttun."

Daß sich Heidi dem eisernen Willen der Fürstin von Pfaffenstein beugen mußte, war unvermeidlich, aber in einer Sache blieb sie standhaft. Sie würde als Brautjungfer auf keinen Fall eines der Sylphidenkostüme tragen – nicht nur, weil es ihr nicht mehr paßte, sondern auch, weil sie anständig angezogen sein wollte, wenn sie schon zu dieser Hochzeit gehen mußte. Also war sie geschwind zu ihrer Mutter nach Simmering gefahren, die eine gelernte Schneiderin war, und einen Tag später mit einem reizenden und keuschen dreiviertellangen Kleid zurückgekommen.

Tessas Entscheidung, Maxi zu heiraten, stand an dem Morgen fest, der auf den Abschied von Guy auf dem Friedhof folgte. Wenn sie Maxi heiratete, würde sie die Tanten von der Wiener Stadtwohnung erlösen, denn sie würden bei ihr in Spittau leben. Spittau war zwar nicht das geliebte Pfaffenstein, aber es war auf dem Land und eine ihnen vertraute Umgebung. Es würde Personal geben und genug zu essen. Und sie könnte auch Heidi helfen, die so blaß aussah. Und Bubi könnte kommen. Die Vorteile einer Ehe mit Maxi waren zahlreich.

Sie setzte ihren Entschluß so rasch in die Tat um, daß sie bereits eine Woche nach ihrem Brief an Maxi mit den Tanten, ihrer Brautjungfer und dem Mops in Spittau eintraf.

Heidi war tief beeindruckt, als sie das Wasserschloß zum erstenmal sah. „Oh!" hauchte sie. „Wie wunderschön! Und so melancholisch!"

In der Eingangshalle von Spittau standen die Diener ihrem Rang entsprechend aufgereiht, um die neue Herrin zu begrüßen. Aber das schmerzliche Bedauern, das Tessa überkam, als sie sich wieder mit all dem Pomp und Protokoll konfrontiert sah, war schnell unterdrückt. Sie lächelte strahlend und hielt die kleine Ansprache, die man von ihr erwartete.

In den folgenden Tagen besuchte Tessa die Pächter, von denen sie viele noch aus Kindertagen kannte, hörte sich ihre Sorgen an und beschloß, daß zumindest ein Teil von Maxis Entschädigung ihnen zugute kommen sollte. Sie verbrachte viele Stunden in den Zwingern und ließ neben den neuen Pointerwelpen aufgeblasene Papiertüten knallen, damit sie später nicht schußscheu sein würden.

Maxi war in jeder Hinsicht liebenswürdig und aufmerksam. Das einzige, was sie an ihm auszusetzen hatte, war, wie er Heidi behandelte. „Warum kannst du nicht nett zu ihr sein, Maxi?" fragte Tessa. „In Wien warst du froh, wenn sie mit dir zum Essen oder ins Kino gegangen ist, weil ich keine Zeit hatte, aber hier sprichst du kaum ein Wort mit ihr. Du weißt, daß ich so etwas nicht mag. Und dabei ist sie so süß."

„Ja, sie ist süß, aber sie geht mir genauso aus dem Weg. Laß mich einfach in Ruh damit", sagte Maxi.

Die ersten Gäste trafen ein. Der Geiz der Schwanenprinzessin, gepaart mit Tessas Wunsch nach einer kleinen Hochzeit, sorgte dafür, daß sich die Zahl der Gäste auf ein Minimum beschränkte.

Knapp eine Woche vor der Hochzeitsfeier hörte Tessa ein dumpfes Geräusch, als sie an Heidis Schlafzimmer vorüberkam. Sie klopfte an, trat ein und fand Heidi zusammengerollt auf dem Himmelbett liegen. Tränen liefen ihr über das Gesicht.

„Heidi! Was ist los?" fragte Tessa besorgt. „Was hast du? Du hast wieder das Mittagessen geschwänzt. Heidi, bitte laß mich den Doktor holen. Das geht jetzt schon zu lange so mit dir."

„Nein!" Heidi richtete sich auf. „Tessa, ich will auf keinen Fall einen Doktor. Mit mir ist alles in Ordnung. Es sind nur die ersten Monate. Mir wird's bald wieder bessergehen. Bei meiner Schwester war es genauso."

„O mein Gott! Wie konnte ich nur so blind sein! Heidi, warum hast du es mir nicht gleich gesagt? Du weißt, ich hätte dir geholfen."

„Da gibt es nichts zu helfen. Es ist alles in Ordnung. Meine Mutter ist sehr lieb. Sie wird mich nicht aus dem Haus jagen."

„Aber, Heidi, was ist mit dem Vater? Ich meine, weiß er es denn? Er wird doch bestimmt helfen wollen. Oder dich heiraten? Oder ist er schon verheiratet?“

„Nein.“ Heidi wandte sich ab, damit Tessa nicht sah, wie sie errötete. Aber Tessa hatte es doch gesehen.

„Ich glaube wirklich, daß bei mir etwas nicht stimmt“, sagte Tessa nachdenklich. „Vielleicht hängt es damit zusammen, daß ich so komisch erzogen wurde. Ich habe mich dauernd gewundert, warum Maxi dir aus dem Weg geht. Weiß er nichts von dem Baby?“

„Nein. Und er darf es auch nicht wissen. Niemals! Versprich es mir. Nach der Hochzeit gehe ich fort, und ihr werdet mich nie wiedersehen.“

„Jaja, die Hochzeit.“ Tessa streichelte Heidis zerzauste Locken. Ihre Augen blickten so heiter wie schon lange nicht mehr.

„Oh, du liebst ihn wirklich! Ich habe gedacht, du würdest ihn nicht richtig liebhaben, aber jetzt sehe ich, du freust dich richtig auf die Hochzeit, nicht?“ sagte Heidi und drückte Tessas Hand. Wenn Tessa glücklich war, konnte die kleine Heidi alles ertragen.

Tessa küßte ihre Freundin auf die Wange. „Ja“, sagte sie fröhlich. „Ich freue mich sehr auf die Hochzeit.“

NACH Guys Abreise ging das Leben auf Pfaffenstein zwei Tage lang weiter wie gewohnt. Pakete mit Hochzeitsgeschenken trafen ein, Mahlzeiten wurden serviert. Am dritten Tag wurden unerklärlicherweise die Diener abgezogen, ebenso der Pförtner und die Hausmädchen.

Eine abgehetzte Thisbe Purse versuchte der Verlobten ihres Chefs die neue Lage zu erklären. „Diese Maßnahmen wurden von Mr. Farne angeordnet, Mrs. Hurlingham. Es tut mir sehr leid. Nur das Stammpersonal soll bleiben. Ich fürchte, es hat Probleme gegeben.“

Am nächsten Tag hielten drei Möbelwagen im Schloßhof, und Männer in braunen Arbeitsanzügen kamen, ohne zu fragen, ins Schloß. Sie deuteten auf Vasen, hoben silberne Leuchter hoch und platzten in den blauen Salon, wo Nerine mit ihrer Familie saß.

„Entschuldigen Sie die Störung, aber wir sind angewiesen, das Inventar dieses Hauses mitzunehmen.“ Der Mann, der dies sagte, war eindeutig der Chef des Unternehmens – ein großer Bursche mit gelblicher Hautfarbe und einem theatralisch gezwirbelten Schnurrbart.

„Was soll das heißen? Wie können Sie es wagen, hier einzudringen?“ Nerine trat ihm empört entgegen.

„Wir tun nur unsere Pflicht, gnädige Frau. Herr Farne muß seine Schulden zahlen. Hier ist unsere Vollmacht.“ Er hielt Nerine ein mit viel rotem Siegellack versehenes Papier vor die Nase. „Ihr drei fangt hier oben an“, sagte er zu seinen Untergebenen, „die anderen zwei in der Eingangshalle. Die Marmorstatuen sind leider festes Inventar, aber alles andere nehmen wir mit.“

„Nein!“ Nerine war kreidebleich geworden.

Doch ungeachtet ihrer Verzweiflung machten sich die Männer an die Arbeit. Stricke wurden aus den Möbelwagen geholt, Holzwolle und Kisten. Mit unglaublicher Schnelligkeit nahmen sie Bilder von den Wänden, trugen Sessel, Tische, Uhren hinaus und begannen den Aubussonteppich aufzurollen.

Nur Martha blieb gelassen. *„Aye,* Mädchen, du mußt dich nicht so aufregen“, sagte sie. „Auch wenn Guy in Schwierigkeiten steckt – er kommt wieder raus. Du hältst zu ihm, und dann wird alles gut.“

Nerine starrte Martha wütend an. „Sie verstehen nicht! Ich *kann* einfach nicht arm sein – ich *darf* es nicht. O Gott, was soll ich tun?“

Nur einer von den Mitarbeitern des Gerichtsvollziehers schien ein gewisses Mitleid mit der schönen Witwe zu haben – ein kleiner, dicklicher Mann. „Sie sollten auf Ihr persönliches Eigentum achten, gnädige Frau“, flüsterte er, als er mit einem Armvoll Petit-Point-Kissen an ihr vorüberging. „Schmuck und dergleichen. Wenn eine Verlobung besteht, sind Ihre Sachen nach österreichischem Gesetz ebenfalls pfändbar.“

„O mein Gott!“ Nerine war völlig außer sich. Ihre Juwelen! Die Diamanten, die Guy ihr geschenkt hatte, die Perlen, die Pelze! Sie lief aus dem Zimmer.

13

Tessa hatte das Abteil für sich allein, und als der Zug in Spittau abfuhr, zog sie aus der Tasche ihres Lodenmantels das alte Lederetui, um seinen Inhalt noch einmal zu betrachten. Die Lilie von Pfaffenstein war wirklich mit keinem anderen Schmuckstück zu vergleichen. Das gehämmerte Silber war dunkel, trotzdem wirkten die Blütenblätter und der elegant geschwungene Stiel majestätisch. Dies also war das letzte Stück aus ihrem Elternhaus, das sie aus der Hand gab. Sie brachte die Lilie nach Pfaffenstein, um sie Martha Hodge zu übergeben. Sie würde nicht aussteigen. Martha hatte versprochen, auf dem Bahnsteig zu warten. Tessa würde sich nur aus dem Zugfenster beugen, ihr Erbstück übergeben und nach Wien weiterfahren.

Als der Zug in den Bahnhof von Pfaffenstein einrollte, ließ Tessa das Fenster herunter und beugte sich mit dem Etui in der Hand gespannt aus dem Fenster. Niemand war auf dem Bahnsteig. Auch Anton, der Stationsvorsteher, war nicht zu sehen, der fast immer herauskam, um mit dem Lokomotivführer ein paar Worte zu wechseln.

Zögernd öffnete sie die Tür ihres Abteils und stieg aus. Schon wurden die Zugtüren zugeschlagen. Da kam der frettchengesichtige Steffl, der einzige der fünf Söhne des Postmeisters, der nicht recht geraten war, auf den Bahnsteig gerannt.

„Hoheit! Ich hab eine Nachricht von der Pflegemutter vom englischen Herrn. Sie ist krank und kann nicht kommen."

Jedem anderen im Dorf hätte Tessa die Lilie anvertrauen können, nur nicht dem Steffl, der schon einmal mit der Polizei zu tun hatte. Geschwind holte sie ihre kleine Reisetasche aus dem Abteil, warf die Tür zu und schaute wehmütig dem davonrollenden Zug nach. Wenige Minuten später befand sie sich auf der Straße, die am See entlangführte. Eine Viertelstunde später war sie am Torhaus.

Die Pforte war unbesetzt. Sie betrat den Hof. Er war menschenleer. Rasch stieg sie die Stufen zur Eingangshalle hinauf, trat ein und sah sich um. Wo waren die Gobelins, die Vasen, die kostbaren Waffen? Über ihr ging eine Tür auf, und Guy erschien oben an der Brüstung. „*Du?*" Er kam rasch die Treppe herunter. „Und was führt dich hierher?" fragte er.

„Ich habe die Lilie gebracht. Für Nerine. Martha hat versprochen, mich am Bahnhof zu treffen und sie heraufzubringen, aber sie war nicht da. Mir wurde ausgerichtet, sie sei krank. Ist es etwas Ernstes?"

„Heute morgen war sie ganz in Ordnung. Du kommst aus Spittau?"

„Ja. Guy, bitte, würdest du das nehmen? Ich möchte wieder gehen", sagte Tessa und reichte ihm die Schatulle. „Gib es Nerine ... mit meinen besten Glückwünschen."

Guy nahm das Kästchen, öffnete es und betrachtete die Lilie anerkennend. „Ja", sagte er, „es ist eine außergewöhnlich schöne Arbeit. Leider kann ich sie Nerine nicht geben, weil sie nicht hier ist."

Tessa sah ihn verwirrt an. „Sie ist nicht hier?"

„Sie hat gehört, daß ich ruiniert bin, und ist gegangen. Solltest du dir ihretwegen Sorgen machen, dann laß dir sagen, daß sie es geschafft hat, alle ihre Kleider und Juwelen mitzunehmen und noch ein paar andere Kleinigkeiten, die herumlagen. Wir haben Grund zu der Annahme, daß Lord Frith bald das Glück haben wird, sie zu ehelichen."

Tessas Augen wurden immer größer. Man konnte nicht glücklich sein, weil Guy ruiniert war, denn das war schlimm für ihn. Und trotzdem strömten unkontrollierbare Wellen eines unsäglichen Glücksgefühls durch ihren Körper. „Ist deshalb die ganze Einrichtung weg?“ fragte sie. „War der Gerichtsvollzieher hier?“

„Ja.“

„Guy, wenn du ruiniert bist, mußt du die Lilie nehmen. Sie ist schrecklich wertvoll! Die Antikensammlung in New York hat meinem Vater ein Vermögen dafür geboten!“

„Tessa, warum konntest du nicht warten –“, platzte Guy heraus. „Ich wußte, daß du nach Spittau gegangen bist, aber ich dachte, ich hätte genügend Zeit. Und dann hieß es, die Hochzeit sei vorverlegt worden.“

„Ja“, sagte Tessa. „Ich hielt es für besser, weil sich Heidis Schwangerschaft nicht mehr lang verheimlichen läßt.“

„Wer ist Heidi? Ach ja, die Tänzerin. Was hat sie damit zu tun?“

„Ich habe neulich mit dem Gedanken gespielt, mich als Schauspielerin ausbilden zu lassen“, sagte Tessa nachdenklich. „Früher wollte ich nie selbst auftreten, aber ehrlich gesagt, ich glaube fast, daß ich Talent dazu habe. Ich bin in den Bankettsaal gerauscht, wo alle beisammen waren. Ich habe Maxi einen schändlichen Verführer genannt, mit zitterndem Finger auf ihn gezeigt. Ich glaube, mein Busen hat sogar gewogt.“

„Hör auf, so zu lächeln, verdammt! Sag mir lieber, was passiert ist.“

„Na gut. Ich habe herausgefunden, daß Heidi und der Fürst... Du weißt schon... Es war unglaublich blöd von mir, daß ich nicht schon eher darauf gekommen bin.“

„Und was weiter?“

„Und dann war es plötzlich offensichtlich, daß die beiden wie geschaffen füreinander sind. Aber Maxi ist nicht besonders resolut. Deshalb habe ich diese Szene gemacht. Ich habe ihn praktisch an den Pranger gestellt und verlangt, er müsse meine Freundin zu einer ehrbaren Frau machen. Dann hat die Schwanenprinzessin einen Herzanfall fingiert, und alle rannten aufgeregt durcheinander –“

„Zur Sache, Tessa.“

„Ich sagte, also gut, ich werde Heidi zu ihrer Mutter nach Simmering bringen und ihr Kind würde dort aufwachsen und einen nützlichen Beruf erlernen. Daraufhin sagte die Schwanenprinzessin, kein Spittau solle fern der Stammburg aufwachsen, und dann befahl *sie* Maxi, Heidi zu heiraten! Als die Hochzeit vorbei war, habe ich mich auf den Weg gemacht, um Martha die Lilie zu übergeben, aber sie war nicht da.“ Sie hielt plötzlich inne. „Guy, ist das da draußen nicht Martha? Aber was tut sie da?“

Tessa blickte hinüber zur Kapelle, wo Marthas rundliche Gestalt auf Händen und Knien um die Ecke gekrochen kam.

Guy rannte bereits über den Hof. „Martha, bist du komplett verrückt geworden?“

Seine Pflegemutter legte kriechend und ächzend noch einen Meter zurück; dann stand sie steifbeinig auf. „Rudi hat gemeint, nach dieser Buße würd ich mich besser fühlen“, sagte sie. „Es ist das gleiche, was König Louis Soundso gemacht hat, als ihm der Papst nicht mehr ganz grün war. Da ist er dreimal um die Kirche gekrochen, aber auf dem Bauch. Weißt du, es war, weil ich soviel gelogen habe. Ich hab doch gesagt, ich wäre krank, und David hab ich geschickt, damit er den Stationsvorsteher nicht rausläßt, nur damit wir das Mädel hier raufkriegen. Und dabei weiß ich nicht mal, ob sie den Fürsten nun geheiratet hat, wie sie alle sagen, oder nicht.“

Tessa war Guy nachgegangen. „Das war keine Lüge, Martha“, sagte sie, „sondern Strategie.“ Dann rief sie erfreut: „Oh, Sie tragen das Medaillon! Ist das Bild nicht gut geworden? Sie glauben nicht, was er für ein Theater gemacht hat, weil er sich fotografieren lassen mußte!“

„Dann waren Sie es also“, sagte Martha. „Ich hab's doch gewußt.“ Und sie breitete die Arme aus.

Als sie sich oft genug umarmt und Erklärungen ausgetauscht hatten, gingen Guy und Tessa in die Bibliothek, wo ihr Gespräch gleich wieder unterbrochen wurde, denn es wurde heftig an die Tür geklopft, und herein stürzte Herr Witzler.

„Herr Farne, ich habe eine schlechte Nachricht. Es ist zwar alles in Ordnung, jeder einzelne Gegenstand ist beschriftet und kann aus dem Lagerhaus in Neustadt zurückgebracht werden, sobald Sie es wünschen. Aber ich habe ein Meißner Figürchen zerbrochen. Boris hat mich gewarnt... Ich wußte, Sie wollten nur die Bühnenarbeiter, aber ich wollte unbedingt mitkommen. Schließlich war es doch meine Truppe.“ Als Guy die Stirn krauste, fuhr er hastig fort: „Ich war sehr gut verkleidet. Frau Hurlingham hat mich nicht erkannt. Aber in meiner Aufregung habe ich die Figur fallen lassen. Ich weiß, ihr Wert ist unschätzbar. Würden Sie als Entschädigung die ersten Einnahmen von ‚Frikassee‘ akzeptieren?“

„Nein“, sagte Guy. „Wir haben ausgemacht, daß Sie Ihr Theater zurückbekommen, wenn Sie Ihren Auftrag erfolgreich durchführen. Von ‚Frikassee‘ war nicht die Rede. Ich werde später mit Ihnen reden. Jetzt verschwinden Sie erst einmal.“

Witzler verneigte sich, machte die Tür hinter sich zu und rannte die Treppe hinunter, wo Boris auf ihn wartete. „Es ist alles in Butter! Du hättest sehen müssen, wie er Tessa ansieht! Er wird ihr nichts verweigern!“

„GUY, ICH verstehe das alles nicht“, sagte Tessa, als sie schließlich allein waren.

„Es ist ganz einfach. Ich fand, daß es Zeit war, meine Verlobung mit Nerine zu lösen. Ich wollte sie jedoch nicht demütigen und ebensowenig in einen Streit wegen eines gebrochenen Eheversprechens verwickelt werden. Deshalb habe ich Witzlers Truppe als Gerichtsvollzieher und dessen ausführende Organe angeheuert. Dein Freund Bubi hat mich auf die Idee gebracht. Es war eine absurde Farce, die niemand, der mir auch nur ein bißchen vertraut, geglaubt hätte. Martha hat den Braten sofort gerochen, aber sie hat glücklicherweise nichts gesagt. Und, wie du siehst, es hat funktioniert.“

„Dann bist du also gar nicht bankrott“, sagte Tessa.

„Ich fürchte, nein. Tatsache ist, daß ich die Zeit in Wien nutzte, um einige recht einträgliche Geschäfte an Land zu ziehen. Wie ich sehe, bist du enttäuscht. Meinst du nicht, ein wohlhabender Ehemann könnte ganz nützlich sein für eine Förderin der schönen Künste?“

Tessa nickte. „Es ist nur so… Ich habe ein Hochzeitskleid, von dem ich meine, es wäre ein Jammer, es einfach wegzuwerfen. Es ist von ‚Lucia di Lammermoor‘, und es ist nicht blutbefleckt. Es ist nur das Nachthemd, das –“

Aber aus der Darlegung des Inhalts von Donizettis Meisterwerk wurde nichts, denn Guy bat Tessa, den Mund zu halten. „Ich will dich küssen“, erklärte er.

Er küßte sie sehr lange. Als er sie losließ, blickte sie gekränkt zu ihm auf. „Warum hast du aufgehört?“ fragte sie.

„Ich dachte, du müßtest vielleicht auch mal Luft holen.“

„Luft holen?“ Tessa war schockiert. „Ich brauche nicht zu atmen, wenn ich bei dir bin. Der Odem der Liebe genügt mir.“

EVA IBBOTSON

Foto: Alex Morrison

Wie ein schöner Wiener Walzer

Die Schauplätze des Romans *Sternenmelodie* sind auch entscheidende Stationen von Eva Ibbotsons Leben. Da ist zum einen Wien, die Stadt, in der die Autorin 1925 geboren wurde und die sie wegen des allgegenwärtigen Flairs von Kultur und Geschichte besonders schätzt. Überall in der Donaumetropole kennt Eva Ibbotson Orte der Erinnerung an musikalische Größen wie Mozart, Bruckner und Schönberg, und in geschickt eingeflochtenen Szenen läßt sie den Leser an ihrem Wissen teilhaben. Zum anderen führt der Anfang von *Sternenmelodie* nach Newcastle upon Tyne, wo Guy als Findelkind aufwächst. In dieser englischen Hafenstadt ist Eva Ibbotson seit Jahren zu Hause, hier unterrichtete ihr Ehemann zeitweise an der Universität, und hier entwickelte sich die vierfache Mutter von einer Jugendbuchautorin zur Verfasserin erfolgreicher Liebesromane.

Beim Schreiben strebt Eva Ibbotson vor allem nach Leichtigkeit. „Es ist sozusagen der Versuch, einen Wiener Walzer mit Wörtern statt mit Noten zu schreiben", erklärt sie. „Mein Ziel ist es, heitere und beschwingte Bücher zu verfassen. Stellenweise dürfen sie ruhig auch etwas gelehrt klingen, in jedem Fall aber soll der Leser nach der Lektüre positiv gestimmt sein. Deshalb sorge ich auch immer für ein Happy-End."

DICK FRANCIS

RIVALEN

Im Pferderennsport kennt Benedict Juliard sich aus. Nun soll er seinem Vater bei einem anderen Rennen helfen – beim Kampf um einen Sitz im Parlament. Benedict muß bald feststellen, daß es bei diesem Wettlauf nicht allein ums Gewinnen geht, sondern buchstäblich ums Überleben ...

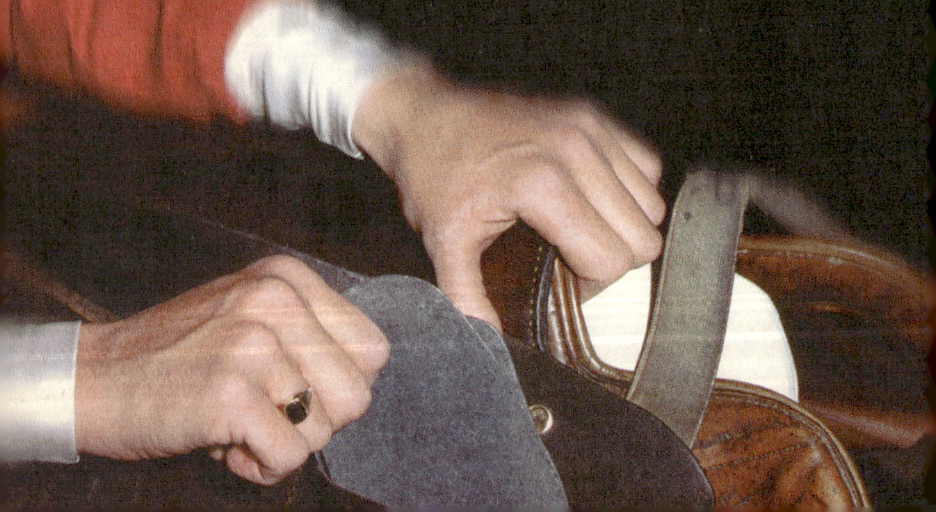

EINS

Leim schnüffelnde Rennreiter gewinnen das Derby nicht. Ich hatte noch nie im Leben Leim geschnüffelt.

Trotzdem, da stand ich vor dem Mann, dessen Pferde ich ritt, und mußte mir von ihm sagen lassen, er habe keine Verwendung mehr für mich. Er saß hinter seinem großen, von Papieren übersäten Schreibtisch und befaßte sich mit seinen sauberen Fingernägeln. Er hatte sehr glatte Hände.

„Ich habe das aus glaubwürdiger Quelle", sagte er.

„Aber es stimmt nicht", widersprach ich entgeistert. „Ich habe noch nie Leim geschnüffelt, erst recht kein Kokain geschnupft. Ich hab noch nicht mal Pot geraucht. Das ist nicht wahr!"

Er betrachtete mich mit erfahrenem Blick, ein stattlicher, ebenso macht- wie selbstbewußter Mann, der einen klaren Kopf und Anteile an einer Bank besaß und aus Leidenschaft sehr erfolgreich Rennpferde trainierte.

Ich war noch keine achtzehn und, wie ich jetzt weiß, unreif für mein Alter. Seine falsche Anschuldigung machte mich einfach hilflos, und ich hatte keine Ahnung, wie ich dagegen angehen sollte.

„Sir Vivian ...", setzte ich verzweifelt an.

„Packen Sie Ihre Sachen, Benedict", sagte er. „Ich lasse meinen Stall nicht von einem Reiter, der Drogen nimmt, ins Gerede bringen, auch wenn es nur ein Amateur ist, der nicht viel taugt." Er sah, wie ich zusammenzuckte, sprach aber unbeirrt weiter. „Aus Ihnen wird nie ein Klassereiter. Schon weil Sie zu groß sind, und ehrlich gesagt machen Sie im Sattel keine gute Figur. Sie zappeln zuviel herum. Und dann so ein schlechter Ruf..., da soll man Sie mit meinem Stall lieber nicht in Verbindung bringen."

Ich schaute ihn benommen an; sein abfälliges, vielleicht aber vertretbares Urteil über mein Reitvermögen traf mich mehr als die unhaltbaren Drogenvorwürfe. Die vertrauten Wände seines Büros schienen sich von mir zu entfernen, so daß ich verloren, mit klopfendem Herzen in der Mitte stand und meine Beine nicht mehr spürte. Ich sah nur das unbewegte Gesicht des Mannes, der unter meinen langgehegten Traum, einmal viele Rennen bis hin zum Grand National zu gewinnen, den Schlußstrich gezogen hatte.

Wahrscheinlich ist es ganz gut, wenn man mit siebzehn auf das rechte Maß gestutzt wird. Nur wollte ich das in diesem Augenblick nicht wahrhaben.

„Vor dem Fenster dort“, Sir Vivian Durridge deutete hinaus, „wartet ein Wagen auf Sie. Der Fahrer sagte, er habe Ihnen etwas auszurichten. Er wartet schon seit gut einer Stunde, Sie waren noch beim Arbeitsgalopp, als er kam.“

Ich blickte seinem Finger nach und sah an der geharkten Kiesauffahrt zum eindrucksvollen, säulengetragenen Vorbau seiner Villa eine große schwarze Limousine stehen, in der ein Chauffeur mit Schirmmütze saß.

„Wer ist das?“ fragte ich verwirrt.

Vivian Durridge meinte nur: „Fragen Sie ihn beim Rausgehen. Ich habe jetzt zu tun.“

Er blickte beharrlich auf seinen Schreibtisch, und nach ein paar Sekunden ging ich unsicher zur Tür und ließ ihn allein. Ich fühlte mich klein und den Tränen nah. Noch nie hatte mir jemand knallhart etwas vorgeworfen, was ich nicht getan hatte. Nie hatte sich jemand so abfällig über meine reiterlichen Fähigkeiten geäußert. Kein Trainer von Format würde jemanden, der bei Vivian Durridge rausgeflogen war, unter seine Fittiche nehmen.

Von einem elenden Gefühl ergriffen, durchquerte ich Durridges Eingangshalle, öffnete die schwere Haustür und ging über den knirschenden Kies zu der Limousine mit dem Chauffeur. Ich kannte weder Wagen noch Fahrer. Die Augustsonne blitzte auf der spiegelblanken Karosserie, und der schwarz uniformierte Fahrer ließ das Fenster herunter, streckte den Arm heraus und hielt mir wortlos einen unbeschrifteten weißen Briefumschlag hin.

Ich riß ihn auf, fand eine weiße Karte darin und las die kurze Mitteilung. *Steig ein.* Darunter war nachträglich ein Wort hinzugefügt. *Bitte.*

Ich blickte zu dem großen Haus zurück und sah, daß Vivian Durridge mich beobachtete.

Ich begriff das alles nicht.

Die Schrift auf der Karte war die meines Vaters.

FAST eine Stunde lang saß ich im Fond, während der Chauffeur mich durch das südenglische Sussex fuhr und schließlich den Badeort Brighton ansteuerte. Auf meine Fragen hatte er nicht geantwortet, und nach einer Weile hatte ich es aufgegeben. Ich hätte wohl an einer der wenigen

Ampeln aus dem Wagen springen und türmen müssen, um nicht dahin zu kommen, wo mein Vater mich hinhaben wollte, doch da ich keine Angst vor ihm hatte, gehorchte ich ihm wie üblich.

Die meiste Zeit dachte ich ebenso zornig wie zerknirscht an die Szene in Durridges Büro, und Sir Vivians Worte gingen mir immer wieder im Kopf herum, ohne dabei schmackhafter zu werden.

Die schwere Limousine glitt vorbei an Regency-Häusern und Andenkenläden und hielt schließlich auf der Seeseite vor dem Haupteingang eines großen Hotels altfranzösischer Bauart, auf dessen schmiedeeisernen Balkons bunte Badetücher zum Trocknen hingen.

Sogleich erschienen Gepäckträger. Der Chauffeur kam um den Wagen herum und öffnete mir feierlich den Schlag, worauf ich ausstieg und frische Meeresluft mir um die Nase wehte: Möwen schrien, Stimmen riefen vom Strand her, und der Salzgeruch hob unvermittelt meine Stimmung wie in den Sandburgenferien meiner Kindheit. Der Chauffeur deutete auf die Eingangstür des Hotels und ging dann ohne weitere Erklärung wieder um den Wagen herum, stieg ein und fuhr davon.

„Gepäck, Sir?“ fragte einer der Hotelbediensteten.

Ich schüttelte den Kopf. Mein Gepäck, auf Morgenarbeit auf Durridges Koppel zugeschnitten, trug ich am Leib: Reithose, Reitstiefel, kurzärmeliges Sporthemd und eine leichte, gemusterte Jacke mit (offenem) Reißverschluß. Meine glänzend blaue Sturzkappe hielt ich am Kinnriemen in der Hand. Ich gab mir einen Ruck und betrat in diesem unpassenden Aufzug das Grandhotel, aber ich hätte unbesorgt sein können: Die einst auf Stil bedachte Halle summte wie ein Bienenstock von Leuten in kurzen Hosen und sloganbefrachteten T-Shirts. Die Frau am Empfang betrachtete meine Reitkleidung gelassen und beantwortete meine Frage.

„Mr. George Juliard?“ wiederholte sie. „Wen darf ich ihm melden?“

„Seinen Sohn.“

Sie griff zum Telefon, tippte eine Nummer ein, sagte etwas, hörte zu und wandte sich dann an mich.

„Er erwartet Sie. Zimmer 412. Der Lift ist dort links.“

Mein Vater stand in der offenen Tür, als ich auf der Suche nach Nummer 412 den Gang entlangkam. Ich blieb stehen und sah, wie er mich wie üblich musterte, vom dunklen Lockenschopf, der sich durch nichts glätten ließ, den braunen Augen, dem schmalen Gesicht bis zu dem dünnen Gestell von rund einem Meter achtzig mit den langen Beinen, die in ungeputzten Stiefeln steckten: kein erhebender Anblick für einen ehrgeizigen Erzeuger.

„Ben“, sagte er. Er schnaubte durch die Nase, als fände er sich mit einer Last ab. „Komm rein.“

Er war immer bemüht, mir ein guter Vater zu sein, aber wenn ich ihn bei Gelegenheit als solchen lobte, gab er nichts darauf. Ich war ein von ihm ungewolltes Kind, das Zufallsprodukt seiner Teenagerliebe zu einer Frau, die vom Alter her fast seine Mutter hätte sein können. Jetzt war ich fast so alt wie er, als er mich gezeugt hatte.

Im Laufe der Jahre hatte ich die Einzelheiten aufgeschnappt. In beiden Familienverbänden war der Teufel los gewesen, als sie von der Schwangerschaft erfuhren, aber (der Zeit entsprechend) erst recht, als meine Mutter sich weigerte abzutreiben. Bei der ebenso raschen wie glücklichen Hochzeit hatte sich niemand blicken lassen. Außer dem Hochzeitsfoto besaß ich kein Andenken an meine Mutter, die, eine Ironie des Schicksals, bei meiner Geburt starb und ihren jungen Ehemann mit dem, wie es hieß, seine glänzenden Zukunftsaussichten zerstörenden Baby allein zurückließ.

George Juliard, der nicht umsonst als heller Kopf galt, hatte jedoch prompt sein ganzes Leben neu geordnet, dem Abschluß in Oxford und der geplanten Anwaltslaufbahn adieu gesagt, die Schwester seiner verstorbenen Frau überredet, mich als fünften Sohn in ihre ohnehin große Familie aufzunehmen, und war in die Wirtschaft gegangen, um das Geldgeschäft zu lernen. Er hatte von Anfang an meinen Unterhalt und meine Erziehung bezahlt und auch darüber hinaus seine Pflicht erfüllt, indem er an Elternabenden teilnahm und mir zu Weihnachten wie zum Geburtstag Karten und Geschenke schickte. Im Vorjahr hatte er mir zum Geburtstag ein Flugticket nach Amerika spendiert, so daß ich die Sommerferien auf einem Gestüt in Virginia hatte verbringen können. Viele Väter taten weniger.

Ich ging mit ihm in Zimmer 412 und wunderte mich nicht, in den Salon einer direkt auf den Ärmelkanal blickenden Suite zu kommen, vor deren Fenstern sich bis zum Horizont blaugrau das Meer erstreckte. Als George Juliard ausgezogen war, um Geld zu verdienen, hatte er Nägel mit Köpfen gemacht.

„Schon gefrühstückt?“ fragte er.

„Ich hab keinen Hunger.“

Er ging über die Lüge hinweg. „Was hat dir Vivian Durridge gesagt?“

„Er hat mich rausgeworfen.“

„Ja, aber was hat er gesagt?“

„Ich könnte nicht reiten, und ich würde koksen und Leim schnüffeln.“

Mein Vater riß die Augen auf. „Wie bitte?“

„Du wolltest doch, daß er das sagt, oder nicht? Er behauptete, er wüßte es aus glaubwürdiger Quelle."

„Hast du ihn gefragt, wer die Quelle ist?"

„Nein." Das war mir erst hinterher im Wagen eingefallen.

„Du mußt noch viel lernen", meinte mein Vater.

Er lächelte ein wenig. Er war größer als ich, breiter in den Schultern und insgesamt kräftiger, aber wir besaßen eine ähnliche Statur. Seine Haare waren dunkler, dicht gelockt auf einem nahezu klassischen Kopf. Jetzt ging er auf die Vierzig zu, aber die entschlossenen Gesichtszüge sah man auch schon auf dem Hochzeitsfoto, das gar keinen Altersunterschied erkennen ließ zwischen dem dominierenden Bräutigam und der Braut im blauen Seidenkleid, die vor dem Standesamt in jugendlicher Schönheit erstrahlte.

„Warum hast du das getan?" fragte ich, vergebens um einen eher sachlichen als bitteren Ton bemüht.

„Was denn?"

„Dafür gesorgt, daß ich rausfliege."

„Ah." Er ging zu der zweiflügeligen Balkontür, öffnete sie und ließ die frische Meeresluft und die Kinderstimmen vom Strand herein. Einen Moment blieb er schweigend dort stehen und atmete tief durch, dann drehte er sich zu mir um.

„Ich wollte dir einen Vorschlag machen", erklärte er. „Dazu muß ich ein bißchen weiter ausholen." Er griff zum Telefon und bat den Zimmerservice, sofort Cornflakes, Milch, Toast, gebratenen Speck mit Tomaten und Pilzen, einen Apfel, eine Banane und eine Kanne Tee heraufzubringen, ob die Küche nun seit über einer Stunde geschlossen sei oder nicht. „Und keine Widerrede", sagte er danach zu mir, „du siehst aus, als hättest du seit einer Woche nichts gegessen."

„Hast du Sir Vivian gesagt, daß ich Drogen nehme?" fragte ich.

„Nein. Nimmst du welche?"

„Nein."

Wir schauten uns an wie Fremde, so eng wir durch unsere Gene auch verbunden waren. Ich hatte nach seinen Weisungen gelebt, die von ihm gewünschten Schulen besucht, hatte Reiten, Skifahren und Schießen gelernt, weil er meine Vorliebe für diese Sportarten finanziell unterstützte.

Ich war wie die meisten heranwachsenden Söhne ein Produkt der väterlichen Erziehung. Ich wußte auch, daß er ein ausgeprägtes Ehrgefühl besaß, klar zwischen Recht und Unrecht unterschied und der Meinung war, ein jeder müsse für seine Verfehlungen einstehen und bezahlen, statt sie zu leugnen und zu vertuschen. Mit so einem Vorbild, meinten meine vier älteren Brüder oder vielmehr Cousins, könne ich einem leid tun.

„Setz dich“, sagte er.

Es war warm in dem Zimmer. Ich zog meine poppige Jacke aus, legte sie zusammen mit der Reitkappe auf den Boden und setzte mich in einen eleganten Sessel.

„Ich bin in Hoopwestern zur Nachwahl für unseren verstorbenen Abgeordneten nominiert worden“, erklärte er.

„Äh ...“ Ich kam da nicht ganz mit.

„Hast du gehört, was ich gesagt habe? Ich kandidiere fürs Unterhaus.“

Ich wußte nicht, was ich dazu sagen sollte. *Toll? Wie furchtbar? Und warum?* „Kommst du denn rein?“ stotterte ich.

„Es ist ein Wahlkreis mit knapper Mehrheit. Ungewiß.“

Ich sah mich zerstreut im Zimmer um. Er wartete eine Spur zu ungeduldig.

„Was ist mit deinem Vorschlag?“ fragte ich.

„Ja, gut ...“ Irgendwie entspannte er sich. „Vivian Durridge hat sich das mit den Drogen selbst ausgedacht.“

„Aber wieso?“ fragte ich verblüfft.

„Mehr als ein Wald-und-Wiesen-Amateur hättest du nicht drauf, hatte er mir erklärt. Als Jockey kämst du nie an die Spitze. Du würdest nur deine Zeit vergeuden.“

Ich wollte es nicht wahrhaben, konnte mich damit nicht abfinden. „Es macht mir aber Spaß“, protestierte ich heftig.

„Ja, und wenn du mal in dich gehst, wirst du selbst zugeben, daß ein angenehmer Zeitvertreib für dein Alter zuwenig ist.“

„Ich bin nicht wie du“, sagte ich. „Ich habe nicht deine, deine ...“

„Tatkraft?“ tippte er an.

Ich dachte betreten darüber nach und nickte.

„Aber ich bin überzeugt“, sagte er, „daß du intelligent und – na ja – mutig genug bist für das, was ich mit dir vorhabe.“

Wenn er mir schmeicheln wollte, war ihm das natürlich gelungen. Solche Einschätzungen wischt kaum ein junger Mann beiseite.

„Vater –“, setzte ich an.

„Ich dachte, wir hätten uns darauf geeinigt, daß du Dad zu mir sagst.“

Er hatte darauf bestanden, von mir „Dad“ genannt zu werden, und ich hatte mich danach gerichtet, aber im Kopf blieb er für mich der Vater, mein Vorbild und Erzieher.

„Was hast du denn mit mir vor?“

Noch immer antwortete er nicht direkt, sondern sah geistesabwesend aus dem Fenster, spielte mit seinen Fingern und sagte schließlich: „Ich möchte, daß du den Studienplatz an der Uni Exeter annimmst."

„Oh." Ich bemühte mich, weder überrascht noch verärgert zu erscheinen, obwohl ich beides war. Er redete jedoch weiter, als hätte ich laut losgewettert.

„Du hast dich schon auf ein Zwischenjahr eingestellt, ja?"

Das sogenannte Zwischenjahr, modern, beliebt und vielgelobt, sollte Abiturienten die Möglichkeit geben, Lebenserfahrung zu sammeln, bevor sie ihr Studium aufnahmen.

„Du warst doch damit einverstanden, daß ich ein Jahr Pause mache", wandte ich ein.

„Ich hab's dir nicht verboten. Das ist ein Unterschied."

„Kannst du mir das denn verbieten? Und was hast du davon?"

„Bis du achtzehn bist, darf ich so gut wie alles machen, was mir zu deinem Vorteil zu sein scheint. Du bist ja nicht blöd, Ben. Du kennst die Gesetze. Bis zu deinem Geburtstag am einunddreißigsten August bin ich für dich verantwortlich, also noch drei Wochen."

Das stimmte. Ich wußte auch, daß man sich theoretisch sein Studium selber verdienen konnte, aber wenn mein Vater nicht für meinen Unterhalt aufkam, würde ich, realistisch gesehen, weder in Exeter noch sonstwo studieren können.

Mit unbeteiligter Stimme sagte ich: „Als ich dich seinerzeit gefragt habe, hast du gesagt, ein Zwischenjahr gehe in Ordnung."

„Damals wußte ich noch nicht, daß du das Jahr auf der Rennbahn verbringen wolltest."

„Da kann man doch was lernen."

„Da kann man moralisch auf den Hund kommen."

„Du vertraust mir nicht!"

Ein Klopfen an der Tür riß mich aus meinen bitteren Gedanken, und ich bekam ein Frühstück vorgesetzt, an dem ich ruhigen Gewissens meinen chronischen Hunger stillen durfte. Um mein Gewicht möglichst niedrig zu halten, hatte ich manchmal gefastet, bis mir schwindlig war. Als ich jetzt heißhungrig über das Tablett herfiel, staunte ich darüber, wie genau mein Vater wußte, was ich essen würde und was nicht.

„Iß, aber hör zu!" sagte er. „Wenn du das Zeug zum weltbesten Hindernisjockey hättest, würde ich dich mit meiner Bitte verschonen. Und du sollst das Reiten auch gar nicht ganz aufgeben, du sollst nur aufhören, dein Leben darauf aufzubauen."

Die Cornflakes mit Milch waren herrlich.

„Also geh nach Exeter, Ben. Lerne da etwas fürs Leben. Du mußt nicht ausgezeichnet sein. Ein akademischer Grad zweiter Klasse reicht völlig. Dritter Klasse auch noch, obwohl ich denke, du schlägst dich ganz gut wie schon immer."

Ich schlang Speck, Tomaten und Pilze hinunter und aß den Toast dazu.

„Bevor du nach Exeter gehst", erklärte er, „möchte ich, daß du für mich arbeitest. Du sollst mit nach Hoopwestern kommen und mithelfen, daß ich gewählt werde."

Ich starrte ihn an. „Ich habe doch keinen Schimmer von Politik", meinte ich und schluckte.

„Brauchst du auch nicht. Du sollst ja weder Reden halten noch Erklärungen abgeben. Du sollst mich nur begleiten, du sollst dabeisein. Iß deinen Apfel", forderte er ruhig, „und ich erkläre es dir."

Er setzte sich in einen Sessel und schlug mit Bedacht die Beine übereinander, als hätte er seinen nächsten Zug einstudiert.

„Der Wahlausschuß, der mich nominiert hat", sagte er, „hätte es offen gestanden lieber gesehen, wenn ich verheiratet wäre. Der Junggesellenstand sei ein Nachteil. Daraufhin habe ich erklärt, daß ich verheiratet gewesen bin, daß meine Frau gestorben ist und daß ich einen Sohn aus dieser Ehe habe. Schon war die Welt wieder in Ordnung. Du sollst quasi die Frau an meiner Seite ersetzen. Mich in der Öffentlichkeit begleiten, furchtbar nett zu den Leuten sein."

„Babys küssen?" fragte ich zerstreut.

„Die Babys küsse ich." Er war belustigt. „Du kannst die alten Damen umgarnen und dich mit den Männern über Kricket, Fußball und Pferderennen unterhalten."

Ich mußte an die wahnsinnige Erregung des Rennreitens denken. Was für ein Nervenkitzel war es doch, den Hals zu riskieren, sein ganzes Können in die Waagschale zu werfen, um die wilden Ritte unversehrt und unblamiert zu überstehen. Wenn ich eins im Leben wollte, dann war es Tempo, unbeschwertes, ungezügeltes Tempo, wie Pferde es bieten, wie Skier es bieten; aber die Lektion, die ich gerade lernte und die jeder einmal lernen muß, hieß, daß an alle Freuden im Leben Bedingungen geknüpft sind.

Ich hatte an diesem Mittwoch im August in wenigen Stunden einen weiten Weg zurückgelegt. Zähneknirschend gestand ich mir ein, daß aus mir nie der Jockey meiner Träume werden würde, der das Grand National gewann. Aber statt dessen Babys tätscheln? Du lieber Gott!

„Der Wahltag", sagte er, „ist gut drei Wochen vor Semesterbeginn. Da bist du schon achtzehn..."

„Aber“, erklärte ich weder traurig noch froh, „ich habe an die Universität geschrieben, daß ich den Studienplatz nicht brauche.“

„Ich habe mich mit Exeter in Verbindung gesetzt und deine Absage rückgängig gemacht. Du kannst dich einschreiben.“

Wieder einmal wurde mir unangenehm bewußt, wie weit der Einfluß dieses Mannes reichte. Selbst die Uni Exeter hatte auf ihn gehört.

„Aber, Vater …“, versuchte ich es schwach.

„Dad.“

„Dad …“ Das Wort paßte nicht zu ihm. Ein Dad war jemand, der seine Kinder in die Schule fuhr, sich Schneeballschlachten mit ihnen lieferte und sie herunterputzte, wenn sie zu spät nach Hause kamen. Von einem Dad bekam man keine Weihnachtskarte mit beigefügtem Scheck für die Skischule. Dads gratulierten nicht mit einem unpersönlichen Fax per Hoteladresse, wenn ihr Sproß einen Juniorenabfahrtslauf gewann. Dads standen an der Piste und schauten sich das an. Im Gegensatz zu Vätern.

Ich sah auf den unangerührten Apfel und die Banane und hatte keinen Appetit mehr. „Du brauchst mich nicht“, erklärte ich.

„Ich brauche Wählerstimmen. Du kannst mir helfen, sie zu bekommen. Wenn ich nicht fest davon überzeugt wäre, daß du bei den Wählern ankommst, säßest du jetzt nicht hier. Ben“, sagte er ermunternd, „versuch's halt! Schau, ob's dir gefällt.“

Sein Grand National, begriff ich, war der Weg zur Downing Street. Der Sieg war der Premierministerstuhl in Nr. 10. Er wollte, daß ich meinen unerfüllbaren Traum aufgab, um ihm bei der Erfüllung seines Traums zu helfen.

Er gab mir einen Briefumschlag mit Geld und sagte, ich solle mich einkleiden. „Kauf dir, was du brauchst. Wir fahren dann direkt von hier nach Hoopwestern.“

„Aber mein Zeug –“, setzte ich an.

„Dein Zeug, wie du es nennst, wird von Mrs. Wells in eine Kiste gepackt.“ Bei Mrs. Wells, unweit von Durridges Hof, wohnte ich zur Miete. „Sie bekommt von mir den Monat voll bezahlt“, erklärte mein Vater. „Sie sagte, daß du ein netter Junge bist, den sie gern im Haus gehabt hat.“ Er lächelte. „Ich lasse deine Sachen abholen. Du hast sie bald wieder.“

Es war ein wenig so, als hätte mich eine Flutwelle erfaßt, und es war auch nicht das erstemal, daß er mich über Nacht aus einem gewohnten Umfeld riß und auf einen neuen Kurs brachte. Tante Susan, die sich widerstrebend bereit erklärt hatte, mich großzuziehen, hatte sich bitter darüber beklagt, daß mein Vater mich von der Gesamtschule, die für ihre vier Söhne „gut genug“ gewesen war, heruntergenommen und darauf bestanden hatte, daß ich Privatstunden in Mathe, in meinem besten Fach, bekam, ein Weg, der schließlich mit fünf Schuljahren am kostspieligen Malvern College geendet hatte.

Mein Vater, der bis zum Zeitpunkt meiner ungewollten Ankunft in Brighton über mein Leben bestimmt hatte, sah es als selbstverständlich an, daß ich ihm auch in den letzten drei Wochen seiner Vormundschaft noch gehorchen würde.

Wenn ich jetzt zurückschaue, nehme ich an, viele Siebzehnjährige hätten gemeckert und sich aufgelehnt. Dazu kann ich nur sagen, daß nicht jeder es mit einer so vertrauenswürdigen und wohlmeinenden Bevormundung zu tun hat; da ich aber wußte, daß er mir nur Gutes wollte, nahm ich den Umschlag mit dem Geld und kaufte mir dafür Klamotten, wie sie Wähler, die einen Kandidaten nach der äußeren Erscheinung seines jungen Sohnes beurteilten, vermutlich gern sahen.

Wir fuhren um kurz nach drei von Brighton ab; und zwar in einem launigen metallicbraunen Range Rover, an dessen Seiten Girlanden von Gänseblümchen in glänzendem Silber und Gold aufgemalt waren.

„Ich bin neu in dem Wahlkreis“, meinte mein Vater grinsend. „Deshalb muß ich erst mal auffallen und bekannt werden.“

So war er kaum zu übersehen, dachte ich. Auf dem ganzen Weg entlang der Südküste schaute man uns nach. Trotzdem war ich nicht auf Hoopwestern in Dorset vorbereitet, wo offenbar an jedem geeigneten Baum und Laternenpfahl ein Plakat mit der Aufschrift WÄHLEN SIE JULIARD hing. Die Botschaft konnte keinem in der Stadt entgehen. Unterwegs hatte er mir einen Nonstopvortrag darüber gehalten, was ich in meiner neuen Rolle tun und sagen durfte und was nicht.

„Politiker“, bemerkte er, „sollten nur selten die ganze Wahrheit sagen.“

„Aber mir hast du gesagt, ich solle immer ehrlich sein.“

Meine Einfalt entlockte ihm ein Lächeln. „Zu mir sollst du gefälligst ehrlich sein. Aber die Leute glauben in der Regel, was sie glauben wollen, und wer ihnen etwas anderes erzählt, ist ein Störenfried, der zu verschwinden hat und seinen Posten nie wiedersieht, auch wenn sich später herausstellt, daß er hundert Prozent richtig lag.“

„Das verstehe ich schon“, sagte ich langsam.

„Und Politiker“, fuhr er fort, „sollten niemals lügen.“

„Und was sagt man, wenn eine direkte Frage kommt, man aber weder lügen noch ehrlich sein darf?“

„Man sagt ‚interessantes Thema‘ und spricht von etwas anderem.“

Er fuhr den Range Rover schnell und doch vorsichtig, so wie er es mit seinem Leben hielt.

„In den nächsten Wochen“, sagte er, „werden dich die Leute fragen, wie ich zu diesem oder jenem stehe. Sag immer, du weißt es nicht, sie müßten mich selbst fragen. Okay?“

„Wie du willst.“

„Denk daran, daß diese Wahlen ein Wettstreit sind. Ich habe politische Gegner. Nicht jeder, der lächelt, ist ein Freund.“

„Du meinst... trau, schau, wem?“

„Genau das meine ich. Es gibt immer Cäsarenmörder. Trau niemandem! Das ist die Regel Nummer eins der Selbsterhaltung.“

„Da wäre ich lieber Jockey“, entgegnete ich.

Er schüttelte betrübt den Kopf. „Du wirst noch dahinterkommen, daß es in jeder Sparte Gauner und Betrüger gibt, auch bei den Rennreitern.“

Wir fuhren ins Zentrum von Hoopwestern, das sich als einer jener alten Marktflecken entpuppte, die ihren malerischen historischen Ortskern als kopfsteingepflasterte Fußgängerzone konserviert haben, auch wenn ihn der harte Pulsschlag modernen Handels auf drei Seiten in Form einer Ringstraße mit Einkaufszentren und riesigen Bürogebäuden umgab.

„Das war mal ein Bauerndorf“, sagte mein Vater. „Heute ist die Landwirtschaft genauso eine Industrie wie die hiesige Glühlampenfabrik, die allerdings mehr Leuten Arbeit gibt. Ich brauche die Glühlampenstimmen.“

Sein Wahlkampfbüro befand sich in einem bemerkenswerten, janusgesichtigen Doppelhaus unbestimmter Bauart mit Erkerfenstern an der Vorderfront, die auf den gepflasterten Marktplatz hinausging, und nichtssagenden, kastenartigen Schaufenstern auf der Rückseite, Teil einer Ladenzeile, die auf einen ziemlich großen Parkplatz blickte. Das Haus, mit einer einfachen Unterkunft für ihn (und mich) im ersten Stock, besaß sein genaues Gegenstück im Nachbarhaus, dem Trödelladen einer Wohlfahrtsorganisation.

Im Wahlkampfbüro ging es hoch her: summende bunte Telefone, ein unentwegt aufblitzender Kopierer, Computer auf den Schreibtischen, mit bunten Stecknadeln gespickte Wandkarten, Kartons mit Briefumschlägen und voll eingespannt drei Frauen mittleren Alters, die sich in dem Trubel offensichtlich wohl fühlten. An der Schaufensterfront prangten drei Fotos meines Vaters in Posterformat, die einen gutmütigen, klugen und vorausschauenden Menschen zeigten, der im Parlament hervorragende Arbeit leisten würde.

Die drei Frauen empfingen ihn mit freudigen Begrüßungsrufen.

„Das ist mein Sohn“, erklärte er.

Ihr fröhliches Lächeln schloß mich mit ein. Sie musterten mich. Drei Hexen, dachte ich.

„Immer hereinspaziert, junger Mann", sagte eine von ihnen. „Möchten Sie einen Tee?"

DER UMGEBAUTE Laden, so erfuhr ich, war das angestammte Bezirksbüro der Partei, der mein Vater angehörte. Hier hatte Dennis Nagle, der vorherige Abgeordnete, bis zuletzt seine „Samstagssprechstunde" gehalten, sich die Probleme der Region darlegen lassen und nach Lösungen gesucht. Er war noch keine Sechzig, als er an Bauchspeicheldrüsenkrebs starb. Orinda, seine ehrgeizige Frau, schäumte angeblich vor Wut darüber, daß der Wahlausschuß nicht sie, sondern meinen Vater damit beauftragt hatte, für die Partei um den Erhalt des vakanten Sitzes zu kämpfen.

Die Sache mit Orinda hörte ich, während ich still auf einem Hocker in der Ecke saß, von den drei Helferinnen, die meinem Vater erzählten, daß die Übergangene am Morgen zu ihnen ins Büro gekommen sei.

Die magerste, am wenigsten mütterlich wirkende Helferin sagte schadenfroh: „Anscheinend nimmt sie es Dennis krumm, daß er gestorben ist. Sie redet nach wie vor von ‚unseren Wählern' und erklärt, sie habe ihm die Reden geschrieben und seine Ansichten geprägt. Und es sei von Beginn seiner Krankheit an ausgemacht gewesen, daß sie an seine Stelle trete. Und wir seien Verräterinnen, weil wir für Sie arbeiten, George. Sie hat getobt vor Wut. Und Sie brauchten sich nicht einzubilden, sie ließe sich einfach so abdrängen. Sie will heute abend zu dem Dinner kommen!"

Mein Vater verzog das Gesicht.

Von meinem Eckplatz aus erfuhr ich auch, daß die Hauptoppositionspartei eine „Fettbacke mit null Sexappeal" gegen meinen Vater antreten ließ. Paul Bethunes Partei war zuversichtlich, „im Zeichen der Wende" auch Hoopwestern erobern zu können. In den nächsten Tagen sah ich sein Konterfei überall, ein breites Lächeln mit dem Slogan: BETHUNE IST BESSER. GEBEN SIE IHM IHR KREUZ.

An jenem ersten Abend hörte ich allerdings nur, daß er im Stadtrat saß und daß ihm die Haare ausfielen.

„Mein Sohn kommt mit zu dem Dinner heute abend", sagte mein Vater. „Er kann auf Mervyns Platz sitzen." Mervyn Teck, sein Agent und Wahlkampfleiter, erklärte er, sei in den Midlands aufgehalten worden.

Die drei Damen musterten mich noch einmal und nickten.

„Das Dinner findet im ‚Schlafenden Drachen' statt, dem Hotel auf der anderen Seite des Platzes." Er wies zu den Erkerfenstern hinaus auf die mit Körben voller Geranien geschmückte Giebelfassade eines knapp hundert Meter entfernten Gebäudes. „Kurzer Empfang. Essen. Öffentliche Versammlung im großen Saal des Hotels. Wenn ein paar gute Zwischenrufer da sind, kann das bis Mitternacht dauern."

„Ihr wollt Zwischenrufe?" fragte ich erstaunt.

„Natürlich. Das bringt doch erst Schwung in die Sache. Sonst schläft man ein."

„Was ziehe ich an?"

„Du mußt ordentlich aussehen. Ein Parteibonze beehrt uns. Ich gehe im Smoking, aber die Fliege ziehe ich vielleicht nachher aus. Mach ein, zwei Kragenknöpfe auf. Wir werden sehen." Er lächelte beinah ruhig, aber ich merkte ihm die starke innere Anspannung an. Ein Kämpfer ist das, dachte ich. Er ist mein Vater, dieser außergewöhnliche Mann. Er hat meine Träume beiseite gewischt und mich in eine andere Welt geführt, die zwar nicht ganz mein Fall ist, aber ich werde vier Wochen mit ihm gehen, weil er es will, und für ihn tun, was ich kann. Und danach? Er hatte es gesagt: Wir würden sehen.

Um halb acht gingen wir über den Platz, ich in grauer Hose und blauem Blazer (neu gekauft), er in einer schwarzen Maßanfertigung. Er wurde mit Beifallsrufen und Applaus begrüßt. Ich lächelte unentwegt an seiner Seite, war furchtbar nett zu allen und schüttelte wie gewünscht eine Hand nach der anderen. Babys waren nicht zu sehen.

„Mein Sohn", erklärte er winkend. „Das ist mein Sohn."

Einige der rund achtzig Leute bei dem Empfang waren förmlich gekleidet wie mein Vater, andere trugen nonchalant Hemden mit offenem Kragen, gestreift oder kariert. Der Parteibonze kam mit perfekt sitzender schwarzer Fliege, seine Frau mit schlichten Diamanten. Ich sah, wie ungezwungen und charmant sie mit all den Fremden umging, und als ich ihr vorgestellt wurde, drückte sie herzlich meine Hand und lächelte mir in die Augen, als sei es für sie der Höhepunkt des Abends, mich kennenzulernen. Bis du so viele echte und spontane Freundlichkeit in jeden Handschlag legen kannst, dachte ich, geht noch viel Wasser den Bach runter. Und ich sah auch, daß das Lächeln der Dame eine Urne voll Stimmen wert war.

Während sich der Saal füllte, begriff ich nach und nach, daß das Dinner Eintritt kostete – daß bis auf den prominenten Besuch und meinen Vater alle für die Teilnahme bezahlt hatten. Mein Vater hatte offenbar auch für mich bezahlt. Obwohl eine der Organisatorinnen ihm versicherte, das sei nicht nötig.

„Laß dir niemals etwas schenken", hatte er mich auf der Herfahrt von Brighton ermahnt. „Ein Geschenk mag harmlos aussehen, aber auf einmal verfolgt es dich. Laß es nie dazu kommen, daß du im Gegenzug für erwiesene Gefälligkeiten etwas Unrechtes tun mußt."

„Laß dir von Fremden keine Bonbons geben?"

„Erfaßt."

Die Organisatorin erklärte meinem Vater, daß er für eine mitgebrachte Ehefrau auch nicht hätte zahlen müssen.

Er sagte sanft lächelnd, aber bestimmt: „Für meinen Sohn zahle ich, liebe Polly. Widersprechen Sie nicht."

Polly hatte von ihren Eltern ein Haus im Wald geerbt und dazu ein Vermögen, das es ihr ermöglichte, ehrenamtlich für jeden zu arbeiten, für den sie es als sinnvoll erachtete.

Die liebe Polly wandte sich mit gespielter Gereiztheit an mich. „So ein Vater. Also ehrlich!" Ihr Blick ging an mir vorbei, und ihr Gesicht und ihre Stimme schwenkten von Schönwetter auf Sturm. „Scheibe!" sagte sie.

Ich schaute natürlich, wer oder was diese beinah komische Mißbilligung hervorgerufen hatte, und sah eine ernst blickende, dünne Frau in den Vierzigern, deren sonnengebräunte Haut in ihrem ärmellosen weißen Kleid glänzend zur Geltung kam. Blond gesträhntes Haar. Vitalität pur.

Die liebe Polly stieß ein leises: „Orinda!" hervor.

Orinda, die übergangene Kandidatin, versuchte nach Kräften, dem bevorzugten Rivalen die Schau zu stehlen, indem sie von einer ausgiebigen Umarmung zur nächsten schwebte und dabei laut verkündete: „Freunde, wir müssen der Partei dienen, so gut wir können, auch wenn der Wahlausschuß so einen Bock geschossen hat."

„Zum Teufel mit ihr", meinte die liebe Polly und setzte hinzu, daß sie selbst dem Wahlausschuß angehört habe.

Orinda klemmte sich den Kameramann des Lokalfernsehens unter den Arm, um ihrer schlanken weißen Gestalt die meisten Filmmeter zu sichern.

Die liebe Polly kochte vor Wut und zischte mir Informationen zu, als müsse sie platzen, wenn sie sie für sich behielt.

„Dennis war ein ganz Kuscheliger. Wie konnte er bloß so eine Natter heiraten!"

Die liebe Polly, selbst eher spröde als kuschelig, hatte ein längliches Gesicht, dem man nichts als Güte und Freundlichkeit ansah. Ihre Lippen waren dunkelrot bemalt – sie war wohl Lippenstift sonst nicht gewohnt, die Farbe paßte nicht zu ihrem gelblichen Teint.

Orinda blendete nun einen Fotografen mit ihrem Lächeln.

„Der Mann ist von der *Hoopwestern Gazette*“, sagte Polly angewidert. „Jetzt kommt sie auf die Titelseite.“

„Aber ins Parlament kommt sie nicht“, meinte ich.

Pollys Augen richteten sich mit erwachender Belustigung auf mich. „Ganz der Vater, hm? Sein Blick fürs Wesentliche war das, was uns bewogen hat, ihn zu nominieren. Der Wahlausschuß bestand aus siebzehn Leuten, und am Anfang war die Mehrheit für Orinda – die das als selbstverständlich ansah.“

Aber sie hatte die Rechnung ohne Polly gemacht, dachte ich.

„Sie scheut sich nicht mal, mit ihrem Liebhaber zu kommen!“ meinte Polly.

„Äh“, sagte ich. „Bitte?“

„Der Mann hinter ihr. Das war Dennis' bester Freund.“

Ich begriff nicht, wieso Dennis' bester Freund automatisch Orindas Liebhaber sein sollte. Dennis' bester Freund, ein Mann, der es fertigbrachte, selbst im Smoking nach nichts auszusehen, schien mit den Gedanken eher woanders zu sein, hielt sich aber strikt hinter Orinda.

Mein Vater forderte mich auf, ihn durch den Saal zu begleiten, und ich versuchte, es der Frau des Parteipromis gleichzutun, reichte aber kaum an sie heran.

Man zog nach nebenan in den Speiseraum, wo sich zu viele für je zehn Personen gedeckte Tische auf zuwenig Quadratmetern drängten. Die Sitzordnung war durch Tischkarten festgelegt, und mein Vater und ich mußten feststellen, daß wir an verschiedene Tische gesetzt worden waren – er kam zu dem Parteipromi und dem Vorsitzenden der Wählervereinigung, und mich hatte man nach ganz hinten zwischen eine Mrs. Kitchens und Orinda gequetscht.

Als Orinda sich an einem so unmöglichen Platz wiederfand, spie sie Feuer. Bebend vor Zorn stand sie da und klopfte mit einem Messer an ihr Glas, um sich Gehör zu verschaffen, doch das ging im Trubel und Geschiebe der achtzig Platz nehmenden Leute völlig unter.

„Das ist ein Affront! Ich sitze immer am Haupttisch! Ich verlange ...“

Niemand hörte ihr zu.

Orinda starrte mich böse an, während ich höflich darauf wartete, daß sie Platz nahm. Sie hatte grüne Augen, schwarze Wimpern und einen glattgeschminkten Teint.

„Wer sind *Sie* denn?“ wollte sie wissen und schnappte sich kurzerhand meine Tischkarte. Ihr roter Mund klappte auf. Der Name verschlug ihr die Sprache.

„Ich bin sein Sohn“, sagte ich lahm, „möchten Sie nicht Platz nehmen?“

Sie kehrte mir den Rücken und wandte sich an den besten Freund ihres verstorbenen Mannes. „Tu was!" befahl Orinda.

Er blickte an mir vorbei und tat mich, ohne eine Miene zu verziehen, als Mensch ohne Bedeutung ab. Wortlos zog er den für Orinda vorgesehenen Stuhl vor, und zu meiner Überraschung drängte sie ihre Wut zurück, setzte sich starr und steif und fügte sich in das, was sie nicht ändern konnte. Orindas unscheinbarer Begleiter war ihr also an innerer Kraft weit überlegen, sowenig er es nach außen zeigte.

Die Frau zu meiner Rechten tippte auffordernd an meinen Stuhl. Mrs. Kitchens, mollig und mütterlich im geblümten Kleid, sagte mir mit hörbarem Dorseter Einschlag, mein Vater sehe zu jung aus, um so einen großen Sohn zu haben.

„Wirklich wahr", pflichtete ich ihr bei.

Mr. Kitchens, eins weiter, hatte einen grimmigen Schnauzbart im Gesicht und bemühte sich vergebens, über seine Frau und mich hinweg mit Orinda ins Gespräch zu kommen. Ich erbot mich, meinen Platz mit ihm zu tauschen; seine Frau fauchte: „Nein!"

Dank Mrs. Kitchens' talentiertem Geplauder brachten wir das Essen (Eiersalat, Huhn, Erdbeeren) ohne Zwischenfälle hinter uns, und dabei erfuhr ich, daß „mein Leonard", ihr Mann, von Hause aus Gärtnereibesitzer war und extreme politische Ansichten vertrat. Beim Huhn erwähnte Mrs. Kitchens zu meiner Überraschung, daß Dennis Nagle nicht, wie ich angenommen hatte, irgendein Hinterbänkler gewesen war, sondern Staatssekretär im Handels- und Industrieministerium. Wenn mein Vater das Mandat bekam, würde er karrieremäßig weit hinter Dennis zurückstehen.

Mrs. Kitchens redete verschwörerisch in mein rechtes Ohr. „Ich sollte es Ihnen vielleicht nicht sagen, Ben, aber Polly hat absichtlich die Tischkarten vertauscht, damit Orinda neben Sie kommt. Ich hab's gesehen. Sie hat dabei gelacht. Sie konnte Orinda noch nie leiden." Ihre halblaute Stimme wurde noch leiser. „Mein Leonard saß auch im Wahlausschuß und hat für sie gestimmt. Männer fahren eben auf sie ab." Sie lehnte sich zurück, legte den Kopf auf die Seite und sah mich an. „In das Alter kommen Sie erst noch."

Zu meiner Bestürzung merkte ich, wie ich rot wurde. Mrs. Kitchens lachte ihr weltkluges Lachen und verputzte ihre Erdbeeren. Orinda Nagle ignorierte mich völlig, jammerte aber ihrem wortkargen Begleiter pausenlos die Ohren voll. Ich wäre lieber sonstwo gewesen.

Nach dem Essen wanderte die geschwätzige Gesellschaft den Gang hinunter in den großen, von Kronleuchtern erhellten hinteren Saal, der den Schlafenden Drachen hier zu einem beliebten Lokal für Hochzeiten, Tanzfeste und Diskussionsabende wie diesen machte.

Orindas Begleiter ließ seine Tischkarte zurück, und aus nicht allzugroßer Neugier sah ich sie mir an.

MR. A. L. WYVERN stand darauf.

Ich ließ „Mr. A. L. Wyvern" wieder zwischen die gebrauchten Servietten und Kaffeetassen fallen und pilgerte wie jedermann zu den für die Versammlung in Reihen aufgestellten Klappstühlen. Irgendwo hatte ich gelesen, daß solche Veranstaltungen manchmal kaum Publikum anzogen, aber hier fanden sich – vielleicht, weil mein Vater neu im Wahlkreis war – fast doppelt so viele Leute ein, wie an dem Dinner teilgenommen hatten, und alles wartete auf gute Unterhaltung.

Es war die erste politische Versammlung, der ich beiwohnte, und von mir aus hätte es gern die letzte sein können. Zuerst wurden vom Podium herunter einige Reden gehalten. Der Vorsitzende der Wählervereinigung kam vom Hundertsten ins Tausendste. Der Parteibonze sprach zwanzig Minuten im Stehen. Seine Frau lächelte beifällig dazu.

Mein Vater trat vor und lockerte die Sache auf, indem er den Saal zum Lachen brachte. Ich merkte, wie sich ein schmalziges Lächeln auf meinem Gesicht ausbreitete, ähnlich dem der Frau des Bonzen, nur daß bei mir vor allem Erleichterung dahinterstand. Ich hatte befürchtet, er könnte mich vielleicht in peinliche Verlegenheit bringen, indem er sein Publikum langweilte.

Irrtum. Er sagte ihnen, was das Land brauchte und warum, was im argen lag und wie es sich ändern ließ. Er lieferte ihnen ein schmackhaftes Rezept. Er sagte ihnen, was sie hören wollten, und sie applaudierten ihm mit Händen und Füßen.

Orinda war das natürlich überhaupt nicht recht. Sie saß so steif auf ihrem Platz, als hätte sie statt der Wirbelsäule einen Eisenstab im Rükken. Ich sah den grimmig angespannten Zug um ihren Mund.

Die liebe Polly, Chefabwählerin von Dennis' Witwe, betrachtete hingerissen meinen Vater, als hätte sie ihn selbst kreiert, und ohne sie hätte er diese Gelegenheit, an seinem Glück zu schmieden, ja vielleicht wirklich nicht bekommen.

Strahlend über den gelungenen Auftakt, bat er um Fragen und zog, wie er es sich vorgenommen hatte, die Fliege aus. Er warf sie auf den Tisch und kam dann um den Tisch herum nach vorn, so daß nichts mehr zwischen ihm und dem Publikum war. Er umfing sie mit weit offenen Armen. Er lud sie ein, sich mit ihm gemeinsam auf ein politisches

Abenteuer einzulassen, auf eine bessere Welt, insbesondere auf ein besseres Hoopwestern hinzuarbeiten.

Er hatte sie im Griff. Er brachte sie zum Lachen. Er war mitreißend, überzeugend, aufrüttelnd, und ich auf meinem unauffälligen Eckplatz konnte nur staunen und schließlich stolz auf diesen Vater sein, der einen solchen Auftritt hinlegte.

„Ich bin für Sie da", sagte er. „Kommen Sie über den Platz in mein Büro. Sagen Sie mir, was Sie drückt. Erzählen Sie mir, wie es hier früher war..., und ich sage Ihnen, was auf Sie zukommt. Wenn Sie mich wählen, werde ich für Sie arbeiten, Ihre Wünsche ins Parlament tragen. Dem Unterhaus werden ein paar Glühbirnen aufgehen..."

Gelächter übertönte ihn. Die Glühlampenfabrik war der wirtschaftliche Motor der Stadt, und er wollte die Stimmen der Arbeiter.

Die Energie meines Vaters sprang auf die Leute über. Wo es darauf ankam, war er ernst, sonst scherzte er. Als eifrigste Zwischenrufer des Abends entpuppten sich nicht etwa die Anhänger des Oppositionskandidaten Paul Bethune, obwohl einige an dem Dinner teilgenommen hatten und nachher auf den Klappstühlen ein kampflustiges Trüppchen bildeten, sondern die vermeintlichen politischen Mitstreiter (de facto aber persönlichen Gegner) meines Vaters, Orinda Nagle und Leonard Kitchens. Beide verlangten ein entschiedenes Bekenntnis zu der von ihnen gewünschten Politik. Beide erregten sich und gestikulierten wild. Mein Vater antwortete mit gelassenem Humor und hielt sich an das erklärte Grundsatzprogramm seiner Partei.

Orinda merkte mit ihrer Erfahrung zwar, daß sie keinen Fuß auf den Boden bekam, kämpfte aber weiter. Sie sagte, ein blutiger Anfänger wie George Juliard könne unmöglich weitermachen, wo ihr Mann aufgehört habe, ganz gleich, wie Hollywood-heldenhaft er sei. Ein Buhruf kam aus den hinteren Reihen. Gelächter brach aus, löste die von Orinda aufgebaute nervöse Anspannung. Das gab meinem Vater wieder Aufwind, der Orinda herzlich für die Jahre ihrer Arbeit in der Partei dankte und ihr geschickt die Anerkennung des Publikums verschaffte, indem er ihr zuklatschte und alle ermunterte, es ihm nachzutun. Es gab großzügigen, wenn auch nicht lebhaften Beifall. Orinda, durch dieses Dankeschön zum Schweigen gebracht, mußte sich in ohnmächtiger Wut geschlagen geben.

Leonard Kitchens sprang von seinem Platz auf, um für sie zu sprechen, und wurde niedergeschrien. Sein Schnauzbart sträubte sich vor Ärger, während er wie ein verwundeter Stier hin und her wankte. Sein gemütliches Frauchen sah aus, als würde sie ihm, wenn sie heimkamen, den Gnadenstoß versetzen.

Mein Vater lobte Kitchens' treue Haltung und versprach ihm, sich im Falle seiner Wahl immer an den hohen Zielen und dem ehrenvollen Vorbild Dennis Nagles zu orientieren. Mit weniger sei den Menschen in Hoopwestern nicht gedient. Noch einmal forderte er sie zum persönlichen Gespräch auf, und sie drängten sich an den Sitzen vorbei nach vorn, um ihn beim Wort zu nehmen.

Die liebe Polly, munter plaudernd mit Parteipromi und Frau, winkte mich aufs Podium, und der Promi meinte angesichts der lärmenden, erregten Menge zu mir, mein Vater verfüge bereits über alle Voraussetzungen, um ganz nach oben zu kommen. „Er braucht lediglich Glück – und darf sich nicht die Finger verbrennen", sagte er.

„Wie Paul Bethune", meinte Polly nickend.

„Hat er sie sich verbrannt?" fragte der Promi.

„Ach herrje!" Polly wurde ganz verlegen. „George hat uns verboten, über Paul Bethunes Charakter herzuziehen. Solche Schmähkampagnen können nach hinten losgehen, meint er. Paul Bethune hat eine Geliebte und mit der Geliebten ein uneheliches Kind, was er nach Kräften zu vertuschen versucht hat, und George will das nicht gegen ihn verwenden."

Mrs. Promi sah mich abschätzend an. „Über Ihrer Geburt liegt doch wohl kein Schatten, junger Mann?"

„Natürlich nicht", versicherte ihr Polly mit Vehemenz, und ich fragte mich, ob mein Vater vielleicht daran gedacht hatte, daß es für ihn einmal wichtig sein könnte, ein Kind zu haben, das ehelich war. So wie ich ihn an diesem Tag kennengelernt hatte, schien zwar alles möglich, am wahrscheinlichsten aber blieb, daß er meine Mutter aus dem für ihn typischen Ehrgefühl heraus geheiratet hatte.

Es wurde Mitternacht, bis sich das Gros der Leute auf den Heimweg machte. Mr. und Mrs. Promi waren längst abgerückt. Polly gähnte aus wohlverdienter Müdigkeit. Orinda und Mr. A. L. Wyvern waren nirgends zu sehen, und Mrs. Kitchens hatte ihren Leonard mit scharfem Zungenschlag hinausgepeitscht.

Ich wartete auf meinen Vater bis zum Schluß, nicht nur, weil ich keinen Schlüssel zu unserer Bleibe über dem Wahlkampfbüro hatte, sondern auch, weil mein Vater jemanden brauchte, bei dem er sich entspannen konnte, wenn der Jubel verhallt war. Man brauchte keine achtzehn zu sein, um zu wissen, daß auf Siegesfreude das Bedürfnis nach menschlicher Nähe folgt. Nach drei meiner wenigen gewonnenen Jagdrennen war ich in die leere Wohnung bei Mrs. Wells zurückgekehrt und hatte keinen gehabt, mit dem ich lachen, johlen, toben und meine unbändige Freude teilen konnte. Heute abend brauchte mich mein Vater.

Er legte mir den Arm um die Schultern.

„Eines Tages wirst du Premierminister“, prophezeite ich ihm. „Du warst brillant.“

„Auf deinen Sarkasmus kann ich verzichten, Ben.“

„Nein, im Ernst, Vater ...“

„Dad.“

„Dad ...“

Die letzten Versammlungsteilnehmer kamen herbei, um ihm strahlend zu gratulieren. Er gab ihnen die Hand, verbindlich und freundlich zu allen, um schließlich, von einhelligen Gutenachtwünschen begleitet, durch die warme Augustnacht zu dem schwach erhellten Haus mit den Erkern auf der anderen Seite zu gehen.

Um den Platz herum standen Straßenlaternen, doch das schmucke Kopfsteinpflaster, auf dem wir gingen, war schwarz und holprig. Später erfuhr ich, daß ältere Leute bei Glatteis hier öfter ausrutschten und sich die Knochen brachen, und in dieser euphorischen Nacht stolperte mein Vater auf dem unebenen Belag und schlug bei dem mißglückten Versuch, sich aufzufangen, mit einem Knie am Boden auf.

Genau in diesem Moment gab es ein scharfes Pfeifen, einen lauten Knall, und Glas klirrte.

Ich bückte mich zu meinem Vater hinunter und sah im Licht seine schreckgeweiteten Augen und den schmerzverzogenen Mund.

„Lauf!“ rief er. „Geh in Deckung! Hau ab!“

Ich blieb jedoch, wo ich war.

„Ben“, sagte er, „um Himmels willen, das war ein Schuß!“

„Ja, ich weiß.“

Wir waren mitten auf dem Platz; leicht zu treffende, unbewegliche Ziele. Während er sich aufzurappeln versuchte, forderte er noch einmal, ich solle verschwinden, und ausnahmsweise bildete ich mir selbst ein Urteil und widersetzte mich ihm.

Er konnte sein linkes Fußgelenk nicht belasten. Er kam halb hoch, knickte wieder ein und beschwor mich zu fliehen.

„Bleib unten“, sagte ich ihm. „Bist du getroffen?“

„Was? Ich glaube nicht. Ich habe mir den Fuß verrenkt.“

Alarmiert von dem Knall, den die Häuser am Platz zurückgeworfen hatten, kamen Leute aus dem Hotel auf uns zugelaufen. Einige fragten in dem Durcheinander: „Was ist denn? Was ist passiert?“ Andere streckten ihm die Hände entgegen, um ihm aufzuhelfen, zeigten sich besorgt und freundlich. Er ergriff schließlich einen Arm, um auf die Füße zu kommen oder besser gesagt auf den rechten Fuß. Er war jetzt weniger erschrocken als verlegen und erklärte den Hilfsbereiten, wie dumm es von ihm gewesen war, nicht aufzupassen, wo er hintrete. Es sei nichts passiert. Zum Beweis lächelte er. Und fluchte verhalten, was den Leuten gefiel.

„Aber der Knall ...“, meinte eine Frau.

Zustimmendes Nicken. „Das hat sich angehört wie ein ...“

„Nicht bei uns in Hoopwestern ...“

Ein wichtigtuerischer Mann sagte entschieden: „Ein Büchsenschuß, ganz ohne Zweifel. Irgendein Verrückter ...“ Alle blickten sich um, doch es war längst zu spät, um das Gewehr oder gar den wilden Schützen zu entdecken.

Mein Vater legte mir wieder den Arm um die Schultern, um sich abzustützen, und gab allen zu verstehen, daß wir uns nun lange genug auf dem Platz aufgehalten hätten. Der Wichtigtuer stieß mich buchstäblich beiseite und schleppte meinen humpelnden Vater gekonnt zum Büro hinüber, und wir blieben umdrängt von Leuten, die ihre Teilnahme und ihre Hilfsbereitschaft bekundeten.

Ich ging hinter meinem Vater, da hörte ich eine angstvolle, hohe Stimme, und ich drehte mich um und sah Polly, die stolpernd in Riemensandalen über das Pflaster gelaufen kam.

„Ben ... Ben ..., ist auf George geschossen worden?“

„Nein, Polly“, sagte ich, um sie zu beruhigen. „Nein.“

Sie war außer Atem und voller Unglauben.

„Schauen Sie, da läuft er.“ Ich nahm sie beim Arm und zeigte hin. „Er hinkt, und er regt sich furchtbar auf, weil er sich den Fuß verrenkt hat.“

Pollys Arm zitterte, und der Aufruhr in ihr legte sich erst, als sie sah, daß George wirklich noch auf den Beinen war und kräftig fluchen konnte.

„Anscheinend hat jemand genau in dem Moment, als er auf dem Pflaster gestolpert ist, einen Schuß abgefeuert“, sagte ich, „aber der hat ihn auf keinen Fall getroffen, sonst würde er ja bluten.“

Vermutlich überzeugte sie die aus meinen Worten klingende Erleichterung. Sie blieb an meiner Seite und schloß sich der Rattenfängerprozession zum Eingang des Wahlkampfbüros an, wo mein Vater einen Schlüssel hervorholte und alle hineinbat. Er hüpfte zu dem Drehstuhl hinter seinem Schreibtisch und rief die Ortspolizei.

„Da sind schon Beschwerden eingegangen“, erklärte er uns, als er auflegte. „Sie sind auf dem Weg hierher. Abfeuern eines Schusses ... Ruhestörung ..., so in der Art.“

Jemand sagte: „Sie brauchen einen Arzt“, und jemand anders verständigte einen. Ich löste mich aus dem Gedränge und schaute von der offenen Tür hinüber zum Schlafenden Drachen, der sinnigerweise hellwach war – Leute blickten aus den Fenstern der oberen Stockwerke oder standen im hell erleuchteten Eingang.

Das Pfeifen der vorbeizischenden Kugel fiel mir ein, und ich dachte an Querschläger. Mein Vater war auf geradem Weg vom Hotel zum Wahlkampfbüro gegangen. Wenn die Kugel ihm gegolten hatte und wenn der Schuß aus einer der oberen Etagen des Schlafenden Drachen gekommen war und nicht von unten, wo noch zu viele Leute herumliefen, und wenn das Klirren, das ich gehört hatte, wirklich von zersprungenem Glas rührte – wieso waren dann die Scheiben hier im Erker noch alle unbeschädigt?

Weil das Ganze ein Zufall war, sagte ich mir. Der Schuß war nicht dazu bestimmt gewesen, George Juliards politische Laufbahn zu beenden, bevor sie angefangen hatte. Kindisch, das zu dramatisieren.

Ich wollte schon wieder hineingehen, da sah ich ein paar Glasscherben am Boden aufblitzen. Das Fenster des Trödelladens nebenan war getroffen worden.

Querschläger. Die Kugel konnte durch die gewölbte Oberfläche eines Pflastersteins aus der geraden Flugbahn gebracht worden sein …

Die Polizei traf ein und der Arzt ebenfalls. Alle redeten gleichzeitig. Der Arzt erklärte, während er Vaters Fuß verband, es handele sich um eine Zerrung, nicht um einen Bruch. Kalte Umschläge und Hochlagern empfahl er. Die Polizei ließ sich von dem Wichtigtuer über Gewehrschüsse belehren.

Ich stellte mich etwas abseits, und irgendwann sah ich, wie mein Vater erstaunt und fragend durch das Gedränge zu mir herübersah. Ich lächelte ein wenig. Einem Polizisten, der noch nicht lange in Uniform zu stecken schien, erzählte ich dann von dem zerbrochenen Fenster nebenan, und er kam mit nach draußen, um es sich anzusehen. Als ich aber etwas von Querschlägern andeutete, wurde er skeptisch. Wir hätten in der Schule Gewehrschießen geübt, sagte ich. Er nickte beeindruckt und machte sich eine Notiz. Als er wieder zu seinen Kollegen hineinging, folgte ich ihm.

Die liebe Polly stand bei meinem Vater und hörte sich besorgt alles an. Ein Fotograf machte Aufnahmen. Dafür, daß niemand angeschossen worden war, dauerte das ganze Theater recht lange, und es ging auf zwei Uhr zu, bis ich endlich die Türen vorn und hinten absperren, die Riegel vorlegen und die Festbeleuchtung ausschalten konnte.

Mein Vater rutschte rückwärts im Sitzen die Treppe hinauf. Er wollte nicht mehr Hilfe als unbedingt nötig in Anspruch nehmen und quälte sich allein ins Bad und vom Bad ins Schlafzimmer, auf eins der beiden Einzelbetten. Ich landete schließlich noch halb angezogen und kein bißchen müde auf dem zweiten Bett.

Vor knapp zwanzig Stunden war ich mit dem Fahrrad bei Mrs. Wells losgefahren, um in den sonnigen, begrasten Hügeln Galopp zu reiten. Ich war aus meinem alten Leben herausgerissen und in eine neue Welt verpflanzt worden, und minutenlang hatte ich befürchtet, ich könnte eine Kugel in den Rücken bekommen. Wie sollte ich da schlafen?

„Wieso bist du nicht weggelaufen, Ben?“ fragte mein Vater im Dunkeln.

Nach kurzem Zögern erwiderte ich: „Damit du nicht erschossen wirst.“

„Du hast dich dazwischengestellt …?“

„Immer noch besser als Babys tätscheln.“

„Ben!“

„Ich glaube, das war ein Gewehr, wie man es zum Scheibenschießen nimmt“, erklärte ich nach einer Weile. „Ein Hochgeschwindigkeitsgeschoß wahrscheinlich. Das Geräusch kenne ich. Eine 6-mm-Kugel bringt einen so leicht nicht um. Man müßte schon glatt in den Kopf oder ins Genick getroffen werden. Ich habe nur deinen Kopf abgeschirmt.“

Im anderen Bett war es still. Dann sagte mein Vater: „Ich hatte vergessen, daß du schießen kannst.“

„Ich war in der Schulmannschaft. Unser Schießlehrer war einer der landesbesten Scharfschützen.“ Ich lächelte im Dunkeln. „Und du hast den Unterricht bezahlt.“

ZWEI

Am nächsten Morgen ging ich vor neun nach unten, um die Tür auf der Parkplatzseite aufzuschließen, weil dort ein Mann den Knopf der schrill tönenden Klingel strapazierte. Er war klein, dick, schwarzhaarig und stocksauer.

„Wer sind Sie denn?“ wollte er wissen. „Was tun Sie hier? Wieso ist die Tür verriegelt?“

„Benedict Juliard“, stellte ich mich vor.

Er starrte mich kurz an, dann huschte er an mir vorbei und begann sogleich mit der Sichtung des Durcheinanders, das nach den Ereignissen der Nacht in beiden Büroräumen zurückgeblieben war.

„Dann sind Sie wohl der Sohn“, sagte er und raffte Briefumschläge zusammen. „Um Sie abzuholen, hat George gestern den ganzen Tag vergeudet. Wo ist George überhaupt? Das Radio läuft heiß. Was ist heute nacht passiert?“

„Er ist oben. Hat sich den Fuß verrenkt. Und, äh…, wer sind Sie?“

„Mervyn Teck, wer sonst?“ Gereizt sah er in mein verständnisloses Gesicht. „Ich bin der Agent. Ich leite den Wahlkampf hier. Ich soll George Juliard ins Parlament bringen. Den Rundfunknachrichten zufolge hat jemand auf ihn geschossen. Stimmt das?“ Er räumte weiter auf.

„Es kann sein“, sagte ich.

„Gut.“

„Hm?“ machte ich.

„Gratiswerbung. Sonst ist Sendezeit für uns zu teuer.“

„Ach so.“

Mein Vater kam hüpfend die Treppe herunter. „Morgen, Mervyn. Meinen Sohn haben Sie also schon kennengelernt?“

Mervyn warf mir einen wenig begeisterten Blick zu.

„Ein Glück, daß er da ist“, sagte mein Vater. „Er kann mich herumfahren.“ Auf der Fahrt von Brighton hatte ich ihm erzählt, daß ich seit knapp fünf Wochen den Führerschein besaß. Jetzt ermahnte mich sein Pokerface, die fehlende Fahrpraxis für mich zu behalten.

Kandidat und Agent, begriff ich, waren Partner, aber keine Freunde.

Eine staksige junge Frau mit strengem Haarschnitt und einer bunten Juliardrosette am Revers ihres grauen Powerkostüms tauchte auf. Sie wurde mir als Crystal Harley, Mervyn Tecks Sekretärin, vorgestellt, und wie ich im Lauf des Vormittags erfuhr, war sie neben Mervyn die einzige, die für die Wahlkampfarbeit bezahlt wurde.

Die drei freiwilligen Hexen vom Vortag erschienen eine nach der anderen und deckten meinen Vater mit zärtlicher Fürsorge und frischem Kaffee ein.

Ich hatte ihre Namen vergessen: Faith, Marge und Lavender, rügte Faith mich sanft.

„Entschuldigung.“

„Ein guter Politiker merkt sich Namen“, ermahnte mich Lavender. „Ihr Vater ist nicht gut bedient, wenn Sie vergessen, wer die Leute sind.“

Mervyn Teck und mein Vater sprachen über Stadtviertel und Flugblätter. Crystal Harley fütterte einen Computer mit immer neuen Einzelheiten. Die mütterliche Faith lief mit einem Staubtuch umher, und Marge warf den Kopierer an. Ich saß auf meinem Hocker und hörte einfach zu.

Solange wir nur zu siebt im Büro waren, ging es relativ ruhig zu, doch damit war es vorbei, als nach und nach eine ähnlich gemischte Gesellschaft wie die vom Vorabend hereinströmte und eine Unzahl schwer zu beantwortender Fragen stellte. Mervyn Teck freute sich. Ob Polizei, Medien, Parteianhänger oder bloß Neugierige, er hieß sie alle herzlich willkommen. Der Kandidat war nicht nur wohlauf, sondern ausgesprochen charmant zu allen Besuchern. Der Mann vom Lokalfernsehen leuchtete das Gesicht meines Vaters aus und filmte sein offenes Lächeln. Kameras blitzten. Mikrofone wurden herumgereicht, damit kein hörenswertes Wort verlorenging, und ich lächelte einfach pausenlos.

Crystal, die weiterarbeitete, so gut es ging, meinte bissig zu mir, wenn George Juliard umgebracht worden wäre, könnte der Wirbel kaum größer sein.

„Zum Glück lebt er aber noch“, sagte ich und verkeilte meinen Hokker neben ihrem in der Brandung.

Sie schaute zu meinem Vater hinüber, der mit Bescheidenheit und Eleganz die Medien für sich einnahm. „Ich habe schon ziemlich viele Politiker kennengelernt“, erklärte sie. „Ihr Vater ist anders.“

„Inwiefern?“

„Spüren Sie nicht, wieviel Kraft er hat? Na ja, als sein Sohn vielleicht nicht. Sie stehen ihm zu nah.“

„Manchmal spüre ich das schon.“ Eine umwerfende Kraft, dachte ich.

„Denken Sie nur an gestern abend“, redete Crystal gleich weiter. „Er hat den Saal begeistert. Dennis Nagle war ein netter, mit seiner ruhigen Art durchaus fähiger, verdienter Mann, aber er hätte niemals ein Publikum so zum Toben bringen können.“

„Könnte Orinda das?“

Crystal war verblüfft. „Nein, bei ihr lachen die Leute nicht. Aber sie hat viel für den Wahlkreis getan. Sie stand Dennis immer zur Seite. Es trifft sie sehr, daß sie nicht als seine Nachfolgerin aufgestellt worden ist.“

„Wenn also jemand ein Motiv hätte, meinen Vater um die Ecke zu bringen“, sagte ich, „dann wäre sie das.“

„Aber so ist sie nicht!“ Crystal war ehrlich bestürzt. „Sie kann wirklich reizend sein. Mervyn mag sie sehr. Er ist schwer enttäuscht, daß er sie nicht ins Parlament bringen kann.“ Eckig und spitz, wie sie zuerst auf mich gewirkt hatte, war Crystal nur äußerlich. Sie war freundlicher, als sie aussah. Ich schätzte sie auf Mitte Zwanzig und nahm an, sie hatte nie viel zu lachen gehabt.

Mervyn Teck schlängelte sich zwischen den vielen Leuten durch und erklärte mir, es würde langsam Zeit, meinen Vater nach Quindle zu bringen, wo er Termine habe. Die entlegene Kleinstadt war eines der Ballungszentren in dem großen ländlichen Wahlkreis. Mervyn gab mir eine Autokarte mit markiertem Weg und Ziel, sah mich aber unschlüssig an.

„Trauen Sie sich das wirklich zu?"

„Ja", sagte ich mit mehr Selbstvertrauen, als ich empfand.

„Ein Zwischenfall wie die Sache gestern abend ist unbezahlbar", meinte er. „Jetzt noch ein Autounfall, das wäre des Guten schon zuviel. Es soll nicht heißen, wir wären vom Pech verfolgt."

„Klar", sagte ich.

Auf der anderen Zimmerseite schwenkte mein Vater die Schlüssel des Range Rovers. Ich ging zu ihm, ließ sie mir geben, und er löste sich von den mit ihm plaudernden Sympathisanten und humpelte am Stock zum Parkplatz hinaus. Mein Vater bat mich, den Wagen heranzuholen, damit er nicht so weit humpeln müsse.

Ich ging zu dem auffälligen Fahrzeug und blieb, die Schlüssel in der Hand, davor stehen. Die Sonne schien auch heute wieder, ließ die Girlanden glitzern, und nach einem Augenblick machte ich kehrt und ging zu meinem Vater zurück.

„Was ist los?" fragte er etwas gereizt. „Kannst du damit nicht fahren?"

Ich ging stirnrunzelnd wieder ins Büro, ohne mich um seine Ungehaltenheit zu kümmern.

„Ihr müßt los", meinte Mervyn ebenso gereizt. „Sie sagten doch, Sie könnten Georges Wagen fahren."

Ich nickte. „Ein kleinerer wäre mir aber lieber. Wir sollen ja keinen Unfall bauen, wie Sie schon sagten. Könnte ich Ihren nehmen?"

Mervyn erklärte sichtlich verärgert: „Mein Wagen ist für Fahrer unter einundzwanzig nicht versichert."

„Meiner aber", schaltete sich Crystal ein. „Den fährt mein jüngerer Bruder manchmal. Er macht allerdings nicht viel her." Sie zog die Schlüssel aus der Handtasche, und ich kehrte zu meinem Vater zurück.

„Du enttäuschst mich, Ben", sagte er auf Mervyn Tecks Auslassungen hin. „Morgen übst du mal schön mit dem Range Rover."

„Gut. Aber kannst du heute, bevor wir losfahren, bitte noch einen Mechaniker bestellen, der nachsieht, ob damit alles in Ordnung ist?"

„Klar ist er in Ordnung. Ich bin damit gestern nach Brighton und wieder zurück gefahren, und er lief einwandfrei."

„Ja, aber jetzt hat er die ganze Nacht auf dem Parkplatz gestanden, und es kann sein, daß dich vergangene Nacht jemand erschießen wollte. Wenn nun jemand ein paar Nägel in die Reifen gerammt hat oder was weiß ich?“ Ich war in einen wegwerfenden Ton verfallen, als hielte ich den Gedanken an Sabotage für kindisch; doch nach kurzer Überlegung sagte mein Vater zu Mervyn: „Ich nehme Crystals Wagen. Lassen Sie doch bitte den Range Rover überholen, Mervyn.“

Mervyn warf mir einen säuerlichen Blick zu, dabei wollte doch gerade er nicht, daß wir in den Ruf der Unglücksraben gelangten; wenigstens hatte er das behauptet.

Mit Crystals kleinem Stadtflitzer brachte ich den Kandidaten also sicher zu seinen weit entfernten Auftritten, und wieder sah und hörte ich, wie er die apathische Wählerschaft wachrüttelte.

Ich wußte zwar nicht, ob die sprühende Begeisterung vom Tage die Leute auch zu den Wahlurnen führte, aber mein Vater versicherte mir, es sei schon genug, wenn sie nicht in das gegnerische Lager liefen und ihre Stimme Bethune gaben.

Wir hatten eine Erfindung meines Vaters mit eingepackt, die im Prinzip aus zwei jeweils dreißig Zentimeter hohen, doch unterschiedlich breiten Holzkisten bestand, die aufeinandergeschraubt ein improvisiertes Podest ergaben – hoch genug, daß ein Redner gut zu verstehen war, aber nicht so hoch, daß er unterschwellig bedrohlich wirkte. „Meine Seifenkiste“, sagte mein Vater dazu.

Ich stellte die Seifenkiste an drei verstreut liegenden Brennpunkten der Stadt auf, und an allen dreien kamen Leute zusammen, ob neugierig, kontra oder abwartend, und an allen dreien sah ich mich von Fragestellern umdrängt.

„Kennt er sich wirklich so gut aus, wie er tut?“

„Noch besser.“

„Wie denkt er über Bildung und Erziehung?“

Ich lächelte. „Positiv.“

„Ja, aber –“

„Ich kann nicht für ihn antworten. Fragen Sie ihn bitte selbst.“

Das Gastspiel meines Vaters war in ganz Quindle durch Plakate angekündigt worden. Die Wahlhelfer, die sie verteilt hatten, empfingen uns und begleiteten uns mit vor Engagement glühenden Gesichtern überallhin. Mein eigenes Engagement, das war mir inzwischen klargeworden, galt ausschließlich meinem Vater, nicht seiner Partei.

Neben der Flut von WÄHLEN-SIE-JULIARD-Plakaten gab es einige für Titmuss und Whistle und natürlich eine Menge BETHUNE IST BESSER. GEBEN SIE IHM IHR KREUZ. Bethunes Plakate sahen ziemlich zerrupft aus, und das lag, wie ich herausfand, nicht nur daran, daß er auf seiner Redetour schon vor drei Tagen durch Quindle gerauscht war, sondern daß ihm der *Quindle Diary*, das lokale Wochenblatt, die Schlagzeile „Bethunes Seitensprung" nachgeliefert hatte.

Da einer der Wahlhelfer mir den *Quindle Diary* zugesteckt hatte, las auch ich natürlich die Titelstory.

> Sollen wir uns im Parlament von einem Ehebrecher vertreten lassen, der nur vorgibt, die familiären Werte hochzuhalten, denen sich unsere Zeitung und unsere junge Stadt verschrieben haben? Sollen wir den Versprechungen eines Menschen glauben, der selbst ein feierliches Treuegelöbnis nicht einhalten kann?

Ich fand den Ton, in dem das Ganze gehalten war, reichlich geschwollen, aber für Bethunes Lager war es mit Sicherheit ungünstig.

Bei allen drei Auftritten wurde mein Vater bedrängt, sich über Bethunes Scheinheiligkeit auszulassen, und jedesmal überhörte er taktvoll die plumpe Aufforderung und griff Bethune und seine Partei nur wegen ihrer politischen Ziele an.

Die Zurückhaltung stieß auch bei der eigenen Freiwilligenarmee nicht nur auf Verständnis. „Bethune wäre fertig, wenn George über seinen Charakter herfiele", nörgelte einer. „Warum tut er das nicht?"

„Es ist gegen seine Überzeugung", sagte ich. „Er würde das als Mogelei ansehen."

Der Wahlhelfer verdrehte die Augen, suchte aber einen neuen Ansatz. „Sehen Sie den dünnen Kerl, der da bei Ihrem Vater steht und in ein Notizbuch schreibt?"

„Meinen Sie den im rosa Jogginganzug, mit der verkehrt rum aufgesetzten Baseballmütze?"

„Genau den. Der heißt Usher Rudd. Er schreibt für die *Hoopwestern Gazette*, und seine Kolumne erscheint auch im *Quindle Diary*. Von ihm stammen die Schmähartikel gegen Paul Bethune. Rudd ist eine professionelle Dreckschleuder. Dem darf man niemals trauen."

„Weiß mein Vater das?" fragte ich bestürzt.

„Ich habe George gesagt, daß Usher Rudd bestimmt noch mal auftaucht, aber er sieht nicht immer gleich aus. Die Baseballkappe und der rosa Trainingsanzug sind neu."

„Usher Rudd ist ein ausgefallener Name."

Der Wahlhelfer lachte. „Eigentlich heißt er Bobby Rudd. Seine Mutter, Gracie Rudd, war eine geborene Usher. Die Rudds besitzen eine Kette von Reparaturwerkstätten, aber Autos reparieren ist nicht nach Bobbys Geschmack. Er bezeichnet sich als Enthüllungsjournalist. Skandalkolporteur würde ich das nennen."

„War er auch bei dem Essen gestern abend?"

„Im Schlafenden Drachen? Darauf können Sie Gift nehmen. Wird ihm stinken, daß der Schuß und das alles für die *Gazette* von heute zu spät kam. Die *Gazette* hat ganze vierundzwanzig Seiten, fast nur Werbung, Sportergebnisse, Lokalnachrichten. Sie verkauft sich vor allem wegen der Skandalgeschichten, die Rudd ausgräbt. Schon als Kind hat er überall seine Nase reingesteckt und heimlich die Leute beobachtet, und er hat sich nicht gebessert. Nehmen Sie sich vor ihm in acht."

„Danke für den Tip."

Während das Publikum meinem beflügelten Vater gebannt zuhörte, schlenderte ich nach hinten, um ihm den Rücken zu decken. Ich lief wie planlos umher, aber offenbar nicht planlos genug, da Usher Rudd, ebenso harmlos tuend, sich auf einmal wie zufällig neben mich stellte.

„Tag", sagte er. „Wo ist denn Juliards Streitwagen?"

„Wir sind mit einem anderen Auto hier", antwortete ich verwirrt.

„Ich bin Usher Rudd."

Er sprach mit tiefstem Dorset-Akzent, sein Auftreten war selbstbewußt bis überheblich. Er hatte ruhige blaue Augen, blonde Wimpern und trockene, sommersprossige Haut. Das naseweise Kind, das heimlich die Leute beobachtet, schimmerte noch derart hindurch, daß ich mir ausnahmsweise direkt reif vorkam.

„Wie heißen Sie?" fragte er, als ich nichts erwiderte.

„Benedict", sagte ich.

„Ben", verkürzte er und nickte für sich. „Ben Juliard. Wie alt sind Sie?" Er war brüsk, als hätte er ein Recht, das zu erfahren.

„Siebzehn", sagte ich ruhig. „Und Sie?"

„Das geht Sie nichts an."

Die Verblüffung, mit der ich ihn ansah, war zumindest teilweise echt. Wieso bildete er sich ein, mir Fragen stellen zu können, die er selber nicht beantwortete? Ich mußte zwar, wie Vater gesagt hatte, noch viel lernen, aber dieser Mann war mir auf Anhieb unsympathisch.

Dicht hinter mir antwortete mein Vater auf Fragen, die ihm mit Fug und Recht gestellt wurden: Wo stand er bildungs-, wo außenpolitisch, was hatte er zu den Steuern, zum ungeeinten Königreich und zu Bischöfen zu sagen, die sich außerstande zeigten, die Zehn Gebote einzuhalten? „Was heißt denn Sünde heute überhaupt noch?" rief jemand dazwischen. Mose sei veraltet.

Mein Vater, der auf alle Fälle lieber nach Geboten lebte, als daß er sich zu viele Freiheiten herausnahm, erwiderte mit Humor: „Klar, wenn es Ihnen nichts ausmacht, wenn Ihr Nachbar Ihnen Ochs und Esel neidet und mit Ihrer Frau und Ihrem Rasenmäher durchbrennt, dann schicken Sie Mose in die Wüste…"

Das Ende des Satzes ging in Gelächter und Beifallsrufen unter, und er hielt sie noch eine Viertelstunde in seinem Bann, lieferte ihnen politische Informationen in ansprechender Verpackung und gab ohne Mikrofon und ohne Scheinwerfer eine Vorstellung, die sie nie vergessen würden.

Mitten im Schlußapplaus sagte Usher Rudd zu mir: „Geburtstag?"

„Bitte?"

„Ihr Geburtsdatum."

„Ja, ich weiß mein Geburtsdatum."

Er hielt mich für begriffsstutzig. „Wie heißt Ihre Mutter?" fragte er.

„Sie ist tot."

Sein Blick wurde nachdenklich und glitt zu dem *Quindle Diary*, den ich zusammengerollt in der Hand hielt. Er begriff, warum ich so ausweichend geantwortet hatte.

„Bethune hat's verdient", sagte er scharf.

„Ich kenne ihn nicht", erwiderte ich.

„Dann lesen Sie meinen Artikel. Jeder hat seine Geheimnisse", erklärte er süffisant. „Ich bringe sie nur ans Licht. Macht mir Spaß. Und sie haben's verdient."

„Die Öffentlichkeit hat ein Recht auf Information?" fragte ich.

„Selbstverständlich. Wenn sich jemand zum Herrn und Gesetzgeber über uns aufschwingen will, dann soll er gefälligst nicht blind herumvögeln, oder?"

„Darüber habe ich noch nicht nachgedacht."

„Wenn Papa George schmutzige Geheimnisse verbirgt, dann komme ich dahinter. Wie heißt Ihre Mutter?"

„Im Recherchieren sind Sie sicher gut", meinte ich gelassen. „Meine Mutter hieß Sarah Juliard. Verheiratet. Tot. Tut mir leid."

„Das prüfe ich nach", drohte er.

„Bitte sehr."

Mein Vater löste sich von den ihn umdrängenden Wählern und erklärte, wir könnten jetzt zum Mittagessen gehen: ein Wahlhelfertreffen in einer Kneipe.

„Darf ich vorstellen", sagte ich, auf den Mann mit dem rosa Trainingsanzug und der Baseballkappe deutend, „Usher Rudd."

„Angenehm", sagte mein Vater, schon die Hand ausstreckend.

„Er schreibt für Zeitungen." Ich rollte den *Quindle Diary* auseinander, damit er die Schlagzeile auf der Titelseite sehen konnte. „Das ist von ihm. Er wollte den Namen meiner Mutter wissen."

Langsam lernte ich meinen Vater kennen. Noch vor vierundzwanzig Stunden wären mir die winzige Muskelanspannung und das kurze Schweigen entgangen, mit denen er unerfreuliche Tatsachen einschätzte, klar und ungemein rasch, wobei er nicht nur analysierte, was war, sondern zugleich die möglichen Folgen bedachte.

Er lächelte Usher Rudd höflich an. „Meine Frau hieß Sarah. Sie ist leider gestorben.“

„Woran?“ Usher Rudd, vom Freimut meines Vaters überrumpelt, hörte sich unverschämt aggressiv an.

„Es ist schon lange her.“ Mein Vater blieb höflich. „Komm, Ben, wir müssen.“

Er wandte sich ab und ging zwei, drei Schritte, dann schoß Bobby Usher Rudd in seinen Turnschuhen an uns vorbei, fuhr herum und verstellte uns den Weg. Seine Stimme war dünn, maliziös. „Ich hole Sie runter vom Kandidatensockel. Orinda Nagle bekommt, was ihr zusteht.“

„Aha.“ Mein Vater packte alles Verständnis der Welt in das eine Wort. „Sie haben also Paul Bethune mit Dreck beworfen, damit sie freie Bahn hat?“

Usher Rudd war wütend. „Sie wiegt zehn von Ihrer Sorte auf. Sie hätte gewonnen.“ Usher Rudd bebte vor Wut. „Sie werden verlieren!“

„Mal sehen.“ Mein Vater ging mit mir im Schlepptau an ihm vorbei, und Usher Rudd schrie uns eine Frage nach, die ich niemals gestellt hätte, obwohl sie mich selbst brennend interessierte. „Wenn Ihre Frau schon so lange tot ist, wie halten Sie's dann mit dem Sex?“

Mein Vater hatte das zweifellos gehört, kam aber keinen Moment aus dem Tritt. Ich warf einen Blick auf sein Gesicht, ohne dadurch schlauer zu werden; es verriet weder Unruhe noch Verlegenheit, höchstens – Belustigung.

Das Mittagessen war eine beschwingte Angelegenheit, denn die Helfer waren noch aufgedreht vom morgendlichen Programm. Am Nachmittag besichtigten wir eine Möbel- und danach eine Farbenfabrik, wobei der Kandidat (am Stock gehend) ganz Ohr für die Lokalprobleme war und Abhilfe versprach, falls er gewählt würde. Er schüttelte unzählige Hände und hinterließ Hoffnung.

Mervyn Teck war bei seiner Planung noch davon ausgegangen, daß Orinda die Holzarbeiter und die Farbenmischer umgarnen würde, und in der einen oder anderen Werksabteilung stieß der vermeintliche Thronräuber auf Widerstand. Mein Vater entschärfte die Lage, indem er Orinđas Verdienste lobte, ohne sich dafür zu entschuldigen, daß man ihn ihr vorgezogen hatte.

„Ein geborener Politiker", flüsterte eine der Wahlhelferinnen mir ins Ohr. „Bei der gegenwärtigen Stimmung würden wir den Wahlkreis hier mit Orinda verlieren, mit Ihrem Vater steigen die Chancen."

Auf der Rückfahrt nach Hoopwestern fragte ich meinen Vater, was er von Usher Rudd halte, aber er sagte nur gähnend, er sei k. o. und sein Fuß tue weh, dann schlief er ein. Ich fuhr vorsichtig, weil ich den Straßenverkehr noch nicht gewohnt war, und weckte den Kandidaten durch jähes Bremsen an einer roten Ampel auf.

„Usher Rudd", sagte er ohne Vorrede, als zählten die zwanzig Minuten zwischen Frage und Antwort überhaupt nicht, „hat rote Haare unter der Baseballmütze."

„Woher weißt du das?"

„Er war gestern abend auf der Versammlung. Polly hat ihn mir gezeigt. Schwarzer Trainingsanzug, schwarze Turnschuhe. Hast du ihn nicht gesehen?"

„Nicht, daß ich wüßte."

„Stell fest, ob er schießen kann."

Ich war drauf und dran, *wow* oder wie denn? zu sagen, verkniff mir aber beides. Mein Vater sah mich schräg an, und ich spürte sein Lächeln.

„Ich glaube nicht, daß er es war", sagte ich.

„Wieso nicht?"

„Seine Waffe ist die spitze Feder."

„Und du willst wirklich Mathematiker werden? Hast du noch nie daran gedacht zu schreiben?"

„Ich will Jockey werden." Oder auf dem Mond landen. „Vater –", hob ich an.

„Dad."

„Nein – Vater. Warum willst du unbedingt Politiker sein?"

Nach einer Pause antwortete er: „Ich bin einer. Ich kann nicht anders."

„Du bist aber nie …, na ja …"

„Nie aktiv geworden? Seit ich so alt war wie du, wußte ich, daß ich eines Tages versuchen würde, ins Parlament zu kommen. Aber ich brauchte eine solide Grundlage. Ich mußte mir selbst beweisen, daß ich Geld verdienen kann. Ich mußte etwas von Wirtschaft verstehen. Vor einiger Zeit kam dann der Punkt, an dem ich mir sagte, jetzt oder nie. Für mich war klar: jetzt."

Das war die längste Standorterklärung, die ich je von ihm gehört hatte, und ich nahm an, er hatte den Drang, der ihn zur Reife geführt und ihn im Schlafenden Drachen seine ganze Kraft hatte entfalten lassen, mir zuliebe vereinfacht dargestellt. Der Juliard-Drache war jetzt erwacht und kroch schnaubend via Whitehall in Richtung Downing Street.

Wir kamen erst lange nach sechs zurück, und das Büro war verlassen. Ich schloß die Tür auf, und eine große Notiz auf Mervyn Tecks Schreibtisch sprang uns ins Auge: „Der Range Rover steht in Rudds Reparaturwerkstatt. Sie haben ihn gründlich überprüft und nichts daran gefunden."

DREI

Nach dem anstrengenden ganztägigen Gastspiel in Quindle hätte ich meinem Vater eine Verschnaufpause gegönnt, aber ich war mir noch nicht darüber im klaren, wieviel Ausdauer angehenden Volksvertretern abverlangt wird. Statt in Ruhe seine Batterien aufladen zu können, mußte er zu einem weiteren Händeschüttel- und Lächelmarathon, diesmal in normalerweise der Vorschulerziehung dienenden Räumlichkeiten in einem Außenbezirk von Hoopwestern.

An Korkbretter gepinnte Malversuche von Kindern schmückten die Wände, von überall stürmten Grundfarben auf das Auge ein. Zum Inventar gehörten mehrere Reihen Klappstühle, wie sie mit der Zeit für mich zum vertrauten Anblick wurden, und eine provisorische Rednertribüne mit einer Lautsprecheranlage, die beim Ein- und Ausschalten pfiff. Neonröhren verbreiteten ein ungemütliches grünlichweißes Licht, und es waren zu wenige, um irgend jemandes Stimmung aufzuheitern. Der Vorraum zur Hölle, dachte ich, und tatsächlich konnte man das Publikum, das an dieser ungastlichen Stätte erschienen war, an Fingern und Zehen abzählen.

Mervyn Teck empfing uns am Eingang mit einem prüfenden Blick auf die Uhr. Zwei oder drei Wahlhelferinnen drängten sich tatendurstig um den Kandidaten, aber zehn Minuten nach Beginn der Veranstaltung hatte sich statt Begeisterung nur Apathie im Saal breitgemacht. Ich hatte angenommen, mein Vater würde, enttäuscht über die schwache Resonanz, den unliebsamen Auftritt schnellstmöglich hinter sich bringen, doch er scherzte darüber, legte das Mikrofon weg, setzte sich auf den Rand des Podiums und bat die wenigen verstreuten Zuhörer, nach vorn aufzurücken, damit es mehr nach einer richtigen Versammlung aussehe.

Der Trick funktionierte. Alle kamen nach vorn. Er redete ungezwungen mit ihnen, als seien es lauter Bekannte, und vor meinen Augen verwandelte er das Debakel in eine nützliche PR-Lektion.

Mervyn Teck wirkte nachdenklich, aber auch unzufrieden.

„Ist was?“ fragte ich ihn.

„Für Orinda wären viel mehr Leute gekommen“, meinte er säuerlich. „Man liebt sie hier; jedes Jahr verteilt sie Preise an die Kinder.“

„Das tut sie bestimmt auch weiterhin.“

Ich hatte das ohne Ironie gesagt, aber Mervyn Teck warf mir einen mißbilligenden Blick zu und ließ mich stehen. Eine der Wahlhelferinnen erklärte mir liebenswürdig, daß die Veranstaltung zeitlich mit einem TV-Straßenfeger zusammengefallen sei; sogar die Kneipen hätten Donnerstag abends darunter zu leiden. Morgen sehe das schon anders aus. Das Rathaus werde brechend voll sein.

„Äh“, sagte ich, „was ist denn im Rathaus?“

„Sie wissen nicht, daß er morgen abend direkt gegen Paul Bethune antritt?“

Ich schüttelte den Kopf.

„Ein Knüller“, freute sie sich. „Das lasse ich mir auf keinen Fall entgehen.“

Auch mein Vater gab sich, als ich ihn auf der kurzen Rückfahrt ins Zentrum von Hoopwestern darauf ansprach, frohen Mutes.

„Das“, meinte ich, „bringt auch sicher viel mehr als das mittlere Fiasko von heute abend.“

„Jede Stimme zählt“, berichtigte er mich. „Wenn ich heute abend zwei, drei Stimmen hereingeholt habe, reicht das schon. Man muß die Wechselwähler einzeln für sich gewinnen.“

FRÜH am nächsten Morgen kaufte ich eine *Gazette.* Schmuddelsex und Paul Bethune (samt Fotos) nahmen die Seiten vier bis fünf ein, der Großteil der Titelseite aber galt dem Thema: SCHÜSSE AUF JULIARD?

Ja (Augenzeugen) und nein (er war unverletzt). Die Polizei hielt sich zurück (sie hatte keine Waffe gefunden). Schaulustige sagten aus, Juliard sei eindeutig das Ziel eines Mordanschlags gewesen. Der Chefredakteur bezweifelte in seinem Leitartikel, daß politischer Mord auf einer so niedrigen politischen Ebene stattfände. So etwas passiere nur Politikern von Weltrang. Auf ungewählte Kandidaten fürs Unterhaus würden keine Anschläge verübt.

Ich ging zu Fuß durchs Städtchen zu der Ringstraße, an der Rudds Reparaturwerkstatt lag, und erreichte sie, als sie gerade geöffnet wurde. Es war eine große Werkstatt mit einem noch größeren abgezäunten Hof, auf dem gewartete und noch zu wartende Autos bereitstanden. Dort stand auch der Range Rover.

Ich fragte nach dem Chef und wurde zu ihm geführt. Basil Rudd, dünn, rothaarig, sommersprossig und voller Energie, sah Usher Rudd so ähnlich, daß sie Zwillinge hätten sein können.

„Fragen Sie nicht", sagte er, auf meine Zeitung schielend. „Er ist mein Cousin. Ich habe nichts mit ihm zu tun, und wenn Sie sich schlagen wollen, sind Sie an den Falschen geraten."

„Also eigentlich wollte ich nur den Range Rover abholen." Ich zeigte ihm eine von meinem Vater unterschriebene Vollmacht und meinen Führerschein.

„In Ordnung." Er nahm zwei Schlüssel an einem Ring aus einer Schublade und hielt sie mir hin. „Die Rechnung geht an Mr. Juliards Parteizentrale, okay?"

„Ja, danke. War irgendwas dran?"

Er zuckte die Achseln. „Wenn, dann hat sich das erledigt."

Er sah auf einen aufgespießten Arbeitsbogen. „Ölwechsel. Hauptuntersuchung. Das ist alles."

„Könnte ich vielleicht mal die Leute sprechen, die das ausgeführt haben?"

„Wozu denn?"

„Äh ..., ich muß meinen Vater chauffieren, und ich kenne den Wagen noch nicht... Vielleicht hat jemand ein paar Tips, wie ich verhindern kann, daß der Motor überhitzt wird, wenn wir so im Schneckentempo von Haus zu Haus fahren."

Basil Rudd zuckte die Achseln. „Fragen Sie Terry. Es war sein Job."

Ich dankte ihm und ging zu Terry, der sich mit drei Worten beschreiben ließ: groß, dick, kahlköpfig. Dazu ein brauner, ölverschmierter Overall.

Auch er sah auf meine Zeitung. Er legte Gift in seine tiefe Stimme. „Kommen Sie mir bloß nicht mit Bobby Rudd."

Das hatte ich nicht vorgehabt, aber ich sagte: „Warum nicht?"

„Weil der die Leute durchs Schlafzimmerfenster mit vibrationsempfindlichen Horchapparaten belauscht, und ehe man sich's versieht, steht in der Zeitung zwar nicht, wie man's getrieben, aber was man im Bett über den Chef und seine Lieblingskundin erzählt hat, die dauernd ihren neuen Wagen in die Werkstatt bringt, damit er ihr unter den Rock fassen kann. Wegen Bobby bin ich rausgeflogen."

„Sie sind doch noch hier", meinte ich.

„Na ja, Basil hat mich eingestellt, weil er Bobby nicht riechen kann..." Er hielt inne. „Was wollen Sie denn, wenn Sie Bobby Usher Rudd nicht herführt, Junge?"

„Ich, äh... Sie haben den Range Rover meines Vaters gewartet. Was war da dran?"

„Abgesehen von dem Blümchenkram?" Er kratzte sich den blanken Schädel. „Fremdkörper in der Ölwanne würde ich mal sagen. Sonst nichts."

„Was für ein Fremdkörper?"

Er sah mich unschlüssig an. „So genau weiß ich das nicht."

„Hm..., woher wissen Sie denn, daß einer drin war?"

Um das zu beantworten, holte er weit aus. „Jemand von Ihrem Wahlkampfbüro – Teck oder so ähnlich – rief Basil an, Sie hätten da einen Range Rover, mit dem vielleicht was nicht stimmt, den sollte sich gleich mal jemand vornehmen, also bin ich hin. Dieser Teck meinte, es könnte sein, daß jemand auf Ihren Vater geschossen hat, darum sollte ich nachsehen, ob an dem Range Rover die Bremsen manipuliert worden waren oder so, und ich habe die ganze Kiste durchgecheckt, aber da war nichts. Keine Bomben oder so was, aber weil Teck trotzdem wollte, daß ich eine Inspektion durchführe, habe ich ihn hierher gebracht."

Er machte eine Kunstpause.

„Was haben Sie gefunden?" fragte ich entgegenkommend.

„Das ist es eben. Ich hab was nicht gefunden."

„Können Sie mir das bitte genauer erklären?"

„Keine Schraube an der Wanne."

„Was?"

„Ölwechsel. Routinesache. Ich fahre den Range Rover über die Grube und will die Schraube an der Ölwanne lösen, um das alte Öl abzulassen, und was sehe ich, die Schraube ist nicht da. Aber der Meßstab zeigt Öl an. Voll. Also lass' ich erst mal den Motor laufen, und der Öldruck ist normal, das heißt, der Motor bekommt Öl, aber da die Ablaßschraube fehlt, muß man sich fragen, wieso das Öl nicht ausgelaufen ist."

„Ja und wieso nicht?"

„Weil das Loch mit etwas anderem verstopft war."

„Mit einem Lappen?" tippte ich an. „Papiertaschentüchern?"

„Eher nicht. Mit etwas Festerem. Jedenfalls habe ich mit einem Draht die Öffnung durchstoßen, und das Öl ist rausgelaufen wie sonst auch."

„Der Pfropfen, oder was es nun ist, liegt also noch in der Ölwanne?"

Er zuckte die Achseln. „Nehme ich mal an. Da kann aber nicht viel passieren. Der Ablauf ist kaum größer als ein kleiner Finger."

„Hm." Ich zögerte. „Haben Sie Basil Rudd darauf hingewiesen?"

Er schüttelte sein großes Haupt. „So wild fand ich das nicht. Ich habe eine passende neue Schraube reingedreht und fertig. Dann habe ich sauberes Öl nachgefüllt und den Range Rover raus auf den Hof gefahren. Der ist tipptopp. Da kriegen Sie keinen Ärger mit."

„Ich hole ihn gleich", sagte ich. „Muß nur noch mal ins Büro wegen der Rechnung."

Ich kehrte ins Büro zurück, bat Basil Rudd, meinen Vater im Ort anrufen zu dürfen, und bekam mit einer einladenden Geste den Hörer hingehalten.

„Frag doch bitte mal die Leute, die zuletzt deinen Range Rover gewartet haben, ob an der Ölwanne eine normale Ablaßschraube war", sagte ich zu meinem Vater. Ich erzählte ihm, was Terry entdeckt und wie er das Problem gelöst hatte.

Basil Rudd hob jäh den Blick von einem Formular, das er gerade ausfüllte. „Um was geht es denn eigentlich?" fragte er.

„Es kann sein, daß ich mich umsonst aufrege", erwiderte ich. „Aber ich bin um die Sicherheit meines Vaters besorgt seit der Sache mit dem Schuß ..."

Fünf Minuten später rief mein Vater zurück. „Mein Mechaniker verbittet sich jede Andeutung, daß mit dem Range Rover irgend etwas nicht gestimmt haben könnte. Er hat ihn am Montag komplett durchgecheckt. Also, was ist los?"

„Ich weiß es nicht genau. Wahrscheinlich gar nichts."

„Gib mir mal Basil Rudd!" befahl mein Vater.

Ihr Gespräch zog sich ein paar Minuten hin. Basil Rudd vertrat die Ansicht, daß der Junge – ich – wegen nichts die Pferde scheu mache, meinte schließlich aber achselzuckend: „Gut, soll mir recht sein." Er legte auf und wandte sich an mich: „Ihr Vater schickt jemanden wegen des Range Rover vorbei. Sie sollen so lange hier warten." Mit ungnädiger Miene erklärte er, er habe Berge von Schreibarbeit zu erledigen. Ich entschuldigte mich zwar nicht direkt, sagte aber, ich würde draußen im Range Rover warten, und ging zu dem abgezäunten Bereich hinüber. Ich setzte mich hinters Steuer, um mich anhand der Betriebsanleitung mit seiner Mechanik vertraut zu machen.

Nach über einer Stunde erschien am Seitenfenster Basil Rudd in Begleitung eines anderen Mannes, der mir, als ich ausstieg, mit einem ironischen Schmunzeln sagte, er sei gekommen, um das Rätsel der verschwundenen Ölablaßschraube zu lösen. Foster Fordham sei sein Name. Er sah eher wie ein Anwalt als wie ein Mechaniker aus: statt Arbeitskleidung weißes Hemd mit grauen Nadelstreifen, eleganter dunkler Anzug, blanke schwarze Schuhe, gut frisiertes Haar.

Fordham teilte mir mit, er erweise meinem Vater hier eine Gefälligkeit, denn er sei beratender Ingenieur und lege normalerweise nicht selbst Hand an. „Ich arbeite im Motorrennsport“, erklärte er. „Mein Fachgebiet ist Sabotage.“

Sicher war mir anzusehen, wie unbedarft ich mir vorkam.

„Soviel ich weiß“, sagte er, „wollten Sie gestern mit dem Wagen von hier nach Quindle fahren. Wie weit ist das?“

„Knapp zwanzig Kilometer.“

„Zweispurige Fahrbahn? Flache, gerade Strecke?“

„Größtenteils einspurig, mit vielen scharfen Kurven, streckenweise ansteigend.“

Er nickte. Er gedenke jetzt nach Quindle zu fahren, sagte er, und ich würde ihn begleiten. Verblüfft, aber vertrauensvoll setzte ich mich auf den Beifahrersitz und lauschte dem gesunden Brummen des Motors, als er den Wagen anließ und auf die Hoopwesterner Umgehungsstraße fuhr. Er konzentrierte sich ganz auf Armaturenbrett und Straße und schwieg, bis wir den höchsten Punkt der langen, starken Steigung auf halbem Weg zu unserem Ziel erreicht hatten. Dann aber hielt er an, wendete ohne ein Wort der Erklärung und fuhr geradewegs zurück zu Rudds Reparaturwerkstatt. Autos rasten vorbei, schossen förmlich aus blinden Winkeln auf uns zu. Fordham fuhr schneller, als ich es mit Crystals Wagen riskiert hatte, aber wenn er vom Rennsport kam, war das nicht weiter verwunderlich.

In der Werkstatt wies er Terry an, das Motoröl in ein sauberes Behältnis ablaufen zu lassen, und betonte, das Öl müsse noch abgelassen werden, solange es heiß sei.

„Warum denn?“ fragte Terry. „Es ist sauber. Ich habe es gestern erst ausgewechselt.“

Fordham antwortete nicht. Schließlich drehte Terry mit dick behandschuhten Händen die Ablaßschraube auf und fing das heiße Öl wie gewünscht in einem sauberen 20-Liter-Kanister aus Kunststoff auf. Fordham bat ihn zunächst, den Kanister im Kofferraum des Range Rover zu verstauen und dann frisches, kühles Öl nachzufüllen. Terry zog zum Zeichen seines Unmuts die Brauen hoch, gehorchte aber.

Mr. Fordham, die Ruhe selbst, ließ mich wissen, daß die Untersuchung damit abgeschlossen sei, und ich folgte ihm brav in die Wahlkampfzentrale. Mein Vater stand auf, sowie er uns erblickte, und hinkte mit Fordham hinaus zu dem Range Rover. Durchs Fenster sah ich sie ernst miteinander reden, dann holte Fordham den Ölkanister aus dem Range Rover, lud ihn in den Kofferraum eines in der Nähe stehenden Mercedes, setzte sich hinters Steuer und fuhr davon. Als mein Vater wieder hereinkam, teilte er Mervyn gut gelaunt mit, daß der Range Rover jetzt startklar sei.

Schließlich brachen wir auf. Ich fuhr. Vater saß mit seinem Gehstock neben mir. Mervyn Teck saß mit einem Megaphon versehen im Fond und drückte die dicken Knie zusammen, damit auch noch zwei Wahlhelferinnen hinten Platz fanden, die dünne, bittersüße Lavender und die mütterliche Faith. Die drei auf der Rückbank waren kampferprobte alte Hasen, und staunend machte ich Bekanntschaft mit dem härtesten Teil des Wahlkampfs, dem Stimmenfang von Haus zu Haus.

Die Straße, in der wir anfingen, bestand aus gleichförmigen Doppelhäusern mit gestutzten Gartenhecken und betonierten Auffahrten zu verschlossenen Garagentoren. An einigen Fenstern zur Straße hin prangten Aufkleber mit der schlichten Losung BETHUNE. „Diese Straße ist ein Sammelbecken von Wechselwählern", meinte Mervyn mit seltener Belustigung. „Mal sehen, ob wir das Ruder noch herumreißen können."

Er ließ mich anhalten, schnallte sich los, stieg aus und beschwor die unsichtbaren Anwohner durch das nachhallende Megaphon, für JULIARD, JULIARD, JULIARD zu stimmen.

Für mich war es ein merkwürdiges Gefühl, wie die Hauswände ringsherum meinen Namen zurückwarfen, aber der Kandidat nahm es beifällig lächelnd zur Kenntnis.

Lavender und Faith stiegen ebenfalls aus, jede mit einer Tüte voll Aufklebern, auf denen, in etwas größerer Schrift als auf den Bethune-Aufklebern, JULIARD stand. Sie begannen auf beiden Straßenseiten an den Haustüren zu klingeln oder zu klopfen, und wenn sich niemand meldete, steckten sie einen Aufkleber in den Briefkasten. Kam jemand an die Tür, lächelten sie und zeigten auf den Range Rover, worauf mein Vater dann ausstieg und den Fußweg hinaufhinkte. Ich fuhr die Straße im Kriechtempo ab, Mervyn schwang sein Megaphon, und Lavender und Faith ließen keinen Handzettel übrig. Die Leute winkten freundlich hinter uns her, und die ersten JULIARD-Aufkleber erschienen an den Fenstern. Als wir die Straße durchhatten, war ich fast tot vor Langeweile, doch die Überredungskünstlerinnen Lavender und Faith sonnten sich in ihrem Erfolg.

Nach zwei weiteren langen Fahrten durch die Vorstadt (wobei zumindest ein Baby geküßt wurde) gönnten wir uns ein Mittagssandwich in einer Kneipe.

„Wenn dich jemand ins Haus bittet", sagte mein Vater (den an diesem Vormittag fünf oder sechs Leute hereingebeten hatten), „gehst du ins

Wohnzimmer und sagst: ‚Haben Sie es aber hübsch hier!', auch wenn du es gräßlich findest."

Lavender, Faith und Mervyn nickten zustimmend, und ich meinte: „Das ist doch verlogen."

„Du mußt noch viel lernen."

Ich dachte bei mir, daß ich an diesem Morgen schon einiges dazugelernt hatte.

Erst als wir uns für das abendliche Streitgespräch im Rathaus umzogen, kam mein Vater auf Foster Fordham zu sprechen.

Bis dahin hatte ich Mervyn schon überredet, den Wagen nachts in einer Mietgarage unterzustellen, nicht ohne die sanfte Unterstützung meines Vaters, der beiläufig meinte: „Der Junge hat recht, Mervyn. Jedenfalls schadet es nichts, wenn man ihn vor Dieben schützt", und da der Wagen nicht der Partei, sondern meinem Vater gehörte, bekam er seinen Willen.

„Foster Fordham wußte nicht, wie weit du dich auskennst", sagte er und fuhr sich mit dem Kamm durch die dichten dunklen Locken, ohne viel an der Frisur zu ändern. „Was glaubst du denn, was nun eigentlich los war?"

„Hm ..., wenn ich oder sonst jemand gestern mit dem Range Rover nach Quindle gefahren wäre, hätten wir wahrscheinlich einen Unfall gebaut, nehme ich an."

Mein Vater ließ den Kamm sinken und sagte ruhig: „Weiter."

„Ich glaube schon", fuhr ich fort, „daß die Kugel, die so nah an uns vorbeiging, dir gegolten hat, und selbst wenn du nicht tödlich getroffen, sondern schwer verletzt worden wärst, hätte es das Aus für deinen Wahlfeldzug bedeutet. Wenn also jemand nach einer weiteren Gelegenheit gesucht hat, dich auszuschalten, hätte sich der Range Rover angeboten, der die ganze Nacht unbewacht auf dem Parkplatz stand und an seiner auffälligen Gold- und Silberbemalung eindeutig als deiner zu erkennen ist."

„Ja."

„Ich dachte, die Bremsflüssigkeit könnte abgelassen worden sein, damit die Bremsen versagen", erklärte ich. „Oder die Reifen könnten zerstochen worden sein, damit einer platzt, wenn wir schnell fahren. Auf der Strecke nach Quindle kommt alles so um die Kurven geschossen ..., wenn man da die Kontrolle verliert, braucht man viel Glück – das heißt, dir passiert vielleicht nichts, aber die Leute, die du rammst, könnten draufgehen oder zumindest schwer verletzt werden ..., und dann würdest du doch nicht mehr gewählt, oder?"

Mein Vater ließ sich Zeit, bis er sich mir zuwandte und antwortete: „Es waren weder die Bremsen noch die Reifen."

„Es war das Motoröl. Ich glaube, Fordham wußte von vornherein Bescheid. Er sagte, er sei Fachmann für Sabotage im Motorsport. Für ihn muß das ein ziemlich klarer Fall gewesen sein."

„Und was hat er mir nun gesagt?" fragte mein Vater lächelnd.

Das ist so etwas wie ein Test, dachte ich. Ich konnte nur Vermutungen anstellen. „Daß jemand die Ablaßschraube entfernt und die Öffnung verstopft hat, damit nicht das ganze Öl rausläuft. Der Pfropfen sollte mit Verzögerung herausfallen, damit der Motor im Fahren kein Öl mehr bekommt und sich festfrißt, und da es ein Vierradantrieb ist, hätte sich der Wagen dann nicht mehr steuern lassen und wie ein Felsblock auf der Straße gelegen."

„Hm. Und woraus bestand dieser Pfropfen?"

Darüber hatte ich nachgedacht. „Als erstes", sagte ich zögernd, „dachte ich, es wäre vielleicht etwas Chemisches, das sich mit dem Öl verbindet und es gerinnen läßt, oder etwas in der Art, so daß es nicht mehr um die Kolben läuft und die sich festfressen, aber das kann nicht sein, weil der Pfropfen in der Wanne war, als Foster Fordham nach Quindle fuhr und den Motor absichtlich heißlaufen ließ, und Terry sollte ja dann das Öl ablassen, solange es noch heiß war, deshalb könnte ich mir denken, daß der Pfropfen vielleicht geschmolzen ist und daß Fordham das Öl mitgenommen hat, um nachzusehen, was sich darin findet."

„Genau", sagte mein Vater. „Fordham sagt, das sei ein alter Trick. So alt, daß ihn im Motorsport keiner mehr bringt."

„Und ... woraus bestand der Pfropfen? War es vielleicht Wachs?"

Mein Vater band gelassen seine dezent gestreifte Krawatte. „Foster Fordham wird es uns genau sagen."

Es war schon erstaunlich, dachte ich, als wir zu dem Streitgespräch mit Bethune ins Rathaus kamen, wie viele Gesichter mir in gerade einmal zwei Tagen vertraut geworden waren.

Orinda, die sich selbstquälerisch wieder die Ehre gab, trug ein goldfarbenes Minikleid mit einer schwarzen Federboa, die sich um ihren Nacken und ihre Arme wand wie die Schlange, nach der sie benannt war. Ihre grünen Augen blitzten. Ein Smaragd- und ein Diamantarmband glitzerten an ihrem Handgelenk. Ihre glamouröse Erscheinung konnte niemandem entgehen.

Einen Schritt hinter ihr stand wie immer ihr Schatten, der Mann mit dem fast schon wieder vergessenen Namen A. L. Wyvern. A. L., dachte ich, wie Anonymer Liebhaber. Im grauen Anzug und blauen Hemd stand er ohne jede Ausstrahlung herum.

Die füllige Mrs. Kitchens, in Dunkelblau mit purpurroten Rüschen, wachte adleräugig über „meinen Leonard" und hinderte ihn mit festem Griff daran, seinen widerwärtigen Schnauzer in Orindas Nähe zu befördern. Mervyn war natürlich auch da und hatte Crystal zum Mitschreiben dabei. Die liebe Polly kam, als sie uns erblickte, freudestrahlend angelaufen und schleifte meinen Vater stolz zu dem erhöhten Lesepult, hinter dem er nachher stehen sollte. Polly war offenbar die Organisatorin des Abends.

Wie mit einem Trompetentusch traf Bethunes Lager ein. Ein Raunen und dünner Beifall gingen durch den Saal. Es lebe der Seitensprung, dachte ich.

Paul Bethune war bei Licht besehen ein beleibter und schwerblütig wirkender Mann um die Fünfzig, mit einem Doppelkinn und schütterem Haar. Bei ihm waren ein geschäftiger zweiter Mervyn Teck – wie sich herausstellte, tatsächlich sein Agent – und eine nervöse Frau, die verhuscht von unten herauf in die Welt blickte. Ihr wurde ein Platz in der ersten Reihe zugewiesen, und Polly, die mich herbeiwinkte, stellte sie mir als Isobel, die Frau von Paul Bethune, vor.

Isobel schien äußerst unangenehm davon berührt, daß ich nun neben ihr saß, doch ich schenkte ihr mein unverfänglichstes Lächeln.

„Ich bin gerade erst mit der Schule fertig", erklärte ich. „Von Politik habe ich keine Ahnung. Für Sie und Ihren Mann ist das jetzt schon der dritte Wahlkampf, habe ich gehört, da wirft Sie das wohl alles nicht so um."

„Ach je", sagte sie. „Sie sind ja noch ein Kind. Wie wollen Sie da..." Sie lächelte schwach, erstarrte plötzlich zu völliger Reglosigkeit, und etwas Schlimmeres als meine Nähe ließ sie blaß werden.

„Was haben Sie, Mrs. Bethune?" fragte ich.

„Dieser Mensch", sagte sie leise. „Mein Gott!"

Ich folgte mit den Augen ihrem Blick und sah Basil Rudd.

„Das ist nicht Usher Rudd, der Journalist. Es ist sein Cousin Basil Rudd. Er repariert Autos."

„Doch, doch. Das ist dieser elende Schmierfink."

„Nein, Mrs. Bethune. Sie gleichen sich, aber das ist Basil."

Zu meinem Entsetzen fing sie an zu weinen. Ich sah mich verzweifelt nach Hilfe um, aber Polly hatte alle Hände voll mit Kabeln für Mikrofone und Fernsehkameras zu tun, und Paul Bethune wandte sich, als er seine Frau so aufgelöst sah, sichtlich ungehalten ab. Rücksichtsloser

Mistkerl, dachte ich. Und dumm dazu. Ein wenig Fürsorglichkeit hätte ihm hier Stimmen eingebracht.

Isobel Bethune stand unsicher auf, suchte in ihrer Handtasche nach etwas, womit sie ihre Tränen trocknen konnte, und ich bot ihr ungeschickt, aber verständnisvoll den Arm, um sie zur Tür zu begleiten. Sie erging sich auf dem ganzen Weg in nur halb verständlichen Erklärungen. „Paul hat darauf bestanden, daß ich mitkomme… Er sagte, sonst könnte ich ihm gleich einen Dolch in den Rücken jagen…, und jetzt wird er vor Wut kochen, aber was erwartet er denn von mir nach den ganzen Fotos in der Zeitung von ihm und dem Mädchen… Ich soll lächeln und so tun, als wäre alles in Ordnung, dabei macht er mich doch zum Gespött, auch wenn ich da vielleicht selbst schuld bin, aber von dem Verhältnis habe ich erst aus der Zeitung erfahren, und er streitet es auch gar nicht ab…"

Wir gingen durch die Eingangshalle und hinaus an die frische Luft, während die meisten Leute erst noch kamen und voller Neugier in Isobels verweintes Gesicht starrten. Ich dirigierte sie vom Eingang weg, und sie ging ohne jeden Widerstand mit mir um die nächste Ecke. Das Rathaus lag auf der einen Seite des gepflasterten Platzes. Der Schlafende Drache nahm die angrenzende Seite ein, Geschäfte (und unser Wahlkampfbüro) die beiden anderen. Auf der dem Platz zugewandten Seite des Rathauses verlief eine Art Wandelgang unter Arkaden, mit Bänken zum Ausruhen. Isobel Bethune ließ sich auf eine der Bänke sinken, und nach einem Augenblick der Feigheit, in dem ich sie am liebsten sich selbst überlassen hätte, setzte ich mich zu ihr und überlegte, was ich bloß sagen könnte.

Eine unnötige Sorge. Sie ließ dem Hader mit ihrem ungerechten Schicksal freien Lauf. Ihre Söhne seien genauso schlimm, schluchzte sie. Fünfzehn und siebzehn, immer nur kontra, hätten an allem was zu meckern. Wenn Paul gewählt würde, wäre er wenigstens öfter aus dem Haus, und, o Gott, was rede sie da nur, aber wenn er nicht ginge, müsse sie gehen – und wo sollte sie denn hin? Sie sei mit ihrer Weisheit am Ende. Sie stand kurz vor einem Nervenzusammenbruch, dachte ich.

„Möchten Ihre Söhne, daß Ihr Mann gewählt wird?" fragte ich Isobel Bethune.

„Die brummen ja nur rum. Aus denen kriegt man kein Wort heraus." Sie putzte sich die Nase und wischte sich die Augen. „Paul meint, Orinda hätte er leicht besiegt, aber mit George Juliard sehe das anders aus. Oh! Ich hatte vergessen, daß Sie sein Sohn sind. Da sollte ich nicht so mit Ihnen reden. Paul wird sich aufregen…"

„Sagen Sie ihm nichts davon."

„Besser nicht… Möchten Sie was trinken?“ Sie blickte zum Schlafenden Drachen hinüber. „Einen Cognac?“

Ich schüttelte den Kopf, aber da sie erklärte, sie brauche dringend etwas zur Beruhigung, ging ich mit ihr über den Platz und trank eine Cola, während sie sich einen doppelten Rémy Martin mit Eis genehmigte. Wir saßen an einem kleinen Tisch in der Bar, die an diesem Freitag abend überwiegend von Paaren besucht war.

Isobels Hände zitterten. Sie sagte, sie wolle sich frisch machen, und kam dann mit gekämmten Haaren, nachgezogenen Lippen und gepuderten Augenlidern zurück, hielt zwar immer noch ein Taschentuch in der Hand, war aber schon viel gefaßter. Sie bestellte noch einen Cognac.

„Ins Rathaus will ich nicht mehr“, erklärte sie. „Ich gehe von hier zu Fuß nach Hause. So weit ist es nicht.“

Als sie zu ihrem Glas griff, zitterte sie.

„Soll ich Ihnen ein Taxi rufen?“ fragte ich.

Sie beugte sich über den Tisch und legte ihre Hand auf meine. „Sie sind ein netter Junge“, sagte sie, „ganz gleich, wer Ihr Vater ist.“

In dem Moment gab es den vertrauten hellen Blitz, gefolgt von einem Surren, und ein paar Schritte von uns entfernt stand der andere Rudd, Bobby Usher persönlich, siegesfroh grinsend und megawattstarke Bosheit ausstrahlend.

Isobel Bethune sprang empört von ihrem Platz auf, aber Usher Rudd, der Fluchterfahrene, war bereits zur Tür hinaus, ehe sie ihrem Unmut Luft machen konnte. „Wie ich den hasse!“ brachte sie, den Tränen nahe, hervor. „Den bringe ich noch um.“

Ich bat den Barmann, ein Taxi zu rufen.

„Mrs. Bethune hat noch nicht gezahlt.“

„Ich habe kein Geld dabei“, stellte sie fest. „Bitte seien Sie so lieb und übernehmen Sie das.“

Ich kramte den Rest des Geldes, das mein Vater mir in Brighton gegeben hatte, aus den Taschen und drückte es ihr in die Hand.

„Bezahlen Sie dem Herrn die Zeche. Ich darf noch keine Alkoholika kaufen, und da möchte ich keinen Ärger bekommen.“

Baß erstaunt rechneten Isobel Bethune und der Barmann ab.

Das Streitgespräch im Rathaus war mittlerweile in vollem Gang. Mit dem Fünfminutenturnus kamen die Kontrahenten offenbar gut zurecht, weil sie beide reden konnten. Wie mein Vater die Leute aufzurütteln, zu unterhalten und zu überzeugen verstand, wunderte mich nicht mehr, aber von Paul Bethune hatte ich irgendwie einen selbstherrlichen, kalten Auftritt erwartet, der dazu paßte, wie er seine Frau behandelt hatte. Statt dessen ging er fundiert und mit trockenem Witz auf die Fragen ein.

Das Rathaus war voll. Ich blieb an der Tür stehen, sah zu, wie der Eifer, die Zustimmung oder auch die Empörung in Wellen durchs Publikum gingen. An diesem Abend konnte es keinen Sieger geben. Beide gewannen. Alle klatschten Beifall und diskutierten im Fortgehen weiter.

Orinda hatte mehrmals Bethune applaudiert. Leonard Kitchens behielt die Hände fest in den Hosentaschen. Die liebe Polly strahlte. Niemand kam mit einem Gewehr daher.

Mein Vater und Paul Bethune gaben sich die Hand. Wie Superstars gingen sie von der Bühne und waren beide sofort von schnatternden Menschen umringt. Mein Vater sonnte sich darin, und wieder schwebte er auf Wolken, als wir zu unserem Quartier zurückkehrten.

„Über den Platz geht's doch schneller", wandte er ein, als ich ihm vorschlug, den Wandelgang zu nehmen. „Warum willst ausgerechnet du als Mathematiker an zwei Dreiecksseiten entlanglaufen, wenn's mit einer getan ist?"

„Falls geschossen wird", sagte ich.

„Mein Gott." Er blieb jäh stehen. „Aber noch mal macht das doch keiner!"

„Du dachtest bestimmt, das macht sowieso keiner, aber jemand hat es versucht."

Er schüttelte zwar ungläubig den Kopf, hatte aber nichts mehr dagegen, daß wir den Wandelgang nahmen. Er wollte über das Streitgespräch reden. Und er wollte wissen, wieso ich die Hälfte davon verpaßt hatte. Ich erzählte ihm von Isobel Bethunes Kummer, merkte aber, daß er kaum zuhörte; in Gedanken war er immer noch bei den Argumenten, mit denen er sich gegen den ungetreuen Ehemann der Dame durchgesetzt hatte oder auch nicht.

„Er ist engagiert, weißt du. Aber ich finde sein Programm miserabel."

„Deine Ansichten werfen mich auch nicht um", sagte ich, „aber ich kämpfe mit dem Leben dafür, daß du sie äußern darfst."

„Gut so. Ganz verschwendet war das Schulgeld also doch nicht."

Die liebe Polly empfing uns verwundert im Wahlkampfbüro. „Wo waren Sie denn? Sie sind doch vor mir weg."

„Der Junge", meinte mein Vater und zeigte mit dem Finger auf mich, obwohl herzlich wenig andere Jungen zu sehen waren. „Mein Sohn hat die fixe Idee, daß jemand darauf aus ist, meinen Wahlfeldzug, wenn nicht gar mein Leben, gewaltsam zu beenden. Machen Sie, liebe Polly, ihm doch bitte klar, daß ich es darauf ankommen lasse und daß er gefälligst nicht noch einmal seinen Hals riskieren soll, um meinen zu retten."

„Liebe Polly", sagte ich – und sie lächelte auch wirklich lieb –, „ich habe nur diesen einen Vater. Bringen Sie ihn doch bitte dazu, daß er mir eine richtige Aufgabe bei diesen Wahlen gibt. Überzeugen Sie ihn, daß er rund um die Uhr einen Leibwächter braucht."

„Ich brauche keinen Leibwächter." Er beharrte darauf. „Ich brauche dich als Begleitperson. Du hast – zu meiner Überraschung, muß ich gestehen – ein seltenes Talent, die Leute zum Reden zu bringen. Siehe Isobel Bethune! Siehe Mrs. Kitchens, die dich mit Neuigkeiten vollstopft."

Polly nickte lächelnd. „Sie sind so jung, daß man Sie nicht als Bedrohung ansieht. Jeder braucht einen, mit dem er reden kann, und Sie sind harmlos."

„Was ist mit Orinda?" fragte ich nachdenklich. „Die hat mit mir bei dem Dinner keinen Ton gesprochen."

Polly klatschte lachend in die Hände. „Sie bekommen Orinda. Das kriege ich schon noch mal hin."

„Aber allein", sagte ich. „Ich könnte mich mit ihr unterhalten, wenn sie allein wäre, aber der Anonyme Liebhaber weicht nicht von ihrer Seite."

„Wer?"

„A. L. Wyvern."

„Anonymer Liebhaber!" rief Polly aus. „Bezaubernd. Eigentlich heißt er Alderney, glaube ich. Er hat mit Dennis immer Golf gespielt."

Schon rauschte sie in eine andere Ecke des Büros, um Becher herauszuholen und Kaffee zu machen. Ich konnte ihr Alter höchstens auf zehn Jahre genau schätzen: zwischen Vierzig und Fünfzig. Sie trug wieder den unpassend roten Lippenstift, dazu diesmal eine grüne Jacke und einen langen bräunlichen Tweedrock – warm für August. Von den blickdichten Strümpfen und den „vernünftigen" Schuhen hätte man auf eine gewisse Schwerfälligkeit bei ihr schließen können, doch sie bewegte sich im Gegenteil sehr elegant, wie eine gelernte Tänzerin. Auf den ersten Blick hätte Polly einem leid tun können, aber dazu bestand überhaupt kein Anlaß. Ihre Freundlichkeit verband sich mit innerer Stärke. Sie trug die schrecklichen Kleider unbefangen. Sie hatte – ich mußte nach den passenden Worten suchen – ein heiteres Gemüt.

Während sie Wasser auf den Pulverkaffee goß, sagte sie: „Es ist doch nichts dabei, wenn Benedict offiziell die Aufgabe übernimmt, auf Sie aufzupassen. Bis jetzt hat er das immerhin ganz gut gemacht. Mervyn hat sich heute abend im Rathaus darüber beklagt, daß er wegen Benedict eine Garage mieten mußte. Er lasse sich ungern von Benedict Anweisungen geben, meint er."

„Das war ein Vorschlag, keine Anweisung", bemerkte mein Vater.

„Ihm hat Benedict zuviel Einfluß auf Sie." Polly lächelte. „Sie verstehen sich glänzend auf die große Politik, George, aber Ihr Sohn sieht den Leuten ins Herz."

Mein Vater betrachtete mich nachdenklich.

„Das kann er jetzt schon", sagte Polly, „und da er sich als ein ungeahntes Plus erwiesen hat, sollten Sie seine Vorzüge nutzen, George."

Er öffnete den Mund, doch bevor er etwas sagen konnte, klingelte das Telefon, und da ich am nächsten saß, nahm ich den Hörer ab.

„Juliard?" fragte eine Stimme. Es war Foster Fordham.

„Hier ist Benedict. Möchten Sie meinen Vater sprechen?"

„Moment noch. Haben Sie rausgekriegt, womit Ihre Ölwanne verstopft war?"

„Mit etwas, das bei stark erhitztem Öl schmilzt."

„Ich habe das Öl gekühlt und gefiltert. Die Wachskügelchen darin hätten für einen Pfropfen allemal gereicht. Ich fand auch Baumwollfasern, die von einem Docht sein könnten. Jetzt geben Sie mir mal Ihren Vater."

Ich gab den Hörer weiter und lauschte einem längeren Hin und Her, bei dem es offenbar darum ging, ob die Sabotage angezeigt werden solle oder nicht. „Für Polizeischutz haben die nicht genug Leute... Das machen die nicht... Ja, schon", mein Vater blickte zu mir, „aber der ist zu jung... Alles klar, dann verbleiben wir so." Er legte den Hörer auf, seufzte und sagte: „Foster Fordham schreibt einen Bericht für die Polizei. Ben paßt weiter auf mich auf, so gut er kann, und Mervyn muß sich damit abfinden. Und jetzt, liebste Polly, streichen wir die Stimmenwerbung für morgen, denn da habe ich etwas ganz Außerplanmäßiges vor."

An der Wand hing ein großer Terminkalender mit einem Rechteck für jeden Tag. Crystal hatte darin die Marschroute meines Vaters festgehalten. Begonnen hatte das Programm am vorangegangenen Dienstag: „Kandidat kommt. Bekannt machen mit Büro und Team." Am Mittwoch hieß es: „Dinner im Schlafenden Drachen." Von Schüssen auf dem Heimweg stand da nichts. Die Auftritte in Quindle und der Abend in der Vorschule füllten den Donnerstag aus, den Freitag die Stimmenwerbung von Tür zu Tür und das Streitgespräch im Rathaus.

Mehr desselben stand bevor. Hätte ich nicht die zusätzliche Aufgabe bekommen, gefährliche Anschläge auf besagten Kandidaten zu vereiteln, wären meine unter Lächelzwang gestellten Gesichtsmuskeln sicher lange vor dem Wahltag überstrapaziert worden. Wie packt er das nur? fragte ich mich. Wie kommt es, daß ihm das sogar Spaß macht?

„Morgen", sagte er, von seinem Einfall angetan, „fahren wir nach Dorset auf die Rennbahn. Der Tag gehört Ben. Wir gehen zum Pferderennen."

Meine erste Reaktion war Freude, was ihm nicht entging. Der Freude auf dem Fuß folgte eine tiefe Traurigkeit darüber, daß es mir nicht möglich war, dort selbst zu reiten, daß ich den Nachmittag als Ausgeschlossener zubringen würde, neidisch auf meines Nächsten Rennsattel, wenn die Amateure an den Start gingen; aber ich glaube, ich ließ mir nur die Freude anmerken.

„Wir nehmen den Range Rover", bestimmte mein Vater zufrieden. „Und Polly kommt mit, nicht wahr?"

„Liebend gern", sagte Polly.

Wir tranken geruhsam den Kaffee, und mein Vater war wieder so entspannt wie die ganze merkwürdige Woche über. Polly fuhr heim zu ihrem Haus in den Wäldern vor der Stadt, und mein Vater und ich sperrten sorgfältig alles ab, gingen die schmale, steile Treppe hinauf und schliefen ungestört bis Samstag früh.

MERVYN zeigte sich am Morgen über die Umdisponierung denkbar verärgert. Wie wollte George jemals diesen kritischen Wahlkreis für sich gewinnen, wenn er die Stimmenwerbung von Haus zu Haus vernachlässigte, die von „äußerster" Wichtigkeit war? Obendrein lag die Rennbahn von Dorset auch noch außerhalb des Hoopwesterner Einzugsbereichs.

Und wenn schon, beschwichtigte ihn mein Vater, die vielen Wähler aus Hoopwestern, die zum Pferderennen gingen, würden vielleicht günstig gestimmt.

Mervyn, keineswegs überzeugt, schwieg eine halbe Stunde lang verbissen, beschloß dann aber doch noch zu retten, was zu retten war, hängte sich ans Telefon und besorgte uns eine Einladung zum Mittagessen mit der Rennleitung. Als alter Hase kannte er alle einflußreichen Leute in der Grafschaft. Für ihn galt es, dafür zu sorgen, daß ein Kandidat gewählt wurde oder so knapp wie möglich unterlag. Er würde seinen Ruf als Agent nicht aufs Spiel setzen, weil er sich mit dem alten oder dem jungen Juliard schwertat.

Die frostige Atmosphäre im Büro wurde durch einen Überraschungsbesuch der Frau vom Trödelladen nebenan ein wenig aufgelockert. Sie und Mervyn kannten sich gut, aber sie wollte zu gern den neuen Kandidaten kennenlernen; sie sehe uns immer ein und aus gehen, sagte sie, nun wolle sie George auch die Hand drücken und ob wir vielleicht Lust auf ein Stück selbstgebackenen Apfelkuchen hätten?

Sie stellte ihr Geschenk meinem Vater auf den Schreibtisch.

„Nett von Ihnen, Amy“, meinte Mervyn.

Amy war eine (laut Polly) bescheidene, zu allen aufschauende Witwe mittleren Alters, die ungeliebten Plunder sammelte, ihn zum Verkauf ein wenig aufmöbelte und niemals die gemeinnützige Einrichtung, die den Laden unterhielt, um einen Penny betrogen hätte. Amy war etwas unbedarft; sie meinte es gut und schwätzte viel. Ein Tag Amy pur, dachte ich, reicht fürs Leben.

Man konnte unschwer Teile des Redestroms ausblenden, doch an einem Punkt fesselte sie unsere Aufmerksamkeit. „Am Mittwoch abend hat mir jemand eine Fensterscheibe kaputtgemacht, und da erst mal einen zu finden, der eine neue einsetzt!“ Sie erzählte uns viel zu ausführlich, wie sie das angestellt hatte. „Dann kam auch noch ein Polizist und wollte wissen, ob die Scheibe von einer Kugel zerschmettert worden war, und ich habe gesagt, natürlich nicht, denn ich putze ja jeden Morgen, wenn ich komme, erst mal alles durch, ich wohne ja nicht über dem Laden. Da ist nicht so viel Platz wie hier, nur ein Klo und ein kleines Zimmer, das ich als Lager benutze. Jedenfalls kam der Polizist Joe – seine Mutter fährt hier einen Schulbus – rein und hat sich umgesehen und ein paar Notizen gemacht. Ich hab in der Zeitung gelesen, daß da vielleicht jemand auf Mr. Juliard geschossen hat; man ist aber auch wirklich nirgends mehr sicher, nicht wahr? Und wie ich heute dann so ein altes Wandgestell abstaube, das kein Mensch haben will, bleibe ich an was hängen und pule das raus, und jetzt frage ich mich, ob Joe vielleicht *danach* gesucht hat..., ob ich ihm das vielleicht sagen müßte?“

Sie griff in eine Tasche ihrer ausgeleierten Strickjacke und legte ein unförmiges Stück Metall, das sicherlich aus einem Gewehr mit einem Kaliber von 6 Millimetern abgefeuert worden war, neben den Apfelkuchen.

„Wenn Sie mich fragen“, sagte mein Vater mit Bedacht, „sollten Sie Ihrem Freund Joe, dessen Mutter den Schulbus fährt, erzählen, wo Sie das Stückchen Metall da gefunden haben.“

„Meinen Sie wirklich?“ Amy nahm die Kugel in die Hand und betrachtete sie mit zusammengekniffenen Augen. „Also gut“, meinte sie vergnügt, indem sie ihren Fund wieder einsteckte. „Ich habe mir gleich gedacht, daß es am besten ist, wenn ich Sie frage.“

ICH HOLTE den Range Rover aus seinem sicheren Hafen und fuhr mit meinem Vater zu Pollys unerwartet großem Haus im Wald. Sie saß dann auf der Fahrt zur Rennbahn hinten und erzählte uns mit diebischer Freude von ein paar Telefongesprächen, die sie getätigt hatte.

„Mr. Wyvern, der Anonyme Liebhaber", sagte sie, „hat kurzfristig eine Einladung zum begehrtesten Golfturnier im Land erhalten; um da nein zu sagen, hätte er aus Stein sein müssen."

„Wie haben Sie das denn hingekriegt?" fragte mein Vater bewundernd.

„Mit bewährten Mitteln", meinte sie geheimnisvoll. „Und kurz darauf wurde Orinda von der Rennleitung in Dorset eingeladen ..."

„Da fahren wir doch hin!" rief mein Vater aus.

„Was Sie nicht sagen!" neckte ihn Polly. „Benedict", ermahnte sie mich, „Sie bekommen Orinda ohne Liebhaber, also nutzen Sie den Tag."

„Ja, was soll er denn machen?" warf mein Vater ein.

„Das weiß er schon", erwiderte Polly. „Wie er es anstellt, kann ich Ihnen auch nicht sagen, aber verlassen Sie sich auf Ihren Sohn." Sie wandte ihre Aufmerksamkeit wieder mir zu. „Orinda versteht vom Pferderennen nicht die Bohne. Sie kommt heute nur, weil sie dort Gelegenheit hat, in Gegenwart eines Dukes zu glänzen, der zur Rennleitung gehört. Den müssen Sie ausstechen. Können Sie das?"

„Ich weiß es nicht", sagte ich ein wenig hilflos. Pollys Direktheit brachte mich immer wieder aus der Fassung.

„Versuchen Sie's", ermutigte sie mich.

ORINDA saß bereits bei Hummermousse mit Gurkenstückchen, als wir in den Speiseraum der Rennleitung kamen, und obwohl sie unangenehm überrascht schien, blieb ihr doch kaum etwas anderes übrig, als zu hüsteln und ihren Unmut mit ein paar Schlückchen Wein hinunterzuspülen, während ihr Tischherr, der Duke, ihr sanft auf den Rücken klopfte.

Der Duke erhob sich und küßte Polly komplizenhaft auf die Wange, und mir dämmerte, wie das Netz für Orinda hier gesponnen worden war.

Orinda trug ein weißes Leinenkostüm. Ein grüner Seidenschal war lose um den Griff einer schwarzen Eidechstasche geschlungen, die über der Lehne ihres Stuhls hing. Schlank und braun gebrannt, stach sie mühelos die anderen anwesenden Frauen aus, insbesondere Polly, die wieder einmal angezogen war, als wüßte sie nicht, was Anlaß und Jahreszeit erforderten.

Mein Vater drückte reihum Hände, und seine unverkennbare innere

Kraft führte dazu, daß sich alle nach ihm umdrehten. „Mein Sohn Benedict“, stellte er mich vor, doch er allein stand im Blickpunkt.

Der Duke meinte zögernd zu mir: „Haben wir uns nicht schon mal gesehen? Sind Sie nicht gegen meinen Sohn Edward geritten?“

„Doch, Sir. Zu Ostern in Towcester. Er hat gewonnen.“

Der Duke erinnerte sich lächelnd. „Sie wurden Dritter. Geht doch nichts über Pferderennen, hm? Das Beste auf der Welt, meint Eddie.“

Mein Vater sah mir scharf ins Gesicht.

„Wohlgemerkt“, wandte sich der Duke an ihn, „das ist ja nur ein Hobby für die jungen Leute. Leben muß ein Amateur von etwas anderem. Das weiß Benedict ja wohl auch. Setzen Sie sich, Mr. Juliard. Das Essen ist ausgezeichnet.“

Er plazierte meinen Vater zu seiner Rechten und Orinda zu seiner Linken, diese lächelte bemüht, mit starren Gesichtszügen, ihren Gastgeber an. Polly und ich wurden schräg gegenüber von Orinda am weiß gedeckten Tisch plaziert und aßen friedlich unsere Mousse mit Gurke, die wirklich ausgezeichnet schmeckte, auch wenn ich jetzt, wo ich nicht mehr zu hungern brauchte, eine große Pizza mit Salami vorgezogen hätte.

Als das erste Rennen näherrückte, erklärte der Duke meinem Vater, indem er auf die Uhr sah, er müsse nun leider die Tafel verlassen, um seinen Verpflichtungen als Rennleiter nachzukommen. Er registrierte den beinah panischen Gesichtsausdruck Orindas, die plötzlich ohne Pufferzone direkt neben ihrem bösen Verdränger saß, und fand eine scheinbar ganz spontane Lösung. Mit einem kurzen Blick zu Polly, die ausdruckslos vor sich hinschaute, sagte der Duke freundlich zu Orinda: „Mir liegt sehr daran, daß Sie unseren trefflichen Hindernissport ein wenig kennen- und schätzenlernen, Mrs. Nagle, und da ich selbst verhindert bin, kann ich Sie, glaube ich, keinem Besseren anvertrauen als dem jungen Benedict dort. Er kennt sich mit Pferderennen aus und kann Sie herumführen und Ihnen alles zeigen, und nach dem zweiten Rennen, denke ich mal, kommen wir hier oben alle wieder zusammen. Also, Benedict“, sagte er laut über den Tisch hinweg zu mir, „seien Sie so gut, und begleiten Sie Mrs. Nagle zum Führring, und verfolgen Sie das Rennen mit ihr zusammen. Erklären Sie ihr, was sie wissen will!“

„Ja, Sir“, erwiderte ich schwach, und der Duke stieß Orinda mehr oder weniger an meine Brust. Ich merkte, daß sie sich sträuben wollte, doch der Duke drängte uns mit forschen Armschwüngen zur Tür, und während ich dem weißen Leinenkostüm hinaus auf den Gang folgte, sah ich aus dem Augenwinkel Pollys breites Grinsen.

Orinda marschierte durch den Gang und die Treppe hinunter ins Freie; dort blieb sie stehen und sagte: „Das ist einfach lächerlich!“

„Ja“, entgegnete ich.

„Wieso ja?“

„Weil Sie aus Aversion gegen meinen Vater nichts mit mir zu tun haben wollen, obwohl das bei Licht besehen eigentlich kein Grund ist, aber umgekehrt ginge es mir wahrscheinlich genauso. Wenn Sie also möchten, trennen wir uns hier; die Pferde schaue ich mir auf jeden Fall an.“

Ohne darauf einzugehen, meinte sie gereizt: „Ich bin alt genug, um Ihre Mutter zu sein.“

„Allerdings“, sagte ich. Nicht gerade taktvoll.

Trotz ihres Ärgers lachte sie beinahe. „Sie hätten das jetzt eigentlich bestreiten müssen.“

„Entschuldigung.“

„Was mache ich denn, wenn Sie mich hier einfach stehenlassen?“

„Das habe ich ja gar nicht vor“, erklärte ich. „Aber wenn ich mich verziehen soll – um die nächste Ecke ist der Führring, wo die Pferde vor dem Rennen paradieren, damit man sehen kann, worauf man sein Geld setzt.“

„Wer macht denn das Rennen?“

Ich lächelte sie mit ungespielt guter Laune an. „Wenn ich das wüßte, wäre ich reich.“

„Und wenn Sie reich wären?“

„Dann würde ich mir Rennpferde anschaffen und Rennen reiten.“

Ich war auf die Frage nicht gefaßt gewesen und hatte sie offen und ehrlich wie ein Kind beantwortet. Ans Erwachsensein mußte ich mich erst noch gewöhnen.

„Ich wäre Ihnen dankbar, wenn Sie mich zum Führring begleiten würden“, sagte Orinda förmlich.

Ich nickte nur, als habe sie keinerlei Zugeständnis gemacht, und geleitete sie zu den im Kreis gehenden Pferden, denen die Sonne im Fell glänzte und die zu riechen und zu hören mir einen solchen Stich gab, daß ich überall lieber gewesen wäre als auf der Rennbahn.

„Was haben Sie?“ fragte Orinda.

„Nichts.“

„Das stimmt nicht.“

Sie hatte mir eine wunderbare Eröffnung geboten für das, was ich loswerden wollte, aber ich scheute davor zurück. Daß ich mich so elend fühlen würde, hatte ich nicht erwartet: ein Ausgeschlossener, der durch dickes Glas ein Leben sieht, das ihm verwehrt ist.

Ich suchte uns einen Platz direkt am Führring und gab ihr mein Rennprogramm, da sie ihres in der Loge vergessen hatte.

„Was bedeuten denn all diese Zahlen?“ fragte sie. „Die sagen mir überhaupt nichts.“

„Die sagen Ihnen, wie alt das Pferd ist und mit welchem Gewicht es ins Rennen geht. An dem Kleingedruckten sehen Sie, wie es zuletzt abgeschnitten hat. ‚Gef.‘ heißt gefallen, und ‚agh.‘ heißt angehalten und nicht ins Ziel gekommen.“

„Aha.“ Sie las laut die Zulassungsbestimmungen für das erste Rennen vor, ein Viertausendmeter-Sieglosenrennen über die Hürden. „Für Pferde ab vier Jahren, die bis Saisonbeginn noch in keinem Hürdenrennen gesiegt haben. Sobald sie ein Hürdenrennen gewonnen haben, müssen sie 7 Pfund Aufgewicht tragen.“ Sie sah mich ohne Sympathie an. „Was heißt 7 Pfund Aufgewicht?“

„Zusätzliches Gewicht. In der Regel ist das eine Decke mit dünnen, flachen Bleischeiben, die das Pferd mit der Nummerndecke unterm Sattel trägt.“ Ich erklärte, daß sich Rennreiter mit dem ihrem Pferd zugeteilten Gewicht wiegen lassen mußten. „Man wird vor und nach dem Rennen gewogen.“

„Jaja, ich lebe doch nicht völlig hinterm Mond.“

„Entschuldigung.“

Sie blätterte das Programm durch. „In fast allen Rennen läuft ein Pferd mit, das wegen eines Saisonsieges Aufgewicht trägt. Wieviel Aufgewicht kann man denn bekommen?“

„Ich glaube nicht, daß da eine Grenze festgesetzt ist, aber mehr als zehn Pfund werden einem Pferd in der Regel nicht zugemutet. Sonst hätte es in einem Ausgleichsrennen kaum noch Chancen, und der Trainer würde es nicht laufen lassen.“

„Aber mit zehn Pfund Aufgewicht ist ein Sieg drin?“

„So gerade noch. Es kommt darauf an, wie stark das Pferd ist.“

Sie ließ sich von mir zum Toto bringen, wo sie auf das Pferd wettete, das am ersten Tag der Saison gesiegt und sich sieben Pfund Blei damit eingehandelt hatte. „Er muß der Beste sein“, meinte sie.

Orinda ging immer einen Schritt vor mir her, als fände sie es ganz natürlich, ihren Begleiter im Rücken zu haben. Sie war es gewohnt, Blicke auf sich zu ziehen, und ihre Aufmachung wurde zu Recht bewundert, auch wenn sie mehr zu Ascot paßte als zu einem unbedeutenden Renntag auf dem flachen Land in Dorset.

Wir schauten von der Tribüne aus dem Rennen zu. Orindas Kandidat wurde Vierter. Sie zerriß ihren Wettschein und ließ die Schnipsel fallen wie ein hartgesottener Verlierer. „Für mich gibt es Schöneres auf der Welt.“

„Die Leute kommen nicht nur hierher, um zu wetten“, sagte ich, „sondern auch, um die Pferde zu sehen. Ich finde, Pferde sind fabelhaft.“

Sie warf mir einen mitleidigen Blick zu und erklärte, nach dem nächsten Rennen werde sie in die Loge der Rennleitung zurückkehren, dem Duke für seine Gastfreundschaft danken und nach Hause fahren. Sie könne die Faszination, die der Rennsport allgemein ausübe, nicht nachvollziehen.

„So geht es mir mit der Faszination, die für meinen Vater die Politik hat“, entgegnete ich, „aber er hängt mit Leib und Seele daran.“

Wir waren unterwegs zum Führring, wo sich bereits die Pferde für das nächste Rennen einfanden. Sie blieb abrupt stehen und sah mich unverhohlen feindselig an.

„Ihr Vater“, sagte sie gehässig, als würde sie am liebsten jedes Wort zu Glassplittern zerbeißen, „hat mich um mein Lebensziel gebracht. Ich bin es, die Hoopwestern im Parlament vertreten sollte. Und ich hätte die Wahl gewonnen, was Ihrem Vater bei all seinem Männlichkeitswahn nicht gelingen wird.“

„Er wußte doch gar nicht, daß es Sie gibt“, wandte ich ein. „Die Parteizentrale in Westminster hat ihm gesagt, er solle in die Nachwahl gehen, wenn er aufgestellt wird. Er hat es nicht getan, um Sie zu verdrängen.“

Statt darauf einzugehen, lehnte sie sich an den Führringzaun und studierte wieder ihr Rennprogramm.

Nach einer Weile sagte sie: „Ihr Vater ist auf Macht aus.“

„Ja.“ Ich schwieg. „Sie nicht auch?“

Die muskulösen Leiber ausgewachsener Steepler zogen an uns vorbei; Tiere, die über 7200 Meter – die Distanz des Grand National – eine Geschwindigkeit von fünfzig Stundenkilometern halten konnten. Kein Tier auf Erden übertraf ein Rennpferd an Tempo und Ausdauer. Darin lag für mich Stärke. Das war die Macht, an der ich teilnahm, die ich lenken und die ich nutzen wollte. Lieber Gott, dachte ich, hilf mir auf diesem Weg.

„Usher Rudd“, erklärte Orinda, „hat meinem Freund Alderney Wyvern gesagt, daß George Juliard Sie nicht nur zu Unrecht als seinen Sohn ausgibt, sondern daß Sie sein Lustknabe sind, ein junger Prostituierter.“

„Bitte?“ Vielleicht war mir meine Verwunderung anzuhören. Ich war weniger empört als perplex. Ich mußte sogar lachen.

„Usher Rudd“, sagte Orinda warnend, „gräbt, bis er was hat. Nehmen Sie es nicht auf die leichte Schulter.“

„Aber ich dachte, er hätte es auf Paul Bethune abgesehen.“

„Ihm ist jeder recht", meinte Orinda. „Es macht ihm Spaß, anderen das Leben zu ruinieren. Wenn er Geld dafür bekommt, um so besser, aber er tut's auch umsonst. Ein Kind, das Schmetterlingen die Flügel ausreißt. Sind Sie George Juliards leiblicher Sohn?"

„Ich sehe ihm schon ein bißchen ähnlich."

Sie nickte.

„Und er hat meine Mutter geheiratet – vor Zeugen." Mißbilligende Zeugen zwar, aber sei's drum.

Diese Auskunft schien sie nicht zu freuen.

„Wäre es Ihnen lieber, Usher Rudd hätte recht?" fragte ich. „Weil Sie dann meinen Vater ausschalten könnten?"

„Alderney Wyvern meint, dazu gehöre mehr als ein Lügenmärchen von Usher Rudd. Da müsse man schon was in der Hand haben."

Sie hörte sich völlig verbittert an. So hoch Polly auch meine Fähigkeit, die Verkrampfungen anderer zu lösen, einschätzte, Orindas tiefsitzender Groll gegen meinen Vater machte mich hilflos.

Ich ging mit ihr über die Bahn, um beim zweiten Rennen nahe bei einem Hindernis zu stehen, damit sie wenigstens einen Eindruck von der Geschwindigkeit bekam. Zu ihrem Verdruß blieb sie mit den hohen Absätzen ihrer Schuhe immer wieder im Rasen stecken. Ein ziemlich mißlungener Nachmittag, sagte ich mir deprimiert.

Dennoch war sie beeindruckt vom Gedonner und von der Energie der zehn Zentner schweren Pferdeleiber, die da über die schwarzen Reisighürden jagten, und sie hörte die Jockeys mit ihren Kontrahenten und ihren Pferden schreien, sah die gestrafften Muskeln ihrer Beine unter den weißen Hosen, die Rennfarben, die in der Augustsonne leuchteten. Man sah ihr – ob sie das wollte oder nicht – an, daß sie nun auch verstand, was alle, die den Weg hierher auf sich genommen hatten, an solchen Rennen faszinierte.

Als die Pferde zum zweiten Mal an uns vorbeigefegt waren und auf die Zielgerade gingen – die Luft vibrierte noch von ihnen –, erklärte ich: „Ich kann verstehen, wie nahe es Ihnen geht, daß der Wahlausschuß Sie übergangen hat."

„Ausgeschlossen", meinte Orinda. „Dazu sind Sie viel zu jung."

Fast verzweifelt sagte ich: „Sie haben nicht bekommen, was Sie sich am meisten gewünscht haben, und das ist ein schwerer Schlag. Sie haben ein Leben vor sich gesehen, das Ihnen jeden Tag Freude und Erfüllung bringt, das Ihnen die Kraft gibt, Ihre kühnsten Träume zu verwirklichen, und jetzt ist es aus damit. Das tut furchtbar weh. Glauben Sie mir, ich kenne das."

Sie starrte mich mit ihren großen grünen Augen an.

„Den Schmerz kann schon ein Sechsjähriger empfinden, der sich von Herzen ein Pony wünscht, für das kein Platz da ist, so daß ein Kauf gar nicht in Frage kommt. Und ich…“ Ich schluckte. „Ich wollte das hier.“ Mit einer Armbewegung umfing ich die ganze weite Rennbahn. „Ich wollte Jockey werden, seit ich denken kann. Von klein auf war ich überzeugt, daß ich das mal werde. Ich habe darauf vertraut und war mir meiner Zukunft sicher… Tja, und seit ein paar Tagen ist es aus damit. Man hat mir gesagt, daß ich nicht das Zeug habe, der Jockey zu werden, der ich gern wäre. Der Trainer, für den ich geritten bin, hat mich weggeschickt. Mein Vater will mich unterstützen, wenn ich studiere, aber nicht, wenn ich meine Zeit mit Pferderennen vertue, ohne zu glänzen. Als ich heute herkam, habe ich nicht geahnt, wie schlimm das wird…, aber mir ist zum Schreien, ich möchte aus der Haut fahren, und wenn Sie glauben, so wie Sie könnte nur jemand empfinden, der alt genug ist, um meine Mutter zu sein, dann haben Sie sich geirrt.“

VIER

Am Ende des Nachmittags fuhr ich trübsinnig zurück zu Pollys Haus im Wald und hatte das Gefühl, ihre Hoffnungen enttäuscht und nicht nur eine einmalige Gelegenheit verpaßt, sondern alles nur noch schlimmer gemacht zu haben.

Als ich endlich mit Orinda (deren Absätze noch öfter steckengeblieben waren) zur Tribüne zurückgekehrt und in die Loge der Rennleitung hinaufgelangt war, hatte den Duke bereits wieder die Pflicht gerufen. Orinda hatte das dritte Rennen vom Balkon vor dem Speiseraum aus verfolgt und mir unbarmherzig den Rücken zugedreht. Es siegte ein Pferd mit sieben Pfund Aufgewicht. Orinda hatte nicht darauf gewettet. Als der Duke wieder heraufgekommen war, hatte sie ihm liebenswürdig für seine Gastfreundschaft gedankt und sich verabschiedet. Meinen Vater, Polly und mich hatte sie dabei keines Wortes und keines Blickes gewürdigt.

Als Polly uns nun einlud, mit ins Haus zu kommen, nahm mein Vater sofort an.

„Kopf hoch“, kommentierte er mein Schweigen. „Sag was. Du kriegst seit Stunden den Mund nicht auf.“

„Also gut… Orinda hat gesagt, daß Usher Rudd mich für deinen Lustknaben hält. Er will nachweisen, daß ich nicht dein Sohn bin.“

Mein Vater prustete in den Gin, den Polly ihm eingeschenkt hatte. „Da hat er Pech. Wo ist denn deine Geburtsurkunde?"

„Bei meinem Zeug bei Mrs. Wells."

Er runzelte die Stirn. Meine Sachen waren mir noch nicht gebracht worden. Sofort bat er Polly, telefonieren zu dürfen, und rief meine Vermieterin an. „Sie hat alles bereitgestellt", berichtete er, „aber der Spediteur, den ich bestellt habe, war noch nicht da. Muß ich am Montag nachhaken."

„Mein Fahrrad steht noch im Rennstall."

Das erinnerte ihn zwar daran, wie rücksichtslos er sich über meine Ambitionen hinweggesetzt hatte, aber er erwartete offensichtlich nach wie vor, daß ich erwachsen wurde und mich mit den Tatsachen abfand.

„Da mußt du drüber wegkommen", meinte er.

Polly blickte von mir zu ihm und sagte: „Der Junge tut für Sie, was er kann, George."

Wir fuhren ohne sie weiter nach Hoopwestern, und ich brachte meinen Vater zu einem Gemeindesaal, wo er sich mit einem kleinen Heer von Wahlhelfern aus der gesamten Region treffen sollte.

„Mein Sohn ..., das ist mein Sohn." Immer wieder stellte er mich vor, und ich drückte Hände, lächelte in einem fort, plauderte mit alten Damen, unterhielt mich zurückhaltend über Fußball und zerknirscht über Pferderennen. Und das noch drei Wochen lang, dachte ich gequält. Aber ich hatte eingewilligt, und mein Wort galt.

Gegen Ende der Versammlung holte ich den Range Rover aus der Nebenstraße, in der ich ihn geparkt hatte, und war mir ganz sicher, daß an diesem Abend niemand daran herumgepfuscht hatte. Foster Fordham hatte mir telefonisch ein paar einfache Tips gegeben. „Nehmen Sie immer eine Schachtel Waschpulver mit. Wenn Sie den Wagen abstellen, streuen Sie auf beiden Seiten eine dünne Linie Waschpulver vom Vorder- zum Hinterrad. Dann sehen Sie, ob in Ihrer Abwesenheit jemand den Wagen bewegt oder sich daruntergelegt hat."

Ich hatte seine Anweisungen genau befolgt, unser Ablaßschraubenklauer hatte offensichtlich keine neuen Tricks versucht. Ohne Zwischenfall fuhr ich meinen Vater von dem Gemeindesaal zurück zum Wahlkampfbüro und überließ ihn seinen endlosen taktischen Erörterungen mit Mervyn.

Ich gähnte und ging, den beiden Älteren das Abschließen der Türen überlassend, nach oben; und ich erwachte mitten in der Nacht von starkem Rauchgeruch.

RAUCH! Ich richtete mich im Bett auf. Mehr oder weniger instinktiv wälzte ich mich raus, schüttelte unsanft die reglose Gestalt im anderen Bett, rief: „Feuer!“ und sprang zur Zimmertür, um nachzusehen, ob meine schlimme Befürchtung wirklich zutraf.

Zweifellos. Das untere Stockwerk stand in hellen, lodernden Flammen. Dicker Rauch drang herauf. Vom hinteren Büro hatte das Feuer bereits auf das Wohnzimmer im ersten Stock übergegriffen.

Ich schnappte in dem Qualm nach Luft, drehte mich auf dem Absatz herum und stürzte ins Bad. Ich warf ein Badetuch in die Kloschüssel und betätigte die Spülung, schnappte mir das durchnäßte Tuch, lief damit ins Schlafzimmer, sperrte den Rauch aus und dichtete die Ritze unter der Tür ab, all das in rasendem Tempo.

„Das Fenster!“ rief ich. „Das verdammte Fenster klemmt!“ Es war mit Farbe wie zusammengeleimt, und mein Vater hatte sich seit Tagen darüber geärgert, daß es nicht aufging.

Wir trugen nur Unterhosen, und es wurde immer heißer. „Die Treppe können wir nicht nehmen“, sagte ich. Wortlos ergriff mein Vater den einzigen Stuhl im Zimmer und ließ ihn ins Fenster krachen. Glas zerbrach, aber die Scheiben waren klein, und der Holzrahmen blieb ganz. Ein zweiter Schlag mit dem Stuhl ließ die Lagen alter Farbe platzen, und das Fenster flog nach beiden Seiten auf – aber unten hatte sich das Feuer schon durch das Erkerdach gefressen und schoß die Wand herauf.

Aus dem Trödelladen nebenan schlugen ebenfalls Flammen. Das Feuer hatte dort bereits den Dachstuhl erreicht, und über unseren Köpfen sprühten rote und goldene Funken in den Himmel.

Ich hastete zur Tür, dachte, es bliebe uns doch nur die Treppe, aber auch wenn das nasse Handtuch den Rauch weitgehend fernhielt, gegen Feuer half es nicht. Die Klinke war schon zu heiß zum Anfassen. „Wir sind eingeschlossen“, rief ich grimmig. „Die Tür brennt!“

Mein Vater schaute mich kurz an. „Versuchen wir unser Glück und springen. Zuerst du.“ Er stellte den ramponierten Stuhl ans Fenster und bedeutete mir, darauf zu steigen und möglichst weit hinauszuspringen.

„Erst du“, sagte ich.

Inzwischen waren Leute auf dem Platz und schrien, und die schrille Sirene eines Feuerwehrwagens kam näher.

„Schnell!“ befahl mein Vater. „Diskutier jetzt nicht. Spring!“

Ich stieg auf den Stuhl und griff nach dem Fensterrahmen. Die heiße Farbe verbrannte mir die Hand.

„Spring!“

Ich faßte es nicht: Er mühte sich in Hemd und Hose!

„Na los! Spring!"

Ich setzte einen nackten Fuß auf den Rahmen, zog mich hoch und sprang mit aller Kraft hinaus – flog durch die Flammen, die aus dem Erker schlugen, verfehlte die brennende Vorderfront nur um Zentimeter und krachte mit einer solchen Wucht auf das Kopfsteinpflaster, daß ich Sternchen sah. Ich spürte, wie ich gepackt und vom Feuer weggezogen wurde, versuchte aber, mich aus dem Klammergriff loszureißen, um den Sturz meines Vaters abzufangen. Aber ich hatte die Kraft nicht. Ich setzte mich auf den Boden. Ich konnte nicht einmal sprechen.

Unglaublicherweise blitzten Kameras. Die Not, die Lebensgefahr, in der wir uns befanden, wurde gefilmt! Ohnmächtiger Zorn stieg in mir auf. Ich hätte heulen können.

Die einen riefen meinem Vater zu, er solle springen, die anderen, er solle nicht springen, sondern warten, bis die Feuerwehr da sei, die sich bereits jaulend einen Weg durch die Schaulustigen bahnte und ihre behelmten Insassen ausspie. Er stand auf dem Stuhl – und hinter ihm brannte es lichterloh. Bevor die Leiter bei ihm war, rollten sonnenhelle Flammen durch das Zimmer, und er warf sich hinaus, warf sich wie ich über das aus dem Erker hochleckende Feuer hinweg in die Dunkelheit, obwohl er wußte, daß er sich dabei den Hals brechen oder den Schädel einschlagen konnte.

Eine Kamera blitzte.

Zwei Männer in gelben Astronautenanzügen und dicken Handschuhen rannten mit einem runden, trampolinähnlichen Sprungtuch aufs Haus zu. Keine Zeit, in Position zu gehen. Sie rannten einfach, mein Vater krachte in sie hinein, und alle landeten in einem Wirbel von Armen und Beinen am Boden. Helfer umdrängten sie und nahmen mir die Sicht auf das Gewirr, aber in den Beinen meines Vaters war Leben gewesen – und im Gegensatz zu vorhin hatte er Schuhe angehabt.

Ich war rußverdreckt, hatte bei der Landung auf dem Pflaster ein paar Prellungen und Kratzer abbekommen, spürte, obwohl ich noch benommen war, daß mir Tränen übers Gesicht liefen, und ich hustete und hatte Blasen an Händen und Füßen, aber das zählte alles nicht. In meinem Kopf waren Lärm und Chaos. Ich hatte meinen Vater vor Gefahren schützen wollen und noch nicht einmal daran gedacht, die Feuerwehr zu rufen.

Ich hörte ihn fragen: „Ben?"

Ich blickte verwirrt auf. Er stand vor mir; er lächelte sogar. Wie konnte er nur!

Männer in gelben Schutzanzügen rollten Schläuche auf und spritzten Unmengen von Wasser aus dem Tank in die brennenden Erker. Es gab

Dampf, Rauch, doch die Flammen züngelten hartnäckig weiter. Man legte mir eine rote Decke um die Schultern und riet mir, ich solle mir keine Gedanken machen. Ich wußte nicht recht, wer die Leute waren und worüber ich mir keine Gedanken machen sollte. Ich wußte eigentlich gar nichts.

„Ben“, sagte mein Vater mir ins Ohr, „kannst du mich hören?“

„Ich habe die Feuerwehr nicht gerufen. Meine Schuld...“

„Ben!“ Er schüttelte mich. Man riet ihm davon ab.

„Ich sorge dafür, daß du gewählt wirst“, erklärte ich.

Vertraute Gesichter kamen in mein Blickfeld und verschwanden wieder. Amy war da, rang die Hände und weinte. Weinte um ihren zu Asche gewordenen Trödel. „Ach herrje“, sagte sie. „Die Kugel hatte ich noch in der ollen Strickjacke im Laden, und jetzt ist sie hin, aber was soll's, es war ja doch nur ein Klümpchen Blei.“

Mrs. Kitchens klopfte mir tröstend auf die Schulter. „Lassen Sie nur, Junge, in dem ganzen Bunker waren ja doch nur Plunder und Papier. Mein Leonard ist auch da. Haben Sie ihn gesehen? Für ein ordentliches Feuer ist er immer zu haben.“

Usher Rudd fixierte seine Beute im Krebsgang, sah in den Sucher, trat zurück und knipste. Er grinste auf meine Wolldecke herab, prüfte die Schärfe, Blitz.

Mervyn rang die Hände wegen der Stapel verbrannter JULIARD-Zettel. Er war kaum eine halbe Stunde daheim gewesen, als ihn jemand wegen des Brandes im Trödelladen angerufen hatte. Crystal Harley kniete neben mir und tupfte mit Papiertaschentüchern besorgt Blut von meinem Gesicht.

Paul und Isobel Bethune hielten mit ihrem Auto in der Fußgängerzone. Im Notfall galten andere Regeln, meinte der Herr Stadtrat, drängte sich, ernste Besorgnis im Blick, zu meinem Vater durch, begrüßte ihn brüderlich und hatte für jeden einzelnen Feuerwehrmann ein Wort der Anerkennung.

Isobel fragte mich leise, ob es mir gutgehe.

„Natürlich nicht!“ fuhr Crystal sie an. „Er ist durch die Flammen gesprungen und aufs Pflaster geknallt. Was erwarten Sie denn?“

„Und, äh..., sein Vater?“

„Sein Vater kommt ins Parlament“, erklärte Crystal.

Es lebe die Politik, dachte ich.

Wasser schoß aus dem schweren Schlauch, zischte durch die Flammen, lief wieder aus dem Gebäude heraus und schwappte aufs Pflaster. Mich fröstelte unter der naß gewordenen Decke. Die Gelbhelme richteten ihre Schläuche verschwenderisch auf die noch dunklen Gebäude neben den brennenden Läden, und schließlich ging den wütenden Flammen zwangsläufig die Nahrung aus, sie wurden schwächer, fauchten nur noch, wo sie vorher gebrüllt hatten, so daß nicht mehr Funken, sondern Flocken heißer Asche auf den Platz herabrieselten und beißender Brandgeruch auf die Sinne eindrang.

Irgendwer holte den Arzt, der sich drei Tage zuvor den Fuß meines Vaters angesehen hatte; er leuchtete mir in die Augen und die Ohren, betastete die Beule an meinem Kopf, deckte die Brandblasen gut ab und teilte Vaters Auffassung, daß es genüge, wenn ein so gesunder junger Mann am nächsten Morgen noch einmal zu ihm komme.

Für die angebrochene Nacht besorgte uns mein Vater, an das Mitgefühl des Hoteldirektors appellierend, ein Zimmer im Schlafenden Drachen, und die Frau des Direktors besorgte mir etwas zum Anziehen.

Usher Rudds wirklich gelungene Aufnahme meines Vaters beim Sprung aus dem Fenster des brennenden Zimmers erschien auf der Titelseite jeder großen überregionalen Zeitung (JULIARDS LUFTSPRUNG), zusammen mit den schnell erzählten Fakten, denen Kommentare und Ausdeutungen auf dem Fuß folgten.

Die Leute sagen einem immer, was man hätte tun sollen. Sie sagen einem, was sie getan hätten, wenn sie mitten in der Nacht in einem Brand aufgewacht wären. Sie sagen, daß man als allerelstes selbstverständlich die Feuerwehr ruft, aber wie man die rufen soll, wenn das einzige Telefon unten steht, wo das Feuer tobt, behalten sie für sich. Hinterher kann jeder logisch denken, aber in der Hitze, dem Qualm und der Gefahr ist klares Denken so gut wie ausgeschlossen.

Mit Anziehen darf man keine Zeit verlieren, sagen sie einem. Aber ich glaube nicht, daß meinen Vater die lebensgefährlichen Sekunden, die er darauf verwandte, Hemd und Hose anzuziehen, je gereut haben. Selbst als es um Leben und Tod ging, war ihm klargewesen, daß ihn ein Foto, auf dem er sich halb nackt vor den Flammen rettete, seine ganze Laufbahn hindurch verfolgen würde. Noch im Augenblick größter Gefahr hatte er daran gedacht, wie wichtig ein sicheres Auftreten war. Ganz gleich, was Usher Rudd in Zukunft alles ausgrub – George Juliard war und blieb der geistesgegenwärtige Mann auf Seite eins, der in der Not einen klaren Kopf behielt.

DIE POLIZEILICHEN Ermittlungen wurden von Joe, dessen Mutter den Schulbus fuhr, an höhere Stellen auf Kreisebene weitergereicht, aber die Feuerwehrleute konnten nicht beschwören, daß Brandstiftung vorlag, niemand fand das verschwundene 6-mm-Geschoß, und Foster Fordhams Bericht über Wachspartikel in der Ölwanne wurde als nicht schlüssig angesehen. Wohl war es möglich, daß drei Anschläge auf Juliard verübt worden waren, aber es stand nicht fest. Es gab keinen bestimmten Verdacht.

In der hochsommerlichen Nachrichtenflaute räumten die Londoner Redakteure dem Rätsel zwei Tage ausführlicher Berichterstattung ein. George Juliard kam landesweit ins Fernsehen. Jeder Stimmberechtigte im Wahlkreis Hoopwestern wußte nun, wer Juliard war.

Während mein Vater sich mit PR-Leuten abgab und Mervyn wie eine aufgeregte Schmeißfliege herumkurvte, um ein neues Büro zu finden, saß ich den halben Sonntag über in einem Sessel am Fenster unseres Zimmers im Schlafenden Drachen, ließ die Prellungen und Kratzer heilen und betrachtete das ausgebrannte Gebäude auf der anderen Seite des Platzes.

Von irgendwo hier oben, dachte ich, zwischen den vielen Geranien in Hängekörben (arrangiert von ihrem Leonard, dem Gärtner, hatte Mrs. Kitchens mir voll Stolz erzählt), irgendwo hier oben hatte jemand mit einem Kleinkalibergewehr auf meinen Vater angelegt.

In dem Zimmer, das wir für die Nacht bekommen hatten, war der Schütze eher nicht gewesen, denn das lag viel weiter in Richtung Rathaus als der Haupteingang des Hotels, aus dem wir gekommen waren. Ein Querschläger konnte im Prinzip zwar überall hingehen, aber ich hielt es doch für unwahrscheinlich, daß eine von meinem Platz aus geschossene Kugel den Trödelladen hätte treffen können.

Schließlich erkundete ich die ganze erste Etage des Hotels und kam zu einem kleinen Aufenthaltsraum, der direkt über der Hotelhalle liegen mußte. Vom Fenster dort sah man genau in die Richtung, aus der mein Vater und ich über das Pflaster gekommen waren.

Jeder – wirklich jeder – hätte sich zwischen die bodenlangen Vorhänge stellen, das Fenster öffnen, den Lauf eines Gewehrs über die Fensterbank legen und durch die Geranien in die laue Nacht schießen können.

Bis Montag früh hatte Mervyn einen leerstehenden Laden gemietet und einen Schreibtisch und ein paar Klappstühle zusammengeborgt. Zwei Tage lang stockte die Kampagne, während er seinen Stammdrucker bekniete, quasi zum Selbstkostenpreis und im Eiltempo Flugblätter und Plakate nachzuliefern, doch am späten Dienstag nachmittag hatte sich dank Faith, Marge und Lavender der leere Laden bereits zu einem normal funktionierenden Büro samt Teekanne und Mobiltelefon gemausert. Und am Mittwoch geschah ein Wunder.

Mervyn hatte eine neue Generalstabskarte an die Wand geheftet und zeigte mir gerade, wo ich mit Faith und Lavender (und wiederhergestellten Füßen) entlangfahren sollte, weil es noch Klinken zu putzen gab. Da unser Megaphon verbrannt war, sollte ich bitte ab und zu durch Hupen auf uns aufmerksam machen, aber nicht allzu aufdringlich, damit Leute, die wollten, daß ihr Baby schlief, nicht verärgert wurden. Junge Mütter (er drohte mir mit dem Finger) seien für jede Wahl ausschlaggebend. Ein geküßtes Baby bedeute eine Stimme. Hunderttausend Politiker von einst und heute könnten nicht irren.

Am Mittwoch morgen also, als das Wunder geschah, war mein Vater nach London gefahren. Nur Mervyn, Crystal, Faith, Marge, Lavender und ich waren in dem improvisierten Büro und behalfen uns, so gut es ging, ohne Computer, Kopierer und Fax.

Orinda kam herein.

Der Bürobetrieb stand still.

Sie war ganz in Limonengrün gekleidet: Hose, Jacke und Stirnband. Goldener Schmuck. Neben der schwarzen Eidechstasche trug sie eine große Plakatrolle bei sich.

Sie blickte in dem kahlen Raum umher, lächelte Marge ein wenig an und faßte mich ins Auge. „Ich möchte mit Ihnen reden", sagte sie ruhig. „Draußen."

Ich ging mit ihr hinaus. Die Sonne schien auf den Gehsteig. Passanten zogen an uns vorbei.

„Seit Samstag habe ich über vieles nachgedacht", begann sie. „Am Sonntag morgen, so gegen halb acht, stand unangemeldet ein Zeitungsmensch vor meiner Tür."

Ich nickte nur.

„Er hat gefragt, ob es mich freut oder ärgert, daß Sie nicht in den Flammen umgekommen sind. Sie und Ihr Vater, meine ich."

„Oh."

„Der Journalist wollte wissen, was ich von der Ansicht halte, daß auf George Juliard lebensbedrohliche Anschläge verübt werden, damit er seine Kandidatur zurückzieht und den Weg für mich frei macht." Sie hielt inne und musterte mein Gesicht. „Ich sehe, daß Ihnen der Gedanke nicht neu ist."

„Nein, aber ich glaube nicht, daß Sie etwas damit zu tun haben."

„Wieso?"

„Sie sind verletzt. Sie sind aufgebracht. Aber Sie würden keinen Mord begehen."

„Wann werden Sie achtzehn?"

„In elf Tagen."

„Dann betrachten Sie das als Geschenk dafür." Sie drückte mir die Plakatrolle in die Hände. „Ihnen verdanke ich…" Sie hielt inne und schluckte. „Machen Sie damit, was Sie wollen."

Neugierig rollte ich die steifen Bogen auseinander, die ich oben und unten festhalten mußte, damit sie nicht wieder zusammenschlugen. Auf dem ersten stand in riesiger Blockschrift: ORINDA NAGLE RÄT: WÄHLEN SIE JULIARD!

Ich weiß, daß mir die Kinnlade herunterklappte.

„Es sind zehn Stück", sagte sie nur. „Ich habe sie heute morgen drukken lassen. Die drucken gern nach, wenn Sie wollen."

„Orinda…" Ich war praktisch sprachlos.

„Sie haben mir auf der Rennbahn etwas klargemacht…", begann sie und setzte wieder neu an. „Sie haben mir gezeigt, daß man mit einer unerträglichen Enttäuschung fertig werden kann. Sie haben mir einen Spiegel vorgehalten. Jedenfalls soll niemand meinen, ich hätte Ihr altes Wahlkampfbüro angezündet, um Ihren Vater loszuwerden, und deshalb schlage ich mich auf seine Seite. Von jetzt an werde ich ihn in jeder Hinsicht unterstützen. Ehrlich gesagt frage ich mich, ob ich nicht sogar erleichtert darüber bin, daß ich nicht nach Westminster gehen muß… Die Arbeit im Wahlkreis, die mag ich wirklich, und das tut auch am meisten weh – daß diejenigen, für die ich so geschuftet habe, mir einen Fremden vorgezogen haben."

Sie schwieg und schaute mich fast verzweifelt an, um zu sehen, ob ich sie überhaupt verstand, und ich verstand sie so gut, daß ich mich spontan vorbeugte und ihr einen Kuß auf die Wange gab.

Eine Kamera blitzte.

„Ich fasse es nicht!" schrie Orinda. „Er folgt mir auf Schritt und Tritt."

Usher Rudd nutzte das Überraschungsmoment und eilte bereits die Straße hinunter, um sich unter die Passanten zu mischen.

„Mir läuft er auch nach", sagte ich und legte Orinda die Hand auf den Arm, damit sie gar nicht erst versuchte, ihn noch einzuholen. Wir gingen ins Büro, und nachdem sie ihre Neuigkeit verkündet hatte, ließ sie sich von Mervyn in die Arme schließen und von den drei Hexen willkommen heißen, die zwar ihre Vorbehalte hatten, sich aber schnell auf die neue Lage einstellten.

„Wo werbt ihr heute, Mervyn?" fragte Orinda, und er zeigte es ihr auf der Karte, was unverhofft dazu führte, daß ich an diesem Morgen den Range Rover mit Mervyn, Faith, Lavender und Orinda samt den Plakaten, auf denen sie uns ihre Sympathie erklärte, durch Hoopwestern fuhr.

Da Mervyn den Redakteur der *Gazette* verständigt hatte, erwarteten uns auf dem Parkplatz hinter dem ausgebrannten Laden eine rasch zusammengetrommelte Schar Schaulustiger, der Leitartikler der *Gazette* und der verliebte Bildreporter, der Orinda schon bei dem Empfang vor acht Tagen wie hypnotisiert mit seiner Kamera hinterhergelaufen war.

Orinda flirtete wieder mit der Kamera (oder mit dem Typ dahinter – es lief auf dasselbe hinaus) und verkündete elegant über ein störungsfreies Mikrofon, daß George Juliard, ein Politiker, den das Land mit Sicherheit noch schätzenlernen werde, der bestmögliche Ersatz für ihren geliebten Mann Dennis sei, der sein Leben den Menschen dieses wunderbaren Teils von Dorset gewidmet habe.

Applaus, Applaus. Begleitet von dem nur leicht inszenierten Beifall, flimmerte sie in den 12-Uhr-Nachrichten durch die Wohnstuben von Hoopwestern.

Als mein Vater aus London zurückkam, hatte er schon mit gemischten Gefühlen von Orindas Pressekonferenz gehört, aber bei der nächsten Wahlversammlung am selben Abend umarmten sie einander so herzlich, wie es noch einen Tag zuvor undenkbar gewesen wäre.

Nicht alle waren angetan. Orindas Schatten Wyvern, der Anonyme Liebhaber, folgte ihr wie Donnergrollen. Sie, ganz strahlender Großmut, warf ihm immer wieder fragende Blicke zu, als sei ihr unklar, woher sein Mißmut rührte. Im Gegensatz zu mir, der im Lauf des Abends allmählich dahinterkam, begriff sie nicht, daß sie mit dem für sie befreienden Entschluß, den Ärger über ihre Nichtaufstellung über Bord zu werfen, irgendwie seine Stellung untergraben hatte.

Die liebe Polly blickte zu meinem Erstaunen ausgesprochen finster drein, obwohl sie Orindas Sinneswandel selbst mit herbeigeführt hatte.

„Mit einer so radikalen Kehrtwende hatte ich nicht gerechnet“, nörgelte sie. „Jetzt gibt sie wieder die First Lady im Wahlkreis. Die Rolle steht ihr zwar gut, aber sie ist nicht Georges Frau und kann nicht wie früher bei jeder Feier die Gastgeberin spielen, aber ich wette, genau das schwebt ihr vor. Was haben Sie ihr beim Pferderennen bloß gesagt?“

„Ich dachte, Sie wollten, daß sie meinem Vater zur Seite steht. Bringen Sie ihn ins Parlament, dann wird er mit Orinda und allem anderen schon fertig. Und Sie, liebe Polly, haben selbst gesagt, daß ich Gedanken lesen kann.“

Etwas bestürzt fragte sie: „Können Sie etwa meine lesen?“

„Ein bißchen.“

Sie lachte unbehaglich, aber ich las nur Gutes bei ihr.

Bei Leonard Kitchens konnte man das Gegenteil behaupten. Mir war aufgefallen, daß die Spitzen seines buschigen Schnurrbarts als Wetterfahne fungierten und anzeigten, in welche Richtung seine Gefühle gingen. Ihr entschiedenes Hochstehen an diesem Abend war kämpferisch und wichtigtuerisch zugleich. Die korpulente Mrs. Kitchens (in großen rosa Blüten auf dunkelblauem Grund) verfolgte ein Weilchen besorgt die Wege ihres Leonard auf der Versammlung und kam dann schnurstracks zu mir.

„Tun Sie was", zischte sie mir ins Ohr. „Orinda soll meinen Leonard in Ruhe lassen!"

Mein Eindruck war eher, daß er es war, der Orinda nicht in Ruhe ließ, da sein Schnurrbart dauernd ihren Hals umsummte, aber auf Mrs. Kitchens' fortgesetztes Drängen ging ich zu ihnen und hörte mir Leonards quengelige Einwendungen an.

„Ich würde alles für dich tun, Orinda, das weißt du, aber jetzt unterstützt du den Feind, und wenn ich sehe, wie der sich an dich ranschmeißt, wird's mir –"

„Komm schon, Leonard", sagte Orinda leichthin, „die Lage hat sich geändert."

Zumindest nach außen hin hatte Orinda die Partei definitiv hinter JULIARD geeint; doch in den nächsten Tagen stellte sich heraus, daß ihre Kehrtwende in Hoopwestern selbst am stärksten einschlug, in Quindle schon weniger und in den vielen verstreuten Dörfern ringsum so gut wie gar nicht. Daheim und in der näheren Umgebung wurde sie begeistert beklatscht, aber den Leuten in beispielsweise Middle Lampfield (637 Einwohner) entlockte die Ankündigung ihres Besuchs gerade mal ein höfliches „Hm", bevor sie sich wieder dem heimischen Apfelwein zuwandten.

Im ganzen Wahlkreis wurde mehr Apfelwein als Babynahrung konsumiert, und daß mein Vater den schaumigen Most ausgezeichnet vertrug, brachte ihm Sympathien ein. Jeden Mittag klapperten wir die Kneipen ab (ich fuhr), und immer wieder bekam ich das gleiche Fazit zu hören. „Ein guter Mann, Ihr Vater, der weiß, was bei uns auf dem Land gebraucht wird." Mein Vater brachte sie zum Lachen. Er kannte die Heupreise. Sie wären mit ihm zum Südpol gegangen.

Orinda mochte keinen Apfelwein, und sie hielt nichts von Kneipen. Also grasten mein Vater und ich mehrere Tage lang die Gegend ab und bekehrten, wie mein Vater sagte, möglichst jeden erreichbaren Wähler.

In der Woche darauf war es Orinda, die beinah ihr Leben ließ.

FÜNF

Am Dienstag der letzten vollen Stimmenwerbungswoche brachte ein Lieferwagen endlich die Kiste mit meinen Habseligkeiten von Mrs. Wells. Im Hotelzimmer stöberte mein Vater interessiert in den dürftigen Relikten meines Lebens: zwei Ehrenpreise für zu Ostern gewonnene Amateurrennen, etliche Fotos von mir zu Pferd und auf Skiern, Schulfotos wie etwa ein steifes Gruppenbild der Schützenmannschaft, deren Kapitän einen Pokal in den Armen hielt; Bücher über Mathematik und über berühmte Rennreiter; auch meine wenigen Klamotten.

Vater suchte meinen Reisepaß, meine Geburtsurkunde und das gerahmte Foto seiner Hochzeit mit Mutter heraus. Er nahm das Bild aus dem Rahmen, und nachdem er es minutenlang betrachtet hatte, strich er mit dem Finger über ihr Gesicht und seufzte tief, für mich das erste Mal, daß er erkennen ließ, wie nah ihm der Verlust ging.

Unüberlegt fragte ich: „Weißt du noch, wie sie war? Würdest du sie erkennen, wenn sie jetzt ins Zimmer käme?"

Er warf mir einen so freudlosen Blick zu, daß mir klar wurde, ich hatte eine unverzeihlich vorwitzige Frage gestellt, aber dann sagte er nur: „Die erste vergißt man nie."

Ich schluckte.

„Hattest du schon deine erste?" fragte er.

Ich wand mich, konnte vor Verlegenheit kaum sprechen, sagte schließlich aber wahrheitsgemäß: „Nein."

Er nickte. Es war ein Augenblick nahezu unerträglicher Intimität, der erste überhaupt zwischen uns, aber er blieb völlig ruhig und ließ mir Zeit, mich zu fassen.

Er sah einige Papiere durch, die er kürzlich aus London mitgebracht hatte, steckte sie zusammen mit meinen Identitätsnachweisen in seine Aktentasche, ließ die Schlösser zuschnappen und erklärte, wir würden der *Hoopwestern Gazette* einen Besuch abstatten.

Genaugenommen besuchten wir den Chefredakteur, einen Mann in Hemdsärmeln, gestreßt, mittleren Alters und dem Tenor seiner Titelseiten nach ein Kritteler. Er stand von seinem Schreibtisch auf, als wir hereinkamen

„Mr. Samson Frazer", sprach mein Vater ihn an. „Ich möchte Ihnen etwas zeigen." Er klappte die Aktentasche auf und legte die Dokumente der Reihe nach vor den Redakteur hin. „Meine Heiratsurkunde. Die

Geburtsurkunde meines Sohnes. Seinen und meinen Reisepaß. Ein Foto von meiner Frau und mir, aufgenommen vor dem Standesamt nach unserer Heirat. Auf der Rückseite" – er drehte das Foto um – „finden Sie Namen und Copyrightvermerk des Fotografen. Und hier ist der Totenschein meiner Frau. Sie ist an Komplikationen nach der Geburt unseres Sohnes gestorben – unseres Sohnes Benedict hier, der mein einziges Kind ist."

Der Redakteur warf mir einen raschen Blick zu, als hätte er mich jetzt erst wahrgenommen.

„Sie beschäftigen einen gewissen Usher Rudd", sagte mein Vater. „Er legt es anscheinend darauf an, Zweifel an der Identität und der ehelichen Geburt meines Sohnes auszustreuen. Da soll er dreiste Anspielungen gemacht haben."

Samson Frazer erstarrte wie ein hypnotisiertes Kaninchen.

„Wenn es sein muß", erklärte Vater, „schicke ich Haarproben zum Gentest ein. Haare von mir, von meinem Sohn und von meiner Frau – aus einer Locke, die sie mir geschenkt hat. Ich hoffe, Sie denken gut über alles nach, was ich Ihnen gesagt und Ihnen gezeigt habe." Methodisch räumte er die Sachen wieder in seine Aktentasche. „Denn falls die *Hoopwestern Gazette* die Herkunft meines Sohnes in Zweifel ziehen sollte", fuhr er freundlich fort, „dürfen Sie sicher sein, daß ich das Blatt und Sie persönlich wegen Verleumdung und Beleidigung verklage." Er verschloß die Aktentasche so heftig, daß daraus selbst schon eine Drohung klang. „Haben Sie verstanden?"

Der Redakteur sah ganz so aus.

„Gut", sagte mein Vater. „Wenn Sie mich bei einer unsauberen Geschichte erwischen, ist das in Ordnung. Wenn Sie aber eine konstruieren, hänge ich Sie an den Zehen auf. Guten Tag, Sir."

Auf dem Rückweg ins Hotel war er in Hochstimmung, und er summte auf dem Weg nach oben.

„Was hältst du davon", meinte er, „wenn wir einen Pakt schließen?"

„Was für einen Pakt?"

Er legte die Aktentasche auf den Tisch und nahm zwei Bogen Schreibpapier heraus.

„Ich habe vor", erklärte er, „dir ein Versprechen zu geben, und dasselbe Versprechen sollst du mir geben. Wir wissen beide, wie leicht man einem Usher Rudd ausgeliefert ist. Ich will dir also versprechen, daß ich ihm oder Leuten seines Schlages niemals Grund zu schmutziger Publicity liefere. Ich werde die Langeweile in Person sein. Keine Schürzenjägerei, keine unerlaubten Zahlungen für Gefälligkeiten, kein Steuerbetrug und kein schräger Zeitvertreib wie Rauschgift oder abartiger Sex..."

Ich lächelte unbekümmert, belustigt.

„Ja", sagte er, „aber das gleiche sollst du mir versprechen. Du sollst mir versprechen, daß du, wenn ich gewählt werde, meine ganze politische Laufbahn hindurch nichts tust, was mich in Mißkredit bringen oder mein Amt kosten kann."

„Das tu ich doch sowieso nicht", wandte ich ein.

„In deinem Alter sagt sich das leicht, aber du wirst noch sehen, was für schlimme Verlockungen das Leben bietet."

„Ich verspreche es."

Er schüttelte den Kopf. „Damit ist es nicht getan. Ich möchte, daß wir es beide schriftlich machen, damit du dir vor Augen halten kannst, was du versprochen hast." Er schwieg, klickte seinen Kuli ein, während er überlegte, schrieb dann schnell etwas auf das eine Blatt, setzte seine Unterschrift darunter und gab es mir zu lesen.

Hiermit verspreche ich, daß ich Skandale meiden und niemals etwas Zweifelhaftes oder Ungesetzliches tun werde, stand da.

Wow, dachte ich. Um dem Ganzen nicht zuviel Ernst beizumessen, sagte ich: „Das ist aber ziemlich weit gefaßt, oder?"

„Anders hat es keinen Wert. Aber du kannst deine Worte selber wählen. Schreib, wie du es für richtig hältst."

Ich hatte nicht die Absicht, mich unwiderruflich auf einen engelhaften Lebenswandel festzulegen. *Ich werde nichts tun,* schrieb ich, *was die politische Laufbahn meines Vaters beeinträchtigen oder seinem Ruf schaden könnte. Ich will mich bemühen, ihn vor Angriffen jeder Art zu schützen.* Leichten Herzens unterschrieb ich und reichte ihm das Blatt. „Gut so?"

Er las und lächelte. „Gut so."

Er faltete die beiden Blätter zusammen, dann nahm er das Hochzeitsfoto und legte es mit der Bildseite nach unten auf das Glas im Rahmen. Er legte die beiden schriftlichen Versprechen auf das Bild und drückte wieder die Deckplatte mit den Klammern darauf fest.

„So", sagte er, indem er das Bild umdrehte. „Jedesmal, wenn du dir jetzt das Foto von deiner Mutter und mir ansiehst, wirst du an die Abmachungen erinnert, die dahinter stecken. Einfacher geht's nicht." Er stellte das Bild hin. „Dann also wieder auf in den Wahlkampf."

Wir fuhren ins neue Büro, um Mervyn, Faith und Lavender samt Flugblättern zu einer morgendlichen Direktwerbetour durch drei Hoopwesterner Reihenhaussiedlungen abzuholen.

Mervyn schien ausnahmsweise einmal mit sich und der Welt zufrieden, aber wie strahlte die Sonne erst für ihn, als Orinda in einem eleganten, hell orangeroten Hosenanzug eintraf und erklärte, auch sie sei kampfbereit. So quetschten wir uns also zu sechst in den Range Rover, während Crystal und Marge zurückblieben.

Ich fuhr inzwischen mechanisch und hielt an, wenn Mervyn es mir sagte. Babys wurden geküßt. Mein Vater traf auf eine Reihe kinderhütender Hausmänner, Schichtarbeiter der Glühlampenfabrik, und erfuhr Wissenswertes über Glühfäden aus Wolfram. Ich plauderte mit einem Kaffeekränzchen alter Damen, die nicht ruhten, bis ihnen mein Vater die Hand gedrückt hatte. Mervyn verkündete unser Erscheinen straßauf, straßab mit großem Elan, und Faith und Lavender ließen keine Klingel aus. Als wir der letzten Siedlung den Rücken kehrten, warben schon mehrere Fenster für JULIARD. Man durfte hoffen.

Mervyn und mein Vater entschlossen sich, noch eine längere Straße anzuhängen, die aus etwas wohnlicher wirkenden Häusern bestand. Ich hatte von Hausbesuchen mittlerweile für die nächsten paar hundert Jahre genug, aber die anderen waren mit schier unermüdlichem Eifer dabei. Mein Vater wurde es anscheinend niemals leid, die Ungläubigen zu bekehren.

Einzig Orinda wirkte still und befangen statt selbstbewußt und extrovertiert wie sonst, und als ich mit ihr vor einem Altenheim, das die anderen im Sturm zu nehmen hofften, beim Range Rover wartete, fragte ich sie, was los sei.

„Sehen Sie den weißen BMW da hinten?“

„Ja.“ Ich runzelte die Stirn. „Der war auch in einer der Siedlungen.“

„Er verfolgt uns. Das ist Alderney Wyvern.“

„Weshalb sollte der uns verfolgen?“ fragte ich erstaunt.

Orinda zog die Stirn kraus. „Er ist mir noch böse, weil ich Ihren Vater unterstütze.“

„Ja ..., das habe ich mitgekriegt. Aber wieso?“

„Dennis hat in allem auf Alderney gehört. Er hat ihm seinen Aufstieg verdankt. Alderney hat ihm immer gesagt, was er tun soll. Er besitzt viel politisches Fingerspitzengefühl. Wenn uns Alderney gesagt hat, das und das läuft ab auf der politischen Bühne, lag er meistens richtig.“

„Warum geht er dann nicht selber ins Parlament?“

„Er sagt, das will er nicht.“ Sie schwieg. „Ihn zu verstehen ist ehrlich gesagt nicht einfach. Aber er hat damit gerechnet, daß ich nominiert werde und als die Witwe Dennis' Mandat übernehme, und er hat auf Leute wie diesen Schleimer Leonard Kitchens eingewirkt, um meine Kandidatur durchzubringen. Aber dann kam George Juliard und hat den Wahlausschuß begeistert, und Ihr Vater braucht keinen Alderney. Ich glaube manchmal, die Macht, um die es Alderney geht, ist die Macht, hinter den Kulissen die Strippen zu ziehen."

Das schien mir damals eine abstruse Vorstellung. Ich mußte immer noch viel lernen.

„Und da ich jetzt zu Ihrem Vater halte", sagte Orinda, „höre ich nicht mehr so auf Alderney. Sonst habe ich mich immer nach ihm gerichtet. Jetzt bin ich auf einmal dauernd mit Ihrem Vater unterwegs. Sie werden lachen, aber ich glaube fast, er ist eifersüchtig!"

Ich lachte nicht. Immer wieder sah ich, was für eine Wirkung mein Vater auf die Frauen in Hoopwestern hatte.

Alderney Wyvern, ein Stück entfernt, stieg aus seinem Wagen, stellte sich breitbeinig, die Hände in den Hüften, auf den Gehsteig und starrte Orinda an.

„Bitte nicht", sagte ich instinktiv.

Sie hörte die Sorge in meiner Stimme und lächelte. „Wir kennen uns seit Jahren."

Ich spürte intuitiv, daß mit A. L. Wyvern eine beunruhigende Veränderung vorgegangen war. Bis jetzt hatte ich ihn stets als jemanden erlebt, der leise und selbstbeherrscht auftrat, als wollte er nicht auffallen. Damit war es vorbei. Die untersetzte Gestalt wirkte jetzt massiger, die Schultern waren hochgezogen, die Gesichtszüge grimmig angespannt. Aus ihm sprach die hemmungslose Wut eines Aufrührers, eines militanten Streikenden.

„Bleiben Sie hier", riet ich Orinda.

„Seien Sie nicht albern." Selbstbewußt ging sie in ihrem lebhaften Orangerot auf ihn zu.

Ich hörte seine dumpf grollende Stimme, verstand aber nicht, was er sagte. Ihre Antwort war unbekümmert, neckend. Sie faßte nach seinem Arm, wie um ihn liebevoll zu streicheln, und er schlug ihr heftig ins Gesicht.

Sie schrie ebensosehr vor Schreck wie vor Schmerz auf. Ich lief zu ihnen hinüber, und obwohl Wyvern mich kommen sah, versetzte er ihr noch einen Schlag mit dem Handrücken auf Nase und Mund. Schreiend nahm sie die Hände hoch, um ihr Gesicht zu schützen, und wollte gleichzeitig von ihm weglaufen, aber er hielt sie an der Schulter ihrer Jacke fest und holte mit der Faust zu einem dritten Schlag aus.

Sie riß sich los. Dabei kam sie aus dem Gleichgewicht. Sie stolperte vom Gehsteig auf die Fahrbahn.

Plötzlich erschien auf der bisher so stillen und leeren Straße des Wohnviertels ein schwerer Lastwagen, der mit quietschenden Bremsen, wild plärrender Hupe auf Orinda zuhielt. Orinda taumelte, als hätte sie die Orientierung verloren, und ich rannte auf sie zu. Der Lkw-Fahrer machte bei dem Versuch, ihr auszuweichen, einen Schlenker. Ich warf mich wie bei einem Rugby-Angriff auf Orinda, so daß sie halb unter mir auf den harten Asphalt flog, und die schwarze Bremsspur der kreischenden Reifen ging Zentimeter an unseren Füßen vorbei.

Orinda blutete aus der Nase, weinte vor Schmerzen, und darüber hinaus war sie benommen und verwirrt. Selbst noch außer Atem, kniete ich mich neben sie und hoffte, ihr nicht unnötig weh getan zu haben.

Der Lastwagen hatte ein paar Meter vor uns angehalten, und der Fahrer, der heraussprang, übte sich bereits in gekränkter Unschuld. „Sie ist mir direkt vor den Wagen gelaufen, ich hatte keine Chance ..."

Weder Orinda noch ich antwortete. Es war belanglos. Der Schuldige stand auf der anderen Straßenseite, steif wie ein Brett, starrte böse herüber und dachte nicht daran, uns zu Hilfe zu kommen.

Als ich wieder Luft bekam, fragte ich Orinda, ob alles in Ordnung sei. Blöde Frage eigentlich, da Wyverns Hände Spuren auf ihrem Gesicht hinterlassen hatten. Ihre Jacke war zerrissen. Ein Schuh fehlte. Das sorgfältige Make-up war verschmiert, und sie wirkte schlaff. Ich legte ihr einen Arm in den Nacken, um zu sehen, ob sie sich aufsetzen konnte, und zu meiner Erleichterung ging sie darauf ein, richtete sich halb auf und blieb, den Kopf und die Hände auf die hochgezogenen Knie gestützt, am Straßenrand sitzen.

Sie versuchte sich das Blut mit den Fingern abzuwischen und fragte schluchzend: „Haben Sie ein Taschentuch?"

Ich hatte keins.

„In meiner Handtasche ist eins."

Ihre Handtasche war im Range Rover.

„Ich hole sie Ihnen", sagte ich.

„Nein, Benedict ..., bleiben Sie bei mir!"

„Ich habe Sie nicht angefahren", mischte sich der Fernfahrer ein, „das weiß ich genau. Ich kann nichts dafür, daß sie blutet."

„Nein", stimmte ich ihm zu und stand auf. „Aber Sie sind ein kräftiger Mann, und Sie können mir helfen, die Dame zu dem Range Rover dort hinüberzubringen."

Ich bückte mich und versuchte Orinda auf die Beine zu helfen, und sie stand wacklig auf und hielt sich an mir fest. Unbeholfen legte ich den Arm um sie. Mein Vater hätte sie einfach gepackt und zum Auto getragen, aber abgesehen davon, daß ich nicht wußte, ob ich die nötige Kraft besaß, war mir der Altersunterschied zwischen uns peinlich. Absurd eigentlich. Ich wollte sie beschützen, dabei fühlte ich mich selbst unsicher.

„Also gut, gnä' Frau", sagte der Fahrer unvermittelt, indem er ihren weggeflogenen Schuh aufhob und ihn ihr anzog, „halten Sie sich an meinem Arm fest."

Er stützte sie, und sie ging unsicher mit uns. So kamen wir schließlich zu dem Range Rover und setzten Orinda auf den Beifahrersitz, wo sie matt zurücksank und dem Fahrer dankte.

„He!" meinte dieser plötzlich und musterte den auffälligen Wagen. „Ist das nicht die Kiste von dem Politiker? Dem mit dem komischen Namen?"

„Juliard. Ich bin sein Sohn, und die Dame hier ist Mrs. Orinda Nagle, die Frau des Abgeordneten, der bis zu seinem Tod den Kreis Hoopwestern im Parlament vertreten hat."

„*Wow!*" Er strahlte Orinda an und fuhr schließlich winkend mit einem Lächeln für uns beide von dannen.

Alderney Wyvern hatte die ganze Zeit über dagestanden, als wären seine Schuhsohlen am Boden festgeklebt. Usher Rudd und seine Kamera waren ausgerechnet jetzt, wo es wirklich etwas zu berichten gab, nicht zur Stelle gewesen.

Mein Vater, Mervyn, Faith und Lavender kamen von einem siegreichen Bekehrungszug durchs Altenheim zurück und erschraken beim Anblick der blutverschmierten, erschütterten Orinda.

„Was ist los?" fragte mein Vater mich grimmig.

Orinda sprang mir bei. „George, Benedict hat mir geholfen... Ich fasse es nicht..." Ihre Stimme kippte. „Alderney... Alderney... hat mich geschlagen."

„Er hat was?"

Wir schauten alle die Straße hinunter auf Wyvern, der noch kampflustig die Stellung hielt. Mein Vater ging entschlossen auf ihren keine Spur von Reue zeigenden, ehemals besten Freund zu und stellte ihn, wenn wir auch die Worte nicht verstanden, laut zur Rede. Wyvern gab genauso heftig Antwort und fuchtelte mit den Armen.

„Benedict...", bat mich Orinda, „sehen Sie zu, daß die beiden aufhören."

Schon war ich da und packte meinen Vater am Arm, als er gerade mit geballter Faust auf Wyvern losgehen wollte, der unglaublicherweise spöttisch grinste.

Mein Vater fuhr herum und brüllte mich an: „Mach, daß du wegkommst!“

„Der Pakt“, rief ich. „Denk an den Pakt! Schlag ihn nicht, Vater... Dad..., schlag ihn nicht!“

Die unbeherrschte Wut verschwand aus seinen Augen, als wäre er plötzlich aufgewacht.

„Er will, daß du ihn schlägst“, sagte ich. Ich wußte nicht, wieso ich mir da so sicher war. Es hing damit zusammen, daß sich Wyvern nicht vom Fleck gerührt hatte, aber in erster Linie war es Intuition. Er wünschte meinem Vater alles mögliche an den Hals, nicht zuletzt schlechte Publicity vor dem Wahltag.

Mein Vater sah mich ausdruckslos an und ging dann an mir vorbei zum Range Rover zurück. Ich wollte ihm nachgehen, aber Wyvern, der niemals lächelte und dessen Züge jetzt brutale Gemeinheit bloßlegten, packte mich und riß mich zu sich herum. Wenn der Vater nicht spurte, sollte der Sohn dafür büßen.

Ich konnte weder boxen noch Karate, besaß aber von Natur aus gute Reflexe und eine in Reit- und Skisport geschulte Körperbeherrschung. Ich konnte zwei wilden Schlägen nach meinem Gesicht ausweichen, die mich glatt umgeworfen hätten, und konzentrierte mich ganz darauf, auf den Beinen zu bleiben. Er drängte mich gegen eine schulterhohe Bruchsteinmauer, doch ich entwand mich seinem Griff und nahm Reißaus, da ich nicht irgendeinen Kampf gewinnen, sondern nur ungeschoren davonkommen wollte.

Schon hörte ich Wyvern hinter mir und sah, wie mein Vater mit wieder auflodderndem Zorn kehrtmachte, um mir zu helfen. „Setz dich ins Auto!“ schrie ich ihn verzweifelt an, und er stockte, drehte sich wieder um und tat wunderbarerweise, was ich gesagt hatte.

Drei Schritte von dem Range Rover entfernt blieb ich stehen und drehte mich rasch zu Wyvern um. Er taxierte sein Publikum – Orinda, Vater, Mervyn, Faith, Lavender –, und da er angesichts so vieler kalter Blicke zu dem Schluß kam, daß weitere Tätlichkeiten unliebsame rechtliche Konsequenzen haben würden, machte er drei Meter von mir entfernt halt. Bei seinem giftigen Gesichtsausdruck wurde mir ganz mulmig.

„Eines Tages“, sagte er, „eines Tages krieg ich dich!“

Er ging ein paar Schritte rückwärts, wobei seine Züge sich bereits wieder glätteten, dann drehte er sich um und lief zu seinem Wagen, als wäre nichts passiert, stieg ein, ließ den Motor an und fuhr davon.

Die Leute in und um den Range Rover brachten erst einmal den Mund nicht auf.

Schließlich räusperte sich Mervyn und erklärte: „Orinda braucht einen Arzt."

Sie war anderer Meinung. „Ich brauche ein Taschentuch."

Faith und Lavender förderten ein paar zerdrückte weiße Papiertücher zutage.

„Und die Polizei?" tippte Faith an.

„Nein", sagte Orinda, und niemand hielt dagegen.

Alle waren still, als ich uns zum Büro zurückfuhr, und dort setzte mein Vater Orinda gleich in ihr eigenes Auto, um sie nach Hause zu bringen, während ich hinterherfuhr, um ihn mit zurückzunehmen. Er schwieg auf der ganzen Rückfahrt, doch als ich anhielt, sagte er schließlich: „Orinda meint, ohne dich hätte der Lastwagen sie überfahren. Stimmt das?"

„Der Fahrer ist uns ausgewichen. Orindas Augen tränten", erklärte ich. „Sie konnte nicht sehen, wo sie hinlief." Ich wollte aussteigen, aber er hielt mich zurück.

„Warte." Es schien, als suchte er nach Worten. „Ich fürchte, ich habe dir mehr aufgeladen, als in meiner Absicht lag."

Ich lachte beinah. „Über Langeweile kann ich nicht klagen."

AM DARAUFFOLGENDEN Samstag fuhr mein Vater mit Mervyn zeitig nach Quindle, wo eine Rundfahrt durch die Vororte anstand, und wegen weiterer Verpflichtungen am Sonntag morgen blieb er über Nacht dort.

An diesem Sonntag wurde ich achtzehn. Vater hatte gesagt, er werde mir einen Geburtstagsgruß dalassen, den ich früh um neun bei Crystal abholen solle. Er sei am Nachmittag zurück, und später würden wir zur Feier des Tages essen gehen. Nur wir beide.

Als ich um neun zum Wahlkampfbüro kam, war die Tür noch zu, und erst eine Viertelstunde später erschien Crystal und schloß auf. Ja, sie habe eine Karte von meinem Vater für mich, meinte sie ..., „und herzlichen Glückwunsch!" Sie nahm einen Briefumschlag aus der Schublade und gab ihn mir, und ich fand eine Grußkarte mit einem lustigen Spruch übers Älterwerden darin und sonst nichts. „Dein Dad", hatte er darunter geschrieben.

„Sie sollen raus auf die Straße gehen und nach einem schwarzen Wagen mit Chauffeur suchen", teilte mir Crystal mit, „aber fragen Sie mich nicht, warum und wieso, denn das hat George mir nicht gesagt, er hat nur gegrinst wie ein Honigkuchenpferd. Also schieben Sie ab, und suchen Sie den Wagen!"

„Danke, Crystal."

Ich fand die schwarze Limousine mit Chauffeur etwa hundert Meter entfernt auf dem Parkplatz. Der Chauffeur reichte mir wortlos einen unadressierten weißen Briefumschlag.

Auf der inliegenden Karte stand: *Steig ein.*

Und darunter: *Bitte.*

Mit zunehmend guter Laune befolgte ich die Anweisung.

Es überraschte mich wenig, daß der Fahrer (nicht derselbe wie damals) mir nicht sagen wollte, wo es hinging. Aber wir fuhren offensichtlich nach Westen, und Exeter kam auf den Schildern immer näher. Der Chauffeur lenkte in die Stadtmitte und hielt vor dem Haupteingang des größten Hotels. Wie schon einmal wurde mir feierlich der Wagenschlag aufgehalten, und der Fahrer deutete schweigend auf die Hotelhalle. Mit wesentlich mehr Selbstvertrauen als in Brighton betrat ich das Foyer und fragte an der Rezeption nach George Juliard.

Die Empfangsdame drückte Tasten an einem Computer. „Tut mir leid, aber wir haben keinen Gast namens Juliard." Sie schenkte mir ein geschäftsmäßiges Lächeln.

Ich kam finster zu dem Schluß, daß der Fahrer mich falsch abgeliefert hatte. An die Hotelhalle schloß sich auf einer Seite ein Wintergarten mit Sesseln und Grünpflanzen an, und da setzte ich mich erst mal hin und überlegte, was zu tun sei. Hatte mein Vater gewollt, daß ich Exeter kennenlernte, bevor ich dort zu studieren anfing? Oder was?

Nach ungefähr einer halben Stunde kam ein Mann, der ähnlich wie ich in Sweatshirt, Jeans und Turnschuhe gekleidet, aber gut zehn Jahre älter war. Er sah sich in der Halle um und schlenderte dann auf mich zu. „Benedict Juliard?" fragte er.

Ich stand auf und überragte ihn um ein paar Zentimeter. Er hatte strohblondes Haar, weiße Wimpern und sonnengebräunte Haut. Ein kräftiger, selbstbewußter Mann, der sich in seiner Welt wohl zu fühlen schien.

„Ich heiße Jim", erklärte er. „Ich soll Sie abholen."

„Wo bringen Sie mich denn hin?" fragte ich.

Er lächelte und sagte nur: „Kommen Sie."

Er führte mich aus dem Hotel und ein paar Ecken weiter zu einem staubigen, verbeulten roten Auto mit zerfledderten Illustrierten, zerknülltem Butterbrotpapier und kaffeebefleckten Plastikbechern.

„Kümmern Sie sich nicht um die Unordnung", meinte Jim vergnügt, indem er einen Stoß verknitterter Zeitungen vom Beifahrersitz auf den Boden fegte. „Herzlichen Glückwunsch übrigens!"

„Äh ..., vielen Dank."

Soweit ich es beurteilen konnte, fuhren wir nur zehn bis fünfzehn

Kilometer nach Westen. Raus aus der Stadt, an einem Wegweiser zum Streatham Campus der Uni Exeter vorbei (dort war auch die mathematische Abteilung), mitten hinein ins ländliche Devon, wo die Häuser tief herabgezogene Strohdächer und winzige Fenster haben.

Jim hielt mit einem Ruck vor einer größeren Ausgabe dieses Haustyps und zeigte auf eine massive Haustür. „Gehen Sie da rein", wies er mich an. „Durch den Flur, die letzte Tür links." Er grinste.

„Wer wohnt denn hier?"

„Das sehen Sie dann."

Ich öffnete die schwere Holztür und ging durch den Flur.

Im letzten Zimmer links saß ein Mann hinter einem großen Schreibtisch, und im ersten Moment dachte ich mit einem unwillkommenen Herzhüpfer, es sei Vivian Durridge, der mich aufs neue an die Luft setzen wollte.

Der Mann blickte auf, als ich eintrat, und ich sah, daß es zwar nicht Vivian Durridge, aber ein ähnlich strenger Vertreter der gleichen Generation war. Statt einer Begrüßung musterte er mich langsam von oben bis unten. „Ihr Vater gibt sich viel Mühe mit Ihnen", sagte er. „Hoffentlich sind Sie das wert."

Da mir keine passende Antwort einfiel, schwieg ich.

„Wissen Sie, wer ich bin?" fragte er.

„Leider nicht ..., Sir."

„Stallworthy."

Er wartete, bis ich den Namen registriert hatte, und das ging recht schnell. Aber das, was ich mit dem Namen verband, ließ mich zögern. Es war zu schön, um gleich geschluckt zu werden.

„Äh ..., Spencer Stallworthy, der Trainer?"

„Genau." Er schwieg. „Ihr Vater hat mich angerufen. Er will ein Rennpferd kaufen und es hier bei mir einstellen, damit Sie morgens mit dem Rad von der Uni herüberkommen können, um mit ihm zu arbeiten. Es soll in Amateurrennen laufen, damit Sie es reiten können."

Er musterte mein Gesicht. Die Begeisterung war mir sicher anzusehen, denn ein dünnes Lächeln erhellte langsam seine grimmen Züge.

„Ich hoffe nur", meinte er, „Sie sind so gut im Sattel, daß Sie meinem Stall keine Schande machen."

Und ich hoffte nur, daß er nicht mit Vivian Durridge verkehrte.

„Ihr Vater bat mich, ein geeignetes Pferd auszusuchen. Ich sagte ihm, daß von den rund vierzig Pferden, die ich trainiere, immer ein paar zum Verkauf stehen. Im Augenblick habe ich zwei da, die in Frage kämen. Ihr Vater und ich haben abgesprochen, daß Sie heute herkommen und beide Tiere reiten. Dann sollen Sie sich für eins entscheiden. Es sollte eine Geburtstagsüberraschung sein – und wie ich sehe, ist sie gelungen."

Ich nickte atemlos.

„Gut. Dann gehen Sie jetzt bitte hinten raus. Mein Assistent Jim wird Sie zum Stall fahren."

„Äh ...", sagte ich. „Vielen Dank."

Er nickte und beugte sich über seine Schreibarbeit; und Jim fuhr mich einen knappen Kilometer zu dem alten Stallhof, der seit Jahren die Sieger kleinerer Rennen in Westengland stellte.

Jim stieg aus und zeigte nur mit dem Finger. „Da ist die Sattelkammer. Das Pferd in Box 27. Okay?"

Ich sah nach dem Insassen von Box 27 und fand einen sehr kräftigen Fuchswallach. Er hatte gute, kurze Beine, die Sprunggelenke nicht zu stark gewinkelt, und eine breite Brust, die so oder so mit jedem Hindernis fertig wurde. Vom Typ her eher ein eingefleischter Steepler als ein auf Sprünge umgestelltes Flachpferd. Ich traute ihm Ausdauer und die nötige Ruhe zu, um einen vorschnell ermüdenden Amateur über die letzten Meter zu tragen. Wenn auf den ersten Blick überhaupt etwas gegen ihn sprach, dann war es sein kurz geratener Hals.

Jim ließ den Fuchs von einem Pfleger satteln und aufzäumen. Es schien Jim und dem Pfleger durchaus einzuleuchten, daß ich zunächst sehen wollte, wie das Pferd ging, wenn es im Schritt herumgeführt wurde. Irgendwann in meiner lückenhaften Rennsportausbildung hatte ein freundlicher alter Jockey mir gesagt, daß ein Pferd, das gut ging, auch gut galoppierte. Ein ruhiger, weit ausgreifender Gang war günstig für Jagdrennen über lange Strecken. Ein unruhiger, hüpfender Gang sprach für einen nervösen, unausgeglichenen Galopp.

Der Fuchs ging mit so langen, gemessenen Schritten, daß es aussah, als könnte er ewig marschieren. Als er mit seinem Pfleger zweimal rundgelaufen war, hielt ich ihn an und tastete seine Beine ab (keine Verdikkungen durch alte Sehnenschäden), schaute ihm ins Maul (auch wenn man das bei einem geschenkten Pferd nicht tun soll) und schätzte ihn auf etwa sieben Jahre, ein gediegenes Alter für ein Jagdpferd.

„Wo kann ich ihn reiten?" fragte ich Jim.

Er deutete zum Hof hinaus auf das Gatter einer großen Weide, die sich als die Haupttrainingsbahn des ganzen Stalls entpuppte.

„Sie können ans andere Ende traben oder galoppieren", sagte Jim, „und kommen dann halbschnell zurück. Er kennt den Weg."

Ich schwang mich auf den Rücken des Pferdes, stellte die Schuhspitzen in die Bügel und schnallte sie länger, während ich mich an das große

Tier gewöhnte, mit dem ich zumindest die Illusion sollte erleben können, in meinem Element zu sein. Der Fuchs war gut aufgelegt und zeigte es mir, indem er geduldig stillhielt, während ich die Bügel schnallte und Jim mir aus der Sattelkammer eine Sturzkappe holte.

Ich hatte dreieinhalb Wochen nicht mehr auf einem Pferd gesessen; wäre er an diesem Morgen fuchtig gewesen, hätte er mir durchgehen und mich lächerlich machen können, aber er ging so friedlich wie ein altes Schulpferd zum Trainingsgelände.

Sein Trab gefiel mir weniger, denn er war holprig und warf mich durch die Gegend, aber bei seinem leichten Galopp saß man wie im Sessel. Wir gingen einträchtig zum anderen Ende der dort leicht abfallenden Grasbahn – die richtige Arbeit begann also, gut zur Kräftigung der Beine, mit einem Anstieg. Den Fuchs halbschnell zu reiten war ein bißchen so, als säße man auf einer abgefeuerten Rakete: Kraft, Zielbewußtsein, schwer vom Kurs abzubringen. Ein wenig atemlos hielt ich an und ging zu Jim hinüber, der am Gatter stand. „Gut", sagte er nur, „jetzt versuchen Sie den anderen."

Das andere Pferd – ein brauner Wallach mit schwarzer Mähne – war dünner und vom Typ her schneller als der Fuchs. Er trug den Kopf höher, tänzelte und brannte darauf loszurennen. Ich stand bis zum Ende der Grasbahn in den Bügeln und ließ den Trab und den leichten Galopp unter mir wogen. Dieser Braune war nicht darauf trainiert, seinen Reiter die schöne Landschaft genießen zu lassen; er war geboren, um Rennen zu laufen, und sonst interessierte ihn nichts. Statt am Ende der Grasbahn ruhig kehrtzumachen, drehte er sich mit hängender Schulter flink um die Achse, ein Manöver, das nichtsahnende Reiter garantiert aus dem Sattel hebt. Ich war aber darauf vorbereitet, nicht weil ich ihn für link hielt, sondern weil ich seinen Eifer spürte.

Sein halbschneller Galopp zurück war ein unentwegter Kampf gegen meine Arme: er wollte viel mehr rangehen. Nachdenklich sprang ich runter und führte ihn zu Jim.

„Gut", sagte Jim. „Welchen nehmen Sie?"

Ich klopfte dem Braunen den Hals. „Wie wär's", schlug ich vor, „wenn wir in der nächsten Kneipe ein Sandwich essen gehen und ich mir die Rennberichte und die Zucht ansehe?" In Kneipen fühlte ich mich nach dreieinhalb Wochen mit meinem Vater ziemlich wohl.

Jim lachte auf. „Ich sollte einen Schuljungen abholen, hieß es. Sie sind mir vielleicht ein Schuljunge!"

Er holte die Unterlagen und fuhr mit mir zu einer Schenke im Ort, wo man ihn als gerngesehenen Stammgast begrüßte. Wir setzten uns auf eine Holzbank, und er legte die Rennberichte zwischen seinem Bier und meiner Cola light auf den Tisch.

Bei der Zucht von Hindernispferden kommt es auf die Mütter an. Die Mutter eines Siegers bringt mit großer Wahrscheinlichkeit noch weitere Sieger hervor. Die Mutter des Fuchses hatte zwar selbst nie gesiegt, dafür aber zwei ihrer Nachkommen. Der Fuchs hatte bisher nur einen zweiten Platz erreicht.

Die Mutter des Braunen war nie ein Rennen gelaufen, doch ihre sämtlichen Nachkommen mit Ausnahme des ersten Fohlens hatten gesiegt. Der Braune bisher zweimal.

Beide Pferde waren acht.

„Erzählen Sie mir von ihnen“, forderte ich Jim auf. „Warum stehen sie zum Verkauf?“

„Ihre Besitzer brauchen Geld.“

„Mein Vater würde ein Tierarztzertifikat verlangen.“

„Das ist kein Problem. Welches Pferd möchten Sie?“

„Ich spreche erst mit meinem Vater und sage Ihnen Bescheid.“

Jim fuhr mich gegen drei zurück nach Exeter und übergab mich grinsend dem stummen Fahrer der schwarzen Limousine.

„Bis dann“, sagte Jim.

„Ich kann's kaum erwarten.“ Die Zukunft erschien plötzlich in einem viel helleren Licht.

Der Chauffeur brachte mich zu einem Sportplatz am Rand von Hoopwestern, wo sich offenbar ein Mittelding zwischen Kirmes und politischer Kundgebung dem Ende näherte. Luftballons, Hüpfburg und Karussells hatten Kinder (und somit wählende Eltern) angelockt. Gemalte Transparente verkündeten: 15 UHR: FEIERLICHE ERÖFFNUNG DURCH ORINDA NAGLE und 15.15 UHR: GEORGE JULIARD. Beide waren jetzt, um 17.30 Uhr, immer noch da und schüttelten ringsherum Hände.

Die liebe Polly sah den schwarzen Wagen am Tor anhalten und eilte herbei, um mich in Empfang zu nehmen. „Herzlichen Glückwunsch zum Geburtstag, Benedict! Haben Sie sich ein Pferd ausgesucht?“

„Dann hat er's Ihnen erzählt?“ Ich blickte zu dem Podest auf der anderen Seite des Platzes.

„Er war den ganzen Tag wie aufgedreht.“ Polly lächelte noch breiter. „Eigentlich hätte er Sie nur als Wahlkampfdekoration mit nach Hoopwestern gebracht, meinte er, aber hier hätte er Sie erst richtig kennengelernt, und er wollte Ihnen etwas wirklich Schönes schenken zum Dank für alles, was Sie getan haben. Er sagte mir, es sei ihm nicht klargewesen, welch einen Verzicht es für Sie bedeutet, wenn Sie, wie er es verlangt hat, studieren, statt Rennen zu reiten, daß Sie sich aber nicht aufgelehnt oder ihm den Rücken gekehrt hätten. Deshalb sollten Sie ein ganz besonderes Geschenk bekommen."

Ich schluckte.

Er sah mich von der anderen Seite aus, und Polly und ich gingen über den Platz und blieben vor dem Ring der Autogrammjäger stehen.

„Na?" fragte er über ihre Köpfe hinweg. „Hat dir eins gefallen?"

Ich wußte keine angemessene Antwort. Er blickte mir aber ins Gesicht und lächelte bei dem, was er darin sah. Er stieg vom Podest herunter, bahnte sich, nach links und rechts signierend, einen Weg durch das Gedränge, bis er auf Reichweite heran war, und blieb dann stehen. Wir sahen uns mit großer Verbundenheit an.

„Na los", forderte mich Polly auf. „Umarmen Sie ihn."

Aber ich hielt mich zurück, wobei mir klar wurde, daß es für Gefühlsäußerungen zwischen uns keine angestammte Regel gab und daß wir bis zu diesem Augenblick auch keine allzu tiefen Gefühle auszudrücken gehabt hatten.

„Danke", sagte ich schlicht.

Er nickte; ihm genügte es.

„Ich möchte mit dir darüber reden", erklärte ich.

„Beim Abendessen."

Orinda lächelte mir freundlich zu. Sie war voll wiederhergestellt, die verbliebenen Spuren übertüncht, die verschreckte Frau ausgewechselt durch die First Lady des Wahlkreises, die alle möglichen Feste eröffnet und allen die Schau stiehlt.

„Benedict, mein Liiieber!" Sie zumindest hatte keine Berührungsängste und umarmte mich so, daß es jeder mitbekam.

Unwillkürlich schaute ich Orinda über die Schulter, um zu sehen, ob der Anonyme Liebhaber wieder auf dem Posten war, doch Wyvern hatte Hoopwestern als Weg zu Macht und Einfluß endgültig abgeschrieben. Statt seiner lungerte Leonard Kitchens mit seinem unbändigen Schnurrbart dümmlich grinsend um sie herum. Usher Rudd pirschte auf der Suche nach unvorteilhaft abzulichtenden Leuten umher, tat aber, als er mich erblickte, interessanterweise so, als habe er mich nicht gesehen, und zog in eine andere Richtung.

Noch vier Tage bis zum Wahltag: eine Ewigkeit.

Bei einem guten Abendessen erzählte ich meinem Vater von den beiden Stallworthy-Pferden.

„Nun", meinte er stirnrunzelnd. „Du hast es gern schnell. Du wirst den Braunen nehmen. Was zögerst du?"

„Das Pferd, das ich möchte, hat einen Namen, der dich vielleicht stört. Ändern kann ich ihn nicht, das ist verboten, wenn ein Vollblüter erst mal gelaufen ist."

Er machte große Augen. „Was für ein Name soll mich denn so stören?"

Nach einer Pause antwortete ich: „Sarah's Future."

„Ben!"

„Seine Mutter heißt Sarah Jones, sein Vater Bright Future. Das ist eine gute Abstammung für ein Hindernispferd."

„Der Braune –?"

„Nein", sagte ich. „Der Fuchs. Den möchte ich. Er hat noch nie gesiegt, nur Zweiter war er mal. Ein Siegloser hat eine größere Auswahl an Rennen. Außerdem hat die Chemie gestimmt. Er meinte es gut mit mir."

Mein Vater zerbröselte geistesabwesend ein Brötchen. „Sarah's Future", sagte er schließlich, „du bist ganz wörtlich genommen Sarahs Zukunft. Sie würde sich freuen. Morgen früh rufe ich Stallworthy an."

WEIT davon entfernt, an Eifer nachzulassen, kniete sich die Juliard-Truppe in den letzten drei Tagen des Wahlkampfs noch einmal tüchtig rein.

Ich fuhr den Range Rover von morgens bis abends. Ich baute das Podest auf und nahm es wieder auseinander, bis ich es im Schlaf konnte. Ich lud kistenweise Flugblätter ein und aus. Ich spielte Ball mit Jugendlichen, drückte zahllose Hände und lächelte, lächelte, lächelte.

Ich dachte an Sarah's Future und war's zufrieden.

Am letzten Abend, einem Mittwoch, lud mein Vater alle Wahlhelfer zum Dankeschön-Essen in den Schlafenden Drachen. In einem Saal im Rathaus gab Paul Bethune ein Essen für seine Leute. Sie hatten mehrmals unseren Weg gekreuzt. Ihr Megaphon war lauter, ihr Troß größer, ihr Wahlkampfauto ein Doppeldeckerbus ohne Dach, den sie von ihrer Parteizentrale ausgeliehen hatten.

Nach der letzten Meinungsumfrage im Wahlkreis lag Paul Bethune zwei Punkte vorn. Titmuss und Whistle waren aus dem Rennen.

Mein Vater dankte seinen treuen Mitarbeitern. „Egal, was morgen wird", sagte er, „Sie sollen wissen, wie dankbar ich Ihnen allen bin ... für Ihren Einsatz, Ihre unermüdliche Energie, Ihre unverwüstlich gute Laune. Wir haben unser Bestes getan, die Botschaft der Partei rüberzubringen. Jetzt entscheiden die Wähler."

Aber irgend jemand, dachte ich, hatte versucht, ihn gar nicht zum Start kommen zu lassen.

Er dankte Orinda dafür, daß sie sich auf seine Seite geschlagen hatte:

„Mit Ihrer Unterstützung sah alles gleich ganz anders aus…, beruhigend für die Stammwähler…, ungemein großzügig…“

Orinda, herrlich anzuschauen in Smaragdgrün mit goldenem Geschmeide, sah bescheiden drein und genoß es.

Polly gab neben mir fast einen Würgelaut von sich. Ich schluckte ein Kichern hinunter.

Nach den Ansprachen kam mein Vater voller Elan zu Polly und mir, ein erregtes Glänzen in den Augen. „Ich gewinne die Wahl“, erklärte er breit lächelnd. „Ich gewinne. Das spüre ich.“

Seine Euphorie blieb ihm bis zum Frühstück am nächsten Morgen erhalten. Die Nervosität stellte sich bei der zweiten Tasse Kaffee ein, und er schlug sich mit Bedenken herum, ob er denn wirklich nicht mehr hätte tun können.

„Du gewinnst“, sagte ich. „Mach dir keine Gedanken.“ Als wenn er das gekonnt hätte.

Die Unruhe hielt den ganzen Tag an. Wahlhelfer informierten uns, nach der inoffiziellen Befragung der Wähler an den Ausgängen seien die Stimmen ungefähr gleich verteilt, aber wir sollten die Hoffnung nicht aufgeben. Am Nachmittag regnete es nach wochenlangem Schönwetter heftig. Beide Seiten unkten, nun sei alles zu spät. Beide Seiten dachten, es sei vielleicht ihr Glück. Der Regen hörte auf, als die Fabrikarbeiter Feierabend hatten und zu den Urnen pilgerten.

Um zehn schlossen die Wahllokale, und das Zählen begann.

Mein Vater stand an unserem Zimmerfenster und schaute über den kopfsteingepflasterten Platz.

„Sie wollten speziell mich, verstehst du?“ sagte er. „Die Parteiführung war der Ansicht, meine Erfahrung in der Wirtschaft sollte zum Wohl des Landes eingesetzt werden. Und wenn ich sie jetzt enttäuscht habe?“

„Hast du nicht“, versicherte ich ihm. „Vater…“

„Dad.“

„Na schön – Dad! Auch gute Leute verlieren.“

„Herzlichen Dank.“

Zur gegebenen Zeit gingen wir hinüber zum Rathaus, wo die Atmosphäre sowohl mit Hoffnung als auch mit Verzweiflung geladen war. Paul Bethune, umringt von Anhängern mit riesigen Rosetten, lächelte angestrengt. Isobel Bethune, in dunklem Braun, versuchte sich unsichtbar zu machen. Mervyn unterhielt sich zerstreut mit Paul Bethunes Agenten, und ich hätte darauf gewettet, daß beide nicht hörten, was der andere sagte. Usher Rudd fotografierte gnadenlos.

Es gab vereinzelten Applaus, als mein Vater erschien, und Polly und

Orinda rauschten beide übers Parkett, um ihn persönlich zu begrüßen. „Mein liiieber George“, jubelte Orinda und hielt ihm ihre glatte Wange zum Kuß hin. „Ja, Dennis ist bei uns!“

Der liiiebe George sah verlegen drein.

„Es läuft ganz gut, George“, sagte Polly aufmunternd.

Nach und nach füllte sich das Rathaus. Nach Mitternacht, gegen eins schon, versammelten sich die vier Kandidaten und ihre engsten Anhänger nervös auf dem Podium und lächelten gekünstelt. Paul Bethune hielt gereizt nach seiner Frau Ausschau, aber sie hatte sich gut im Publikum versteckt. Orinda stand wie selbstverständlich neben Vater auf dem Podium, wenn auch Polly, die mit mir unten stand, meinte, daß ich dort oben hingehörte, nicht diese …, diese … Ihr fehlten die Worte.

Schließlich wuselte sich der Kreiswahlleiter (dem es oblag, das Ergebnis zu verkünden) zur Bühnenmitte durch, tippte ans Mikrofon, um zu hören, ob es funktionierte, grinste in die Fernsehkameras und bat ganz unnötig um Ruhe. Er zog seinen großen Auftritt in die Länge, indem er umherblickte, als wolle er sich vergewissern, daß wirklich alle, die es anging, auf dem Podium waren, und verlas endlich langsam das Ergebnis.

In alphabetischer Reihenfolge:

Bethune … soundsoviel tausend.

Juliard … soundsoviel tausend.

Titmuss … soundsoviel hundert.

Whistle … neunundsechzig.

Das zu verarbeiten, dauerte einen Moment. Der Wahlleiter führte seine Aufgabe zu Ende: „George Juliard ist somit gewählt …“

Der Rest ging in Beifall unter.

Polly faßte es in Zahlen. „Er hat mit knapp zweitausend Stimmen gewonnen. Ist das toll!“

Auf dem Podium küßte Orinda schmatzend den neuen Abgeordneten. Das war zuviel für Polly, die mich stehenließ, um zu ihm zu eilen.

Dafür hatte ich plötzlich die arme, traurige Isobel Bethune an meiner Seite. „Guck sich einer diese Schlampe neben Ihrem Vater an! Als hätte sie die Stimmen reingeholt.“

„Geholfen hat sie schon.“

„Sie selbst hätte aber nicht gesiegt. Ihr Vater hat die Wahl gewonnen. Und mein Paul hat verloren. Ihr Vater hat nie auf seine Geliebte angespielt, obwohl sich das anbot, aber die Öffentlichkeit vergißt so was nicht.“

„Mrs. Bethune …“

„Das war Pauls dritter Anlauf, das Mandat zu kriegen“, erzählte sie mir mutlos. „Die ersten beiden Male wußten wir, daß er unterliegt, aber diesmal war die Partei überzeugt, daß er's schafft, weil der Ausgang der jüngsten Nachwahlen für uns sprach. Jetzt werden sie Paul nicht mehr aufstellen, und nur wegen diesem gräßlichen Usher Rudd, den könnte ich umbringen…" Sie vergrub ihr Gesicht in einem Taschentuch, strich mir über den Arm und sagte leise: „Ich vergesse Ihnen Ihre Freundlichkeit nicht."

Und ich wußte, daß ich das gemeine rothaarige Ekel, dessen Lebensglück darin bestand, hinter die heimlichen Freuden anderer zu kommen, um ihnen einen Strick daraus zu drehen, auch nicht wieder vergessen würde: Bobby Usher Rudd.

SECHS

Mein Vater ging also nach Westminster und ich nach Exeter, und die ereignisreichen, intensiv erlebten Wochen, die wir damit verbracht hatten, uns kennenzulernen, lebten als Erinnerung fort. Es kam vor, daß wir uns wochenlang nicht sahen, aber wir telefonierten oft miteinander. Das Parlament war noch in der Sommerpause. Er würde ebenso neu einsteigen wie ich, wenn das Semester anfing.

In der Zwischenzeit ritt ich allmorgendlich Sarah's Future unter Stallworthys kritischem Blick, und er schien mit mir nicht unzufrieden zu sein, denn als ich ihn fragte, ob er den Fuchs mit mir für ein Rennen nennen würde, egal, was für eins, meldete er ihn prompt für ein Sieglosenrennen in Wincanton und meinte nur, ich sei die Groschen hoffentlich auch wert, die mein Vater für Transport und Hufbeschlag, ganz zu schweigen vom Nenngeld, hinlegen müsse.

So ließ ich mich halb froh und halb schuldbewußt von Jim nach Wincanton fahren, und Jim, der vor Ort das Pferd sattelte, konnte es ebensowenig fassen wie ich, als ich als Erster durchs Ziel ging.

„Der ist geflogen!" rief ich begeistert und verblüfft beim Lösen der Gurte im Absattelring. „Er war großartig!"

„Ich hab's gesehen." Jims verhaltene Reaktion fand ihre Erklärung darin, daß er nicht den Mut gehabt hatte, eine Wette einzugehen.

Auch Stallworthy war nicht übermäßig erfreut. Er sagte lediglich: „Du hast den besten Sieg des Pferdes verschenkt. Ich hätte ja nicht im Traum gedacht, daß du in Front gehst, wenn der Favorit stürzt, sonst hätte ich dir gesagt, halt den Fuchs schön kurz, dann machen wir das nächste Mal eine Stallwette. Möchte nicht wissen, was dein Vater dazu sagt."

„Gratuliere", sagte mein Vater.

„Aber keiner hat auf ihn gesetzt..."

„Hör nicht auf Stallworthy. Du hast das Pferd, damit du gewinnst, sooft du kannst. Und gewettet hab ich's auch. Ich habe mit einem Buchmacher vereinbart, daß ich bei jedem Rennen, an dem du teilnimmst, egal, wann, egal, wo, zum Startkurs auf dich setze. Versuch immer zu siegen. Verstanden?"

„Ja", antwortete ich schwach.

„Und es stört mich nicht, wenn du verlierst, weil ein anderes Pferd schneller ist. Halt dich nur an die Regeln, und brich dir nicht den Hals."

„Okay."

„Ist sonst noch was?"

„Äh..., könntest du Stallworthy anrufen? Könntest du ihm sagen, er soll dein Pferd im Sieglosenrennen in Newton Abbot morgen in acht Tagen laufen lassen? Genannt hat er's, aber jetzt will er wahrscheinlich nicht mehr. Er wird sagen, das Pferd müsse fünf Pfund Aufgewicht tragen, weil ich gestern mit ihm gesiegt habe."

„Stimmt das denn?"

„Ja, aber so viele Rennen, die für mich in Frage kommen, gibt's nicht mehr, bis das Semester anfängt. Stallworthy will gewinnen, aber ich will einfach Rennen reiten."

„Ja, ich weiß." Er schwieg. „Newton Abbot geht klar. Sonst noch was?"

„Nur... vielen Dank."

Er lachte. „Grüß Sarah's Future von mir!"

Ich bestellte dem Fuchs die Grüße. Ich hatte mir schon angewöhnt, mit ihm zu reden – wenn wir allein waren. Trotz meiner Reiterfahrung war er das erste Pferd, mit dem ich kontinuierlich Tag für Tag zu tun hatte. Er war für meine Körpergröße und meinen Leistungsstand wie gemacht. Wenn ich morgens zum täglichen Arbeitsgalopp erschien, atmete er förmlich auf. Wir hatten das Rennen in Wincanton gewonnen, weil wir einander kannten und vertrauten und weil er, als ich ihn zum Schlußspurt aufforderte, gewußt hatte, was not tat, und über den Sieg schien er sich mindestens ebenso zu freuen wie ich.

Jim leitete den Fuchs und mich im schnellen und genauen Überspringen der Hindernisse an, so daß ich nach einem Monat mit Sarah's Future langsam anfing, mich von einem ungestümen Zappler mit nichts als Flausen im Kopf in einen halbwegs kompetenten Amateurrennreiter zu verwandeln.

Nicht ohne ausgiebig darüber zu schimpfen, daß Besitzer, die von Pferderennen keine Ahnung haben, gut daran täten, alle Entscheidungen ihren Trainern zu überlassen, schickte Stallworthy den mit fünf Pfund Aufgewicht belasteten Fuchs nach Newton Abbot.

Auf der Bahn war ich noch nie geritten, und bei ihrem Anblick dachte ich zunächst, ich hätte besser auf Stallworthy hören sollen. Es war eine zweitausendvierhundert Meter lange Flachbahn mit scharfen Kurven, und das Gras bot kaum Halt auf dem von der Augustsonne steinhart gebrannten Boden.

Jim sagte mir beim Aufsatteln von Sarah's Future, der Fuchs kenne die Bahn besser als ich (ich war sie ein paar Stunden zuvor abgegangen, um die Sprünge zu studieren); ich solle wegen des Aufgewichts nicht zuviel erwarten, zumal dies kein Amateurrennen sei und alle anderen im Feld Profis.

Wie immer war es das Tempo, das mich lockte und mir Erfüllung gab, und damit, daß wir Dritter wurden, hatte sich der Tag für mich schon gelohnt, wenngleich Stallworthy mir vorhielt: „Hab ich doch gesagt. Vielleicht hört ihr ja nächstes Mal auf mich."

„Laß nur", tröstete mich Jim. „Hätte der Fuchs heute gesiegt, bekäme er nächsten Samstag in Exeter zehn Pfund draufgepackt, immer vorausgesetzt, du bringst den Alten jetzt noch dazu, daß er ihn da laufen läßt. Er hält das bestimmt für zu früh, was es wahrscheinlich auch ist."

Der Alte (Stallworthy) lieferte sich am Telefon ein Wortgefecht mit meinem Vater. Mein Vater gewann.

Ebenso gewann mit fabelhaften sechs Längen Sarah's Future. Er trug fünf, nicht zehn Pfund Aufgewicht und nahm sie leicht. Der Wettgewinn, versicherte Vater mir nachher, würde seine Kosten für mein Training bis Weihnachten decken.

Zwei Tage danach, zurück aus den Wolken, fing ich an, Mathematik zu lernen.

MEIN Vater lernte Hinterbänklertaktiken, aber dafür hatte die Partei ihn nicht nach Hoopwestern geschickt. Als der frisch gewählte Abgeordnete für Hoopwestern kurz darauf zum Unterstaatssekretär im Handels- und Industrieministerium ernannt wurde, galt das offenbar als Signal für das ganze Regierungsgefüge, daß ein neuer, heller Stern am Himmel aufgegangen war.

Ich hörte mir, unauffällig im Publikum sitzend, seine Antrittsrede an. Im Anschluß an die Rede, als er im Bewußtsein seines Erfolgs wieder die Welt hätte umarmen können, ging ich mit ihm essen.

„Warst du eigentlich noch mal in Hoopwestern?" fragte er.

„Nein."

„Ich natürlich schon. Leonard Kitchens steckt in Schwierigkeiten."

„Ach ja, der unbändige Schnäuzer. In was für Schwierigkeiten?"

„Die Polizei hat jetzt möglicherweise das Gewehr gefunden, mit dem damals auf uns geschossen worden ist."

„Die Polizei?" fragte ich. „Meinst du damit den Polizisten Joe, dessen Mutter den Schulbus fährt?"

„Joe, der Sohn der Schulbusfahrerin, ist de facto Kriminalkommissar Joe Duke, und der ist jetzt im Besitz eines stark angerosteten Gewehrs mit einem Kaliber von 6 Millimetern aus dem Schlafenden Drachen. Anscheinend waren die Dachrinnen des Hotels wieder mal von Laub verstopft, und der Mann, der raufstieg, um die Dachrinne zu säubern, hat nicht nur Laub, sondern eben auch das Gewehr darin entdeckt."

„Aber was hat das mit Leonard Kitchens zu tun?"

Mein Vater aß Pfeffersteak, nicht durchgebraten, mit Spinat.

„Leonard Kitchens ist der Gärtner, der im Schlafenden Drachen die Geranien an den Fenstern pflegt. Anscheinend hat er in einem Besenschrank auf der Etage ein Wägelchen mit Sachen stehen, die er dafür braucht: Blumenschere, Gießkanne, Dünger. Es heißt, er könnte das Gewehr in dem Wägelchen versteckt haben. Wenn man einen Stuhl ans Fenster stellt, kann man von da aus ein Gewehr in die Dachrinne legen. Und es wurde eins hineingelegt."

Ich sah finster auf mein Essen.

„Du weißt ja, wie die Leute sind", meinte mein Vater. „Jemand sagt ‚Leonard Kitchens hätte wohl Gelegenheit gehabt, das Gewehr in der Rinne zu verstecken, er geht ja im Hotel ein und aus', und der nächste läßt die Gelegenheit weg und stellt es als Tatsache hin."

„Was sagt denn Leonard Kitchens selbst dazu?"

„Natürlich, daß ihm das Gewehr nicht gehört und daß er es nicht in die Dachrinne gelegt hat und daß ihm niemand etwas anderes beweisen kann. Es hat sich auch niemand gefunden, der ihn in irgendeiner Weise mit Gewehren in Verbindung bringt."

„Und was sagt Mrs. Kitchens?"

„Leonards Frau tut ihm überhaupt keinen Gefallen. Sie erzählt herum, er sei so vernarrt in Orinda, daß er es auch fertigbrächte, mich hinterrücks abzuknallen, damit der Weg für Orinda frei wird. Joe Duke hat sie gefragt, ob sie je ein Gewehr bei ihrem Mann gesehen habe, und anstatt nein zu sagen wie jeder vernünftige Mensch, sagte sie, er hätte ein Gartenhäuschen voller Gerümpel, da könnte alles mögliche herumliegen."

„Hat Joe das Gartenhäuschen durchsucht? Ich meine, hat er nachgesehen, ob Leonard vielleicht Munition besitzt?"

„Joe hat keinen Durchsuchungsbefehl bekommen, weil kein begründeter Verdacht bestand. Außerdem wirst du wissen, daß man Hochgeschwindigkeitsmunition ohne weiteres kaufen und noch leichter verschwinden lassen kann. Es läßt sich auch nicht mehr nachweisen, ob der Schuß wirklich aus diesem Gewehr kam; dazu müßte man noch eine Kugel haben, und die aus dem Wandgestell ist bei dem Brand endgültig verlorengegangen."

Vater widmete sich wieder dem Steak.

Ich überlegte einen Moment. „Und der Brand? Hat den auch Leonard Kitchens gelegt?"

„Er war da", erinnerte mich mein Vater, und mir fiel ein, daß Mrs. Kitchens gesagt hatte, ihr Leonard sei für ein schönes Feuer immer zu haben.

„Hat die Feuerwehr eigentlich die Brandursache geklärt?"

Vater schüttelte den Kopf. „Damals nicht. Und Leonard Kitchens bestreitet heftig, etwas damit zu tun zu haben."

„Und was glaubst du?"

Mein Vater trank einen Schluck Wein. Er hätte mich gern auf den Geschmack von Burgunder gebracht, aber zu seinem Leidwesen trank ich immer noch lieber Cola light.

„Ich halte Leonard Kitchens für so verbohrt", sagte er, „daß ihm fast alles zuzutrauen ist. Man kann ihn zwar leicht als dummen Esel abtun, aber an den Besessenen krankt die Welt, und wenn er wirklich noch einen Groll gegen mich hegt, möchte ich ihn lieber im Auge behalten."

Ich gab mir Mühe mit dem Wein, fand aber nichts daran.

„Jetzt, wo du gewählt bist, hat es doch keinen Zweck mehr, dich in Unfälle zu verwickeln."

Vater seufzte. „Bei Leuten wie Kitchens kann man nicht sicher sein, daß sie der Vernunft gehorchen."

Ich übernachtete in seiner Wohnung an der Canary Wharf. Die großen Fenster blickten auf die breite Wasserfläche der Themse, über der hier einst Verladekräne aufragten, doch selbst mein Vater hatte „die Docks" nicht mehr gekannt. Zu seinem neuen Büro in Whitehall waren es dreieinhalb Kilometer Fußweg entlang dem Embankment, ein Marsch, mit dem er sich offensichtlich gut in Form hielt. Er strotzte vor Kraft und Energie. Ich fühlte mich von seiner Vitalität angesteckt und überwältigt zugleich.

Irgendwie liebte ich ihn schon sehr.

Ich fühlte mich völlig außerstande, an seine innere Kraft und seine Entschlossenheit jemals heranzureichen. Es dauerte Jahre, bis ich dahinterkam, daß ich das gar nicht mußte.

AM MORGEN nach der Antrittsrede meines Vaters nahm ich den Frühzug von Paddington nach Exeter und rauschte vom Ruhm, in dem ich mich eben noch gesonnt hatte, schnurstracks in die Anonymität.

In Exeter schlug ich mich als einer von achttausend dort wohnenden Studenten durch, ohne groß Aufmerksamkeit zu erregen, und vertiefte mich in Kalkulationen, lineare Algebra, Versicherungsstatistik und Wahrscheinlichkeitstheorie für ein Diplom in Mathematik und Betriebswirtschaft.

Sooft es ging, fuhr ich mit dem Rad zu Stallworthy, um Sarah's Future zu reiten, und samstags führte ich ihn manchmal in die Startmaschine. Nach den Anfangserfolgen als Siegloser wurde es schwierig, Rennen zu finden, die ein beständiger, aber nicht herausragender Springer gewinnen konnte, doch ich war auch mit einem Ergebnis unter „ferner liefen" zufrieden: vierter, fünfter, sechster Platz, ein harmloser Sturz und niemals abgeschlagen.

An einem sehr kalten Samstag im Dezember gegen Ende meines ersten Semesters stand ich in Taunton auf der Tribüne und sah zu, wie ein Pferd von Stallworthy als Erster die letzte Hürde anging, daran hängenblieb, stürzte und sich das Genick brach. Die Unglücksstelle wurde abgeschirmt, das Tier mit einem Kran entfernt, und keine zehn Minuten später stieß ich auf Stallworthy, wie er versuchte, die Besitzerin zu trösten. Frauen, die weinten, waren nicht seine Spezialität. Er vertraute die Weinende kurzerhand mir an und bat mich, mit ihr etwas trinken zu gehen.

Mrs. Courtney Young, die betroffene Besitzerin, trocknete ihre Tränen und entschuldigte sich dafür, während ein doppelter Gin seine Wirkung tat.

„Das ist doch verständlich", versicherte ich ihr. „Hätte ich mein Pferd verloren, wäre ich am Boden zerstört."

„Das ist nicht alles." Wieder flossen Tränen. „Ich habe die Versicherung für das Pferd verfallen lassen, weil ich die Prämie nicht aufbringen konnte, und Mr. Stallworthy schulde ich noch einen Haufen Trainingsgebühren; ich war sicher, daß mein Pferd heute gewinnt und ich meine Schulden begleichen kann – ich habe bei einem Buchmacher, bei dem ich ein Konto habe, darauf gewettet, und wovon soll ich den jetzt bezahlen?"

Arme Mrs. Courtney Young.

„Sie ist verrückt", meinte Jim später zu mir. „Sie wettet zuviel."

„Was macht sie denn jetzt?"

„Was sie jetzt macht?" rief er aus. „Sie wird noch ein paar Erbstücke verkaufen und sich ein neues Pferd zulegen. Bis sie eines Tages alles verliert."

Am selben Abend rief ich meinen Vater an und empfahl ihm, Sarah's Future zu versichern. Seinetwegen, sagte ich.

„Wer versichert denn Pferde?"

„Weatherbys."

„Dann schick mir den Papierkram."

Weatherbys war die für den gesamten Galopprennsport zuständige Verwaltungsbehörde. Weatherbys erfaßte die Namen der Pferde und Angaben über die Besitzer, bis hin zu den Rennfarben; an Weatherbys schickten die Trainer ihre Nennungen für die Rennen; Weatherbys gab jeweils die Starterbestätigung und informierte die Presse über Rennausschreibungen. Weatherbys druckte über Nacht farbige Rennprogramme und lieferte sie morgens an die Rennbahnen aus. Weatherbys führte das Gestütbuch für die Vollblutzucht und überwies als zentrale Verrechnungsstelle das Reitgeld an die Jockeys, Geldpreise an die Besitzer. Eigentlich ging im Rennsport nur wenig ohne Weatherbys.

Wegen der verrückten Mrs. Courtney Young kam ich auf die Idee, mich eines fernen Tages vielleicht bei Weatherbys um eine Stelle zu bewerben.

IM FRÜHLING meines dritten Jahres in Exeter kam Vater mich (wie schon einige Male vorher) besuchen, und zu meiner Überraschung brachte er Polly mit.

Ich ritt in jeder freien Minute, aber da ich auch studierte und auch mit annehmbaren Noten durch alle Klausuren und Prüfungen kam, konnte ich ihm ruhigen Gewissens gegenübertreten und ihm (so weit waren wir inzwischen doch) mit unkomplizierter Freude die Hand geben.

„Weißt du eigentlich", fragte mein Vater, „daß jetzt bald Parlamentswahlen sind?"

Mein erster Gedanke war: O nein! Ich sprach das zwar nicht aus, aber es stand offensichtlich in meinem Gesicht zu lesen.

Die liebe Polly lachte, und Vater sagte: „Diesmal sollst du nicht mit auf Stimmenfang gehen."

„Du brauchst doch einen Leibwächter."

„Ich habe einen Profi engagiert."

Sofort war ich eifersüchtig – absurd. Erst nach gut zehn Sekunden brachte ich es fertig zu sagen: „Hoffentlich schützt er dich auch."

„Es ist eine Sie. Hat alle möglichen Kampfsportgürtel."

„Hm." Ich warf einen Blick auf Polly, aber ihr war nichts als Güte anzusehen.

„Polly und ich“, sagte mein Vater, „tragen uns mit der Absicht zu heiraten. Wir wollten hören, ob du was dagegen hast.“

„Ich habe überhaupt nichts dagegen“, antwortete ich. „Im Gegenteil.“ Ich küßte sie auf die Wange.

Polly hatte sich nicht verändert. Ihre Kleider waren immer noch nicht auf dem neuesten Stand, und ihre Haare hatten schon länger keine Schere mehr gesehen. Mit ihrem länglichen Gesicht und der hageren, sehnigen Gestalt paßte sie äußerlich gar nicht zu meinem immer kräftiger werdenden Vater, aber sie strahlte die gleiche große Güte aus wie immer und eine Herzlichkeit, in der mir jetzt ein Anflug von Belustigung zu liegen schien. Sie hatte nie etwas Linkisches oder Befangenes an sich gehabt, sondern war einfach stark und intelligent genug, kompromißlos sie selbst zu sein.

Mehr als eine Hochzeit verwandter Geister, dachte ich. Eine hochmoralische Verbindung. „Gratuliere!“ sagte ich zu meinem Vater und meinte es auch so, und er freute sich.

„Was machst du nächsten Samstag?“ fragte er.

„Da reite ich in Chepstow.“

Er schüttelte den Kopf. „Da möchte ich dich an meiner Seite haben.“

„Heißt das …“, ich zögerte, „ihr heiratet … nächsten Samstag?“

„Genau“, stimmte er zu. „Nachdem wir uns dazu durchgerungen haben und du ja einverstanden bist, brauchen wir nicht länger zu warten. Ich werde zu Polly in das Haus im Wald ziehen und uns auch in London noch eine größere Wohnung suchen.“

Polly war zwei Jahre älter als mein Vater. Keine Eheerfahrung; der Schalk in ihren Augen verbat sich aber die damit zugleich auch schon beantwortete intimere Frage.

Sie habe nicht die Absicht, sagte sie, Orinda Nagle zur Bedeutungslosigkeit zu verdammen. Orinda und Mervyn Teck hatten sich Tag für Tag mit großem Erfolg um den Wahlkreis gekümmert. Polly war nicht scharf darauf, Feiern zu eröffnen oder mit Kameras zu flirten. Sie würde wie gehabt hinter den Kulissen wirken. Und wo es darauf ankam, dachte ich, würde man auf sie hören.

Sechs Tage später heirateten sie und mein Vater ohne jedes Trara. *The Times* brachte eine kurze Notiz. Die *Hoopwestern Gazette* zog später nach. Mr. und Mrs. George Juliard meldeten sich nach einer Woche Paris in Hoopwestern zurück, um die Fabrikarbeiter bei der Stange zu halten.

Ich fand immer noch keinen Geschmack an der Politik. Es gab viele politisch aktive Studenten in Exeter, aber ich hielt mich auch da zurück und lebte mein anderes Ich nur auf diversen Rennbahnen aus. In dem Frühjahr gelang mir kein Sieg, aber es ging mir nur darum, das Tempo zu erleben, und als sei es dem Denkvermögen förderlich, begriff ich Differentialgleichungen zweiter Ordnung um so besser, je öfter ich Rennen ritt.

Die Parlamentswahlen rauschten an mir vorbei wie eine Brandungswelle, und Vater und seine Partei wurden in ihrer Macht bestätigt. Niemand gab der Kampfsportexpertin zu tun.

Der Verdacht gegen Leonard Kitchens, geschossen und gezündelt zu haben, hielt sich hartnäckig, aber diesmal hätte man ihm nichts vorwerfen können, denn seine nachhaltig verstimmte Frau hatte verlangt, daß er sie auf eine Kreuzfahrt ins Mittelmeer entführte. Am Wahltag waren sie in Athen.

Isobel Bethune hatte recht gehabt: Paul war von seiner Partei nicht noch einmal aufgestellt, sondern durch eine Stadträtin ersetzt worden. Das unruhige Auge Paul Bethunes hatte sich erneut ein außereheliches Ziel gesucht, und Isobel, restlos bedient, hatte ihre Ehe und ihre unleidlichen Söhne hinter sich gelassen und war nach Wales gezogen.

Polly hielt mich mit trockenem Humor auf dem laufenden. Eine Bessere hätte mein Vater nicht heiraten können.

Ich bat ihn aufzupassen, daß im Beisein des enthüllungsfreudigen Usher Rudd keine leicht geschürzten Schönheiten kunstvoll auf seinem Schoß landeten. Ob ich noch nicht wisse, fragte er, daß Usher Rudd wegen frei erfundener Schmutzgeschichten von der *Gazette* gefeuert worden sei. Gegenwärtig, so fügte er vergnügt hinzu, stelle Usher mit dem Teleobjektiv einem untreuen Spitzenmann der Opposition nach.

Als die Regierungspartei sich nach den allgemeinen Wahlen neu formierte, wurden die Posten umverteilt. Mein Vater tat einen Riesenkarrieresprung nach oben und wurde Staatsminister im Verkehrsministerium, nur eine Stufe unterm Kabinettsminister.

Ich ließ das beste Foto von seiner Hochzeit mit Polly rahmen und stellte es neben das von ihm und meiner Mutter. Nachdenklich las ich die Versprechen, die er und ich unterschrieben hatten, noch einmal durch und steckte sie wieder hinter Mutters Bild. Es war, als gehörten sie zu einer anderen Welt. Ich war in Exeter wirklich erwachsen geworden und hatte auch „die erste" gehabt, die ich nie vergessen würde; aber an die grundlegenden Vereinbarungen von damals hatten wir uns bis heute gehalten, und ich war mir sicher, auch wenn es jetzt vielleicht etwas melodramatisch klang, daß ich meinen Vater im Ernstfall wirklich gegen jede Art von Angriff schützen würde.

ICH MACHTE mein Abschlußexamen, und ich schrieb an Weatherbys und bewarb mich um eine Stelle. Ich könne addieren, subtrahieren und mit Computern umgehen, und ich sei Rennen geritten.

Ach, *der* Juliard. Sie luden mich zum Vorstellungsgespräch.

Sitz des Familienunternehmens Weatherbys war ein von friedlicher Landschaft umgebener roter Ziegelbau nahe der kleinen alten Marktstadt von Wellingborough, rund hundert Kilometer nordwestlich von London.

Auch im Innern des überaus beschäftigten Sekretariats war die Atmosphäre bemerkenswert ruhig und gelassen. Da ich wußte, wieviel Arbeit aus wie vielen Bereichen dort täglich anfiel, hatte ich wohl mit der lärmenden Hektik einer Zeitungsredaktion alten Stils gerechnet, aber es ging beinah still zu, die meisten Leute saßen vor Computerbildschirmen, und wer mit Schriftstücken oder Disketten unterwegs war, lief nicht, sondern ging ohne Hast.

Ich wurde umhergeführt und in einem unverfänglichen Gespräch schließlich nach meinen Referenzen gefragt. Enttäuscht fuhr ich heim: Sie waren höflich gewesen, hatten aber nicht die zündenden Fragen gestellt, die man von jemandem erwartet, der einen Posten zu vergeben hat. Mutlos verschickte ich weitere Bewerbungen an verschiedene Firmen. Bei Weatherbys hatte ich mich sofort wohl gefühlt; schade, daß sie mich nicht als einen der Ihren ansahen.

Immerhin setzten sie sich mit den Leuten, die ich als Referenz angegeben hatte, in Verbindung – meinem Tutor an der Universität und Stallworthy selbst.

Der barsche alte Trainer eröffnete mir, er habe gesagt, mein Charakter und mein Lebenswandel seien zufriedenstellend. Herzlichen Dank, dachte ich bei mir. Jim lachte. „Er will nicht, daß du weggehst und Sarah's Future mitnimmst. Ein Wunder, daß er dich nicht als Großmaul und Quertreiber hingestellt hat.“

Von meinem Tutor kam ein Brief mit der Fotokopie seines Zeugnisses. Es lautete:

> Benedict Juliard dürfte ein gutes, wenn auch nicht glänzendes Diplom in Mathematik und Betriebswirtschaft erworben haben. In den drei Jahren an der Universität hat er sich kaum an studentischen Aktivitäten beteiligt, da sein Interesse, wie es scheint, ausschließlich Pferden gilt. Über seinen Charakter und sein Verhalten ist nichts Nachteiliges bekannt.

Mist, dachte ich. Na ja.

Zu meiner großen Überraschung bekam ich auch einen Brief von Sir Vivian Durridge:

> Mein lieber Benedict,
> mit Freude habe ich gesehen, daß Sie in den vergangenen drei Jahren auf Sarah's Future, dem Pferd Ihres Vaters, wiederholt als Amateurrennreiter zum Erfolg gekommen sind. Wie er Ihnen sicher erzählt hat, sollte ich ihm damals helfen, Ihnen klarzumachen, daß Sie nicht dazu geschaffen waren, ein Hindernisjockey der Spitzenklasse zu werden. Inzwischen finde ich, es war unnötig brutal von mir, Ihnen Drogenmißbrauch vorzuwerfen, denn ich wußte genau, daß einer wie Sie damit nichts zu tun hat, doch an dem bewußten Morgen hatte ich – leider – den Eindruck, nur so könnte man Sie dazu bringen, daß Sie alles hinschmeißen und, wie Ihr Vater es wollte, studieren. Jetzt habe ich von einem Freund bei Weatherbys gehört, daß Sie sich dort um eine Anstellung beworben haben. Ich lege die Kopie eines Briefes bei, den ich an Weatherbys geschrieben habe, und hoffe, ich kann damit einiges zwischen uns wieder in Ordnung bringen.
>
> Herzlich,
> Ihr Vivian Durridge

Die Anlage lautete:

> Sehr geehrte Damen und Herren,
> Benedict Juliard hat als sechzehn- und siebzehnjähriger Amateur meine Pferde geritten. Ich habe ihn in jeder Beziehung als absolut vertrauenswürdig erlebt und würde ihn für jeden Posten, um den er sich bewirbt, uneingeschränkt empfehlen.

Das Blatt Papier in zitternden Händen, setzte ich mich. Vivian Durridge wäre der letzte gewesen, den ich um eine positive Beurteilung gebeten hätte.

Ich war mir noch unschlüssig gewesen, wo ich meine Geburtsurkunde hintun sollte, damit sie nicht verlorenging, wenn ich mal wieder umzog. Am sichersten dafür schienen mir Vaters Hochzeitsfotos zu sein, denn die würde ich auf keinen Fall wegkommen lassen, und da ich gerade beschlossen hatte, die Geburtsurkunde hinter dem gerahmten Bild von Vater und Polly zu verwahren, als der bemerkenswerte Brief von Vivian Durridge kam, legte ich ihn gleich mit ein.

Drei Tage darauf brachte die Post einen Brief mit dem Firmenemblem von Weatherbys. Ich hatte Angst, ihn zu öffnen. „Wir bedauern…", würde es heißen. Nun, es mußte sein.

Ich riß den Brief auf, und da stand: „Wir freuen uns..."

Wir freuen uns!

Am selben Abend rief mein Vater an. „Stimmt es, daß du dir eine Stelle bei Weatherbys besorgt hast?"

„Ja. Woher weißt du das?"

Er habe bei einem Geschäftsessen mit jemandem vom Weatherby-Clan gesprochen, sagte er. Der Insiderklatsch in London übertreffe das Internet bei weitem.

Ich fragte ihn, ob ich Sarah's Future mitnehmen könne, wenn ich aus Devon wegzog.

„Such dir einen Trainer."

„Danke."

Spencer Stallworthy maulte. Jim zuckte die Achseln: Das Leben war immer im Fluß. Ich verabschiedete mich dankbar von ihnen und gab meinem Fuchs ein neues Zuhause.

WEATHERBYS brachte mich in der technischen Abteilung unter, die für Nennungen, Starter, Gewichte, Reiter und Startnummern zuständig war – für sämtliche Details jedes einzelnen Rennens in Großbritannien, so daß an den meisten Tagen rund tausend Transaktionen zusammenkamen, mitunter auch bis zu dreitausend.

Gerade erst einundzwanzig geworden, hatte ich befürchtet, altersmäßig vielleicht im Nachteil zu sein, aber die ganze Belegschaft war jung und offensichtlich mit Freude dabei. Nach einem Monat konnte ich mir nicht mehr vorstellen, woanders zu arbeiten.

Immer wieder tauchte mein Name auf, wenn ich ein Rennen ritt. Man scherzte gern über mich: „He, Juliard, wenn du den Klepper in Fontwell wieder reitest, kriegt er sieben Pfund aufgebrummt", oder „He, Juliard, in Ludlow hast du das Pferd erdrückt. Iß nicht so viel Pudding!"

Sarah's Future genoß, soweit ich es beurteilen konnte, die frischeren nördlichen Winde ebensosehr wie bisher die milde Luft von Devon. Wie immer begrüßte er mich wild und schnaubte durch die breiten schwarzen Nüstern, wenn ich morgens antanzte, und fand es ganz normal, wenn ich ihm meinen Arm um den Hals legte und ihm ehrlich sagte, er sei ein toller Kerl. Nach mehreren Jahren gemeinsam erlebter Geschwindigkeit waren der Fuchs und ich uns so nahe, wie die Beziehung zwischen verschiedenen Arten es überhaupt zuläßt.

Eines Samstags, ungefähr ein Jahr nach meinem Einstieg bei Weatherbys, traten das Pferd und ich in Towcester zu einem Jagdrennen über 4800 Meter im Nieselregen an.

Niemand im Publikum schien hinterher genau zu wissen, was passiert war. Von meinem Standpunkt aus hatten wir am Anstieg vor der Zielgeraden präzise zum Sprung über einen großen, offenen Graben angesetzt. Er war dieses Hindernis in den vergangenen Jahren etliche Male glatt gesprungen; weder er noch ich rechnete mit einem Unglück. Ein anderes Pferd stolperte, krachte in uns hinein und brachte Sarah's Future völlig aus dem Gleichgewicht. Er schlug hin und warf mich nach vorn ab. Es war eine dieser knallharten Landungen, bei denen man sofort weiß, daß etwas gebrochen ist, bloß nicht genau, was. Ich rollte ab und zog den Kopf ein, um ihn vor den Hufen der noch kommenden Pferde zu schützen. Sie sprangen über mich hinweg, während ich bang und atemlos auf dem glitschigen Gras lag, Halme im Mund, Halme in der Nase, und im unkontrollierbaren Wegrutschen noch die Rennbrille verlor.

Das Kampfgetümmel entfernte sich zum nächsten Hindernis hin. Das Pferd, das Sarah's Future gerammt hatte, rappelte sich unsicher auf und trottete wie benommen davon, während sein abgesetzter Reiter sich über mich beugte mit der Frage: „Alles klar, Mann?"

Ich ließ mich von ihm hochziehen und stellte fest, daß der Bruch irgendwo in meiner linken Schulter saß.

Sarah's Future, der nun ebenfalls wieder auf den Beinen war, versuchte aufzutreten, humpelte aber nur im Kreis. Er konnte das eine Vorderbein nicht belasten. Ein Helfer faßte ihn am Zügel und hielt ihn fest.

In hilfloser Liebe zu dem Pferd ging ich hin und wollte, es wäre nicht wahr, es könnte nicht sein, daß unser enges Miteinander ein so jähes Ende fand. Wie jeder halbwegs erfahrene Reiter wußte ich, daß nichts mehr zu machen war. Sarah's Future mußte, wie Sarah selbst, Abschied nehmen von dieser Welt. Ich weinte. Ich konnte nicht anders. Das Pferd hatte sich das linke Vorderbein gebrochen. Sein Reiter das linke Schlüsselbein.

Das Pferd starb. Der Reiter blieb am Leben.

SIEBEN

Mein Vater hatte die Versicherung für Sarah's Future verfallen lassen, als ich bei Weatherbys anfing; einmal, weil das Pferd alterte und an Wert verlor, und zum anderen, damit Weatherbys nicht zahlen mußte, wenn es ums Leben kam.

Entschuldigungen wollte er nicht hören, als ich ihn anrief. Er sagte lediglich: „Pech."

Als ich zwei Tage nach Towcester wieder zur Arbeit kam, rückte der Mann, der das Bewerbungsgespräch mit mir geführt hatte, einen Stuhl an meinen Schreibtisch und sagte: „Ich wollte Sie fragen, ob Sie Interesse hätten, in unsere Versicherungsabteilung zu wechseln."

Die Versicherungsabteilung, im wesentlichen ein einziger langer Raum, gesäumt von Büchern und Akten, noch mehr Büchern und noch mehr Akten, wurde von zwei Männern in den Zwanzigern geführt. Einer verließ jetzt die Firma. Wollte ich seine Stelle übernehmen?

Gern.

Die Juliards erlebten zwei Beförderungen in einer Woche. Nach internen Uneinigkeiten wurden die Karten in der Regierung neu gemischt, und plötzlich war mein Vater als Minister für Landwirtschaft, Fischerei und Ernährung ins Kabinett aufgestiegen.

Ich gratulierte ihm.

„Verteidigungsminister wäre mir lieber gewesen."

„Nächstes Mal", scherzte ich.

Ein ergebener Seufzer kam durch die Leitung. „Hast du schon mal von Hudson Hurst gehört?"

„Nein."

„Er hat mir das Verteidigungsministerium weggeschnappt. Für den Premier ist er zur Zeit die Nummer eins, das Nonplusultra."

„Wie geht's Polly?" fragte ich.

„Du bist unverbesserlich."

„Aal in Aspik und Brontosaurusburger sind bei dir sicher in guten Händen."

So verbrachten wir den Herbst dieses Jahres damit, uns in unser jeweiliges neues Reich einzuleben. Es überraschte mich nicht weiter, daß mir die Versicherungsarbeit neuen Auftrieb gab: Sie kam nicht nur meinem Faible für Zahlen und Wahrscheinlichkeitsrechnungen entgegen, sondern führte mich nicht selten auch auf Reisen, etwa wenn zu prüfen war, ob es die Poloponys, für die ich eine Prämie festsetzen sollte, wirklich gab. Da Evan, mein Mitstreiter und Chef im Versicherungsressort, die Arbeit am Schreibtisch vorzog, übernahm ich zusehends den Außendienst, eine durchaus sinnvolle Aufteilung, da ich wußte, wie ein guter Stall beschaffen war, und schnell ein Gespür dafür entwickelte, wo sich Mauscheleien anbahnten.

Als großer Vorteil dabei erwies sich meine Jugend. Ich sah vielleicht nicht mehr wie siebzehn aus, aber auch mit zweiundzwanzig nahm man mich oft nicht ganz für voll. Ein Fehler.

Im normalen Arbeitsalltag hatten Evan und ich es mit Versicherungen für Pferde und Fährnisse aller Art zu tun, angefangen von möglicher Zeugungsunfähigkeit bei Hengsten bis zur Unfruchtbarkeit von Stuten. Auch für Stallhöfe, Gebäude, Personen- und Sachschäden, Feuer, Diebstahl und Masern boten wir Versicherungsschutz an. Alles für jeden. Die Morgenarbeit mit Sarah's Future fehlte mir fürchterlich, aber als es auf den Winter zuging und immer kälter und immer später hell wurde, sagte ich mir, daß ich wie im Vorjahr doch nur an den Wochenenden richtig hätte mitziehen können.

Was das Rennreiten anging, hatte ich Glück: Ein Trainer in Northamptonshire rief mich eines Tages an, daß einer seiner Besitzer, ein Farmer, einen Amateur – also einen unbezahlten Reiter – für ein Pferd suchte, das er für chancenlos hielt. Ich nahm den Ritt mit Freuden an, und das Pferd wurde Dritter. Der entzückte Farmer holte mich noch öfter ran, und obwohl ich nie für ihn siegte, wurde ich unter seinen Bekannten herumgereicht wie eine Schachtel Pralinen und galoppierte fast jeden Samstag irgendwo zum Start.

Es war nicht dasselbe wie mit Sarah's Future, aber noch widerstrebte es mir, ein neues Pferd zu kaufen, selbst wenn ich es mir hätte leisten können. Eines Tages vielleicht.

Vor Weihnachten sagte mein Vater, wir – er selbst, Polly und ich – seien zu einem Empfang in der Downing Street Nr. 10 geladen, zum traditionellen Weihnachtsplausch des Premierministers mit den Angehörigen seines Kabinetts und ihren Familien. Mein Vater mietete einen Chauffeur, und die Juliards traten in Dreierformation durch die berühmte Haustür.

Ich war unwillkürlich beeindruckt, als ich in einem Strom von anderen Gästen durch den Flur mit den schwarzweißen Fliesen und den roten Wänden ins Innere kam und die historische Treppe hinaufging. Porträts aller bisherigen Premierminister hingen in dem leuchtendgelben Treppenhaus, und der wohlwollende Ausdruck, mit dem mein Vater sie betrachtete, sagte mir, daß er sich bemühen würde, eines schönen Tages dazuzugehören.

Der Empfang fand unter angeregtem Geplauder in einem großen, festlichen Bereich im ersten Stock statt, der sogenannten Säulenhalle. (Sogenannte wegen der zwei Säulen.) Wir wurden liebenswürdig von der Frau des Premiers begrüßt – ihr Mann müsse jetzt wirklich bald kommen – und zu Tabletts mit gefüllten Gläsern und mistelumrankten

Weihnachtsplätzchen dirigiert. Ich fragte nicht mehr eigensinnig nach Cola light. Ich trank den premierministerlichen Sekt und mochte ihn.

Natürlich kannte ich so gut wie niemanden. Polly hielt mich eine Zeitlang im Schlepptau, während ihr Mann sich längst abgekoppelt hatte und lachend und grüßend umherzog.

Schließlich erschien der Premierminister wirklich, und mein Vater sorgte dafür, daß der große Mann Polly mit Herzlichkeit und mir zumindest mit gespieltem Interesse die Hand gab.

„Sie gewinnen immer Pferderennen, nicht wahr?“ fragte er.

„Äh ..., manchmal“, erwiderte ich.

Er nickte. „Ihr Vater ist stolz auf Sie.“

Da sah ich wohl verblüfft aus. Der Premierminister lächelte mir vergnügt zu, ehe er sich der nächsten Gruppe zuwandte.

Die liebe Polly drückte mir den Arm. „George sagt nicht, daß er stolz auf dich ist. Aber es hört sich ganz so an, wenn er von dir redet.“

„Dann hält er's wie ich.“

Vater hatte sich suchend umgeschaut. „Seht ihr den Mann da drüben?“

Da drüben standen ungefähr zwanzig Männer.

„Meinst du den mit den dünnen weißen Haaren und den runden Augen?“ fragte Polly. „Das ist doch der Innenminister.“

„Ja, aber ich meine den, mit dem er sich unterhält. Der so regierungsfähig und wie für hohe Ämter gemacht aussieht. Das ist Hudson Hurst.“

Polly schüttelte den Kopf. „Ach was. Hudson Hurst hat doch einen geölten schwarzen Pferdeschwanz und so eine alberne Bart-Schnurrbart-Kombination, die den Mund einrahmt und davon ablenkt, was einer sagt.“

„Jetzt nicht mehr.“ Mein Vater lächelte, aber ohne Freude. „Jemand muß Hudson Hurst klargemacht haben, daß sein Styling politisch unklug war. Er hat sich die Haare abgeschnitten und den Bart abrasiert. Was man jetzt sieht, sind die ungeschmückten, launischen Lippen des Verteidigungsministers, gnade uns Gott.“

Fünf Minuten später legte mein Vater dem Verteidigungsminister freundlich die Hand auf die Schulter und sagte: „Mein lieber Hud, darf ich Ihnen meine Frau und meinen Sohn vorstellen?“

Liebet eure Feinde ... Ich haßte die Politik.

Hud hatte einen feuchtkalten Händedruck, für den er vermutlich nichts konnte. Jetzt war sein Haar von einem leicht graumelierten Braun, und er trug es zurückgekämmt, ein Schnitt geradewegs nach James-Bond-Manier. Vornehm. Durchaus eindrucksvoll.

Hudson Hurst war überaus freundlich zu Polly. Mich streifte er nur mit einem Blick, ich zählte nicht.

Die liebenswürdige Frau des Premierministers erschien neben mir und fragte mich, ob ich mich gut unterhielte.

„Aber ja. Danke, sehr gut."

„Sie sehen ein bißchen verloren aus. Kommen Sie mal mit." Sie führte mich auf die andere Seite des großen Raums und blieb vor einer gut gekleideten Frau stehen, die mich stark an Orinda erinnerte. „Jill, das ist der Sohn von George Juliard. Kümmern Sie sich doch bitte um ihn."

Jill musterte mich von Kopf bis Fuß und schaute der entschwindenden Gastgeberin ohne Begeisterung nach.

„Entschuldigen Sie", sagte ich, „ich weiß nicht, wie Sie heißen."

„Vinicheck. Erziehung."

„Ministerin für?"

Ihre grimmigen Lippen kräuselten sich. „Natürlich."

Eine andere elegant gekleidete Frau gesellte sich zu ihr: noch ein Orinda-Klon. Sozialministerin.

„Wo kauft Ihre Mutter denn ihre Kleider?" fragte sie unverblümt.

Ich folgte ihrem Blick und sah Polly auf der anderen Seite unbefangen mit dem Innenminister reden. Pollys Kleider entsprachen wie immer nicht dem landläufigen Geschmack, spiegelten aber unverkennbar ihre Persönlichkeit.

Jill Vinicheck meinte freundlich: „Ihr Vater hat vielleicht eine glänzende Karriere vor sich, aber dann muß Ihre Mutter sich anders anziehen, sonst reißen die Modeweiber der Zeitungen sie in Stücke."

Die Sozialministerin schloß sich an. „Die Rocklänge Ihrer Mutter stimmt nicht, wenn ich das sagen darf. Ich meine es nur gut. Wir kennen einen fabelhaften Mann, der Ihrer Mutter, die so lang und mager ist, wirklich zu Stil verhelfen könnte. Er hat dafür gesorgt, daß die Zeitungen uns jetzt ganz anders behandeln. Sie schreiben über unsere Politik statt über unsere Kleider. Und wie er Hudson Hurst umgekrempelt hat! Hud sah ehrlich gesagt ein bißchen nach Gangster aus, aber jetzt ist er ein Staatsmann."

„Worauf warten wir?" fragte Jill Vinicheck mit der Energie, die ihren Aufstieg zweifellos gefördert hatte. „Unser Zauberkünstler muß hier irgendwo sein. Machen wir ihn doch gleich mit Ihrer Mutter bekannt."

„Ich glaube nicht, daß sie –", sagte ich.

„Ach, da ist er ja", meinte die Sozialministerin, trat einen Schritt zur Seite und stürzte sich auf ihr Ziel. „Darf ich vorstellen …"

Sie legte ihm die Hand auf den Arm, er drehte sich zu ihr um, und vor mir stand A. L. Wyvern.

Alderney Anonymer Liebhaber Wyvern. Kein Wunder, daß Erziehung und Soziales mich an Orinda erinnert hatten! Auch sie war damals nach seinen Vorstellungen gekleidet gewesen.

Ich erkannte ihn sofort, während er ein paar Sekunden brauchte, um meinem damaligen Aussehen vier Jahre hinzuzufügen. Dann wurde sein Gesicht hart und böse, und er schien beinah aus der Fassung gebracht. Jedenfalls war er unangenehm überrascht, mich hier wiederzusehen. Ich umgekehrt auch.

Erziehung und Soziales schauten verwirrt drein.

„Wir kennen uns“, erklärte Wyvern knapp.

Auch er sah jetzt anders aus. Er hatte Falten bekommen und schüttere Haare, und er trug eine Brille mit einem dünnen, dunklen Gestell. Nach wie vor aber umgab ihn die Aura verborgener Macht.

Auf dem Weihnachtsempfang in der Downing Street kam die latente Gewaltbereitschaft, die Orinda beinah das Leben gekostet hatte, nicht offen zum Ausdruck. Er sagte nicht: „Eines Tages krieg ich Sie“ zu mir, aber ich sah, wie sich die böse Absicht wieder in den zusammengekniffenen Augen spiegelte.

Erstaunlicherweise reizte mich das eher, als daß es mich ängstigte. Der Adrenalinstoß in meinem Blut signalisierte nicht Flucht, sondern Kampf. Und ob er mir das so deutlich ansah, wie ich es empfand, oder nicht, jedenfalls blendete er die Bosheit hinter dem dunklen Brillengestell aus und seilte sich mit einer kurzen Floskel von Erziehung und Sozialem ab.

„Hoppla!“ rief Jill Vinicheck aus. „Gesprächig ist er ja nie, aber ich finde, das war jetzt doch… unhöflich.“

Nicht unhöflich, dachte ich. Mordlüstern.

Nach dem Empfang aßen Polly, Vater und ich in einem der wenigen guten Londoner Speiserestaurants, die ohne Lärm auskamen. Man verstand sein eigenes Wort.

Mein Vater hatte sich brüderlich mit dem Premier unterhalten.

„Der Premierminister“, tippte ich an, „sollte ein Gesetz erlassen, das es Alderney Wyvern verbietet, in Downing Street Nr. 10 Sekt zu trinken.“

Polly und meinem Vater klappte die Kinnlade herunter.

„Er war da“, sagte ich. „Habt ihr ihn nicht gesehen? Er ist auf der anderen Seite des Raums geblieben, wo du nicht hinkamst. Die Erziehungsministerin, die Sozialministerin und der Verteidigungsminister beten ihn an, um nur die zu nennen, bei denen ich mir sicher bin. Orinda und Dennis

Nagle waren Kinderkram. Alderney Wyvern hat die Hände jetzt an Hebeln, mit denen er eure Politik entscheidend beeinflussen kann."

„Ich glaub das nicht", sagte mein Vater.

„Die Damen für Erziehung und Soziales haben mir erzählt, er hätte Hudson Hurst vom Gangstertyp zum Mann von Welt umgemodelt. Was glaubst du, was Alderney dafür von ihnen kriegt?"

„Keine Geheiminformationen", meinte mein Vater. Er war empört.

Ich schüttelte den Kopf. „Ihre Aufmerksamkeit wahrscheinlich. Ich nehme an, sie hören auf ihn und halten sich an seine Ratschläge. Orinda hat mir vor Jahren gesagt, er habe ein glänzendes Gespür für politische Vorgänge. Er könne voraussagen, was kommt, und mit seinen Tips, wie Dennis Nagle sich auf dies und das einstellen sollte, habe er fast immer richtig gelegen. Dennis Nagle war auf dem Weg nach oben, und ich denke mal, wenn er nicht gestorben wäre, säße er jetzt, von Wyvern flankiert, im Kabinett."

Mein Vater stieß den Brokkoli zur Seite. Gut, daß seine Brokkolibauern nicht zusahen. Sie rührten gerade die Trommel für eine allgemeine Brokkoliwoche, um das Gemüse unters Volk zu bringen.

„Wenn er so clever ist", fragte Polly, „warum sitzt er dann nicht selbst im Kabinett?"

„Orinda hat mir erklärt, daß Alderney Macht ausüben möchte, indem er hinter den Kulissen die Fäden in der Hand hält."

„Macht ohne Verantwortung", meinte Vater leise.

„Verbunden mit einem erschreckenden Jähzorn, der zum Ausbruch kommt, wenn er auf Widerstand stößt."

Obwohl mein Vater damals nicht dabeigewesen war, als Wyvern Orinda schlug, hatte er Wyvern dafür angreifen wollen. Und genau das hatte Wyvern beabsichtigt. Irgendwie schaffte er es, daß ein Angriff auf ihn letztlich den Angreifer ruinierte.

NACH Weihnachten geschah einiges, das im Leben vieler vieles änderte. Zunächst kam eine Kaltfront vom Polarkreis herunter und fror ganz Großbritannien ein. Die Wetterkundler hörten auf, sich über den Treibhauseffekt zu ereifern, und sprachen mit langen Gesichtern von der nächsten Eiszeit. Die Leute liefen auf ihrem Rasen Schlittschuh und bauten ihren Kindern Iglus. Pferderennen wurden nur noch auf einigen speziell angelegten Allwetterbahnen ausgetragen. Die Besitzer schimpften, da die Trainingskosten weiterliefen, Berufsrennreiter kauten an den Nägeln, und Amateure erhielten Startverbot.

Weatherbys wurde mit Versicherungsansprüchen wegen Frostschäden überschwemmt, und mittendrin erklärte Evan, er wolle die Firma verlassen. Ich nahm an, Weatherbys würde ihn über meinen Kopf hinweg ersetzen, doch statt dessen baten sie ihn, mich bis zum Ablauf der dreimonatigen Kündigungsfrist in seine Arbeit einzuweisen.

In ebendiesen drei Monaten wurde mein Vater zur Hauptfigur in einem Fischereikrieg, bei dem auf höchster internationaler Ebene erörtert wurde, wer wieviel Fisch von welcher Art und Größe aus einer bestimmten Region der Weltmeere entnehmen durfte. Mit Einfühlungsvermögen und Witz und indem er persönlich an Bord der salzverkrusteten, netzbewehrten Seekrankheitserzeuger ging, lernte er die Klagen und berechtigten Argumente jener kennen, die sich täglich den unzähmbaren Elementen aussetzen.

Die Presse nahm Notiz davon. Schlagzeilen erschienen: JULIARDS FISCHZUG und JULIARD IN JAPAN.

Leute aus der Versicherungsbranche fragten immer wieder: „Dieser Juliard – wohl nicht verwandt mit Ihnen?"

„Doch, er ist mein Vater."

„Scheint sich gut für Fish 'n' Chips einzusetzen."

Fish 'n' Chips – das Grundnahrungsmittel – verschafften meinem Vater Geltung. Ein Fernsehsender schickte einen Kameramann mit ihm auf See, und obwohl dem Ärmsten die ganze Zeit speiübel war, drehte er unvergeßliche Filmmeter von meinem Vater, wie er im Ölzeug halb über der Reling über den Brechern hing und – grinste. Jedes Schulkind erkannte ihn auf Bildern gleich als den „Fischminister"; seinen Kabinettskollegen behagte das wenig.

Ein Sensationsblatt grub das fünf Jahre alte Superfoto von Vater beim Sprung aus dem brennenden Wahlkampfbüro aus und brachte es groß in einem doppelseitigen Artikel zum Lob der Männlichkeit, der Geistesgegenwart und der zupackenden Politik, die sich derzeit auf dem weiten blauen Meer bewährten. Das behagte nun auch dem Premierminister nicht ganz. George Juliard als relativer Neuling und Chef eines eher unauffälligen Ministeriums war in Ordnung. George Juliard als Mann von schnell wachsender Popularität war eine Bedrohung.

Polly riet dem lieben George, etwas leiser zu treten, damit sein Erfolg die Kollegen nicht gegen ihn aufbringe. Mein Vater huldigte daher ausgiebig dem Heer von Beamten, mit denen er seine Fischkriegslösungen erarbeitet hatte. Demütig verbeugte er sich im Kabinett nach allen Seiten.

Gegen Ende der langen Frostperiode berichteten die Rennsportzeitungen des langen und breiten über den Entschluß von Sir Vivian Durridge, mit dem Trainieren aufzuhören. Ein von wohlklingenden Klischees wie „lange, glänzende Laufbahn“ wimmelnder Artikel erinnerte an seine Siege im Derby (vier) oder in anderen großen Rennen („mehr, als der Platz uns zu nennen erlaubt“) und führte seine wichtigsten Besitzer („vom Königshaus abwärts“) ebenso auf wie die wichtigsten Jockeys, die er engagiert hatte. Ziemlich weit unten kam dann die fesselnde Kunde, daß „Benedict Juliard zwei Jahre lang als Amateur für Durridge geritten ist“.

Anscheinend waren bei den eisigen Temperaturen auch die Seitensprünge zurückgegangen. Usher Rudd, unverändert aktiv mit dem Teleobjektiv, erlebte eine Durststrecke bei der gnadenlosen Verfolgung des unglücklichen, Frauen liebenden Spitzenmanns der Opposition, der entweder eine Pause eingelegt hatte oder sich besser versteckte. Usher Rudd, seither bei vielen Blättern schlecht angesehen, hatte dennoch als freier Mitarbeiter ziemlich schräger Sexmagazine ein Auskommen gefunden. Das Motto, nach dem er unverändert lebte: Schmutz verkauft sich, und wo keiner ist, erfinde ihn.

Der Oppositionspolitiker beging Selbstmord.

Das ganze Parlament war geschockt. Die Leitartikler wiesen mit halb gespieltem Entsetzen darauf hin, daß Ehebruch vielleicht Sünde sei, nach britischem Recht aber kein Verbrechen. Einen Menschen zur Verzweiflung zu treiben – war das Sünde? War das ein Verbrechen?

Usher Rudd wiederholte reuelos grinsend nur immer wieder sein Credo: Wenn Leute, die im Rampenlicht standen, privat verwerflich handelten, hatte die Öffentlichkeit ein Recht, das zu erfahren.

War dem so? Was hieß verwerflich? Wer sollte das beurteilen? Die Talkshows kauten es endlos durch. Usher Rudd war entweder „der Wachhund des Volkes“ oder ein gemeingefährlicher Spanner.

Vater sagte auf einem Spaziergang in den Wäldern um Pollys Haus zu mir, Usher Rudd halte wahrscheinlich bereits Ausschau nach einer neuen Zielscheibe.

„Bis er dem nächsten armen Teufel im Nacken sitzt, sieh dich vor“, meinte er. „Immerhin haben wir ihn damals um seine Stelle gebracht.“

„Ja, aber du hast dich bestimmt an die Abmachung gehalten, die du damals unterschrieben hast – nichts Zweifelhaftes zu tun und keinen Skandal zu verursachen. Usher Rudd kann dir also nichts anhaben.“

Er lächelte. „Ja, daran habe ich mich gehalten. Aber Kleinigkeiten wie ein sauberes Gewissen bremsen den rothaarigen Mistkerl nicht. War es für dich schwer, zu deinem Wort zu stehen?“

Ich schüttelte den Kopf. „Ich habe mich dran gehalten.“

Allerdings hatte das von mir selbst formulierte Versprechen sich eindeutig hemmend auf mein Sexualleben ausgewirkt. Ich hatte zwei kurze, wenn auch schöne Romanzen erlebt, eine an der Universität, eine in der Rennwelt, mich in beiden Fällen aber nicht auf eine tiefere Beziehung eingelassen.

Als die Sonne endlich warm auf das Haus am Rand von Wellingborough schien, in dem ich eine eigens für die geliebte, aber verstorbene Oma der Familie hergerichtete Wohnung gemietet hatte, sickerte infolge eines Rohrbruchs im Dachgeschoß erst Wasser durch die Zimmerdecken, bevor die Decken selbst herunterkamen. Für die Zeit der nun erforderlichen Renovierung packte ich mein Zeug wieder in Kisten, schaffte es ins Büro und lagerte es unter meinem Schreibtisch.

Evan räumte nach und nach den Ramsch, der sich in seiner fünfjährigen Amtszeit angesammelt hatte, aus dem Büro.

„Ohne dich bin ich aufgeschmissen", sagte ich.

„Wenn dir irgend jemand das nicht zutrauen würde, bekämst du meine Stelle nicht", entgegnete er.

Nachdem er mit vielen Runden Bier verabschiedet war, nutzte ich den Sommer, um erst vorsichtig, dann immer entschlossener neue Verantwortlichkeiten zu übernehmen, legte innerhalb von sechs schnell vergehenden Monaten das Image des großen Jungen völlig ab und gewann an Selbstbewußtsein, vielleicht auch an Kompetenz, bis der Mensch aus mir geworden war, der ich fortan bleiben würde.

Als ich Polly davon erzählte, meinte sie, die Veränderung sei offensichtlich und ich hätte Glück – manche Leute wüßten mit weit über dreißig nicht, wer sie seien.

Mein Vater, der schon mit neunzehn gewußt hatte, wer er war, hatte im Frühsommer seine Position im Kabinett untermauert und den Neid seiner Kollegen durch gewissenhaftes Arbeiten in Anerkennung, wenn nicht Bewunderung verwandelt. George Juliard war eine feste politische Größe.

Ich fragte ihn nach Alderney Wyvern.

Vater zog die Stirn in Falten. „Ich habe ihn seit Weihnachten nicht mehr gesehen, aber er ist noch da. Ich würde sagen, sowohl Hudson Hurst als auch Jill Vinicheck tanzen nach seiner Pfeife. Es passiert immer wieder, daß sie sagen, in der und der Frage seien sie noch unentschieden, ein paar Tage darauf aber eine ganz entschiedene Ansicht vertreten, in der sie dann unweigerlich übereinstimmen…, und ich glaube, das sind Wyverns Ansichten, wenn ich es auch nicht beweisen kann."

„Sind die Ansichten denn gut?"

„Sehr gut manchmal, aber darum geht es nicht."

DAS PARLAMENT ging in die Sommerpause. Polly und der Abgeordnete für Hoopwestern verbrachten den ersten Teil der Pause im Wahlkreis und arbeiteten mit Mervyn und Orinda. Die vier waren zu einem starken, harmonischen Team zusammengewachsen.

Dann machten mein Vater und Polly eine Reise um die Welt und durch ihre Hauptstädte, um sich über Hunger, Dünger und die Launen des Klimas zu informieren, und als sie zurückkamen, hatten sie ein recht genaues Bild davon, wie sich auf dem blauen Planeten Milliarden von Menschen ernährten.

Ich in meiner kleinen Welt in Wellingborough beschäftigte mich mit Zahlen und Risiken und zog wieder in meine Omawohnung, als die neuen Decken trocken waren.

Usher Rudd klemmte sich hinter einen Bischof. Alle außer Hochwürden atmeten auf.

Ich ritt im August einen Sieger und im September noch einen.

Keiner von uns ahnte, daß sich derweil aus kleinen, leisen Störungen ein dunkler Wolkenberg zusammenbraute. Ein Cäsar wird immer ermordet, hatte mein Vater einmal gesagt, und als das Parlament wieder zusammentrat, waren die Messer gewetzt.

Besorgt erzählte mein Vater Polly und mir, daß Hudson Hurst dem Premier die Parteiführung streitig machen wolle. Hudson Hurst gehe die Kabinettsmitglieder der Reihe nach um Unterstützung an. Elegant, wie er jetzt aufzutreten wisse, erkläre er ihnen mit schönen Worten, daß die Partei einen energischen, jüngeren Führer brauche, der in der Lage sei, für die nächsten allgemeinen Wahlen in drei Jahren die Weichen zu stellen.

„Alderney Wyvern“, sagte ich, „führt die Feder.“

„Wyvern hatte von Anfang an vor, sich die Macht zu erschleichen“, erklärte mein Vater.

„Dann halt ihn auf!“ rief Polly aus.

Aber Hudson Hurst schied aus der Regierung aus und verkündete der Öffentlichkeit, die Mehrheit der Regierungspartei sei mit den Entscheidungen, die in ihrem Namen getroffen würden, nicht einverstanden und er könne es besser.

„Halt ihn auf“, forderte Polly noch einmal. „Stell dich gegen ihn!“

Wir saßen zu dritt bei Polly am Küchentisch, überwältigt von der unverhofften Wendung der Ereignisse. Mein Vater hatte zwar angestrebt, eines Tages vielleicht Premierminister zu werden, sich darunter aber vorgestellt, friedlich die Amtsnachfolge anzutreten, nicht als Mitverschwörer in den Iden des März.

Da ihm Loyalität über alles ging, fuhr er in die Downing Street und stellte sich auf die Seite des Premierministers. Der Premier sah jedoch ein, daß die Partei einen Wechsel wollte, und entschloß sich zu gehen. Damit war der Weg für meinen Vater frei, sich um das höchste Amt zu bewerben.

An einem scheinbar harmlosen Dienstag morgen im Oktober fuhr ich wie gewohnt zu Weatherbys und merkte, daß mich niemand ansah. Ich ging in mein Büro, und dort hatte mir ein freundlicher – oder unfreundlicher – Mitmensch eine *Shout!* auf den Schreibtisch gelegt, aufgeschlagen in der Mitte.

Shout! war das Wochenblatt, das regelmäßig Usher Rudds giftigste Ausbrüche veröffentlichte. Ein Foto zeigte nicht meinen Vater, sondern mich selbst in Rennkleidung. Die überdimensionale Schlagzeile hieß: Drogen!, darunter stand:

> Der Rennen reitende Sohn unseres selbstherrlichen Ernährungsministers George Juliard wurde wegen Kokainkonsums von seinem Trainer gefeuert.

Ungläubig las ich, wie es weiterging.

> „Er mußte weg“, sagt Sir Vivian Durridge. „Ich durfte nicht zulassen, daß ein Leimschnüffler und Rauschgiftkonsument meinen geliebten Rennstall in Verruf bringt. Der Junge taugt nichts. Sein Vater tut mir leid.“

Sein Vater, hob das Magazin hervor, sei einer der Kontrahenten in dem Machtkampf, der gegenwärtig die Regierungspartei spalte. Wie könne George Juliard sich als Ausbund an Tugend und sozialer Gesinnung hinstellen, wenn er als Familienvater versagt habe, da sein einziger Sproß drogenabhängig sei?

Mir war zumute wie bei Vivian Durridge an jenem Morgen vor fünf Jahren. Ich schnappte mir das Blatt und ging, Schritt für Schritt von aufmerksamen Blicken verfolgt, zum Büro des geschäftsführenden Direktors von Weatherbys. Das Magazin hätte ich nicht mitzubringen brauchen. Er hatte es bereits vor sich liegen.

„Das stimmt nicht“, sagte ich ohne Umschweife.

„Wenn es nicht stimmt“, erwiderte der Geschäftsführer, „warum sollte es Vivian Durridge dann behaupten? Vivian Durridge gehört zu den angesehensten Leuten im Galopprennsport.“

„Wenn Sie mir einen Tag frei geben, gehe ich ihn fragen.“

Er sah mich nachdenklich an.

„Ich glaube“, sagte ich, „es handelt sich hier eher um einen Angriff gegen meinen Vater als gegen mich. Der Artikel stammt von einem Zeitungsschreiber namens Usher Rudd, der meinen Vater schon einmal zu diskreditieren versucht hat, und zwar als er sich um einen Abgeordnetensitz bemühte. Mein Vater hat sich bei der Redaktion der Zeitung beschwert, und Usher Rudd mußte daraufhin gehen. Das hier sieht mir nach Rache aus. In dem Artikel heißt es, mein Vater sei in einen innerparteilichen Machtkampf verwickelt. Der Sieger dieses Kampfes wird der nächste Premierminister sein. Usher Rudd will verhindern, daß er George Juliard heißt." Der Direktor sagte nichts.

„Als ich mich bei Ihnen beworben habe", fuhr ich fort, „hat Ihnen Sir Vivian Durridge eine Empfehlung geschickt, und, ach ja" – ein Glück, daß mir das jetzt einfiel –, „er hat mir einen Brief geschrieben, den kann ich Ihnen zeigen..."

Ohne seine Antwort abzuwarten, eilte ich in mein Büro zurück und holte den Umzugskarton unter meinem Schreibtisch hervor, den ich noch nicht in meine renovierte Wohnung zurückgeschafft hatte. In dem Karton lagen die Hochzeitsfotos meines Vaters. Im Rahmen hinter der Aufnahme von ihm und Polly steckte der Brief von Vivian Durridge, frisch und sauber wie am Tag seiner Ankunft. Vorsichtshalber machte ich gleich mehrere Kopien davon, die ich in einer von vielen hundert Akten versteckte, und ging mit dem Original zum Direktor.

Fair, wie er war, hatte er die Empfehlung, die Sir Vivian Durridge ihm spontan geschickt hatte, schon herausgesucht. Sie lag auf dem aufgeschlagenen Magazin.

Ich gab ihm den Brief, den er zweimal durchlas. „Erzählen Sie mir, was an dem Tag los war, als Sir Vivian Durridge Sie beschuldigt hat, Drogen zu nehmen."

„Vor fünf Jahren" – es schien eine Ewigkeit her – „wollte mein Vater mich zu der Einsicht bringen, daß aus mir nie ein Spitzenjockey wird." Ich erzählte von der Limousine mit Chauffeur und daß mein Vater mich gebeten hatte, ihn im Wahlkampf zu unterstützen.

Der Direktor hörte zu und fragte schließlich: „Wer hat außer Ihnen und Ihrem Vater noch von Vivian Durridges Drogenvorwurf gewußt?"

„Das ist es ja gerade", sagte ich langsam. „Ich habe es bestimmt keinem erzählt, und daß mein Vater es erzählt hat, glaube ich auch nicht. Geben Sie mir Gelegenheit, es herauszufinden?"

Er schaute noch einmal auf den Brief, auf die Empfehlung, auf den bösartigen, verleumderischen Magazinartikel und kam zu dem Entschluß. „Ich gebe Ihnen eine Woche", sagte er. „Zehn Tage. Solange es eben dauert."

Ich war dankbar und sprachlos angesichts seiner Großzügigkeit. Er entließ mich mit einer Handbewegung zur Tür hin, und als ich mich im Hinausgehen noch einmal umdrehte, sah ich, wie er das Magazin, den Brief und die Empfehlung in eine Schreibtischschublade einschloß.

Bei mir im Büro klingelte das Telefon. „Was zum Teufel ist da los?" fragte mein Vater. „Was denkt sich Vivian Durridge bloß? Ich kriege ihn nicht ans Telefon."

Er konnte ihn nicht ans Telefon kriegen, weil Vivian Durridge, wie ich drei Stunden später herausfand, nicht zu Hause war.

Der Kies in der Zufahrt war sauber geharkt. Auf mein Klingeln kam niemand zur Tür. Im Stallhof standen keine Pferde, doch der Futtermeister werkelte draußen herum.

Er erkannte mich auf Anhieb. „Tja, Ben, hätte ich nicht gedacht, daß Sie Drogen nehmen."

Er war klein, alt und säbelbeinig und hatte die ihm anvertrauten großen Tiere ebenso geliebt wie sie ihn. Er war ganz für sie dagewesen, und jetzt, ohne sie, fehlte seinem Leben der Halt, der Sinn.

„Ich habe nie Drogen genommen."

„Wäre ich auch nicht drauf gekommen, aber wenn Sir Vivian Durridge es sagt..."

„Wo steckt er?" fragte ich. „Wissen Sie das?"

„Er ist doch krank. Er ist nicht mehr bei sich, der Ärmste. Eines Abends war er mit mir auf Stallkontrolle wie sonst auch, da greift er sich auf einmal an den Kopf und fällt um, und ich habe den Tierarzt gerufen –"

„Den Tierarzt?"

„Vom Tierarzt wußte ich die Nummer." Der Futtermeister schüttelte sein altes Haupt. „Jedenfalls kam der Tierarzt und mit ihm der Arzt, und sie meinten, Sir Vivian hätte einen Schlag bekommen. Ein Krankenwagen hat ihn abgeholt, und seine Familie wollte nicht, daß man ihm einen Dachschaden nachsagt. Trainieren konnte er nicht mehr, deshalb haben sie allen erzählt, er hätte sich zur Ruhe gesetzt."

„Aber", fragte ich sanft, „wo ist denn Sir Vivian im Augenblick?"

„Im Pflegeheim", antwortete er einfach.

Ich fuhr zu dem Pflegeheim. Auf einem Schild davor stand: HAVEN HOUSE. Sir Vivian saß im Rollstuhl; leerer Blick, wärmende Decke über den Knien.

„Er ist verwirrt. Er erkennt niemanden", warnten mich die Schwestern; aber mochte er mich auch nicht erkennen, er schwatzte drauflos.

„Du liebe Zeit, ja", sagte er mit einer hohen Stimme, die von seinem vertrauten Geknatter weit entfernt war. „Klar erinnere ich mich an Benedict

Juliard. Er wollte Jockey werden, aber nicht mit mir, bitte schön! Ich konnte keinen gebrauchen, der Leim schnüffelt."

Sir Vivians Augen waren weit geöffnet und ohne Falsch. Ich sah ihm an, daß er jetzt die Geschichte glaubte, die er meinem Vater zuliebe erfunden hatte.

„Haben Sie selbst gesehen", fragte ich, „daß Benedict Juliard Leim geschnüffelt, gekokst oder sonst etwas genommen hat?"

„Ich weiß das aus zuverlässiger Quelle", antwortete er.

Mit fünf Jahren Verspätung fragte ich ihn: „Von wem denn?"

„Hm? Wie, von wem? Von mir natürlich."

Die Intelligenz, die Durridge einmal ausgezeichnet hatte, die Weltklugheit, für die er im Rennsport seit jeher bekannt gewesen war, der Durchblick und das klare Urteil waren durch eine verhängnisvolle Blutung ausgelöscht worden. Sir Vivian Durridge gab es nicht mehr. Ich sprach mit der leeren Hülle, dem Chaos.

Ich blieb eine Weile bei ihm sitzen, da er anscheinend gern Gesellschaft hatte, und obwohl er nicht wußte, wer ich war, wollte er nicht, daß ich ging.

Die Schwester meinte: „Es beruhigt ihn, wenn jemand bei ihm ist. Und Sie sind schon der zweite Nichtangehörige, der ihn in letzter Zeit besucht hat. Über Besuch freut er sich immer."

„Wer war denn noch da?" fragte ich.

„Ein netter junger Mann. Rote Haare. Sommersprossen. So freundlich wie Sie. Ein Journalist, sagte er. Er hat Sir Vivian nach jemand gefragt, der mal für ihn geritten war."

„Was könnte man Sir Vivian denn schenken, was er noch nicht hat?"

Die Schwester meinte kichernd: „Schokoladenkekse und Gin hätte er gern, aber eigentlich ist ihm beides verboten."

Ich gab ihr Geld und bat: „Kaufen Sie ihm von beidem."

ICH RIEF meinen Vater an. „Die Leute glauben, was sie wollen", sagte ich. „Hudson Hurst wird glauben wollen, daß dein Sohn drogensüchtig ist, und er wird herumlaufen und deinen Kollegen erklären, daß du deshalb nicht zum Premierminister taugst. Weißt du noch, wie ich unseren Pakt damals verfaßt habe ..., daß ich alles tun will, um dich vor Angriffen zu schützen?"

„Natürlich."

„Jetzt ist die Zeit gekommen. Ich verklage ihn wegen Verleumdung."

„Wen? Hurst? Usher Rudd? Vivian Durridge?"

„Nein. Den Redakteur der *Shout!*"

Nach einer Pause sagte mein Vater: „Ben, das gefällt mir nicht."

„Mir auch nicht. Aber wenn ich *Shout!* Verleumdung nachweisen kann, muß Hurst den Mund halten, und wir dürfen keine Zeit verlieren, oder soll die Wahl des neuen Parteichefs nicht kommende Woche schon in die erste Runde gehen?"

„Doch. Am Montag."

„Dann sage ich Usher Rudd den Kampf an."

Als nächstes fuhr ich nach Exeter zu Spencer Stallworthys Rennstall. Ich kam an, als er gerade die Stallkontrolle abschloß.

„Tag", sagte er überrascht. „Mit Ihnen habe ich aber nicht gerechnet."

„Nein..." Ich sah zu, wie er den letzten Pferden Mohrrüben zu naschen gab, und warf einen Blick in die Box, in der drei herrliche Jahre lang Sarah's Future gestanden hatte. Sie gehörte jetzt einem langhalsigen Schimmel. Jim war noch dort, sah nach, ob die Heunetze gefüllt, die Trinkeimer bereitgestellt waren; alles so vertraut, so lange vermißt.

Nach der Stallkontrolle fragte ich, ob sie ein wenig Zeit hätten, sich mit mir zu unterhalten, und schon waren wir unterwegs zu Stallworthys Haus.

Sie wußten, daß mein Vater dem Kabinett angehörte, und ich erzählte von dem Machtkampf. Ich zeigte ihnen den Mittelteil von *Shout!*, und Stallworthy erklärte empört: „Sie haben doch nie Drogen genommen! Das hätte ich gemerkt."

„Genau", sagte ich dankbar, „und das hätte ich gern schriftlich von Ihnen. Eine Erklärung, daß ich drei Jahre lang mit Erfolg für Ihren Stall geritten bin und nie das geringste Interesse für Drogen gezeigt habe. Je mehr schriftliche Erklärungen ich beibringen kann, desto besser. Ich will das Blatt wegen Verleumdung verklagen."

Sowohl Stallworthy als auch Jim machten ihrer Empörung Luft und setzten sich mit heftigeren Worten für mich ein, als ich es hätte verlangen können. Stallworthy gab mir ein Bett für die Nacht und früh am Morgen ein Pferd zum Reiten. Nach dem Frühstück verabschiedete ich mich und fuhr über die vertraute Landstraße zur Universität.

Die zwei Jahre seit meinem Abschluß schienen sich in Luft aufzulösen. Ich parkte und ging den steilen Weg zum Laver Building hinauf, das die mathematische Abteilung beherbergte. Dort fand ich nach einigem Hin und Her meinen Tutor – denjenigen, der mir die von Weatherbys verlangte Referenz geschrieben hatte – und erklärte ihm, was ich von ihm wollte.

„Drogen? Klar probieren viele Studenten mal was aus, aber Sie waren so ungefähr der letzte, bei dem ich Angst gehabt hätte, daß er darauf abfährt. Schon weil Drogen und Mathematik schlecht zusammenpassen, und gerade Ihre Arbeit war immer sehr nüchtern. Der Artikel ist Blödsinn."

Ich bat ihn, mir seine Auffassung schriftlich zu geben, und er erledigte das prompt.

Anschließend fuhr ich übers Land zu meiner alten Schule in Malvern. Dort zeigte ich meinem ehemaligen Rektor die *Shout!* und eine Kopie des Briefes von Vivian Durridge.

„Natürlich unterstütze ich Sie", sagte er ohne Zögern, schrieb von Hand etwas auf ein Blatt Papier und gab mir das Geschriebene zu lesen.

> Benedict Juliard hat das Malvern College fünf Jahre lang besucht. In den beiden letzten Jahren, als er für das Abitur und die Zulassung zum Studium lernte, hat er seine Freizeit damit verbracht, entweder Rennpferde zu reiten – er gewann drei Jagdrennen – oder Ski zu laufen – er gewann eine Jugend-Europameisterschaft im Abfahrtslauf. Darüber hinaus war er ein hervorragender Sportschütze: Mit der Schulmannschaft errang er den begehrten *Ashburton Shield.*
>
> Bei all diesen Aktivitäten hat er einen klaren Kopf, Mut und eine hohe Konzentrationsfähigkeit bewiesen. Ihm eine Neigung zu Rauschmittelgenuß zu unterstellen ist absurd.

Ich blickte auf, und mir fehlten die Worte. „Vielen Dank", sagte ich etwas schwach, und er gab mir lächelnd die Hand.

Weiter ging es nach Wellingborough, wo ich im Büro vorbeischaute, um dem Direktor zu sagen, was ich bis jetzt getan hatte und was ich noch unternehmen wollte. Dann nahm ich ein paar Kopien von Vivian Durridges Brief und seiner Empfehlung aus dem Aktenschrank, kopierte die neu hinzugekommenen Briefe, fuhr damit zum Bahnhof Wellingborough und setzte mich in den Zug nach London.

Die *Shout!* wurde, wie ich herausfand, in einem kleinen, verwahrlosten Gebäude südlich der Themse produziert. Am späten Mittwoch nachmittag marschierte ich zwischen wie Bugwellen weichenden Sekretärinnen hindurch geradewegs in das Büro des Redakteurs. Er saß hinter einem mit Papieren übersäten Schreibtisch an der Tastatur eines Computers. Als ich ihm sagte, wer ich war, bat er mich zu gehen.

„Ich werde Sie wegen Verleumdung verklagen", erklärte ich und schlug meine *Shout!* in der Mitte auf. „Dem Impressum entnehme ich, daß der Chefredakteur Rufus Crossmead heißt. Falls Sie das also sind – ich verklage Rufus Crossmead persönlich!"

Er war ein kleiner, aggressiver Mann, der die Brust herausstreckte und das Kinn einzog wie ein Boxer. Ich wußte noch, wie mein Vater vor fünf Jahren den Redakteur der *Hoopwestern Gazette* niedergemacht hatte, aber einen so bedrohlich ruhigen Auftritt bekam ich nicht hin. Dennoch ließ ich Rufus Crossmead nicht über meine Absichten im unklaren. Ich legte die kopierten Schreiben von Spencer Stallworthy, Jim, meinem Tutor in Exeter, dem Rektor des Malvern College und Vivian Durridge vor ihn hin.

„Um eine Verleumdungsklage abzuschmettern", sagte ich, „muß man schon nachweisen, daß man die Wahrheit geschrieben hat. Das geht bei Ihnen nicht, weil Sie Lügen verbreitet haben. Ich kann unschwer beweisen, daß Sir Vivian Durridge infolge eines Schlaganfalls hoffnungslos verwirrt ist und nicht mehr weiß, was er sagt. Usher Rudd war sich darüber mit Sicherheit im klaren. Er wollte meinem Vater heimzahlen, daß ihn die *Hoopwestern Gazette* seinetwegen gefeuert hat. Seitdem kommt er bei keiner achtbaren Zeitung mehr unter, aber Ihnen paßt er offenbar ins Konzept."

Düster las Rufus Crossmead die verschiedenen Schreiben. „Wir schliessen einen Vergleich ab", erklärte er.

Es klang, als hätte er das schon oft gesagt, und es kam für mich völlig unerwartet. Ich wußte gar nicht, ob es mir recht war.

„Ich sage Ihnen, was wir tun. Ich verlange einen Widerruf und eine förmliche Entschuldigung, in der Sie klarstellen, daß die in Ihrem Magazin aufgestellten Behauptungen auf Fehlinformationen beruhen. Dieser Widerruf muß gut sichtbar in der *Shout!* vom kommenden Dienstag stehen", forderte ich. „Außerdem schicken Sie bitte unverzüglich eine eigenhändig unterschriebene Kopie des Widerrufs und der Entschuldigung an jeden Abgeordneten des Parlaments."

ACHT

Verteidigen allein genügte nicht, fand ich. „Ich werde jeden angreifen, der meinen Vater angreift", hätte es in dem bewußten Pakt heißen müssen. Mit knapp achtzehn Jahren hatte ich leichten Herzens mein Wort gegeben. Mit dreiundzwanzig begriff ich, daß die Abmachung, sollte sie überhaupt einen Sinn haben, mich verpflichtete, notfalls mein Leben für ihn zu geben.

Am Freitag fuhr ich von Wellingborough nach Hoopwestern und dachte unterwegs an den Ausgang der Begegnung mit Rufus Crossmead zurück. Ich hatte den Redakteur gefragt, weshalb er Usher Rudd zu Vivian Durridge geschickt habe, und er hatte geantwortet, Usher Rudd sei von sich aus hingefahren.

„Bobby erklärte, er sei gehalten, Ihr Vorleben so lange zu durchleuchten, bis etwas Dubioses zum Vorschein komme. Zu seiner wachsenden Enttäuschung fand er aber nichts, und dann kam die Meldung von Sir Vivian Durridges Rücktritt, in der es hieß, Sie seien für seinen Stall geritten, und Bobby Rudd fuhr auf gut Glück zu ihm, und er kam wieder und hat sich ins Fäustchen gelacht. Jetzt hätte er Sie am Wickel, sagte er. Also hat er seine Story geschrieben, und ich habe sie gedruckt."

„Ohne sie nachzuprüfen", hatte ich ihm vorgehalten.

„Wenn ich jedes Wort, das wir drucken, überprüfen wollte", hatte der Redakteur verdrossen gesagt, „ginge unsere Auflage in den Keller."

Am Mittwoch gegen Abend hatte ich Samson Frazer, den Redakteur der *Hoopwestern Gazette*, angerufen.

„Falls Sie mit dem Gedanken spielen, die Geschichte über mich aus der *Shout!* nachzudrucken", hatte ich gesagt, „lassen Sie das lieber. Sie ist von Usher Rudd und bringt Ihnen eine Verleumdungsklage ein."

Düsteres Schweigen. Dann: „Ich lasse die Titelseite neu setzen."

Um die enormen Kosten eines Verleumdungsprozesses zu vermeiden, schickten die *Shout!*-Verleger am Donnerstag den von mir verlangten Widerruf an die Abgeordneten los. Als mein Vater am Freitag früh ins Unterhaus kam, waren die Einschreiben zum Teil schon eingegangen. Zusätzlich dazu verteilte er an alle, angefangen vom Premierminister, Kopien von Vivian Durridges Brief an mich und eine kurze Bestätigung, daß er Durridge selbst gebeten habe, sich einen Vorwand auszudenken, um mich von dort wegzukriegen. Allgemein reagierte man mit Erleichterung, wenngleich Hudson Hurst darauf bestand, daß an der Drogengeschichte doch wohl etwas Wahres sein müsse.

„Ich habe Hudson Hurst gefragt, ob er Usher Rudd zu Vivian Durridge geschickt habe", erzählte mein Vater. „Er war verblüfft. Ich glaube nicht, daß er dahintersteckt."

Ich dachte an Hudson Hurst, das häßliche Entlein, das Schere und Rasierer in einen Schwan verwandelt hatten. Im Fernsehen wirkte er elegant und überzeugend, las aber seine Reden vom Teleprompter ab. Kein inneres Feuer. Eine Marionette.

Alderney Wyvern zog die Strippen. Wie ihn aufhalten?

Ich kam gegen Mittag in Hoopwestern an und parkte auf dem Parkplatz hinter dem alten Wahlkampfbüro. Von Polly wußte ich, daß die Wohlfahrtsorganisation, der das Doppelhaus gehörte, es im alten Stil wieder aufgebaut hatte. Als ich hineinging, fielen mir als einzige Veränderung die schweren Feuerschutztüren und eine Batterie von großen knallroten Feuerlöschern auf.

Mervyn Teck gab mir verlegen die Hand und blickte an mir vorbei zu seinem Schreibtisch, auf dem die *Shout!* und die *Hoopwestern Gazette* lagen. „Ich hatte Sie nicht erwartet."

„Nein, Sie müssen entschuldigen. Aber mein Vater wird Ihnen ja gesagt haben, daß er dieses Wochenende nicht zur Sprechstunde kommen kann, oder? Sie kommen sicher auch ohne ihn zurecht."

Mein Vater war in London mit heimlichen Mittagessen und privaten Abendessen beschäftigt, mit eiligen nichtöffentlichen Sitzungen, Vereinbarungen und Verhandlungen, kurz, mit all den verdeckten Manövern, die zu einem Machtwechsel gehören. Ich ging davon aus, daß Alderney Wyvern damit auch alle Hände voll zu tun hatte.

Crystal war nicht mehr mager und nervös, sondern ein bißchen fülliger und selbstsicherer; und ich sah, daß sie einen Ehering trug. Sie setzte mir Kaffee und die Lokalnachrichten vor, und interessiert las ich, was die *Gazette* aus dem *Shout!*-Geschrei gemacht hatte. „Eine unfaire Attacke gegen unseren Abgeordneten, auf dem Umweg über seinen Sohn. Die Behauptungen sind unwahr ..., empörend ..., beleidigend ..., Widerrufe und Entschuldigungen stehen an."

„Der *Shout!*-Artikel ist von Usher Rudd." Mervyn zeigte auf den Namen. „Dieser kleine Mistkerl."

„Eigentlich", sagte ich in seine weiterhallende Empörung hinein, „hätte ich mich gern mit Orinda unterhalten, aber telefonisch konnte ich sie nicht erreichen."

„Oje", meinte Crystal, „die ist übers Wochenende weggefahren."

Wohin sie gefahren war, wußten sie nicht.

Ich hatte eine Liste von Leuten zusammengestellt, die ich sprechen wollte. Mervyn, der mir Isobel Bethunes Adresse heraussuchte, wußte, daß sie noch in Wales lebte. Da sie mir am Telefon sagte, sie würde mich gern sehen, fuhr ich am Nachmittag nach Cardiff und fand Paul Bethunes verjüngte Frau in einem hübschen Reihenhaus in der Vorstadt. Ich hatte sie noch nie glücklich erlebt.

Ich setzte mich zu Isobel und ließ mir von ihr erzählen, wie Usher Rudd den Seitensprung ihres Mannes entdeckt hatte.

„Usher Rudd hat zwar gewühlt und die Sache hochgespielt, aber Paul war doch selber schuld. Männer sind ja solche Rindviecher. Unter Rotz und Tränen hat er mir nachher gebeichtet, er habe sich beim Golfspielen vor einem Unbekannten damit gebrüstet, daß er fremdgeht und seine

Frau nichts davon ahnt. Ist das zu glauben? Und dann entpuppte sich dieser Unbekannte als der komische Vogel, der immer um die Nagles herumgeisterte."

„Wyvern heißt er."

„Ja, das weiß ich inzwischen. Als Dennis starb, wollte dieser Wyvern dafür sorgen, daß Orinda das Mandat bekommt, deshalb hat er sich übers Golfspiel an Paul herangemacht, um zu sehen, wo er verwundbar ist... Ich haßte Usher Rudd, aber erst nach dem Wahlsieg Ihres Vaters ist Paul zusammengeklappt und hat mir erzählt, wie das alles gelaufen ist." Sie seufzte. „Damals war ich fix und fertig, aber jetzt ist es mir schnuppe."

Ich verabschiedete mich mit einem Küßchen auf die Wange von ihr und fuhr müde nach Hoopwestern zurück, zu Pollys Haus, wo ich übernachtete.

Am Samstag morgen fuhr ich zur Polizei und fragte nach Kriminalkommissar Joe Duke. Seine Mutter fuhr nicht mehr den Schulbus. Er führte mich in einen kahlen kleinen Vernehmungsraum mit der Erklärung, er sei der leitende Beamte vom Dienst und könne die Wache nicht verlassen.

Nachdenklich wiederholte er meine Frage: „Ob sich bei dem Feuer, in dem Sie hätten umkommen können, der Verdacht auf Brandstiftung bestätigt hat? Das ist fünf Jahre her."

„Sogar länger. Aber Sie haben doch sicher Akten", sagte ich.

„Dazu brauche ich keine Akten. Bleibt das hier unter uns?"

„Unbedingt."

„Der Brand ging nach Ansicht der Feuerwehr von dem Trödelladen aus, und da war die Hintertür niemals verriegelt, und beide Läden hatten damals Wände und Trennwände aus trockenem altem Holz. Ich nehme an, Sie kennen auch die Theorie, wonach Leonard Kitchens das Feuer gelegt hat, um Ihren Vater zu vertreiben und Orinda Nagle den Weg ins Parlament zu ebnen."

„Habe ich gehört. Was halten Sie davon?"

„Ich glaube, er war's. Ich habe ihn selbst gefragt. Wir hatten bloß nicht die Spur eines Beweises."

„Und das Gewehr in der Dachrinne vom Schlafenden Drachen? Konnten Sie feststellen, woher die Waffe kam?"

„Nein", sagte er. „Die gibt's überall. Ein seit ewigen Zeiten beliebtes Sportgewehr. Heute braucht man dafür einen Waffenschein und hält es unter Verschluß, aber früher..., und wenn es gestohlen war..." Er zuckte die Achseln. „Es ist ja nicht so, daß damit jemand getötet wurde."

„Wie wird ein Mordversuch bestraft?“ fragte ich.

„Sie meinen, ein vorsätzlicher Versuch, der fehlgeschlagen ist?“

„Hm.“

„Genau wie Mord.“

„Zehn Pfund Aufgewicht?“

„Zehn Jahre.“

VON DER Polizei aus fuhr ich zur Ringstraße und hielt auf dem Hof von Basil Rudds Reparaturwerkstatt. Ich ging die Treppe hinauf zu seinem Büro.

„Tut mir leid“, sagte er. „Samstags schließen wir um zwölf. Ich kann Ihnen erst wieder am Montag behilflich sein.“

Er war seinem Cousin immer noch unangenehm ähnlich: rothaarig, sommersprossig, streitlustig.

„Sie sollen gar nicht mein Auto reparieren“, sagte ich. „Ich suche Usher Rudd.“

Es war, als hätte ich ihn mit einer Nadel gepiekst. Er hatte die *Shout!* in der Mitte aufgeschlagen auf seinem Schreibtisch.

„Das bin ich“, erklärte ich und wies auf das Foto. „Ihr Cousin lügt, und ich will dafür sorgen, daß er den Beruf wechseln muß – daß ihn der Presseverband ausschließt oder wie immer das im Zeitungsjargon heißt. Wo ist er also?“

Basil Rudd sah mich hilflos an. „Wie soll ich das wissen?“

„Suchen Sie ihn!“ forderte ich mit Nachdruck. „Sie sind ein Rudd. Irgend jemand vom Rudd-Clan wird wohl wissen, wo sein berüchtigtster Vertreter zu finden ist.“

„Er hat uns nichts als Ärger eingebrockt...“

„Suchen Sie ihn“, sagte ich noch einmal, „und Ihr Ärger hat vielleicht ein Ende. Wenn Sie ihn finden, hinterlassen Sie bitte eine Nachricht auf dem Anrufbeantworter im Wahlkampfbüro meines Vaters. Hier ist die Nummer.“ Ich gab ihm eine Visitenkarte. „Verlieren Sie keine Zeit. Es eilt!“

Als nächstes fuhr ich zum Schlafenden Drachen, um mit dem Direktor zu sprechen. Zum Zeitpunkt der Wahl hatte er das Hotel eben erst übernommen, aber vielleicht erinnerte er sich gerade deshalb noch gut des Abends, an dem auf dem Marktplatz ein Schuß gefallen war.

„An dem Abend gingen ja so viele Leute ein und aus, und für mich waren sie alle noch neu. Jemand hat mir einen Satz Golfschläger ins Büro gestellt und gesagt, sie gehörten Dennis Nagle, aber der war ja nun tot, und ich habe mich an Mrs. Nagle gewandt, weil ich nicht wußte, wohin damit, doch die meinte, sie müßten einem Freund ihres Mannes, Mr. Wyvern, gehören, und dem habe ich sie dann gegeben." Er runzelte die Stirn. „Das ist so lange her. Ich fürchte, ich bin Ihnen keine große Hilfe."

Ich ging in den ersten Stock und sah von dem kleinen Aufenthaltsraum über der Hotelhalle noch einmal auf den Marktplatz hinunter. Golfschläger...

Mervyn Teck erklärte mir am Ende einer bewegten Morgensprechstunde, wo Leonard Kitchens und seine Frau wohnten, und am Samstag nachmittag fuhr ich ohne große Begeisterung zu ihrem stattlichen Doppelhaus am Stadtrand.

Mrs. Kitchens öffnete auf mein Klingeln und sagte, als sie mich auf den zweiten Blick erkannte: „Mein Leonard ist leider nicht da."

Sie führte mich in ein auf die Straße blickendes Wohnzimmer, in dem es roch, als sei es seit Monaten nicht benutzt worden, und erzählte freimütig von der Leidenschaft ihres Leonard für Orinda.

„Mein Leonard hätte alles für die Frau getan, würde er auch jetzt noch."

„Äh...", sagte ich, „wenn Sie mal an den Brand im Wahlkampfbüro zurückdenken –"

„Leonard behauptet, damit habe er nichts zu tun", unterbrach Mrs. Kitchens mich.

„Aber Sie glauben –"

„Natürlich war das der alte Schafskopf", erklärte sie. „Das weiß ich genau. Aber außer Ihnen sage ich das keinem. Dieser Wyvern hat ihn dazu angestiftet. Dabei war das sinnlos, denn Ihr Vater ist für unser Land viel besser als Orinda. Das weiß inzwischen jedes Kind."

„Man erzählt sich", sagte ich sanft, „daß Leonard mit einem Gewehr auf meinen Vater geschossen und das Gewehr dann in der Dachrinne des Schlafenden Drachen versteckt hätte."

Davon wollte die unglückliche Mrs. Kitchens nichts hören. „Mein Leonard wüßte gar nicht, wo bei einem Gewehr vorn und hinten ist!"

„Und wechselt Ihr Leonard bei seinem Auto selbst das Öl?"

Sie sah völlig perplex aus. „Er kann Pflanzen ziehen, aber sonst ist er zu nichts zu gebrauchen."

Ich verließ die arme Mrs. Kitchens und übernachtete wieder bei Polly.

Den größten Teil des Sonntags saß ich allein im Wahlkampfbüro und hoffte, Basil Rudd würde mir aus Abneigung gegen seinen Cousin helfen, aber erst kurz vor sechs klingelte das Telefon.

Ich nahm den Hörer ab. Eine fremde Stimme, nicht die von Basil

Rudd, fragte: „Sie sind derjenige, der wissen möchte, wo Bobby Usher Rudd steckt?“

„Ja“, antwortete ich. „Und wer sind Sie?“

„Das ist doch ganz egal. Die Schnüffelei dieser Ratte hat mich um meine Frau und meine Kinder gebracht. Wenn Sie Usher Rudd das Maul stopfen wollen, den finden Sie im Augenblick in der Redaktion der *Hoopwestern Gazette.*“ Der Informant legte abrupt auf.

Die *Hoopwestern Gazette* wurde ganz in der Nähe herausgegeben und gedruckt. Ich schloß das Büro ab, sprang ins Auto und raste durch den Sonntagsverkehr, wie vom Teufel gehetzt.

Usher Rudd war noch in der *Gazette,* mitten in einem heftigen Streit mit Samson Frazer. Als ich das Redaktionsbüro betrat, verschlug es Bobby Usher Rudd buchstäblich die Sprache. In Samson Frazers Miene mischten sich Bestürzung und Erleichterung. Er sagte: „Bobby schwört, daß die Drogenstory stimmt.“

„Bobby würde schwören, daß seine Mutter eine Schimpansin ist.“

Usher Rudd wies mit zitterndem Finger auf eine *Gazette* vom Donnerstag, die auf Frazers Schreibtisch lag, und seine Stimme war heiser vor Zorn. „Ist Ihnen klar, was Sie getan haben?“ Er meinte mich, nicht Samson Frazer. „Die *Shout!* hat mir gekündigt. Sie haben Rufus Crossmead und den Verlag so eingeschüchtert, daß sie sich nicht mehr trauen, was von mir zu drucken, dabei sind ihre Auflagen jahrelang durch mich gestiegen…, unfaires Pack! Die Story sei nach hinten losgegangen. Sie würde George Juliard eher nützen, als ihn zu Fall bringen. Konnte ich das etwa riskieren?“

„Sie hätten merken müssen“, wandte ich ein, „daß Vivian Durridge nicht mehr weiß, was er sagt.“

„Die Leute, die nicht wissen, was sie sagen, sind die, denen man zuhören muß.“

Dieser selbstbewußte, im Zorn gesprochene Satz ließ mich Usher Rudds Erfolg plötzlich in klarstem Licht sehen.

„Schon damals, als wir uns in Quindle kennenlernten, wollten Sie meinem Vater Geschichten anhängen“, sagte ich.

„Quatsch.“

„Wer“, fragte ich Usher Rudd, „hat Sie auf meinen Vater angesetzt?“

„Mich muß man nicht ansetzen.“

Ich schrie zwar nicht gerade, sprach aber laut und mit offenem Vorwurf. „Sie haben Ihr Leben lang mit Autos zu tun gehabt. Haben Sie den Ölablauf am Range Rover meines Vaters mit einer Kerze verstopft?“

„Was? Rutschen Sie mir doch den Buckel runter!“

Das Telefon auf Samson Frazers Schreibtisch klingelte. Er nahm ab, hörte kurz hin, sagte: „Okay“ und legte wieder auf.

Usher Rudd, nicht umsonst ein Journalist, fragte argwöhnisch: „War das jetzt Ihr Okay für den Druck?“

„Ja.“

Usher Rudd bekam einen solchen Wutanfall, daß er am ganzen Körper zitterte. „Die Änderung muß rein! Stoppen Sie den Druck! Wenn Sie nicht drucken, was ich verlangt habe, bringe ich Sie um!“

Samson Frazer gab nichts darauf und ich, so vehement Rudd auch auftrat, ebenfalls nicht. Umbringen war leicht gesagt, aber selten ernst gemeint.

„Welche Änderung?“ fragte ich.

Frazers Stimme war unnatürlich hoch. „Ich soll drucken, daß Sie Sir Vivians Brief und seine Unterschrift gefälscht haben, daß die Leimschnüfflergeschichte hundertprozentig stimmt und daß Sie alles daransetzen werden, die Wahrheit zu leugnen.“ Er nahm eine maschinengeschriebene Seite vom Tisch. „Im übrigen ist Sonntag“, meinte er. „Außer mir und den Druckern ist niemand hier. Die Texte sind fertig, die Druckmaschinen startbereit.“

„Sie können die Änderungen eigenhändig vornehmen.“ Usher Rudd tobte vor Wut.

„Ich denke nicht daran“, erklärte Frazer und drückte mir die Schreibmaschinenseite in die Hand.

Ich warf einen Blick darauf, und als hätte er auf die geringste Unaufmerksamkeit gewartet, verschwand Bobby Rudd blitzartig durch eine Tür – nicht die Tür nach draußen, sondern die Pendeltür auf den Gang, der ins Gebäudeinnere führte, genauer gesagt zu den Druckmaschinen.

„Halten Sie ihn!“ schrie Frazer entgeistert. „Sabotage! Die Maschinen! Halten Sie ihn auf!“

Ich stürzte hinter Usher Rudd her und lief durch einen Gang mit kleinen verlassenen Büros zu beiden Seiten, durch die Tür am anderen Ende, durch einen Raum mit nichts als meterdicken Rollen Papiers für kommende Zeitungen, durch einen kleinen Drucksaal mit zwei oder drei Männern an ratternden Maschinen, die farbige Seiten ausspien, und kam durch eine letzte Pendeltür schließlich in den langen, hohen Saal, das Herz der *Hoopwestern Gazette,* wo riesengroße Druckmaschinen täglich zwanzigtausendmal vierundzwanzig Seiten Allerweltskunde für den größten Teil Dorsets produzierten.

Es standen acht Maschinen nebeneinander, mit einem Turm in der Mitte. Ich sah breite weiße Papierbahnen von Druckwerk zu Druckwerk und durch die Farbwerke laufen, während sie Seite für Seite die Nachrichten einholten auf dem Weg zum Turm, in dem sie geschnitten und gefaltet wurden, um als vertriebsfertige Zeitung in Fünfzigerstapeln wieder herauszukommen. Zwei Männer bedienten die Maschinen, regulierten die Farbgebung und erhöhten langsam die Geschwindigkeit, mit der das Papier über die Walzen und durch die Rotation lief. Warnglocken ertönten. Der Lärm nahm zu.

Als ich durch die lange, jetzt dröhnende Halle lief, rief Usher Rudd einem der Männer zu, er solle alles abschalten. Der Drucker kniff die Augen zusammen und beachtete ihn nicht. Sein Kollege löste noch eine Alarmglocke aus und brachte die Rotation auf bodenerschütternde Touren. Die Montagsausgabe der *Hoopwestern Gazette* lief in einem Tempo von Druckwerk zu Druckwerk und den Turm rauf und runter, daß einzelne Seiten nicht mehr zu erkennen waren.

Samson Frazer, der mich einholte, schrie mir ins Ohr: „Kommen Sie den laufenden Maschinen nicht zu nah! Wenn Sie mit dem kleinen Finger in so eine Walze geraten, zieht's den ganzen Arm da rein. Bis die Rotation aufgehalten wird, ist der Arm schon weg. Haben Sie verstanden?"

„Ja!" rief ich.

Usher Rudd schrie den Drucker an.

Samson Frazers Warnung war berechtigt. Die Druckwerke standen jeweils etwa einen Meter auseinander, und dazwischen war man den immer schneller rotierenden Walzen offen ausgesetzt. Wenn die Maschinen stillstanden, konnten die Drucker gefahrlos dorthin gehen, um die Druckplatten auf die Zylinder zu spannen und die Farbwalzen zu kontrollieren. Waren die Maschinen eingeschaltet, wurde es gefährlich. Später fragte ich, wieso es keine Sperren gab, die den Zugang verwehrten. Die Maschinen seien alt, aus einer Zeit, in der Sicherheit noch nicht großgeschrieben wurde, sagte Samson Frazer; jetzt hätten sie auch Sperren.

Usher Rudd schimpfte immer noch auf den Drucker ein, der zu uns herüberschaute und in Samson Frazers Ankunft seine Rettung sah.

Um die Rotation zu stoppen, erfuhr ich später, mußte man an einem der Schaltpulte einen bestimmten Knopf drücken. Weder der Drucker noch Samson Frazer drückte die Stopptaste, und weder Rudd noch ich wußte, welcher von den Knöpfen der richtige war. Die Maschinen dröhnten weiter, und Bobby Usher Rudd verlor vollends die Beherrschung. Er wußte, wie gefährlich die veralteten Maschinen waren. Er hatte ja bei der *Hoopwestern Gazette* gearbeitet. Er packte den Drucker an seinem Overall und stieß ihn in Richtung unvorstellbarer Qualen.

Der Drucker, halb in eine der tödlichen Gefahrenzonen gedrängt, schrie auf. Der zweite Drucker flüchtete in den kleinen Drucksaal nebenan. Samson Frazer schrie Usher Rudd an. Ich warf mich instinktiv auf Usher Rudd und riß ihn zurück. Auch er schrie los. Der immer noch von ihm festgehaltene Drucker taumelte aus dem Gefahrenbereich, wobei er die Arme aus altgewohnter Vorsicht eng am Körper hielt: lieber auf die Nase fallen als die Balance bewahren und in die todbringenden Maschinen greifen.

Usher Rudd ließ den Drucker los und verlagerte seine besinnungslose Wut auf mich. Er wollte jetzt weniger den Druck aufhalten als sich rächen. Das Funkeln in seinen Augen war irr. Ich sah ihm an, daß er vorhatte, statt des Druckers mich in die Rotation zu stoßen. Aber Samson Frazer stürzte sich auf ihn, und der vor der Verstümmelung bewahrte Drucker stolperte mit einem letzten Schreckensschrei zur Tür.

Rudd schüttelte Frazer ab wie ein lästiges Insekt, doch das gab mir Zeit, von der nächsten Maschine wegzukommen. Rudd versuchte zwar, mich wieder in die Gefahrenzone hineinzuzerren, aber Frazer, der vielleicht daran dachte, daß ihn ein tödlicher Unfall in seinem Haus ruinieren würde, half mir in höchst anerkennenswerter Weise, mit dem rasenden rothaarigen Tornado, der um sich trat und schlug, fertig zu werden; und Frazer war es auch, der Rudd mit geballter Faust einen Stoß an den Kopf versetzte, von dem er benommen mit dem Gesicht voran zu Boden ging. Ich hockte mich auf seinen sich aufbäumenden Rücken, während Frazer breites braunes Paketband holen ging, um ihm mit meiner Unterstützung die Hände auf den Rücken zu binden. Ebenso fesselte Frazer die strampelnden Beine, dann wälzten wir Rudd auf den Rücken und beugten uns keuchend über ihn.

Wir schleiften ihn in den vergleichsweise ruhigen, kleinen Drucksaal nebenan und setzten ihn in einen Lehnstuhl. Die beiden Drucker waren auch dort, verstört, mit schreckgeweiteten Augen. Frazer befahl ihnen nüchtern, wieder an die Arbeit zu gehen, sie hätten eine Zeitung herauszubringen. Zögernd gehorchten sie ihm.

„Es ist alles seine Schuld“, begehrte Rudd in seinem Lehnstuhl auf. „Wyvern war's. Sie müssen sich an ihn halten, nicht an mich.“

„Ich glaube Ihnen kein Wort“, log ich.

Usher Rudd versuchte mich zu überzeugen. „Wyvern wollte Orinda im Parlament haben. Er wollte sie an Dennis' Stelle nach oben bringen. Er hätte alles getan, damit Ihr Vater nicht gewählt wird.“

„Zum Beispiel an seinem Wagen manipulieren?“

„Das sollte ich machen, aber ich wollte nicht. Ich habe nur geschrieben, was er wollte. Ihm zuliebe habe ich wochenlang Paul Bethune beschattet und seine Freundin ans Licht gezerrt, damit die Leute Orinda wählen, aber an einem Range Rover herumzupfuschen, das ging mir zu weit. Das habe ich nicht gemacht."

„Doch", hielt ich ihm vor. „Ihr Cousin Basil ist da anderer Ansicht."

Usher Rudd bedachte Basil mit Ausdrücken, die ich selbst auf der Rennbahn kaum jemals gehört hatte, und irgendwann im Lauf der Tirade schilderte er auch, wie er in dem schwarzen Trainingsanzug, den er am Abend des Dinners im Schlafenden Drachen getragen hatte, unter den Range Rover gekrochen war. Der glanzvolle Auftritt meines Vaters hatte Wyvern zu der Überzeugung gebracht, daß er ihn schon ernstlich verletzen mußte, um ihn loszuwerden. Wyvern hatte Rudd zusammengestaucht, weil der Anschlag so kläglich gescheitert war.

Usher Rudds Wut verrauchte allmählich, und er quengelte ein Weilchen, bevor er bestritt, jemals gesagt zu haben, was Frazer und ich gerade gehört hatten.

Frazer rief die Polizei. Joe Duke hatte dienstfrei, aber Frazer kannte die gesamte Mannschaft und sagte, als er auflegte, sie hätten versprochen, sofort zu kommen.

Usher Rudd rief: „Ich will einen Anwalt!"

Er bekam seinen Anwalt, verbrachte die Nacht in einer Zelle und wurde am Montag früh von einem vielbeschäftigten Friedensrichter, der sich von den Gefahren im Zeitungshaus keine Vorstellung machte, wegen Ruhestörung in den Räumen der *Hoopwestern Gazette* ermahnt. Es war ja nichts passiert. Die Zeitung war wie gewohnt erschienen. Usher Rudd, brav und ehrerbietig, ging als freier Mann.

ICH UNTERHIELT mich mit Joe Duke. „Usher Rudd hat den Ölablauf des Range Rovers mit Wachs verstopft", sagte ich, „und Leonard Kitchens hat den Brand gelegt. Beide haben im Auftrag von Alderney Wyvern gehandelt. Ich glaube, es war Wyvern, der auf meinen Vater geschossen hat."

„Möglich ist es. Er könnte in seiner Golftasche ein Gewehr transportiert haben, versteckt unter einer Hülle, wie man sie für die Schläger benutzt."

„Ja."

„Dann müßte er aber wirklich Mordabsichten gehegt haben."

„Mhm."

„Er war verrückt."

„Das ist er immer noch."

Joe Duke wußte, daß mein Vater in einen Machtkampf verwickelt war, zeigte sich aber bestürzt, als ich von Hudson Hurst erzählte.

„Sie glauben doch nicht", rief er entsetzt, „Wyvern könnte noch einmal versuchen, Ihren Vater umzubringen?"

„Für Wyvern steht jetzt mehr auf dem Spiel, und mein Vater ist ihm immer noch im Weg. Wenn der Parteivorsitz an meinen Vater geht, wird er in größter Gefahr sein."

„Wissen Sie, was?" meinte Joe nachdenklich. „Nur, damit wir Wyvern nicht zu Unrecht verdächtigen, auf Sie geschossen zu haben..., ich meine, bis jetzt haben wir ja eigentlich nur die Theorie. Wie wäre es, wenn Sie und ich die Sache inoffiziell durchspielen..., rekonstruieren? Ich nehme einen Gehstock als Gewehr. Verpackt in einer Golftasche. Und ich gehe damit in den kleinen Aufenthaltsraum hinauf, lege auf Sie an, während Sie wie an jenem Abend über den Platz kommen, und schaue mal, wie schwer es ist, den Stock in die Dachrinne zu kriegen. Was halten Sie davon? Vielleicht stoßen wir dabei auf etwas, das uns bisher entgangen ist."

„Okay."

„Das müssen wir abends machen."

„Es war nach Mitternacht."

„Also nach Mitternacht. Außerdienstlich."

Wir verabredeten uns für den Abend im Schlafenden Drachen und einigten uns darauf, daß Joe dem Direktor sagen sollte, was wir vorhatten.

Ich besuchte Orinda, die endlich von ihrem Wochenende zurückgekommen war und sich wieder am Telefon gemeldet hatte.

Die fünf Jahre hatten es gut mit ihr gemeint. Sie sah so toll aus wie immer, die grünen Augen schwarz bewimpert, das Make-up seidig glänzend. Sie war weniger spröde, weniger gestreßt, ausgefüllter.

Sie zog ihr Lieblingswort nicht gar so lang. „Mein Liieber!"

„Orinda." Ich umarmte sie.

Sie wußte von dem Machtkampf in der Partei.

„Wußten Sie auch", fragte ich, „daß Alderney Wyvern jetzt Hudson Hurst steuert, so wie er seinerzeit Sie und Dennis gesteuert hat? Ist Ihnen klar, wenn Hudson Hurst die Abstimmung gewinnt, daß dann effektiv Alderney Wyvern das Land regiert?"

Orinda sah mich entsetzt an, schüttelte aber den Kopf. „Ihr Vater ist bei der Bevölkerung beliebter."

„Vergessen Sie nicht, das halbe Kabinett würde meinen Vater gern auf die Nase fallen sehen, nachdem er aus dem Fischereikrieg als Held hervorgegangen ist."

„Für unseren Wahlkreis wäre es fabelhaft, wenn er gewinnen würde." Sie lächelte breit. „Daß ich das mal sage, hätte ich auch nicht gedacht, aber es stimmt."

Ich erzählte Orinda von der Rekonstruktion, die Joe Duke und ich geplant hatten. Ich fragte sie: „Waren Sie nach der Versammlung noch mit Alderney Wyvern zusammen?"

„Nein. Ich war sauer und unglücklich und bin direkt nach Hause gefahren."

„Wissen Sie, ob Alderney Wyvern an dem Versammlungsabend seine Golfschläger dabeihatte?"

„Was Sie für Sachen fragen! Die hatte er eigentlich immer im Kofferraum."

Ich verbrachte noch ein oder zwei angenehme Stunden mit Orinda, fuhr dann zu Polly nach Hause und wartete darauf, daß mein Vater aus London anrief und mir das Ergebnis der Abstimmung mitteilte.

„Noch nichts entschieden", berichtete er. „Die Stimmen waren im Prinzip auf drei Kandidaten verteilt. Fest steht nur, daß morgen noch mal abgestimmt wird." Weder mein Vater noch Hudson Hurst hatte genug Stimmen bekommen, um sich im ersten Wahlgang den Sieg zu holen. Der dritte Kandidat hatte die wenigsten Stimmen erhalten und war damit ausgeschieden. Die nächste Abstimmung würde ein direktes Stechen zwischen Hurst und Juliard sein, und der Ausgang war offen.

Mein Vater hörte sich müde an. Er und Polly, sagte er, seien auf dem Weg zum Haus, um mit mir einen ruhigen Abend zu verbringen. Er habe hinter den Kulissen alles getan, um die Wahl zu seinen Gunsten zu beeinflussen. Jetzt mußten die Kollegen entscheiden, wen sie haben wollten.

Ich erzählte ihm von Joe Duke und dem Nachstellen der Attentatsnacht, und nach einer kurzen Absprache mit der neben ihm sitzenden Polly sagte er, sie würden zum Schlafenden Drachen kommen und dort mit mir essen.

ALLE Hoffnung auf einen geruhsamen Abend löste sich zwischen Suppe und Apfelkuchen auf.

Zwar hatte weder Joe Duke noch ich ein besonderes Geheimnis aus unserer geplanten Rekonstruktion gemacht, aber wir hatten nicht damit gerechnet, daß der Hoteldirektor das Vorhaben ausposaunte. Anscheinend hatte er die ganze Stadt informiert. Die Leute kamen in Scharen zu meinem Vater, um ihm die Hand zu schütteln und Glück zu wünschen.

Samson Frazer von der *Hoopwestern Gazette* kam mit seinem Fotografen und schilderte meinem entsetzten Vater anschaulich, wie Usher Rudd den Sonntag verbracht hatte.

Usher Rudd selbst erschien auch – frei, uneinsichtig, verbiestert bis unter den Haaransatz starrte er böse meinen Vater an und sprach in ein Mobiltelefon.

Als Joe Duke kam, war er erst einmal entgeistert über den herrschenden Trubel, doch meinte mein Vater resigniert, an dem Abend, den wir rekonstruieren wollten, sei es auch brechend voll gewesen, und mit den vielen Leuten werde alles noch realistischer. Er werde auch wie damals mit mir zusammen über den Platz gehen, fügte Vater hinzu, und Joe Duke nickte begeistert, wenngleich mir das weniger gefiel.

Warum erst um Mitternacht? fragten die Leute. Alle seien jetzt schon bereit, und jetzt sei es halb zwölf.

Weil sich um Mitternacht automatisch die Hälfte der Platzbeleuchtung abschaltete, erklärte Joe Duke, und die Rekonstruktion habe nur einen Sinn, wenn die Umstände mit den damaligen übereinstimmten.

Joe Duke holte eine Golftasche aus seinem Wagen und zeigte den langen Gehstock mit der Hülle aus Schottenstoff herum, die ihn verbarg. Der Hoteldirektor runzelte verwirrt die Stirn, und ich wollte ihn fragen, ob ihm etwas Wichtiges eingefallen sei, doch Joe und die Zuschauer trieben alles an und brannten darauf, daß es endlich losging. Ich frage ihn nachher, dachte ich.

Es wurde Mitternacht. Die Hälfte der Marktplatzbeleuchtung erlosch. Die noch brennenden Laternen warfen Schatten auf das Pflaster. Nur der Schlafende Drache war hell erleuchtet.

Vorgesehen war, daß Vater und ich bis zur Platzmitte gingen, daß Joe uns dann mit dem Gehstock aufs Korn nahm, peng machte und den Stock in die Dachrinne bugsierte. Die Leute aus dem Schlafenden Drachen sollten wie damals zu meinem Vater laufen.

Für mich war das Ganze beängstigend real, aber alle lächelten.

Joe, von gespanntem Publikum umdrängt, wandte sich zur Treppe, während Vater und ich davongingen. Kurz darauf blieb ich stehen und drehte mich um, doch Vater rief im Weitergehen über die Schulter: „Komm, Ben, wir sind noch nicht da!"

Ich sah an der Hotelfront hoch. Joes Stock ragte oben aus einem Fenster, halb verdeckt von den Geranien.

Drei Gedanken durchzuckten mich gleichzeitig.

Erstens, Joe hatte noch gar keine Zeit gehabt, die Treppe hinauf- und den Flur entlangzugehen und sich im Aufenthaltsraum hinter dem Vorhang zu verstecken.

Zweitens, der Stock ragte aus dem falschen Fenster.

Drittens, der Stock glänzte und hatte ein Loch, ein schwarzes, rundes Loch am Ende.

Das war kein Stock. Das war ein Gewehr!

Mein Vater war schon zehn Meter vor mir. Ich rannte los, ohne Zögern, ohne Überlegung, unwillkürlich, und ich setzte zu einem fliegenden Rugbyangriff an, um meinen Vater zu Boden zu werfen.

Der Knall war echt. Die Kugel war echt, aber die fröhlichen Leute, die aus dem Hotel strömten, hielten es immer noch für ein Spiel.

Die Kugel traf mich noch im Sprung, bevor ich meinen Vater umriß, und sie hätte ihn in den Rücken getroffen, wäre ich nicht dagewesen. Sie drang oben in meinen rechten Oberschenkel ein und riß auf ihrem Weg zum Knie die Muskeln und Bindegewebe in meinem Bein auseinander.

Die Wucht des Einschlags wirbelte mich herum, so daß ich mit dem Gesicht zum Schlafenden Drachen auf das Pflaster knallte; auf den linken Ellbogen gestützt, lag ich am Boden, von Schauern geschüttelt, mein Kopf in hellem Aufruhr. Meine Augen tränten, meine Haut war schweißbedeckt. Ich hatte mich zwar hin und wieder durch Stürze beim Pferderennen verletzt, und bei dem Brand war ich zittrig und geschlaucht gewesen, aber ich hatte nicht einmal geahnt, daß es da eine Dimension gab, die über äußerliche Wunden und Knochenbrüche weit hinausging.

Mein Vater kniete mit angstverzerrtem Gesicht neben mir. Mein rechtes Hosenbein war dunkel, von Blut getränkt. Die Leute aus dem Schlafenden Drachen rannten jetzt, angeführt von Polly, auf uns zu. Ich hörte ihre erschreckte Stimme. „George ..., oh, George!“

Nichts passiert, dachte ich. Es war nicht George.

Mein Vater hielt mir die Hand.

Von den alles durchziehenden Schmerzen abgesehen, war mir sterbenselend. Ich wollte mich hinlegen, aufstehen, mich irgendwie bewegen – es ging nicht. Ich wollte, daß jemand kam und mir mit noch einer Kugel den Gnadenschuß gab wie einem Pferd.

Zeit verging. Zwei Streifenwagen und ein Krankenwagen kamen mit Blaulicht. Die Polizisten gingen ins Hotel. Jemand von dem Krankenwagen schnitt mir mit einer großen Schere das rechte Hosenbein auf.

Ich wünschte immer noch, ich wäre tot. Mein Bein sah im schwachen Licht des Marktplatzes buchstäblich wie der blutige Ernst aus. Die

Kugel konnte nicht die Beinarterie durchschlagen haben, sonst wäre ich schon verblutet. Aber irgendwo in den zerfetzten Muskeln lag ein fingerlanges Stück von etwas Festem, Weißem frei – der Oberschenkelknochen, wie ich schlagartig begriff, offenbar war er nicht gebrochen.

Der Sanitäter deckte die Verletzung mit einem breiten Verband ab und kehrte zum Krankenwagen zurück. Er rufe einen Arzt, sagte mein Vater; bei Schußwunden seien alle möglichen Vorschriften und Bestimmungen zu beachten.

Es kam mir nicht in den Sinn, daß ich das Bein verlieren könnte, und es blieb mir auch wirklich erhalten. Verloren ging mir, nachdem alles genäht und zusammengeheilt war, die Kraft, zehn Zentner schwere Steepler über feste Hindernisse zu reiten. Verloren ging mir die Geschwindigkeit.

Leute kamen aus dem Hotel und stiegen in die Streifenwagen. Einer von ihnen war Alderney Wyvern, in Handschellen.

Als die Wagen abgefahren waren, kam Joe Duke über den Platz und hockte sich auf die Fersen, um mit meinem Vater und mir zu reden.

„Sind Sie aufnahmefähig?“ fragte er mich.

„Ja.“

„Als ich die Treppe hinaufging, um den Stock in Anschlag zu bringen, kam mir der Hoteldirektor nachgelaufen und holte mich vor dem kleinen Aufenthaltsraum ein. Er sagte, vielleicht sei es ein Zufall, aber kurz vorher erst, gegen elf, sei ein Gast angekommen, der auch eine Golftasche dabeihatte. Und etwas merkwürdig an ihm sei gewesen, daß er Handschuhe getragen habe.“

Joe stand auf, um einen Augenblick die Beine zu strecken, und ging dann wieder in die Hocke. „Wir hörten den Knall des Gewehrschusses, und als der Direktor mit seinem Hauptschlüssel eine Zimmertür aufschloß, kam uns Alderney Wyvern mit seiner Golftasche entgegen, aber der Direktor nahm sie ihm ab und kippte sie aus, und es waren nur Golfschläger drin.“

Joe erzählte weiter. „Er hatte keine Zeit gehabt, das Gewehr in die Dachrinne zu verfrachten, aber es war nicht weit. Er hatte es in einen der Geranienkörbe gestellt, zwischen die Ketten, an denen der Korb hängt. Daraufhin habe ich übers Zimmertelefon meine Kollegen von der Bereitschaft gerufen. Während wir auf sie warteten, habe ich Wyvern gefragt, wie er von der Rekonstruktion erfahren habe. Woher hatte er gewußt, daß er die Gelegenheit bekommen würde, auf George Juliard zu schießen?“ Joe lächelte schief. „Wyvern sagte, Usher Rudd habe ihn angerufen und ihm Bescheid gesagt.“ Er stand wieder auf.

„Hat Wyvern geglaubt, er käme damit ungeschoren davon?“ fragte mein Vater.

Joe zuckte die Achseln. „Ist er ja schon mal. Beim vorigen Mal hat er sich in dem Aufruhr einfach aus dem Staub gemacht. Ohne den Direktor wäre ihm das vielleicht auch diesmal geglückt. Aber es war seltsam. Er wirkte ganz eindeutig müde. Er war fertig. Es war ihm nicht gelungen, Sie beide unterzukriegen, und er wollte nicht mehr. Er ließ sich widerstandslos festnehmen.“

„Und was werfen Sie ihm vor?“ fragte mein Vater.

„Versuchten Mord“, sagte Joe.

Ich lächelte matt. „Zehn Pfund Aufgewicht.“

„Ja, zehn Jahre“, entgegnete Joe.

DER KÜNFTIGE Premierminister hielt meine Hand.

Ich umfaßte die seine, als könnte ich immer Trost und Sicherheit bei ihm finden, wenn ich sie dringend brauchte.

Ich hielt seine Hand fest wie ein kleiner Junge.

DICK FRANCIS

Foto: Impact Fotos

„Eigentlich halte ich nicht viel von Politik."

Daß Dick Francis Pferde mehr interessieren als Politik, dürfte für seine vielen Fans keine Überraschung sein. Er gibt sogar zu, von Politik und Politikern im allgemeinen nicht viel zu halten. Die Idee, trotzdem einmal über die Welt der Politik zu schreiben, kam ihm bei einem Kricketspiel in England, bei dem er den damaligen Premierminister John Major traf – von dem er übrigens etwas hält. Als Francis seinem treuen Leser anbot, seinen neuesten Roman in die Downing Street Nr. 10 zu bringen, war Major begeistert, riet ihm aber sofort, das Buch auf keinen Fall seinen Leibwächtern zu überreichen. „Die werden es sonst als erstes in einen Eimer Wasser legen, um sicherzugehen, daß es sich nicht um eine Bombe handelt", erklärte er lachend.

Wie für alle seine Romane hat Dick Francis auch für *Rivalen* mit Hilfe seiner Frau ausgiebig Recherche betrieben, bevor er ihn in rund fünf Monaten zu Papier brachte. Seit 1962 hat der Erfolgsautor jedes Jahr ein Buch geschrieben; doch das wird ihm langsam zu anstrengend. „Vielleicht ist *Rivalen* wirklich mein letztes Buch", erklärt Dick Francis, allerdings nicht ohne hinzuzufügen: „Versprechen kann ich es aber nicht." So darf sich die große Fangemeinde also doch noch Hoffnungen auf weitere spannende Lektüre aus der Feder ihres Lieblingsautors machen.

Übersetzer:
Das Testament: K. Schatzhauser
Kaltes Feuer: Heinz Zwack
Sternenmelodie: Monika Curths
Rivalen: Malte Krutzsch

Illustrationen und Fotos:
Das Testament: S. 4 (links), 6/7/8: Robert Harding Picture Library (Wald), Uwe H. Seyl (Hand)
Kaltes Feuer: S. 4 (rechts), 168/169: Nator's Swan/KOS, PhotoDisc (Hintergrund),
S. 170: Kevin Schafer/Tony Stone (Insel), Photo Disc/Don Farrall (Feuer)
Sternenmelodie: S. 5 (links), 352/353/354: Giorgio Mizzi
Rivalen: S. 5 (rechts), 454/455/456: Bob Langrish/Michael Bennet

Die ungekürzten Ausgaben von *Das Testament, Kaltes Feuer, Sternenmelodie* und *Rivalen*
sind im Buchhandel erhältlich.